Melissa Foster

Wicked Whiskey Love – Ganz und gar Liebe

Die Whiskeys: Dark Knights aus Peaceful Harbor

DIE AUTORIN

Melissa Foster ist eine preisgekrönte *New-York-Times-* und *USA-Today*-Bestsellerautorin. Ihre Bücher werden vom *USA-Today-Bücherblog*, vom *Hagerstown Magazin*, von *The Patriot* und vielen anderen Printmedien empfohlen. Melissa hat mehrere Wandgemälde für das *Hospital for Sick Children*, eine Kinderklinik in Washington, D. C., gemalt.

Besuchen Sie Melissa auf ihrer Website oder chatten Sie mit ihr in den sozialen Netzwerken. Sie diskutiert gern mit Lesezirkeln und Bücherclubs über ihre Romane und freut sich über Einladungen. Melissas Bücher sind bei den meisten Online-Buchhändlern als Taschenbuch und E-Book erhältlich.

www.MelissaFoster.com

MELISSA FOSTER
Wicked Whiskey Love – Ganz und gar Liebe

Die Whiskeys: Dark Knights aus Peaceful Harbor

LOVE IN BLOOM – HERZEN IM AUFBRUCH

Aus dem Amerikanischen von Janet König

Die Originalausgabe erschien erstmals 2018 unter dem Titel
»Wicked Whiskey Love« bei World Literary Press, MD, USA.

Deutsche Erstveröffentlichung
2021 bei World Literary Press, MD, USA
© 2018 der Originalausgabe: Melissa Foster
© 2021 der deutschsprachigen Ausgabe: Melissa Foster
Lektorat: Judith Zimmer, Hamburg
Umschlaggestaltung: Elizabeth Mackey Designs
ISBN: 978-1948868693

Bones Whiskey ist der Geheimnisvollste der Whiskey-Geschwister, und ich habe mich sehr gefreut, ihn besser kennenzulernen. Er ist ein starker, leidenschaftlicher Mann, der im Zentrum eines Sturms lebt und seinem Zorn nur freien Lauf lässt, wenn es unbedingt notwendig ist. Sarah Beckley bringt seine besten Eigenschaften hervor, und ihre schmerzvolle Vergangenheit lässt seine bedachte Art auf eine ganz neue Weise zum Vorschein kommen. Bones und Sarah passen perfekt zueinander, und falls Sie eine Frau sind, dann machen Sie sich auf eine wahre Hormonexplosion gefasst, wenn Sie ihn mit Sarahs Kindern erleben. Dieser Mann ist eine romantische, liebende Naturgewalt, und er ist genau der Mann, den Sarah braucht. Ich hoffe, dass Sie die beiden ebenso sehr lieben werden wie ich und dass Sie ihre leidenschaftliche, gefühlvolle Geschichte genießen werden.

Jedes von Sarahs und Bones Familienmitgliedern wird ein eigenes Happy End bekommen. Einige Bände wurden bereits veröffentlicht: *Tru Blue – Im Herzen stark, Truly, Madly, Whiskey – Für immer und ganz, Driving Whiskey Wild – Herz über Kopf, Liebe gegen den Strom.* Wenn dieses Buch Ihre erste Geschichte über die Whiskey-Familie ist, sollten Sie wissen, dass Sie sie wie all meine Romane nicht nur als Teil der Serie, sondern auch unabhängig voneinander lesen können. Also stürzen Sie sich einfach gleich hinein und verlieben Sie sich in die Whiskeys!

Abonnieren Sie meinen Newsletter und bleiben Sie immer auf

dem Laufenden über alle Neuerscheinungen:
www.MelissaFoster.com/Newsletter_German

Weitere Informationen über meine ebenso witzigen wie romantischen Romane, die alle einzeln oder als Teil der Reihe gelesen werden können, finden Sie auf meiner Website:
www.MelissaFoster.com/Herzen-im-Aufbruch

Viel Freude beim Lesen!

Melissa Foster

Eins

Das röhrende Dröhnen des Dark Knights Motorradclubs, der die Halloween-Parade von Peaceful Harbor auf der Main Street anführte, vermischte sich mit dem Jubel der Menge. Sogar in ihren Kostümen waren die Dark Knights eine Furcht einflößende Truppe, doch Sarah Beckley hatte keine Angst. Zwei Monate zuvor hatte Bullet Whiskey, ein Mitglied der Dark Knights, Sarah und ihre Familie nach einem fürchterlichen Unfall gerettet. In den Wochen danach waren die Dark Knights ihnen scharenweise zu Hilfe gekommen. Sie hatten eine Spendenaktion gestartet, um sie bei der Bezahlung ihrer Arztrechnungen zu unterstützen, sie hatten ihr bei der Jobsuche geholfen, Babysitter für ihre beiden Kinder organisiert und ihren Bruder Scott zur Krankengymnastik gefahren, wenn sie keine Zeit hatte. Viel wusste Sarah nicht über die Lebens-weise von Bikern, aber einiges hatte sie in letzter Zeit doch gelernt. Familie bedeutete für die Clubmitglieder weitaus mehr als Blutsverwandtschaft und ging für sie so weit, dass sie Freunde und Familie von jedem einzelnen Mitglied der Dark Knights einbezogen und beschützten. Einer solchen Gemeinschaft anzugehören, war eine Ehre.

Sarah schaute nach vorne zu ihrem dreijährigen Sohn

Bradley, der im Beiwagen von Bones Whiskeys Motorrad saß. Bradleys Gesicht konnte sie nicht sehen, aber sie wusste, dass ihr rotblonder kleiner Krieger von einem Ohr zum anderen grinste, während er den Menschen auf dem Gehweg zuwinkte. Er hatte sich auf den Umzug sowieso schon gefreut, aber bei der Aussicht, in Bones' Motorradgespann mitzufahren, war er so aus dem Häuschen geraten, dass er zwei Nächte lang nicht geschlafen hatte. Ihr Blick wanderte zu Bones, dem unfassbar heißen Biker und Arzt, und sofort schlug ihr Herz schneller. Er verhielt sich ihren Kindern gegenüber wie ein liebevoller Onkel, und ihr begegnete er wie ein Beschützer – wie ihr *persönlicher* Beschützer –, und das raubte ihr nicht nur seit Wochen den Schlaf, sondern erregte und verwirrte sie gleichzeitig.

In tausend Jahren hätte sie sich nicht vorstellen können, bei einer Parade auf einem Festwagen zu sitzen und Menschen aus einem Städtchen zuzuwinken, die sie und ihre Kinder wie einen Teil ihrer Gemeinschaft behandelten, und schon gar nicht, die Aufmerksamkeit von jemandem wie Bones auf sich zu ziehen. Doch da thronte sie nun auf einem riesigen Stuhl in Form eines Cupcakes, den Bones unbedingt mit seinem Clan über-fürsorglicher Bikerbrüder für sie hatte bauen wollen – umgeben von einer Schar neuer Freunde, die ihre Familie in den Schoß dieser engen Gemeinschaft aufgenommen hatten. Nicht zum ersten Mal seit ihrem Umzug nach Peaceful Harbor dachte Sarah über ihr Leben nach und dankte den höheren Mächten für ihr Glück – Mächten, die sie bisher für ausschließlich böse gehalten hatte.

Gerade noch hatte sie kein Dach über dem Kopf gehabt. Und jetzt war sie glücklich. *Von obdachlos zu glücklich.*

Und das war ihr nun schon zum zweiten Mal passiert.

Wenn all diese Menschen ihre wahre Geschichte kennen

würden, wären sie dann immer noch so offen? Oder würden sie ihre Männer und Kinder verstecken und sie wie die Aussätzige behandeln, als die sie sich so oft gefühlt hatte?

Als der Festwagen anhielt, warf sich Bones' Schwester Dixie Whiskey die roten Haare über die tätowierte Schulter, richtete das Muschel-Bikinioberteil ihres Meerjungfrauenkostüms und schob Po wackelnd den grün schimmernden, paillettenbesetzten Rock zurecht. Als waschechte Bikerin hatte sie ihr Outfit mit klobigen schwarzen Lederstiefeln kombiniert. »Endlich! Wenn ich noch eine Sekunde länger lächeln muss, bekomme ich einen Schreikrampf.«

»Ich habe jede einzelne Sekunde genossen«, gestand Sarah aufrichtig. Sie kannte das Gefühl, einsam, hungrig und verängstigt zu sein, und sie wusste jeden Moment zu schätzen, in dem das nicht der Fall war. Eingehüllt in die Wärme herzlicher Gefühle schaute sie auf ihre elf Monate alte Tochter Lila hinab, die in ihrem roten Einteiler mit der Aufschrift NUMMER 1 zu goldig aussah. Ihre winzige Hand lag auf Sarahs wachsendem Babybauch, der stolz NUMMER 2 verkündete. Sarah, im sechsten Monat schwanger, fühlte sich gut, und – vielleicht noch bedeutender – zum ersten Mal in ihrem Leben war sie aus ihrem tiefsten Inneren heraus zufrieden.

Und genau darin lag das Problem.

Jedes Mal, wenn Sarah sich aus der Deckung gewagt hatte, war die Welt über ihr zusammengebrochen. Auf keinen Fall würde sie zulassen, dass die tröstliche Wärme dieser offenherzigen Freunde ihr vorgaukelte, festen Boden unter den Füßen zu haben.

Sarah schaute zu Bones, der gerade von seinem Motorrad abstieg. Der Jeansstoff spannte sich über seinen kräftigen Oberschenkeln. Er nahm den Helm ab und der Blick seiner verführerisch dunklen Augen schwebte über das Meer von Köpfen hinweg und landete mit der Hitze eines Vulkans auf ihr. Seine Lippen verzogen sich zu einem Knie erweichenden Lächeln, das sie vergessen ließ, dass sie eine schwangere Mutter zweier Kinder war. Sie konnte nicht anders, als an die schmutzigen Dinge zu denken, die er mit diesem wunderschönen Mund anstellen könnte. Nach allem, was sie mit Männern durchgemacht hatte, war seine Aufmerksamkeit eher beunruhigend als schmeichelhaft. Permanent kämpfte sie gegen das Verlangen an, sich seiner Fürsorge vollends anzuvertrauen, anstatt sich und die Kinder vor dem Rest der Welt in Sicherheit zu bringen, *nur für den Fall …*

Bones zwinkerte ihr vielsagend zu. Ihr Magen schlug einen Purzelbaum und ihr Herz hämmerte wie wild, als sie seine gut aussehenden, markanten Gesichtszüge und diesen Körper betrachtete, der jeden anderen Mann vor Neid erblassen ließ. Sie bemerkte, dass mehrere Frauen ihn beobachteten. Er schien die Aufmerksamkeit, die er erregte, überhaupt nicht wahrzunehmen, während er mit Bradley, Sarahs eigentlicher Nummer 1, redete. Ihr Sohn war ebenso angetan von Bones wie sie. Er hatte alle üblichen, kindertauglichen Kostüme verweigert, um eines zu tragen, das zu dem von Bones passte.

Bradley hatte nicht einmal mit der Wimper gezuckt, als die vierjährige Kennedy, die Tochter von ihren Freunden Truman und Gemma Gritt, alle kleinen und großen Jungs der Truppe davon überzeugt hatte, sich als Cheerleader zu verkleiden, während sie als Footballspielerin ging – natürlich mit einem rosafarbenen Diadem. Bradley trug seine Pompons voller Stolz und war sogar bereit gewesen, den Rock zu tragen. Die Männer allerdings hatten dieser Idee nicht so offen gegenübergestanden. Sie hatten sich für Jeansshorts, weiße T-Shirts mit der Aufschrift

TEAM KENNEDY auf der Brust, schwarze Lederjacken mit dem Dark-Knights-Logo auf dem Rücken und ihre Bikerstiefel entschieden. Die Pompons waren jedoch Pflicht und die meisten Männer hatten sie sich in ihre Gesäßtaschen gestopft.

Bones schien es zu genießen, Sarahs Familie unter seine ziemlich sexy Fittiche zu nehmen. Er hatte darauf bestanden, Bradley eine kleine Lederjacke und Stiefel zu kaufen. Die kräftigen, tätowierten Biker hatten bewiesen, dass sie Herzen aus Gold hatten, und ihr kleiner Junge war ganz hibbelig gewesen, weil er so einbezogen wurde. Bones tat viel für sie. Er half Sarahs Bruder Scott dabei, ihren Keller auszubauen, und er ging Sarah mit den Kindern zur Hand, wenn sie alle zusammen unterwegs waren. Sarah war immer noch damit beschäftigt, zu lernen, wie man eine solche Großzügigkeit annahm, und nur langsam verstand sie, dass Geschenke nicht immer nur gegeben wurden, um im Gegenzug etwas dafür zu erhalten.

Als ihre Freundinnen an den Rand des Festwagens traten, tauchten die besseren Hälften wie eine Kavallerie auf, um ihnen zu helfen. Bullet hob seine Verlobte Finlay vom Wagen und küsste sie auf dem Weg hinunter. Sie verschwand fast an seiner kräftigen Statur, während ihr Rottweiler Tinkerbell, der mit Finlay auf dem Wagen gefahren war, um Aufmerksamkeit buhlte. Finlay war Eigentümerin der Catering-Firma, für die der Wagen gebaut worden war, und sie sah entzückend aus mit der großen bauschigen Kochmütze und in dem kurzen rosa Rock mit der weißen Schürze, auf der stolz FINLAY'S in schnörkeliger rosafarbener Schrift geschrieben stand. Die zierliche Blondine war für Sarah nach dem Unfall eine weitere Rettung gewesen, da sie sie Tag für Tag mit allergenfreien Mahlzeiten versorgt hatte.

Bullet und Finlay heirateten am kommenden Wochenende.

Obwohl Finlay scheu wie ein Reh war und Bullet wie ein zum Angriff bereites Raubtier wirkte, schien die Liebe bei ihnen so einfach zu sein.

Sarah hatte früher einmal an die Liebe geglaubt, auch wenn sie sicherlich nicht gedacht hatte, Liebe sei *einfach*. Mittlerweile hatte sie gelernt, wie trügerisch selbst der Glaube, verliebt zu sein, manchmal war.

Auf der anderen Seite des Festwagens half Scott sowohl Dixie als auch ihrer Freundin Isabel beim Herunterklettern. Er hatte diesen verträumten Blick in den Augen, den Männer in Gegenwart von heißen Frauen bekamen. Es war schön zu sehen, dass er dazugehörte und glücklich war.

»Daddy!«, rief die kleine Kennedy, als Truman näherkam. Sie hielt Gemmas Hand umklammert. »Hol mich und Mama runter!«

Mit dem kleinen Lincoln auf dem Arm streckte Truman die Hand nach Kennedy aus. »Komm her, Prinzessin.«

»Ich bin Footballspieler, Daddy!« Kennedy kletterte herunter, während Bear Whiskey, Bones' jüngerer Bruder, Gemma herunterhalf und dann die Arme seiner Frau Crystal entgegenstreckte.

Sarah bemerkte, dass Bones Bradley an der Hand hielt und auf sie zukam. Die Liebe und Unterstützung von den Whiskeys waren mehr als bewundernswert. Sie war sich sicher, dass diese beschützende Art Teil der DNA dieser Familie war. Die Menge schob sich weiter vorwärts und sie verlor Bones und ihren Sohn aus den Augen.

Scott kämpfte sich durch die Menschenmasse zu ihr durch und streckte die Hände nach Lila aus. »Gib sie mir und dann helfe ich dir herunter.« Es schien ihm egal zu sein, wie albern er als märchenhafter Kater mit Hut aussah, und dafür liebte sie ihn umso mehr.

Als sie wieder Kontakt zueinander aufgenommen hatten, waren ihr in seinem Gesicht Ähnlichkeiten mit ihrem Vater aufgefallen. Nachdem sie dies Scott gegenüber erwähnt hatte, war er dazu übergegangen, Bart und Haare wachsen zu lassen. Nun, da sie ihn besser kannte, spielte es für Sarah keine Rolle mehr. Er hatte rein gar nichts mit ihrem Vater gemein.

»Ich bin mir nicht sicher, ob ich meine Kleine einem riesigen Kater anvertrauen sollte«, scherzte Sarah, als sie ihm das schlafende Baby reichte.

Während des gesamten Umzugs hatte Scott seine Schwester nicht aus den Augen gelassen. Mit Sicherheit befürchtete er, dass sich dieses Leben, das sie sich gerade aufbauten, jeden Moment in Luft auflösen und Sarah wieder von der Bildfläche verschwinden könnte. Doch nichts und niemand würde sie je wieder von dem Bruder trennen, den sie viele Jahre lang nicht gesehen und für immer verloren geglaubt hatte.

Sie hatten sich gerade erst wiedergefunden und waren an ihrem ersten gemeinsamen Abend unterwegs gewesen, um das zu feiern, als ein Autounfall ihre Kinder und Scott ins Krankenhaus gebracht hatte. Lila hatte im Gesicht und an den Armen Narben zurückbehalten, und Scott ging immer noch zur Physiotherapie, um die Muskeln der Beine aufzubauen, die er sich bei dem Unfall gebrochen hatte. Bullets schneller Reaktion war es zu verdanken, dass sie alle überlebt hatten.

Dies schien ihr Lebensmotto zu sein. *Überleben.* Sie fragte sich, ob von den anderen auch jemand darauf wartete, dass sein wundervolles Leben zusammenbrach, oder ob sie mit dieser Angst allein war.

Sie warf sich die Windeltasche über die Schulter und kletterte hinunter, um Scott dann Lila wieder abzunehmen.

Schnell gingen sie in der Menge auf, als sie sich auf den Weg zu den Motorrädern machten. Sarah schaute an einer korpulenten Frau vorbei und entdeckte rasch die breiten Schultern, die sie überall wiedererkannt hätte. Bones war von einer Gruppe Frauen umgeben, die in sexy Kostümen aus kurzen Röcken und engen Korsetts steckten. Sie starrten ihn an, als wäre er der Zauberer, der die Antwort auf all ihre Probleme hatte.

Sarah drängte sich durch die Menge, und als Bones sich umdrehte und sie mit seinen dunklen Augen intensiv anblickte, erstarrte sie. Sie hielt vergeblich nach Bradley Ausschau und ihr Magen sackte ihr in die Knie.

Eine als Hexe verkleidete Frau fasste Bones am Arm und drehte ihn zu sich herum.

»Scott, wo ist Bradley?« Panik erfasste sie, als sie herumwirbelte und die Menge absuchte. In ihrem tiefsten Inneren wusste sie, dass Bones ihre Kinder nie einem Risiko aussetzen würde. Aber der eigene Vater der Kinder, der Mann, der sie mit seinem Leben hätte beschützen sollen, hatte sie in Gefahr gebracht. Sie vertraute ihrer Menschenkenntnis nicht mehr so wie früher.

»Keine Sorge, ich bin sicher, er ist in der Nähe.« Scott bahnte sich einen Weg durch das Gedränge und rief immer wieder nach Bradley.

Das Herz schlug Sarah bis zum Hals, während sie sich weiter nach vorne zwängte, Lila umklammerte und nach Bradley rief. Bones bemerkte es und war augenblicklich bei ihr.

Er legte den Arm um ihre Taille und zog sie und Lila näher zu sich heran. »Was ist los?«

Sie befreite sich voller Panik aus seinem Arm. »Wo ist Bradley?«

»Er ist bei meiner Mutter, Babs und Chicki. Sie holen mit

ihm Zuckerwatte.«

Erleichterung durchflutete sie. Die Männer von Babs und Chicki waren Dark Knights und beide waren für Bones wie Familie. Babs passte oft auf Lila und Bradley auf, und Chicki war Eigentümerin des Friseursalons, in dem Sarah arbeitete. Sie vertraute ihnen und Red, Bones' Mutter, voll und ganz, aber das hinderte ihre Angst nicht daran, aus ihr herauszubrechen. »Du musst es mir sagen, bevor du jemand anderen auf ihn aufpassen lässt.«

»Du hast vollkommen recht. Ich wollte es dir gerade sagen, aber eine der Krankenschwestern aus der Klinik hat mich aufgehalten. Es tut mir leid.« Er hielt sie noch fester. »Du zitterst ja.«

»Und ob ich zittere, verdammt noch mal«, sagte sie und versuchte gleichzeitig, den Rest Panik zu bewältigen. »Ich dachte, mein Kleiner wäre verloren gegangen. Ich muss ihn sehen. Können wir …«

Bones war schon unterwegs und machte ihnen den Weg frei, während er Sarah dicht an sich drückte. Das tat er oft, und sie hatte das Gefühl, dass sie sich wohl nie an die Hitzewellen gewöhnen würde, die von seinem Körper auf ihren herüberströmten. Er rief Scott im Vorbeigehen zu und gemeinsam eilten sie in Richtung Zuckerwattestand.

»Er ist bei Red, Chicki und Babs«, erklärte Sarah. Die Erleichterung, die Scott ins Gesicht geschrieben stand, war ebenso echt und tief wie ihre eigene.

»Gott sei Dank«, sagte Scott. »Ich hab ja gesagt, dass sicher alles in Ordnung ist. Bones würde nie zulassen, dass Bradley etwas zustößt.«

»Im Leben nicht«, bestätigte Bones voller Inbrunst. »Ich wollte euch nicht beunruhigen. Ich war gerade auf dem Weg zu

Sarah, als ich angesprochen wurde.«

Bones zeigte auf Bradley, der neben Red und Babs auf Chickis Schoß im Gras saß, und nahm Sarah damit die noch verbliebene Angst. Bradley hatte klebrige blaue Zuckerwatte auf den Wangen verschmiert, und er kicherte, als er die süße Masse Red hinhielt. Red beugte sich vor und nahm theatralisch einen großen Happen der klebrigen Süßigkeit, woraufhin Babs es ihr gleichtat. Bradley kicherte und Chicki umarmte ihn.

Sarah fiel es zwar nicht leicht, anderen zu vertrauen, aber wenn sie sah, wie liebevoll diese Frauen mit ihrem Sohn umgingen, dann wurde ihr ganz warm ums Herz. Gleichzeitig überkam sie eine unfassbare Verlegenheit, weil sie derart über-reagiert hatte, obwohl Bones und seine Familie doch so viel für sie getan hatten. Nachdem Scott wegen seiner Verletzungen die neue Arbeitsstelle aufgeben musste, hatten die Whiskeys – neben allem anderen, was sie für sie und ihre Familie getan hatten – ihren Bruder auch den Leuten im Yachthafen vorgestellt, wo er nun arbeitete.

Bevor sie sich bei Bones entschuldigen konnte, rief Trumans jüngerer Bruder Quincy, der in Begleitung von Isabel und Crystals Bruder Jed bei der Parade mitlief, über die Straße: »Hey, Scott, ziehst du mit uns weiter?«

Scott sah Sarah an. »Alles in Ordnung mit dir? Ich bleibe, wenn du willst.«

»Mir geht's gut. Amüsiere dich. Wir sehen uns später.«

Als Sarah Scott nachschaute, während er über die Straße ging, bemerkte sie, dass er etwas stärker humpelte, und sie war froh, dass er für alle Fälle seine Krücke im Auto hatte. In einem Bein hatte er eine Platte und Nägel, doch die Heilung war gut vorangeschritten, und seine Ärzte erwarteten keine weiteren Operationen. Es gab immer noch Tage, an denen er nicht so viel machen konnte, wie er wollte, aber zumindest hatte er das Schlimmste überstanden.

»Sarah, es tut mir wirklich leid«, sagte Bones und holte sie in die Gegenwart zurück.

Wenn er sie so anschaute wie gerade in diesem Moment, in dem er ihr so tief in die Augen sah, konnte sie sich nur schwer konzentrieren. Es gefiel ihr zu sehr, ihn anzuschauen. Die so verschiedenen Aspekte seines Lebens faszinierten sie. Er sah nicht aus wie ein Biker, doch der Club war ein wichtiger Bestandteil seines Lebens. Er war groß und gepflegt in seiner Erscheinung, ohne jegliche Tattoos, wie die meisten anderen Biker sie hatten. Zumindest hatte sie bisher keines entdeckt. Aber Bones brauchte auch keine Tätowierungen, um zu unterstreichen, was für ein harter Typ er war. Sein souveränes Auftreten wurde durch sein markantes Kinn und seine durchdringenden dunklen Augen noch betont. Er gehörte zu der Sorte Mann, nach dem Frauen sich verzehrten und zu dem Männer aufschauten.

Sie richtete ihren Blick wieder auf ihren Sohn und sagte: »Ich weiß. Ist schon gut, ich bin einfach nur übervorsichtig.«

»Und das ist richtig so. Als ich die Angst in deinen Augen sah, hab ich mich schrecklich gefühlt.«

Das klang so emotionsgeladen, dass sie ihn wieder anschaute. Dabei stand es ihr überhaupt nicht zu, sich irgendetwas einzubilden, geschweige denn, ihrer unbändigen Fantasie freien Lauf zu lassen. Bones konnte jede Frau haben, die er wollte. Sie würde sich nichts vormachen und auf den Gedanken kommen, dass er so verrückt wäre, sich für eine schwangere Frau mit zwei Kindern zu interessieren. Außerdem hatte sie den Fehler schon einmal begangen, netten Worten und verführerischen Blicken zu trauen. In diese dunkle Falle zu tappen, konnte sie sich nicht noch einmal erlauben.

»Wie wär's mit einem Lächeln von der wunderschönen Mama dieser hübschen kleinen Lady?« Er kitzelte Lila am Kinn und wurde mit einem süßen Babykichern belohnt.

Sie schmolz innerlich dahin, wenn er solche Dinge tat. Kein Wunder, dass sie in seiner Gegenwart so verwirrt war. Sie begehrte ihn so sehr, dass es wehtat, aber ihr Verstand feuerte permanent Warnungen in Form von schmerzhaften Erinnerungen auf sie ab.

Nach einem knappen Lächeln ging sie zu Bradley, bevor ihre Hormone wieder überreagieren konnten. Als Bones' Hand auf ihrem Rücken landete, konzentrierte sie sich mühevoll auf Red, die Bradleys Wange mit einem Grashalm kitzelte, anstatt auf die köstliche Wärme, die seine Berührung in ihr auslöste. Es war kein leichtes Unterfangen, sich von einem derartig verlockenden Mann abzulenken, aber sie war fest entschlossen. Sie beobachtete die drei Frauen, die sich wie Schwestern verhielten, aber vollkommen unterschiedlich aussahen. Eines hatten sie aber gemeinsam: Sie strahlten eine Stärke und Widerstandsfähigkeit aus, die Sarah nie zuvor gesehen hatte. Vielleicht lag es daran, dass sie Bikerfrauen waren, oder vielleicht waren sie auch einfach schon so auf die Welt gekommen.

Manchmal fühlte Sarah sich stark, aber in anderen Momenten hatte sie das Gefühl, einen Magneten im Rücken zu tragen, der das Unheil aus allen Richtungen anzog, und dann konnte sie nichts anderes tun, als in Deckung zu gehen.

»Da sind deine Mama und dein Schwesterchen«, sagte Babs zu Bradley, als sie näherkamen. Bones kannte Babs schon sein Leben lang. Ihre langen blonden Haare schienen immer vom Wind zerzaust zu sein, und ihre Kleidung war permanent unordentlich, aber sie war ebenso warmherzig wie tough.

Red lächelte zu ihnen auf und sagte: »In Begleitung meines großen, tapferen Jungen.« Mit ihrem hellen Teint und den kurzen roten Haaren konnte man nur schwer glauben, dass sie drei dunkelhaarige Jungs zur Welt gebracht hatte. Aber wie ihre Söhne war auch Red eine Bikerin durch und durch, und vom T-Shirt über die Jeans bis hin zu ihren klobigen Lederstiefeln war sie fast immer schwarz gekleidet.

Bones fuhr Bradley durch die Haare und der zeigte ihm ein zuckrig blaues Grinsen.

»Hallo, Red. Meine Damen.« Bones beugte sich hinunter und gab seiner Mutter einen Kuss auf die Wange. »Werde ich je vom *Jungen* zu einem *Mann* aufsteigen?«

»Das sehen andere Frauen in dir«, sagte Chicki, die ihre Beine seitlich angezogen hatte. Sie war die modischste der Freundinnen, hatte durch ihren olivfarbenen Teint ein fast exotisches Äußeres, dunkle Haare, die oft zu einem strengen Dutt zurückgebunden waren, ein Faible für bunte Blusen und sauste auf himmelhohen High Heels durch die Gegend. »Egal wie groß und stark du bist, für uns wirst du immer der Junge sein, der nackt im Garten herumlief, ›Guckt mal!‹ rief und dann mit den Hüften kreiste, um seinen Schniedelwutz herumzuwirbeln.«

Meine Güte. Er war über dreißig. Würden die wohl jemals aufhören, diesen Mist zu erzählen?

Sarah lachte auf, als sie sich neben Chicki setzte, und hielt sich schnell die Hand vor den Mund. Ihre wunderschönen braunen Augen schauten kurz, mit funkelnder Belustigung, zu ihm auf. Verdammt, sie war hinreißend. Manchmal hatten diese Augen einen besorgten oder ruhelosen Ausdruck oder schienen etwas zu sehen, das Millionen Meilen entfernt war, und manchmal – wie jetzt gerade – waren sie sorglos und unschuldig, auch wenn es nur wenige Sekunden andauerte. Er wollte diese Sekunden in einem Glas einfangen, sie hegen, und dieser Frau mehr Gründe geben, sich so zu fühlen.

»Das findest du wohl lustig, wie?«, fragte er Sarah. »Ich wette, deine Mutter kennt auch ein paar peinliche Geschichten über dich.«

Sarah wurde aschfahl und Schmerz trat in ihre Augen.

»Meine Oma ist im Himmel«, gab Bradley sachlich von sich. Er hielt seine Zuckerwatte Lila hin, die eine Handvoll herausriss und die Masse von ihren Fingern leckte.

Herrje, ich treffe heute immer ins Schwarze.

Bones berührte Sarahs Schulter und sagte: »Das tut mir leid, ich wusste nicht …«

»Schon gut«, murmelte sie gerade in dem Moment, in dem Lila ihr die klebrigen Finger in den Mund steckte. Sarah schob die kleine Hand ihrer Tochter sanft zurück und lächelte sie voller Liebe an, wobei der schmerzhafte Ausdruck sofort verschwand. »Mmh. Danke, Lila-Schatz.«

Dieses Lächeln, das sie nur ihren Kindern zukommen ließ, war es gewesen, das Bones' Aufmerksamkeit zuerst gefesselt hatte, als er sie nach ihrem Unfall im Krankenhaus gesehen hatte. Sarah war so zurückhaltend wie ein verwundeter Vogel, aber wenn es um ihre Kinder ging, war sie stark, offenherzig und liebevoll. Er fragte sich, was in ihrem Leben geschehen war, dass sie anderen gegenüber so wenig Vertrauen aufbringen konnte.

»Da kommt ja die ganze Truppe.« Red deutete hinüber zum Gehweg, auf dem Bullet, Finlay und ihre Hündin Tinkerbell eine Gruppe von Geschwistern und Freunden anführten – einen bunten Haufen aus Prinzessinnen und den unansehnlichsten, behaartesten, dickbeinigsten Cheerleadern, die Bones je gesehen hatte.

Babs stieß Chicki an. »Die sehen aus, als wollten sie noch etwas Spaß haben, bevor sie nach Süßem oder Saurem fragen. Kommt, Mädels. Lassen wir die jungen Leute ihr Ding machen.«

»Danke, dass ihr auf Bradley aufgepasst habt«, sagte Sarah. »Bradley-Schatz, bedanke dich.«

Bradley schlang die Arme um Chickis Hals und rief mit seiner hohen Stimme ein lautes »Danke!«, während er von ihrem Schoß auf Reds kletterte und dort noch mehr Umarmungen und Küsse verteilte, bevor er sich Babs in die Arme warf.

Bones fragte sich, ob der Junge seine eigene Großmutter wohl vermisste.

Sarah stemmte sich auf die Knie, und er half ihr auf, zog ihren Körper an seinen und hielt sie einen kurzen Augenblick so nah, nur um sie erröten zu sehen. Wie aufs Stichwort schoss ihr das Blut in die Wangen und sofort schaffte sie etwas Distanz zwischen ihnen. Wenn sie schon errötete, weil er sie im Arm hielt, was würde sie dann wohl tun, wenn er seinen Mund und die Hände bei ihr zum Einsatz brachte? Wenn er sein Begehren auslebte, ihr Lust zu bereiten?

Ich kann es kaum abwarten, das herauszufinden.

Eine Schwangerschaft war für ihn immer mit Zauber und Schönheit verbunden gewesen, aber er hatte sich vor Sarah nie zu einer schwangeren Frau hingezogen gefühlt. Etwas an dieser entzückenden, sexy Blondine mit ihrem Babybauch hatte ihn von Anfang an fasziniert. Sie war feminin, und doch strahlte sie eine innere Stärke aus wie ein wachsamer Soldat, der zu viel Dunkelheit gesehen hatte. Der Gedanke brachte sein Blut zum Kochen, obwohl er keine Ahnung hatte, ob er die Zeichen richtig deutete. Alle möglichen Typen von Frauen buhlten um seine Aufmerksamkeit, aber nur selten ging er mit Frauen aus Peaceful Harbor aus, denn er machte seine Eroberungen lieber außerhalb seines Reviers, um seinen Ruf mit der gleichen Entschlossenheit zu schützen wie seine Familie. Aber bei Sarah hatte er keine Wahl. Eine unaufhaltsame Kraft drängte ihn zu ihr – und zum ersten Mal in seinem Leben beherrschte ihn nicht sein Verstand, sondern sein Herz.

»Danke, dass Bradley in deinem Beiwagen mitfahren und dich während des Umzugs in Beschlag nehmen durfte«, sagte Sarah und rückte Lila auf ihrer Hüfte zurecht.

»Er ist ein toller Junge. Ich habe ihn gern um mich.« Er ließ den Blick an ihrem Körper hinuntergleiten und sprach leiser weiter, als er versuchte, diese sexy Röte noch einmal in ihr Gesicht zu zaubern. »Ich würde dich auch gern mal zu einem Ritt entführen.« Sie riss die Augen auf, und da er fürchtete, zu weit gegangen zu sein, fügte er schnell hinzu: »Auf meinem Motorrad.«

Seine Mutter und ihre Freundinnen standen auf und beobachteten ihn mit einem Funkeln, als könnten sie sehen, wie seine Gefühle für Sarah direkt unter ihren Augen wuchsen. Mist, er konnte dieses Funkeln nicht ausstehen. Er war sich sicher, dass sie eine Art Radar für die Wahrheit besaßen, mit dem sie ihn und seine Geschwister schon als Kinder allzu oft bei erfundenen Geschichten ertappt hatten. Er trat von einem Bein aufs andere, wandte sich von ihnen ab und Sarah zu. Viel wusste er nicht über sie und ihre Geschichte. Sie wehrte Fragen über ihre Vergangenheit und den Vater – oder die Väter – ihrer Kinder ab, wie Kugeln, die von einer Rüstung abprallten. Sie hatte einmal über einen Ex gesprochen, aber er wusste nicht, ob sie verheiratet war oder das Wort im übertragenen Sinne benutzte, ob sie sich vor diesem Ex versteckte oder ob sie generell einfach vorsichtig war. Sie hatte zwei wunderschöne Kinder, war mit dem Kind eines anderen Mannes schwanger, und doch hatte sie seine dunkelsten Fantasien belagert und einen Beschützerinstinkt in ihm ausgelöst, der weit über das hinausging, was er gewohnt war. Die lodernde Anziehungskraft, die er verspürte, konnte er nicht leugnen, aber sich an die Frau eines anderen heranzumachen, war für ihn nicht denkbar.

Er schaute zu dem niedlichen Mädchen auf Sarahs Arm hinab. Der Unterschied zwischen Lilas vertrauensvollem und Sarahs vorsichtigem Blick war unübersehbar. Er hoffte, das zu korrigieren, aber zuerst brauchte er Antworten.

Ein verlegenes Lächeln hob Sarahs Mundwinkel, als sie sagte: »Es tut mir leid, dass ich wegen Bradley so ausgerastet bin. Meine größte Angst ist es, dass meinen Kindern etwas passiert.«

»Das hätte mir klar sein müssen. Ich werde dir nie wieder so eine Angst einjagen.«

Bones war von Natur aus ein Beschützer, aber sein Bedürfnis, Sarah und ihre Kinder zu verteidigen, war wie ein bis ins Mark durchdringender Schmerz, den er nicht loswerden konnte und auch nicht wollte. Er wusste nicht, ob es daran lag, dass er beobachtet hatte, wie jeder seiner Brüder die Liebe gefunden hatte, und sie nun so glücklich waren wie nie zuvor. Oder ob das, was seine Mutter ihm vor langer Zeit gesagt hatte, wirklich zutraf. *Wenn du die eine Person findest, die für dich bestimmt ist, kann nichts etwas daran ändern.* Er wusste nur, wenn Sarah verheiratet sein sollte, wenn sie in irgendeiner Weise vergeben war und er sie nur aus der Ferne bewundern konnte, würde er dennoch alles tun, was in seiner Macht stand, um ihr zu zeigen, dass sie ihm vertrauen konnte.

»Wer ist bereit für Süßes oder Saures?«, fragte Finlay, während Tinkerbell sie zu Bradley zog.

»Tink!« Bradley stand auf, Tinkerbell schob ihren großen Kopf vor und leckte ihm so stürmisch über das Gesicht, dass er kichernd auf seinen Hintern fiel.

Bones hockte sich zwischen sie und hielt Tinkerbell am Halsband fest. »Alles in Ordnung, B-Boy?«

»Ja«, stieß Bradley zwischen seinen Kicheranfällen aus. »Lass sie los!«

»Wie wär's, wenn wir dir erst mal wieder aufhelfen?« Bones zog ihn hoch und legte einen Arm um seine Taille, während Tinkerbell ihn mit Hundeküssen bedeckte. Der Junge brauchte einen Hund in seiner Größe, aber Bones konnte sich vorstellen, dass seine Mutter nicht noch ein Wesen gebrauchen konnte, das sie ernähren, erziehen und umsorgen musste.

Red und ihre Freundinnen verabschiedeten sich noch rasch, bevor sie loszogen, um ihre Ehemänner zu finden.

»Sieht so aus, als hätte dein Junge einen Bodyguard«, sagte Finlay zu Sarah.

Bones schaute zu Sarah, die ihn misstrauisch beobachtete. Es war ungewohnt für ihn, dass er einem solch prüfenden Blick standhalten musste. Leben zu retten war sein täglich Brot als Arzt. Die meisten Menschen vertrauten auf seine Meinung, und er versuchte, dem gerecht zu werden. Was wäre notwendig, um Sarahs Vertrauen zu gewinnen? Und wo zum Teufel war der glückliche Mistkerl, der ihr Herz gewonnen hatte und Vater ihrer Kinder war?

»Komm, B-Boy«, sagte Bones, als er aufstand. »Wir zeigen denen mal, wie man richtig nach Süßem oder Saurem fragt.«

»Schulter! Schulter!« Bradley hüpfte mit ausgestreckten Armen vor ihm herum, was Tinkerbell mit einem aufgeregten *Wuff!* begleitete.

Als Bones den Jungen auf seine Schultern hob, berührte Sarah ihn am Arm und sagte: »Das musst du nicht …«

Bones zwinkerte ihr zu. »Ich mache eigentlich nie Dinge, die ich machen muss. Ich mache sie, weil ich es will.«

»Onkel Beah, ich will auch so auf den Schultern sitzen, wie Bradley bei Onkel Boney. Bitte!«, bettelte Kennedy, die mit ihrem kleinen Footballer-Kostüm samt Schulterpolstern, Stollenschuhen und ihrem rosafarbenen Diadem ganz entzückend aussah. Truman hatte sie vor einer Weile zu einem Footballspiel der Highschool mitgenommen, und seitdem war sie fasziniert von dem Sport. Kennedy war sonst richtig mädchenhaft, daher waren alle sprachlos gewesen, als sie beschlossen hatte, sich zu Halloween als Footballspielerin und nicht als Cheerleaderin zu verkleiden.

»Klar doch, mein Mäuschen.« Bear hob sie auf seine Schultern.

Bear war der emotionalste seiner Geschwister und hatte ein sonniges Gemüt. Bones hatte keine Ahnung, wie er das nach allem, was er im Laufe der Jahre durchgemacht hatte, hinbekam. Seine umgängliche Persönlichkeit hatte ihre Familie in vielerlei Hinsicht gerettet. Während Bones studierte und Bullet mit dem Militär ebenfalls fern der Heimat unterwegs war, hatte ihr Vater einen Schlaganfall erlitten. Bear hatte gerade den Highschoolabschluss gemacht und dann sein Leben hintenangestellt, um das Familienunternehmen Whiskey Bro's, und später nach dem Tod ihres Onkels auch die Werkstatt

Whiskey's Automotive, zu übernehmen. Er hatte im Laufe der Jahre nicht nur dafür gesorgt, dass beide Unternehmen zahlungsfähig blieben, sondern sie erfolgreich geführt und alles am Laufen gehalten, damit Bones sich darauf konzentrieren konnte, Arzt zu werden, und Bullet seinem Land dienen konnte. Jetzt war Bear an der Reihe, seinen Traum zu verwirklichen, und Bones hätte sich nicht mehr für ihn freuen können. Vor einigen Monaten hatte er Crystal geheiratet und zurzeit entwickelte er Motorräder für den erlesenen Zweirad-konstrukteur Silver-Stone Cycles. Und weil er die Werkstatt der Whiskeys so liebte, arbeitete er weiterhin in Teilzeit dort. Bones bewunderte jeden seiner Brüder und ihre Leistungen, und er würde Bear für seine selbstlose Großzügigkeit immer dankbar sein.

Kennedy setzte Bear ihr rosafarbenes Diadem auf den Kopf und sagte: »Jetzt siehst du *würklich* wie ein Cheerleader aus!«

»Nur für dich, Ken«, meinte Bear kopfschüttelnd.

»Wo ist Dixie?«, wollte Bones wissen.

»Penny und Izzy haben sie zusammen mit Jed, Quincy und Scott mitgeschleppt«, erklärte Crystal.

»Penny sagte, sie wollten *Single-Sachen* machen, was Quincy natürlich sofort mit einem vielsagenden Augenbrauenzucken kommentiert hat«, ergänzte Gemma.

Bones schaute zu Sarah. *Mit dir würde ich auch gern Single-Sachen machen.* Als hätte sie seine Gedanken lesen können, errötete sie und wandte den Blick ab.

Bullet murmelte etwas, das Bones nicht verstand. Wie die anderen Kerle sah er lächerlich aus in seinem Cheerleader-Kostüm mit den beiden Pompons in den Gesäßtaschen, aber er war eins fünfundneunzig groß, und es gab niemanden, der so blöd gewesen wäre, sich über ihn lustig zu machen. Und für alle

Whiskeys galt, dass es nichts gab, was sie nicht für Kennedy tun würden.

»Mist, ich habe den Buggy vergessen«, sagte Sarah.

»Ich trage sie.« Bones streckte die Hände nach Lila aus. »Komm her, kleine Maus.«

Sarah wandte ihm die Schulter zu. »Du hast doch schon Bradley.«

Bones hob eine Hand hoch, legte sie auf Bradleys Rücken und winkte mit der anderen. »Und ich habe einen freien Arm.«

»Mommy, er ist ein guter Trager«, sagte Bradley und klopfte Bones auf den Kopf. »Er hat mich schon oft getragt.«

Sie schaute mit einem entschuldigenden Blick zu Bones auf. »Schon gut, ich kann sie nehmen.«

Doch Lila streckte die Arme nach Bones aus. Er hielt ihr seinen Finger hin, den sie mit ihren winzigen Fingern umklammerte und dann zu ihrem Mund zog.

»Ich bezweifle nicht, dass du es *kannst*«, sagte Bones. »Aber dafür sind Freunde da: um einem Last abzunehmen.« Hatte sie keine engen Freunde gehabt, wo immer sie vorher gelebt hatte? Oder hatten die sie ausgeschlossen? Bei dem Gedanken zog sich in ihm alles zusammen. »Wenn es dir unangenehm ist, dass ich sie trage …«

»Nein, das ist in Ordnung. Ich bin nur …«

»Eine verantwortungsbewusste Mutter.« *Was dich nur noch anziehender macht.* »Und das ist eine bewundernswerte Eigenschaft.«

Sarah schüttelte den Kopf. Ihre hübschen blonden Haare wehten ihr um die Schultern. »Wirklich, Bones, du kannst sie doch nicht beide nehmen.«

»Oje«, sagte Finlay und warf Gemma einen wissenden Blick zu. »Du hast noch nicht verinnerlicht, dass man die Männlichkeit eines Whiskeys nicht infrage stellen sollte. Sie werden dich immer eines Besseren belehren.«

»Süße, du bist schwanger und warst schon den ganzen Nachmittag hier draußen unterwegs.« Bones streckte den Arm aus. »Und jetzt gib mir bitte diese hübsche kleine Lady. Wir gehen zu dir und holen den Buggy, wenn du willst, und dann fragen wir bei euch in der Nachbarschaft nach Süßem oder Saurem. Wahrscheinlich sollten wir auch ihren Igel und ihre Schmusedecke holen, falls sie quengelig wird.« Sarah wohnte nur drei Straßen weiter. Weit musste er die Kinder also nicht tragen, aber die Vorstellung, dass Sarah den ganzen Abend ein Kleinkind auf der Hüfte herumschleppen wollte, behagte ihm nicht.

Sarah sah ihn ungläubig und staunend an. »Ihren Igel …«

»Ich habe keine Ahnung, wie ihr es ohne ihn aus dem Haus geschafft habt.« Bones hatte Lila einen Plüschigel geschenkt, als sie das Krankenhaus verlassen hatten, und soweit er gesehen hatte, ließ Lila ihn nur selten aus den Augen.

Gemma stellte sich neben Sarah und sagte: »Es heißt ja, man erfährt viel über einen Mann, wenn man sich anschaut, wie er seine Mutter behandelt.« Sie schaute Truman voller Liebe an und sagte: »Ich finde, man erfährt mehr über einen Mann, wenn man sich anschaut, wie er die Kinder von anderen behandelt.«

Bear hatte sich mit Truman angefreundet, als Truman noch ein Teenager gewesen war. Wenige Jahre später hatte Truman die Verantwortung für ein Verbrechen übernommen, das sein jüngerer Bruder Quincy begangen hatte, und war mehrere Jahre für ihn ins Gefängnis gegangen. Kurz nach seiner Entlassung hatte er Lincoln und Kennedy – seine Geschwister, von deren Existenz er gar nichts gewusst hatte – aus einem Crack-Haus gerettet, in dem seine Mutter an einer Überdosis gestorben war. Er hatte Gemma kennengelernt, sich Hals über Kopf in sie verliebt, und nach ihrer Hochzeit hatten sie die Kinder adoptiert, die sie nun als ihre eigenen großzogen. Die Kinder hatten schon viel erlebt. Kennedy hatte anfangs vor allem und jedem Angst gehabt. Jetzt war sie dreimal pro Woche im Kindergarten und liebte es, im Mittelpunkt zu stehen. Truman war ein guter Mensch, der die Hölle durchlebt und sich rückhaltlos für andere aufgeopfert hatte. Bones war stolz, ihn seinen Bruder nennen zu können.

Sarah gab schließlich nach und übergab Bones ihre süße Kleine mit einem dankbaren Lächeln. »Ich habe langsam echt ein schlechtes Gewissen, weil ich dich so ausnutze. Immer hilfst du uns. Irgendwann fragst du dich bestimmt, wo deine ganze Freizeit abgeblieben ist.«

»Du kannst mich so viel ausnutzen wie du willst, Süße.« Er konnte die Zweideutigkeit aus seinem Tonfall nicht heraushalten, und dass sie ihn mit großen Augen ansah, sagte ihm, er sollte sich lieber etwas zurückhalten, damit sie nicht verängstigt davonlief. Aber er war nicht besonders gut darin, sich von etwas zurückzuhalten, das er wollte, und als er Sarah dabei ertappte, wie sie ihn musterte – oder besser gesagt, ziemlich begierig musterte –, fügte er hinzu: »So oft du willst.« Dann wandte er den Kopf nach oben und sagte: »Halt dich gut fest, B-Boy! Wir holen uns jetzt Süßes oder Saures.«

Zwei

Fast zwei Stunden und mehrere Stopps an Haustüren später schlief Bradley tief und fest mit einer Tüte Süßigkeiten im Arm im Buggy, während Lila eingewickelt in ihre Lieblingsdecke und mit dem Igel im Arm von Bones getragen wurde. Kennedy kämpfte an Bullets Brust gegen den Schlaf an, aber Lincoln war hellwach und spielte auf Trumans Arm mit dessen Bart. Crystal und Bear waren etwa eine halbe Stunde zuvor gegangen. Wenn Sarah sich richtig Mühe gab, konnte sie so tun, als gehörte sie in diese eng verbundene Gruppe. Aber sie hatte ihr Leben lang so getan als ob, und egal wie gut sie darin war, es war anstrengend. Sie hätte alles dafür gegeben, in eine andere Familie hinein-geboren worden zu sein, frei von ihrer Vergangenheit, ohne Lügen oder die Angst, dass die Leute vielleicht etwas über sie erfahren könnten, aber in der Hinsicht hatte das Schicksal es nicht gut mit ihr gemeint. In anderer Hinsicht schon. Ein Blick zu ihren wundervollen Kindern oder ihrem Bruder, und schon wusste sie wieder, wie viel Glück sie wirklich hatte.

»Wir sollten deine Kleinen wahrscheinlich nach Hause ins Bett bringen«, sagte Bones, während sie den Gehweg entlanggingen. »Du bist bestimmt auch erschöpft.«

Sie schaute ihn an, und ihr Puls raste auf diese verrückte

Art, von der sie als kleines Mädchen immer geträumt hatte – und diese Leidenschaft ließ Angst in ihr aufkommen. Sie hatte es einmal vermasselt und konnte sich das kein zweites Mal erlauben. Und wenn sie alle Kraft aufbringen musste, die sie hatte, so war sie fest entschlossen, ihren Kindern ein glückliches, normales Leben zu ermöglichen. Was genau *normal* bedeutete, wusste sie nicht mehr. Aber auf dem Gehweg neben Bones zu spazieren, über die Halloween-Parade und ihre Kinder zu reden, schien ein guter Anfang zu sein, und es war mit Sicherheit viel normaler als vieles, was sie in ihrem bisherigen Leben getan hatte – weglaufen, unvorstellbare Dinge tun, um Essen auf den Tisch zu bringen, und an einen Mann glauben, der sie alleingelassen und sie gezwungen hatte, ganz von vorne anzufangen.

Der Tag heute war so schön gewesen, dass sie ihn gar nicht beenden wollte. Aber sie konnte ihre selbstsüchtigen Wünsche nicht über das Bedürfnis ihrer Kinder stellen, die ihren Schlaf brauchten. »Das hat wirklich Spaß gemacht. Ob ihr es glaubt oder nicht, aber ich war noch nie auf so einem Umzug.«

»Du warst noch nie auf einem Umzug?« Finlay drehte sich zu ihr um, wobei ihr rosa-weißes Kostüm im Wind flatterte und Tinkerbell hektisch werden ließ. Der dicke Kopf der Hündin schwang hin und her, als sie versuchte, die Bedrohung auszumachen.

»Tink«, ermahnte Bullet sie streng und schlug sich dabei kurz auf den Oberschenkel. Tinkerbell legte den Kopf zur Seite, winselte Bullet an und sah dann wieder zu Finlay.

»Alles gut, Tink.« Finlay streichelte ihr über den Kopf und sagte: »Die Umzüge waren Teil meiner Jugend. Wo bist du aufgewachsen?«

Sarah war sich ziemlich sicher, dass die Antwort *in der Hölle* zu viele Fragen nach sich ziehen würde, daher sagte sie nur:

»Florida.« Über ihre Kindheit zu reden, war das Letzte, wonach ihr der Sinn stand. Sie war überzeugt, dass sie alle eine perfekte Kindheit genossen hatten, mit lauter Festumzügen, Geburtstagspartys und Pfannkuchen mit kleinen Smiley-Gesichtern. Die Art von Kindheit, die sie ihren Kindern ermöglichen wollte. Das hatte sie auch vermasselt, aber es war noch nicht zu spät, um das wiedergutzumachen. *Es ist nie zu spät*, erinnerte sie sich. Das war das Motto, nach dem sie und ihre Geschwister gelebt hatten, als sie jünger waren. Eine Woge der Sehnsucht überkam sie, als sie an ihre kleine Schwester Josie dachte.

»Sonne und Strand, wie in Peaceful Harbor. Zumindest meistens«, sagte Gemma mit einem glücklichen Seufzer und riss Sarah damit aus ihren Gedanken. »Na ja, da du jetzt hier lebst, kannst du mit uns zu den Umzügen gehen, zu den Clubfahrten und –« Ihr stockte der Atem, die Augen weit aufgerissen. »Wann haben deine Kinder Geburtstag?«

Ihr schneller Themenwechsel ließ Sarah auflachen. »Lila wird Ende nächsten Monats ein Jahr alt und Bradley wird im April vier.«

»Nächster Monat? An welchem Tag genau?«, fragte Bones, als sie an die Kreuzung zu ihrer Straße kamen.

Seine Lippen zeigten ein hoffnungsvolles Lächeln, und sie fragte sich, was er sich wohl erhoffte. Er hatte unglaublich schöne, volle Lippen – die Art von Lippen, die Frauen sich gern künstlich für viel Geld machen ließen. Sie ertappte sich oft dabei, wie sie diese Lippen anstarrte und dabei an Dinge dachte, an die sie nicht denken sollte. Zum Beispiel wie sie sich wohl an ihren Lippen anfühlten oder an ihrem Hals, oder ob er fest und fordernd küsste oder langsam und erregend. Sie senkte den Blick auf ihr Baby in seinen Armen, um sich von diesen

Gedanken abzulenken. Lilas süße kleine Hand lag an seinem Kiefer. Ihre Tochter hatte sich schon vom allerersten Mal an ohne zu zögern von Bones auf den Arm nehmen lassen. Manchmal beneidete Sarah sie um dieses leichte Vertrauen und wünschte, sie könnte es auch aufbringen. Aber in anderen Momenten bestärkte die vertrauensvolle Unschuld ihrer Tochter Sarah in ihrer Verantwortung, auf ihre Kinder aufzupassen und sie vor verborgenen Gefahren zu beschützen.

»Geburtstag?«, fragte er mit einem amüsierten Grinsen.

Oh Mist. Sie hatte vergessen, dass er auf eine Antwort wartete. »Dreißigster November.«

»Tja«, sagte Truman leise. »Das würde Gemma dann wohl Schicksal nennen.«

»Schicksal?« Mit solch übersinnlichen Dingen wie dem Schicksal verband Sarah eine Hassliebe. Vor ihrem Umzug nach Peaceful Harbor war ihr Leben zu grauenhaft gewesen, als dass sie hätte glauben können, irgendeine höhere Macht würde es lenken. Sie war der Ansicht gewesen, Schicksal wäre etwas, auf das sich Schwache verließen. Aber dann hatte Scott es geschafft, sich auf den Bohrinseln Arbeit zu verschaffen, sie war dem Zorn ihres Vaters entronnen, Josie schließlich auch, und das hatte ihr die Hoffnung gegeben, dass irgendein Licht sie alle irgendwann ins Glück führen würde. Und dann war sie auf der Straße gelandet. Immer wenn das Glück in Reichweite schien, wurde es ihr entrissen, und immer wieder wurde ihr bewiesen, dass Schicksal etwas für die Schwachen war, während den Starken das Überleben überlassen wurde.

»Da habe ich auch Geburtstag.« Bones drückte seine verlockenden Lippen auf die Stirn ihrer Tochter und wurde mit einem verschlafenen Laut von Lila belohnt. »Kein Wunder, dass ich diese kleine Dame so gernhabe.«

Dieser Mann war ein Hormonstoßauslöser auf Beinen.

»Wir müssen eine gemeinsame Geburtstagsparty organisieren!«, sagte Gemma. »Ich bringe Kostüme für die Kinder.« Sie war die Eigentümerin der Boutique »Princess for a Day«, in der sie Kinderpartys veranstaltete und verschiedene Kostüme im Angebot hatte. Vor Kurzem hatte sie Sarah zweimal engagiert, um den Kindern bei Partys Frisuren zu machen, und Sarah war begeistert gewesen, so viele glückliche, einfallsreiche Kinder auf einmal zu sehen.

Finlay klatschte in die Hände. »Das ist perfekt!«

»Das müsst ihr nicht«, wandte Sarah ein. »Ich mache normalerweise nur einen Kuchen und besorge ihnen eine Kleinigkeit.«

»Ich finde, das klingt nach einer tollen Idee«, sagte Bones und sah auf ihre Tochter hinab. »Der erste Geburtstag ist eine wichtige Sache. Sie verdient ein großes Trara. Wir könnten es doch zu Thanksgiving machen. Da sind sowieso alle da. Wir machen es bei mir.«

Alle waren einverstanden, und während sich Finlay und Gemma über ein mögliches Motto unterhielten, berührte Sarah Bones am Ärmel und sagte fast flüsternd zu ihm: »Wir können nicht einfach so euer Thanksgiving-Fest kapern.«

»Süße, du wurdest in der Sekunde Teil der Familie, in der Bullet dich aus diesem brennenden Auto gezogen hat. Feiere Thanksgiving mit uns. Du, die Kinder und Scott, ihr gehört dazu.«

Sie hatte nie irgendwo dazugehört. Er konnte sich gar nicht vorstellen, wie sentimental und glücklich zugleich sie das machte.

»Natürlich sind sie dabei«, sagte Finlay. »Ich habe schon ein ganzes allergenfreies Festmahl geplant. Seit zwei Wochen feile ich schon an dem Menü.«

Jetzt war ihr zum Weinen zumute. *Blöde Schwangerschaftshormone.* Die machten sie einfach zu gefühlsduselig. Und wenn Bones in der Nähe war, auch noch so erregt wie eine rollige Katze. In dem Bemühen, diese Gefühle in Schach zu halten, sagte sie: »Aber ich werde ein Leben lang in deiner Schuld stehen, weil du schon so viel für uns getan hast. Und dabei kennst du uns gar nicht so gut. Wir könnten schlechte Menschen sein.«

»So 'ne Schei–«

»Bullet!«, unterbrach Finlay ihn mit einem Blick zu Kennedy auf seinem Arm.

Bones schüttelte den Kopf und sah Sarah an, als hätte sie den Verstand verloren.

»Ich denke, wir hätten es mittlerweile gemerkt, wenn du ein schlechter Mensch wärst«, sagte Gemma. »Zumindest unsere Männer. Die haben einen sechsten Sinn für Ärger.«

»Aber wie genau funktioniert das? Das mit diesem sechsten Sinn?«, wollte Sarah wissen, doch es entwich ihr eher wie ein Flehen, denn sie wollte diese Fähigkeit so unbedingt besitzen. War sie der einzige Mensch auf der Welt, der diese Gabe nicht besaß? Oder waren die anderen zu naiv, um zu bemerken, dass einige Menschen es meisterhaft beherrschten, ihr wahres Ich zu verbergen? »Wie könnt ihr nach nur wenigen Monaten erkennen, ob jemand gut oder böse ist?«

Bones, Bullet und Truman sahen sich ungläubig an.

»Ich brauche nur etwa zwei Minuten«, sagte Bullet.

»Meiner Erfahrung nach«, meinte Sarah, »können sich Menschen ohne Vorwarnung ändern.«

»Das kann passieren«, sagte Bones ernst. »Und manchmal machen gute Menschen schlechte Dinge, waschen sich rein und machen alles wieder gut.«

Er schaute ihr tief in die Augen, und sie fragte sich, ob er die dunklen Erfahrungen ihrer Vergangenheit sah, die sie nach unten zogen. Sie war davon überzeugt, dass es in der Hölle einen besonderen Platz für Männer wie ihren Vater und ihren Ex gab. Aber was war mit Menschen wie ihr? Sie musste an Wiedergutmachung glauben, zumindest in bestimmten Fällen. Wenn nicht, war sie geliefert.

»Keine Sorge, Süße«, sagte Bones. »Du bist jetzt eine von uns. Wir würden nie zulassen, dass dir etwas zustößt.«

»Danke. Das bedeutet mir unglaublich viel, aber trotzdem würde ich gern schlechte Menschen erkennen können.«

»Ich zeige es dir.« Er musste ein Fünkchen Erleichterung in ihren Augen gesehen haben, denn er legte den Arm um ihre Taille, zog sie an sich, während er den Mund nah an ihr Ohr brachte und sagte: »Nicht alle Arten von böse sind schlecht. Manche sind sehr, sehr gut.« Dann versenkte er diesen dunklen Blick in ihrem, ließ ihren Magen mehr als verrücktspielen und fügte hinzu: »Ich kann dir zeigen, wie du *alle* Arten von böse erkennen kannst.«

Mit offenem Mund starrte sie ihn an, während er ihr dieses schiefe Grinsen schenkte, das in etwa bedeutete *So weit wollte ich gar nicht gehen, aber irgendwie doch* und das sie fast zum Lachen brachte.

»Sachte, sachte, Bruderherz«, sagte Bullet. »Wir können es nicht gebrauchen, dass unser versauter Arzt diese Kleine hier mitten auf der Straße in die Wehen hineinmanövriert.«

Bones sah Bullet verärgert an, wandte sich dann wieder Sarah zu und sagte: »Sag ja zu Thanksgiving und einer gemeinsamen Geburtstagsparty, Süße.«

»Oh ja«, sagte Finlay. »Bitte, Sarah.«

»Und beachte diese Jungs gar nicht«, fügte Gemma hinzu. »Die reden immer so.«

»Wenn ihr sicher seid …?«, fragte sie vorsichtig.

»Absolut und unbedingt.« Bones beugte sich näher zu Lila hinunter und flüsterte: »Wir feiern zusammen, kleine Maus.«

Gemma löste Kennedy sanft von Bullets Brust. »Und nach dieser zuckersüßen Feststellung werden wir unsere Kleinen wohl auch mal nach Hause und ins Bett bringen.«

Kennedy seufzte und schloss ihre schläfrigen Augen wieder, als sie sich an ihre Mama kuschelte.

»Ich melde mich diese Woche bei euch«, sagte Truman zu den Männern.

»Mach das«, erwiderte Bullet.

Finlay wandte sich zu Sarah: »Ich rufe dich an, und dann machen wir einen Termin nach der Hochzeit aus, um die Geburtstagsparty zu planen.«

»Okay, danke. Das wird bestimmt toll.« Sie schaute zu ihrem Baby, das entspannt auf Bones' Armen schlief. *Der erste Geburtstag ist eine wichtige Sache. Sie verdient ein großes Trara.* Das hatte ihre Kleine in der Tat verdient, und dass Bones dies erkannte, machte es zu einer noch wichtigeren Sache.

Finlay schlang die Arme um Bullet und schaute mit verliebt funkelnden Augen zu ihm auf. »Ich kann es immer noch nicht glauben, dass wir nächstes Wochenende heiraten. Wer plant eine Hochzeit denn so schnell?«

»Ein ziemlich besitzergreifender Biker, der dir einen Ring anstecken will, bevor du merkst, was für einen Fehler du machst«, meinte Bones grinsend.

»Da hast du verdammt recht«, stimmte Bullet zu.

»Zum Glück hat Cassie Zeit, das Catering zu übernehmen«, sagte Finlay. Cassie war die Eigentümerin der Messy Buns und

Muffin Tops Bakery im Zentrum von Peaceful Harbor. »Was ist das nur für eine Leiterin eines Catering-Unternehmens, die sich nicht um ihre eigene Hochzeit kümmern kann?«

»Eine sehr beschäftigte«, sagte Sarah. »Ich habe keine Ahnung, wie du das alles schaffst. Du arbeitest in der Bar, hast deine Catering-Firma *und* planst deine Hochzeit.«

Finlay lehnte sich an Bullet und sagte: »Die Hochzeitsplanung war einfach. Solange Familie und Freunde dabei sind, ist alles andere eigentlich egal. Wir mussten nicht einmal Einladungen verschicken. Bullet hat den Termin mitgeteilt und der wurde schnell unter allen Mitgliedern der Dark Knights verbreitet. Wir hatten mehr Hilfe, als wir jemals gebraucht hätten.«

»Das ist mein Mädchen.« Bullet umarmte sie und Tinkerbell schob ihre Schnauze zwischen die beiden. Bullet beugte sich hinunter, um sie zu streicheln, und gleichzeitig betrachtete er Finlay begehrlich. »Komm, Finlay, wir gehen nach Hause und machen da unsere eigene Halloween-Party.«

Die Frauen umarmten sich vorsichtig, um die Kleinen nicht aufzuwecken, und dann begleitete Bones Sarah nach Hause, wobei er den Arm fest und beschützend um sie legte, wie er es schon seit Wochen getan hatte.

Als sie das Haus erreichten, war sie von einem Gefühl des inneren Friedens erfüllt, an das sie sich erst hatte gewöhnen müssen. Sie hatte nie ein Zuhause gehabt, in dem sie sich vollkommen sicher gefühlt hatte – bis sie Scott gefunden hatte und sie hierhergezogen waren. Scott hatte ihr vorhin eine Nachricht geschrieben und sie gebeten, nicht allein nach Hause zu gehen und ihm zu schreiben, wenn sie aufbrechen wollte. Aber sie hatte ihn wissen lassen, dass sie heute Abend ein Gefolge hatte, das auf sie aufpasste, und sie musste zugeben, dass sich das gut anfühlte. Und Bones' Aufmerksamkeit? Die stand ganz oben auf ihrer Dinge-die-sich-gut-anfühlen-mich-aber-nervös-machen-Liste.

Obwohl Bones ihr eine Teenagernervosität bescherte, so war es doch ein unglaubliches Gefühl, eine solche Geborgenheit zu spüren, und sie wollte am liebsten ewig darin verweilen und es in sich aufsaugen.

»Woran denkst du?«, fragte Bones, während er den Buggy auf die kleine Veranda vor dem Haus hob.

»Ach nichts«, sagte sie, denn wie albern würde sich das anhören, wenn sie ihm die Wahrheit sagte?

»Komm, lass mich das machen.« Seine großen Finger legten sich um ihre, als er ihr die Schlüssel abnahm. »Das war nicht *nichts*. Dein Blick wurde so sanft, wie er es immer wird, wenn du deine Kinder ansiehst.«

Sie schaute zu ihrem Jungen, der im Buggy schlief. Sie verspürte das gleiche Gefühl von Frieden und wusste, dass er recht hatte. »Kannst du in jedem Gesicht lesen?«

Er schloss die Tür des einstöckigen Hauses auf und öffnete sie, ohne zu antworten. Sein Blick glitt über das gemütliche Wohnzimmer, das nur durch eine halb hohe Wand von der Küche getrennt war. Auf dem Couchtisch und dem Boden verstreut lag Spielzeug. Plüschtiere und Kinderbücher belagerten das Sofa.

»Oh Mann, ich würde mich ja für die Unordnung entschuldigen, aber du bist oft genug hier gewesen, um zu wissen, dass wir so leben.«

Er lächelte und sagte: »Euer Haus ist genau so, wie es sein sollte. Meine Mutter hat immer gesagt, dass man mit einem Blick erkennen können muss, wer in einem Haus lebt. Ein Haus, in dem gelebt wird, ist ein Haus voller Liebe. Um die

Leute in den tadellos sauberen Häusern muss man sich eher Sorgen machen.«

»Kein Wunder, dass ich Red so mag.«

»Sie mag dich auch«, sagte er beiläufig, aber an der Art, wie er sie anschaute, war gar nichts Beiläufiges. Sein Ausdruck wurde ernst, als er sagte: »Ich bin kurz davor, hier mit Vorhängen für diese Glastüren aufzutauchen. Der Garten hinter dem Haus ist eingezäunt, aber man kann nicht vorsichtig genug sein.«

Sie zuckte innerlich zusammen. Als sie eingezogen waren, hatten sie ein Laken vor die Glastür gehängt, die von der Küche in den Garten führte. Vorhänge hatten nicht gerade ganz oben auf ihrer Prioritätenliste gestanden, obwohl sie seine Sorgen ernst genommen, Stoff gekauft und angefangen hatte, Vorhänge zu nähen. »Ich bin fast fertig damit.«

Sie beugte sich hinunter, um den Gurt des Buggys zu öffnen, als Bones sie am Arm berührte.

»Ich trage ihn hinein«, bot er an.

Er legte Lila in Sarahs Arme und deckte die Kleine und ihren Igel mit der Decke zu. Seine Lippen näherten sich der Stirn des Babys, doch zuvor schaute er zu Sarah auf und bat wortlos um ihr Einverständnis. Sie nickte und fragte sich, ob er Lila vorhin einen Kuss gegeben hatte, ohne sich dessen bewusst zu sein. Das war anzunehmen, denn er hatte es schon mehrere Male wie selbstverständlich getan.

Er schloss die Augen, als er diese wunderschönen Lippen sanft an den Kopf ihrer Tochter drückte, und flüsterte dann: »Schlaf schön, kleine Lady.«

Er hob Bradley aus dem Buggy und folgte ihr hinein. Bones war schon oft in ihrem Haus gewesen, aber als er ihr den schmalen Flur entlang folgte, wurde ihr bewusst, dass sie noch nie allein gewesen waren.

Bones wartete in der Tür, während Sarah Lila auf einer Auflage auf der Kommode wickelte. Er fühlte sich mit ihnen so verbunden, dass er das Schlafzimmer betrat, das sie mit ihren Kindern teilte. Dieses Gefühl der Verbundenheit … das schien in letzter Zeit sein Leben zu bestimmen. Er stellte sich neben sie, als sie Lilas Schlafanzug zuknöpfte.

»Unglaublich, dass sie das Ganze schlafend mitgemacht hat.« Staunend betrachtete er das Baby, während Sarah die Kleine auf den Arm nahm und sie an ihre Brust schmiegte.

Sie küsste das Baby auf den Kopf und sagte: »Sie war schon immer eine gute Schläferin, im Gegensatz zu meinem kleinen Mann. Ob du es glaubst oder nicht, bis wenige Wochen nach unserem Umzug hierher hat er nicht durchgeschlafen.« Sie legte Lila in das Gitterbett, deckte sie zu und stellte ihren Igel in die Ecke vom Bett.

»Was ist mit dem Pyjama für B-Boy?«, flüsterte Bones.

Sie nahm einen zweiteiligen Batman-Pyjama aus einer Schublade der Kommode. »Wenn du ihn aufs Bett legst, zieh ich ihn um.«

»Sollte er nicht zuerst noch mal auf die Toilette?«

Ihr Lächeln verriet ihm, dass sie alle Tricks und Kniffe kannte. »Wenn ich ihn umziehe, wird er gerade wach genug werden, um noch zu gehen.«

Bones legte ihn aufs Bett und half ihr, vorsichtig die kleinen Lederstiefel auszuziehen.

Als sie ihm den Pyjama anzog, hoben sich schläfrig seine

Augenlider. »Mommy, wo sind meine Süßigkeiten?«

Die Prioritäten des kleinen Jungen ließen Bones schmunzeln.

»An einem sicheren Platz bis morgen gut verstaut.« Sie half ihm, sich hinzusetzen, und sagte: »Lass uns noch schnell auf die Toilette gehen und dann kannst du schlafen.«

Bradley schaute müde zu Bones. »Kann Bones mit mir gehen?«, fragte er gähnend.

Sarah warf Bones einen Blick zu, und aus einem Grund, den er noch nicht ganz verstand, hoffte er inständig, dass sie ihm genug vertrauen würde.

»Nur wenn Bones nichts dagegen hat«, sagte sie.

»Im Gegenteil«, sagte er so locker wie möglich. »Komm, Kumpel, zeig mir, wo dein Thron ist.«

Bradley rutschte vom Bett und nahm seine Hand, um mit ihm zum Flur zu gehen. »Was ist ein Thron?«

Während Bradley die Toilette benutzte, erklärte Bones, dass Thron ein cooleres Wort dafür war. In ihrem Haus gab es nur ein Badezimmer, und obwohl Bones versuchte, nicht zu neugierig zu sein, konnte er unmöglich das Netz mit dem Plastikspielzeug in der Badewanne oder die Flaschen mit Babyshampoo, Duschgel und Badeschaum übersehen. In einem Korb am Duschkopf stand ein einfaches Duschgel. Ein winziges schwarzes Handtuch mit dem Batman-Logo, einer Kapuze und Ohren hing an einem Haken an der Wand neben einem rosafarbenen Handtuch mit einer Kapuze und Feenflügeln.

Er half Bradley beim Händewaschen und entdeckte eine Batman-Zahnbürste in einer süßen kleinen Halterung samt Spongebob-Zahncreme und einem bunten Zahnputzbecher. Sarahs und Scotts Zahnbürsten standen aufrecht in einem Glas und daneben lag eine günstige Zahncreme. Es überraschte ihn nicht, dass Sarah sich selbst nicht viel gönnte, für ihre Kinder aber liebevoll sorgte.

»Wir sollten wahrscheinlich deine Zähne putzen, oder?«

Bradley nickte und rieb sich die Augen, während Bones Zahncreme auf die Bürste auftrug und sie ihm dann gab. Er nahm sie in seine kleine Hand und putzte halbherzig eine Seite seiner Zähne.

Bones hockte sich vor ihm hin. »Wie wär's, wenn ich dir helfe?«

Bradley überließ ihm wieder die Zahnbürste und öffnete den Mund – offensichtlich wusste er genau, wie das Ganze abzulaufen hatte, während Bones noch zu lernen hatte. Nach dem Zähneputzen füllte er den Zahnputzbecher und gab ihn Bradley. »Weißt du, wie man spült, ohne zu schlucken?«

Bradley nickte, nahm einen Schluck Wasser und beugte sich dann über das Waschbecken, um alles auszuspucken, doch dabei spritzte ein Großteil auf sein Pyjamaoberteil.

»Gut gemacht, Kumpel. Aber ich denke, wir sollten das hier wieder ausziehen, bevor du ins Bett gehst.« Er zog Bradley das T-Shirt aus, woraufhin Bradley die Arme um Bones' Hals schlang und den Kopf auf seine Schulter legte. Wieder fragte Bones sich, wo der Vater der Kinder wohl war. Abgesehen von Sarahs Schwester, die nur einmal kurz aufgetaucht war, hatte sie niemand im Krankenhaus besucht. War ihr Mann ein Versager? Oder Schlimmeres? War er tot? Außerdem fragte er sich noch immer, ob es mehr als einen Vater gab.

Eines war sicher. Ob diese Kinder nun einen einzigen Versager als Vater hatten oder zwei verschiedene Loser sich ihrer Verantwortung entzogen, sie würden sich wünschen, sie wären tot, wenn Bones sie in die Finger bekäme.

Er trug Bradley zurück ins Schlafzimmer, wo Sarah auf Lila

hinabblickte. Sie sah auf, als sie hereinkamen, und als sie Bradleys nackten Oberkörper sah, lächelte sie.

»Wir haben Zähne geputzt«, erklärte Bones.

»Das brauchtest du doch nicht. Ich hätte dich gewarnt. Er kann nicht ausspucken, ohne sich nass zu spritzen.«

Sie warf Bradleys schmutziges Pyjamaoberteil in einen Wäschekorb in der Zimmerecke und holte ein frisches aus der Kommode.

Bones hielt Bradley, während sie es ihrem Sohn anzog. Dann legte er ihn ins Bett und deckte ihn zu. Der Kleine sah winzig und verletzlich in dem großen Bett aus. »Nimmt er ein Plüschtier zum Schlafen?«

Sie schüttelte den Kopf. »Er hat kein Lieblingskuscheltier. Er knuddelt gern seine Decke.«

»Nacht, B-Boy.« Er strich mit dem Finger über Bradleys Stirn. »Träum was Schönes.«

Sie ließen die Tür einen Spalt offen, als sie das Zimmer verließen, und dann begleitete Sarah Bones zur Haustür. Er wollte nicht gehen, und sie schon gar nicht ohne Scott im Haus allein lassen. Verdammt, er wollte die Karten auf den Tisch legen, ihr seine Gefühle gestehen und all die Fragen stellen, auf die er Antworten brauchte. Aber er befürchtete, sie könnte vollkommen dichtmachen, wenn er das tat, und das wollte er auf keinen Fall riskieren.

»Wann kommt Scott nach Hause?«, fragte er.

»Bald. Er hat geschrieben, als ihr im Bad wart. Er ist unterwegs.«

Bones nickte, immer noch zögernd. Er nahm die Süßigkeiten aus dem Buggy und die Windeltasche, die sie an den Griff gehängt hatte, und stellte beides innen an den Eingang. Sarah gähnte und sah liebenswert und erschöpft zugleich aus. So viel lag in ihren wunderschönen braunen Augen – die Liebe zu ihren Kindern, Geheimnisse und Warnungen. Doch obwohl sie schnell wegschaute – wie so oft, wenn er die knisternde Spannung zwischen ihnen beiden fühlte –, so hatte er doch das Verlangen auflodern sehen.

Er berührte ihre Fingerspitzen mit seinen und ihr Blick huschte vorsichtig nach oben.

»Du hast mich vorhin gefragt, ob ich in jedem Gesicht lesen kann wie in deinem«, sagte er leise. »Genau weiß ich das nicht. Aber es ist schwer, diese kleinen Dinge bei dir nicht zu bemerken, zum Beispiel wenn du rot wirst, weil ich dich berühre, oder wenn die Liebe zu deinen Kindern und deine Stärke als Frau aus dir herausstrahlen wie die Sonne.« Ihre Wangen erröteten, und er fuhr fort. »Ich weiß nicht, was du durchgemacht hast, aber du sollst wissen, dass du hier Freunde hast. Freunde, denen du vertrauen kannst. Und ich hoffe, dass du eines Tages mehr als das in mir siehst.«

Sie schluckte nervös. Dann nahm er ihre Hand und drückte einen Kuss darauf. Doch da ihm das nicht genügte, zog er sie in seine Arme und sagte: »Danke, dass ich dir helfen durfte, die Kinder ins Bett zu bringen.«

Zögernd ließ er sie los und trat auf die Veranda, um sich davon abzuhalten, sich den Kuss zu nehmen, nach dem er sich so sehnte. Und verdammt, sie wirkte so hin- und hergerissen, als wäre sie erregt und verängstigt zugleich. »Sarah …« *Wer zum Teufel hat dir wehgetan? Sag es mir, damit ich ihn fertigmachen kann.* Doch er riss sich zusammen und sagte nur: »Vergiss nicht, hinter mir abzuschließen, okay?«

Sie nickte und lächelte zaghaft. Nachdem das Schloss eingerastet war, setzte er sich auf die Treppe zur Veranda und wartete darauf, dass Scott heimkehrte.

Drei

Am Donnerstagabend hängte Sarah ihre schwarze Friseurschürze im Hinterzimmer von Chickis Salon an einen Haken und sammelte ihre Sachen zusammen, während sie im Geiste ihre To-do-Liste durchging. Sie liebte die Arbeit im Friseursalon und war stolz darauf, ihren Lebensunterhalt zu verdienen und den Kindern zu zeigen, dass es gut war, unabhängig zu sein. Es war auch eine wunderbare Möglichkeit, die Menschen im Ort kennenzulernen: Sobald sie eine Schere in die Hand nahm, überkam sie ein Erfolgsgefühl, weil sie es so weit gebracht hatte.

»Hallo, meine Kleine«, sagte Chicki, die gerade zur Hintertür hereinkam. »Machst du Feierabend?«

Chicki, Red und Babs hatten sie *Meine Kleine* und Ähnliches genannt, seit sie sich zum ersten Mal gesehen hatten. Während es sich anfangs seltsam angefühlt hatte, weil die Frauen sie kaum kannten, nahm Sarah diese liebevollen Anreden nun gern entgegen, ebenso wie ihre Umarmungen und die Liebe, mit der sie die Kinder überschütteten. Denn sie erinnerten Sarah daran, dass sie selbst zwar von ihrer Mutter nie liebevoll oder auch nur nett behandelt worden war, sie aber beides verdient hatte.

»Ja. Ich habe dich heute Abend gar nicht erwartet. Bist du unterbesetzt? Soll ich bleiben?«

Obwohl Chicki die Eigentümerin des Salons war, arbeitete sie nur wenige Stunden im Monat. Unabhängig davon sah sie immer perfekt gestylt aus, von ihren frisierten Haaren bis zu ihrem knallroten Lippenstift und den dunkel geschminkten Augen. Die Haare trug sie heute offen mit einem Seitenscheitel. In sanften Wellen fielen sie auf die Schultern und verliehen ihr ein jugendliches Aussehen. Ihr schwarzes Shirt war in der Taille zusammengeknotet und betonte ihre große Oberweite und die Rundungen der Hüfte. Dazu trug sie eine schwarze Skinny-Jeans und hochhackige Schuhe, mit denen Sarah schon beim ersten Schritt umgeknickt wäre.

»Nein, ich wollte nur etwas aus dem Büro holen. Deine Kleinen brauchen ihre Mama, und deine Füße tun bestimmt höllisch weh.«

»Gar nicht so sehr, und ich hatte einen tollen Tag. Isla war zum Spitzenschneiden hier.« Isla war eine von Chickis Töchtern. Mit Anfang zwanzig führte sie den Blumenladen der Familie. Außerdem war sie so rebellisch, wie eine Frau nur sein konnte. Sarah beneidete Frauen wie Isla. Frauen mit normalen Familien und einem normalen Leben, in dem sie rebellisch sein konnten, ohne gezwungen zu werden, das Weite zu suchen.

»Das kleine Früchtchen ist mit Absicht gekommen, als ich nicht hier war«, murrte Chicki. »Sie steht gerade auf meiner schwarzen Liste.«

»Oh-oh«, meinte Sarah. »Was hat sie denn dieses Mal angestellt?« Sie hatte schon des Öfteren miterlebt, wenn Chicki und Isla aneinandergerieten, aber egal wie unerbittlich Chicki auch war, sie ließ ihre Tochter nie ohne eine Umarmung und ein *Hab dich lieb* gehen.

»Frag lieber, was sie nicht angestellt hat. Das Mädchen testet ihre Grenzen aus, seit sie mit ihren hübschen langen Wimpern klimpern kann.« Chicki zeigte auf Sarah und sagte: »Du solltest hoffen, dass du dieses Mal einen Jungen bekommst. Mädchen können bissig, geheimniskrämerisch und so emotional werden, dass sie dich in den Wahnsinn treiben. Jungs können vielleicht impulsiv sein, aber zumindest weiß man bei ihnen, woran man ist. Sie sagen es einem, wenn man sie nervt.« Sie schüttelte den Kopf und ließ sich dann auf Spanisch über etwas aus, das Sarah nicht verstand. Dann atmete sie tief durch und sagte: »Im Moment ist Lila zuckersüß. Aber irgendwann wird sie die Jungs für sich entdecken und dann steht deine ganze Welt Kopf. Wenn du dir an einem Tag noch Sorgen gemacht hast, ob sie in der Schule Freunde findet, wirst du am nächsten hoffen, dass sie nicht schwanger wird.«

Sarah dachte an ihre Kindheit zurück. Sie hatte nie auch nur die Chance gehabt, Jungs für sich zu entdecken. Seit sie zwölf Jahre geworden war und ihre Periode bekommen hatte, war sie von ihren Eltern aufs Übelste beschimpft worden, als wären sie davon ausgegangen, dass sie mit jedem männlichen Wesen im Umkreis von hundert Meilen schlief. Sie verdrängte diese Gedanken, als sie den Salon verließ und zum Supermarkt fuhr. Irgendwie wusste sie in ihrem Innersten zum Glück, dass sie nicht der Grund für den Hass ihrer Eltern war. Sie kannte das Geschlecht ihres ungeborenen Babys nicht und es war ihr auch egal. Sie wusste, es war ein Überlebenskünstler, und ob es nun ein rebellisches Mädchen oder ein dickköpfiger Junge war, es würde nie etwas anderes als Liebe von ihr erfahren. Sie hoffte, das würde ausreichen, um ihre Kinder davon abzuhalten, jemals grausam anderen gegenüber zu sein – dem Erbgut ihres Vaters zum Trotz.

Nach einem kurzen Halt im Supermarkt holte sie Bradley und Lila von Babs ab und fuhr nach Hause, während Bradley munter plappernd erzählte, wie sie mit Babs und Red im Park gespielt hatten. Bones' Motorrad stand vor dem Haus. Sie müsste eigentlich daran gewöhnt sein, ihn zu sehen, da er Scott fast jeden Abend mit dem Kellerausbau half. Dennoch fing ihr Puls an zu rasen, als die Erinnerung an den Abend neulich auf sie einstürmte. Sie hängte sich die Handtasche über die Schulter, stieg aus dem Auto aus und versuchte, sich abzulenken. Doch keine Ablenkung war stark genug, um ihre übereifrigen Schwangerschaftshormone zu beeinflussen, die sich mächtig ins Zeug legten, seit er ihr am Abend von Halloween ins Haus gefolgt war. Noch immer konnte sie seine Finger spüren, die ihre streiften, und noch immer roch sie seine männliche Kraft. Ihr Herz schlug schneller, wenn sie daran dachte, wie er ihre Kleinen anschaute, als wären sie die wunderschönsten Wesen auf der Welt. Als er sich bei ihr dafür *bedankt* hatte, dass er ihr helfen durfte, die Kinder ins Bett zu bringen, war sie ganz gerührt gewesen. Der eigentliche Vater hatte sie so lang als lästige Zumutung gesehen, dass sie das Schlimmste erwartet hatte. Ihr wurde ganz heiß bei der Erinnerung daran, wie Bones sie angefleht hatte, ihm zu vertrauen, und wie seine warmen, weichen Lippen sich auf ihrer Hand angefühlt hatten. Sie hatte kein Wort herausgebracht und kaum mehr als ein Nicken hinbekommen. Da war es auch nicht hilfreich gewesen, als Scott ihr erzählt hatte, dass Bones auf der Veranda gesessen hatte, bis er nach Hause gekommen war, nur für den Fall, dass sie etwas gebraucht hätte.

»Bones ist da!«, rief Bradley, als sie die Tür öffnete, um ihm aus dem Auto zu helfen. Er zerrte an seinem Gurt. »Beeil dich, Mommy! Lass mich raus. Ich will Onkel Scott und Bones helfen!«

Sie atmete tief durch, um einen klaren Kopf zu bekommen, während sich Bradley aus seinem Sitz befreite und über den Rasen rannte. »Pass auf, dass du ihnen nicht im Weg bist«, rief sie noch hinter ihm her, bevor sie zu Lila ging, die aufgeregt mit Armen und Beinen strampelte.

»Ich komm ja schon, Lila-Schatz«, sagte sie und nahm sie auf den Arm. »Willst du auch Hallo zu Bones sagen?«

Lila lehnte sich in ihrem Arm vor, als könnte sie ihre Mutter dazu bewegen, schneller zu gehen.

»Immer mit der Ruhe, kleine Lady.« *Kleine Lady.* Hatte sie so viel Zeit mit dem unfassbar hilfsbereiten Bones verbracht, dass sie schon seine Ausdrucksweise übernommen hatte? Ihr war tatsächlich schon aufgefallen, wie sehr es ihr gefiel, wenn er das sagte. Es klang, als wäre Lila etwas ganz Besonderes für ihn. Sie gab ihrer kleinen Tochter einen Kuss auf die Wange. »Zu viel Liebe ist nie etwas Schlechtes, stimmt's, Schatz?«

Mit der freien Hand griff sie nach den Einkaufstaschen und stieß dann mit der Hüfte die Wagentür zu, während sie sich gegen die Vorfreude zur Wehr setzte, die sie so sehr versuchte zu ignorieren.

Im Haus hörte sie Bradleys hohe Stimme aus dem Keller heraufdringen, gefolgt von Bones' herzlichem Lachen. Sie stellte die Einkaufstaschen auf der Arbeitsfläche in der Küche ab und setzte Lila dann zu ihren Spielsachen auf den Boden im Wohnzimmer, damit sie das Schutzgitter an der Treppe zum Keller anbringen konnte. Noch konnte Lila nicht laufen, aber sie krabbelte wie ein Formel-1-Champion und zog sich gern schon an Möbeln hoch.

Während Sarah die Schuhe abstreifte und Lilas Spielzeug zusammensammelte, hörte sie, wie Bradley den beiden Männern von seinem Tag erzählte. Ihr erstaunlicher kleiner Junge hatte sich wunderbar in ihrer neuen Welt eingefunden. Sie fragte sich, wieviel er wohl von ihrem alten Leben noch wusste, aber sie hatte zu große Angst, ihn danach zu fragen und vielleicht unangenehme Erinnerungen hervorzuholen. Er hatte nicht gesehen, wie ihr Ex sie drangsalierte, aber die Boshaftigkeit in seiner Stimme oder die grauenhaften, unsensiblen Dinge, die er am Ende über die Kinder gesagt hatte, waren sicher nicht spurlos an ihnen vorübergegangen.

Sie führten jetzt ein gutes Leben, und darauf konzentrierte sie sich.

»Komm, Schatz. Es wird Zeit, Essen zu machen.« Sie holte Lila zusammen mit ein paar Spielsachen zu sich in die Küche, damit die Kleine dort spielen konnte, während Sarah kochte.

Nervosität überkam sie, während sie das Essen zubereitete und über Bones nachdachte. Es war albern, wirklich. Sicher hatte sie zu viel in diesen Kuss auf die Hand hineininterpretiert. *Meine Güte!* Warum war sie nur so nervös? *Weil du willst, dass der Handkuss etwas bedeutet.*

Ach! Wollte sie das? *Nein.* Sie hatte zu viel hinter sich, als dass sie auch nur auf den Gedanken kommen sollte, dass ein Mann wie Bones an ihr interessiert war. Er war wahrscheinlich einer von diesen Kerlen, die gern Frauen retteten, und sie brauchte nicht gerettet zu werden, *nein danke.*

Mit Lila auf ihrer Hüfte ging sie in den Keller.

Mit jedem Schritt hüpfte ihr Magen auf und ab, so als wäre sie in einer Achterbahn.

Als sie die Treppe hinunterging, wurden die Stimmen deutlicher. Seit einigen Wochen arbeiteten sie nun schon im Keller und der Rohbau für ein Schlafzimmer und einen Freizeitraum stand bereits. Scott befestigte gerade Gipskartonplatten im Freizeitraum, während Bones neben Bradley in dem zukünftigen Schlafzimmer hockte. Ihr Puls fing an zu rasen, wie er es nun immer tat, sobald sie diesen attraktiven Mann erblickte, dessen großer Körper ihren Sohn noch kleiner wirken ließ. Die Haare hatte er aus dem Gesicht gestrichen, und er konzentrierte sich vollkommen auf Bradley, der den Werkzeuggürtel trug, den Scott ihm gekauft hatte, und der mit seiner rechten Hand einen Hammer umklammerte.

Bones legte seine Hand um die von Bradley und sagte: »Weißt du noch, was ich dir gesagt habe, wie du auf den Nagel schlagen sollst?«

»Gerade von oben auf meinen Kopf«, antwortete Bradley stolz.

Bones schmunzelte. »Gerade von oben auf *den* Kopf.« Er zeigte Bradley den Kopf des Nagels und erklärte geduldig, was er meinte.

»Gerade von oben auf den Kopf«, wiederholte Bradley.

Sie beobachtete, wie sie den Nagel in die Gipskartonplatte schlugen, und freute sich für ihren Sohn.

»Allmählich wird es, oder?«, fragte Scott und riss sie aus ihren Tagträumen.

»Ja. Wie geht es deinem Bein?« Manchmal befürchtete sie, dass er sich überanstrengte.

Scott verzog das Gesicht, um deutlich zu machen, wie sehr ihn das Bemuttern nervte. Das konnte sie ihm nicht verübeln. Wie verrückt musste es für ihn sein, nach mehr als zehn Jahren der Unabhängigkeit plötzlich mit einer Schwester, die er kaum noch kannte, und ihrer Familie zusammenzuziehen? Sobald der Keller fertig war, würde Scott nach unten ziehen und Sarah das große Schlafzimmer überlassen. Sie hatte nicht darum gebeten und mehrfach versucht, ihn von der Idee abzubringen, aber er hatte darauf bestanden. Er hatte ihr kein einziges Mal das Gefühl gegeben, sie wäre lästig, aber er hatte ihr klargemacht, dass er nicht bemuttert werden wollte.

»Die Frage ist eher, wie es dir geht«, wollte Scott wissen. »Du warst den ganzen Tag auf den Beinen.«

»Mir geht es gut.« Sie hatte ihre Schwangerschaften immer genossen, auch die ersten Monate, in denen sie immer müde gewesen war. Diese Müdigkeit hatte sie in dieser Schwangerschaft nicht erlebt, wahrscheinlich weil sie so damit beschäftigt gewesen war, genug Geld zusammenzukratzen, um mit ihren Kindern nicht auf der Straße zu landen. Alles etwas ruhiger anzugehen, war keine Option gewesen. »Das Essen ist fertig. Ich wollte Bradley holen.«

»Essen!« Bradley stürmte aus dem Schlafzimmer heraus. »Komm schon, Bones! Wir essen!« Er sauste die Treppe hinauf.

»Mach langsam und wasch dir die Hände«, rief sie ihm hinterher.

Langsam schlenderte Bones aus dem Zimmer und sah sie dabei unverwandt an, während all ihre Nerven in Flammen standen. Sollte sie sich bei ihm bedanken, weil er neulich abends bei ihr Wache gesessen hatte, oder sollte sie ihm sagen, dass sie nicht beschützt zu werden brauchte? Das würde zickig klingen … und wäre vielleicht in gewisser Hinsicht auch nicht wahr. Es war nicht zu leugnen, dass Bones und seine Familie ihr ein Gefühl der Sicherheit gegeben hatten, indem sie sie so offen aufgenommen hatten. Sie hätte ihr Leben lang Schulden gehabt, wenn sie nicht die Benefizveranstaltung für sie durchgeführt hätten. Trotzdem, sie wollte nicht als armes Fräulein in Nöten angesehen werden. Sie hatte nicht all die Jahre überlebt, weil sich andere um sie gekümmert hatten, und darauf war sie stolz.

»Schön, dich zu sehen, Süße«, sagte er leise und mit einer

samtweichen Stimme.

Sie spürte, dass ihre Wangen heiß wurden. *Was ist nur mit mir los?* Sie benahm sich lächerlich, wie ein unerfahrenes Mädchen. Sie war eigentlich ein Profi im Flirten und Verführen, aber in Bones' Gegenwart verflüchtigten sich all die Fähigkeiten, die sie durch die schwierigsten Situationen manövriert hatten.

Sie schaute rasch zu Scott, um herauszufinden, ob ihm der vertrauliche Klang von Bones' Stimme aufgefallen war. Er grinste sie vielsagend an. *Du meine Güte, du hast es auch gehört?*

Scott drehte sich wieder zu der Gipskartonplatte um, und Bones trat näher an sie heran, was sie noch nervöser machte. »Wie geht's dieser hübschen kleinen Lady?«

Er kitzelte Lila am Fuß und Lila vergrub kichernd ihr Gesicht an Sarahs Hals. Bones' Blick glitt an Sarah hinunter, als er sagte: »Du siehst gut aus heute Abend.«

Sie schaute an ihrer Schwangerschaftsjeans und dem weißen T-Shirt mit dem U-Ausschnitt hinunter. Sie hatte eine lange blumige Bluse in einem Kommissionsladen gekauft und trug sie nun offen über ihrem T-Shirt, um ihrem Outfit etwas Farbe zu verleihen – und in der Hoffnung, Bones' Blick von ihrem Bauch abzulenken. Es war tatsächlich ein süßes Outfit, und ihr war klar, dass er wahrscheinlich nur nett war und nicht flirten wollte. Das enttäuschte sie ein wenig. »Danke. Wollt ihr auch Makkaroni mit Käse?« Wie viele Frauen würden Bones Whiskey Makkaroni mit Käse anbieten? Sie hatten so unterschiedliche Tagesrhythmen, dass sich ihre Wege normalerweise nicht abends zur Essenszeit kreuzten, aber ihr blieb nichts anderes übrig, als genug für sie alle zu kochen.

»Eine meiner Lieblingsspeisen«, sagte Bones.

Er war wohl ein wirklich guter Lügner, denn sie glaubte ihm.

»Aber du reagierst doch allergisch auf Milchprodukte«, fragte er nach. »Isst du nicht mit?«

Noch etwas, das sie von normalen Menschen unterschied. Sie reagierte allergisch auf Milchprodukte, Gluten, Nüsse und Eier. Ohne ihr Notfallmedikament ging sie nirgendwohin. »Doch. Obwohl meine Kinder Glück haben und keine Nahrungsmittelallergien haben, ist es einfacher, für sie nur Dinge zu kochen, die ich auch essen kann, anstatt unterschiedliche Mahlzeiten zu kochen. Dann besteht auch nicht die Gefahr der Verunreinigung.«

»Schmeckt echt gut, Kumpel. Du solltest zum Essen bleiben«, sagte Scott.

»Bist du sicher, dass du genug hast?«, fragte Bones wieder mit diesem hoffnungsvollen Lächeln.

Sie nickte und Bones legte seinen Hammer weg.

Lila lehnte sich zu ihm herüber. »Bobobo.«

»Darf ich?«, fragte Bones, als er die Arme ausstreckte.

Sarah gab ihm Lila, während Scott sein Werkzeug beiseitelegte und sie beide dabei aufmerksam beobachtete. Sah er ihr an, dass sie innerlich dahinschmolz und sich gleichzeitig riet, die Flucht zu ergreifen? Oder war Scott einfach nur glücklich, dass Lila so viel Aufmerksamkeit bekam?

»Steht dir ziemlich gut, dieses Baby auf dem Arm, Doc«, neckte Scott ihn. »Pass lieber auf. Die sollen ansteckend sein.«

Bones winkte ab. »Dazu bräuchte man eine weibliche Beteiligte.«

»Ach was? Gibt es keine besondere Lady in deinem Leben?« Sarah biss sich auf die Zunge und konnte nicht fassen, dass sie tatsächlich die Frage gestellt hatte, die ihr seit Wochen auf der Seele lag.

Lila tätschelte Bones' Wange. »Bobobo.«

Er hielt ihrem Blick stand und sagte: »Oh, das würde ich nicht sagen.«

Bones konnte sich einfach nicht zurückhalten und legte die Hand auf Sarahs Rücken, als er sie zur Treppe führte. Sie war verdammt hinreißend, wenn sie versuchte, ihre Nervosität zu verbergen. Er folgte ihr nach oben und versuchte, nicht auf ihren entzückenden Hintern zu starren.

Sobald sie in der Küche waren, übernahm sie wieder das Kommando, setzte Lila in ihren Hochstuhl und nahm Bradleys Dinosaurier von seinem Teller. »Lass uns erst essen und dann kannst du spielen«, schlug sie ihm vor, während sie ihm über den Kopf strich.

Scott verschwand im Badezimmer am Ende des Flurs.

»Ist es in Ordnung, wenn ich mir hier die Hände wasche?« Bones deutete zur Spüle.

»Klar, mach nur. Entschuldige das Chaos. Ich wasche normalerweise das Geschirr ab, wenn die Kinder im Bett sind.«

»Kein Problem«, sagte er, als er sich die Hände wusch. »Ich habe schon auf Kennedy und Lincoln aufgepasst, also weiß ich, dass man eigentlich acht Arme bräuchte, um alles gleichzeitig zu machen.«

Er fing an, die Töpfe zu säubern, während sie anmutig und zielstrebig umherging, Erbsen und Karotten auf Bradleys Teller und Lilas Schüssel verteilte und dann noch beiden Makkaroni mit Käse auffüllte. Sie legte Lila eine rosafarbene Gabel auf den Tisch. Lila prustete vor sich hin, während sie mit der einen Hand nach der Gabel griff und mit der anderen in die Nudeln langte. Sie stopfte sich die Nudeln in den Mund und sofort erschien ein freudiges Grinsen in ihrem winzigen Gesicht.

»Nicht so viel, Schatz«, sagte Sarah und wurde mit einem herzlichen nudeligen Lächeln belohnt. Als sie zwei Schnabeltassen aus dem Schrank nahm, merkte sie, dass er den Abwasch machte. »Bones, das kann ich doch erledigen. Setz dich doch, bitte.«

»Einen kleinen Abwasch schaffe ich schon.«

»Du bist unser Gast.« Sie füllte die Becher und stellte sie vor jedes Kind.

»Nee. Ein Gast zieht sich nett an und bringt Wein mit. Ich trage Jeans und habe einen Hammer mitgenommen. Das ist schon gut so. Denn diese Hände können mehr als nur heilen«, sagte er augenzwinkernd.

Scott betrat die Küche und nahm Erwachsenenteller aus einem Schrank. »Ah, du übernimmst also meinen Job?« Er gab Sarah die Teller und holte dann Gläser heraus, während Sarah Essen auffüllte.

Scott war ein guter Kerl, ihm fehlte vielleicht der letzte Schliff, aber es war unübersehbar, dass er seine Schwester und ihre Kinder liebte.

»Ich helfe nur ein bisschen.« Bones schnappte sich ein Geschirrtuch und trocknete die Töpfe ab. »Gibt's hier keinen Geschirrspüler?«

»Ich hab das Haus doch für einen Appel und ein Ei bekommen.« Scott hatte Bones erzählt, dass er das Haus bei einer Versteigerung gekauft hatte, kurz nachdem er nach Peaceful Harbor gezogen war. In den Wochen vor dem Unfall hatte er alles renoviert und angestrichen. Aber als Typ machte es ihm anscheinend nichts aus, auf Bequemlichkeiten verzichten zu müssen.

Scott öffnete den Kühlschrank. »Möchtest du ein Bier? Eistee? Oder Wasser?«

»Ich nehme ein Bier, danke. Wie ich gehört habe, machst du den Frauen die Haare für die Hochzeit am Samstag«, sagte Bones zu Sarah, als sie sich an den Tisch setzten.

»Darauf freue ich mich schon«, sagte Sarah und erzählte dann weiter, dass Scott sich von ihr nicht die Haare schneiden lassen wollte.

Scott grinste und sagte: »Die Chicas stehen auf zottelige Haare. Dann haben sie was zum Festhalten.«

Sarah verdrehte die Augen und wechselte schnell das Thema. Die Unterhaltung verlief entspannt. Bones genoss die Neckereien zwischen ihnen, und er fand es schön zu sehen, wie Sarah sich um ihre Kinder kümmerte. Sie wischte über Gesichter, fing eine Schnabeltasse auf, die von Lilas Tisch herunterpurzelte, und beantwortete Fragen, die Bradley unaufhörlich abfeuerte – *Warum sind Erbsen grün? Wenn ich aufesse, können wir dann einen Kuchen backen? Kann ich mit Bauklötzen ein Motorrad bauen?* Es grenzte an ein Wunder, dass sie überhaupt zum Essen kam, aber falls es sie störte, ließ sie es sich nicht anmerken. Sie war geduldig und meisterte alles mühelos.

»Das sind die besten Makkaroni mit Käse, die ich je gegessen habe«, sagte Bones aufrichtig. »Aber wenn du das Red erzählst, werde ich es leugnen.«

»Ich bin sicher, der milchfreie Käse schmeckt anders als das, was du gewohnt bist, aber trotzdem danke«, sagte Sarah.

»Es schmeckt anders. Besser«, stellte er richtig. »Wo hast du gelernt, so zu kochen? Bei deiner Mutter?«

Sie schüttelte den Kopf und konzentrierte sich auf Lila. »Ich koche schon seit Ewigkeiten für mich. Im Internet gibt es alle möglichen Rezepte für Leute mit Nahrungsmittelallergien.«

Sie bemühte sich zu sehr, ihn nicht anzusehen. Ihm gefiel die Stimmung nicht, die er gerade wahrnahm, und er hätte sie gern nach ihrer Familie gefragt, zum Beispiel ob ihr Vater noch lebte, und wenn ja, ob sie ihn je besuchte. Doch er wusste, dass sie in Deckung ging, sobald er persönliche Fragen stellte, daher wechselte er zu einem sichereren Thema. »Scott, du hast gesagt, dass du auf Bohrinseln gearbeitet hast, bevor du hierherkamst? Wie bist du zu so einer Arbeit gekommen?«

Scott nahm einen Schluck von seinem Bier. »Während meiner Highschoolzeit habe ich in Florida in Yachthäfen gearbeitet, habe gelernt, wie man schweißt und Motoren repariert. Zu Hause lief es nicht besonders gut, und eines Tages hat mir einer der Jungs von diesem Job auf einer Bohrinsel erzählt. Mit siebzehn bin ich losgezogen, habe mich zum Schweißer ausbilden lassen, dann Tauchscheine gemacht und bin schließlich Unterwasserschweißer geworden. Guter Verdienst, ein Dach über dem Kopf, nur höllisch gefährlich. Aber ich habe überlebt.« Er schaute zu Sarah und sagte: »Es war das Richtige. Und wie war es bei dir, Bones?«

»Ich war früh mit der Highschool fertig, mit sechzehn, dann ging ich ans College. Aber auf einer Bohrinsel zu leben? Das war in dem Alter ein mutiger Schritt.«

»Eigentlich nicht«, sagte Scott. »Meine Schwestern waren mutig. Sarah ging mit sechzehn von zu Hause weg und Josie mit dreizehn. Verglichen mit ihnen war ich ein alter Mann.«

Bones' Eingeweide zogen sich zusammen. Die Highschool früh zu beenden, war eine Sache, aber mit sechzehn oder dreizehn von zu Hause fortgehen? Irgendetwas musste ziemlich falschgelaufen sein, was durch den wütenden Blick von Sarah in Scotts Richtung noch deutlicher wurde.

»Du bist kein alter Mann«, meldete Bradley sich mit einem Mund voller Erbsen zu Wort.

Sarahs Gesichtsausdruck wurde sofort weicher. »Onkel Scott redet nur albernes Zeug, Liebling.«

Sarah stand auf und befeuchtete einen Lappen. Mit zusammengepressten Lippen wischte sie Lilas Hände und Gesicht ab. Bones überlegte, wie er die angespannte Atmosphäre auflockern konnte, aber es gab für ihn zu viele unbeantwortete Fragen – und ihm fiel keine einzige unverfängliche Antwort ein. Diese neue Information ließ seinen Beschützerdrang noch stärker werden. Was hatte sie durchgemacht?

Bradley rutschte von seinem Stuhl. »Kann ich spielen gehen?«

Sarah war noch mit Lila beschäftigt, also legte Bones den Arm um Bradleys Taille und stand auf. »Wie wär's, wenn wir zuerst die Hände waschen?«

»Mann, du bist ja schnell wie der Blitz«, sagte Scott und stand auf, um zu helfen. »Soll ich ihn nehmen?«

Sarah hob Lila aus dem Hochstuhl und sagte: »Ich kann das machen, Bones. Du bist hergekommen, um im Keller zu helfen, und jetzt hast du auch noch den Abwasch und alles andere am Hals.« Sie sah Scott an.

»Hey, ich habe es ihm angeboten«, sagte Scott. »Der Doc will helfen. Da steht es mir doch nicht zu, ihn zurückzuweisen.«

Bones drehte sich zur Spüle um und setzte Bradley daneben. »Wir kriegen das schon hin, oder, B-Boy?«

Bradley nickte und hielt die Hände unter das Wasser. »Können wir noch weiterarbeiten?«

Bones schaute zu Sarah, die gerade Lila ihr schmutziges T-Shirt auszog, und sagte: »Das muss deine Mama entscheiden.« Er hatte Bradleys Hände gewaschen und trocknete sie nun mit einem Handtuch ab.

Sie sah entschuldigend auf. »Nur, wenn es euch beiden nichts ausmacht.«

»Das ist für mich total in Ordnung, Kleiner.« Scott hob ihn vom Küchentresen. »Bones, wir sehen dich unten.«

Als Scott die Küche verließ, war die Spannung so präsent, als wäre noch eine Person im Raum. Bones ging unzählige Dinge durch, die er sagen könnte, aber als er zu Sarah ging, machte ihm die Vorsicht in ihrem Blick deutlich, dass er nur eines wissen musste.

»Sag mir nur eines: Bist du in Gefahr? Ist dein Ehemann oder dein Vater auf der Suche nach dir?«

Sie musste schlucken, ihre Augen waren weit aufgerissen und wachsam. Kopfschüttelnd antwortete sie: »Ich habe nie einen Ehemann gehabt, und ich glaube nicht, dass mein Vater je nach mir gesucht hat, als ich ein Teenager war. Da wird er mit Sicherheit nicht jetzt damit anfangen.«

»Sarah …«, entwich ihm nur gequält. Er streckte die Arme nach ihr aus und wollte ihren Schmerz lindern.

Sie legte die Hände an seinen Oberkörper und drückte ihn weg. »Nicht. Mir geht es gut. Uns geht es gut. Wir müssen nicht gerettet werden.«

»Ich will dich nicht retten. Ich will nur …« *Dir helfen? Bei dir sein?* Mist. Alles hörte sich so an, als wollte er sie retten. Und was zum Teufel war daran falsch? Er konnte nichts daran ändern, wer er war. Aber nur weil er sich um sie kümmern und sie beschützen wollte, bedeutete es nicht, dass sie wie jeder andere war, dem er je geholfen hatte. Zwar wollte er sie in Sicherheit wissen, aber er wollte auch mehr als ihr Freund sein. Er wollte der Mann sein, vor dem sie sich nicht fürchtete, der Mann, auf den sie sich verlassen konnte, der Mann in ihrem

Bett. Er wollte ihr gehören.

»Uns geht es gut, Bones.«

Sie wollte aus der Küche gehen, doch er hielt sie sanft am Handgelenk fest. »Ich versuche nicht, dich zu retten. Du bist nicht eine meiner Patientinnen, Sarah. Aber ich bin hier und ich habe diese Dinge gehört. Daran wird sich nichts ändern.« Er schaute zu Lila – Wut und Schmerz vermischten sich in ihm. Wie lang hatte Sarah ihre Kinder schon allein erzogen? Wie hatte sie das geschafft? Hatten ihre Kinder denselben Vater? Und wo zum Teufel war ihre Schwester?

»Mommy?«, rief Bradley, dessen stampfende Schritte auf der Kellertreppe zu hören waren.

Zögernd ließ Bones ihr Handgelenk los, aber er hielt ihren Blick weiterhin fest. »Lass mich herein, Sarah. Du wirst es nicht bereuen.«

»Mommy, Bones muss den Nagel einschlagen«, sagte Bradley, der in die Küche kam und entrüstet war, weil sein Vorhaben verzögert wurde.

»Okay, mein Schatz«, sagte Sarah, während sie zu Bradley hinabschaute und ihm gedankenverloren durch seine rotblonden Haare strich. Dann sah sie Bones lang und schweigend an, mit einem Ausdruck, der irgendwo zwischen Flehen und Warnung lag.

Bradley packte Bones' Hand und zog ihn Richtung Keller.

Bones schaute über die Schulter zu Sarah. Sie öffnete den Mund, wollte etwas sagen, doch dann schloss sie ihn wieder. Ein bekümmertes und irgendwie auch dankbares Lächeln trat in ihr Gesicht, als sie lautlos ein *Danke* von sich gab.

Vier

Sarah schaute am Samstagnachmittag aus Bullets und Finlays Schlafzimmerfenster hinaus auf den eingezäunten Teich im Garten und versuchte, ihre Kinder zu entdecken, während sie die letzten Handgriffe an Finlays Frisur für ihre Trauung anlegte. Sie hatten Glück gehabt. Anfang November konnte es in Maryland kalt und regnerisch sein, doch der Himmel war wolkenlos und die Luft war kühl. Reihen weißer Stühle standen vor einem wunderschönen Traualtar aus Holz, den Bones, Bear und Truman für Bullet und Finlay angefertigt hatten. Sie hatte keine Ahnung, wie er neben seinem Beruf und den zahlreichen Stunden, die er Scott im Keller half, die Zeit dafür gefunden hatte, aber der Altar war atemberaubend schön. Rosafarbene und weiße Rosen schmückten die Fläche, und auf beiden Seiten quollen Blumen in herbstlichen Farben aus Fässern heraus. Die gleichen Blumen waren in Kübeln im ganzen Garten zu finden. An Ästen hingen Glaslaternen mit weißen Kerzen im Inneren und rosa, weißen und pfirsichfarbenen Rosen um den Rand. Mitglieder der Dark Knights samt ihren Familien füllten den Garten. Kinder rannten mit Luftballons, die sie um ihr Handgelenk gebunden hatten, umher und wichen den Erwachsenen aus, die auf dem Rasen standen. Finlay hatte die

Hochzeit perfekt geplant. In dem riesigen weißen Zelt, das sie für den Empfang aufgestellt hatten, waren Heizgeräte, falls es kälter werden sollte. Eine improvisierte Bühne für die Band und eine Tanzfläche waren an einem Ende aufgebaut worden. Auf runden Tischen mit rosafarbenen und weißen Tischdecken standen schöne Blumengebinde in Vasen, die die Form eines Motorrades hatten und auf denen eine rosa Flagge und in Schwarz die Namen von Bullet und Finlay zu sehen waren. Sarah schaute über das Gelände und versuchte, die Nerven zu behalten. Schließlich entdeckte sie Chicki und Red, die mit Lila und Lincoln auf dem Arm unter einem Baum standen und sich mit Finlays Mutter und ihrem Mann unterhielten.

Sarah flocht noch mehr Blumen in Finlays Haare und schaute noch einmal kurz hinaus, um Bradley zu suchen. Ihr Puls fing an zu rasen, als ihr Blick auf Bones landete, der mit Bradley und Scott am Poolzaun stand. Scott war damit beschäftigt, Cassie, die Inhaberin der Catering-Firma, zu beäugen, als sie gerade aus dem Zelt kam. Das war in Ordnung, denn Sarah erlaubte sich kurz, Bones zu beäugen, der groß und stattlich bei ihrem Sohn stand und ihm beschützend die Hand an den Hinterkopf gelegt hatte. Wie die anderen Männer sah er unglaublich gut aus in Jeans und schwarzem Hemd, dazu einer rosa Krawatte, die farblich auf die Blumen in Finlays Brautstrauß abgestimmt war, und seiner Bikerjacke und den Stiefeln. Aber im Gegensatz zu den anderen Männern raubte Bones ihr den Atem. Er war auch in Jogginghosen noch verdammt attraktiv. Bradley hatte darauf bestanden, die Stiefel und die Jacke anzuziehen, die Bones ihm geschenkt hatte. Er schaute zu Bones auf, und in dem Moment fragte Sarah sich, ob sie ihre Kinder zu nah an ihn heranließ. Ihr Leben lang war sie von anderen enttäuscht worden, und die Vorstellung, dass jemand die Macht haben könnte, die Unbeschwertheit ihrer Kinder zunichtezumachen, bereitete ihr Sorgen.

Sie konzentrierte sich auf Finlays Haare und hörte den anderen Frauen zu, die aus ihrem Leben erzählten. Als Gemma ihnen offenbarte, wie oft Kennedy sie nachahmte, wie sie mit ihren kleinen Händen wedelte und mit den Wimpern klimperte, kam bei Sarah die Sorge auf, dass ihre Angst, ihre Befürchtung, dass wieder alles den Bach runtergehen würde, sich irgendwie auf ihre Kinder übertragen könnte. Egal wie sehr sie versuchte, das zu verhindern.

Sie hatte es satt, jeden Augenblick auf der Hut zu sein und immer das Schlimmste zu erwarten. Nur einen einzigen Tag wollte sie sich gestatten, eine normale sechsundzwanzigjährige Frau zu sein, die den Nachmittag ohne diese allgegenwärtigen Sorgen genoss. Bones und seine Familie hatten dieses Vertrauen wahrlich verdient.

Wenn doch nur ihre Vergangenheit aufhören würde, Schatten auf die Gegenwart zu werfen.

»Ist das nicht alles wunderschön?«, fragte Gemma, als sie sich neben Sarah stellte. In ihren grünen Augen funkelte die Freude. Sie sah hinreißend aus in ihrem knielangen malvenfarbigen Kleid mit den schimmernden Ärmeln. Für eine Frau von knapp eins siebzig hatte sie lange Beine, und dazu eine schlanke Taille und kurvige Hüften.

Sarah legte die Hand auf ihren Babybauch und versuchte, nicht neidisch auf die Figur der anderen Frauen zu sein. Ihre Haare waren noch mal ein ganz anderes Thema. Sie war unglaublich neidisch auf die glänzenden, kraftvollen Haare der anderen, von Gemmas natürlicher Pracht aus Braun- und Goldtönen bis hin zu Dixies vollen feuerroten Wellen, die ihr über den Rücken fielen. Sie wusste, dass Stress Haut und

Fingernägel ruinieren konnte, und sie war sich sicher, dass ihre matten, sandfarbenen Zöpfe Beweis genug dafür waren, dass er auch den Haaren zusetzte.

»Sieh dir Bullet an. Der tigert wie eine eingesperrte Raubkatze hin und her«, sagte Gemma. »Er treibt die arme Tinkerbell in den Wahnsinn.« Tinkerbell versuchte, mit ihm Schritt zu halten, blieb aber immer mal wieder stehen und sah zum Haus.

»Ich habe ihn angefleht, dass Tinkerbell bei mir bleibt«, sagte Finlay, als Sarah die letzte Blume ins Haar steckte. »Bullet meinte, sie wäre bestimmt im Weg, aber ich weiß genau, dass er sie nicht deshalb bei sich behalten hat. Bullet braucht Tinkerbell, wie andere Kerle ein hartes Getränk brauchen.«

Finlay stand auf und schaute verträumt aus dem Fenster. Sie sah umwerfend aus in dem Hochzeitskleid aus weißem Satin und Spitze, das Crystal für sie angefertigt hatte. Hinten war es lang, vorne reichte es bis zu den Knien und an der Taille waren zwei weiße Satinschleifen. Der Rock hatte eine Lage aus Blumenspitze, die bis zum Saum von Weiß in verschiedene Rosatöne überging. Der tiefe Ausschnitt war mit hübscher Spitze verziert, die zu den langen Spitzenärmeln passte. Sie trug ihr Haar fast ganz offen. So wie es Bullet am liebsten mochte. Sarah hatte an den Seiten französische Zöpfe geflochten, die mit dem Schleierkraut noch hübscher aussahen. In die Frisuren der anderen Frauen hatte sie auch kleine Blumen eingearbeitet.

Finlay drehte sich herum und sagte: »Das liebe ich so an ihm. Bullet fühlt alles so intensiv. Ich schwöre, er hat das größte Herz von allen Männern, die ich je kennengelernt habe.« Ihre Augen schimmerten feucht, als sie sich mit der Hand vor dem Gesicht Luft zufächelte.

»Keine Tränen!« Isabel eilte quer durch das Zimmer zu ihr.

Sie war Finlays beste Freundin und eine ihrer beiden Trauzeuginnen. Finlay hatte sich nicht zwischen ihrer Schwester Penny und Isabel entscheiden können, also gingen sie beide zusammen mit Bones, Bullets Trauzeugen, dem Altar entgegen.

»Nein, nein, nein.« Penny eilte, dicht gefolgt von Crystal und Dixie, zu ihr. Sie nahm Finlay an den Schultern und sagte: »Guck mir in die Augen. Wenn du dein Make-up vor der Trauung ruinierst, müssen wir alles noch einmal machen.«

»Tut mir leid. Ich bin einfach nur so glücklich. Bullet ist …« Finlay wedelte sich noch schneller vor dem Gesicht herum und blinzelte heftig. »Er war so unnahbar und einfach nur ein vorlauter, schamlos flirtender Kerl, als ich ihn kennengelernt habe. Und jetzt verliebe ich mich wegen all dieser Eigenschaften von Sekunde zu Sekunde mehr in ihn. Ich liebe ihn einfach so sehr.«

Penny zog sie an sich. »Wenn du einen großen, starken, am ganzen Körper tätowierten Biker heiratest, bekommst du nur das Beste.«

»Pass auf meine Frisur auf«, sagte Finlay.

»Ich bin nur froh, dass du Bullet so liebst, wie er ist«, sagte Dixie, als sie aus dem Fenster schaute. Sie trug ein waldgrünes, kurzes und rückenfreies Kleid mit Spitzenärmeln und Schuhe mit schwindelerregend hohen Absätzen. Sie war so groß und gertenschlank, dass sie als Model durchgehen konnte. Na ja, als Tattoo-Model, so wie sie verziert war. »Ich hatte befürchtet, dass er nie eine Frau in seinen Kopf oder sein Herz lassen würde. Ich freue mich so für euch beide.«

»Er ist so liebenswert, Dix«, sagte Finlay. »Ich hatte gar keine andere Wahl.«

»Dixie freut sich für dich«, meinte Crystal grinsend. »Aber sie freut sich noch mehr darüber, dass noch einer ihrer Brüder eine andere Frau hat, auf die er abgesehen von ihr aufpassen kann.«

Dixie verschränkte die Arme und sah mit ihren wachen grünen Augen amüsiert in die Runde. »Da ist was dran.«

»Warum freust du dich mehr darüber als über die Hochzeit von Bullet und Finlay?«, fragte Sarah.

»Als du in das gewisse Alter kamst, hat Scott da nicht jeden Kerl verscheucht, dem du gefallen hast?«, wollte Dixie wissen.

Nervosität überkam Sarah. »Es gab damals eigentlich keine Kerle, denen ich gefallen habe.« Sie hatte alles getan, um das zu vermeiden, damit sie keine Prügel bezog.

»Ach, ich bitte dich. Schau dich doch mal an.« Dixie wedelte mit der Hand vor ihr herum. »Selbst nach zwei Kindern und mit einem unterwegs hast du Bones total den Kopf verdreht. Und er geht nie mit Frauen aus der Gegend aus.«

Sarah. Bekam. Keine. Luft.

»Oh ja, der Mann steht voll auf dich«, sagte Gemma. »An Halloween hat sogar Tru das bemerkt.«

Da sie nicht wusste, was sie dazu sagen sollte, meinte Sarah nur: »Er ist einfach nur nett zu mir.«

»Ich weiß nicht«, sagte Finlay. »Kennedy und Lincoln kommen schon seit langer Zeit regelmäßig hierher, und plötzlich findet Bones, dass der Teich für kleine Kinder gefährlich ist. Er hat Crow, einen der Dark Knights, damit beauftragt, diesen Sicherheitszaun aufzustellen, und dann ist er diese Woche an *jedem* Morgen bei Tagesanbruch und vor seiner Arbeit hier aufgetaucht, um sicherzustellen, dass es erledigt wird.«

»Er ist nur vorsichtig, und weil er in letzter Zeit Bradley öfter sieht, denkt er vielleicht allgemein mehr über Kinder nach«, behauptete Sarah.

»Ich glaube, deine Kinder haben es ihm richtig angetan«,

sagte Dixie. »Beziehungsweise du und deine Kinder.«

Ein Gefühl der Glückseligkeit kam in Sarah auf, doch genauso schnell versuchte diese vertraute Angst, er könnte im Gegenzug etwas erwarten, es zu verdrängen. Sie bemühte sich krampfhaft, an dem positiven Gefühl festzuhalten.

»So ist das nicht«, sagte Sarah, aber noch während die Worte ihr über die Lippen kamen, flüsterte seine Stimme in ihrem Kopf: *Lass mich herein, Sarah. Du wirst es nicht bereuen.* Sie legte die Hand auf ihren Bauch und dachte über ihr Leben nach. Frauen betrachteten sie oft so, als hätte sie ein beneidenswertes Leben mit zwei – fast drei – Kindern. Sie konnten ja nicht wissen, was sie ausgehalten hatte. Aber die Männer? Als sie nicht schwanger gewesen und in den seltensten Fällen mal ohne ihre Kinder unterwegs gewesen war, hatte sie ein paar Blicke bemerkt, aber jetzt war sie für fast alle unsichtbar. Warum sie es nicht für Bones war, wusste sie nicht, allerdings hatte es in ihrer Freundschaft in letzter Zeit tatsächlich eine gewisse knisternde Spannung gegeben. Sie führte ihr Begehren auf die Schwangerschaftshormone zurück. Aber bei ihm? Das musste irgendeine vorübergehende Anziehungskraft sein.

»Bones kann jede haben«, fügte sie schließlich hinzu. »Ich bin eine Art Gepäckband auf zwei Beinen. Er ist ein Beschützer, wie alle in eurer Familie, und wir sind einfach neue Leute, um die man sich kümmern kann.«

Dixie und die anderen warfen sich Blicke zu, die so viel sagten wie: *Hat die Frau den Verstand verloren?*

»Fin!« Cassies Stimme ertönte die Treppe hinauf. Eine Minute später stand sie in der Tür. Die braunen Haare türmten sich in einem Dutt auf ihrem Kopf, und in ihrem hübschen pfirsichfarbenen Kleid strahlte sie über das ganze Gesicht.

»Wenn du dich nicht beeilst, dann taucht Bullet hier auf und schleppt dich huckepack zum Altar!«

»Ach, du meine Güte!« Finlay legte die Hand auf ihr Herz. »Warum bin ich nur so nervös?« Sie drehte sich zu Gemma, Crystal und Sarah und fragte: »Wart ihr nervös, als ihr geheiratet habt?«

»Ja!«, antworteten Crystal und Gemma einstimmig.

Alle Augen waren auf Sarah gerichtet. Sie war so daran gewöhnt, Lewis ihren Ex zu nennen, dass sie vergessen hatte, dass die meisten Leute davon ausgingen, sie wäre verheiratet gewesen. Es war ihr nicht peinlich, dass sie nicht verheiratet gewesen war. Im Gegenteil, sie war diesen höheren Mächten dankbar dafür, denn das bedeutete ein Band weniger, das sie durchzuschneiden hatte.

»Ich, ähm, bin nie verheiratet gewesen«, erklärte Sarah. »Wir haben nur zusammengelebt.«

»Entschuldige, ich bin nur davon ausgegangen ...«, sagte Finlay, als sie zur Treppe gingen.

»Schon gut. Ich rede sowieso nicht gern über ihn.« Sie ergriff die Chance, das Thema zu wechseln, und fragte: »Warum hast du dich entschieden, so schnell zu heiraten?«

»Weil ich Bullet von ganzem Herzen und über alles liebe«, antwortete Finlay ohne zu zögern. »Ich will Kinder von ihm bekommen und mit ihm zusammen alt und grau werden. Ich möchte seine Hand halten, wenn wir dieses Leben verlassen und in ein anderes übergehen. So sicher bin ich mir unserer Liebe. Und ich bin mir ebenso sicher, dass er diese Verbindung noch mehr braucht, als er Tinkerbell braucht. Warum also sollte ich warten?«

Während Sarah den anderen hinunterfolgte, fragte sie sich, wie es wohl wäre, jemanden so sehr zu lieben. Sie würde alles für ihre Kinder tun, auch ihr Leben riskieren, um sie zu retten, und nachdem sie nun die Beziehung zu Scott wieder erneuern konnte, würde sie für ihn wohl das Gleiche tun. Aber er war ihr Bruder. Er hatte die Gewalttätigkeiten ihrer Eltern ebenso erlitten und hatte versucht, sie und Josie zu beschützen, für sie alle einen Weg heraus aus dem Elend zu finden. Und als sie nach all den Jahren wieder zueinandergefunden hatten, hatte er sein Leben auf den Kopf gestellt, um bei ihnen zu sein und zu versuchen, ihre Beziehung wieder neu aufzubauen. Und auch wenn Josie sie ausgeschlossen hatte, so wusste sie doch, dass sie alles für sie tun würde.

Aber sich so in einen Mann zu verlieben, dass sie sich ein Leben ohne ihn nicht vorstellen konnte? Sie war sich nicht sicher, ob sie in der Lage war, die Wunden der Vergangenheit so weit heilen zu lassen, dass sie je wieder ihrem Instinkt oder sonst jemandem so sehr vertrauen konnte.

Bones war sich sicher, dass Bullet lossprinten, seinen Hintern Richtung Altar bewegen und sich an Bones und allen anderen vorbeidrängen würde, um zu Finlay zu gelangen, anstatt darauf zu warten, dass der Hochzeitszug ankam. Bear und Crystal waren zuerst den Gang entlanggelaufen, gefolgt von Truman und Gemma. Dixie ging jetzt mit Lincoln über den Teppich. Bullet stand Trumans und Gemmas Kindern so nah, dass er aussah, als würde er gleich losheulen. Bones hielt Kennedys Hand ganz fest, während er sich hinhockte, um die rosafarbene Schleife um Tinkerbells Hals zu richten, wobei er verstohlen zu der schönsten Frau im Garten – in ganz Peaceful Harbor, wenn man ihn fragte – blickte. Sarah saß dort in ihrem Blumenkleid mit Lila auf dem Schoß und Bradley neben sich. Er hatte nicht aufhören können, an sie zu denken – an sie alle drei –, seit er sie das letzte Mal gesehen hatte. Er hatte Scott am gestrigen Abend im Keller geholfen, aber er hatte nur kurz Hallo sagen können, bevor Sarah verschwunden war, um ihre Kleinen ins Bett zu bringen. Er hatte ihr Hilfe anbieten wollen, aber er war voller Staub von der Arbeit mit der Gipskartonwand gewesen. Als sie später nicht mehr aufgetaucht war, hatte Scott gesagt, sie sei wahrscheinlich mit den Kindern eingeschlafen. Bones wollte das glauben, aber er hatte gesehen, wie gequält sie wirkte, als Scott Teile ihrer Vergangenheit ausgeplaudert hatte, die sie eindeutig gern für sich behalten hätte. Er fragte sich, ob sie ihm aus dem Weg ging.

Dass Sarah nicht verheiratet war, hatte die Seile durchtrennt, die seine Gefühle im Zaum gehalten hatten. Wenn es ihr peinlich war, dann würde das heute ein Ende finden.

Bradley lehnte sich über Sarahs Schoß und drückte seiner kleinen Schwester einen Kuss auf die Wange. Lila kicherte, und Liebe zeigte sich in Sarahs Gesichtszügen, als sich eine Erkenntnis in Bones ausbreitete. Sie war wirklich etwas Besonderes. Sie hatte oben stundenlang die Haare der Frauen gemacht, und er war sich sicher, dass sie mindestens dreimal pro Stunde aus dem Fenster geschaut und nach ihren Kindern gesehen hatte.

»Jetzt, Onkel Boney?« Kennedy hüpfte in ihrem rosafarbenen Rüschenkleid auf und ab und sah ihn mit ihren hübschen, großen braunen Augen an, als sie an seiner Hand zog und ihn in die Gegenwart zurückholte. Ein Spitzenhaarband mit großen Stoffblumen hing ihr schief in die Stirn.

Er schob das Haarband zurecht und gab ihr einen Korb, in

den die Frauen rosa Rosenblätter gelegt hatten. »Jetzt, mein Schatz, aber denke daran: Pass auf, dass Tink nicht zu aufgeregt wird, okay?«

Kennedy nickte eifrig. »Komm, Tink!« Sie hüpfte ausgelassen über den Teppich, warf die Rosenblätter auf den Boden und rief: »Guck mal, Onkel Beah!«

»Mommy, guck mal, Tink!« Bradley zeigte auf Tinkerbell. »Hallo, Tink! Hallo, Kennedy!«

Bradley winkte freudig, und Kennedy rannte zu ihm, um ihm eine Handvoll Rosenblätter auf den Schoß zu legen. Tinkerbell leckte Bradley über das Gesicht und alle lachten.

»Sitz, Tink!« Auf Bones' Kommando hin setzte sich Tinkerbell sofort.

Sarah sank in sich zusammen, und mit geröteten Wangen beugte sie sich zu Kennedy hinunter. »Danke, meine Kleine. Du gehst jetzt lieber weiter.«

»Erst muss ich Klein-Lila welche geben!« Kennedy warf Rosenblätter in die Luft, die über Lila herunterflatterten. Lila versuchte, sie zu greifen, während ein allgemeines *Ohhh* und Lachen um sie herum ertönten.

Lila und Bradley spielten mit den Rosenblättern. Sarah lächelte schüchtern und umarmte ihre Kleinen. Bones musste sich zusammenreißen, um nicht zu ihr zu gehen.

»Komm, Tink!« Kennedy stürmte zurück auf den Teppich und hüpfte nach vorne zu Bullet. »Du *heidadest*, Onkel Bullet! Ich hab dich liieeb!« Sie schlang die Arme um Bullets Beine und rannte dann zu Gemma.

Tinkerbell bellte und sah nervös zwischen Bullet und Kennedy hin und her. Bullet schlug sich auf den Oberschenkel und Tinkerbell setzte sich neben ihn.

Bones musste die ganze Zeit lächeln. Dies hier – *Familie,*

Freunde, Glück – war all das Gute, was die Welt zu bieten hatte. Er schaute noch einmal zu Sarah und wusste, dass sie auch in dieses Bild gehörte.

Bradley saß am Ende des Ganges seitwärts auf dem Stuhl und beobachtete Bones, der Penny und Isabel seinen Arm anbot. Sarah hatte einen Arm um Lila gelegt, den anderen um Bradley. Sie hob den Kopf und ihre Blicke begegneten sich. Eine unvorsichtige Sekunde lang sah sie ihn an, als ob sie ihn begehrte, und in dem Bruchteil dieser Sekunde loderte sein Innerstes auf. Sie ließ den Kopf sinken und ihre Haare versperrten ihm die Sicht. Aber dieser verführerische Ausdruck in ihren Augen hatte sich schon in seinen Verstand gebrannt. Und diesen Ausdruck, verdammt noch mal, wollte er viel öfter sehen.

Er und die Frauen gingen nun über den Teppich.

»Hallo, Bones!« Bradley winkte.

Bones zwinkerte ihm zu.

»Bradley«, flüsterte Sarah, doch Bradley stand auf und rannte zu Bones.

Bones nahm ihn mit einem breiten Lächeln auf den Arm und fragte: »Hey, B-Boy, willst du ganz vorne mit dabei sein?«

Wieder lachten die Gäste, als Bradley die Arme um Bones' Hals schlang und nickte. Bones sah zu Sarah, die ihn peinlich berührt ansah. Er zwinkerte ihr zu und gab ein lautloses *schon okay* von sich. Dann sagte er zu Bradley: »Du musst die Hand dieser hübschen Lady halten, in Ordnung?«

Bradley nickte und Bones hob ihn auf seine Hüfte. Bradley streckte Penny die Hand entgegen und strahlte über das ganze Gesicht, doch es war die Art, wie Sarah Bones anschaute, mit einer Mischung aus Staunen, Verlegenheit und etwas viel Tieferem und Verführerischem, die sein Herz heftig klopfen ließ, als sie Richtung Altar gingen. Er hörte das Lachen seines Vaters, der wegen seiner eins fünfundneunzig großen Gestalt auf den Bikernamen Biggs hörte.

»Tut mir leid, Kumpel«, sagte Bones zu Bullet, als er seine Position neben ihm mit Bradley auf dem Arm einnahm. Bradley vergrub – mit verspäteter Scham – sein Gesicht an Bones' Hals.

Bullet schmunzelte. »Schon gut, Bruderherz. Genau so soll es sein.«

Der Hochzeitsmarsch ertönte und Finlay tauchte am anderen Ende des Ganges am Arm ihrer Mutter auf. Nichts hätte Bullets Aufmerksamkeit von seiner wunderschönen Braut ablenken können, so wie nichts Bones' Aufmerksamkeit von Sarah ablenken konnte.

Die Trauung war herzergreifend, doch Bones entging vieles. Er war zu sehr auf Bradleys Kopf an seiner Schulter und auf Sarah konzentriert, die alles gab, um so zu tun, als achtete sie nicht auf sie. Keine Sekunde ließ er sie aus den Augen, nicht nach der Trauung, als eine Schar von Freunden und Familienmitgliedern sich gratulierend um das Paar drängte, und auch nicht, als Hawk, der Fotograf, sie für Bilder in Position brachte. Bones freute sich ungemein darüber, dass Bradley auf allen Fotos sein würde. Sarah schaukelte Lila ungeduldig auf ihrer Hüfte, so als würde sie sich am liebsten durch die Menge drängen, um ihn von ihrem Sohn zu befreien, aber auch, als würde sie nicht noch mehr Aufmerksamkeit erregen wollen. Als Hawk fertig war, redete Bones kurz mit ihm und Bullet. Dann, als sich alle auf den Weg ins Empfangszelt machten, schob Bullet sich in Richtung Sarah.

Sie zog die Augenbrauen zusammen, und ein entschuldigendes Lächeln trat in ihr Gesicht, als er sie erreichte.

»Mommy! Ich bin auf den Fotos! Hast du das gesehen?«,

fragte Bradley aufgeregt.

»Ja, Süßer«, sagte sie mit einem gezwungenen Lächeln zu Bradley. An Bones gerichtet, sagte sie dann: »Es tut mir leid. Ich wusste nicht, was ich tun sollte, und jetzt sind Bullets Fotos ruiniert und …«

»Du brauchst dich nicht zu entschuldigen, und sie sind nicht ruiniert. Sie sind noch besser, als sie sonst gewesen wären.« Bones legte den Arm um ihre Schulter und führte sie zu Hawk, der in der Nähe des Traubogens stand und durch die Linse seiner Kamera schaute. Sah Sarah für Hawk ebenso besonders aus wie für Bones? Er würde sie nur zu gern durch eine Linse betrachten, ganz aus der Nähe, um jedes Zucken und Zittern ihres schönen Gesichts festzuhalten. Ob Hawk die entzückende Wölbung ihres Bauchs gesehen hatte, oder wie sie ihn oft berührte, als wollte sie ihr Baby wissen lassen, dass sie in Gedanken bei ihm war? Oder wie sie Bones immer wieder verstohlen betrachtete? Hatte er das Muttermal an ihrem linken Handgelenk bemerkt? Würde er ein Foto von ihrem Lächeln genau in dem Moment schießen können, in dem es ihre Augen erreichte?

»Bones …«, sagte Sarah zaghaft, während ihr Blick zu den wenigen Gästen huschte, die noch zum Empfangszelt gingen. »Wohin gehen wir?«

»Wie lang ist es her, dass du Bilder von dir und den Kindern hast machen lassen?«

Verständnislos sah sie ihn an. »Äh …?«

»Das dachte ich mir.« Er hatte keine Bilder von ihr und den Kindern in ihrem Haus gesehen, nicht einmal ein vereinzeltes Foto an ihrem Kühlschrank wie bei Truman und Gemma. Sogar er hatte eines von Lincoln und Kennedy an seinem eigenen Kühlschrank. Auf ihrem Handy waren wahrscheinlich unzählige, aber er war sich sicher, dass sie keinen Fotodrucker hatte.

»Bones, nicht«, sagte sie, als Hawk die Kamera herunternahm und sie mit einem Nicken begrüßte. »Das ist doch nicht nötig. Wegen dir wird er den ersten Tanz von Bullet und Finlay verpassen.«

»Nein, wird er nicht, Mommy«, meldete Bradley sich zu Wort. »Bones hat Bullet gesagt, er soll auf uns warten.«

»Oh nein, Bones …? Bitte sag, dass das nicht stimmt.« Es lag ein Flehen in ihrer Stimme.

»Ich kann dich nicht anlügen, Süße. Lügen machen mich so nervös.« Er schaute zu Hawk, der eine senffarbene Hose und braune Hosenträger aus Leder über einem weißen Hemd trug. Er hatte ein auffallend buntes Brillengestell, ein paar Tattoos und einen vollen Bart, und die hellbraunen Haare waren an den Seiten kurz geschoren, oben etwas länger und modisch nach hinten frisiert. Hawk war ein sehr gefragter Fotograf, der für Zeitschriften ebenso wie für Privatpersonen arbeitete. Er hatte sich einen Namen gemacht, als er vor einigen Jahren eine Fotostrecke von zwei Top-Promis mit ihren drei Kindern gemacht hatte, doch er war bei allem Erfolg vollkommen bodenständig geblieben. »Hawk Pennington, dies sind Sarah Beckley und ihre Tochter Lila. Bradley hast du ja schon kennengelernt.«

Bradley winkte.

Hawk nickte freundlich lächelnd. »Jetzt verstehe ich, warum Bones mich gebeten hat, mir kurz Zeit zu nehmen. Sie haben eine wunderschöne Familie.«

»Danke. Aber Sie brauchen wirklich keine Fotos machen«, sagte sie.

»Fotos sind mein Leben.« Hawk richtete sich an Bones:

»Wir sollten vielleicht erst einmal dafür sorgen, dass die Kinder sich wohlfühlen. Bones, wie wäre es, wenn du Bradley auf den Arm nimmst und dich mit Sarah und Lila unter den Bogen stellst?«

Sarah runzelte wieder die Stirn, als überlegte sie, wie sie der Situation entkommen könnte. Bones legte eine Hand auf ihren Rücken, beugte sich zu ihr und flüsterte: »Entspanne dich und genieße das Scheinwerferlicht, Süße. Wenn nicht für dich, dann deinen Kindern zuliebe. Zeig ihnen, wie besonders sie sind.«

In seinen Worten musste ein Zauber gelegen haben, denn das Lächeln, das sie auslösten, hätte ihn fast umgehauen.

»Na gut«, gab sie nach und trat unter dem Traubogen nervös von einem Bein aufs andere. »Danke, das war wirklich nicht nötig, aber sehr aufmerksam.«

Hawk machte aus den unterschiedlichsten Winkeln Fotos von ihnen, und Bones versuchte, Sarah so weit abzulenken, dass sie sich entspannte. Er kitzelte Lila am Kinn und wurde mit einem herzerwärmenden Kichern belohnt. »Dieser hübschen kleinen Lady steht ein großer Geburtstag bevor. Sieh es als dein Geburtstagsgeschenk an.«

»Lila hat bald Geburtstag, nicht Mommy«, sagte Bradley.

»Ja, aber deine Mommy hat deine Schwester geboren. Also ist es eigentlich auch ihr Geburtstag.« Er wusste, dass es zu verwirrend für den kleinen Jungen war, daher sagte er: »Nicke einfach und sag ›Gute Idee‹.«

Genau das tat Bradley.

»Ihr seht toll aus«, sagte Hawk, als er näher trat und durch die Linse schaute. »Bones, du könntest Bradley jetzt mal hinstellen.«

»Bereit, B-Boy?«

Bradley nickte und Bones stellte ihn auf den Boden. Dann

trat er beiseite und sofort war Sarah die Unsicherheit ins Gesicht geschrieben. Dieser nervöse Blick zog ihn sofort wieder zu ihr. »Ich könnte Lila nehmen und du machst ein paar Bilder mit Bradley.«

Bones setzte sich mit Lila auf den Rasen und sah zu, wie Sarah sich hinter Bradley stellte, ihn an ihre Beine drückte und sich herunterbeugte, um ihn auf den Kopf zu küssen. Sie tat das oft, als müsste sie jede Gelegenheit nutzen, um ihn zu liebkosen. Sie hockte sich neben ihn und schaute ihm in die Augen, während Hawk mehrere Bilder machte und sich dabei behände und lautlos um sie herum bewegte. Bones erkannte, dass er alles festhielt, und er freute sich darüber, dass Sarah diese Bilder für immer haben würde.

»Bradley, könntest du dich vielleicht mit deiner Mama ins Gras setzen?«, schlug Hawk vor.

Bradley nahm Sarahs Hand und führte sie vom Traubogen weg, während Hawk weitere Fotos machte. Bradley ließ sich auf den Rasen fallen, und Sarah setzte sich neben ihn, ohne sich darum Sorgen zu machen, dass ihr Kleid schmutzig werden könnte. Warum verriet Bones das so viel? Lila krabbelte zu ihnen, und Hawk fing einen schönen Moment nach dem anderen ein, während Bones sie aus der Nähe beobachtete. Bradley hob ein Blatt vom Rasen auf und gab es Sarah. Innerhalb weniger Minuten war Sarah so darin vertieft, sich mit elegant angezogenen Beinen mit ihren Kindern zu beschäftigen und die Zeit mit ihnen zu genießen, dass es schien, als hätte sie Hawk fast vergessen.

Lila zog sich hoch, klammerte sich an den Ärmel von Sarahs Kleid und lächelte ihren großen Bruder an. Sie schaute in Bones' Richtung und brabbelte vor sich hin: »Bobobobo …«

»Hallo, meine hübsche kleine Lady«, sagte Bones.

»Bobobo ...« Lilas freie Hand öffnete und schloss sich, als könnte sie Bones durch die Bewegung zu sich heranziehen. »Bobo!«

Im nächsten Moment ließ Lila den Ärmel von Sarah los und machte einen Schritt auf Bones zu, immer noch brabbelnd und mit ausgestreckten Armen. Erst zwei Schritte später wurde Bones – und so wie sie reagierte, auch Sarah – bewusst, was gerade passierte. Sarah hielt den Atem an, und Tränen stiegen ihr in die Augen, als ihre Kleine noch einen wackeligen Schritt nach vorne tat.

»Hast du das?«, versicherte Bones sich flüsternd bei Hawk. »Bitte sag mir, dass du jeden einzelnen Schritt festhältst.«

»Kumpel, ich bin ein Profi. Mir entgeht nichts«, sagte Hawk mit der Kamera am Auge.

Bones stützte sich auf ein Knie und streckte Lila die Arme entgegen, wobei er Angst hatte, dass sie auf den Hintern plumpsen könnte, wenn er näher käme. »Komm, meine Kleine. Du schaffst das.«

Adrenalin schoss ihm bei jedem Schritt durch die Adern. Sarah schlang den Arm um Bradley und flüsterte ihm etwas ins Ohr – wahrscheinlich, so nahm Bones an, damit er Lila nicht erschreckte. Lila wankte unsicher nach vorne, dann zurück, und Bones erstarrte. Schließlich plumpste sie tatsächlich mit weit aufgerissenen Augen auf ihren Hintern. Alle jubelten und eilten zu Sarahs wunderbarer kleiner Tochter.

Hawk fotografierte unterdessen die ganze Zeit weiter.

Sarah hob Lila in die Höhe, umarmte und küsste sie, während alle gleichzeitig lachten und Lila lobten. »Was für ein kluges Mädchen du doch bist. Gut gemacht, Kleine! Du hast deine ersten Schritte gemacht!« Sie hob ihren gerührten Blick zu Bones und sagte etwas leiser: »Du hast deine ersten Schritte zu

Bones gemacht.«

»Sie ist zu dir gelaufen, Bones!«, stimmte Bradley mit ein.

»Das ist sie.« *Und das war unglaublich.* Er hatte noch nie so viel Stolz empfunden, und sie war nicht einmal sein Kind. Er hob Bradley hoch und konnte einfach nicht anders, als sie alle drei zu umarmen.

Als er in Sarahs glückliches Gesicht sah, sagte sie: »Sie ist zu dir gegangen. Das ist der Wahnsinn!«

»Sie hat mich hereingelassen«, sagte er zutreffend. »Wenn ich Glück habe, macht ihre Mama das auch.«

Fünf

Wie sollte Sarah diesen Tag überleben? Zuerst tat Bones so, als wäre es das Natürlichste auf der Welt, ihren Sohn zum Altar zu tragen. Dann machte ihre Tochter die ersten Schritte – dem Mann entgegen, der Fotos von ihrer Familie für wichtiger hielt als den Eröffnungstanz auf der Hochzeit seines Bruders. So viele Gefühle tummelten sich in Sarah, dass ihr fast schwindelig wurde. Verstohlen schaute sie zu Bones, der Lila auf dem Arm hatte und ihrer kleinen Tochter erzählte, wie klug und stark sie war, und der sie fragte, womit sie alle wohl als Nächstes überraschen würde. So einen Mann wie ihn hatte sie noch nie kennengelernt. Er weckte in ihr das Bedürfnis, ihn wachzurütteln, ihn von seinen fehlgeleiteten Gefühlen zu befreien und ihn zu fragen, warum zum Henker er seine Zeit mit ihr verschwendete. Sie würde nur noch dicker werden, und in wenigen Monaten hätte sie noch ein Kind durchzufüttern. Eines, das sie nachts wachhalten und sie mit noch mehr Schwangerschaftsstreifen und wahrscheinlich fünf Kilo mehr zurücklassen würde.

»Sarah!«, rief Gemma, die dicht gefolgt von Dixie auf sie zueilte. »Ich habe gesehen, dass Lila gelaufen ist! Ich wollte gerade nachsehen, wo ihr bleibt und dann ... Meine Güte! Sie ist gelaufen! Du bist bestimmt so aufgeregt!«

»Etwas zu aufgeregt«, gestand sie aufrichtig.

Bones warf ihr einen glühenden Blick zu. Entweder das oder ihre Schwangerschaftshormone ließen sie wieder fantasieren.

»Zu aufgeregt gibt es nicht«, sagte er in einem so verführerischen Tonfall, dass Gemma die Augen aufriss.

Nee, eindeutig keine durch Hormone verursachte Fantasien.

Dixie kicherte. »Mensch, Bones! Ist ein laufendes Kleinkind eine Art Aphrodisiakum?«

»Nein, aber sieh dir dieses Lächeln an.« Bones zwinkerte Sarah zu. »*Das* ist doch verdammt erregend.«

»Oje«, sagte Sarah leise und sah zu Boden.

Bradley zupfte an Sarahs Kleid. »Ich habe Durst.«

»Ich kann doch mit ihm hineingehen und ihm Limonade besorgen, dann kannst du mit den Mädels quatschen«, bot Bones an.

»Das brauchst du nicht.« Sarah wollte nach Bradleys Hand greifen, doch der schnappte sich schon Bones'. »Gib mir zumindest Lila.«

Als Bones ihr Lila reichte, sagte er: »Pass auf, sie zappelt wie verrückt. Wahrscheinlich will sie unbedingt wieder die Füße auf den Boden kriegen.« Er berührte Lilas Nasenspitze. »Stimmt's, kleine Maus?«

»Du hörst dich an, als hätte dich das Baby-Fieber gepackt«, sagte Gemma.

»Darüber kann man sich doch freuen, oder?« Bones hob eine Augenbraue. »Wisst ihr noch, wie wir alle durchgedreht sind, als Lincoln seine ersten Schritte gemacht hat?«

»Mhm-mh.« Dixie verdrehte die Augen. Dann lehnte sie sich zu Gemma herüber und sagte leiser: »Ich habe nicht gesehen, dass er dir da diesen schmutzigen Blick zugeworfen hat.«

Bones drehte ihnen verärgert den Rücken zu. »Komm, B-Boy, wir gehen an die Limo-Bar.«

Als er wegging, verschränkte Dixie die Arme und sah Sarah streng an. »Erzähl mir nicht, dass da nichts zwischen euch ist. Ist dir das nicht aufgefallen? Ich kenne Bones und er benimmt sich, als hätte Amor den Pfeil tief in seinem Hintern versenkt. Bear ist der emotionale Typ, der kleinen Babys auf die Nasenspitze stupst und dessen Herz sich weit öffnet, bevor er überhaupt nachdenken kann. Bullet platzt in Situationen herein und folgt seinem Instinkt. Aber Bones hat sich immer eher zurückgehalten und analysiert Situationen erst einmal gründlich, bevor er eine Entscheidung trifft oder sich auch nur in eine Richtung bewegt – es sei denn, jemand befindet sich in unmittelbarer Gefahr. Dann folgt er seinem Instinkt und vernichtet alles, was ihm im Weg ist. Er ist so unerbittlich wie Bullet, aber mit einer höllischen Genauigkeit, mit der er so schnell und brutal zuschlägt wie eine Klapperschlange. Aber seine vorsichtige Art, sein Bedürfnis, in jeder Situation jeden Aspekt zu analysieren und zu verstehen, macht ihn zu so einem Profi in seinem Bereich. Er macht keine Fehler und sendet auch keine Signale aus, die nicht genau dem entsprechen, was er vermitteln will.«

Bevor Sarah diese beunruhigende Einschätzung allzu lang durchdenken konnte, fügte Dixie hinzu: »Das Einzige, in das er sich jemals Hals über Kopf gestürzt hat, war das Medizinstudium … und das mit *dir*. Also, meine Liebe, du kannst mir nicht weismachen, dass da nicht etwas ganz Besonderes zwischen euch entsteht.«

Red kam heraus und machte sich daran, alle ins Zelt zu lotsen. »Mädels! Kommt schon, ihr wollt doch nicht alles verpassen.« Sie strich Lila über den Rücken und sagte: »Wie ich höre, hat unsere Kleine ihre ersten Schritte gemacht, und das habe ich verpasst.«

Unsere Kleine. Erfüllt von Reds Zuneigung zu ihrer Tochter sagte sie: »Ich glaube, Hawk hat jede Menge Fotos gemacht.«

»Ja, aber du weißt ja, es ist nicht das Gleiche, wie mitanzusehen, wie sie diesen schockierten Ausdruck in den Augen bekommen, als könnten sie nicht glauben, dass sie laufen«, sagte Red, während Dixie und Gemma ihre Plätze einnahmen. »Und dann diese entzückenden wackeligen Schritte ...« Sie seufzte und sagte: »Das liebe ich. Wayne – Bones – hat mich als Baby fast in den Wahnsinn getrieben. Ich dachte, er würde nie auch nur einen Schritt machen.«

Wayne. Sie hatte seinen richtigen Namen auf seinem Arztkittel im Krankenhaus gesehen, und viel Fantasie war nicht nötig, um zu verstehen, wie er zu seinem Bikernamen gekommen war.

»Warum?« Sarahs Blick wanderte zu dem Mann, der seine Mutter fast in den Wahnsinn getrieben hatte. Er saß an einem Tisch, redete mit Bullet und sah dabei unglaublich gut aus mit seinem neuen Begleiter Bradley, der stolz auf seinem Schoß saß. Bradley hatte seinen kleinen Arm um Bones' Hals geschlungen und seine Wange lag auf Bones' Schulter.

Red trat näher an sie heran und sagte: »Während Brandon – Bullet – mir graue Haare verschaffte mit seinem ungestümen Wesen, weil er überall hintapste, wie ein Affe die Treppe hochkletterte, in Dinge hineinrannte und sich die Treppe herunterkugeln ließ, beobachtete Wayne, lernte und nahm sich Zeit.«

Sarah konnte ein Lachen so schnell nicht unterdrücken. »Das kann ich mir gut bei ihm vorstellen.«

»Es ist ein Wunder, dass ich überhaupt noch rote Haare habe. Aber das ist ja mittlerweile nur noch Chicki und ihrer Färbekunst zu verdanken.« Red strich sich über die Haare. »Brandon war ein richtiger kleiner Rabauke. Der stieg gern mal zwei oder drei Stufen hoch, grinste mich an und ließ dann das Geländer los, nur um dann lachend herunterzupurzeln. Wayne hat gewartet, bis es etwas gab, für das es sich lohnte, loszulaufen.«

»Man könnte denken, ein großer Bruder würde als Anreiz reichen.« Sie versuchte, sich Bones als kleinen Jungen vorzustellen. War er so, wie Dixie gesagt hatte? Unerbittlich, wenn er andere beschützte, und vorsichtig? Wie passten die beiden Eigenschaften überhaupt zusammen?

»Für Bobby – Bear – und Dixie war es das auch. Aber nicht für meinen Wayne. Er hatte nicht vor, die Treppe hinunterzufallen. Erst als Biggs ein verletztes Kätzchen mit nach Hause brachte, kam Wayne in Gang. Biggs saß auf dem Sofa, versorgte die Verletzungen und das arme kleine Ding miaute. Die Schreie zerrissen mir fast das Herz. Sie hörte gar nicht auf, als sollten wir uns jede ihrer Klagen anhören.«

Red betrachtete Bones und sagte: »Ich werde nie das Gefühl in meiner Brust vergessen, als Wayne die Schreie vom Spielzimmer aus hörte. Er sah mich mit so viel Mitgefühl in seinen kleinen braunen Augen an. Dann stellte er sich auf seine Füße, hielt sich dabei an einer Plastikburg fest, und marschierte direkt Richtung Wohnzimmer. Einmal fiel er hin«, erinnerte sie sich lächelnd. »Aber er stand gleich wieder auf und watschelte wie ein Profi ins Wohnzimmer. Jede Minute, die er konnte, verbrachte er mit dem Kätzchen, auch nachdem sie wieder gesund war. Du solltest ihn irgendwann mal danach fragen.«

»Dann hatte Dixie also recht? Er analysiert die Dinge, bevor er etwas in Angriff nimmt?«

»Zu sehr, Schätzchen.« Red hakte sich bei Sarah unter. »Komm, wir suchen deinen Platz. Ich wette, dass er neben Wayne ist. Und wenn nicht, dann hat er die Tischkarten mit Sicherheit schon so umgestellt, dass er neben dir sitzt.«

Warum warnte niemand Bones vor dieser Anziehung? Wie konnten sie eine rote Flagge auf zwei Beinen übersehen?

Will ich das?

»Mommy!«, rief Bradley, als sie näherkamen.

Bones' Blick huschte zu ihr und jagte einen heißen Blitz bis in ihr Innerstes, während sie Red mit einem Gefühl des Schwindels zum Tisch folgte. Nein, es war kein Schwindel. Ihr Magen war flau, und ihre Haut schien kalt und heiß zugleich zu sein. Zweifellos weil Bones sie ansah, als würde er sie verschlingen wollen, und jeder im Zelt war sich dessen wohl bewusst. Sie schaute zu den funkelnden Lichtern und den weißen und rosa Wimpeln unter der Decke hinauf und wünschte sich, das Leben käme mit einer Anleitung.

Red hatte recht: Ihr Platz war neben Bones, und Bones hatte sogar einen Hochstuhl auf die andere Seite ihres Platzes gestellt. Sie setzte Lila in den Stuhl und Bradley auf den Platz zwischen sich und Bones, da sie diesen Puffer brauchte. Nur weil alle anderen diese Situation in Ordnung zu finden schienen, bedeutete das noch lange nicht, dass sie jemand war, der Hals über Kopf ins Wasser sprang. Sie steckte lieber erst einmal testend die Zehenspitzen hinein. Aber mit sechsundzwanzig war sie noch immer eine junge Frau, und sie konnte weder die Wahrheit ignorieren noch die lodernde Hitze zwischen ihnen weiterhin den Schwangerschaftshormonen zuschreiben. Bones hatte ihren Körper zum Leben erweckt, wie es noch nie ein Mann zuvor geschafft hatte, und Bullets Bemerkung über den versauten Arzt hatte eine stürmische Neugier in ihr ausgelöst.

Hässliche Gedanken schlichen sich herein. Gedanken, die so tief verwurzelt waren, dass sie nicht wusste, ob sie ihnen jemals entkommen konnte, auch wenn sie es noch so sehr wollte. Sex war für Sarah immer gleichbedeutend mit Überleben gewesen, mit einer kurzen Ausnahme, als sie gedacht hatte, sie wäre auf dem Pfad zur Liebe. Sie presste die Kiefer aufeinander, um gegen die schmerzhaft stechenden Erinnerungen anzugehen und sie zum tausendsten Mal tief in sich zu vergraben.

»Hallo, meine Schöne«, sagte Bones leise. Einen Arm hatte er auf die Lehne von Bradleys Stuhl gelegt, während er sie in diesem Moment chaotischer Gefühle beobachtete. Sie glaubte vielleicht nicht an Happy Ends und es fiel ihr eindeutig nicht leicht, anderen zu vertrauen, aber sie sehnte sich danach, ihm näher zu sein. Diesen loyalen, aufmerksamen Mann auf einer persönlicheren Ebene kennenzulernen. Emotional und körperlich. Sie musste schlucken und fühlte sich glücklich und traurig, nervös und ruhig, verängstigt und neugierig zugleich. Es war so überwältigend, dass es mit Sicherheit alle spürten. Bones jedoch schob seine Hand weiter über die Lehne von Bradleys Stuhl, bis seine Fingerspitzen ihren Arm berührten. Sorge lag in seiner Mimik.

»Alles in Ordnung, Süße? Möchtest du ein paar Schritte gehen?«

Ein paar Schritte gehen? Nein, sie würde diesen Abend keinesfalls überleben, wenn Dr. Whiskey sie ansah, als könnte er all ihre Wunden heilen. Sie brauchte Luft, um einen klaren Kopf zu bekommen.

»Nein danke«, brachte sie schließlich heraus. »Ich gehe nur kurz ins Haus, um Lila zu wickeln.«

Er stand auf. »Ich begleite dich.«

»Nein«, entfuhr es ihr hastig. »Mir geht es gut, wirklich. Ich muss nur …« Sie suchte nach einer Entschuldigung, beschloss dann aber, es mit Aufrichtigkeit zu versuchen, denn im Moment war sie einfach zu nichts anderem fähig. »Kurz durchatmen, und das ist in deiner Gegenwart irgendwie unmöglich.«

Langsam breitete sich ein Grinsen in seinem Gesicht aus.

»*Hilfe*«, entwich ihr, bevor sie es verhindern konnte. »Könntest du bitte woanders hinschauen?«

»Auf keinen Fall, Süße.«

Er war so dreist, aber auf eine so unaufdringliche Art. *Ahh.* Sie stand auf, denn sie musste entkommen, bevor er seinen Zauber bei ihr zu vollem Einsatz brachte. »Komm, Bradley. Wir gehen vor dem Essen noch mal Pipi machen.«

»Ich muss nicht«, protestierte Bradley.

»Ich pass auf ihn auf«, bot Bones noch immer mit diesem Knie erweichenden Grinsen an.

Na klasse. Noch eine Hormon ausschüttende Dosis Hilfsbereitschaft. Genau das, was ich jetzt gebrauchen kann.

Der festliche Nachmittag wurde zu einem Abend voller Feierlaune, viel zu viel Essen und einer beträchtlichen Menge an Jubel für das Brautpaar. Bones stand mit seinem Vater und seinen Brüdern an der Bar. Bullets Blick war auf seine Frau gerichtet, die auf der Tanzfläche mit Dixie, Penny, Isabel und gut zehn anderen Frauen zu dem Lied »Girls Just Want to Have Fun« ausgelassen tanzte. Bones entdeckte Sarah bei Gemma, beide saßen mit einem Baby auf dem Schoß am Tisch. Auf dem

Boden neben Gemmas Stuhl saß Truman mit Kennedy und Bradley auf je einem Oberschenkel. Bradley und Kennedy hatten den ganzen Nachmittag miteinander gespielt und schauten nun mit müden, glasigen Augen erschöpft in die Runde. Hawk bewegte sich unauffällig im Raum und hielt wertvolle Momente fest. Sarah sah glücklich und unbeschwert aus, was bei einer so schönen Frau eine faszinierende Mischung war, und er hoffte, dass Hawk diesen Ausdruck verewigt hatte.

»Also wirklich, Cassie hat mit dem Catering wirklich voll abgeliefert.« Bullet reichte jedem seiner Brüder einen Schnaps. »Hier, alter Herr«, sagte er und gab Biggs ein kleines Glas.

»Ich würde keinen Bissen mehr runterkriegen«, sagte ihr Vater und klammerte die Finger um seinen Stock, als er das Glas entgegennahm. Nach dem Schlaganfall sprach er nur noch langsam, der linke Mundwinkel hing etwas herab, und – was am Schlimmsten war – der Anfall hatte ihm für immer die Fähigkeit geraubt, Motorrad zu fahren. Doch das hielt ihn nicht davon ab, die Dark Knights zu leiten, so wie es sein Vater vor ihm getan hatte, und auch nicht davon, das Emblem des Clubs mit Stolz zu tragen. Und er war dadurch keinen Deut weniger Mann.

Bones war stolz auf seinen Vater. Er hatte ihnen beigebracht, wie man kämpfte, Motorrad fuhr und beschützte. Unter diesem vollen, zotteligen grauen Bart und der tätowierten Haut, die nach unendlichen Meilen unter der heißen Sonne von tiefen Furchen gezeichnet war, verbarg sich die Seele eines Kriegers. Biggs Whiskey würde diese Welt wahrscheinlich ebenso verlassen, wie er seine Kinder erzogen hatte – im Kampf für das Leben von anderen.

»Habt ihr schon mal einen Blick auf den Desserttisch geworfen?«, fragte Bear. »Ich sollte vielleicht ein paar dieser schokoladenüberzogenen Erdbeeren für später stibitzen.« Er hob vielsagend die Augenbrauen, während sein Blick zu Crystal wanderte, die sich noch immer ihre hübsche kleine Seele aus dem Leib tanzte.

Bear hatte sich praktisch vom ersten Moment ihres Kennenlernens in Crystal verliebt, aber er hatte über acht Monate gebraucht, um sie endlich dazu zu bringen, mit ihm auszugehen. Bones schaute zu Sarah, der Frau, die jeden seiner Gedanken einnahm. Er hatte sich immer als geduldigen Menschen gesehen, aber Sarah hatte ihn eines Besseren belehrt. Verdammt, er bekam Bears Bemerkung über die schokoladenüberzogenen Erdbeeren nicht mehr aus dem Kopf, stellte sich Sarah nackt in seinem Bett vor, ihre langen, goldenen Haare ausgebreitet auf seinem Kissen, während er die Schokolade von ihren wunderschönen Brüsten und ihrem rundlichen Bauch leckte, nur um sich dann alles von ihr zu nehmen, bis sie seinen Namen so oft schrie, dass sie ihn nie wieder vergessen würde. Auf keinen Fall würde er acht Monate darauf warten, dass es dazu kam.

»Kumpel.« Bullet stieß Bones an und riss ihn aus seinen Fantasien. »Wo zum Teufel warst du?«

»An einem herrlichen Ort, bis du es vermasselt hast.« Er schaute hinab auf das Glas in seiner Hand. »Worauf trinken wir?«

»Mensch, Bones. Du warst wirklich weggetreten«, sagte Biggs. »Wir trinken auf meine Jungs, aber zuerst stoßen wir auf eure Mutter und die Frauen in eurem Leben an, denn sonst hält man uns vor, dass wir nur zum Spaß trinken. Auf alle starken, loyalen Frauen! Auf dass sie uns niemals satthaben.«

»Auf unsere Frauen«, sagten sie einstimmig, während sie die Gläser aneinanderstießen, um dann die Shots hinunterzustürzen.

Der Barkeeper verteilte schon die nächste Runde.

Biggs strich sich über den Bart und beäugte die drei. Er hob sein Glas, und sein Schnauzer zuckte, als ein Mundwinkel nach oben ging. »Zwei Männer am Boden, einer ist noch übrig, Leute. Haben wir gut hingekriegt.«

Alle lachten und stürzten den nächsten Drink, aber so schnell wie das Lachen aufkam, so schnell wanderten Bones' Gedanken zurück zu dem Abend, an dem er bei Sarah gegessen hatte und ihr Bruder über ihr Familienleben gesprochen hatte. Der Alkohol hinterließ plötzlich einen bitteren Geschmack und er stellte sein Glas ab.

Die Hand seines Vaters legte sich schwer auf Bones' Schulter, als Biggs sagte: »Der kleinen Süßen ist der Schmerz ins Gesicht geschrieben. Sei behutsam, Junge.«

»Vielen Dank für deinen Rat, Dad. Ich bin mein ganzes Leben behutsam vorgegangen und bin damit immer gut gefahren.« Bones atmete tief durch. Sarah hatte es hervorragend geschafft, sich immer mit anderen Leuten zu umgeben und sich mit ihnen in Gespräche zu vertiefen, sobald er in die Nähe kam. Er war es leid zu warten. Wenn sie in seiner Nähe keine Luft bekam, dann musste er eben ihr Sauerstoff sein. »Alles, was du mir je beigebracht hast, hat zu diesem Augenblick geführt. Dies ist nicht der Zeitpunkt, um behutsam zu sein.«

Biggs nickte und sah ihn streng an. »Also, verdammt noch mal, Junge, was stehst du dann noch hier herum?«

Sein Vater gab ihm einen Schubs in Richtung Sarah, aber Bones hatte andere Pläne. Diese Mädelsmusik reichte jetzt. Es war an der Zeit, etwas mehr Feuer zu verbreiten – und seinen Charme. Er sprach mit der Band und ging dann zu der Frau, die er haben wollte.

Gemma zeigte in seine Richtung, woraufhin Sarah das Gesicht hob und entzückend nervös und verräterisch sexy zugleich aussah.

»Ladys«, sagte er zu allen, wandte den Blick aber keine Sekunde von Sarah ab. Genau in diesem Moment setzte die Band zu dem Lied an, das er sich gewünscht hatte. Er griff nach Sarahs Hand. »Tanz mit mir, Süße.«

Ihr Blick huschte nervös zu Gemma, dann zu Lila und zu Bradley, der jetzt neben Truman saß. Bones nahm aus dem Augenwinkel wahr, dass Truman und Gemma sie beobachteten. Er hatte das Gefühl, dass fast alle im Zelt den Atem anhielten, um mitzuerleben, ob sie auf seine Bitte eingehen würde.

»Ich kann nicht«, sagte sie leise und drückte Lila etwas fester an sich. »Ich habe die Kinder.«

»Ich passe auf sie auf«, sagten Truman und Gemma gleichzeitig.

Sarah errötete. »Nein. Ich kann –«

Gemma nahm Lila und Truman hob Bradley auf seinen Schoß, sodass sie kein Kind mehr hatte, hinter dem sie sich verstecken konnte.

Bones half ihr sanft auf. »Komm, Süße. Dieses Lied ist für dich.«

Er führte sie zur Tanzfläche. Sarah sah über die Schulter zurück zu ihren Kindern, als Bones sie in seine Arme zog. Ihr Schwangerschaftsbauch stieß an ihn, als er ihre Arme um seinen Hals legte. Sie schaute wieder zu ihren Kindern.

»Ihnen geht es gut, versprochen«, sagte er, als die Band anfing davon zu singen, wie er sie das erste Mal gesehen hatte.

»Ich weiß. Ich will nur …«

»Konzentriere dich auf mich, Sarah, sonst nichts. Ich würde deine Kinder nie einer Gefahr aussetzen. Schenk dir einfach nur diesen Moment.« Er sah Unbehagen in ihren Augen und fuhr fort: »Schenk *uns* diesen Moment.«

Ihm wurde klar, dass sie sich nicht nur um ihre Kinder Sorgen machte. Er legte den Arm um ihre Taille, drückte sie an sich und ging aus dem Zelt heraus in den Garten.

Sie musste sich anstrengen, um mit ihm Schritt zu halten. »Wohin gehst du? Ich kann hier nicht weg!«

»Wir gehen nicht weg.« Außer Sichtweite von allen anderen zog er sie wieder eng an sich, legte ihre Arme zum zweiten Mal um seinen Hals und sagte: »Ich will mit dir tanzen, und wenn du dir Sorgen machst, was alle anderen denken könnten, dann tanze ich eben draußen mit dir.«

»Warum, Bones? Es ist seltsam, mit mir zu tanzen.« Sie schaute auf ihren Bauch zwischen ihnen hinab.

Er hob ihr Kinn und sah ihr in die Augen. »Es ist schön, mit dir zu tanzen. *Du* bist schön, Sarah.«

Ihr Gesicht verzog sich zu einem ungläubigen Ausdruck, und sie schüttelte den Kopf, aber sie bewegte sich anmutig hin und her, *mit* ihm, und sie versuchte nicht zu entkommen, auch wenn er diesen Wunsch in ihrem Gesichtsausdruck las.

»Mach das nicht«, sagte er entschieden. »Tu nicht so, als wäre das, was ich sage, nicht wichtig.«

»Ich meinte nur …« Sie wandte den Blick kurz ab. Dann sah sie ihm wieder in die Augen, jetzt etwas sanfter. »Hast du einen Schwangerschaftsfetisch oder so?«

Er musste schmunzeln. »Nicht dass ich wüsste, und mir entgeht eigentlich nichts.«

»Das habe ich gemerkt«, stimmte sie verhalten lächelnd zu. »Es fühlt sich seltsam an, hier draußen zu sein, nicht bei den Kindern, und zu *tanzen*.«

»Zu tanzen, oder mit mir zu tanzen?« Er wollte all ihre

Gedanken kennen, auch wenn sie nicht das waren, was er hören wollte.

»Überhaupt zu tanzen, aber mit dir zu tanzen ist auch komisch. Es macht Spaß«, erläuterte sie mit einem Funkeln in den Augen. »Aber das ist angsteinflößend und verrückt. Warum ich, wenn es doch da ein Zelt voller hinreißender Frauen gibt?«

»Hör auf den Text. Das ist ein Lied von Maggie Rose, es heißt ›It's you‹, und ich schwöre dir, Süße, das hat sie mit uns vor Augen geschrieben.« Er beobachtete, wie sie die Worte des Liedtexts in sich aufnahm. Sie waren so zutreffend. Er hatte sie nie kommen sehen, und er wollte sie nie gehen sehen.

»Bones …?«, fragte sie staunend.

»Nachdem ich dich das erste Mal gesehen habe, wusste ich, dass ich dich wiedersehen will. Und in den Monaten, die seitdem vergangen sind, ist dieser Wunsch immer größer geworden. Ich denke immerzu an dich und deine Kinder.« Er schaute auf ihren Bauch hinab und dann wieder in ihre Augen. »Und auch an dieses kleine Wunder.«

Die Luft entwich aus ihrer Lunge. »Du machst es schon wieder. Ich kann nicht atmen, wenn du mich so ansiehst.«

»Warum dann dagegen ankämpfen? Du hast zwei Monate damit verbracht, mich kennenzulernen. Du weißt, dass ich dir nicht wehtun werde.«

»Das kann ich nicht wissen«, entgegnete sie heftig. »Gute Menschen machen schlechte Dinge. Das hast du selbst gesagt.«

Schmerzhaft zog sich sein Herz zusammen, wenn er daran dachte, was sie durchgemacht haben musste, um so sehr zu misstrauen. »Das stimmt. Aber nach über dreißig Jahren kann ich aufrichtig sagen, dass ich einer Frau kein einziges Mal Schlechtes zugefügt habe. So bin ich nicht gestrickt. Ich habe Dinge getan, die ich nicht hätte tun sollen, wie die meisten, aber dir wehzutun wird *nie* dazugehören. Wenn du mich in deine Welt hineinlässt, in dein Leben, dann verspreche ich dir, dass ich immer mein eigenes Leben riskieren werde, bevor ich zulasse, dass jemand dir oder deinen Kindern wehtut.«

Ihr stockte der Atem.

»Lass es mich dir beweisen, Sarah. Lass mich dich zu einem richtigen Date ausführen. Lerne mich besser kennen und dann entscheide selbst.«

»Ich kann nicht auf ein Date gehen. Die Kinder ...«

»Ich habe eine ganze Familie, die nur zu gern auf sie aufpasst. Scott sagte auch, dass er zur Verfügung steht.«

Mit offenem Mund sah sie ihn an. »Du hast Scott gefragt?«

»Er ist dein Bruder. In meiner Welt heißt das, dass er auf dich aufpasst und eine Vorwarnung verdient hat.« Er breitete die Hand über ihren Schulterblättern aus und seine Finger glitten über ihre Haarspitzen. Unter seiner Hand spürte er ihr rasendes Herz.

Das Lied war zu Ende, doch sie tanzten weiter. Als das nächste Lied begann, sagte er: »Alle sind auf unserer Seite, Süße. Ein Date. Ein Abend, um herauszufinden, ob das, was zwischen uns ist, für dich ebenso echt ist wie für mich.«

»Woher weißt du, dass es überhaupt etwas für mich ist?«

Glaubte sie wirklich, dass sie ihre Gefühle so gut verbergen konnte? »Du sagtest, du bekämst keine Luft, wenn ich dich ansehe.«

»Oje«, flüsterte sie. »Ich bin die armseligste Frau auf Erden.«

»Und was bin dann ich? Denn jedes Mal, wenn du mich ansiehst, habe ich das Gefühl, zum ersten Mal überhaupt richtig atmen zu können. Und wenn du deine Kinder ansiehst? Himmel, Süße! Dieses Lächeln und die Liebe in deinen Augen ...? Alles Schlechte auf der Welt ist dann nicht mehr ganz so schlimm. Geh mit mir aus, Sarah. Vertrau mir genug für ein Date.«

Sie zog die Augenbrauen zusammen. »Bist du …? Dixie sagte, du könntest unerbittlich sein.«

»Dixie schaut zu all ihren großen Brüdern auf, aber ich verspreche dir, sie meint es nicht so, wie du denkst. Wir wurden so erzogen, dass wir unsere Familie und alle, die uns nahestehen, beschützen. Ich würde mich für jeden in dem Zelt erschießen lassen. Ich würde mich für dich erschießen lassen.«

»Das ist beängstigend.« Ihre Hände glitten auf seine Schultern und umfassten sie fester, so als gefiele ihr der Gedanke nicht, dass ihm etwas zustoßen könnte.

Krebs war beängstigend. Der Gedanke, dass sie mit sechzehn und ihre Schwester mit dreizehn ihr Zuhause verlassen hatten, war beängstigend. Für eine Familie ohne Krankenversicherung sorgen zu müssen, war beängstigend. Aber er sagte es nicht zu ihr. Sie hatte genug Sorgen am Hals, und er spürte, dass die Mauer um sie herum bröckelte. »Nein, Süße. Der Gedanke, dass du mir für dieses Date einen Korb geben könntest, ist beängstigend. Dass jemand auf dich aufpasst, ist beruhigend.«

»Du hast auf alles eine Antwort. Dann verrate mir eines. Was meinte Bullet, als er dich den versauten Arzt nannte? Denn ich bin kein Biker-Groupie. Ich will nicht gefesselt oder gepeitscht werden oder ein Lederhalsband tragen müssen.«

»Glaubst du, dass Dixie oder Gemma so sind? Oder Crystal? Finlay?«

»Nein! Ich meinte nur … Was wollte Bullet damit sagen? Ich weiß nicht, wie du drauf bist. Du hast ganz offensichtlich irgendwelche seltsamen sexuellen Vorlieben, denn du magst mich.«

Er presste die Kiefer aufeinander. »Damit musst du aufhören, bitte.«

»Womit?«

»Dich selbst niederzumachen. Du bist eine hinreißende, intelligente und starke Frau, die ihre Kinder an die erste Stelle setzt, die hart arbeitet und sich dennoch die Zeit nimmt, für andere etwas zu tun.«

»Okay, aber nur weil du denkst, dass ich hübsch oder klug bin, heißt das noch nicht, dass ich mich so sehen muss. Aber mit *stark* kann ich leben«, meinte sie leichthin. »Und von einer Mutter kann man erwarten, dass sie ihre Kinder an die erste Stelle setzt. Also, wenn du mit mir ausgehen willst, dann hör auf, um den heißen Brei herumzureden und beichte, du versauter Arzt.«

»Ich mag deinen Hintern«, gestand er. »Meine Brüder waren immer sehr redselig, was ihre Eroberungen anging. Solange ich denken kann, haben sie darüber Witze gemacht. Bis sie die wahre Liebe gefunden und endlich einen Grund hatten, damit aufzuhören. Sie wollten die Privatsphäre ihrer Partnerin beschützen. Für mich war es immer etwas Persönliches. Wenn ich eine Frau im Bett habe, dann ist das etwas zwischen mir und ihr, nichts wodurch andere einen Kick bekommen sollten. Ich habe sie nie kritisiert, aber ich nehme an, sie nennen mich den versauten Arzt, weil sie keine Ahnung haben, worauf ich stehe, und da ich Leder mag und eine Frau in Spitze hübsch finde, denken sie vielleicht, dass ich bestimmte sexuelle Vorlieben habe.« Er zog sie näher an sich und sagte: »Ich halte mich zwar mit Prahlereien zurück, aber keine Sorge, Süße. Wenn du es versaut magst, kann ich so unanständig sein, wie du möchtest.«

»Nein, ich meinte nicht … Ich mag unanständig, aber …« Sie wurde hochrot und stieß einen Seufzer aus. »Egal. Ich fasse es nicht, dass ich das gerade gesagt habe. Ich sag es ja, ich bin so armselig.«

Sie versuchte, sich von ihm zu lösen, doch er ließ seine Hand hinunter auf ihren Hintern wandern und drückte sie so an sich, dass ihre Seite an ihm lag und er ihr ins Ohr flüstern konnte: »Du bist alles andere als armselig.« Er küsste sie leicht direkt unter das Ohrläppchen und spürte, dass sie in seinem Arm erschauderte. »Was ist jetzt mit unserem Date?« Er drehte ihr Gesicht zu sich um und konnte es nicht abwarten, sie das erste Mal zu kosten. Ihre Lippen waren so nah, so verlockend. Wenn er sich noch etwas vorbeugte … »Sag ja, Sarah. Gib dem Guten eine Chance.«

»Ich schleppe einiges an Ballast mit mir herum.«

Er fragte sich, wie sie jemals schwanger geworden war, wenn sie sich so gegen Nähe wehrte. Verstörende Gedanken kamen ihm in den Sinn. Er verdrängte sie, um sich später damit zu beschäftigen, und sagte: »Ich helfe gern beim Tragen.«

»Ich meine es ernst«, sagte sie mit flehendem Blick. »Du hast nur meine Kinder gesehen, und sie sind das Beste, was ich zu bieten habe. Ich habe richtigen Ballast, den du nicht sehen kannst.«

»Ich sehe dich, Sarah, und deine wunderschönen Kinder. Was immer dich hierhergebracht hat, was auch immer diesen Moment möglich machte, hat dich nicht zerstört.«

»Du hast ja keine Ahnung.«

»Dann lass mich herein. Was kann denn schlimmstenfalls passieren?« Bones war Mördern und Drogenhändlern begegnet und Frauen, die vergewaltigt und verprügelt worden waren. Es gab nichts, womit er nicht zurechtkam oder wobei er nicht helfen konnte.

»Ich könnte dich als Freund verlieren.« Sie schaute zum Zelt und sagte: »Meine Kinder könnten dich verlieren. Wir könnten all unsere Freunde verlieren, und dies ist der erste Ort, an dem ich jemals Freunde hatte, die gut sind, und zwar nicht, weil sie etwas wollen oder brauchen, sondern weil sie es einfach sind. Ich habe Angst, das zu verlieren.«

Ihr Geständnis erschütterte ihn. »Wir werden nicht zulassen, dass das passiert, Süße. Wie wäre es, wenn wir einen Schritt nach dem anderen machen? Sag ja, Sarah. Lass mich dir zeigen, wie man eine Lady behandelt.«

Sie schwieg eine ganze Weile lang. Die Musik der Band wurde zu einem Hintergrundgeräusch, während Bones nur noch seinen eigenen dröhnenden Herzschlag hörte.

»Ich kann nicht glauben, dass ich das sage«, setzte sie zögernd an, »aber in Ordnung. Ein Date, aber ich kann nicht auf deinem Motorrad mitfahren.«

Er schmunzelte, gab sich dann aber verärgert. »Ach, so ein Mist. Und was ist mit Fallschirmspringen?«

»Oh, klar, warum nicht?« Sie lachte süß. »Wir sollten wieder hineingehen. Ich möchte die Kinder nicht zu lange allein lassen.«

Sie einigten sich auf Donnerstagabend für ihr Date, damit Scott auf die Kinder aufpassen und sie zu Bett bringen konnte. Er wusste, dass Sarah noch nervös war, aber als sie hineingingen, legte er einen Arm um ihre Schulter und sagte: »Weißt du, einige Leute hier denken vielleicht, ich wäre ein guter Fang.«

»Ach, was du nicht sagst«, meinte sie sarkastisch.

»Aber sie würden sich irren, Süße. In dieser Geschichte bist du der gute Fang.«

»Das ist ein ziemlich netter Spruch, aber freu dich nicht zu früh. Das ist *ein* Date, und wahrscheinlich bereust du es am Ende.«

»Auf keinen Fall, verdammt noch mal«, sagte er heftiger, als er wollte. Wenn er nichts erreichte, so wollte er ihr doch zumindest abgewöhnen, sich immer klein zu machen. »Wir haben ein Date, und das macht dich zu meinem Mädchen, und –«

»Ich hatte ja keine Ahnung, dass du so besitzergreifend bist«, sagte sie. »Vielleicht sollte ich mir das mit dem Date noch mal überlegen.«

»Da gibt es nichts zu überlegen, und niemand redet schlecht über mein Mädchen. Dich eingeschlossen.«

Sie zuckte innerlich zusammen. »Tut mir leid. Ich höre ja auf. Ich bin nur nervös und …«

Als sie zum Eingang des Zelts gingen, zog er sie überraschend in seine Arme. In dem Bruchteil einer Sekunde wandelte sich diese Überraschung in Hitze. Er näherte seine Lippen den ihren, um ihre besorgten Gedanken zum Schweigen zu bringen und sein dröhnendes Verlangen zu stillen.

»Da seid ihr ja!«

Dixies Stimme schreckte Sarah auf, und sie stolperte nach Luft schnappend rückwärts, noch bevor er die Chance hatte, sie zu küssen. Bones hielt einen Arm um Sarah, als er seine Schwester wütend anstarrte. »Super Timing, Dix.«

»Mist. Tut mir leid. Wartet. Ich dachte …?« Sie sah Sarah an.

Sarah biss sich auf die Unterlippe und zuckte mit einer Schulter.

»*Ahhh! Yippieehendlich!* Das wurde aber auch Zeit.« Dixie hob einen Daumen über die Schulter und grinste sie verschmitzt an. »Ich geh dann mal wieder rein und lass euch allein.«

»Nein!«, kam es viel zu schnell von Sarah.

Bones hob eine Augenbraue, doch die Verlegenheit war ihr

ins Gesicht geschrieben. *Tja.* Es sah so aus, als müsste er doch ziemlich behutsam vorgehen.

»Gut, denn du musst dir was anschauen.« Dixie packte Sarah am Handgelenk und zog sie ins Zelt. Sarah sah über die Schulter zurück zu Bones und gab lautlos ein *Tut mir leid!* von sich.

Er dachte, er wäre derjenige, der sie beide mit einem wilden Ritt belohnen würde, aber da irrte er sich gewaltig. Sarah hielt eindeutig *seine* Zügel in der Hand.

Er ging ins Zelt und war wie hypnotisiert von ihrem rührseligen Blick, mit dem sie auf die Tanzfläche sah. Auch er schmolz dahin, als er Biggs mit Lila auf dem Arm und dem Gehstock in der anderen Hand tanzen sah. Der kleine Engel hatte die Faust in seinen Bart gekrallt und den Kopf auf seine Schulter gelegt. Neben ihm tanzten Bradley und Kennedy in inniger Umarmung. Hawk stand diskret am Rand und hielt alles fest.

»Weiß sie es?«

Bones drehte sich herum, als er Bullets Stimme hörte. Er hatte ihn nicht einmal kommen hören. »Was weiß sie?«

»Dass du Hawk bezahlt hast, um den ganzen Abend Bilder von ihr und den Kindern zu machen.«

Bones lächelte in sich hinein. »Nein, aber wir gehen Donnerstagabend zusammen aus.«

»Der versaute Doktor schlägt wieder zu.«

Bones legte eine Hand auf Bullets Schulter und sagte: »Apropos … Wie wär's, wenn du mit diesem Mist aufhörst, wenn sie dabei ist, okay?«

Bullet schmunzelte.

»Ich würde dir nur ungern eine Tracht Prügel verpassen, bevor du die Gelegenheit bekommst, deine Ehe zu vollziehen.«

Bullet schaute über die Tanzfläche zu Finlay. Ihre Haare waren zerzaust, der Lippenstift fast verschwunden, und auf ihrem geröteten Gesicht lag ein zufriedener Ausdruck. »Zu spät.«

»Was? Wo? Wie?« Bones konnte sich nicht vorstellen, dass die süße, korrekte Finlay sich auf ihrer eigenen Hochzeit davonstahl, um Sex zu haben. Andererseits war es offensichtlich, dass ihre Liebe für Bullet grenzenlos war.

»Kumpel, echte Männer reden nicht.« Bullet nahm einen Schluck von seinem Bier und sprach fast flüsternd weiter: »Finlay hat gesagt, wenn ich es auch nur einem erzähle, würde sie mich sehr lange aushungern lassen.«

»Hätte nie gedacht, dass du mal so unter dem Pantoffel stehen würdest.«

»Hätte nie gedacht, dass mir das so gefallen würde.« Bullet schubste ihn in Richtung Bar. »Lass uns feiern. Scheint, als hätten wir beide heute Abend ziemlich viel Glück gehabt.«

Sechs

Am Donnerstagnachmittag saß Bones in seinem Büro im Peaceful Harbor Center of Hope, einer führenden Krebsklinik an der Ostküste, und hörte seiner Patientin Wendy Stockard zu, die über das neueste musikalische Projekt ihres vierzehn Jahre alten Sohnes redete. Sie erzählte von seinen Freunden, Noten und so ziemlich allem – außer von sich selbst oder der aggressiven Form des Brustkrebses, mit der sie zu kämpfen hatte. Die Krankheit war so invasiv, dass sie sich in dem Zeitraum zwischen ihrer Biopsie und dem Tag, an dem sie ihre Chemotherapie hätte beginnen sollen, dramatisch ausgebreitet hatte. Daher hatten sie reagieren müssen, solange noch Zeit dazu war. Sie war sofort operiert worden, um neben mehreren Lymphknoten in der Achselhöhle und am Hals auch ihre rechte Brust abzunehmen. Das war zehn Wochen her. Zwei Wochen nach dem Eingriff hatte sie eine aggressive Chemotherapie und Bestrahlung angefangen, und die ganze Tortur forderte ihren Tribut. Bones sah sie jede Woche vor ihrer Behandlung, um über die Laborbefunde zu sprechen, die Medikamente anzupassen und ihre mentale Verfassung einzuschätzen. Die zurzeit bei Wendy, die weder über sich noch über die Krankheit sprach, nicht anders zu erwarten gewesen war. Doch dies war kein Fall von Nichtwahrhabenwollen. Von Anfang an war sie entschlossen gewesen, diese elende Krankheit zu besiegen. Jetzt verstand er, dass sie – wie Sarah – als alleinerziehende Mutter alle Dinge so anging; sie setzte ihren Sohn an erste Stelle und beschäftigte sich erst dann mit ihren eigenen Problemen. Es war ihr sehr schwergefallen, ihrer Gesundheit oberste Priorität zu geben, aber sie hatte mit der Zeit verstanden, dass ihr Wohlergehen für das ihres Sohnes sorgen würde.

Sie fasste sich an ihr Kopftuch, während ein Ausdruck des Unbehagens in ihr Gesicht trat. Es brach ihm immer das Herz, wenn er diese vertraute Verlegenheit in den Augen seiner Patienten sah. Er wusste, dass es schwer für manche Patienten war, denn sie waren anfangs mit frisierten Haaren, tadelloser Haut und einem geregelten Leben zu ihm gekommen. Sie dachten, dass ihre ausfallenden Haare, die fahle Haut, die Müdigkeit und ihre nun alles andere als geregelten Leben sie unansehnlich oder schwach wirken ließen, aber in Wahrheit waren all das Zeichen ihrer Stärke. Bones bewunderte jeden einzelnen Menschen, den er behandelte, und jedes Familienmitglied, das sich mit diesem höllischen Krebs auseinandersetzen musste.

»Ollie will sich den Kopf rasieren«, sagte sie mit einem zögerlichen Lächeln. »Er hat so schöne, volle Haare. Die hat er von mir, wissen Sie, nicht von seinem Erzeuger.«

Er hatte darauf gewartet, dass ihr Sohn das tun würde. Bei vielen Angehörigen hatte er diesen Schritt miterlebt, mit dem sie der Welt ihre Unterstützung zeigen und etwas von dem Gefühl der Hilflosigkeit, das sie plagte, loswerden wollten. »Es überrascht mich, dass er so lange gewartet hat.«

Ollie war ebenso hart im Nehmen wie seine Mutter. Bones war dabei gewesen, als Wendy ihrem Sohn von der Diagnose berichtete. Aus Angst zusammenzubrechen, hatte sie es nicht allein machen wollen. Ollie hatte nur ganz kurz geweint, bevor diese Traurigkeit in Verärgerung umgeschlagen war, und Wochen später, als Wendy durch die Behandlung geschwächt war, hatte die sich in rasende Wut gewandelt. Er war weggelaufen, woraufhin Bones und seine Brüder von den Dark Knights die Straßen abgesucht und ihn aufgespürt hatten. Ollie musste sich auf etwas anderes als die Krankheit seiner Mutter konzentrieren. Etwas, das ihm einen Sinn gab und ihm das Gefühl verlieh zu helfen. Sie hatten ihm einen Job im Yachthafen besorgt, wo er genug Geld verdiente, um seiner Mutter ab und zu ein kleines Geschenk mitzubringen. Er hätte es bei den aufmunternden Notizen belassen können, die er vor ihren Behandlungsterminen in ihr Portemonnaie steckte, aber zu wissen, dass er für etwas gearbeitet hatte, machte ihn stolz.

Er war ein guter Junge. Der Boden war ihm unter den Füßen weggezogen worden, aber jetzt hatte er alles im Griff, und sein Wunsch, sich die Haare abzurasieren, zeigte, wie weit er es geschafft hatte. Er lief nicht mehr vor seiner Angst davon; er stellte sich ihr und unterstützte seine Mutter so, wie er es konnte.

»Finden Sie das nicht beunruhigend?«, fragte sie nervös. »Er sollte in seinem Alter doch lieber Mädchen und Musik im Kopf haben. Ich will, dass er über die Schulaufgaben motzt und die Tür zu seinem Zimmer zuknallt, weil seine Mutter ihn nicht versteht.«

Bones war mittlerweile versiert darin, Distanz zwischen sich und den Patienten zu bewahren, um seine Gefühle bei den professionellen medizinischen Entscheidungen außen vor lassen zu können, aber nachdem diese Entscheidungen getroffen worden waren, war er doch in Gedanken oft noch bei seinen

Patienten und ihren Familien.

»Sie möchten, dass er ein normaler Teenager ist«, sagte er, »aber ich glaube nicht, dass es so etwas überhaupt gibt. Jeder Teenager hat etwas, das ihm zu schaffen macht. Ollie muss sich mit Ihrer Krankheit befassen.«

»Aber er ist doch noch ein kleiner Junge«, meinte sie flehend.

»Lassen Sie ihn das nicht hören«, meinte Bones mit einem Lächeln, das sie erwiderte. »Er ist fast fünfzehn. Das ist eine seltsame Zeit für Jungs. Ihr Körper und ihr Verstand reifen, aber obwohl sie diese Veränderungen herbeisehnen, fürchtet sich ein Teil tief in ihnen davor. Sie sagten mir an dem Tag, an dem ich Ihnen die Diagnose mitgeteilt habe, dass Sie und Ollie nur sich haben. Er fühlte sich ohnmächtig, und jetzt zeigt er Ihnen, dass er mit der Sache zurechtkommt. Er will an Ihrer Seite kämpfen. Ich glaube, es wäre gut für ihn, wenn Sie ihm das Gefühl geben, dass er etwas Sinnvolles tut.«

Sie seufzte. »Sie haben wahrscheinlich recht. Vielleicht sollte ich dankbar dafür sein, dass er mich überhaupt um Erlaubnis dafür gebeten hat.«

»So kann man es auch sehen.« Bones verschränkte die Hände und legte sie in den Schoß. »So, und was halten Sie nun davon, mir mal zu erzählen, wie es Ollies *Mom* so ergeht?«

Sie rümpfte die Nase. »Muss ich?«

»Ich halte es für eine gute Idee. Soweit ich gehört habe, ist Ihr Arzt ein guter Zuhörer.«

»Ich frage mich immer noch, wieso Sie Single sind.«

Bones schmunzelte. Wenn er für jede Patientin, die etwas in dieser Art sagte, einen Dollar bekäme, könnte er sich ein zweites Boot leisten. »Netter Versuch, das Thema zu wechseln.«

»Das frage ich mich wirklich … und ich wechsle das

Thema.« Sie seufzte und lehnte sich auf ihrem Stuhl zurück. »Ich bin müde, verliere alle Haare, und jeden zweiten Tag will ich nicht aufstehen.«

»Und bleiben Sie im Bett?«

Sie nickte. »Manchmal, aber nicht, weil ich aufgeben will. Alleinerziehende Mütter ruhen sich nicht aus. Wir verlassen uns nicht auf andere oder suhlen uns in unserem Elend. Das können wir uns nicht leisten. Wenn ich im Bett bleibe, dann weil ich keine Wahl habe.«

Er dachte an Sarah und wie sehr sie sich für ihre Familie ins Zeug legte. »Und die anderen Male, wenn Sie nicht im Bett sind?«

»Entweder habe ich eine Behandlung, oder ich danke dem Himmel, dass ich diese Sachen habe, um die ich mir Gedanken machen kann und dass ich mir noch nicht das Gras von unten anschauen muss.«

So hart ihre Aussage auch war, so war die radikale Offenheit beruhigend. Sie erkannte den Wert der Behandlungen. Sie redeten noch eine Weile, und als Wendy ging, musste Bones wieder an Sarah und ihre Kinder denken. Für Alleinerziehende gab es kein Entkommen aus den Sorgen und den permanenten Was-ist-wenn-Fragen. Er wusste, dass Sarah über den Friseursalon krankenversichert war, und sie hatte Scott, der ihr helfen konnte, wenn etwas passierte. *Und sie hat mich. Wenn sie es will.*

Sie will mich, überlegte er. Selbst wenn sie es sich noch nicht selbst eingestanden hatte.

In der Woche war viel los gewesen, sodass er keine Gelegenheit gehabt hatte, wirklich mit ihr zu reden. Am Sonntag war er mit Bear und ein paar ihrer Kumpels mit den Motorrädern unterwegs gewesen, und am Montag hatten sie ihr

Clubtreffen der Dark Knights gehabt. Dienstag- und Mittwochabend hatte er Scott im Keller geholfen, aber Sarah war erst nach acht von der Arbeit nach Hause gekommen und war mit den Kindern beschäftigt gewesen. Sie hatten sich seitdem ein paar Mal geschrieben, und sogar anhand ihrer Nachrichten konnte er erkennen, dass sie wegen ihres Dates nervös war.

Er nahm sein Handy heraus und schrieb ihr kurz. *Hallo, meine Schöne. Noch drei kleine Stunden bis zu dem besten Date deines Lebens.*

Sein Bürotelefon klingelte. Er nahm ab und meldete sich: »Dr. Whiskey.«

»Wayne? Hey, Mann, hier ist Jon.« Jon Butterscotch war Facharzt für Orthopädische Onkologie, der im selben Gebäude arbeitete, und er war ein guter Freund. Er fuhr Motorrad, hielt sich oft im Whiskey Bro's auf und war ein passionierter Extremsportler mit einer übermütigen Persönlichkeit. Aber im Beruf war er überaus professionell.

»Wie geht's?«

»Könnte besser sein. Ich brauche eine zweite Meinung bei einem siebzehnjährigen Mädchen mit einem Hirntumor.«

Nachdem sie über die Patientin geredet und einen Termin für eine Beratung vereinbart hatten, las er die Nachricht von Sarah, die eingegangen war, während er mit Jon geredet hatte. *Bist du sicher, dass du heute Abend ausgehen willst?*

Ob er *sicher* war, hatte sie jedes Mal gefragt, wenn sie miteinander geredet hatten. Es war an der Zeit, diese Frage endgültig aus ihrem Kopf zu verbannen. Er schnappte sich seine Jacke und marschierte aus dem Büro.

»Bin in zwanzig Minuten zurück«, teilte er auf dem Weg hinaus der Angestellten an der Anmeldung mit. Er stieg aufs

Motorrad, setzte den Helm auf und fuhr zu Chickis Friseursalon. Dort angekommen stellte er das Motorrad am Fahrbahnrand ab und nahm den Helm auf dem Weg in den Salon ab.

»Hallo, Bones. Hast du einen Ter–«, setzte die Dame an der Anmeldung an, als er seinen Helm auf ihrem Tresen ablegte, dann aber direkt weiter zu Sarah marschierte.

Sarah legte gerade Jasmine Carbo einen Umhang um und nahm ihn gar nicht wahr. Jasmine beobachtete ihn im Spiegel. Sie kannte Bones seit Ewigkeiten. Sie und ihr Zwillingsbruder besaßen im Ort ein Café.

»Hallo, mein Lieber!«, rief Chicki aus dem hinteren Bereich des Salons.

Bones winkte ihr zu, wandte den Blick aber keine Sekunde von der blonden Schönheit vor ihm ab.

Sarah erschrak, als er plötzlich neben ihr stand. »Bones? Was machst du denn hier?« Ihr Blick huschte zu den anderen Friseurinnen, die sie neugierig beobachteten.

»Sarah«, sagte er ganz ruhig und sah ihr dabei in die unsicher schauenden Augen. An Jasmine gewandt sagte er: »Entschuldige die Störung, Jazz. Wie es scheint, haben Sarah und ich ein kleines Kommunikationsdefizit. Das möchte ich nur kurz beheben.«

»Mach nur«, sagte Jasmine. »Ich habe den ganzen Nachmittag Zeit.«

Er nahm Sarahs Hand in seine und sagte: »Süße, lass mich eines klarstellen. Ich habe meine Meinung über unser Date nicht geändert, und das werde ich auch nicht, egal wie oft du fragst. Wenn du also das nächste Mal den Drang verspürst, diese bestimmte Nachricht zu schicken, dann erinnere dich an das hier.« Er zog sie in seine Arme – zu einem langen, langsamen Kuss, bei dem er kaum das überraschte Staunen um sie herum wahrnahm. Nach kaum einem Atemzug spürte er, dass ihr Schockzustand einem inneren Kampf wich, bis sie sich dann genau so schnell ihrem glühend heißen Kuss ergab und sich an ihn schmiegte. Er konnte nicht widerstehen und vertiefte den Kuss nur einen winzigen Moment lang, und *Mann!* war das ein köstlicher Moment.

Als er sich zurückzog, schwankte Sarah. Er fuhr mit den Händen sanft an ihren Armen hinauf, um ihr Halt zu geben. Ihm war klar, dass er sie in Verlegenheit gebracht hatte, aber es musste einfach sein, und hoffentlich hatte er auch alle Zweifel ausgeräumt und ihr etwas gegeben, worüber sie bis zu ihrem Date nachdenken konnte. Denn, verdammt noch mal, er würde ab jetzt an nichts anderes mehr denken als daran, sie wieder küssen zu dürfen.

»Wow«, kommentierte eine der Friseurinnen.

»Puh«, sagte Jasmine. »Wo bekomme ich so einen Kerl wie dich her?«

Bones schmunzelte, konzentrierte sich aber immer noch auf Sarah. »Sind wir uns über unser Date heute Abend einig?«

»Nein!«, rief Chicki. »Ich glaube, du musst sie noch einmal küssen.«

»Genau«, stimmte Jasmine zu und wurde von den anderen Friseurinnen bestätigt. »Wir brauchen eine Zugabe.«

»Nein!« Sarah riss schockiert die Augen auf, aber das Begehren, das in ihrem Blick überquoll, konnte sie nicht verbergen. »Wir … äh … sind uns einig.«

»Wunderbar. Dann sehe ich dich in ein paar Stunden, Süße.« Er machte auf dem Absatz kehrt, nahm seinen Helm auf dem Weg zur Tür vom Tresen und wurde von Geflüster und Gekicher hinausbegleitet. Vom Gehweg aus sah er Sarah, die noch immer am selben Platz stand und ihre Lippen berührte, als könnte sie ihn noch immer schmecken – und ja, verdammt, er konnte es auch nicht erwarten, sie erneut zu kosten.

Sarah war den ganzen Nachmittag durch den Wind. Bones Whiskey hatte die Gabe, sie abzulenken, aber ihn zu küssen? Das ließ sie vollkommen ins Schleudern geraten. Es war schon ein seltsames Gefühl für sie, ein Date zu haben, während sie schwanger war. Noch dazu mit dem Mann, den Jasmine und all die anderen Frauen, die im Salon gewesen waren, als er seine unglaublichen Lippen auf ihre gelegt hatte, den Fang schlechthin von Peaceful Harbor genannt hatten.

Nicht, dass sie das unter Druck setzen würde.

Sie wusste nicht so richtig, was eine Schwangere zu einem Date mit so einem Mann anziehen sollte, aber auf dem Weg nach Hause hielt sie in einer Schwangerschaftsboutique an, von der Chicki ihr erzählt hatte. Ein Kaufrausch bescherte ihr eine Skinny Jeans mit tiefem Bund und die hübscheste petrol-pink-schwarze Kimonobluse, die sie je gesehen hatte. Zum Glück musste sie sich über sexy Unterwäsche keine Gedanken machen.

Heiliger. Komm gar nicht erst auf solche Ideen.

Vor dem Spiegel betrachtete sie ihr Outfit. Als sie nicht schwanger war, hatte sie keinen großartigen Körper gehabt – etwas füllig in der Mitte, keine spektakulären Brüste und Beine, die etwas zu dünn waren. Heute konnte sie von Glück sagen, wenn sie daran dachte, sie zu rasieren. Sie strich mit der Hand über ihren Bauch und fragte sich erneut, warum Bones ausgerechnet mit ihr ausgehen wollte. Nach zwei Kindern, einem dritten, das mit jedem Tag in ihr wuchs, glich ihr Bauch einer Landkarte aus Schwangerschaftsstreifen, und wenn sie nicht schwanger war, hatten ihre Brüste etwas von halb aufgepumpten Ballons. Aber sie musste zugeben, dass das schwarze T-Shirt mit dem U-Ausschnitt unter der Kimonobluse gar nicht so schlecht aussah, und ihre Beine wirkten dank Sandalen mit Keilabsatz länger. Sie legte Make-up auf, einen Spritzer Parfum und ein schwarzes Lederhalsband, denn der Choker wertete nicht nur das ganze Outfit auf, sie hatte auch bemerkt, dass Bones am liebsten seine Lederjacke trug, und dachte sich, dass es ihm vielleicht gefallen würde.

Und wenn Bones nun etwas Schickes geplant hatte? Sie hatte es nicht so mit schick, aber er war Arzt. Schick war durchaus möglich. Sollte sie ein Kleid anziehen? Sie wusste gar nicht so richtig, was Frauen in ihrem Alter zu einem Date anzogen. Das alles war für sie eine vollkommen unbekannte Welt. Kein einziges Mal war sie darin eingetaucht. Wenn sie genau darüber nachdachte, hatte sie noch nie ein richtiges Date gehabt. Nicht einmal mit dem Vater ihrer Kinder.

Sie hörte Bradleys Stimme, auch wenn sie nicht verstand, was er gesagt hatte.

Du meine Güte, was mache ich hier eigentlich?

Sie sollte heute Abend bei ihren Kindern bleiben und nicht unterwegs sein und so tun, als wäre sie eine alleinstehende Frau, die für niemanden Verantwortung trug. Und wenn die Kids sie brauchten? Wenn Scott mit den beiden überfordert war? Sie setzte sich auf den Bettrand und hatte das Gefühl, keine Luft zu bekommen.

Ein Klopfen an ihrer Schlafzimmertür ließ sie aufschrecken. »Ja?«

Scott steckte den Kopf ins Zimmer und sofort wandelte sich

sein gelassener Ausdruck in Sorge. Mit Lila auf der Hüfte eilte er zu ihr. »Was ist los? Was ist passiert?«

»Nichts. Ich muss nur …« Sie schloss einen Moment lang die Augen und versuchte, Luft zu holen.

Scott legte die Hand auf ihre. »Bist du krank?«

Sie schüttelte den Kopf. »Nein, sehe ich so aus?«

»Nein, du siehst toll aus.«

Sie atmete laut aus. »Du musst mir helfen, für heute Abend abzusagen. Ich bin noch nie auf einem richtigen Date gewesen. Keine Ahnung, warum ich überhaupt zugesagt habe. Ich kann das nicht.« Sie wollte es, aber wenn sie ihre süße Kleine mit dem Spielzeug sah, wollte sie auch einfach nur bei ihr bleiben.

»Kannst du nicht, willst du nicht oder hast du Angst?«, fragte Scott behutsam. »Denn wenn du nicht kannst oder willst, dann rufe ich Bones sofort an und sage ab. Aber, Sarah, wenn du gehen willst, du aber Angst hast, dann solltest du mit ihm ausgehen. Ich habe auf der Hochzeit lange mit Bones geredet. Er ist aufrichtig an dir interessiert, und ich gebe zu, zuerst fand ich es verda–«, er schaute zu Lila, die zufrieden mit ihrem Spielzeug spielte, »ich fand es seltsam, weil du schwanger bist und eine Familie hast, aber weißt du was? Nachdem ich mit ihm geredet habe, glaube ich wirklich …«

»Sag nicht, er kann darüber hinwegsehen, denn …« Sie schaute todernst auf ihren Bauch.

»Das ist es ja. Er hat nicht einmal versucht, so zu tun, als würde er über irgendetwas hinwegsehen. Er nimmt es an. Der Kerl mag dich wirklich, Sarah. Und mir wurde klar, dass das gar nicht so seltsam ist. Du bist eine tolle Frau und eine großartige Mutter. Klar, du bist schwanger, aber das ändert an all dem nichts.«

Obwohl ihr seine freundlichen Worte guttaten, konnte sie

immer noch nicht glauben, dass er recht hatte, und so schüttelte sie den Kopf. »Großartige Mütter lassen ihre Kinder nicht allein, um auf ein Date zu gehen. Alleinstehende Mütter vielleicht, aber alleinstehende schwangere Mütter? Ich habe das Gefühl, alle werden mich vorwurfsvoll anstarren. Ich komme mir ja selbst blöd vor.«

Sie sprang auf, als sie eine Autotür hörte, die zugeschlagen wurde. Scott drückte ihre Hand und sah dann zum Fenster hinaus. »Erwartest du Dixie und Gemma?«

»Nein. Was ist, wenn Bones etwas zugestoßen ist?« Sie rannte aus dem Schlafzimmer.

Scott folgte ihr grinsend. »Du gehst auf dieses Date, Schwesterherz«, sagte er, als sie die Haustür aufriss. »Du magst den Kerl eindeutig.«

Sie hatte keine Zeit zu antworten, als Dixie und Gemma gleichzeitig freudig kreischend auf sie zueilten und sie umarmten.

»Hallo, du bist aber eine heiße Mama!«, sagte Dixie.

»Du siehst umwerfend aus«, fügte Gemma hinzu.

»Was macht ihr hier?«, wollte Sarah wissen. »Alles in Ordnung mit Bones?«

Dixie grinste. »Wenn nicht, dann wird es so sein, sobald er dich sieht.« Sie sah zu Scott und sagte: »Verdammt, Junge. Du siehst mit dem Baby auf dem Arm auch ziemlich heiß aus.«

Scott schmunzelte. »Dann werde ich wohl öfter babysitten müssen.«

»Meine Kinder sind keine Flirthelfer«, ging Sarah entschlossen dazwischen.

»Bones geht es gut«, versicherte Gemma ihr. »Wir wollten Scott mit den Kindern helfen und sicher sein, dass bei dir alles in Ordnung ist.«

»Ist es nicht«, sagte Scott.

Sarah warf ihm einen wütenden Blick zu und war ganz gerührt bei dem Gedanken, dass sie unaufgefordert aufgetaucht waren, um sie zu unterstützen. Jetzt konnte sie keinen Rückzieher mehr machen. Und das machte sie glücklich und noch nervöser.

»Wir haben gehört, was im Salon passiert ist«, sagte Gemma.

Dixie kitzelte Lila am Bauch. »Hut ab vor meinem Bruder. Ihr zwei seid das Stadtgespräch.«

»Oh nein«, fluchte Sarah leise, als sie ihnen ins Haus folgte und ihr fast übel wurde vor Angst. *Das Stadtgespräch?*

»Gemma!« Bradley kam herbeigerannt und schlang die Arme um Gemmas Beine. Dann schaute er neugierig zu Dixie auf und sagte: »Mom kann jetzt nicht spielen. Sie geht aus.«

Dixie nahm ihn auf den Arm. »Wir sind gekommen, um mit dir und deiner Schwester zu spielen, du Dummerchen.«

»Wirklich?« Bradley befreite sich strampelnd und zerrte Dixie zu seinen Spielsachen. »Wir spielen Bauernhof. Du kannst das Schwein sein.«

»Wir müssen uns wohl mal darüber unterhalten, wie man mit Frauen spricht.« Dixie zwinkerte Sarah zu. »Ich werde diesem Jungen Manieren beibringen. Sarah, du solltest dich lieber hinsetzen. Du bist weiß wie die Wand. Bist du sicher, dass du nicht krank bist?«

»Einfach nur total nervös«, sagte sie aufrichtig.

Gemma nahm ihre Hand. »Da ich dir keinen Drink anbieten kann, um etwas runterzukommen, können wir uns ja mal unter vier Augen unterhalten, was meinst du?«

Scott deutete zum Flur. »Zu ihrem Schlafzimmer geht's da entlang.«

Als sie und Gemma zu Sarahs Schlafzimmer gingen, sagte Gemma: »Scott war ebenso blass wie du, als wir hier ankamen. Aber jetzt sieht er dank Dixie schon viel besser aus. Sie weiß, wie man die Aufmerksamkeit von Männern auf sich lenkt.«

»Er war ziemlich gut darin, mich zu beruhigen, aber ich glaube nicht, dass er den Umgang mit nervösen Frauen gewohnt ist.«

»Dann werden er und Dixie wunderbar miteinander auskommen. Sie kann wirklich nichts aus der Ruhe bringen.« Gemma setzte sich auf den Bettrand und klopfte auf die Matratze.

»Ich kann mich jetzt nicht hinsetzen. Ich bin zu nervös.« Sarah ging in dem kleinen Schlafzimmer auf und ab und konnte ihre Sorgen nicht für sich behalten. »Ich bin nicht sicher, ob ich auf dieses Date gehen sollte. Ich freue mich, dass ihr hier seid, aber trotzdem. Das sind *meine* Kinder. Ich will nicht so eine Mutter sein, die ihre Bedürfnisse über die ihrer Kinder stellt. Und sieh mich doch an.« Sie legte die Hand auf ihren Bauch. »Ich sollte mich nicht auf ein Rendezvous vorbereiten. Ich sollte hier sein, bei Bradley und Lila …«

»Und dir wünschen, du wärst bei Bones?« Gemma stand auf und hielt Sarah davon ab, weiter hin und her zu laufen. »Du bist eine alleinstehende Mutter, und auch alleinstehende Mütter haben das Recht, ein Leben zu haben, Sarah.«

»Und alleinstehende *schwangere* Mütter? Was wird man im Ort darüber sagen, dass ich mit Bones ausgehe? Man wird denken, dass ich es nur auf sein Geld abgesehen habe oder nach einem Vater für die Kinder suche oder so.«

»Mann, du bist wirklich nervös. Hat irgendjemand im Salon dich so angesehen? Denn soweit ich weiß, haben sich alle für dich gefreut. Du weißt es vielleicht nicht, aber Bones macht so etwas nicht. Also wirklich nie.«

»Im Salon haben sie gejubelt, aber ich dachte, es wäre nur, weil … na ja, ich habe dagestanden wie ein Reh im Scheinwerferlicht, vollkommen perplex.« Sarah ließ sich aufs Bett sinken. »Und erzähle mir nicht, er macht so etwas nie. Er schien genau zu wissen, was er tat.«

»Das ist es ja. Er wusste *genau*, was er tat. Er trifft sich nie mit Frauen aus der Gegend. Er ist sehr vorsichtig, wenn es um seinen Ruf geht. Die Tatsache, dass er dich vor den Augen vieler gern tratschender Leute geküsst hat, bedeutet, dass er eine Botschaft aussenden wollte. Er wollte, dass alle wissen, was er empfindet. Vor allem du.«

»Und das soll mich weniger nervös machen? Sieh ihn dir doch an, Gemma. Er spielt in einer ganz anderen Liga als ich. Er ist nicht nur heiß. Er ist klug, witzig, aufmerksam, und du hast ihn ja mit meinen Kindern gesehen. Ich schwöre dir, nichts ist so sexy wie …«

»Das habe ich dir doch an Halloween gesagt, oder? Und komm mir nicht mit dem Thema andere Liga. Das ist etwas, das die Reichen erfinden, um ihre Aufgeblasenheit zu rechtfertigen.« Gemma lehnte sich mit dem Hintern gegen die Kommode und verschränkte die Arme. »Ich bin in einem sehr privilegierten Umfeld groß geworden. Wir hatten alles, was man für Geld kaufen konnte, aber Geld ist nicht alles. Um ehrlich zu sein, ich wäre nicht mit Bones befreundet, wenn er so oberflächlich wäre.«

»Ich wollte damit nicht sagen, dass er aufgeblasen ist …«

»Schon klar, aber höre mir bitte zu. Tru und die Whiskeys sind die aufrechteste Familie, die ich je kennengelernt habe. Sie haben mir die Bedeutung von Akzeptanz gezeigt. Sie urteilen nicht nach dem, wo wir herkommen oder was wir haben oder auch nicht haben. Ihnen ist nur wichtig, wer wir jetzt sind, und du bist eine wundervolle Mutter und eine schöne, liebenswürdige Frau. Bones sieht das in dir, und es sollte egal sein, was alle anderen außer dir denken. *Willst* du mit ihm ausgehen?«

Sarah seufzte und nickte. »Es macht mir Angst, aber ich bin glücklich, wenn wir zusammen sind.« Sie hörte wieder eine Autotür und Panik überkam sie. Sie griff nach Gemmas Hand. »Bist du sicher, dass ich richtig angezogen bin? Was ist, wenn die Leute mich komisch ansehen?«

»Bones Whiskey ist an deiner Seite. Glaubst du wirklich, irgendjemand wird das wagen? Er wird dich mit allem, was er hat, beschützen, und glaub mir, Bones wird jeden schiefen Blick auslöschen, bevor du ihn überhaupt bemerkst.«

»Sarah?«, rief Scott aus dem Wohnzimmer.

Sarah umarmte sie. »Danke. Ich bin in so was nicht besonders gut.«

»Keine von uns denkt, dass wir es sind, aber unsere Jungs haben uns eines Besseren belehrt. Komm, bringen wir deinen Kerl zum Staunen.«

Sieben

»Er ist nicht mein –« Sarah erstarrte, als sie Bones an der Haustür hocken sah, mit Bradleys Armen um seinen Hals geschlungen, während Lila auf ihn zulief und »Bobobo« brabbelte.

Seit der Hochzeit hatte Lila nur wenige Schritte gemacht, aber jetzt war sie unterwegs, als hätte sie die ganze Woche für diesen Moment geübt.

»Das wird das Mama-Herz zum Schmelzen bringen«, flüsterte Gemma.

Bones fing Lila auf, als sie ihm entgegenstolperte, und sein herzliches Lachen gab Sarah ein warmes und wohliges Gefühl. Er sah zu ihr und sein Ausdruck wandelte sich von amüsierter Freude zu intensivem Verlangen.

Nach mir.

Das war es dann mit warm und wohlig. Sie war plötzlich heiß und erregt, und so wie sich sein verschmitztes Lächeln ausbreitete, spürte er es anscheinend. *Tief durchatmen*, ermahnte sie sich. *Sag Hallo.* Zwischen ihrem Hirn und ihrem Körper funktionierte die Verbindung nicht, denn sie stand einfach nur da, nahm seine Pracht in sich auf und erinnerte sich daran, wie er sie in seine Arme gezogen und um den Verstand geküsst hatte.

»Hallo, meine Schöne«, sagte er und stand mit einem Kind auf jedem Arm auf. Die Lederjacke schmiegte sich um seine breiten Schultern, und darunter offenbarte ein dunkles Hemd einen kleinen Teil eines Tattoos auf seiner Brust.

Warum nur ließ das ihren Puls schneller rasen?

»Sieht deine Mama nicht hübsch aus, B-Boy?«, fragte Bones, ohne den Blick von Sarah abzuwenden.

Bradley nickte. »Sie sieht immer hübsch aus.«

Mehr Zucker konnte ihr Herz auf keinen Fall vertragen.

»Okay, ihr zwei Turteltäubchen.« Dixie schnappte sich Lila und warf Scott einen Mach-schon-Blick zu.

»Oh, ja, klar.« Scott übernahm Bradley, und Bones holte vom Tisch neben der Tür einen Strauß roter Rosen, den Sarah nicht gesehen hatte.

DumeineGüte. An Gemmas und Dixies unterdrücktem Gekicher merkte sie, dass sie kein Talent hatte, ihre unbändige Freude zu verbergen. Noch nie hatte jemand ihr Blumen geschenkt, und sie hatte sich immer gefragt, wie es sich wohl anfühlen würde, einem Mann so viel zu bedeuten, dass er etwas so Aufmerksames tun würde. Als Bones näher kam, wollte sie alles von diesem Moment in ihrem Gedächtnis abspeichern. Durch das Kribbeln in ihrer Brust und dem in ihr brodelnden Glück wurde sie noch nervöser.

»Hallo, Süße.« Er legte eine Hand auf Sarahs Hüfte und gab ihr einen Kuss auf die Wange, wo er wie schon zuvor einen Tick länger verharrte, als sie erwartet hatte.

Selbst wenn sie nie zur Tür hinausgehen würden, gehörten diese wenigen Minuten hier doch zu den besten, die sie je in ihrem Leben erlebt hatte. Natürlich zusammen mit den Augenblicken, in denen sie das erste Mal ihre Babys im Arm gehalten, ihre ersten Schritte verfolgt und gehört hatte, wie sie *Mama* sagten.

»Die hier sind für dich«, sagte er, als er ihr den Strauß übergab.

»Sie sind wunderschön. Danke.«

»Soll ich sie für dich in eine Vase stellen?«, fragte Gemma.

»Gern, danke.« Sie stand stocksteif da, als Gemma die Blumen nahm und Bones' Lächeln noch breiter wurde. Ihr wurde klar, dass sie sich keinen Deut bewegt hatte, seit sie ihn an der Tür erblickt hatte. Sie zwang ihr Hirn in den Arbeitsmodus und sagte: »Lass mich den Kindern nur einen Abschiedskuss geben und dann können wir los.«

Sarah hockte sich neben Bradley, der mit Dixie spielte: »Ich bin heute Abend mal kurz weg. Sei brav bei Onkel Scott, Dixie und Gemma, okay?« Er nickte, beachtete sie aber kaum. Sie gab ihm einen Abschiedskuss und fühlte sich etwas weniger schuldig. Sie kitzelte Lila am Bauch und wurde mit einem süßen Babykichern belohnt, bevor sie ihr einen Kuss gab und sagte: »Ich hab dich lieb, meine Kleine.« An Scott gewandt sagte sie: »Bist du sicher, dass du zurechtkommst?«

»Ich habe doch Verstärkung. Geh jetzt«, drängte er sie. »Verschwende keinen Gedanken an uns. Es ist genau so, als würdest du zur Arbeit gehen. Nur, dass sie im Bett liegen und tief schlafen werden, wenn du nach Hause kommst. Also brauchst du dich gar nicht zu beeilen.«

»Danke, euch allen.« Sie steckte ihr Handy ein, und als sie nach ihrem Mantel griff, nahm Bones ihn und half ihr hinein.

»Danke, Leute«, sagte Bones. »Ruft an, wenn irgendetwas ist, und dann sind wir sofort zurück.«

Sie wusste, dass sie ohne ihn nicht nach Hause kam, aber trotzdem, zu hören, dass er *Wir sind sofort zurück* sagte, gab ihr wieder dieses warme und wohlige Gefühl.

Als sie die Tür hinter sich schlossen, die kühle Abendluft sich auf ihr Gesicht und Bones' Hand auf ihren Rücken legten, traf sie die Aufregung angesichts ihres ersten Dates erneut mit voller Wucht. Sein Arm wanderte nach oben, legte sich um ihre Schulter und zog sie näher heran.

»Danke, dass du mit mir ausgehst. Du siehst umwerfend aus.«

Sie unterdrückte ihren reflexartigen Drang, sein Kompliment abzuwehren, und sagte: »Danke, du auch.«

Er schloss die Tür seines schnittigen schwarzen Sportwagens auf und sie nahm auf dem Ledersitz Platz. »Uh, der ist schick. Was ist das für einer?«

»Nichts Besonderes. Nur ein Auto.«

Er schloss die Tür und sie beobachtete ihn, während er auf die Fahrerseite ging. Als er einstieg, bewunderte sie die edle Innenausstattung und bemerkte ein Porschesymbol und den Schriftzug *Panamera* auf der Mittelkonsole.

Heiliger Bimbam. Sie wusste gar nicht, dass es Porsches mit vier Türen gab.

Gemma irrte sich. Es gab eindeutig unterschiedliche Ligen, und sie war so weit außerhalb von ihrer, dass sie einen Kran bräuchte, um ihren dicken Bauch wieder zurückzubefördern.

Als er aus ihrer Siedlung herausfuhr, fragte sie: »Wohin fahren wir?«

»Ich dachte, wir könnten etwas essen und uns dabei besser kennenlernen.«

Sie wartete darauf, dass er mehr sagte, zum Beispiel wohin sie fuhren, und als er keine weiteren Andeutungen machte, wurde sie noch nervöser. In dem Bedürfnis, das Schweigen zu brechen, fragte sie: »Wie war dein Tag heute bei der Arbeit?«

Er warf ihr einen leicht verwirrten Blick zu – und ein sehr heißes Lächeln. »Ich glaube, das hat mich seit Jahren niemand mehr gefragt.«

»Wirklich? Du hast einen so fordernden Job. Ich kann mir vorstellen, dass es wahnsinnig aufwühlend ist. Wenn dich niemand danach fragt, wie verarbeitest du es dann?«

Er konzentrierte sich auf den Verkehr, während er durch den Ort fuhr, und hatte die Augenbrauen zusammengezogen. »Ich kann damit umgehen, verstehst du.«

»Das verstehe ich nicht, würde ich aber gern«, sagte sie ehrlich. »Ich habe keine Ahnung, was es heißt, Arzt zu sein, aber es hat mich immer fasziniert, wie Ärzte einen Patienten nach dem anderen behandeln und sie auseinanderhalten können. Ich weiß, dass ihr die Patientenakten habt, aber zumindest bei den Ärzten in der Frauenklinik kommen und gehen alle so schnell, dass ich mir denke, wir müssen doch alle miteinander verschwimmen. Aber wahrscheinlich spielt das überhaupt keine große Rolle, denn es gibt ja ohnehin keine Garantie, dass wir beim nächsten Mal denselben Arzt zugeteilt bekommen. Das ist ein bisschen unangenehm. Kommen deine Patienten nur zu dir oder werden sie auch anderen Ärzten in deiner Klinik vorgestellt?«

»Je nach ihrer Situation sehen sie vielleicht ein Team von Ärzten, aber wenn ich für die Behandlung verantwortlich bin, dann kümmere ich mich bei jedem Termin um sie.« Anspannung lag in seinen Gesichtszügen. »Hast du einen niedergelassenen Gynäkologen?«

»Nein.«

Er schwieg einen Moment lang, bevor er fortfuhr: »Ein guter Kumpel von mir ist Gynäkologe, Damon Rhys, und wenn du lieber zu einer Frau gehst, seine Partnerin Stephanie Blair hat auch einen guten Ruf.«

Sie wusste, dass niedergelassene Ärzte teurer waren als die in der Klinik, aber sie war dankbar für sein Angebot und sagte: »Danke. Ich muss sehen, ob sie meine Versicherung akzeptieren. Wie heißt die Praxis?« Er nannte ihr den Namen, als sie sich dem Whiskey Bro's näherten, und sagte: »Sobald wir geparkt haben, schicke ich dir die Nummer.«

»Gehen wir ins Whiskey Bro's?« Finlay war für das Essen in der Bar zuständig, und so wusste Sarah, dass sie sich um Allergene keine Sorgen machen musste.

»Ich dachte, wir genehmigen uns erst ein paar Drinks, bevor wir … Ach, warte …« Er schüttelte den Kopf, während sie an der Bar vorbeifuhren, und gab sich enttäuscht. »Zuerst muss ich mit vier Rädern auftauchen anstatt zwei, und jetzt muss ich auch noch auf meine allabendliche Routine verzichten?«

Sie wusste, dass er nur scherzte, doch bevor ihr eine freche Antwort einfiel, hatte er schon über die Mittelkonsole nach ihrer Hand gegriffen. Er hob sie an seine Lippen und drückte einen Kuss darauf, sodass ihr Herz jubilierte.

Als er von der Hauptstraße in einen schmalen Weg in der Nähe von Bullets und Finlays Straße abbog, fuhr er an die Seite und stellte den Motor ab, um ihr seine ganze Aufmerksamkeit zu schenken.

»Ich weiß nicht, mit was für Männern du gewöhnlich ausgehst, aber ich bin relativ intelligent. Ich habe schon viele schwangere Frauen kennengelernt, und ich weiß, was es bedeutet, auf Nahrungsmittelallergien achtgeben zu müssen. Und auch wenn du im Moment nicht beunruhigt bist, so weiß ich doch, dass du in etwa einer halben Stunde – unabhängig davon, ob du Spaß hast oder nicht, und glaub mir, das wirst du – wahrscheinlich anfängst, dir um deine Kinder Sorgen zu machen.«

Diese Durchschaubarkeit ließ sie schüchtern den Blick senken.

Er hob ihr Kinn und sagte: »Du bist bei mir sicher, Süße. Und wenn du anrufen und dich nach deinen Kindern erkundigen willst, oder unser Date in deinem Garten verbringen willst, damit du dich ihnen nicht so fern fühlst, dann ist das für mich vollkommen in Ordnung. Ich möchte einfach nur Zeit mit dir verbringen.«

Sie wusste nicht, was sie darauf sagen sollte. Anscheinend brauchte er keine Antwort, denn er wandte seine Aufmerksamkeit wieder dem schmalen Weg vor ihnen zu, und in angenehmem Schweigen fuhren sie eine ganze Zeit lang weiter. Schließlich kamen sie an eine Gabelung. Bones bog in den ganz rechten der drei Wege ab und wenige Minuten später lichtete sich der Wald und gab den Blick auf einen wunderschönen kleinen Yachthafen frei.

»Wo sind wir hier?«, fragte sie, als er das Auto parkte.

»Harborview Marina. Die Anlegestelle gehört zu den Häusern in meiner Siedlung. In dieser Jahreszeit ist hier niemand. Fast alle haben ihre Boote über den Winter ein-gelagert.«

Er stieg aus und ging um das Auto herum, um ihr heraus-zuhelfen. Der Mond spiegelte sich in dem dunklen Wasser und die Boote schaukelten sanft im Hafen. Wieder legte Bones den Arm um sie. Sie wusste nicht genau, warum er von der Hand auf ihrem Rücken dazu übergegangen war, sie enger an sich zu drücken, aber als sie zu dem Bootssteg gingen, hauchte eine Brise über sie hinweg, und sie nahm dankbar seine Wärme wahr.

»Du sagtest, du kommst aus Florida? Hast du viel Zeit auf

dem Wasser verbracht?«, fragte er, als er einen Steg betrat und sie zu dem hintersten Boot führte.

»Eigentlich nicht. War damals ein ziemlich verrücktes Leben.« Sie sah Sorge in seinem Blick aufkommen und versuchte, ihn von weiteren Fragen abzuhalten. »Du weißt ja, wie das ist, wenn man am Wasser lebt. Man sieht es als selbstverständlich an.«

»Das ist schade. Das Wasser hat auf mich eine beruhigende Wirkung. Warte kurz.« Er stieg auf das luxuriöse Boot, das einen riesigen Innenbereich hatte mit mehreren großen Fenstern nach vorne heraus und weiteren an der Seite. Darüber befand sich ein Deck mit Sonnensegel. Hinten auf dem Boot waren viele gemütlich aussehende Bänke mit Kissenauflagen. Sarah war sich ziemlich sicher, dass man dies als Yacht bezeichnen würde. Sie war beeindruckend, wie aus einem Reisemagazin.

Er ließ eine Rampe zu dem Steg herunter und dann gingen sie, mit seinem Arm um ihren Rücken gelegt, zusammen auf das Boot.

»Ist das deins?«, fragte sie.

»Das ist es. Sarah, darf ich vorstellen, das ist *Edison. Eddy*«, sagte er zu dem Boot, »sei nett zu meinem Mädchen.«

»Segeln wir?«, fragte sie nervös. »Ich war noch nie segeln, und ich weiß nicht, ob ich seekrank werde.«

»Keine Sorge, Süße. Wir fahren nicht raus. Ich dachte, du willst sicher nicht so weit weg von den Kindern sein, falls sie dich brauchen sollten.«

Sie folgte ihm zu der Sitzecke, und er hob eines der Kissen an, unter dem sich ein geheimes Fach befand. Während er mehrere Decken herausnahm, sagte er: »Entschuldige, ich brauche nur ein paar Minuten, um alles herzurichten. Möchtest du dich hinsetzen und entspannen? Kann ich dir eine Limonade bringen? Vielleicht Eistee oder einen heißen Tee?«

»Heißer Tee auf einem Boot? Klingt dekadent.«

»Dann bekommst du einen heißen Tee.«

Sie setzte sich und er breitete eine Decke über ihren Beinen aus. »Mir ist gar nicht so kalt, aber danke. Bist du sicher, dass du keine Hilfe willst?«

»Nein, ich mach das schon. Du entspannst dich einfach.«

Er verschwand in der Kabine, und wenige Sekunden später leuchteten an der Reling und den Mast hinauf Ketten mit winzigen bernsteinfarbenen Lichtern auf, die den Abend noch romantischer machten. Aus Lautsprechern neben dem Eingang zur Kabine drang leise Countrymusik, und dann erschien Bones mit einer altmodisch aussehenden Laterne, die er anzündete und auf den Tisch stellte. Noch einmal ging er in die Kabine und tauchte kurz darauf mit einem hohen silbernen Gerät wieder auf. Er nestelte daran herum und gleich darauf ging ein oranges Licht an, sodass ihr klar wurde, dass es sich um einen Heizstrahler handelte. Er hatte wirklich an alles gedacht. Nun hantierte er etwas länger im Inneren des Bootes, und als er herauskam, deckte er den Tisch, nur um dann eine Tasse Tee, Zitronenscheiben, Honig, Zuckertütchen und Zuckerersatz zu holen.

»Du hast ein beeindruckendes System«, sagte sie und fragte sich, ob er das für all seine Dates machte.

»Ich wünschte, ich hätte ein System«, meinte er kopfschüttelnd. »Ich habe noch nie für jemanden gekocht. Normalerweise sind hier nur ich und das Meer, und natürlich meine Familie. Den Heizstrahler habe ich heute gekauft, und Scott hat mir dabei geholfen, die Lichterketten zu befestigen. Ich improvisiere, Sarah, und das merkt man sicher. Aber ich wollte, dass alles perfekt für dich ist.« Er hob einen Finger und sagte: »Ich brauche nur noch eine Minute. Es wäre wahrscheinlich klüger gewesen, wenn ich uns einfach etwas zu essen bestellt hätte. Aber ich wollte kein Risiko mit deinen Allergien eingehen.«

Und schon eilte er wieder in die Kabine und ließ sie mit offenem Mund zurück. Er hatte für sie gekocht und eigens für heute Abend einen Heizstrahler gekauft? Mit all ihren fundamentalen Instinkten wollte sie seine Aufmerksamkeit auseinandernehmen und herausfinden, was er im Gegenzug wohl erwartete. Aber als er mit einem silbernen Tablett und drei Schüsseln herauskam und ihr Blick auf seinen traf, sah sie in seinen Augen alles, was sie wissen musste. Er sah sie nicht an, als würde er etwas von ihr nehmen wollen. Nein, sie spürte genau das Gegenteil … dass er *geben* wollte. Zeit miteinander verbringen, genau wie er gesagt hatte.

Er stellte das Essen auf den Tisch und setzte sich neben sie. »Ich hoffe, das ist in Ordnung. Cremige toskanische Hühnchenpfanne mit getrockneten Tomaten und Süßkartoffeln mit Koriander und Limette. Die Rezepte habe ich von Finlay bekommen, bevor sie in ihre Flitterwochen aufgebrochen sind. Sie hat mir versichert, dass es glutenfrei, milchfrei, sojafrei, eierfrei, nuss- und erdnussfrei ist.«

Sie spürte, dass ihr die Tränen in die Augen stiegen.

»Oh nein, ich hab's vermasselt, oder? Bist auf irgendetwas von dem hier allergisch? Hast du noch andere Allergien? Ich hätte dich fragen sollen. Wir können das einfach wegpacken und in ein Restaurant gehen.« Er stand auf, doch sie berührte seinen Arm und schüttelte den Kopf, sodass er sich wieder neben sie setzte.

»Nein, du hast es nicht vermasselt, Bones. Es ist mehr als perfekt.« In der Schwangerschaft war sie besonders nah am

Wasser gebaut, aber auch so hätten ihr jetzt wohl Tränen in den Augen gestanden. »Es tut mir leid. Abgesehen von der Zeit, als Finlay mir direkt nach dem Unfall Essen gebracht hatte, hat noch nie jemand für mich gekocht, ganz zu schweigen von all dem anderen hier.« Selbst ihre Eltern hatten sich keine Mühe gegeben, ihr Dinge zuzubereiten, die sie gern aß. Es war vorgekommen, dass sie wochenlang von glutenfreien Marmeladenbroten und Hackfleischfüllung ohne Taco-Shells gelebt hatte.

»Das ist eine Schande, denn eine Frau wie du verdient es, verwöhnt zu werden.«

Sarah versuchte so sehr, ihre Gefühle zu verbergen, dass sie ihn nur noch mehr darauf aufmerksam machte, wie tief er sie berührt hatte. Doch so ungern Bones es sah, in diesen wunderschönen Augen lag noch etwas viel Dunkleres. Traurigkeit vielleicht. Bones hatte schon immer einen sechsten Sinn gehabt, wenn es um Verzweiflung bei anderen ging. Das half ihm im Beruf und in der Welt der Frauen, denn es verriet ihm, wo Ärger zu erwarten war, bevor er sich auf irgendetwas einließ. Aber bei Sarah war es anders. Seine Gefühle für sie waren in den vergangenen Monaten zu tief geworden, um auf die Signale zu achten, mit denen sie versucht hatte, ihn zu warnen.

»Ich glaube, wenn diese ganze Sache als Arzt nicht mehr funktioniert, kannst du deiner zweiten Berufung als Koch folgen«, sagte sie, als sie aßen. »Es ist köstlich.«

»Ach ja? Das erzähle ich denen vom Frauenhaus, in dem ich

mich engagiere. Die könnten sicher einen neuen Koch gebrauchen.«

»Ich wusste nicht, dass es hier ein Frauenhaus gibt.« Sie nahm einen Happen von den Süßkartoffeln und schloss die Augen. »Mhm … die liebe ich.«

Er pikste ein Stück Süßkartoffel von seinem Teller auf und hielt es ihr hin. Ihr liebenswertes, schüchternes Lächeln zupfte an seinem Herz, als sie sich vorbeugte, um es zu essen.

»Das Frauenhaus ist in Parkvale, etwa dreißig Minuten außerhalb, und wird von Eva Yeun geleitet, der Frau eines Mitglieds der Dark Knights. Es liegt in einer ziemlich ungemütlichen Gegend, aber sie bieten Unterkünfte und Beratungen für Frauen und Kinder an, die unter Gewalt gelitten haben oder in Gefahr sind. Ich engagiere mich dort ehrenamtlich, wann immer ich kann, normalerweise ein- oder zweimal pro Monat. Dann untersuche ich die Bewohnerinnen und die Kinder, aber oft brauchen sie eher jemanden, der zuhört, als medizinische Hilfe.«

Sarah umklammerte ihre Gabel fester, rutschte nervös herum und schaffte etwas mehr Abstand zu ihm. »Es macht ihnen nichts aus, von einem Mann untersucht zu werden?«

»Ehrenamtliche zu finden, ist nicht immer einfach, deshalb übernimmt auch ein Onkologe die allgemeinmedizinischen Untersuchungen und kein Hausarzt. Ich kann nicht sagen, dass alle Frauen einer Untersuchung offen gegenüberstehen, aber ich tue, was ich kann.«

Sie nickte und fummelte an einer Naht ihrer Jeans herum. »Du bist meiner Frage von vorhin, wie deine Tage als Arzt so aussehen, irgendwie ausgewichen. Wenn du nicht darüber reden willst, verstehe ich das …«

Der unvermittelte Themenwechsel und ihr Unbehagen

entgingen ihm nicht, aber Bones drängte sie nicht. »Eigentlich rede ich schon gern über meine Arbeit. Nur fragt mich nie jemand danach. Es freut mich, dass du dich dafür interessierst, aber ich habe wohl gelernt, meine Arbeit, die Dark Knights und alles andere in meinem Leben voneinander zu trennen. Meine Familie behauptet, ich sei ein Meister darin, mich von den Menschen und Situationen zu distanzieren, und wahrscheinlich haben sie recht.« Gelernt hatte er das, nachdem er einen Kindheitsfreund verloren hatte, der der Anstoß für ihn gewesen war, Medizin zu studieren. Eine vertraute schmerzhafte Sehnsucht erfasste ihn. »Das mache ich schon sehr lang, aber in deinem Fall habe ich das Bedürfnis anscheinend nicht.«

Nur einen kurzen Moment lang lag ein süßes Lächeln auf ihren Lippen, bevor sie wieder ernst wurde und sagte: »Wenn es darum geht, sich von Menschen und Situationen zu distanzieren, kenne ich mich sehr gut aus, und ich würde wirklich sehr gern mehr über deine Arbeit erfahren. Ich will dich besser kennenlernen. Dein wahres Ich, nicht den Menschen, den alle sehen sollen. Mir gefällt wirklich, wer du bist, aber wir verbringen so viele Stunden damit, etwas zu sein – ob nun Arzt, Friseurin, Mutter, Barkeeper oder sonst was –, dass es uns in den anderen Bereichen unseres Lebens beeinflusst. Aber die Onkologie ist so ein beängstigender Bereich. Schon bei dem Wort Krebs zieht sich bei mir alles zusammen, und du hast jeden Tag damit zu tun. Was ich damit wohl sagen will, ist, wenn du reden willst … Ich bin eine ziemlich gute Zuhörerin.«

Bones war im Laufe der Jahre mit vielen Frauen ausgegangen, und nicht einmal hatte sich jemand so sehr für diese Dinge interessiert. Es gefiel ihm sehr, dass Sarah mehr über ihn und die wichtigen Bereiche seines Lebens erfahren wollte, aber wieder stellte auch er sich Fragen zu ihrer

Vergangenheit. Wer oder was hatte sie zu so einer wunderbaren Mutter und empathischen Frau gemacht, wenn – soweit er bisher erfahren hatte – ihre Eltern keines von beiden gewesen waren?

Er wusste, dass sie sich zurückziehen würde, wenn er danach fragte, also sagte er: »Ich erzähle dir gern, wie es für mich ist. Um ehrlich zu sein, so traurig wie Krebs an und für sich ist, so drehen sich meine Tage doch in der Regel um Hoffnung. Wenn ein Mensch die Diagnose Krebs erhält, dann geht es für ihn plötzlich nicht mehr darum, sein Leben zu leben, sondern darum zu kämpfen. Niemand ist darauf vorbereitet. So etwas bringen wir unseren Kindern nicht bei. Meistens sagen wir ihnen, dass sie sich vor Fremden in Acht nehmen sollen oder wie sie sich auf ein Bewerbungsgespräch vorbereiten. Es ist, als würde man auf der Spitze eines Eisberges sitzen, und die Umgebung, in der man sich zurechtfinden muss, ist plötzlich vollkommen unbekannt. Sogar Patienten, die eine starke Unterstützung aus ihrem Umfeld erfahren, können das Gefühl bekommen, dass sie allein gegen die Krankheit ankämpfen. Abgesehen davon, dass ich medizinisch alles für meine Patienten tue, was in meiner Macht steht, versuche ich, ihnen das zu geben, was sie manchmal genau so dringend wie die Medikamente brauchen. Ich höre zu, und aus dem Grund plane ich meine Sprechstunden auch nicht so eng. Ich weiß nie, ob ein Paar eine Stunde lang Fragen stellen möchte, ob ein alleinstehendes Elternteil über seine oder ihre Kinder reden möchte, oder ob ein älterer Patient in Erinnerungen schwelgen und einfach eine Geschichte erzählen muss. Ich lasse ihnen die beste Fürsorge und so viel Zeit zukommen, wie ich geben kann.«

»Deshalb hast du angeboten, mich an Dr. Rhys zu

verweisen. Weil du dir so viele Gedanken machst und findest, jeder Arzt sollte das.«

Er wusste, dass die meisten es taten, aber er kannte auch viele, die ihre Patienten vernachlässigten und so viele in ihre Sprechstunden zwängten, wie nur irgendwie möglich, um mehr Geld zu verdienen. »Du bekommst ein Baby. Dein Arzt sieht nicht nur deinen intimsten Bereich, was wahrscheinlich an sich schon unangenehm genug ist, sondern er kümmert sich auch um dein wertvollstes Geschenk. Ich sehe es wohl so, dass deine emotionale Verfassung ebenso wichtig ist wie deine körperliche. Wenn du über mehrere Besuche zu einem Arzt eine Verbindung aufbauen kannst, wird er sich einen ganzheitlichen Eindruck von dir machen und auch kleine Veränderungen bemerken. Ein Arzt, der dich nicht kennt, könnte die leicht übersehen.«

»Ich verstehe, was du meinst. Als Arzt machst du etwas so vollkommen anderes als deine anderen Familienmitglieder. Wusstest du schon immer, dass du das werden wolltest?«

»Nicht ganz«, sagte er ehrlich. »Um mich zu verstehen, musst du alle Teile meines Lebens verstehen. Ich bin nicht sicher, was du über die Dark Knights weißt, abgesehen von der Tatsache, dass wir ein Club sind, keine Gang, und dass wir Menschen in Not helfen und die Gemeinschaft beschützen.«

»Das habe ich am eigenen Leib erfahren«, sagte sie lächelnd. »Ich weiß nicht, ob irgendjemand von uns noch am Leben wäre, wenn Bullet nicht so mutig gewesen wäre. Er hat sich im wahrsten Sinne des Wortes in ein brennendes Auto gestürzt, uns alle gerettet und ist dann bei mir im Krankenhaus geblieben. Ich würde jetzt bis zum Hals in Schulden stecken, wenn ihr nicht gewesen wärt. Noch nie in meinem Leben habe ich Menschen wie dich, deine Familie und deine Freunde kennengelernt. Das ist so weit entfernt von meinem Leben, dass es sich wie ein Traum anfühlt.«

»Tja, so wurden wir innerhalb und außerhalb des Clubs großgezogen. Mein Urgroßvater hat die Dark Knights und auch unser Familienunternehmen gegründet. Er war ein Biker durch und durch, der seine Söhne auch dazu gemacht hat. Deshalb übernimmt Biggs, mein Vater, die ganze Verantwortung für alle um ihn herum, einschließlich der Bewohner dieses Ortes. Uns hat er auch so erzogen. Von klein auf wurde uns beigebracht, zu helfen und zu beschützen – jeden.«

»Deshalb bist du also Arzt geworden? Du wolltest helfen und beschützen? Klingt logisch.«

»Es ist logisch, aber das war nicht der einzige Grund dafür.« Er hatte keiner Menschenseele außerhalb seiner Familie je von Thomas erzählt, aber er wollte, dass Sarah die Wahrheit kannte, und falls er je die Hintergründe über die Schatten in ihren Augen erfahren wollte, dann musste er seine eigenen offenbaren. »Als ich in der siebten Klasse war, zog ein Junge namens Thomas hierher. Er war verdammt schlau. Es war echt beeindruckend, und gleichzeitig war er der typische dünne, sanftmütige Junge mit Brille, der lieber für sich blieb. Dass er schlau war, merkte man nur, wenn man sich seine Antworten im Unterricht anhörte. Er hat nie so getan, als wäre er etwas Besseres als die anderen. Eines Tages nach der Schule sah ich, dass ein anderer Junge ihm zusetzte, und ich hab Thomas verteidigt. Der Typ war ein richtiges Arschloch, dem ich letzten Endes ein blaues Auge verpasst habe. Das war einfach ein Rabauke, der mehr schwänzte, als er im Unterricht auftauchte. Jedenfalls blieb ich danach immer in Thomas' Nähe. Ich wusste, dass der Typ versuchen würde ihn abzupassen, sobald er allein wäre, nur um ihm zu zeigen, wer das Sagen hatte. Jedenfalls, zuerst hatte Thomas Angst vor mir und versuchte, mir aus dem

Weg zu gehen, denn ich hatte mich ja mit dem anderen geprügelt. Aber ich blieb hartnäckig«, sagte er, während er sich noch genau und gern an diese Zeit zurückerinnerte. »Ich sehe Thomas noch vor mir, wie er sich über die Schulter schaut, als er von der Schule nach Hause ging und zu mir sagte, dass ich nicht auf ihn aufpassen bräuchte.«

»Oh, das war dem armen Jungen wahrscheinlich peinlich.«

»Lieber peinlich als eine gebrochene Nase bekommen. Schließlich gab er es auf, mir zu sagen, dass ich abhauen sollte, und wir wurden Freunde. Richtig gute Freunde. Wir gingen zu den Stegen im großen Yachthafen, wo sein Vater sein Boot hatte, und hingen da stundenlang rum. Im Sommer vor der neunten Klasse wurde Thomas krank.« Er musste schlucken, um die Emotionen, die sich in seiner Kehle zusammenbrauten, in Schach zu halten, und sagte: »Zuerst dachten sie, es wäre nur ein Virus. Er hatte Kopfschmerzen und war oft müde. Doch dann entwickelte er andere Symptome, Taubheit in den Beinen, verschwommenes Sehen.«

Sarah legte die Hand auf seine. »Er hatte Krebs?«

Bones nickte. »Einen Hirntumor. Sie haben ihn zu spät entdeckt. Ich habe so viel Zeit wie möglich mit ihm verbracht, ob er zu Behandlungen im Krankenhaus war oder zu Hause. Ich sah, wie er diese Ärzte anschaute, immer in der Hoffnung auf ein Wunder. Ich wollte jedem Kind, jedem Elternteil, jedem einzelnen Menschen, der von Krebs betroffen war, zu Wundern verhelfen.«

Mit den Erinnerungen stach sich auch eine Anspannung in ihn hinein, und er wandte den Blick ab, damit Sarah seinen Schmerz nicht sah. »Ich nannte ihn immer *Edison*, weil er so klug war. Du weißt schon, nach Thomas Edison? Er nannte mich Bonehead, also Dummkopf, weil der Typ, den ich vermöbelt habe, doppelt so groß war wie ich. Und er meinte, ich wäre schön blöd, mich mit dem anzulegen. Nachdem er gestorben war, hatte ich das Gefühl, dass mir alles in der Schule zu langsam ging. Ich wollte vorankommen, Medizin studieren, etwas verändern. Deshalb war ich schon mit sechzehn mit der Schule fertig. Als ich meinem Vater sagte, dass ich Medizin studieren will, habe ich ihm auch gesagt, dass ich mir meinen Bikernamen ausgesucht hätte. *Bones.*«

»Weil Thomas dich Bonehead genannt hatte?« Sarah versuchte, ihre Tränen fortzublinzeln, aber sie fühlte so sehr mit, dass sie ihnen freien Lauf lassen musste. »Es tut mir leid, dass du deinen Freund verloren hast. Das muss schrecklich gewesen sein. Aber ich wette, er lächelt auf dich hinab, wenn du anderen Menschen zu Wundern verhilfst.«

Er berührte ihre Wange und wischte die Tränen mit seinem Daumen fort. Ihr Blick wurde dunkler, aber eine Beklommenheit war auch zu erkennen. »Mache ich dir Angst, Sarah?«

Sie schüttelte den Kopf. »Was ich für dich empfinde, macht mir Angst.«

Das entlockte ihm ein Lächeln. Er schob die Hand in ihren Nacken und zog sie näher heran.

»Warum?«

»Weil ich Kinder habe, und ich kann es mir nicht leisten, dass ich sie einem Risiko aussetze, indem ich einen Fehler begehe.«

Er legte die Stirn an ihre und atmete sie quasi ein. »Warum sollten wir ein Fehler sein?«

»Weil ich normalerweise ziemlich gut darin bin, Abstand zu anderen zu halten, aber wenn ich mit dir zusammen bin ...«

Sie schüttelte den Kopf, und er lehnte sich zurück, um nach einem Hinweis dafür zu suchen, was in ihrem Kopf vor sich ging. »Hast du Angst, dass ich ihnen in irgendeiner Weise wehtun würde?«

Wieder schüttelte sie den Kopf.

»Dass ich *dir* wehtun könnte?«

Lange sagte sie nichts, bevor sie zugab: »Nicht absichtlich.«

»Ach, meine süße Sarah«, flüsterte er von Schmerz erfasst. »Was hast du durchgemacht, dass du so verängstigt bist?«

Neue Tränen liefen über ihre Wangen. »Du würdest nichts mit mir zu tun haben wollen, wenn du all meine Geheimnisse kennen würdest.«

»Da irrst du dich, Sarah. Gib mir eine Chance.«

Sie wischte ihre Tränen fort und wandte sich ab. »Es tut mir leid. Du bescherst mir den schönsten Abend meines Lebens und ich werde hier zu einem schniefenden Häufchen Elend.«

Er zog sie in seine Arme und berührte mit seinen Lippen ihre feuchten Wangen und die salzigen Tränen. »Du bist kein Häufchen Elend. Wir alle haben eine Vergangenheit. Ich habe auch Dinge getan, auf die ich nicht stolz bin.«

»Ja, klar. Der Typ, der so erzogen wurde, dass er jedem hilft und alle beschützt? Was hast du angestellt? Unerlaubt die Straße überquert?«

»Ja, aber auch andere Dinge. Ich habe einmal ein Auto gestohlen.«

»Das kann ich mir gar nicht vorstellen«, sagte sie mit einem Lächeln, das so schnell schwand, dass es ihm wehtat. »Wir kommen aus zwei unterschiedlichen Welten.«

»Wirklich? Viel Geld hatten wir auch nicht. Meine Eltern waren Motorrad fahrende Rebellen in Lederkluft, die außerhalb von Peaceful Harbor schief angeguckt wurden. Ich bin mit toughen Kerlen aufgewachsen, die zu jeder Tages- und Nachtzeit bei uns zu Hause auftauchten und mit denen mein Vater loszog, um irgendeinen Typen zu vermöbeln, der eine

Frau vergewaltigt hatte, und ihn zur Polizei zu schleppen. Oder um vor dem Haus einer armen misshandelten Frau Wache zu schieben, um für ihre Sicherheit zu sorgen. Als ich ein Kind war, passierten immer beängstigende Dinge, die ich weder bemerken noch darüber reden sollte.«

»Das klingt wirklich beängstigend.«

»So etwas hat große Auswirkungen auf ein Kind«, sagte er. »Ein Teil von mir wollte genau so sein wie mein Vater, und ein anderer Teil fürchtete sich davor, denn auch wenn Biggs körperliche Einschränkungen von seinem Schlaganfall zurückbehalten hat, so ist er doch immer noch der Mann, der seinen Stock beiseite und sich vor einen fahrenden Zug werfen würde, um jemand anderen zu retten. Als Junge war ich mir nicht sicher, ob ich es schaffen würde, so furchtlos zu sein und zum Beispiel auch in Bullets Fußstapfen zu treten. Der Mann ist ein Biest. Wenn man den Erwartungen eines Mannes gerecht werden will, der sich durch nichts aufhalten lässt, um einen Fremden zu beschützen, strengt man sich mehr an, als man je für möglich gehalten hätte. Ich würde mein Leben für fast jeden riskieren, aber so weit zu gehen? Für einen Jungen, der vor jeder noch so unbedeutenden Entscheidung erst einmal alles methodisch analysierte, war es nicht einfach zu kapieren, was es wirklich bedeutete, ein Whiskey zu sein.«

»Das kann ich mir überhaupt nicht vorstellen. Dein Vater würde sich tatsächlich mit üblen Typen anlegen, um Fremde zu retten?«

»Das würden wir alle. Ich bin nicht der Vorzeigekerl, für den du mich hältst, aber ich bin auch kein Freak, der dir oder den Kindern jemals wehtun würde. Du musst mir nicht sofort vertrauen, Sarah, aber ich habe bis zu dem heutigen Abend nie jemandem außerhalb meiner Familie von Thomas erzählt. Diejenigen, die schon lange hier leben und sich an ihn erinnern, wissen, dass wir Freunde waren. Aber seine Familie ist vor langer Zeit weggezogen. Ich vertraue dir und ich möchte mich dir gegenüber öffnen. Ich hoffe, dass du es eines Tages auch kannst.«

Stockend atmete sie ein und senkte den Blick auf ihren Bauch. »Ein Teil in mir möchte nur diesen einen Abend, ohne meine Vergangenheit zu offenbaren. Einen Abend, an dem du mich ansiehst, wie es noch nie jemand zuvor getan hat, damit ich – nur für einen kurzen Moment lang – so tun kann, als wäre ich eine normale alleinstehende Frau.«

Ihm war klar, dass er nie aufhören würde, sie so anzusehen, egal was sie ihm mitteilte. »Ein Abend wird niemals reichen.«

Er umschloss ihr wunderschönes Gesicht mit den Händen, während ihre Verbindung ihn noch stärker zu ihr hinzog. Ihre Augen waren so dunkel und verführend, dass er nicht anders konnte, als seine Lippen auf ihre zu senken. Ihre Lippen waren weich und süß. Zögernd öffnete sie sich ihm zuerst ein wenig, doch als er den Kuss vertiefte, gab sie der Leidenschaft nach, erwiderte jeden seiner Zungenschläge mit einem ebenso gierigen. Er schob die Finger in ihre Haare, und so lange hatte er dies schon tun wollen, dass sein ganzer Körper nun nach vorne drängte und sich nach mehr sehnte.

»Oh, Sarah«, stieß er an ihren Lippen aus. »Bitte hab keine Angst vor mir.«

Er nahm ihren Mund wieder gefangen, ließ seine Zunge über ihre gleiten. Er wollte jeden Zentimeter von ihr besitzen, sie in seine Arme schließen und ihr zeigen, dass er sie beschützen würde. Der Kuss dauerte an, ohne Anfang und wenn es nach ihm ginge auch ohne Ende. Aber er brauchte mehr von ihr. Er küsste ihren Mundwinkel, dann weiter an ihrem Hals entlang. Sie drehte sich ein wenig und ließ ihm mehr Raum, und wie er das liebte!

»Genau, meine Süße. Zeig mir, was du magst.«

»Dich«, keuchte sie.

In einer Reihe von langsamen sinnlichen Küssen legte er seinen Mund auf ihren Hals, hielt ihr Gesicht in einer Hand, spürte ihre kleinen erotischen Laute, ihr Flehen und den stockenden Atem. All das ließ seinen Körper vor Hitze beben. Als er sich hinauf zu ihrem Ohr küsste und knabberte, drehte sie ihr Gesicht ihm zu, sodass sein Daumen auf ihren Lippen lag. Sie ließ die Zunge über den ganzen Daumen gleiten, und er war überzeugt, es an seiner Länge spüren zu können. Ein knurrender Laut entwich ihm, bevor er es verhindern konnte, und sie erschauderte in seinen Armen.

»So wollte ich dich schon seit Wochen küssen.« Er knabberte an ihrem Ohrläppchen und flüsterte: »Ich liebe deinen sexy Mund.«

Noch einmal ließ sie die Zunge über seinen Daumen wandern, und er konnte nicht widerstehen, ihn zwischen ihre Lippen zu schieben. Sie schloss den Mund, brachte ihn damit aus der Fassung und ließ ihn an ihrem Hals kosten. Ihre Zunge wirbelte um seinen Daumen, dann saugte sie heftig und entlockte ihm ein Stöhnen. Er legte zwei Finger in den Kragen ihrer Bluse, zog sie zur Seite und senkte seinen Mund auf ihre bloße Schulter. Ihre Haut war warm und duftete nach Flieder. So verdammt gut, dass er in ihr verschwinden wollte. Als sie sich ihm entgegenstreckte, wanderte er tiefer und küsste die Ansätze ihrer Brüste. Seine Hand glitt über ihren Oberschenkel, unter ihr T-Shirt und an ihrer Seite hinauf, wo er ihren runden Bauch spürte und die Unterseite ihrer Brust. Er streichelte ihre Brust und ihr Nippel wurde verführerisch hart in seiner Handfläche.

Sie keuchte kurz und kaum hörbar auf.

Die Kluft zwischen Hunger und Zögern traf ihn wie eine Naturgewalt.

Er schob eine Hand in ihren Nacken und schaute ihr tief in die Augen. Ihre wortlosen Warnungen waren laut und deutlich – *Sei vorsichtig mit mir. Ich will es, aber ich habe Angst.* Ihre Befürchtungen gingen ihm nah, und so flüsterte er ihr ins Ohr: »Keine Sorge, Süße. Ich habe es nicht eilig.«

»Aber ich will dich küssen«, flehte sie, während Begehren und Zögern sich in ihrer Stimme noch bekämpften.

Er legte die Hand auf ihre Wange, küsste sie leicht und gab ihr die Gelegenheit, sich zurückzuziehen, doch sie vertiefte ihre Küsse. Sie war so drängend und so verletzlich – mit allem, was sie tat, verfiel er ihr mehr. Er zog sich wieder etwas zurück, denn er musste sehen, was in ihr vorging, und fuhr mit dem Daumen über ihre Lippen. Sie seufzte noch einmal auf, dieses Mal ohne jegliches Zögern. Er folgte der Daumenspur mit der Zunge, und sie drängte sich gierig an seinen Mund, während er sie zu einem weiteren tiefen Kuss an sich zog. Ihr Mund war heiß und süß, ihr Körper sinnlich und sexy. Himmlisch. Sie schmiegte sich an ihn, Bauch und Busen an seinen Oberkörper und seine Muskeln. Er umklammerte ihren Hintern, um sie noch näher zu ziehen, ohne ihre Verbindung zu unterbrechen.

So lange hatte er in Gedanken durchgespielt, wie es wohl wäre, sie zu küssen, überlegt, wie ihre Hände sich auf seinem Körper anfühlen würden, ihr Mund auf seiner Haut. Aber nichts hatte ihn auf diese Lieblichkeit der Sarah Beckley vorbereitet. Sie küsste ebenso, wie sie ihre Kinder beschützte – vehement und liebevoll zugleich –, mit einer solchen Leidenschaft hatte er noch nie jemanden geküsst.

Sie wollte einen Abend ohne Fragen, einen Abend, an dem sie sich normal fühlen konnte. Sie war so viel mehr als normal, es gab keine Frau auf Erden, die an sie herankam, und Bones schwor sich, er würde dafür sorgen, dass sie es nicht nur sah, sondern auch glaubte.

Acht

Als ihre Lippen sich schließlich voneinander lösten, wandte Sarah sich ab und zupfte ihr T-Shirt zurecht, während sie seinen Blick mied. Bones streckte die Hand aus, und sie erstarrte.

Er streichelte ihr sanft über den Rücken und sagte: »Sarah, es gibt keinen Grund sich zu schämen.«

»Du hast leicht reden. Du hast auch nicht gerade auf dem ersten Rendezvous am Finger deines Dates gelutscht.«

Er schob ihre Haare über die Schulter zurück, um ihr Gesicht zu sehen, aber sie wandte sich noch weiter von ihm ab. »Komm her, Süße, das kann ich ändern.« Er nahm ihre Hand und saugte an ihrem Daumen.

Sie zog die Hand mit einem sexy Lachen weg. »Das ist bei Kerlen etwas anderes. Da erwartet man es. Ich bin nicht so eine Frau, und ich will nicht, dass du mich so einschätzt. Ich habe mich in dem Moment einfach nur hinreißen lassen.«

»Zum einen hast du vollkommen recht, was die Wahrnehmung angeht, und aus der Sicht einer Frau ist das wirklich mies. Aber nicht alle Typen sind so. Ich habe dich immer nur als starke, vorsichtige Frau und Mutter gesehen, die zufällig auch noch sexy und wunderschön ist. Was wir getan haben, ändert daran nichts. Wenn überhaupt, dann fühle ich mich dir näher, weil du dich mir geöffnet hast.«

Dann sah sie ihn an, ihr achtsamer Blick wanderte über sein Gesicht. Konnte sie erkennen, dass er vollkommen aufrichtig war? Wollte sie es erkennen oder hatte sie zu große Angst? Oder – schlimmer noch – hatte er die Situation falsch verstanden?

»Hast du dich gezwungen gefühlt, mir näher zu kommen? Denn wenn das der Fall war, muss ich …«

»Nein«, unterbrach sie ihn. »Das ist es nicht. Ich wollte dich küssen. Ich wollte mehr, als dich zu küssen. Ich bin nur … ich habe dir gesagt, dass ich Ballast mitschleppe. Ich bin besser in Freundschaften als bei dem hier, und so gut bin ich darin auch nicht unbedingt. Ich warte immer darauf, dass das Lächeln der Leute, dass ihre Freundlichkeit wie eine Haut abgeworfen wird und Monster zum Vorschein kommen, die meine Kinder nicht sehen sollen.«

Er biss die Zähne zusammen, um die Wut zu zähmen, die in ihm brodelte, weil irgendetwas diese Narben bei ihr zurückgelassen hatte. Um die Hände nicht zu Fäusten zu ballen, legte er sie flach auf seine Oberschenkel. »Wegen der Umstände, in denen du aufgewachsen bist? Oder dem Vater – oder der Väter – deiner Kinder?«

Sie presste die Lippen aufeinander und legte die Arme um ihren Bauch, als wollte sie ihr ungeborenes Kind vor dem beschützen, was sie zu sagen hatte. Dann hob sie ihr Kinn, straffte die Schultern und sagte: »Beides.«

Das Wort zerriss ihn wie eine Kugel in den Brustkorb. »Sarah …?«

»Mein Vater hat mich und Scott misshandelt, emotional und körperlich, aber zum Glück nicht sexuell.« Sie wandte den Blick nicht ab, zuckte nicht zusammen und zögerte auch nicht, als redete sie über jemand anderen. »Gott sei Dank hat er Josie nicht angefasst. Aber aus irgendeinem Grund waren Scott und ich die Zielscheiben. Wenn ich jetzt zurückblicke, frage ich mich, warum ich es nie einem Lehrer oder der Polizei erzählt habe. Irgendjemandem. Aber wenn man mittendrin steckt, dann überlegt man nur, wie man bis zur nächsten Minute überlebt. Man läuft wie auf Eierschalen. Versucht herauszufinden, was man jedes Mal falsch gemacht hatte, wenn man geschlagen oder angeschrien wurde. In der Schule habe ich andere Teenager gesehen, Mädchen und Jungs, die Händchen hielten, sich auf dem Flur küssten, sich Zettel zusteckten, und ich habe mich immer gefragt, wie das wohl sein musste. Warum wurden die von ihren Eltern nicht als Schlampe beschimpft? Oder wurden sie das? Hatten die auch überall am Körper blaue Flecken?«

Es zerriss ihm das Herz, und mit jedem Wort von ihr wuchs sein Zorn. Er rückte näher an sie heran, nahm ihre Hand in seine, hielt sie ganz fest und wünschte sich, er hätte dieses Elend damals von ihr fernhalten können.

»Ich habe mich oft im Gebüsch versteckt und Geschichten über ein Mädchen in meinem Alter geschrieben, zum Beispiel wie sie sich in einen Jungen verliebt hat und weggelaufen ist. Das waren nur alberne Hirngespinste, aber es hat mir Hoffnung gegeben. Ich konnte in meine erfundene Welt abtauchen, in der ein Junge meine Hand halten und meine Bücher tragen wollte. In der meine Eltern mir vorlasen oder lächelten und sagten, ich hätte etwas gut gemacht, anstatt mich als Flittchen oder Hure zu beschimpfen, nur weil ich meine Tage bekommen hatte.«

Sie schaute mit einem nostalgischen Schimmer in den Augen in die Ferne – ein Blick, der Bones umhaute. Wie stark musste sie sein, um so eine Kindheit zu überleben? Sich einen

Funken Hoffnung zu schaffen und die Frau zu werden, die sie heute war?

Ihr Blick wurde dunkler, als sie fortfuhr: »Als Scott älter wurde, wehrte er sich. Neulich beim Essen hat Scott nicht erwähnt, dass mein Vater ihn an dem Abend, an dem er abhaute, richtig übel geschlagen hat. Das werde ich nie vergessen. Ich dachte, die bringen sich gegenseitig um. Scott hat ihm auch ziemlich zugesetzt, aber mein Vater ist ein großer und starker Mann, und auch wenn Scott gut eins achtzig groß war, so war er doch noch ein Teenager. Josie und ich sind durchgedreht, haben geweint und geschrien, haben sie angefleht aufzuhören. Meine Mutter hat uns angebrüllt, mich geschlagen, als ich versucht habe, meinen Vater von Scott wegzuzerren. Josie hat sich in eine Ecke gekauert. Mann, sie war mit dreizehn ja so klein. Ich weiß noch, dass ich immer dachte, wenn die sie jemals schlagen sollten, würde sie zerbrechen.«

Sie musste schlucken und kämpfte gegen die Tränen an. Bones streckte die Hände nach ihr aus, aber sie wich zurück.

»Nicht«, flehte sie ihn an. »Lass mich einfach zu Ende reden, sonst bekomme ich es nie heraus.«

Er musste eine übermenschliche Zurückhaltung aufbringen, um sie nicht in seine Arme zu reißen. Er nickte mit fest aufeinandergepressten Kiefern und zu Fäusten geballten Händen.

»Ich habe versucht, sie auseinanderzubringen«, sagte sie leise. »Aber mein Vater wollte auf mich losgehen, und da hat Scott mir gesagt, ich soll Josie nach unten bringen. Da waren unsere Zimmer. Wenige Minuten später stürmte Scott die Treppe hinunter und in sein Zimmer, vollkommen außer Atem und blutig. Er schnappte sich eine Reisetasche, die er wohl schon vorher gepackt hatte. Zu mir und Josie sagte er, dass wir unter keinen Umständen vor dem nächsten Tag nach oben gehen sollten. Ich nehme an, er hatte schon eine Zeit lang geplant abzuhauen, denn er hatte einen gefälschten Ausweis, und mir hat er eine Bankkarte gegeben und gesagt, ich solle sie wie meinen Augapfel hüten. Er hatte von einem Freund ein Bankkonto für mich eröffnen lassen. Er meinte, er würde sich einen Job suchen und auf das Konto Geld schicken, damit meine Eltern es nicht erfahren. Ich wollte mit ihm gehen, aber mein Vater drohte damit, Scott verhaften und ins Gefängnis werfen zu lassen.«

»Meine Güte, Sarah … Und was war mit deiner Mutter?«

Sie schüttelte nur den Kopf. »Sie war ein einziger Abschaum. Genauso schlimm wie er. Sie hat mich und Scott ständig geschlagen, mich mit Schimpfwörtern beworfen – *Schlampe, Miststück, Hure*. Dabei hatte ich noch nicht einmal einen Jungen geküsst. Ich habe mich immer gefragt, ob Scott und ich vielleicht adoptiert worden waren, aber …« Sie seufzte. »Ich weiß, dass Bradley dir erzählt hat, sie sei tot. Das habe ich ihm auch erzählt, aber ich habe keine Ahnung, ob sie noch am Leben sind oder nicht. Ich will sie auf keinen Fall jemals in der Nähe meiner Kinder haben.« Stockend atmete sie ein, bevor sie weitererzählte: »Nachdem Scott fort war, lief es erst etwas besser, und ich dachte, vielleicht wäre meinen Eltern klar geworden, dass sie ihn vertrieben hatten, und dass sie versuchen würden, sich zu ändern. Aber dann kam ich eines Tages nach Hause und traf meinen Vater in meinem Zimmer an. Er hatte es verwüstet und hielt eines meiner Notizbücher in der Hand. Die anderen lagen alle zerrissen auf dem Boden. Meine Mom und Josie waren nicht zu Hause. An diesem Tag wurde ich so heftig verprügelt wie noch nie in meinem Leben. Als meine Mutter und Josie in der Nacht nicht nach Hause kamen, dachte ich, meine Mutter wäre vernünftig geworden und hätte versucht, Josie zu retten. Ich wusste, dass sie mich niemals retten würde. Am nächsten Morgen packte ich alles, was ich konnte, in meinen Rucksack, als würde ich zur Schule gehen. Mein Vater hat in Restaurants gearbeitet. Er war Koch, aber er war auch als Hausmeister für eine Firma tätig, daher hat er immer zu unterschiedlichen Zeiten gearbeitet. Als ich an dem Morgen ging, schlief er noch. Ich marschierte direkt zur Bank und räumte das Konto leer, auf dem ungefähr vierhundert Dollar waren. Keine Ahnung, wie Scott das Geld so schnell aufgetrieben hatte. Das erzählt er mir immer noch nicht. Die Hälfte davon behielt ich, die andere Hälfte hinterließ ich für Josie mit einem Zettel, auf den ich schrieb, dass ich zurückkommen würde, sobald ich eine Unterkunft gefunden hätte. Wir hatten einen Geheimort, an dem wir für uns Nachrichten versteckten, so ein Spalt im Fundament des Hauses hinten bei der Wärmepumpe. Ich wusste, dass ich da wegkommen musste, solange es irgendwie möglich war, also stellte ich mich an die Hauptstraße zum Trampen.«

Bones musste sich zusammenreißen, um sie ausreden zu lassen und seinen Zorn zu zügeln.

»An dem Tag hatte ich wohl einen Schutzengel, denn eine junge Frau namens Susan nahm mich auf ihrem Weg aus der Stadt hinaus mit. Sie hatte mit einem Typen von der Militärbasis angebandelt und fuhr nach Hause nach Orlando. Sie war neunzehn und arbeitete in einem Friseursalon. Ich durfte bei ihr wohnen, und nach einer Woche, als man meine blauen Flecken nicht mehr so sah, besorgte sie mir einen Job als Friseurhelferin. Sie haben mich dort schwarz bezahlt. Ich hab mich verrückt gemacht vor Sorgen um Josie, also ist Susan in der Woche danach, als sie frei hatte, mit mir zurückgefahren, und wir haben nach der Schule auf Josie gewartet. Aber sie kam nicht. Ich habe ein Mädchen gesehen, das Josie kannte, und sie sagte, dass Josie zwei Tage zuvor mit einem Typen in einem Auto weggefahren sei und sie sie seitdem nicht mehr gesehen hatte. Sie meinte, das Auto wäre vielleicht blau gewesen, hätte aber auch grau gewesen sein können, sie wusste es nicht genau. Susan und ich fuhren zu dem Haus und ich schlich mich nach hinten zu unserem Versteck. Josie hatte mir eine Nachricht hinterlassen, in der stand, dass sie Angst hatte, noch länger zu warten. Sie hatte eine Möglichkeit wegzukommen, und die hat sie ergriffen.«

Bones war übel vor Wut. Er hätte am liebsten ihre Eltern ausfindig gemacht und sie niedergemacht. »Sie war dreizehn? Hast du herausgefunden, mit wem sie abgehauen ist?«

Sarah schüttelte den Kopf. »Susan und ich sind die ganze Nacht herumgefahren, aber …« Sie zuckte mit den Schultern. »Ich dachte, ich hätte sie für immer verloren, und ich wusste nicht, wie ich Scott kontaktieren konnte. Wer sein Freund war, der das Bankkonto eröffnet hatte, wusste ich auch nicht, und ich war einfach nur verloren und verängstigt –«

»Aber du hattest immerhin Susan.«

»Nicht so ganz. Sie hat mir in den nächsten Wochen geholfen, nach Josie zu suchen, wenn sie Zeit hatte, aber dann machte sie sich Sorgen, dass sie Ärger bekommen könnte. Am nächsten Abend fuhr sie mich in ein Obdachlosenheim, aber ich hatte Angst, dass die mich zurück zu meinen Eltern schicken würden. Sie hatte wohl ein schlechtes Gewissen, also gab sie mir zweihundert Dollar und ihren Führerschein, bevor sie mich am Bahnhof absetzte. Ich kaufte mir ein Zugticket nach Baltimore. Dort habe ich wieder einen Aushilfsjob in einem Friseursalon gefunden und hab draußen im Gebüsch in der Nähe des Salons geschlafen. Eines Nachts wachte ich auf, weil mich ein Typ angegrapscht hat, also ging ich schließlich doch in ein Obdachlosenheim. Ich hatte ja Susans Führerschein, also habe ich sicherheitshalber ihren Namen benutzt. Ich wusste ja nicht, wie die Heime sich bei Minderjährigen verhalten, und wollte kein Risiko eingehen. Nach ein paar Wochen lernte ich in dem Obdachlosenheim ein Mädel namens Reagan kennen, wir verstanden uns auf Anhieb und haben uns zusammen ein Zimmer gemietet. Irgendwann bin ich Lewis Warsaw, dem Vater meiner Kinder, begegnet. Ich ging zur Kosmetikschule, und ein paar Jahre später zeigte er auch sein wahres Gesicht.«

Bones stieß einen Fluch aus und zog sie in seine Arme. Dieses Mal ließ sie es nur zu gern geschehen und rückte so zurecht, dass er sie noch näher an sich ziehen konnte. Er hob ihre Beine über seines, drückte sie an seinen Oberkörper und küsste ihre Stirn, während er Rache nehmen und sie gleichermaßen vor allem abschirmen wollte. »Niemand wird dir jemals wieder wehtun. Und bevor du mir sagst, dass du nicht gerettet werden musst ... Du hast recht. Das hast du mehrere Male bewiesen, aber es schadet nicht, ein Back-up zu haben.«

»So hast du Thomas also davon überzeugt, dass du in seiner Nähe bleiben durftest? Als Back-up?« Sarahs müder Versuch einer humorvollen Bemerkung funktionierte nicht. Bones wirkte, als würde er am liebsten jemanden umbringen, und dabei wusste er noch nicht einmal die Hälfte ihrer Lebensgeschichte. Sie wollte ihm den Rest erzählen, aber das Reden darüber hatte sie direkt wieder in dieses grauenvolle Haus katapultiert. Sie war erschöpft, und selbst mit seinen Armen um sie gelegt, war sie innerlich vollkommen verkrampft.

»Ich klebte an ihm wie eine Klette«, sagte Bones. »So wie auch an dir, seit ich dich kennengelernt habe.« Er umarmte sie fester und brachte sie trotz der hässlichen Vergangenheit, die sie ihm gerade offenbart hatte, zum Lächeln.

»Du bist tatsächlich ziemlich anhänglich«, sagte sie schon etwas leichter atmend. »Mir geht es gut, Bones. Ich habe überlebt, und mit etwas Hilfe von Reagans Bruder und dessen Freund Reggie Steele, einem Privatdetektiv, konnte ich Scott wiederfinden. Und dann haben wir auch dank Reggie Josie aufgespürt.«

»Das ist gut, Sarah.«

»Halbwegs. Sie arbeitete eine Dreiviertelstunde entfernt in einer Bar. Wir mussten anrufen und Nachrichten an ihrem Arbeitsplatz hinterlassen, weil wir keine Nummer oder Adresse von ihr hatten. Reggie hat recherchiert, aber ich nehme an, sie zieht oft um. Sie hat all unsere Anrufe abgeblockt, aber wir haben es immer wieder versucht. Die Gegend, in der sie gearbeitet hat, war ziemlich beängstigend, also beschlossen Scott und ich, dass wir hier versuchen, als Familie neu zu starten – in der Hoffnung, uns auch letztendlich mit ihr wiedervereinen zu können. An dem Abend des Unfalls rief ich vom Krankenhaus in der Bar an, in der sie arbeitete, und sie muss gehört haben, wie durcheinander ich war, denn sie hat nicht wieder gleich aufgelegt. Aber als sie uns an dem Abend besuchte, war sie nicht die Person, die ich in Erinnerung hatte. Keiner von uns war das. Sie war so voller Hass und Wut. Ich habe keine Ahnung, warum sie uns gegenüber so empfindet, aber wir haben alle so viel durchgemacht. Sie ist nur ein paar Minuten im Krankenhaus geblieben und hat unsere Anrufe seitdem nicht erwidert. Ich bin einfach nur froh, dass sie am Leben ist, und ich habe die

Hoffnung, dass sie eines Tages vielleicht irgendeine Art von Beziehung zu uns möchte.«

»Bist du mal zu ihr gefahren?«

Sie nickte. »Einmal, gleich nachdem Scott aus dem Krankenhaus entlassen worden war. Sie arbeitet nicht mehr in der Bar, und sie wussten nicht, wo sie nun lebt oder arbeitet.«

»Hatten sie eine Handynummer von ihr?«, fragte Bones.

»Das klingt heutzutage sicher seltsam, aber sie sagten, sie hätte keines. Ich hatte damals nichts, Bones. Ich weiß, wie es ist, wenn man sich fragt, woher die nächste Mahlzeit kommt. Ob du es glaubst oder nicht, aber Handys sind eigentlich Luxus.«

»Das verstehe ich. Würde es dir etwas ausmachen, wenn ich versuche, sie aufzuspüren?«

»Ich glaube nicht, dass sie gefunden werden will. Sie weiß, dass wir hier leben, und sie hat sich nicht gemeldet.«

Bones drängte sie nicht, eine Antwort bezüglich Josie zu geben. Das war auch gut so, denn sie war sich nicht sicher, ob er versuchen sollte, sie zu finden oder nicht. Sie wusste, was es hieß, wenn man ein Leben hinter sich lassen wollte, und wenn Josie das Bedürfnis verspürte, Sarah und Scott hinter sich zu lassen, dann sollte sie – so sehr es auch schmerzte – es ihr zugestehen.

»Danke, dass du mir genug vertraust, um mir von deiner Vergangenheit zu erzählen«, sagte er, als er ihr eine Decke um die Schultern legte. »Ich wünschte, ich hätte euch alle beschützen können, aber jetzt bin ich da. Ich weiß, dass wir bald zurückfahren sollten, aber ich möchte dich einfach noch ein paar Minuten im Arm halten.«

Sie versuchte nicht, die Heldin zu spielen, oder jemandem ihre Unabhängigkeit zu beweisen. Denn auch wenn sie ihre Kinder vermisste, war dies in diesem Moment genau das, was sie brauchte. *Er* war genau das, was sie brauchte. Während er sie im Arm hielt, ohne eine Gegenleistung dafür zu erwarten, ließ die Anspannung in ihr nach und das beruhigende Geräusch des Wassers, das gegen das Boot plätscherte, drang in den Vordergrund. Die bernsteinfarbenen Lichter funkelten am dunklen Himmel, und sie schloss die Augen, um sich noch tiefer in seine tröstende Umarmung sinken zu lassen.

Ihr Baby machte sich mit Tritten bemerkbar, und sie führte seine Hände auf ihren Bauch, bevor sie ihre Hand darauflegte. Sie spürte noch einen Tritt.

»Oh, Mann, das ist ja unglaublich, Süße! Dieses Baby ist genauso stark wie seine Mama.«

»Ich werde mich wohl nie an dieses Gefühl gewöhnen.« Damit meinte sie die Tritte des Babys *und* die Geborgenheit, die Bones ihr schenkte.

»Das Wunder des Lebens …« Seine große Hand strich über ihren Bauch. »Du, ich habe eine Idee. Was machst du am Samstag?«

»Ich muss um drei bei der Arbeit sein. Warum?«

»Mein Kumpel Nick Braden hat eine Pferderanch in Pleasant Hill. Seine Hündin hat vor ein paar Wochen Junge bekommen, außerdem hat er Zwergziegen und Hühner. Es wäre doch toll, mit den Kindern dorthin zu fahren, bevor es zu kalt wird.«

Sie schaute über die Schulter. Er sah noch immer etwas mitgenommen aus, nach allem was sie ihm erzählt hatte, aber hinter dem Schatten war das Mitgefühl und die pure Männlichkeit, die die Schmetterlinge in ihr flattern ließen. Würde er auch eines Tages sein wahres Gesicht zeigen?

Werde ich je aufhören, darauf zu warten, dass wieder etwas Schlimmes passiert?

»Bittest du mich um ein Date mit den Kindern?«, fragte sie leichthin.

»Ich habe mit dir und den Kindern schon etwas unternommen, bevor ich dich um ein richtiges Date gebeten habe. Erinnerst du dich an die Spendenaktion?«

Ein Tag, den sie nie vergessen würde. Nicht nur, weil er auch damals wie eine Klette an ihr geklebt hatte, sondern weil die ganze Gemeinschaft zusammengekommen war, um ihrer Familie zu helfen.

»Wenn ich mich richtig erinnere«, meinte er mit einem verschlagenen Grinsen, »habe ich euch abgeholt, habe Zeit mit euch verbracht, Bradleys aufgeschürftes Knie verarztet und Windeln gewechselt. Das zählt doch wohl als Date mit Kindern. Und ich habe in der ersten Woche, als wir uns kennengelernt hatten, mit dir und Bradley zusammen Mittag gegessen, weißt du noch? Im Krankenhaus?«

Auch den Tag würde sie nie vergessen. Bones war mehrere Male gekommen, um nach ihr und den Kindern zu sehen, obwohl er nicht ihr behandelnder Arzt war. Anfangs hatte er gesagt, er war gekommen, weil Bullet sichergehen wollte, dass es ihnen gut ging. Aber sie hatte sich gefragt, warum er immer wiedergekommen war. In diesen ersten Tagen, als ihre Familie im Krankenhaus gelegen hatte, war ihr zum ersten Mal bewusst geworden, dass sie eine Verbindung zu ihm spürte, die über die einer normalen Bekanntschaft hinausging. Er hatte sich dann immer eine Viertelstunde oder länger zu ihr gesetzt und viele Fragen zu ihrem Befinden und dem Heilungsprozess ihrer Familie gestellt.

»Du meinst, als du kamst und ich das gegessen habe, was Finlay gebracht hatte?«, fragte sie, obwohl sie wusste, dass er genau das meinte. Er hatte keinen Bissen zu sich genommen, aber er war geblieben, während sie gegessen hatte.

»Ja, du hast bei Bradley auf dem Bettrand gesessen und eine hübsche hellblaue Bluse und eine weiße Hose getragen. Deine Haare hattest du auf dem Kopf zu einem unordentlichen Dutt zusammengebunden, als hättest du tagelang nicht geschlafen, und ich wusste, dass du tatsächlich nicht geschlafen hattest, weil du dir solche Sorgen um deine Kleinen und um deinen Bruder gemacht hast. Ich wollte schauen, dass du zumindest etwas isst. Du hast Bradley gefüttert.«

»Du hast mir gesagt, dass ich dafür sorgen soll, dass die Mama auch etwas isst«, erinnerte sie sich liebevoll.

Nachdem ihre Kinder aus dem Krankenhaus entlassen worden waren, hatte er zu Hause bei ihnen mit Taschen voller Lebensmittel und kleinen Überraschungen für die Kinder vorbeigeschaut. Er war immer etwas länger geblieben, hatte mit ihr geplaudert und war langsam zu einem so bedeutenden Teil ihres Lebens geworden, dass die Kinder sich immer freuten, wenn er kam. Sie auch, aber bis zu diesem Moment hatte sie sich das nie eingestanden. Er hatte sich auf eine Art um sie gekümmert, wie das zuvor noch nie jemand getan hatte. Wie hatte sie das damit erklären können, dass er nur ein gutmütiger Freund oder ein besonders hilfsbereiter Arzt war? Ihr wurde allmählich bewusst, wie verzerrt ihre Wahrnehmung war, und sie fragte sich, ob die Tatsache, dass sie so viele Jahre lang die Deckung oben gehabt hatte, sie blind für ernst gemeinte Freundlichkeit gemacht hatte.

»Stimmt«, sagte er. »Das müsste eigentlich auch als Date mit Kindern gelten. Außerdem war Bradley bei dem Halloween-Umzug mein Beifahrer. Zählt also auch zur Kategorie Date mit Kind. Und wir haben vor ein paar Wochen auch Bear und Crystal zum Essen mit den Kindern und Scott bei Woody's

Burger getroffen. Noch ein Date mit Kindern. Ich finde, wir haben schon ziemlich lange Dates mit Kindern.«

Stimmt, irgendwie hat er recht. Und heute Abend war es ein intimerer und aufschlussreicherer Abend, als sie ihn je mit jemand verbracht hatte. Ja, ihr Begehren hatte überhandgenommen, was im Nachhinein etwas peinlich war – währenddessen aber sehr aufregend –, aber zwischen ihnen war so viel mehr.

Sie kannte das Risiko, wenn man sich zu sehr einem Menschen näherte, und sie wusste auch, dass sie sich noch so sehr dagegen wehren oder es leugnen konnte, aber ihr Herz war in Bezug auf Bones bereits einem Risiko ausgesetzt. Doch sie wollte seine Zeit nicht für sich beanspruchen oder zu einer Last für ihn werden. »Bist du am Wochenende sonst nicht immer mit Bear und deinen Freunden auf dem Motorrad unterwegs?«

»Manchmal, aber ein Mann muss Prioritäten setzen.« Er strich mit dem Daumen über ihre Wange und sagte: »Sag ja, Sarah. Lass mich weiter hinein.«

Himmel, er sah sie wieder so an, als wäre ihre Einwilligung alles, was er je wollte. Ein Gefühl der Freude erfasste sie und machte ihr Gänsehaut. Sie hatte Angst zu glauben, dass dies zwischen ihnen wahr sein konnte, aber immer wenn sie ihm in die Augen schaute, fühlte es sich zu wahr an, als dass sie es leugnen konnte.

»In Ordnung«, sagte sie und genoss, wie das Glück seinen Blick zum Leuchten brachte.

Es hatte in ihrem Leben nie viele Dinge gegeben, für die sie dankbar sein konnte, aber genau in diesem Moment, in dem sie in seinen Armen lag und daran dachte, wie seine Familie die ihre aufgenommen hatte, fühlte sie sich wie ein Nimmersatt. »Ich hatte nie besonders viel Glück, aber meine Kinder sind meine persönlichen Wunder. Scott wiederzufinden, war ein

Wunder. Dass Bullet uns nach dem Unfall gefunden hat und alles, was dann folgte, war ein Wunder. Und für eine Frau wie mich, die nicht sicher war, ob sie ihren siebzehnten Geburtstag erleben würde, fühlt es sich auch wie ein Wunder an, hier jetzt so mit dir zu sitzen.«

»Das ist kein Wunder, Süße. Das ist Schicksal.« Er küsste sie sanft und sagte dann: »Und eines Tages wird Josie hoffentlich zurückkommen und dann wird sie auch auf deiner Liste von Wundern stehen.«

Neun

»Du bist heute Morgen so beschwingt«, sagte Scott zu Sarah, als sie Lila bei Tagesanbruch in die Küche trug. In Jogginghose und mit weißem T-Shirt lehnte er mit einer Tasse Kaffee in der Hand am Küchentresen. Die Haare waren noch nass von der Dusche. »Ich nehme an, dein Date lief gut?«

»Mhm, sehr gut«, sagte sie und versuchte, nicht wie ein verknalltes Schulmädchen zu klingen, was ziemlich schwierig war, da sie immerzu an Bones denken musste, seit er sie am Abend zuvor zum Abschied geküsst hatte. Ihre Küsse waren endlos und noch besser gewesen, als sie es sich in ihren Tagträumen als junges Mädchen ausgemalt hatte, wenn sie diese magischen Momente bei anderen beobachtet und dann über ihre eigenen Wünsche geschrieben hatte. Sie setzte Lila in den Hochstuhl und legte eine Handvoll Cheerios auf das Tischchen. »Wie ich hörte, hast du hinter meinem Rücken bei den Lichtern auf seinem Boot geholfen.«

Sie konnte noch immer nicht fassen, dass Bones wirklich ein Boot hatte.

Scott nahm einen Schluck von seinem Kaffee und beobachtete sie mit einem neugierigen Blick. »Das ist ein ziemlich romantischer Kerl.«

»Das kannst du laut sagen.« Sie gab Lila etwas Saft und machte sich daran, die Zutaten für Blaubeerpfannkuchen zu mixen. *Romantisch, aufmerksam, ein verdammt guter Küsser und noch so viel mehr ...* »Danke noch mal, dass du auf die Kinder aufgepasst hast. Du hast Bradley geschafft. Er ist noch immer im Tiefschlaf.«

»Ich hatte ja Hilfe. Die Mädels und ich sind mit ihnen spazieren gegangen.« Er machte ihr einen Kaffee und beäugte die Pfannkuchen. »In vierzig Minuten habe ich Physiotherapie. Meinst du, bis dahin springen auch ein paar für mich raus?«

»Immer.« Sie gab Butter in die Pfanne.

Scott gab Lila einen Kuss auf den Kopf. »Morgen, meine Kleine.« Sie hielt ihm ihre Hand voller klebriger Cheerios hin. Er schmunzelte. »Nein danke. Die darfst du essen. Ich warte auf die leckeren Pfannkuchen von deiner Mama.«

»Keine Ahnung, ob sie lecker sind. Aber ich kann mich auch nicht mehr daran erinnern, wie Essen schmeckt, das nicht allergenfrei ist.«

»Du verpasst nicht viel«, sagte er, als sie einen Pfannkuchen für Lila in Stücke schnitt und Scott einen Teller reichte. Er berührte ihre Hand, so wie er es immer tat, wenn er wollte, dass sie kurz innehielt. »Hast du Bones die Wahrheit erzählt?«

Nachdem Scott Informationen herausposaunt hatte, die sie Bones lieber selbst erzählt hätte, hatte sie ihren Bruder gebeten, sich zurückzuhalten. Sie wollte Bones gern selbst schildern, wie ihr Leben ausgesehen hatte. »Das meiste.« Sie drehte sich wieder zum Herd, um ihre Pfannkuchen zu wenden. Nicht mal Scott wusste von allem, was sie durchgemacht hatte. Einige Geister ließ man lieber schlafen.

»Sarah, niemand wird dich verurteilen, weil wir miese Eltern hatten.«

Sie wusste, dass das nicht stimmte. Sie setzte sich mit ihrem Kaffee und den Pfannkuchen neben Lila. »Du erinnerst dich wohl nicht mehr daran, dass ich nie auf Geburtstage gehen oder mich verabreden durfte. Oder dass die anderen Kinder irgendwann auch aufhörten, mich zu fragen. Die anderen Familien wollten vielleicht nicht in Sachen hineingezogen werden und haben weggesehen, aber ich glaube keine Sekunde lang, dass sie uns nicht verurteilt haben. Zumindest mich.«

Er spießte ein Stück Pfannkuchen mit der Gabel auf und zeigte damit auf sie. »Das waren Ignoranten. Bones ist das nicht.«

»Ich weiß. Ich habe ihm von Mom und Dad erzählt. Auch davon, wie wir alle abgehauen sind.« Sie nahm einen Happen und sah zu, wie ihre Tochter sich eine winzige Handvoll Pfannkuchen in den Mund stopfte. Sie konnte sich nicht vorstellen, irgendetwas anderes als Liebe für ihre Kinder zu empfinden. »Erinnerst du dich, wie alt wir waren, als alles so schlimm wurde? Hat es jemals eine glücklichere Zeit gegeben? Ich habe mich immer gefragt, ob es vielleicht irgendeinen Vorfall gab, etwas, das ihr Verhalten geändert hat.«

»Dad war schon immer ein Arschloch, und Mom war schon immer ein Miststück. Es ist ein Wunder, dass wir beide nicht noch verkorkster sind.« Er aß seine Pfannkuchen auf und lehnte sich zurück. »Ich würde gern wissen, wie es dazu kam, dass es Josie letztendlich schlechter geht als uns beiden.«

Scott hatte nach dem Unfall so mit sich zu kämpfen gehabt, dass sie nie eingehender über Josies merkwürdigen Besuch im Krankenhaus geredet hatten. In letzter Zeit hatte Sarah das Bedürfnis gehabt, darüber zu sprechen, aber es kam ihr vor, sie würde dann in einen Vulkan voller grauenhafter Möglichkeiten springen. »Hast du je herausgefunden, wohin sie gegangen ist, nachdem sie abgehauen ist? Oder mit wem sie abgehauen ist?«

»Nein. Wir hatten Glück, dass wir sie überhaupt ausfindig machen konnten. Ich habe so lange nach euch beiden gesucht, aber ich hatte keine Ahnung, in welchem Bundesstaat, geschweige denn in welcher Stadt du sein könntest. Ich war darauf angewiesen, mich selbst umzuhören, denn ich konnte mir damals ja keinen Privatdetektiv leisten. Du hast den Führerschein dieser Frau benutzt, daher weiß ich jetzt, wie du so unsichtbar werden konntest. Ich nehme an, Josie hat es ähnlich gemacht. Schwarz gearbeitet, in Obdachlosenheimen gewohnt, sich irgendwie durchgeschlagen. Ich habe es schon einmal gesagt und werde es wahrscheinlich immer wieder sagen, bis ich sterbe: Ich wünschte, ich hätte euch beide an jenem Abend nicht zurückgelassen.«

Sie sah ihn an, ergriffen von Schmerz und Liebe gleichermaßen. »Das Gleiche habe ich gedacht, weil ich Josie zurückgelassen habe. Aber wenn ich eines gelernt habe, dann dass der Wunsch, etwas wäre nicht passiert, es nicht ungeschehen macht. Du hast uns beiden mit dem Geld geholfen, das du auf das Konto überwiesen hast. Und du weißt, dass Dad dich hätte einsperren lassen, wenn du zurückgekommen wärst oder versucht hättest, uns mitzunehmen. Und ich bin mir sicher, dass er das Gleiche mit mir gemacht hätte, wenn ich Josie mitgenommen hätte.«

»Ja, aber jetzt wissen wir, dass es andere Möglichkeiten gegeben hätte. Wir hätten zum Jugendamt oder zur Polizei gehen können.«

Sarah aß ihre Pfannkuchen auf und stellte ihr Geschirr in die Spüle. Dann befeuchtete sie einen Waschlappen und machte Lilas Hände sauber. »Stimmt, aber selbst wenn uns jemand dazu geraten hätte, wärst du hingegangen? Ich mit Sicherheit nicht.

Ich hätte zu große Angst gehabt, dass sie uns nicht glauben, und dann hätten wir noch mehr gelitten.«

Sie hob Lila aus dem Hochstuhl und setzte sie neben ihren Spielzeugkorb an die Glastür, damit sie das Frühstück wegräumen konnte. Scott machte sich an den Abwasch, während sie Lilas Tischplatte säuberte.

»Hast du ihm von Lewis erzählt?«, wollte Scott wissen.

»Nichts Genaues, aber er weiß, dass es ihn gibt und dass es schlecht lief. Ich bin schwere Kost, Scott. Ich weiß, dass du das anders siehst, aber ich habe zwei Kinder, ein drittes ist unterwegs, eine Vergangenheit, die jeden Vernünftigen in die Flucht schlagen sollte, und ich habe Probleme, wenn es darum geht, zu vertrauen und Nähe zuzulassen. So sehr ich Bones mag und ihm vertraue – und das tue ich –, so habe ich doch Angst zu glauben, dass er nicht irgendeine schlechte Seite hat, denn ich kenne es nur so.«

Er sah sie mit einem mitleidigen Blick an, der schnell ins Ungläubige wechselte. »Du kennst es nicht nur so. Ich bin nicht einen Tag meines Lebens schlecht gewesen.«

»Du weißt, was ich meine. Ich versuche ja, nicht mehr so zu denken, zumindest über Bones und seine Familie. Aber wenn etwas solche Schatten auf einen Großteil deines Lebens geworfen hat, dann ist es schwer, dagegen anzugehen.«

»Hör nicht auf, es zu versuchen, Sarah. Ich vertraue dem Kerl vollkommen, sonst würde er auch gar nicht in die Nähe von dir und den Kids kommen.« Er wandte sich wieder dem Abwasch zu. »Dixie hat gefragt, ob die Kinder überhaupt mal ihren Vater sehen.«

Ein eisiger Schauer rann Sarah über den Rücken. »Nur über meine Leiche.«

»Sag so was nicht.« Er gab ihr ein Geschirrtuch, damit sie

die Pfanne abtrocknen konnte.

»Glaubst du, dass Josie jemals hier auftauchen wird?«

Er zuckte mit den Schultern. »So, wie du erzählt hast, ging es ihr ziemlich mies.«

»Mhm. Ich wollte dich mal etwas fragen.« Immer wenn sie ihn etwas zu seinem Leben fragen wollte, hatte er sie abblitzen lassen, aber nach dem gestrigen Abend wollte sie Antworten. »Warum hast du deine Arbeit auf der Bohrinsel aufgegeben und hast mich bei dir einziehen lassen? Du hast zwar gesagt, dass du wegen Josie hierherziehen wolltest, aber du hast nie gezögert, neu anzufangen. Bis gestern Abend habe ich mich nie gefragt, warum das so ist. Ich habe es einfach akzeptiert. Ich bin davon ausgegangen, dass wir beide wieder so viel Familie wie möglich haben wollten. Du weißt schon, zwei gebrochene Leute, die versuchen, wieder auf die Beine zu kommen. Aber als Dixie mit dir geflirtet hat, wurde mir klar, dass du mehr bist als mein Bruder, Scott, und du bist nicht so gebrochen wie ich. Du gehst offen mit dem um, was wir durchgemacht haben, und du scheinst nicht so große Probleme damit zu haben, Menschen in dein Leben zu lassen. Du bist ein gut aussehender, kluger Mann, der eine tolle Arbeit hatte. Warum solltest du all das für einen Job im Yachthafen aufgeben, und warum bist du noch allein, Scott?«

Lila kreischte auf und zog ihre Blicke auf sich. Sie hatte sich an der Terrassentür hochgezogen und beobachtete ein Eichhörnchen, das an der Futterstelle fraß. Nach ihrem Einzug war Lila sofort von den Eichhörnchen im Garten fasziniert gewesen. Sie hatten eine Futterstelle in den Baum am Haus gehängt, und jetzt beobachtete sie die Tiere fast jeden Morgen.

»Das ist ein Eichhörnchen, Lila«, sagte Sarah, obwohl sie wusste, dass ihre kleine Tochter so ein kompliziertes Wort auf keinen Fall nachsprechen konnte. Sie wartete auf eine Antwort von Scott, aber er schwieg so lange, dass sie das Gefühl hatte, er würde sie ihr nicht geben.

Bradley trottete in die Küche und rieb sich verschlafen die Augen, während er sich an Sarahs Beine lehnte.

Sie hob ihn auf den Arm und gab ihm einen Kuss auf die Wange. »Guten Morgen, kleine Schlafmütze.«

»Kann ich Pfannkuchen haben?«, fragte Bradley gähnend.

Scott stellte die Pfanne mit einem belustigten Gesichtsausdruck wieder auf den Herd. »Ich bin nicht allein. Ich habe eine Eichhörnchen liebende Nichte und einen Pfannkuchen essenden Neffen. Das Leben ist gut, Schwesterherz. Ich kann mich nicht beschweren.« Er küsste Bradley auf den Kopf und sagte: »Wie lang arbeitest du heute Abend?«

Sie fragte sich, ob ihr Sohn und ihre Tochter Scott vor dem gerettet hatten, worüber er nicht reden wollte, und der Gedanke tröstete sie ein wenig. »Ich habe eine Frühschicht«, antwortete sie und überlegte, ob Bones heute Abend Scott wohl wieder im Keller half. Sie schimpfte kurz mit sich, weil sie über Nacht so bedürftig geworden war. Der Mann hatte ein Leben und sie auch. »Neun bis fünf. Ich dachte, wir könnten heute Abend grillen. Bradley liebt Hühnchen-Kebab.«

Bradley stimmte nickend zu.

»Dann machen wir Kebab. Ich muss noch im Laden vorbei, um Farbe für den Keller zu holen, und zum Teppichgeschäft muss ich auch noch, damit ich alles bis nächste Woche fertig bekomme, aber ich müsste um sechs oder so zu Hause sein.« Er hob die Augenbrauen, als wartete er darauf, dass sie noch etwas sagte.

»Was …?«

»Ich überlege nur, ob ich einen Fehler gemacht habe oder

nicht«, sagte er betont beiläufig.

Sie setzte Bradley ab. »Geh spielen, Schatz. Ich brauche nur kurz, um die Pfannkuchen zu machen.« Bradley ging zu Lila und den Spielsachen. Sarah nahm die Rührschüssel und fragte: »Was hast du gemacht?«

»Gestern habe ich Bones gesagt, ich bräuchte heute seine Hilfe im Keller nicht … für den Fall, dass euer Date schlecht lief.«

»Oh«, sagte sie nur und versuchte, ihre Enttäuschung zu verbergen.

»Ich kann ihm schreiben.« Scott griff in seine Gesäßtasche.

»Nein, schon gut. Ich will heute Abend sowieso die Vorhänge fertig nähen. Außerdem haben wir morgen ein Date. Bevor ich zur Arbeit gehe, fahren wir mit den Kindern zur Farm seines Freundes, damit sie die Tiere dort sehen können.«

»Nett. Dates mit Kindern ist in etwa das Gleiche wie das Kennenlernen der Eltern.«

Sie verdrehte die Augen. »Musst du nicht zu deiner Physiotherapie? Oder hast du vor, hier herumzustehen und mich den ganzen Morgen lang nervös zu machen?«

»Macht irgendwie Spaß, dich so zu sehen, so …« – er schürzte die Lippen und sprach mit hoher Stimme weiter – »Ich wünsche mir überhaupt nicht, dass Bones hier wäre.«

Sie schob ihn lachend Richtung Wohnzimmer. »Geh jetzt. Bitte. Ich hatte schon vergessen, wie nervig ein großer Bruder sein kann.«

Nachdem Scott gegangen war, gab sie Bradley zu essen und machte die Kinder fertig, um sie zu Babs zu bringen. Oma Babs, korrigierte sie sich. Nicht zum ersten Mal fragte sie sich, was wohl mit ihren eigenen Großeltern war. Sie konnte sich nicht erinnern, sie jemals kennengelernt zu haben. Ihre Eltern hatten sie nie erwähnt. Sie hatten einfach so getan, als gäbe es sie nicht. Sie hatte sich immer gefragt, ob das vielleicht so war, weil sie nette, normale Menschen waren, die es nicht gut finden würden, wie sie Sarah und Scott behandelten, oder ob sie so schlimm waren wie ihre Eltern. Sie schob diese Gedanken beiseite und war froh, dass es im Leben ihrer Kinder herzensgute Frauen gab, die sich um sie sorgten und sie wie Familienmitglieder behandelten.

Als sie ihre Tasche und die Schlüssel nahm, schoss ihr durch den Kopf, dass sie sich keine Sorgen darum machte, dass Babs, Red oder Chicki eines Tages ein anderes Gesicht offenbaren könnten, und sie fragte sich, was das über sie aussagte. Wünschte sie sich so sehr eine Mutterfigur in ihrem Leben, dass sie das akzeptierte, was ihr bei Bones so schwer fiel zu akzeptieren?

Sie schloss die Tür hinter ihnen ab und ging die Stufen der Veranda hinunter.

»Guck mal, Mommy! Geschenke!« Bradley rannte zum Auto, auf dessen Dach Geschenketaschen standen – zwei rosafarbene und eine blaue. Er hüpfte hoch und versuchte, sie zu erreichen. »Beeil dich!«

»Immer mit der Ruhe, mein Kleiner.« *Mommy muss sich erst sammeln.*

Sie brauchte sich die Karten gar nicht anzusehen, um zu wissen, dass sie von Bones waren. Sie nahm die blaue Tasche, an dessen Griff ein kleines weißes Schild hing, das mit sorgfältiger Schrift beschrieben war: Für B-Boy, Dein Bones. Ihr Herz zog sich zusammen, als sie hineinspähte und zwei Bücher mit Bauernhoftieren sah.

»Ist das für mich?«, wollte Bradley wissen.

»Ja, von Bones.« Sie hatte ihm noch nichts von ihrer

Verabredung am nächsten Tag erzählt, falls etwas dazwischenkommen und Bones absagen sollte. Aber sie musste es eigentlich besser wissen. Der Mann klebte wirklich wie eine Klette.

»Bücher!« Bradley setzte sich ins Gras und fing an, eines der Bücher durchzublättern und über jedes einzelne der Tiere etwas zu erzählen. Es dämmerte Sarah, dass Bones Bradley so oft mit seinen Spielzeugtieren gesehen hatte, dass der Ausflug am Samstag vielleicht doch kein spontaner Einfall gewesen war.

Lila kreischte und streckte die Arme nach den Tüten aus. »Mamama!«

»Für dich ist auch eine da, Lila-Schatz.« Aus einer der rosa Tüten nahm sie ein Stoffbuch, das sie ihrer Tochter gab. Auch darin waren Bauernhoftiere zu sehen, und sie war gerührt, dass Bones daran gedacht hatte, Lila ein Buch aus Stoff zu kaufen, da sie im Moment alles in den Mund steckte.

Sie setzte die Kinder auf ihre Autositze und las dann das Schild auf der zweiten rosa Tasche. *Für dich, Süße. Lass uns deine Träume nie aus den Augen verlieren. Dein Bones.*

Sie setzte sich hinter das Steuer und spähte hinein. Ihr Herz fing an, schneller zu klopfen, als sie mehrere Notizbücher entdeckte. Sie nahm eines nach dem anderen heraus und bewunderte sie. Das erste war weiß und auf dem Buchdeckel stand in rosa Buchstaben *Sie glaubte daran, dass sie es konnte, also tat sie es.* Das zweite Notizbuch war hellgrün und weiß, und in blauer Schrift stand darauf *Lass deine Träume größer sein als deine Ängste.* Das dritte war ein normaler roter Spiralblock, wie sie ihn in der Schule benutzt hatte. Drei große, unregelmäßige Sterne unterschiedlicher Größe waren über den mit goldenem Marker geschriebenen Worten *Sarahs Geschichten der Hoffnung* gemalt. Darunter, kleiner und in Schwarz, stand *Wir lassen sie alle wahr werden. Xox, B.*

Ihr stockte der Atem, als sie goldene und schwarze Filzstifte unten in der Tasche entdeckte und dazu noch eine Packung schicker schwarzer Kugelschreiber. Am liebsten hätte sie gleichzeitig geweint und gelacht. Von allem was sie ihm gestern Abend erzählt hatte, hatte er sich auf das konzentriert, was ihr am wichtigsten gewesen war.

»Fahr los, Mommy. Ich will Oma Babs meine Bücher zeigen«, drängelte Bradley.

»Ja, Schatz.« Sie stellte die Geschenke auf den Beifahrersitz und schwor sich, nicht zuzulassen, dass die Dunkelheit und die Schmerzen, die Lewis verursacht hatte, die Schönheit ihrer Erlebnisse mit Bones überschattete.

Später am Nachmittag saß Sarah mit ihren Notizbüchern und den Stiften im Hof hinter dem Salon, aß ihr Mittagessen und dachte an die Geschichten, die sie immer geschrieben hatte. Sie war nur ein Teenager gewesen, der einem grauenhaften Leben entkommen wollte, indem sie sich in die Fantasien eines kleinen Mädchens flüchtete. Jetzt erschien ihr der Gedanke, Geschichten für sich selbst zu schreiben, albern, weil sie die Wahrheit kannte. Als Mädchen hatte sie nur Momente, Augenblicke von den Leben der anderen Menschen erhascht. Als Erwachsene wusste sie, dass Augenblicke wie Fotos waren, die in den sozialen Medien gepostet wurden — sorgfältig arrangiert und ausgewählt. Genau wie ihre Kleinmädchen-geschichten. Damals hatte Sarah die Auswahl der festgehaltenen Bilder getroffen, so als wäre sie auf einer Insel gestrandet und würde Treibholz für ein Floß sammeln. Sie hatte die Jungs nicht beachtet, die sie plump anmachten, ebenso wie die jungen Paare, die sich stritten, und hatte sich bewusst entschieden, sich nur an die beständigeren, hoffnungsvolleren Bilder zu erinnern.

Sie lebte nicht mehr in einem bedrohlichen Umfeld. Ihre Kinder waren in Sicherheit, sie hatte sich zumindest mit einem Bruder wiedervereint, sie hatte Freunde, und sie und Bones kamen sich mit jedem Tag näher. Ihr Leben verlief im Moment unglaublich glücklich. Was mehr konnte sie sich noch erhoffen?

Als sie zum Stift griff, tauchten Bilder von ihrem Vater vor ihr auf, der ihre Notizbücher zerriss, mit hochrotem Kopf, die Adern am Hals und an den Armen aufgebläht wie Schlangen, während er sie anschrie – Bilder, die ihre Hand zittern und ihre Atmung flach werden ließen. Sie legte den Stift hin, während ihr etwas klar wurde.

Es gab nur eines, das sie wirklich wollte. Eines, nach dem sie sich mehr sehnte als nach allem anderen. Aber wie schrieb man eine Geschichte über etwas so wenig Greifbares wie einen inneren Frieden?

Bones stand mitten im »Got Toys?«, dem größten Spielwarengeschäft in Peaceful Harbor, mit dem Motorradhelm unter den Arm geklemmt, während er auf seinem Handy einen Artikel über die Auswirkung von Spielzeug auf Kinder las und gleichzeitig versuchte, Dixies wippenden Fuß zu ignorieren.

»So schwierig ist das nun auch wieder nicht«, pflaumte sie ihn an, als sie ihren Helm unter den Arm klemmte und die Hüfte vorstreckte. »Nimm einfach ein Plüschtier und eine

Rassel.«

Bones schüttelte den Kopf. »Die richtigen Spielsachen fördern die kognitive Entwicklung.«

Sie spähte über seine Schulter auf sein Handy. »Liest du das ernsthaft jetzt gerade? Hättest du dich nicht vorher informieren können?«

Er steckte das Handy zurück in die Tasche und marschierte zurück zum Eingang, während Dixie versuchte, mit ihm Schritt zu halten.

»Wohin gehst du?«, rief sie ihm hinterher.

»Wir brauchen einen Einkaufswagen.«

»Einen Wagen?« Dixie eilte neben ihm her. »Was willst du ihr kaufen, ein Spielhaus?«

Bones blieb stehen und holte das Handy wieder heraus. »So eines für den Garten oder für Puppen?«

»Bist du noch bei Trost?« Sie packte ihn am Arm und zerrte ihn zum vorderen Teil des Geschäfts, während er einen Artikel über Spielhäuser überflog. »Sie ist ein Jahr alt. Du kaufst ihr kein Spielhaus.«

»Scheint, als wäre das besser für Drei- und Vierjährige.« Das Handy verschwand wieder in der Tasche und der Helm in einem Korb. »Wir brauchen Klötze, Bälle, Stapelbecher, Musikspielzeug, Puppen, Plüschtiere und Actionfiguren.«

»Sonst noch was, Whiskey-Weihnachtsmann?«

Er sah sie wütend an, während sie schmunzelnd ihren Helm zu seinem legte.

»Sie ist ein Mädchen. Das weißt du, oder?«, fragte sie, während er den Wagen zu dem Gang mit den Bällen schob.

Er ignorierte ihre besserwisserische Bemerkung und entschied sich für einen großen Gummiball, einen weiteren in Grapefruit-Größe und einen kleinen aus Stoff. »Komm, die

Plüschtiere sind zwei Gänge weiter.« Während er den Wagen schob, sagte er: »Wenn sie so tut, als würde sie ihre Freunde baden oder ihnen zu essen geben, dann übt sie die Dinge, die ihr helfen werden, die Welt zu verstehen.«

»Und natürlich braucht jedes kleine Mädchen Actionfiguren als Freunde, weil die beste Freundin im Kindergarten vielleicht den Special Forces angehört.«

»Gut, dass du keine Kinder hast.« Er nahm zwei Plüschtiere aus dem Regal und schaute dann auf den Wegweiser. »Ah, *Buggys*. Sie braucht einen für ihr Püppchen.«

»Püppchen?« Dixie lachte höhnisch auf. »Du stehst ja vollkommen unter ihrem Pantoffel.«

»Mein Schwesterherz ist ja mal wieder sehr nett. Und nein, stehe ich nicht. Sarah ist nicht so. Sie ist die am wenigsten fordernde, die fürsorglichste, selbstloseste Frau, die ich kenne. Ich stehe nicht unter ihrem Pantoffel, Dix. Ich …«

»Du hast dich verliebt«, half Dixie ihm aus.

Verliebt? Mann, ja, schon am ersten Tag. »So was in der Art.«

Er entschied sich für einen pinkfarbenen Buggy, und als sie zu dem Gang mit den Puppen gingen, nahm er noch einen Arztkoffer mit.

»Jetzt braucht sie auch noch eine medizinische Ausrüstung?«

»Das ist für B-Boy.«

»Bullet?«, fragte Dixie geistesabwesend, während sie einen bärtigen Typen beobachtete, der am Ende des Ganges Fahrräder unter die Lupe nahm.

»Glaubst du, Bullet braucht einen Arztkoffer?« Bones zerrte sie in die entgegengesetzte Richtung und nahm dabei gleichzeitig den Wagen mit.

»Aua! Ich meinte natürlich Bradley.«

»Pass auf, dass dir nicht die Augen rausfallen.« Als sie den nächsten Gang erreichten, ließ er sie los.

»Achtung, Durchsage, Bones! Wenn ich einen heißen Typen anglotzen will, dann mache ich das auch.«

»Achtung, Durchsage, Dix! Nicht, wenn ich für dich verantwortlich bin. Das endet nie gut.«

»Was soll ich deiner Meinung nach tun? Ein Rüschenkleid anziehen und darauf warten, dass ein Typ bei meinem Daddy um meine Hand anhält?«

»Klingt doch gut.« Er lachte und ging zu dem Gang mit den Bauklötzen.

»Oder vielleicht fahre ich einfach mein Motorrad in einer anderen Stadt zu Schrott und schau mal, wer mich rettet. Vielleicht habe ich Glück und lerne den Bruder von jemandem kennen, der vollkommen hin und weg von mir ist.«

»Und das passiert, bevor oder nachdem du alles an ihm kritisiert hast?«

Zehn

Bones fuhr am Samstagmorgen die lange, sich dahinschlängelnde Auffahrt zu Nick Bradens Ranch entlang und fragte sich, ob es irgendein schöneres Geräusch als das Lachen von Kindern gab. Er hatte in seinem Leben schon viele wunderbare Momente erlebt. Der Moment, als seine Eltern die Entwarnung nach dem Schlaganfall seines Vaters bekamen, und immer wenn seine Familie beisammen war und er die Liebe um sie herum spürte. Aber wenn er einen Tag benennen sollte, einen einzigen Moment vollkommenen Glücks, dann war er gerade mittendrin – umgeben von herrlichen Ahornbäumen, die mit leuchtend roten und orangenen Blättern in den Himmel ragten, die Hand seiner Liebsten in seiner, und die beiden Kinder auf dem Rücksitz, die sein Herz kichernd erobert hatten, während die Pferde auf den Weiden umhertobten.

Er parkte vor einer der cremefarbenen Scheunen und entdeckte in einiger Entfernung Nick, der aus einer der anderen Scheunen kam. Den Cowboyhut hatte er tief ins Gesicht gezogen, als er grüßend die Hand hob.

»Pferde, Mommy!«, rief Bradley. »Ich kann sie riechen!«

Lila kreischte, fuchtelte und strampelte aufgeregt mit Armen und Beinen. »Muhs!«

»Nein, Lila«, verbesserte Bradley sie. »Das sind Pferde, keine Kühe.«

Lila kicherte. »Muhs!«

Bones drückte Sarahs Hand, sodass sie ihm in die Augen schaute, als Bradley wieder seine Schwester korrigierte. Er hatte noch nie eine Frau gesehen, die in einem schlichten weißen langärmeligen Shirt, einer dicken Strickjacke und Jeans so schön aussah. Sarah hatte eine rosafarbene Schleife direkt über ihrem Babybauch gebunden. Ihre Stiefel hatten schon bessere Tage gesehen, aber an ihr sahen sie umwerfend aus.

»Wie hältst du das Tag für Tag aus?«, fragte er lächelnd.

»Tut mir leid. Ich weiß, dass sie ziemlich laut sind.«

»Nein, Süße. Sie sind unglaublich, genau wie du.« Er küsste ihren Handrücken und sagte: »Sieh mich nicht so schockiert an. Du weißt doch, wie großartig deine Kinder sind.« Er wusste, dass der ungläubige Blick wahrscheinlich auf das zurückzuführen war, was er über sie und nicht über die Kinder gesagt hatte, aber er wollte dem gar keine Beachtung schenken. Sie war strahlend schön, und er hoffte, dass sie ihm schon bald genug vertrauen würde, um seine Worte nicht anzuzweifeln.

Er stieg aus und ging um das Auto herum zur Beifahrertür, als Nick herbeikam.

»Wie geht's?« Nick zog ihn in eine kurze Männer-Umarmung.

»Könnte nicht besser sein.« Bones öffnete Sarahs Tür und half ihr heraus. »Sarah, das hier ist mein Kumpel Nick Braden. Nick, das ist meine Freundin Sarah.« Wieder trat kurz ein schockierter Ausdruck in ihre Augen. *Gewöhn dich dran, Süße.* Er ging zu Bradley, um ihm aus dem Autositz zu helfen.

Nick tippte sich an den Hut. »Freut mich, dich kennenzulernen.«

»Freut mich auch. Vielen Dank, dass wir heute kommen durften«, sagte sie.

»Sehr gern«, sagte Nick. »Kinder und Tiere gehören zusammen wie Erdnussbutter und Marmelade.«

»Oder, wie in unserem Fall, allergenfreie Wow-Butter und Marmelade«, sagte Bones und bekam noch einen überraschten Blick von Sarah zugeworfen. »Nick, das ist Bradley. Auf ihn musst du aufpassen. Er hat sich viel mit Bauernhoftieren beschäftigt, und was er alles weiß, lässt mich alt aussehen.«

Bradley legte den Kopf in den Nacken und blinzelte gegen die Sonne zu Nick auf. »Bist du ein echter Cowboy?«

Bones nahm seinen Rucksack, in den er all die Sachen gepackt hatte, die Sarah normalerweise in ihrer Babytasche verstaute. Der Rucksack war praktischer. Er hob Lila aus dem Auto und kam zu den anderen zurück, wo er gerade noch das Ende von Nicks Antwort mitbekam.

»Lila! Er ist ein *echter* Cowboy!«, sprudelte es aus Bradley heraus, was seine kleine Schwester mit freudigen Lauten und Händeklatschen beantwortete.

»Wir werden sie wohl von Ranches fernhalten müssen, wenn sie ins Teenageralter kommt.« Bones küsste Lila auf die Wange.

»Die Kleine hat einen guten Geschmack«, sagte Nick. »Die schnappt sich vielleicht mal einen Arzt.« Er schüttelte sich theatralisch und brachte Sarah zum Lachen.

Nick erteilte Bradley eine kurze, kindgerechte Lektion über die Tiere, und Bradley lauschte wie ein Profi, nickte und wiederholte die wichtigen Punkte für Lila. Das war so ziemlich das Süßeste, was Bones je gesehen hatte.

»Was meinst du, Partner?«, sagte Nick zu Bradley. »Wollen wir uns mal die Pferde ansehen? Ich habe ein paar, die genau die richtige Größe für dich haben.«

Bradley nickte und griff nach Nicks ausgestreckter Hand.

»Sollten wir den Buggy mitnehmen?«, fragte Sarah.

»Nein, ich nehme sie«, sagte Bones, als sie Nick und Bradley um die Scheune herum zu einer anderen Weide folgten. Er nahm Sarahs Hand, genoss ihr schüchternes Lächeln und sagte: »Aber wenn du müde wirst, sag einfach Bescheid und dann ruhen wir uns aus.«

»Sei nicht albern«, sagte sie. »Als schwangere Superwoman bin ich schneller als ein rasender Dreijähriger und kann mit einem Satz Legogebäude überwinden.«

Bones schmunzelte. »Und was ist dann deine Schwachstelle?«

Sie lächelte zu ihm auf und blickte ihn mit feurigen Augen an, als sie sagte: »Das bist du.«

Himmel, das gefiel ihm. Er beugte sich zu ihr, um sie zu küssen, aber da die Kinder in der Nähe waren, überlegte er es sich anders. Ein Kuss auf die Hand oder auf die Wange war vielleicht etwas anderes, aber etwas in ihm sagte, dass selbst ein Kind seine Gefühle für sie spüren würde, wenn er sie jetzt auf die Lippen küssen würde. Stattdessen flüsterte er: »Pass auf, wenn du deinen feurigen Blick vor den Kindern anwendest. Du willst doch nicht, dass ich in Flammen aufgehe.«

Sie lachte und hielt sich schnell die Hand vor den Mund. »Entschuldige, aber hat der Spruch jemals funktioniert?«

»Anscheinend nicht«, grummelte er.

»Das ist ein kleines Pferd!«, rief Bradley, riss sie aus ihrem vertraulichen Moment und verwandelte Lila in ein zappelndes, kreischendes Freudenbündel.

»Muh!«, rief Lila und stieß sich von Bones ab, um von seinem Arm herunterzukommen. »Muh!«

»Pferd«, korrigierte Bradley, als ob seine Schwester das mittlerweile wissen müsste.

»Sie braucht etwas Zeit, um das zu lernen, B-Boy.« Bones stellte Lila auf die Füße und hielt ihre Hand ganz fest, als sie zu dem umzäunten Feld gingen, auf dem ein Minipferd graste.

»Guckt mal, wie süß das ist«, sagte Sarah. »Mach langsam, Bradley. Denk daran, was Nick dir gesagt hat.«

Bradley schaute zu Nick auf. »Hände nach oben?«

»Handflächen nach oben«, sagte Nick und zeigte ihm, wie er seine Hand richtig ausstrecken sollte. »Lass sie an deiner Hand riechen und sich an dich gewöhnen.«

Bones hockte sich neben die Kinder, mit einem Arm um die Taille der beiden gelegt, falls das Pferd nervös reagierte.

»Sie ist die zahmste alte Lady, die ich habe«, versicherte Nick ihm. »Sie ist mit Kindern um sich herum aufgewachsen und es ist nie etwas passiert. Noch kleinere Kinder als Lila haben sie schon gestreichelt.«

Gut zu wissen, aber ich gehe kein Risiko ein.

Bradley ließ das Pferd an seiner Hand riechen, zog sie dann aber kichernd zurück. »Das kitzelt!«

Lila quiekte und streckte die Hand zur Nase des Pferdes aus, als Bradley es auch wieder tat. Das Pferd stupste Bradleys Handfläche an und beide Kinder stolperten kichernd zurück. Bones zog Lila an sich, damit sie nicht auf ihren Hintern plumpste.

»Ganz lieb«, erinnerte Sarah sie und stellte sich auf Bradleys andere Seite. Sie nahm ihr Handy heraus und machte ein paar Bilder.

»Versuch auch mal, Mommy!«, drängte Bradley.

Nick streckte die Hand aus. »Lass mich doch ein paar Bilder von deiner Familie machen.«

»Danke.« Sarah gab ihm das Handy und ließ das Pferd mit den Lippen über ihre Hand gleiten. »Sie ist so weich. Wie heißt sie?«

»Snickers«, antwortete Nick. »Aber ich nenne sie Charmer, weil sie sogar die am schlechtesten gelaunten Leute mit ihrem Charme betören kann.«

Sarah schaute Bones an. »Da habt ihr beide ja etwas gemeinsam.«

Bones zwinkerte ihr zu und hielt gleichzeitig den Arm um Lila gelegt, die nach vorne tapste. »Langsam, Kleine. Ganz vorsichtig.«

Lila streckte einen Finger aus und Snickers berührte ihn mit den Nüstern. Lila quiekte vergnügt und stolperte kichernd auf ihren kleinen Beinen zurück. Doch sofort wiederholte sie ihr Spiel und noch mehr Gequieke und Kichern ertönte.

Sarah hätte Bones mit ihren Kindern den ganzen Tag lang zuschauen können. Er war ebenso geduldig wie sexy, und er übertraf sich in seiner Aufmerksamkeit, wenn er sie fragte, ob sie etwas trinken, sich ausruhen oder sonst etwas wollte. Sie war es nicht gewohnt, dass man sich um sie sorgte, und gleichzeitig überraschte es sie, wie sehr sie das Wissen genoss, dass sie und die Kinder ihm so wichtig waren.

Nick führte sie zu den Zwergziegen, die genau die richtige Größe hatten, damit Bradley mit ihnen herumtollen und sie aus der Hand füttern konnte. Lila tapste hinter ihnen her und fiel dabei so oft auf ihren Hintern, dass sie letztendlich einfach sitzen blieb und die Ziegen zu sich kommen ließ. Bradley stellte so viele Fragen, dass Nick vorschlug, er sollte sie alle aufschreiben, damit er einen Antwortbogen erstellen konnte, was ihren wissbegierigen Sohn zu einer Reihe von weiteren Fragen veranlasste – angefangen mit *Was ist ein Antwortbogen?*

Nick war der perfekte Gastgeber, der den Kindern viel beibrachte und sie nie weiterdrängte. Er nahm sie mit zu den Küken, und als sie schließlich zu den Hundebabys gehen wollten, waren die Kinder dreckig, hungrig und müde.

»Wir könnten uns doch erst waschen, den Kindern eine Pause verordnen, um etwas zu essen, und dann zu den W-e-l-p-e-n gehen«, schlug Bones vor.

Sie fragte sich, wie er darauf kam, es zu buchstabieren, um nicht Bradleys Betteln heraufzubeschwören. »Klingt nach einem perfekten Plan.«

Nachdem sie sich sauber gemacht hatten, wurde Nick zu einem Pferd gerufen. Bones, Sarah und die Kinder setzten sich unter eine große Eiche, um den Proviant zu essen, den sie mitgenommen hatten. Bradley aß und plapperte über die Tiere, aber Lila saß auf Bones' Schoß und knabberte nur an ein paar Keksen. Bones drängte sie, etwas Saft zu trinken, aber nach einem kleinen Schluck weigerte sie sich.

»Komm, meine Kleine«, ermunterte er sie. »Wie wär's mit einem kleinen Stück Obst?«

Lila schüttelte den Kopf und schob seine Hand weg.

»Das liegt nur an der Aufregung heute«, beruhigte Sarah ihn.

»Ich finde den Tag toll«, meinte Bradley zwischen zwei Bissen. »Lila ist oft hingefallt, aber ich nicht.«

»Weil deine Schwester das Laufen noch lernt«, sagte Bones, während Lila sich an seinen Oberkörper kuschelte. Er strich ihr sanft über den Rücken. »Sie braucht ihre ganze Energie, um mit ihrem großen Bruder mitzuhalten.«

Bradley schien darüber nachzudenken, während er noch etwas aß. »Ich hab ihr gezeigt, wie man läuft.«

Bones wuschelte ihm durch die Haare. »Das hast du. Sie beobachtet alles, was du machst. Du weißt doch, dass Dixie meine kleine Schwester ist, oder?«

»Dixie ist groß«, protestierte Bradley.

»Das stimmt, aber trotzdem ist sie meine jüngere Schwester, so wie Lila deine jüngere Schwester ist. Und Dixie wollte auch immer mit ihren großen Brüdern mithalten. Sie ist uns überall hin gefolgt, hat uns durch den ganzen Garten gejagt.«

»Ist sie auf ihren Popo gefallen?«, wollte Bradley wissen.

Bones lächelte und sagte: »Das ist sie, aber weißt du, was das Fallen mit ihr gemacht hat?«

»Hat ihr ein Aua gemacht?«, fragte er.

»Vielleicht, aber es hat sie auch stärker gemacht, und sie noch mehr angespornt, mit uns mitzuhalten. Du musst also weiter lernen und wachsen, und je mehr du schaffst, umso mehr wird auch Lila schaffen. Denn sie wird ebenso cool sein wollen wie ihr großer Bruder.«

Bradleys Augen glänzten vor Stolz. »Ich bin cool?«

»Der Coolste überhaupt«, sagte Bones. »Und das wird Lila auch werden.«

Sarah schmolz innerlich dahin. »Du bist auch ziemlich cool, Dr. Whiskey.«

Er berührte ihre Hand, sah dann aber auf Lila hinunter, der er einen Kuss auf den Kopf gab.

Bradley sprang auf. »Ich bin fertig! Können wir jetzt noch mehr Tiere sehen?«

Lila richtete sich etwas auf, sackte dann aber wieder gegen Bones.

Bones berührte ihre Wange. »Sie ist etwas warm.«

Sarah machte sich daran, ihre Sachen zusammenzusammeln. »Wahrscheinlich weil sie so viel herumgerannt ist.«

Überzeugt wirkte Bones nicht, als er ihr einen Kuss auf die Stirn gab.

Sie gingen hinüber zur Scheune, um sich die Welpen anzuschauen. Schon als sie näherkamen, drang der Geruch von Leder und Pferden durch die offenen Tore hinaus. Sarah hatte noch nie eine so große und schöne zweigeschossige Scheune gesehen. Die gesamte Scheune war cremefarben gestrichen, auch wenn die Wände bei den Boxen staubig und fleckig waren. Zwei prächtige Pferde, das eine hellbraun, das andere dunkel, spähten neugierig aus ihren Boxen heraus.

»Alle gefüttert?«, fragte Nick, als er aus einem Raum auf der anderen Seite der Scheune herauskam. Das hellbraune Pferd wieherte leise und bewegte den Kopf auf und ab, als Nick näherkam. Das Pferd drückte seinen Kopf an seinen Oberkörper und Nick drückte ihm einen Kuss auf die Stirn.

»Fast alle«, sagte Bones mit einem Blick auf Lila, die an seiner Schulter fast eingeschlafen war.

Ein alter Mops trottete aus dem Raum, aus dem Nick gekommen war, und machte grummelnde Geräusche.

Lila hob den Kopf und ließ ihn dann wieder gegen seine Schulter sinken.

»Komm her, Pugsly.« Nick hockte sich hin, um den Hund zu kraulen.

»Kann ich ihn streicheln?«, fragte Bradley.

»Klar kannst du das, aber sei besonders lieb«, bat ihn Nick. »Pugsly ist alt und auf einem Auge blind.«

»Wauwau.« Lila streckte den Arm aus und öffnete und schloss die Hand.

Bones kniete sich neben Bradley. »Richtig, meine Kleine. Ein Hund ist das.«

»Er kann nicht sehen?« Bradley ging neben Nick auf Hände und Füße und betrachtete das Gesicht des Hundes.

Nick strich über den Rücken des Hundes. »Er kann sehen, aber eben nur noch mit einem Auge.«

»Mach mal ein Auge zu, B-Boy«, sagte Bones. »So sieht Pugsly die Welt.«

Lila fing an, die Augen immer wieder zu öffnen und zu schließen, während sie ihr Gesicht vor seines hielt. »Bobobobo.«

»Ich glaube, du bist Bo«, sagte Sarah und staunte, dass ihre Kleine versuchte, Bones zu sagen.

Der Stolz in Bones' Blick war unübersehbar. Ebenso wenig wie sein Grinsen, als er sagte: »Besser als vieles andere, mit dem man mich sonst betitelt.«

»Das kann ich bestätigen.« Nick stand auf.

»Ist Pugsly der Vater des Wurfs?«, erkundigte sich Sarah.

Nick schüttelte den Kopf. »Der gute alte Pugsly kann froh sein, dass er noch ein paar Schmetterlinge jagen kann. Der Australian Shepherd von meinem Nachbarn hat sich etwas zu ausgelassen mit meinem Golden Retriever amüsiert. Jetzt habe ich sechs Welpen, um die ich mich kümmern muss. Wer möchte Hundebabys sehen?«

»Ich!« Bradley sprang auf, schnappte sich Nicks Hand und ging mit ihm ans andere Ende der Scheune.

»Ich bin also Bo, wie?« Bones legte den Arm um Sarah, während Lila den Kopf an seine Schulter schmiegte.

»Dabei wurde mir innerlich ganz warm und prickelnd zumute«, gab sie zu.

Ein Lächeln schlich sich auf seine Lippen.

Sarah stupste ihm in die Seite. »Bilde dir bloß nichts darauf ein. Das war wahrscheinlich nur das Baby, das sich bewegt hat. Du bist vielleicht heiß und mehr als zuckersüß zu meinen Kindern, aber du bist immer noch ein Mann. Und in meiner Erfahrung endet das nie gut für mich.«

Er schaute zu Lila, deren Augen geschlossen waren, und dann zu Bradley, der fröhlich neben Nick her hüpfte. Seine Augen wurden dunkel und lüstern, als er sagte: »Wollen wir wetten?«

Noch bevor sie etwas erwidern konnte, drückte er seine Lippen auf ihre. Seine Zunge glitt köstlich über ihre, als er ihr mit einem schnellen und unfassbar aufregenden Kuss den Atem raubte. Mit einem dreisten Blick, der ihren Körper noch mehr in Wallung brachte, schob er sie voran, als hätte er nicht gerade die dreißig Sekunden ausgenutzt, in denen sie nicht den neugierigen Blicken der Kleinen ausgesetzt waren.

»Das war hinterhältig«, flüsterte sie.

»Das war klug. Wir stehen gerade mal am Anfang, Süße. Wie wäre es, wenn du aufhörst, ein Ende vorauszusehen, und anfängst, darauf zu vertrauen, dass ich dich nicht enttäuschen werde?«

Das klang gut. Wenn sie doch nur wüsste, wie sie das anstellen sollte.

Sie hörte das Kichern von Bradley und das Bellen der Welpen, noch bevor sie den Raum betraten.

Bradley saß mitten auf dem Boden umgeben von fünf entzückend flauschigen Hundebabys. Er kicherte, während sie auf ihm herumkletterten, bellten und leckten, mit ihren winzigen Zähnen an seinem T-Shirt zerrten. Nick saß neben ihm und schnappte sich die Welpen, wenn sie zu frech wurden. In der Ecke des Zimmers lag eine hübsche Golden-Retriever-Dame und beobachtete aufmerksam das Chaos.

»Nicht beißen«, flehte Bradley lachend. Ein Hundebaby kletterte an seinem Bauch hinauf und leckte ihm über die Wange. »Das kitzelt!«

Lila wurde wimmernd wach und dann riss sie die Augen freudig auf.

»Guck mal, Lila-Schatz, Hundebabys!«, rief Sarah.

Bones kniete sich hin und versuchte, Lila auf seinem Bein so hinzusetzen, dass sie die Welpen besser sehen konnte, aber sie drehte die Beine zu seinem Oberkörper und klammerte sich an ihm fest.

»Alles gut, mein Schatz. Ich pass auf, dass sie dir nichts tun.« Bones versuchte es noch einmal, aber Lila weinte. Er stand auf und drückte seine Lippen an ihre Stirn. »Sie ist ziemlich warm, Sarah. Ich glaube nicht, dass das nur Erschöpfung ist.«

Sarah ging um zwei Welpen herum, die bei ihren Füßen spielten, und legte die Hand auf Lilas Stirn. Sie war eindeutig zu warm. Lila versteckte ihr Gesicht an Bones' Hals und weinte nun heftiger.

»Wir sollten gehen«, sagte Bones. »Noch eine Minute, B-Boy, und dann müssen wir sehen, dass deine Schwester nach Hause kommt.«

»Nein!« Bradley drehte sich auf den Bauch und ließ die Hundebabys über seinen Rücken klettern.

Sarah hockte sich neben ihn und fühlte Bradleys Stirn, doch erleichtert stellte sie fest, dass er nicht warm war. Nachdem sie ihn noch eine Minute hatte spielen lassen, sagte sie: »Lila geht es nicht gut, Bradley. Bedanke dich bei Nick und dann gehen wir.«

»Die Kleine ist krank?« Nick hob zwei Welpen hoch und setzte sie in einen eingegrenzten Bereich. »Komm, Kumpel«, sagte er zu Bradley. »Vielleicht kannst du ja noch einmal wiederkommen.«

»Nein!« Bradley setzte sich auf seinen Hintern und nahm sich ein Hundebaby. »Ich will spielen!«

»Wir haben ja gespielt, aber Lila hat Fieber«, sagte sie entschieden. »Wir müssen *jetzt* gehen, Bradley.«

Tränen schossen ihm in die Augen. »Ich will nicht gehen!« Er stemmte sich mit den Füßen ab und hielt ein Hundebaby umklammert, als er nach hinten rutschte.

Nick machte sich daran, die Welpen einzusperren, und Sarah ging zu Bradley, um ihn hochzuheben.

Bones hielt den Arm dazwischen. »Nimm die Kleine. Du solltest ihn nicht tragen.«

Er versuchte, Lila zu übergeben, aber sie klammerte sich verzweifelt an ihn und schrie aus vollem Hals, was Bradley weinend um sich treten ließ.

»Bradley, es reicht«, sagte Sarah streng. Das Benehmen von Bradley war ihr ebenso unangenehm, wie er ihr leidtat. Sie nahm seine Hand und zerrte ihn hoch. »Deine Schwester ist krank. Wir müssen gehen.«

Bradley zog sie in die entgegengesetzte Richtung, schrie und weinte dabei hysterisch, was Lila noch mehr zum Weinen brachte. Nick sagte nur, dass er sie das lieber unter sich regeln lassen würde und ließ sie dann allein, um mit ihren ausrastenden Kindern fertig zu werden.

Bones sah überwältigt von Bradley zu Lila.

Das war's. Das Ende.

Warum war sie nur auf den Gedanken gekommen, dass sie eine Chance mit ihm hatte? Kinder machten Spaß, wenn sie süß und gehorsam waren, aber welcher halbwegs vernünftig denkende Mann würde sich mit schwierigen Kindern abgeben wollen, die nicht seine eigenen waren?

Bradley ließ sich auf den Hintern fallen, während Sarah seine Hand festhielt und er um sich trat und schrie. Sie konnte Bones nur anschauen und sagen: »Willkommen auf der dunkleren Seite meines Lebens.«

Bones presste die Kiefer aufeinander. Er zog die Augenbrauen zusammen, als würde er sich mental darauf vorbereiten, den Weltfrieden wiederherzustellen – oder sie zum Teufel zu jagen. Wenige Sekunden später zeigte dieser Blick klare Entschlossenheit. Er rückte Lila auf eine Seite, während sie sich ihre kleinen Augen ausweinte und die Arme so fest um seinen Hals geschlungen hatte, dass die Haut schon rot wurde. Dann hockte er sich neben Bradley, sprach unfassbar ruhig auf ihn ein – und sie konnte wirklich nicht fassen, was hier gerade vor sich ging.

»B-Boy, ich weiß, dass du enttäuscht bist. Und das ist Lila mit Sicherheit auch. Aber deine kleine Schwester ist krank und wir müssen uns um sie kümmern. Das bedeutet, wir müssen sie nach Hause bringen, damit wir ihr helfen können und es ihr bald besser geht.«

Bradley schrie noch lauter: »Ich will hierbleiben!«

Bones schnappte sich ihren wütenden Jungen, klemmte ihn sich unter den Arm und sagte: »Komm, wir gehen, Süße.«

Sie musste sich beeilen, um mit seinem Schritt mithalten zu können.

»Alles unter Kontrolle, *Daddy Whiskey?*«, fragte Nick, als sie bei den Pferden an ihm vorbeigingen.

Oh Mann! Wenn ihn der Tag heute nicht in die Flucht schlägt, dann schafft das nichts und niemand.

Bones wurde keinen Deut langsamer, als er sagte: »Und ob! Danke, Kumpel. Ich rufe dich an.«

Als sie in die Nachmittagssonne traten und Richtung Auto

gingen, wurde das hysterische Geschrei der Kinder zu einem Wimmern und stockenden Schluchzern.

»Gib mir einen von beiden«, flehte Sarah ihn an. »Ich bin das gewohnt.«

Ohne langsamer zu werden, zeigte Bones auf Lila und sagte: »Die hier kommt ganz nach mir. Sie klebt wie eine Klette.« Dann deutete er mit einer Kinnbewegung in Bradleys Richtung. »Und dieser junge Mann muss wie eine Klette festgehalten werden. Aber du könntest mal in meine Tasche greifen und den Schlüssel herausholen.«

Selbst inmitten dieses Zirkus wurden seine Augen dunkel und dieses freche Grinsen, das ihr Herz aufgeregt hüpfen ließ, trat in sein Gesicht.

Beim Auto blieb er stehen und sagte: »Du solltest dich vielleicht beeilen, Süße, bevor ihre Sirenen wieder losgehen.«

Der schalkhafte Blick in seinen Augen passte so gar nicht zu der Situation, die sich endlich etwas beruhigte. Brachte ihn jemals irgendetwas aus der Ruhe? Vorsichtig griff sie in seine Tasche und tastete nach dem Schlüssel.

»Etwas weiter runter«, drängte er, und sie schob die Finger tiefer in die Tasche. »Nach links. Sei nicht schüchtern«, flüsterte er verführerisch.

Sie warf ihm einen möglichst ausdruckslosen Blick zu, doch ihre Wangen brannten. Kaum zu glauben, dass er nicht die Flucht ergriff. »Du bist so schlimm.« Sie schob die Finger tiefer in die Tasche. »Ich finde keine …«

»Du hast ja keine Ahnung, wie gut ich schlimm sein kann.« Sein Blick wurde trotz der Kinder auf seinem Arm noch begehrender, als er sagte: »Der Schlüssel ist im Rucksack.«

Sie schnaubte und riss die Hand aus seiner Tasche, während sie einen lachenden und gleichzeitig schockierten Laut nicht unterdrücken konnte. »Du bist *unglaublich*.«

»Eines Tages, meine Süße, wirst du keine Zweifel mehr in Bezug auf mich haben.« Er beugte sich vor, als wollte er sie küssen, hielt dann aber inne wie schon zuvor.

Sie wusste, dass er wieder wegen der Kinder zögerte, und war ihm dankbar dafür, dass er sie entscheiden ließ, ob und wann die Kinder sahen, dass sie sich küssten. Mit den Nerven völlig am Ende und in der Hoffnung, dass sie keinen Fehler beging, stellte sie sich auf Zehenspitzen und sagte: »Ich habe das unbestimmte Gefühl, dass du es genießt, mich davon zu überzeugen.« Dann drückte sie ihm einen Kuss auf die Lippen – genau in dem Moment, als Lila den Kopf hob und sich über seinen Oberkörper erbrach.

Elf

»Scott ist heute im Yachthafen. Ich muss im Salon anrufen, damit sie die Termine meiner Kunden verschieben«, sagte Sarah, als sie und Bones die Kinder ins Haus trugen. »Ich kann nicht Babs auf Lila aufpassen lassen, wenn sie krank ist. Nicht, dass sie sich ansteckt und es dann an Kennedy und Lincoln weitergibt.« Babs kam auch manchmal zu ihnen zum Babysitten.

»Ich bleib bei den Kindern, während du bei der Arbeit bist.« Er wollte sie ohnehin nicht allein lassen. Nicht solange Lila krank war und nachdem es Bradley so schwergefallen war, Nicks Ranch zu verlassen. Auf dem Weg nach Hause hatte Bones noch Paracetamol für Kinder und eine Elektrolytlösung besorgt und Lila zumindest für einen Moment aufgeweckt, um es ihr zu verabreichen. Ihre Stirn wurde schon etwas kühler, aber Bones wusste, wie schnell sich der Zustand bei Kindern wieder verschlimmern konnte.

»Auf keinen Fall«, flüsterte Sarah, als sie Lila in das Gitterbett legte und Bradley auch zudeckte. Sie nahm seine Hand und führte ihn über den Flur ins Badezimmer. Dort machte sie einen Waschlappen nass und fing an, den Fleck von dem Erbrochenen auf seinem T-Shirt wegzuschrubben. »Vielen

Dank für das Angebot, aber das ist nicht deine Aufgabe. Du hast dich anbrüllen, vollweinen und ankotzen lassen. Du bist weit über die Pflichten als mein Fr–« Sie machte den Mund zu und die Überraschung stand ihr ins Gesicht geschrieben.

»Freund?« Er berührte ihre Hand, damit sie aufhörte zu schrubben. »Endlich siehst du es auch. Genau das macht ein Freund nämlich. In den letzten Wochen habe ich beobachtet, wie du allmählich gelernt hast, andere Menschen auf deine Kinder aufpassen zu lassen. Zuerst hast du sie regelrecht überwacht, dann hast du schon nur noch mehrmals angerufen, während du weg warst, und inzwischen vertraust du darauf, dass man sich ordentlich um sie kümmert. Dies ist nur ein weiterer Schritt auf der Vertrauensleiter. Ich will helfen. Geh diesen Schritt, Sarah.«

»Das sind meine Kinder. Ich bin das gewohnt. Ich schaffe das schon.«

»Ich weiß, dass du das schaffst, aber das musst du nicht. Du bist nicht mehr allein, Sarah. Ich weiß, dass du mir vertraust und du dir sicher bist, dass ich mich gut um sie kümmere. Sonst hättest du Bradley nicht erlaubt, bei dem Festumzug in meinem Beiwagen mitzufahren.«

»Natürlich vertraue ich dir.«

»Was ist es dann? Hast du Angst, dass ich eine Gegenleistung erwarte? Dass ich Sex erwarte? Denn das ist nicht der Fall und wird es auch nicht sein. Du weißt, dass ich dich will, und ich weiß, dass du mich willst, aber nicht als Gegenleistung für einen Gefallen oder weil es erwartet wird.«

»Nein, so bist du nicht«, sagte sie.

»Und trotzdem wartest du darauf, dass ich irgendeine schreckliche Seite von mir offenbare, die es einfach nicht gibt.«

Mit einem tiefen Seufzer trat sie einen Schritt zurück. »Oh

Mann, wie ich meine Vergangenheit hasse! Ich glaube nicht, dass du dich in ein Ungeheuer verwandelst und ich vertraue dir. Es ist für mich einfach nur schwer zu akzeptieren, dass du – oder sonst jemand – so nett sein kannst. Du hast mir immer wieder gezeigt, dass ich meine Deckung herunternehmen kann, ebenso wie deine Familie und so ziemlich jeder hier in diesem Ort es mir gezeigt hat. Aber wenn ich anfange, sie herunterzunehmen, erinnere ich mich …«

»An was erinnerst du dich, Sarah? Deinen Vater? Deinen Ex? Ich bin nicht sie, und ich werde nie, niemals, die Hand gegen dich erheben.«

Ein von Schmerz durchdrungener Laut entwich ihr, als verabscheute sie, was in ihrem eigenen Kopf vor sich ging. »Das weiß ich, oder zumindest will ich es glauben. Aber auf meine Kinder aufpassen, wenn Lila krank ist? Du wirst heute Abend total fertig mit der Welt sein, und dann ist es mit uns vorbei, bevor wir überhaupt Gelegenheit hatten, anzufangen. Ich werde nie die unbeschwerte Frau sein, die du verdient hast, Bones. Mich gibt's nur als Gesamtpaket.«

»Ich vergöttere dich und dein Gesamtpaket. Diese letzten beiden Monate haben mir gezeigt, wie gut und richtig es sich mit uns beiden anfühlt.«

»Wir haben gerade erst angefangen zu daten, und es gibt noch so viele Geheimnisse.«

»Wir haben alle Zeit der Welt, damit ich dahinterkommen kann. Und übrigens, für eine so brillante Frau hast du ein sehr schlechtes Gedächtnis.« Er zog sein dreckiges T-Shirt aus und säuberte sich schnell den Oberkörper.

Als er Sarah in die Arme schloss, glitt ihr Blick über die Tattoos auf seiner Brust hinunter zu den Piercings in seinen Brustwarzen.

»Oh.« Ihre Augen wurden dunkler und schauten zu ihm auf. »Hast du noch mehr davon?«

Er zog sie enger an sich und sagte: »Tattoos ja, Piercings nein, und ich kann es nicht abwarten, bis du mit ihnen spielst. Aber zuerst müssen wir über deine Bedenken reden. Waren wir uns nicht einig, dass wir eigentlich schon seit Wochen Quasi-Dates haben?«

»Ja, aber das heißt nicht, dass ich dich ausnutzen kann.«

»Süße, genau *das* heißt es, in jeglicher Form. Um genau zu sein, ich kann es gar nicht abwarten, dass du mich ausnutzt.«

»Du weißt, was ich meine.« Sie fuhr mit den Fingerspitzen seinen Nacken entlang. »Es gefällt mir, wie du gerade noch über die Kinder redest und dann schon bei schmutzigeren Gedanken bist. Bringt dich denn gar nichts aus dem Konzept?«

»Doch, aber das hier nicht. Deine Kinder sind die oberste Priorität.« Er küsste zärtlich ihren Hals. »Aber du bist wunderschön, witzig, klug und die einzige Frau, die ich im Arm halten möchte … und mehr. Über die Kinder zu reden, wird nie etwas daran ändern, was ich für dich empfinde.«

Ihre Augen wurden dunkel, sie musste schlucken, aber er sah keine Verlegenheit. Sondern pures, hemmungsloses Begehren.

»Willst du mir etwa erzählen, dass du nicht darüber nachdenkst, mich in diesem Moment zu küssen?«

»Nein«, hauchte sie.

Er strich über ihren Rücken und legte dann die Hände über ihren Hintern, was sie mit einem kehligen Stöhnen beantwortete. »Oder mich zu berühren?«

Sie öffnete die Lippen, aber es kam kein Wort heraus, während er ihren Hals küsste und mit den Händen über ihre süßen Kurven glitt. Sie lehnte sich fester an ihn und beugte den

Hals, damit er sie weiter dort küssen konnte. Er küsste und leckte, und als sich ihre Fingernägel in seine Haut gruben, hielt er inne.

»Nicht aufhören«, flüsterte sie und erregte ihn damit noch mehr.

Er legte den Mund auf ihren Hals, saugte und entlockte ihr weitere lustvolle Laute.

»Schließt das Dasein als Mutter sexuelles Verlangen aus?«

»Nicht, wenn ich mit dir zusammen bin«, stieß sie verzweifelt hervor.

Er zog ihr T-Shirt über die Schulter und liebkoste ihre warme Haut mit Lippen und Zähnen.

Hitze flammte in ihren Augen auf. »Mach das noch mal.«

Zum Teufel, ja, Baby. Er legte den Mund auf ihren Hals, küsste und saugte, bis sie sich gegen ihn presste und begehrend keuchte. Er verteilte Küsse auf ihrem Dekolleté und ermahnte sich, nicht zu schnell oder zu weit vorzupreschen. Dann nahm er wieder ihren Mund in Besitz, fordernder und erforschender als zuvor. Ein Arm war um ihre Taille gelegt, die andere Hand wanderte zu ihrem Hintern. Sie stöhnte in den Kuss, und dieser sexy Laut jagte die Hitze direkt zwischen seine Beine. Sarah zu küssen war himmlisch, sich zurückzuhalten und nicht mehr zu nehmen, war eine Qual.

»Bones«, sagte sie mit einer solch verletzlichen Leidenschaft, dass er darin versinken wollte. »Wie machst du das mit mir?«

»Was mache ich?«, fragte er zwischen den Küssen.

»Oh Gott! Egal. Ich kann nicht denken. Küss mich einfach weiter.«

Ihre Münder prallten aufeinander, die Zähne stießen gegeneinander, die Zungen schlangen sich umeinander. Er küsste sie tiefer, nahm sich gierig, was sie bereit war zu geben.

Sie war bei ihm, stöhnte und grub ihre Finger in seinen Nacken. Er schob sein Knie zwischen ihre Beine und umklammerte ihren Hintern, sodass seine harte Länge an ihrem Oberschenkel gefangen war. Sie drängte sich näher an ihn, ihr Bauch drückte gegen ihn, während sie sich aneinander rieben.

Himmel!

Sie riss ihren Mund von ihm los und sagte: »Ich will dich berühren … und von dir berührt werden.« Sie führte seinen Mund wieder zu ihrem Hals, ließ die Hände über seine Piercings gleiten und jagte damit Blitze bis in seine Länge. »Küss mich da. Ich liebe es, wenn du mich da küsst.«

»Süße, du hast keine Ahnung, was du mit mir anstellst.«

Er knabberte und saugte, ließ die Zähne über ihren Hals gleiten und entlockte ihr einen sündigen Laut nach dem anderen, während sie sich an seinem Oberschenkel rieb und ihm seine letzte Kontrolle raubte. Er drückte sie gegen die Wand. Während er sie leidenschaftlich küsste, schloss er die Badezimmertür mit dem Fuß. Sie spielte mit seinen Piercings. Am liebsten hätte er sie all ihrer Kleidung entledigt und jeden Zentimeter von ihr geliebt, aber dies war nicht der Zeitpunkt dafür. Nicht, wenn die Kinder aufwachen konnten und sie zur Arbeit musste. Nicht, bevor er ihr Vertrauen verdient hatte.

»Möchtest du an ihnen lecken?«, fragte er mit einer rauen, um Beherrschung bemühten Stimme, die er selbst kaum erkannte.

»Ja.« Mit errötenden Wangen senkte sie ihren Mund auf seinen Brustwarzenring. Vorsichtig leckte sie zuerst daran. Ließ erst langsam die Zunge um das Piercing gleiten, dann darüber, um dann fester zu saugen. Sie hielt sich an seinem Rücken fest, während sie sich wieder an seinem Oberschenkel rieb und an dem Piercing saugte und zog. Sie war ein wahr gewordener

Traum. Sie küsste sich an seinem Oberkörper entlang, über seine Tattoos und legte den Mund auf sein anderes Piercing, einen Stecker, an dem sie mit den Zähnen zog und dann heftig daran saugte.

»Verdammt …«, stieß er aus und legte die Hände um ihr Gesicht, vollkommen erschlagen von dem Hunger in ihren Augen. »Du machst mich fertig, Sarah.«

Sein Mund prallte auf ihren und er küsste sie mit heftigen Stößen seiner Zunge, so wie er sie lieben wollte. Sie stöhnte und krallte sich in ihn, während sie seine Hand unter ihr T-Shirt schob. Mit den Zähnen nahm er ihre Unterlippe gefangen und zog vorsichtig daran. Dann, mit dem Blick tief in ihrem versunken, nahm er das Ende der rosa Schleife, die unter ihrem Busen gebunden war. Einen Moment lang hielt er es fest und fragte lautlos nach ihrem Einverständnis. Ihr Nicken war wie ein Geschenk, und er zog das Band auf und küsste sie, während er beide Hände weiter unter ihr T-Shirt schob, ihre weiche Haut streichelte und es über ihren Bauch hob. Er beugte sich etwas zurück, um ihre wunderschönen Kurven in sich aufzunehmen. Ihre Jeans saß unter ihrem Bauch, und schnell breitete sie die Hände über dem flexiblen Bund aus.

Er verschränkte seine Finger mit ihren und sagte: »Verstecke dich nicht vor mir, meine Schöne.«

»Schwangerschaftsstreifen sind nicht gerade hübsch«, antwortete sie.

»Jeder Teil von dir ist umwerfend. Ich werde dafür sorgen, dass du siehst, wie schön du bist, sodass du dich vor mir nie wieder bedecken willst.«

Er besiegelte sein Versprechen mit einem Kuss und fiel dann auf ein Knie, um ihren Bauch mit Küssen zu übersäen. Als er an die Stellen kam, die sie zu verstecken versuchte, fuhr er jeden dünnen Schwangerschaftsstreifen mit zärtlichen Küssen und Liebkosungen seiner Zunge nach.

»Wunderschön«, sagte er.

Sie schob die Finger in seine Haare und krallte sich so darin fest, dass es wehtat. Es fühlte sich verdammt fantastisch an. Ihre Augen waren geschlossen, ihre Lippen leicht geöffnet und von ihren Küssen glänzend. Sie war umwerfend und mit jeder Berührung seiner Lippen gab sie wohlige Laute von sich, während er jeden Zentimeter ihres Bauches liebkoste, von dem weichen Stoff ihrer Jeans um die rundlichen Seiten bis hinauf zu dem höchsten Punkt unter ihrem Busen. Er hob ihr T-Shirt höher und offenbarte ihre vollen Brüste unter hübscher weißer Spitze. Einen Moment lang ließ er sich Zeit, um das Vertrauen zu würdigen, das sie ihm entgegenbrachte, und dann legte er die Hände um ihr Gesicht und schenkte ihr einen bedächtigen und berauschenden Kuss.

Als ihre Lippen voneinander abließen, öffnete sie nur zögernd die Augen und flüsterte: »Bitte, hör nicht auf.«

Er öffnete den Verschluss vorne an ihrem BH, befreite ihre perfekten Brüste und fuhr mit der Zunge um ihre Brustwarze. Ihre Nervosität war ebenso spürbar wie die Hitze zwischen ihnen. Er hob das Gesicht, um in ihrem abzulesen, dass sie das Gleiche wollten.

»Das fühlt sich so gut an«, sagte sie atemlos.

Er senkte den Mund auf eine harte Spitze, um sie zu reizen. Sie klammerte sich an seinen Arm, als bräuchte sie ihn, um ihr Gleichgewicht zu wahren. Ein Fluss erotischer Laute entwich ihr, als er ihre Brüste umfasste und beide langsam und sinnlich liebkoste. Ihre Haut war warm, ihr Duft betörend weiblich, und als sie sich bog und murmelte, brachte ihn ihre Lieblichkeit um den Verstand. Er musste ihr Lust bereiten, spüren, wie sie für ihn explodierte, und er wollte ihre Jeans herunterziehen, seinen Mund zwischen ihren Beinen vergraben und sie wie eine Lawine kommen lassen, aber das musste warten. Sie war noch nicht bereit, sich so für ihn zu öffnen. Sie musste verehrt werden, wissen, dass er langfristig dabei war, und dann würde er jede einzelne Sekunde genießen.

Er reizte sie weiter mit erst leichten und dann fordernderen Zungenschlägen, gefolgt von einem tiefen, harten Saugen, das sie mal heftiger und dann wieder kaum atmen ließ. Die andere Brustwarze drückte er mit Daumen und Zeigefinger. Sie stöhnte, bog sich von der Wand ab, und er zwängte wieder seinen Oberschenkel zwischen ihre Beine, um sie so zu reiben, wie sie es brauchte. Sie biss sich auf die Unterlippe und kniff die Augen zu. Sie war so unverschämt schön, es kostete ihn seine ganze Kraft, nicht mehr zu nehmen, nicht zumindest seine Hand in ihre Jeans und in ihre enge Hitze zu schieben. Aber auch das musste warten. Stattdessen labte er sich an ihrem Mund, dann an ihren Brüsten, dem Hals und ihrem Bauch, bis sie sich ihm entgegendrängte und stöhnte. Ihre Hand glitt von seinem Arm und legte sich um seine Länge, drückte so fest, so perfekt, dass er sich gehen ließ und zubiss. Mit purer, hemmungsloser Lust schrie sie auf, und er senkte seinen Mund auf ihren, verschlang ihre Laute, während ihr Körper zitterte und bebte – und dann küsste er sie noch lang, nachdem ihr Feuerwerk geendet hatte.

Der Alarm auf ihrem Handy ertönte und riss sie beide aus ihrer Welt. Schnell stellte sie ihn ab, damit die Kinder nicht geweckt wurden, und zeigte ihm dieses schöne Lächeln, das ihn immer umwarf.

»Ich kann kaum glauben, dass wir so lange hier drin waren«, sagte sie mit großen Augen und roten Wangen, als er ihren BH wieder schloss und ihr half, das T-Shirt richtig anzuziehen.

Er zog sie in seine Arme und sagte: »Gute Liebesspiele brauchen ihre Zeit.«

»Und ich kann auch kaum glauben, dass du mich …«, sagte sie verschämt. »Ohne mich überhaupt da unten zu berühren.«

»Ich werde dich … auf so viele Arten, Süße, dass du schon kommst, wenn ich am anderen Ende des Raumes bin.«

Ihre Wangen wurden noch röter. »Etwas überheblich, der Herr, oder?« Sie schlang die Arme um seinen Hals und drückte ihre Lippen auf seine.

»Das ist keine Überheblichkeit. Das ist die Wahrheit. Unsere Verbindung ist so stark. Du bist vielleicht noch nicht bereit, das zuzugeben, aber ich bin es. Wenn wir uns vereinen, wirst du mein Bett nie mehr verlassen wollen.«

Sie antwortete nicht darauf, aber das Verlangen in ihren Augen, gefolgt von einem Schatten, den er lieber nicht sehen würde, sagte ihm alles, was er wissen musste.

»Wenn du bereit bist«, versicherte er ihr. »Und nein, das sage ich nicht zu allen Frauen.«

»Woher wusstest du …?«

»Weil dir wehgetan wurde, und jedes Mal, wenn du mich hereinlässt, erfahre ich mehr über dich. Eines Tages wirst du sehen, dass der Mann vor dir, der nur dir gehört, kein anderes wahres Gesicht hat, das zum Vorschein kommen könnte.«

»Du machst es mir schwer, mich zurückzuhalten.«

»Ich würde lügen, wenn ich sagte, das wollte ich nicht.«

Sie schaute auf ihr Handy und seufzte. »Wenn ich jetzt nicht gehe, schaffe ich es nicht mehr rechtzeitig. Du bist ein Meister der Ablenkung. Es ist zu spät, um mich jetzt noch abzumelden. Meine erste Kundin wird bald dort sein.«

Er drückte seine Lippen auf ihre, und dann beugte er sich

hinunter, um ihren Bauch zu küssen. »Kein Problem. Ich kümmere mich um die Kinder.«

»Macht es dir wirklich nichts aus, auf sie aufzupassen?« Sie schnüffelte um sich. Dann hob sie ihren Arm und roch daran. »Ich rieche etwas Landluft. Ich sollte lieber noch schnell mal duschen.« Sie stellte das Wasser in der Dusche an. »Und wenn Lila mich braucht, wenn sie aufwacht?«

Er tat gespielt besorgt und sagte: »Mensch, wenn es doch nur irgendein Gerät gäbe, mit dem man mit dir sprechen könnte, falls wir nicht zurechtkommen.«

»Hat dir schon mal jemand gesagt, dass du eine Nervensäge bist?«

»Mir gefällt es irgendwie besser, wenn du mich *heiß* nennst. Ich werde mich gut um die Kinder kümmern, während du bei der Arbeit bist.« Er gab ihr einen Klaps auf den Hintern und sagte: »Jetzt mach dich fertig. Ich muss mir ein paar Eltern-Ratgeber reinziehen oder so, denn wenn ich deinen nackten Körper in die Finger kriege, wirst du nach etwas ganz anderem als Heu riechen.«

Bones konnte sich nicht daran erinnern, wann er das letzte Mal allein im Haus einer Frau gewesen war. Zwar war er im Moment nicht allein, aber er war der einzige Erwachsene im Haus und dennoch spürte er Sarahs Gegenwart überall – in den Vorhängen, die sie für die Hintertür genäht hatte, auf denen lauter Eichhörnchen waren, in Bradleys gemalten Bildern, die an der Seite des Kühlschranks hingen, und sogar in den bunten Plastikbuchstaben, die vorne drauf hafteten. Er ließ den Blick über das gemütliche Wohnzimmer gleiten, in dem überall Spielzeug, Decken, Plüschtiere und andere Utensilien von Kindern herumlagen. Im Bücherregal entdeckte er einige Liebesromane von Autoren, die er aus der Bücherabteilung im Supermarkt kannte. *Du schreibst vielleicht nicht deine eigenen hoffnungsvollen Geschichten, aber zumindest hast du die Romantik nicht aus deinem Herz ausgeschlossen.* Eine Fülle von Eltern-Ratgebern und – wenig überraschend – Dutzende von Kinderbüchern fanden sich in den Regalen. Er überflog die Rücken der Erwachsenentitel. Die Vielzahl der Bücher, die sich mit der Überwindung von Angst, dem Gewinn von emotionaler Stärke und dem Thema beschäftigten, wie man Kindern beibringt zu lieben und geliebt zu werden, versetzten ihm einen schmerzhaften Stich.

Er nahm einen der Eltern-Ratgeber heraus und blätterte die ausgefransten und von Eselsohren gezierten Seiten durch. Es überraschte ihn nicht, unterstrichene Zeilen und Anmerkungen am Rand zu finden. Als er einige der anderen Bücher zur Hand nahm, entdeckte er die gleichen Hinweise darauf, dass die Texte intensiv gelesen worden waren.

Er suchte sich ein paar der Titel heraus, um sie durchzusehen, während Sarah bei der Arbeit war, und legte sie auf den Couchtisch. Sein Handy vibrierte, als eine Nachricht hereinkam, und er brauchte gar nicht hinzusehen, um zu wissen, dass sie von Sarah war.

Schlafen sie noch?

Er schickte kurz eine Antwort, während er zum Schlafzimmer ging. *Solltest du nicht gerade jemanden verschönern?*

Er schoss schnell ein Foto von Lila, die fest schlafend ihren Igel umklammerte. Sie machte saugende Bewegungen, aber der Daumen war nicht in ihrem Mund. Am liebsten hätte er ihr das

Fieber abgenommen, das ihre Wangen so glühen ließ, und sie hochgehoben.

Sarahs Antwort poppte auf, gerade als er bemerkte, wie klein Bradley in dem großen Bett aussah. Bones lächelte, als er daran dachte, wie heftig Bradley gekämpft hatte, um auf der Ranch zu bleiben. Instinktiv hatte er Bradley sagen wollen, dass er der große Bruder war und seine kleine Schwester beschützen musste, so wie man es ihm selbst beigebracht hatte. Aber es kam ihm vor, als wäre das eine zu große Verantwortung für einen so kleinen Kerl, und der Gedanke war mit einer großen Dosis Schuldgefühl verbunden.

Er machte ein Foto von ihrem schlafenden Sohn und verließ leise das Zimmer, als er Sarahs Nachricht las. *Ihre Haare werden gerade gewaschen. Geht es ihnen gut? Ich fühle mich so schuldig, weil ich gegangen bin, obwohl Lila krank ist, und schlimmer noch, weil ich sie dir überlassen habe. Es tut mir leid.*

Er schickte ihr die Bilder von den Kindern, obwohl er wusste, dass die Fotos vielleicht kurzfristig ihre Sorgen lindern, sie aber nicht vollkommen verschwinden lassen würden. Er schrieb: *Uns allen geht es gut. Schalt dein Mama-Gehirn aus und dein Friseurin-Gehirn ein. Ich verspreche dir, wir kommen klar.*

Ihre Antwort kam sofort. *Sie sind richtige Engel, wenn sie schlafen. Vielen Dank. Ich mache es wieder gut.*

Er machte sich daran, eine zweideutige Anmerkung zu tippen, löschte sie dann aber fluchend wieder. Er wollte nicht, dass sie dachte, er würde irgendeine Gegenleistung erwarten. Stattdessen schrieb er: *Nicht nötig, irgendetwas gutzumachen, aber ich nehme gern an, was du anzubieten hast.* Nachdem er die Nachricht abgeschickt hatte, musste er immerzu an ihr Stelldichein im Badezimmer denken. Er hatte sich so zurückgehalten und nun konnte er an nichts anderes mehr denken als an ihren Körper. Ein Lächeln schlich sich auf seine Lippen, und er schickte ihr noch eine Nachricht in der Hoffnung, ihr auch einen kleinen Hitzeschwall zu bescheren.

P.S. Ich kann dich noch immer schmecken …

Nur Sekunden später vibrierte sein Handy. *Wie soll ich mich auf das Haareschneiden konzentrieren, wenn ich DARAN denke?* Sie fügte ein Emoji mit großen Augen, roten Wangen und einem kleinen Strich als Mund hinzu.

»Süße, du bist so niedlich«, sagte er leise. Er schickte ihr ein Emoji, der sich die Lippen leckte, und einen mit Herzen in den Augen. Dann kratzte er sich am Oberkörper und merkte, dass er kein T-Shirt anhatte. Er brauchte saubere Kleidung und eine Dusche. Er rief Bear an.

»Hey, Bones. Was gibt's?«

»Bist du gerade beschäftigt?«

»Nicht nackt, falls du das meinst. Was brauchst du?«

Bones hörte das Grinsen in der Stimme. »Kannst du zu mir fahren, ein paar frische Klamotten raussuchen und sie bei Sarah vorbeibringen?« Er erklärte, dass er auf die Kinder aufpasste, während Sarah bei der Arbeit war. »Wahrscheinlich solltest du ein paar T-Shirts mitnehmen, falls Lila sich noch einmal übergibt. Ach, und könntest du dann vielleicht hierbleiben, solange ich dusche? Weißt du was? Vergiss es. Wahrscheinlich sollte ich Tru fragen.«

»Was? Warum?« Bear klang beleidigt.

»Lila ist krank. Du hast noch nie auf ein krankes Kind aufgepasst.«

»Junge, du gehst unter die Dusche und bist nicht drei Stunden unterwegs. Ich bin in einer halben Stunde da. Versuch, bis dahin nicht in Panik zu geraten.«

Bear kam mit einer Reisetasche, die er Bones in die Hand

drückte, als er das Haus betrat. »Wie läuft's in der Daddy-Kita?«

»Sie schlafen noch. Danke, dass du gekommen bist.« Er öffnete die Reisetasche und schaute die Sachen durch. Mehrere T-Shirts, einige Jeans, Jogginghosen, Boxershorts und Socken waren in der Tasche. »Was hast du denn gemacht? Meinen Schrank leer geräumt?«

»Du hast ein spuckendes Baby. Glaub mir, du wirst das alles brauchen. Crystal hat gestern gespuckt. Da geht wohl was um. Jetzt schieb deinen Hintern unter die Dusche, damit ich zu meinem Mädchen zurückkomme.«

»Danke, Kumpel.« Bones ging unter die Dusche.

Der Dampf verstärkte den Fliederduft von Sarahs Duschgel und erinnerte ihn daran, wie gut sie sich anfühlte und welch sinnliche Laute sie von sich gegeben hatte. Von da war es nicht mehr weit, dass er sie sich nackt bei ihm unter der Dusche vor-stellte, ihren Mund auf seinen Piercings und weiter unten. Toll, jetzt war er wieder hart. Er drehte das kalte Wasser weiter auf. Jetzt fror er und war hart. Er presste die Kiefer aufeinander und zwang sich, an Bear zu denken, der draußen im Wohnzimmer auf ihn wartete.

Das hatte die gewünschte Wirkung.

Zehn Minuten später war er sauber, angezogen und bedankte sich bei Bear. »Echt cool, dass du noch geblieben bist.«

»Du bist wirklich überfürsorglich, weißt du das? Was glaubst du denn, wie Sarah duscht?«

»Nackt«, sagte er, damit er den Mund hielt.

Bear schmunzelte.

»Ich habe keine Ahnung, wie sie das alles unter einen Hut bekommt«, gestand Bones. »Das sieht bei ihr alles so leicht aus. Aber, Mann, sie vertraut mir das Wichtigste in ihrem Leben an. Ich will nichts falsch machen.«

Bear schnaubte. »Junge, du hast in deinem ganzen Leben noch nie etwas falsch gemacht.«

»Und ob ich das habe.« Die Fähigkeit, auf Distanz zu gehen, war in vielerlei Hinsicht schwierig. Nicht nur, dass er nicht da gewesen war, als sein Vater einen Schlaganfall hatte, er hatte sich auch in keinem der beiden Familienunternehmen jemals die Hände schmutzig gemacht, obwohl er gleichberechtigter Partner war. Er schoss Kapital zu, wenn sie expandieren wollten oder renovieren mussten, aber er hatte nach dem Medizinstudium direkt angefangen zu praktizieren. Nicht mit seiner Familie im Schützengraben zu liegen, bereitete ihm ein gewisses Schuldgefühl – und das war nicht einmal halb so groß wie die Schuld, die er wegen Thomas' Tod empfand.

»Du hast deinen Anteil an Schwierigkeiten gehabt, als du jung und dickköpfig warst, wie wir alle«, sagte Bear. »Aber du machst nichts falsch. Ich wette, du hast schon herausgefunden, auf welchen Internetseiten du nachlesen kannst, wie du Lilas Windel richtig wechselst oder was die richtige Gutenachtgeschichte ist.«

Ein tiefes Lachen dröhnte aus Bones' Brust. »Du bist ein Idiot.«

»Was wohl so viel heißt wie, ich habe recht. Fährst du morgen mit uns? Wir wollen nach Capshaw Island.« Capshaw Island war ein kleiner Fischerort etwas über eine Stunde entfernt und war hauptsächlich bekannt für die Wildpferde, die seit Hunderten von Jahren schon auf der Insel lebten.

Mit dem Gedanken an Sarah sagte er: »Dieses Mal nicht, danke.«

Bears Mundwinkel zog sich nach oben. Er fuhr sich durch seine vollen dunklen Haare, während seine Augen verschmitzt funkelten. »Hoffnung auf eine kleine Mommy-Nummer?«

»Pass auf, was du sagst.«

»Was denn? Glaubst du, es ist ein Geheimnis, dass ihr zwei scharf aufeinander seid?«

»Nein, aber mach mal halblang. Mommy-Nummer?«

»Sie ist heiß, da besteht wohl kein Zweifel, aber sie ist auch eine Mutter und schwanger mit dem Baby von irgendeinem anderen Typen. Bist du sicher, dass du das willst?«

Bones presste die Kiefer aufeinander. Es war ihm verdammt egal, was die anderen dachten. »Ich war mir in meinem Leben noch nie sicherer.«

»Das dachte ich mir, aber du bist nur daran gewöhnt, dich mal gelegentlich mit einem Mädel zu treffen. Das hier ist Großfamilie auf einen Schlag.«

Bones' Nackenhaare richteten sich auf. Er blickte Bear unverwandt in die Augen und sagte: »Willst du damit sagen, dass ich mich gern vor der Verantwortung drücke? Siehst du im Moment irgendjemand anderen hier? Nein. Ich bin hier, Mann. Und ich werde nirgendwohin gehen.«

»Hey, Kumpel.« Bear trat mit erhobenen Händen einen Schritt zurück. »Was hat dich denn gerade gebissen?«

Bones wandte sich ab und rieb sich den Nacken. Er hatte nicht vorgehabt, auf Bear loszugehen, aber manchmal packte ihn dieses Schuldgefühl ... »Tut mir leid.«

»Nee, echt jetzt, was war das denn?«

Bones sah ihn wieder an. »Deplatzierte Wut. Ich war nicht da, als du mich nach Dads Schlaganfall gebraucht hättest. Ich dachte, du wolltest mir das vorhalten.«

»Willst du mich verarschen?« Bear ging – ungläubig lachend – ein paar Schritte weg. »Mann, du hast mich gefragt, ob du zurückkommen sollst. Ich habe gesagt, bleib an der Uni. Fertig. Der einzige Grund, warum ich das mit Sarah gefragt habe, ist, dass du so ein Typ bist, der alles erst bis in den hintersten Winkel erforscht, bevor er eine Entscheidung fällt. Weißt du noch, als du ein neues Motorrad kaufen wolltest? Du hast fast neun Monate gebraucht, bis du alle Modelle miteinander verglichen hattest. Du hast mich in den Wahnsinn getrieben damit. Ich verdiene mir meinen Lebensunterhalt damit, Motorräder zu entwickeln und zu reparieren, und du konntest meine Meinung nicht einfach hinnehmen? Und was war, als du deine anderen Fahrzeuge gekauft hast? *Monate!* Ein blödes Auto und ein Pick-up, und du tust so, als würdest du einen Einbruch in Fort Knox vorbereiten. Du hattest ein halbes Jahr lang kein Sofa in deinem Haus, nachdem du eingezogen warst. Ich sage einfach nur, dass du niemand bist, der schnell Entscheidungen trifft. Aber bei Sarah warst du dir vom ersten Tag an sicher. Du warst dir dessen vielleicht nicht bewusst, aber wir alle schon. Du wusstest rein gar nichts über sie. Du hast sie gesehen und *Bäm! Alles klar!* Das erwartet jeder von mir, aber nicht von dir.«

Bones würde die Wahrheit nicht leugnen und auch keine Entschuldigungen für seine Gefühle suchen.

»Ich möchte einfach nur, dass du vorsichtig bist«, sagte Bear etwas freundlicher. »Ich mag Sarah sehr und ihre Kinder sind großartig. Aber in unseren Adern fließt das gleiche Blut, und in meinem Verständnis steht das an erster Stelle. Wenn du dich auf etwas konzentrierst, gibst du alles. Das entspricht einfach deinem Wesen. Wenn du mal stirbst, wirst du alles bis ins letzte Detail recherchiert und geplant haben.«

Bones schmunzelte.

»Du lachst, aber glaub mir, Bruderherz. Wenn das jemand schafft, dann du. Ich will nicht, dass du derjenige bist, der alles von sich gibt und ein Leben plant, das ihm jederzeit wieder genommen werden könnte. Was wissen wir überhaupt über den Vater ihrer Kinder? Hm? Was ist, wenn er wiederkommt und die Kinder will?«

»Wir wissen, dass er ein verdammtes Arschloch ist, und wenn er es wagt, hier aufzutauchen, dann bekommt er es mit mir zu tun.«

Bear nahm einen Eltern-Ratgeber vom Couchtisch und winkte damit vor Bones herum. »Nein, er bekommt es mit *uns* zu tun.«

So war es bei den Whiskeys.

Er warf das Buch wieder auf den Tisch und sagte: »Alles klar zwischen uns oder willst du mir einen Arschtritt verpassen? Denn«, – er packte sich grinsend am Hintern – »ich kann keine blauen Flecken gebrauchen, wenn ich nach Hause gehe und meiner sexy Frau zeige, wie sehr sie mir gefehlt hat.«

»Alles klar zwischen uns. Danke, dass du gekommen bist.« Er streckte ihm die Hand entgegen, und als Bear sie ergriff, zog er ihn in eine Umarmung. »Und danke, dass du hinter mir stehst.«

»Unbedingt, Mann, hundert Prozent. Aber ich muss dich das fragen: Stimmt es, was man so über Schwangerschaftshormone sagt?«

»Bear«, warnte ihn Bones.

»Was? Ich hab gehört … die Libido in der Schwangerschaft …«

Bones verpasste ihm einen Schlag auf den Hinterkopf. »Sieh zu, dass du nach Hause kommst, Bear.«

»Sei vorsichtig, sonst kommt das Baby mit einer Delle im Kopf zur Welt.«

Bones holte aus, doch Bear duckte sich und ging lachend Richtung Tür.

»Ist ja gut, ich gehe ja schon.« Bones boxte Bear in den Arm, jagte ihn zur Tür hinaus und blieb erst auf der Auffahrt stehen. »Jetzt bist du zu weit gegangen, Mann. Viel zu weit.«

Bear stieg auf sein Motorrad und rief: »Hab dich lieb, Bruderherz. Und glaub nicht, dass ich nicht weiß, dass du mich nur nicht zusammenschlägst, weil du dann die Kinder nicht mehr hören würdest.«

»Da hast du verdammt recht. Jetzt hau ab und gib Crystal eine Umarmung von mir.«

»Lass mein Mädchen aus deinen Fantasien raus, sonst schlage ich dir den Schädel ein.« Bear setzte sich den Helm auf und fuhr weg.

»Idiot«, murmelte Bones, als er zum Haus zurückging.

Mist, das Motorrad hat vielleicht die Kinder aufgeweckt.

Der Gedanke ließ ihn innehalten. *Oh ja, ich bin voll dabei.*

Zwölf

Red stürmte zur Vordertür des Salons herein, gerade als Chicki am Ende des Tages abschließen wollte. Sie marschierte in ihren schwarzen Stiefeln und der Lederjacke durch den Laden und sah Sarah mit ernstem Blick an. »Bitte sag, dass du Überwachungskameras im Haus installiert hast.«

Sarahs Herz raste. »Warum? Was ist passiert?« Sie griff nach ihrem Handy, um nach einer Nachricht von Bones zu sehen. Seit fast zwei Stunden hatte sie nichts mehr von ihm gehört.

Red legte die Hand auf Sarahs und ein Lächeln erwärmte ihre grünen Augen. »Nichts Schlimmes, Kleines. Ich hätte nur niemals gedacht, dass ich meinen ausgeglichensten Sohn mal so völlig am Ende erleben würde.«

»Oh nein.« Sarah ließ die Schultern sacken. »Ich wusste, dass meine Kinder zu viel für ihn sein würden.« Sie hatte vorhin sogar Scott angerufen, um ihn zu fragen, ob er Bones ablösen könnte, falls sie einen Notruf bekäme, aber noch bevor sie fragen konnte, hatte Scott ihr erzählt, dass er mit Quincy feiern gehen würde und wohl erst spät – wenn überhaupt – nach Hause käme.

»Nein, Schätzchen. Sie sind genau richtig«, beruhigte Red sie. »Du hast die Achillesferse meines Sohns entdeckt. Er hat mich vorhin wegen Lila angerufen, und ich sage dir … Man könnte glauben, der Junge hat noch nie ein krankes Kind gesehen. Dabei ist er doch der Arzt!« Sie sprach eine Oktave tiefer weiter: »›Mom, woher weiß ich, ob sie zu lange schläft? Sie ist noch immer warm. Soll ich ihr ein kühles Bad machen?‹ Wayne hat tagtäglich mit Leben und Tod zu tun, aber wenn es um deine Kleinen geht«, Red machte einen *Wusch*-Laut und legte den Handrücken an ihre Stirn, »dann vergisst er alles.«

Sarah atmete erleichtert aus – und überrascht darüber, dass Bones seine Mutter angerufen hatte. »Ging es Lila schlechter? Ich habe seit etwa sieben Uhr nichts mehr von ihm gehört.«

»Ach, Schätzchen. Lila geht es gut, und Bones hatte alle Hände voll zu tun, als wir geredet haben. Während wir telefoniert haben, hat Bradley gerade Decken zur Treppe getragen und wollte runterrutschen.«

»Du meine Güte«, murmelte Sarah. »Das versucht er immer, wenn ich beschäftigt bin. Er weiß, dass er das nicht darf.«

Red verzog das Gesicht. »Ja, das hat Bones etwas zu spät gemerkt. Erst als Bradley das dritte Mal hinunterrauschte und schrie ›Mommy erlaubt mir das nie!‹, wurde ihm sein Fehler klar.«

»Er hat es ihm erlaubt?« *Bradley ist bestimmt schön aufgedreht, wenn ich nach Hause komme.*

»Ach, mach dir keine Sorgen«, sagte Red. »Er hat unten an der Treppe Kissen ausgelegt und ihn jedes Mal aufgefangen.«

Sarah nahm ihre Tasche. »Ich werde Bones wohl mal lieber erlösen. Der arme Kerl hatte keine Ahnung, in was er sich da hineinkatapultiert hat. Ich hoffe, er hat seine Joggingschuhe dabei«, sagte sie, als sie zur Tür ging.

»Warum?«, fragte Red.

»Weil er in Motorradstiefeln nicht so schnell wegrennen kann.«

Sie verließ den Friseursalon und bereitete in Gedanken eine Litanei von Entschuldigungen für Bones vor, während sie nach Hause fuhr.

Dort angekommen lauschte sie zunächst an der Haustür, konnte aber nichts hören. Sie wappnete sich für das Schlimmste, öffnete leise die Tür und ging hinein. Spielzeug und Kinderbücher lagen verstreut auf dem Boden, dazu einige saubere Windeln und eine offene Packung Feuchttücher. Zwei Schnabeltassen und eine Schale Cracker sah sie neben Bones' Handy auf dem Couchtisch. Sie hörte, dass die Waschmaschine lief und schaute in die Küche, wo sie wenig überrascht dreckiges Geschirr in der Spüle fand.

Die Unordnung und das Geschirr waren ihr egal, aber sie wusste, dass dies eine schlechte Idee gewesen war, und all diese Zeichen von Überforderung eines alleinstehenden Mannes bewiesen es.

Sie schluckte einmal kräftig, bevor sie den Flur entlangging und sich auf die Wut vorbereitete, die sich nach einem frustrierenden Abend mit einem kranken Baby und einem ungestümen Dreijährigen sicher angestaut hatte. Warum nur hatte sie zugelassen, dass Bones auf sie aufpasste?

Sie schaute die Kellertreppe hinunter, entdeckte einen Haufen Decken am Ende und fragte sich, wozu ihr kleiner Bengel Bones noch überredet hatte.

Mit einem Stoßgebet gen Himmel und der Hoffnung, dass Bones sie nicht vollkommen verabscheute, spähte sie nervös ins Schlafzimmer. Bones lag in Jogginghose und einem weißen T-Shirt auf dem Bett. Lila schlief tief und fest auf seiner Brust, eine winzige Hand an seiner Wange, die andere knuddelte den

Igel. Bradley lag schlafend quer über Bones' Beinen. Einen kräftigen Arm hatte Bones um Lila gelegt, und mit der anderen Hand hielt er einen ihrer Eltern-Ratgeber, in dem er gerade las. Ihr Innerstes zog sich zusammen, als er das Buch auf die Matratze legte und sich einen Finger an die Lippen hielt. Und noch heftiger schlug ihr Herz bei diesem liebevollen Blick in seinen Augen, als er mit den Fingern durch den Schopf ihres Sohnes fuhr. War es möglich, einen Moment einzufrieren? Einen Schnappschuss zu machen und ihn so millionenfach erleben zu können?

»Ich hatte Angst, mich zu bewegen«, flüsterte er mit einem seligen Lächeln.

Während sie gegen die Emotionen ankämpfte, die ihr die Kehle zuschnürten, stellte sie ihre Tasche auf der Kommode ab, um Lila in ihr Gitterbett zu legen. Als sie nach ihrer Tochter griff, berührte Bones ihre Hand. »Vielleicht solltest du sie nicht ins Bett legen. Nach ihrem Schläfchen war sie wieder warm. Ich hab meinen Kumpel Jonas, einen Kinderarzt, kommen lassen, damit er sie mal durchcheckt. Er glaubt, es ist nur ein Virus, aber sie braucht Schlaf, und immer wenn ich sie ins Gitterbett lege, fängt sie an zu weinen.«

»Du hast einen Hausbesuch machen lassen? Sie hat nur Fieber ...« *Bum, bum, bum.* Sie war sich sicher, dass er auch hören konnte, wie mit jeder Sekunde ihr Herz heftiger für ihn schlug.

»Man kann nicht vorsichtig genug sein.« Er zog sie herunter, so nah, dass sie den Apfelsaft in seinem Atem riechen konnte, was sie innerlich vor wohliger Wärme schmelzen ließ.

Er zog etwas stärker und brachte so ihre Lippen zu einem zärtlichen Kuss auf seine – und dann küsste er sie länger und wandelte die wohlige Wärme in weißglühendes Verlangen.

»Geh und mach, was immer du machen musst«, flüsterte er. »Außer abwaschen und aufräumen. Das mache ich morgen Früh. Und dann komm zurück.« Er klopfte neben sich auf die Matratze. »Wir warten hier.«

»Du … bleibst?«

Sein Lächeln schwand. »Es sei denn, du möchtest, dass ich gehe?«

»Nein«, erwiderte sie rasch und traute ihren Ohren kaum. »Ich dachte nur …« *Du hättest die Schnauze voll von uns.*

Er. Rannte. Nicht. Weg.

Sie versuchte, die Situation und den Mann zu begreifen, der immer wieder aufs Neue ihre Überzeugungen auf den Kopf stellte.

»Was ist, Süße?«

Ein winziger sorgenvoller Gedanke schlich sich in ihren Kopf und zwang sie, einen Schritt zurückzutreten. Sie schaute hinunter auf ihre schlafenden Kinder, um die Bones seine starken Arme beschützend gelegt hatte. Er wollte bleiben und sich um die Kleinen kümmern, nicht bleiben und ihr an die Wäsche. Was für ein verborgenes Motiv konnte er wohl haben, außer dass er ein Masochist war, der sich selbst um drei Uhr morgens mit einem schreienden Baby in den Wahnsinn treiben wollte?

Als hätte er ihre Gedanken gelesen, griff er wieder nach ihrer Hand und strich mit dem Daumen in langsamen Kreisen darüber. »Ich bin hier, weil ich bei dir *und* bei ihnen sein will. Ich weiß, dass es schwer ist, aber versuch, mit mir nach vorne zu schauen, nicht zurück über die Schulter, wo deine Vergangenheit zu deiner Gegenwart wird.«

Sie nickte und schluckte noch eine Flut von Gefühlen herunter. Er verstand sie so gut, sie musste gar nichts sagen.

»Es ist deine Entscheidung, Sarah. Ich kann gehen, oder du kannst voller Vertrauen springen und darauf vertrauen, dass ich dich auf der anderen Seite auffange.«

Es gab nur eine Antwort auf eine solche Bitte.

Nachdem sie sich fürs Bett fertig gemacht hatte, legte sie sich – mit rasendem Puls und kaum minder rasenden Gedanken – neben die drei.

Bones zog sie an seine Seite und drückte die Lippen an ihre Schläfe. »Danke, dass du mir vertraust.«

»Versprich mir nur, wenn du anfängst, dich wie in einer Falle zu fühlen oder überfordert, dass du es beendest, bevor es beängstigend wird. Ich will nicht, dass meine Kleinen erfahren müssen, was *beängstigend* heißt.«

Er küsste sie noch einmal und schloss die Augen. Er schwieg so lang, dass sie gedacht hätte, er wäre eingeschlafen, wenn sie nicht seinen streichelnden Daumen an ihrer Schulter gespürt hätte. Und dann huschte sein warmer Atem über ihre Haut, als er sagte: »Wenn es nach mir geht, werden sie das nie erfahren.«

Sarah wachte am nächsten Morgen auf, als sich die Matratze bewegte, und sie sah, dass Bones leise mit Lila auf dem Arm aus dem Bett stieg. Bradley lag ausgestreckt auf den Laken zwischen ihnen. Sie war die halbe Nacht wach gewesen und hatte versucht, sich zu beruhigen. Es war lange her gewesen, dass sie einen Mann in ihrem Bett gehabt hatte, und sie war eindeutig nicht an einen gewöhnt, der vollkommen zufrieden damit war, ihre Kinder im Arm zu halten, anstatt die Frau neben sich zu begrapschen. Ihr Ex hatte nie erlaubt, dass die Kinder bei ihnen im Bett waren. Er hatte darauf bestanden, dass sie sie nicht einmal stillte, und jetzt war da Bones, der mit ihnen kuschelte, als seien sie Teil seiner selbst. Schuldgefühle nagten an ihr. Sie hatte gehofft, ihm am vergangenen Abend mehr über ihre Vergangenheit erzählen zu können. Jetzt machte sie sich allerdings Sorgen, wie er reagieren würde, nachdem er diesen Schritt gegangen war, der sich größer und intimer anfühlte, als es irgendeine sexuelle Handlung jemals vermochte.

»Ich nehme sie.« Sarah schob sich an den Bettrand.

»Ich komme klar.« Bones drehte sich um und sah unfassbar gut aus mit seinen dunklen Haaren, die in alle Richtungen abstanden, den vollen Stoppeln, die seinen Kiefer bedeckten, und ihrem kostbaren kleinen Schatz, der an seiner Brust lag, als gehörte er dorthin.

Sie bemerkte sein Piercing unter seinem T-Shirt. Wie hatte sie das vorher übersehen können? Peinlich, aber wahr: Sie hatte die andere Hälfte der Nacht mit dem Versuch verbracht, nicht daran zu denken, wie er auf ihren Mund an seinen Brustwarzen und den Piercings reagiert hatte. Diese kleinen glänzenden Schmuckstücke an seinem gestählten Körper zu sehen, hatte sie zunächst schockiert, aber dann hatte der Anblick ihre Erregung noch gesteigert. Und seine Reaktionen hatten sie noch heißer gemacht. Die Piercings verrieten ihr so viel über ihn. Sie hatte Stripper mit Brustwarzenpiercings gekannt, und sie hatten ihr alle Vorzüge genannt. Zu wissen, dass Bones keine Angst vor ein wenig Schmerzen hatte, um seine Lust zu steigern, wäre beängstigend gewesen, wenn er jemand anderes wäre. Aber er hatte ihr gezeigt, wie vorsichtig er war, nicht nur mit ihr und ihren Kindern, sondern mit seinem Leben im Allgemeinen. Sie spürte, dass dies sein kleines erotisches Geheimnis war – und es gefiel ihr, Teil davon zu sein. Ihre Gedanken wanderten zurück zu dem Gefühl, seinen dicken harten Schaft an ihrem Oberschenkel und ihrer Hand zu spüren. Selbst durch seine Jeans hatte sie die Ausmaße fühlen können. Ein Hitzeschlag fuhr durch ihren Körper.

Sie musste ausgesehen haben, als würde sie fantasieren, denn Bones räusperte sich und hob eine Augenbraue. Ein wissender Ausdruck lag in seinem Blick, als er auf eine Stelle unterhalb seiner Brust deutete – wo sie immer noch hinstarrte – und auf einen großen nassen Fleck auf seinem T-Shirt hinwies, der Sarah in die brutale Realität zurückholte.

»Oh nein! Entschuldige!« *Als wäre es nicht genug, dass man auf dich erbricht, jetzt wurdest du auch noch angepinkelt?* Eine vertraute Panik ergriff sie, als sie aufsprang und insgeheim flehte, dass er vor den Kindern nicht ungehalten werden würde. Schlimmer noch, ihnen gegenüber, so wie Lewis.

»Leg dich hin und ruh dich aus, Süße. Das ist doch nichts. Ich mache sie sauber und gebe ihr eine neue Windel.« Er gab Lila einen Kuss und ihre Kleine wimmerte ein wenig. »Ihre Stirn ist nicht mehr so heiß, aber ich möchte ihr noch etwas von der Elektrolytlösung geben.« Er tat so, als würde er seinen Arm untersuchen. »Noch kein Ausschlag. Ich glaube, wir kommen noch mal davon.«

Er zwinkerte ihr zu, ging zur Kommode und wühlte in Lilas Schublade, während Sarah nur noch staunte.

»Mommy?« Bradley drehte sich herum und rieb sich verschlafen die Augen. Er schaute zu Bones auf und ließ den Blick über seinen großen, breiten Körper wandern. »Iieeh! Lila hat Pipi auf dich gemacht!«, sagte er laut und erschreckte Lila so, dass sich ihr Jammern zu einem Geschrei steigerte.

Bones versuchte, Lila zu beruhigen, indem er sie schaukelte und beruhigend auf sie einsprach, während er ihr über den

Rücken streichelte.

»Ich muss aufs Klo!« Bradley sprang aus dem Bett und rannte in den Flur, woraufhin Lila erneut losschrie.

»Tut mir leid!« Sarah eilte hinter Bradley her.

Bevor sie aus dem Schlafzimmer rennen konnte, ergriff Bones ihre Hand und zog sie näher. Ihr Mommy-Gehirn jagte noch hektisch hinter Bradley her, um sicherzugehen, dass er das Klo nicht zu spät erreichte. Aber in der nächsten Sekunde lagen Dr. Whiskeys Lippen auf ihren, beruhigten mit einem langen, sinnlichen Kuss die Mommy-Seite in ihr und schürten – trotz der jammernden Laute ihrer Kleinen – die weiblichen Sehnsüchte, die sie die ganze Nacht versucht hatte zu unterdrücken. Sie wusste, dass Lila in Sicherheit war, auch wenn sie im Moment unglücklich war, und im Ernst, was war denn schon dabei, wenn bei Bradley etwas danebenging? Sarahs Knie wurden ganz weich und ihre Brustwarzen wurden zu brennenden harten Spitzen. Als sich ihre Lippen schließlich voneinander lösten, gab es in ihrem von Lust benebelten Hirn keinen Platz mehr für Stress wegen irgendetwas.

Lila klammerte sich an den Ausschnitt von Bones' T-Shirt. »Tut mir leid, meine Kleine. Deine hinreißende Mama brauchte nur gerade einen Guten-Morgen-Kuss, um sie daran zu erinnern, dass es nichts gibt, was wir nicht schaffen.«

Langsam und bedacht glitt er mit den Fingern über Sarahs Wange, als er sagte: »Guten Morgen, meine Schöne.«

Bevor sie ihre rasenden Gedanken so weit unter Kontrolle gebracht hatte, dass sie antworten konnte, raste Bradley auch schon wieder ins Schlafzimmer, warf sich auf das Bett und fing unmittelbar an, wie ein Duracell-Hase herumzuhüpfen.

»Komm, wir waschen die beiden und ziehen sie an«, meinte Bones mit einem Lächeln. »Und dann mache ich Frühstück, während du dich fertig machst.«

»Du musst verrückt sein, wenn du immer noch bleiben willst.« Das war nur zum Teil als Scherz gedacht.

Er gab ihr einen kurzen Kuss auf den Mund und sagte: »Eine verrückte Klette, meine Liebe. Jetzt lass uns loslegen, bevor hier richtig die Post abgeht.«

Dreizehn

Lilas Fieber war am Sonntagnachmittag verschwunden, und am Montag strahlte sie wieder wie gewohnt – was auch gut war, denn Bones war bemüht um sie wie eine frischgebackene Mutter. Nun, am Donnerstagnachmittag, war Sarah mit den Mädels im Whiskey Bro's und plante die Geburtstagsparty für Lila und Bones. Sarah strich über ihren Babybauch und dachte daran, wie Bones jeden Abend aufgetaucht war, um Scott bei den letzten Dingen im Keller zu helfen, wie er auf seinem Motorrad vorgefahren kam und mit seiner Lederjacke so tough aussah, der Jeans, die ihn an wirklich allen Stellen umschmiegte, diesen schwarzen Stiefeln, die ihn noch größer machten, und dem Helm unter dem Arm. Sie wurde ganz nervös und erregt, wenn sie nur seinen selbstbewussten Gang sah, und wenn dieses freche Lächeln seine Lippen umspielte – die Lippen, nach denen sie bereits süchtig war –, dann war es ihr unmöglich, keine Fantasien über den Rest von ihm zu entwickeln. Zum Glück schien Bones ebenso oft an sie zu denken, denn nach ihrer Arbeit im Keller blieb er jedes Mal noch, um die Kinder mit ihr ins Bett zu bringen. Und sie zum Schreiben zu ermutigen – sie hatte immer noch nicht die Inspiration gefunden, damit anzufangen, auch wenn sie ständig für alle Fälle ein Notizbuch in ihrer Tasche mit sich trug – und sie auf die herrlichsten Weisen daran zu erinnern, dass sie nicht nur Mutter, sondern auch Frau war. So gern sie mit Scott zusammenlebte, so kam sie sich doch allmählich so vor wie diese Teenager, an die sie sich aus ihrer Schulzeit erinnerte und die sich immer in leere Klassenräume schlichen, um rumzumachen. Nur dass es solche Räume in ihrem Haus nicht gab, was bedeutete, dass sie und Bones dazu verdammt waren, angezogen zu bleiben, für den Fall, dass Scott das Zimmer betrat. Außerdem gab es keine einfache Art für Trockensex mit ihrem Babybauch zwischen ihnen. Jeden Abend ging sie erregt und voller Verlangen ins Bett. Wenn sie nicht bald Zeit mit ihm allein bekam, würde sie noch ihren Verstand verlieren.

»Hallo-o …« Dixie fuchtelte vor Sarahs Gesicht herum und riss sie aus ihren Fantasien, um ihre Aufmerksamkeit wieder auf ihr Gespräch zu lenken. »Wow, du hast diesen Blick drauf, den Bullet auch hat, wenn er Finlay anstarrt, und dabei ist Bones nicht einmal im Raum.«

Finlay und Bullet waren gerade aus ihren Flitterwochen zurückgekehrt. Die Frauen hatten die ersten zwanzig Minuten ihrer Verabredung zum Mittagessen damit verbracht, ihre Fotos von den Flitterwochen anzuschauen, die sie auf Elpitha Island vor der Küste von North Carolina verbracht hatten. Auf der Insel gab es keine Autos, und die Mädels amüsierten sich über Bilder von Bullet auf einem Zehn-Gang-Fahrrad. Tinkerbell war auf fast jedem der Bilder mit ihnen zu sehen, und auf jedem hielten Bullet und Finlay Händchen, küssten oder berührten sich auf irgendeine Weise. Sarahs Gedanken hatten sich auf gefährliches Terrain begeben, als sie sich fragte, wie es wohl wäre, diese Art von Zweisamkeit mit Bones zu genießen – wenn sie nicht schwanger wäre. Würden sie gar nicht die Hände voneinander lassen können? *Würden wir überhaupt jemals das Schlafzimmer verlassen?*

Finlay schaute über die Schulter zu Bullet, der hinter dem Tresen stand und mit Jed redete.

Bullet sah zu ihr hinüber und hob das Kinn. »Kann ich was für dich tun, Lollipop?«

»Immer«, antwortete Finlay säuselnd und wandte sich dann wieder den Mädels zu: »Ich glaube, Sarah leidet an einem schlimmen Fall von Whiskey-Fieber.«

Dixie verdrehte die Augen. »So was gibt es doch gar nicht.«

Crystal, Gemma und Finlay sahen sie ungläubig an und gaben einstimmig von sich: »Oh doch, das gibt es.«

»Ich habe kein Whiskey-Fieber«, widersprach Sarah. »Das sind einfach nur die Schwangerschaftshormone.«

»Ja, klar.« Mit einer kurzen Kopfbewegung warf Crystal sich die pechschwarzen Haare aus dem Gesicht und offenbarte ihre vor Schalk funkelnden blauen Augen. »Und wann hast du diesen ›Schwangerschaftshormonen‹ das letzte Mal nachgegeben?«

»Das willst du gar nicht wissen«, murmelte Sarah und dachte zurück an den Abend, an dem sie schwanger geworden war, und an den grauenvollen Abend, der sich einige Wochen später ereignet hatte. Wenn sie ehrlich zu sich selbst war, dann konnte sie sich nicht daran erinnern, jemals ihren Gefühlen oder ihren Hormonen nachgegeben zu haben – außer mit Bones. Vielleicht war es zu Beginn mit Lewis so gewesen, aber es waren nie dieses hitzige, tiefe Verlangen und diese Gefühle gewesen, die sie bei Bones empfand. Sie hatte nie erlebt, dass eine Beziehung ebenso wohltuend und wunderbar wie auch sinnlich und aufregend sein konnte.

Isabel riss die Augen auf. »So lang? Bist du schon in dein

neues Schlafzimmer umgezogen, damit du ... du weißt schon ...?«

Mehrere Nächte hatte sie wachgelegen und daran gedacht, wie dieses *Du weißt schon* wohl wäre, wenn sie etwas Privatsphäre hätten. »Der Teppich im Keller wurde gerade gelegt. Scott ist jetzt zu Hause und nimmt die Möbellieferung entgegen. Mein Schlafzimmer sollte also heute Abend stehen.« Die Kinder würden erst mal ihr jetziges Schlafzimmer miteinander teilen, Sarah nahm Scotts Zimmer und Scott sollte nach unten ziehen. Wenn das Baby da wäre, würde es in ihrem Zimmer schlafen, damit es die Geschwister nicht aufweckte.

»Bist du aufgeregt?«, erkundigte sich Gemma.

Isabel strich sich die kurzen dunklen Haare hinter das Ohr und sagte: »Das wäre ich auf alle Fälle. Ich kann mir nicht vorstellen, permanent ein Schlafzimmer mit Kindern zu teilen. Wie soll man sich denn um seine Lustperle kümmern, wenn man das Bedürfnis verspürt?«

»Izzy!«, schimpfte Finlay mit ihr, deren Wangen so rot glühten, wie Sarahs sicher auch.

»Du meine Güte, ihr seid echt ...« Bis Bones auf der Bildfläche erschienen war, hatte sie nicht mehr selbst Hand angelegt seit der Zeit vor Lewis. Aber sie war sich sicher, dass jeder Atemzug von Bones eine direkte Verbindung zu ihrer sehr einsamen Lustperle hatte. Ein Hoch auf die Privatsphäre unter der Dusche. Aber das würde sie in Gegenwart von Isabel und Dixie nicht erwähnen, die über Sex so offen redeten wie Finlay über ihre Liebe zu Bullet.

»Was?«, fragte Isabel lachend. »Du bist mit einem Typen verheiratet, der dich gefragt hast, ob du eine Runde Rodeo auf einem Bullet-Hengst reiten willst, und das hier bringt dich in Verlegenheit?«

»Psst!« Finlay schlug die Hände vors Gesicht und brachte alle damit zum Lachen.

Gemma verdrehte die Augen und sagte: »Jetzt mal im Ernst, Sarah. Freust du dich, endlich dein eigenes Zimmer zu bekommen?«

Und ob sich Sarah freute. Doch ihre neue Wohnsituation machte sie auch nervös. Vor allem wegen der Möglichkeiten zum … *Du weißt schon.* Obwohl sie nicht so recht wusste, wie sie das mit Scott im Haus angehen sollte oder was sie davon halten sollte, dass er über ihr Sexleben Bescheid wissen würde. Denn er würde sich ja darüber im Klaren sein, warum Bones über Nacht blieb. »Es wird seltsam werden, nachdem ich so lange mit den Kindern im selben Zimmer geschlafen habe.«

»Nein, das wird wunderbar, denn dann habt ihr einen Ort, an dem ihr es miteinander treiben könnt«, meinte Crystal augenzwinkernd.

»Können wir bitte nicht darüber reden, dass mein Bruder es mit irgendjemandem treibt?« Dixie lehnte sich auf ihrem Stuhl zurück, schlug ihre langen Beine übereinander und schlenkerte ihren mit High Heels bekleideten Fuß auf und ab.

»Ja, bitte!«, flehte Sarah und war froh, dass ihr eine Atempause in Sachen peinlicher Themen vergönnt war. Sie war sich hundertprozentig sicher, falls – *wenn*, denn sie wollte es wirklich – sie und Bones Sex haben würden, sie es richtig miteinander treiben würden.

»Klar«, sagte Gemma. »Wie wäre das? Sarah, du und Bones, ihr werdet einen Ort haben, an dem ihr euch hinter verschlossenen Türen einen lieblichen Abend lang Geheimnisse anvertrauen könnt.«

»Und es miteinander treiben könnt«, fügte Crystal grinsend hinzu.

Dixie gab ihr einen Klaps.

»Du bist nur neidisch, weil du eine Durststrecke hast«, ärgerte Isabel sie.

Alle Mädels sahen Dixie an.

»Versuch du doch mal, mit jemandem auch nur zu flirten, wenn ein Haufen kräftiger Schwachköpfe auf dich aufpasst«, sagte Dixie.

»Dann nimm dir doch Scott«, sagte Crystal. »Der ist hinreißend und du hängst sowieso die ganze Zeit mit ihm rum.«

Sarah zuckte innerlich zusammen. »Hört auf. Nicht, dass ich etwas gegen die Vorstellung hätte, dass Dixie und Scott … Aber es wäre schon seltsam, wenn einer von uns da … du weißt schon … wenn wir beide da wohnen.«

»Ich werde sicher nichts mit Scott anfangen«, sagte Dixie so laut, dass Bullet herüberschaute und sagte: »Da hast du verdammt recht.«

Dixie zeigte ihm den Mittelfinger. »Scott ist erwachsen«, sagte Isabel und lenkte das Gespräch wieder auf Sarah. »Der wird flachgelegt wie jeder andere auch. Er weiß, dass ihr Zeit für euch braucht, du und Bones, und ich bin sicher, es macht ihm nichts aus. Er wird schon nicht an der Tür lauschen.«

»Oh nee. Die Vorstellung kann ich jetzt gar nicht gebrauchen.« Sarah sackte noch etwas tiefer auf ihrem Stuhl in sich zusammen.

Scott hatte ihr mehr als einmal gesagt, dass er Bones wirklich mochte. Er hatte sogar hinzugefügt, dass er ihn als *Zukünftigen* für seine kleine Schwester akzeptieren würde. Als Scott ihren Bauch tätschelte, hatten sie herzlich über die kleine Mitgift gelacht. Sie wusste, dass er ihre Privatsphäre respektieren würde. Doch obwohl sie davon träumte, mit Bones zu schlafen, und ihr Fantasien durch den Kopf gingen, in denen sie alle möglichen unanständigen Dinge mit seinem gestählten Körper anstellte und er mit ihrem, so machte es sie doch auch vollkommen nervös. Es war eines, jemand anderen zu wollen, und etwas gänzlich anderes, sich zu überlegen, wie man mit einem stetig wachsenden Babybauch Sex hatte. Sie konnte sich nicht vorstellen, dass es besonders sexy sein könnte. Ganz abgesehen von der Tatsache, dass sie eigentlich in ihrem ganzen Leben noch nie richtig mit jemandem *Liebe gemacht* hatte. Was, wenn sie alles falsch machte?

»Im Ernst, du und Bones, ihr braucht Zeit für euch allein«, sagte Crystal entschieden. »Bear hat gesagt, Bones war auf dem Clubtreffen am Montagabend richtig unruhig.«

Bones hatte ihr mehrere Male von dem Treffen aus Nachrichten geschickt, in denen er sich nach den Kindern erkundigt hatte, ihr gesagt hatte, dass er sie vermisste, und dass er wünschte, er wäre bei ihr statt auf dem Treffen. Alles, was er tat, schob die Sorgen, die sie geplagt hatten, weiter fort.

»Wahrscheinlich war er erschöpft, nachdem er Samstagnacht bei meinen Kindern geschlafen hat und sie Sonntagnachmittag die ganze Zeit auf ihm gelegen haben«, sagte sie. »Lila schlief auf seinem Bauch ein, als er auf der Couch las, und er hat sich geweigert, sie in das Gitterbett zu legen. Er hatte Angst, sie würde aufwachen und nicht wieder einschlafen. Er sorgt sich so sehr um sie, und ich schwöre: Er hat Bradleys Temperatur an dem Wochenende mindestens ein Dutzend Mal geprüft, meistens indem er ihm beiläufig auf die Stirn küsste, als wüsste ich nicht, was er da tut.«

Gemma seufzte. »Ist das nicht toll? Man kann einem Kerl nicht vorhalten, dass er Kinder liebt.«

»Vor allem wenn es nicht seine eigenen sind. Ich bin immer ganz hin und weg, wenn er so süß zu ihnen ist«, gestand Sarah, behielt aber für sich, was er sonst noch so bei ihr anrichtete. Sie hätte ihm am liebsten die Kleider vom Leib gerissen, aber sie hatten nur die Gelegenheit gehabt, ein paar Minuten im Wäscheraum zu verschwinden, um heftig zu knutschen, als die Kinder Fernsehen schauten. Eine Gänsehaut legte sich auf ihre Arme, wenn sie nur daran dachte, wie sich seine harte Länge an ihren Oberschenkel drückte, und wie sehr sie sie in der Hand, im Mund, in ihr hätte spüren wollen.

»Scott ist doch ein großartiger Babysitter. Kann er nicht einmal über Nacht auf sie aufpassen?«, fragte Gemma.

»Doch, kann er, aber ich möchte ihm nur ungern diese Verantwortung aufbürden, und ich habe sie noch nie über Nacht alleingelassen.«

»Noch nie?«, hakte Gemma nach.

Sarah schüttelte den Kopf. »Unser Leben war für Übernachtungsdates oder so etwas nie sehr förderlich. Bevor Bones mich neulich ausgeführt hat, war ich noch nie auf einem richtigen Date gewesen.«

Die Mädels sahen sie erstaunt an.

»Wann gehst du wieder mit Bones aus?«, wollte Crystal wissen.

»Am Samstagabend ist er im Parkvale Women's Shelter tätig. Er hat gefragt, ob wir danach ausgehen. Ich würde gern dort im Frauenhaus ehrenamtlich mit ihm arbeiten, aber Scott hat etwas vor, und ich habe Babs noch nicht gefragt, ob sie babysitten kann.«

»Vergiss Babs«, sagte Finlay. »Wir passen über Nacht auf sie auf. Bullet und ich wollen bald eine eigene Familie gründen. Was für eine bessere Vorbereitung als Babysitten gibt es da schon?«

»Im Ernst?«, fragte Sarah. »Das kann ich euch nicht

zumuten. Ihr kommt gerade erst aus den Flitterwochen, und die Kinder sind die ultimativen Sexbremsen.«

»Hast du meinen Kerl mal mit Gemmas Kids gesehen?«, sagte Finlay. »Kinder sind so ziemlich das Einzige, was er mehr liebt als Sex.«

»Bear und ich helfen auch gern«, sagte Crystal. »Wir können über Nacht bleiben.«

»Ich arbeite«, sagte Isabel. »Sonst hätte ich mich auch angeboten.«

»Tru und ich könnten mit den Kindern für ein paar Stunden vorbeikommen, dann können Bradley und Kennedy miteinander spielen«, bot Gemma an.

»Augenblick mal«, unterbrach Dixie sie. »Auf keinen Fall wird irgendjemand von euch mit einem von euren riesigen Männern auf einer Couch schlafen können. *Ich* bleibe über Nacht bei den Kindern. Gemma kann ihre Kinder zum Spielen bringen«, sagte sie. »Und ihr anderen dürft uns alle besuchen und etwas bleiben, aber ihr müsst nicht übernachten.«

»Das ist ja alles sehr nett, aber es fühlt sich merkwürdig an«, meinte Sarah. »Als würde ich planen, ihn zu bespringen oder so.«

»Tja«, meinte Crystal lachend, »genau darum geht es doch, oder?«

»Manchmal muss man auch das planen.« Gemma legte ihre Hand auf Sarahs. »Gerade wenn man kleine Kinder hat.«

Finlay brach in prustendes Gelächter aus, schlug die Hand vor den Mund und schaute sich schnell im Raum um. »Tut mir leid«, stieß sie hinter der Hand hervor. »Mir wurde nur gerade klar, dass Dixie nicht unbedingt wissen wollte, was du mit ihrem Bruder treibst, und jetzt ist sie diejenige, die bei dir auf die Kinder aufpasst.«

»Sie *verraten sich Geheimnisse*, wenn du dich recht erinnerst?«, fuhr Dixie sie an.

»Schreib Bones«, schlug Finlay aufgeregt vor. »Sag ihm, dass du Samstagabend Zeit hast. Er wird ausrasten!«

Nervös schrieb Sarah ihm eine Nachricht. *Dixie passt am Samstag auf die Kinder auf, also kann ich mit dir ausgehen. Aber ich würde mich auch gern mit dir im Frauenhaus engagieren, wenn es dir nichts ausmacht.* Sie beschloss, nichts davon zu erwähnen, dass Dixie angeboten hatte, über Nacht zu bleiben, denn was immer auch passierte, sie würde Bones am Samstagabend ihre wahren Geheimnisse anvertrauen, und sie war sich nicht sicher, ob er sie danach noch sehen wollte. Zumindest konnte sie sich so, falls sie Schluss miteinander machten, dann noch ein paar Stunden in ihrer Traurigkeit suhlen, bevor sie wieder Mommy war.

Nachdem sie die Einzelheiten besprochen hatten, damit Sarah und Bones *sich ihre Geheimnisse verraten* konnten, lenkte Finlay das Gespräch wieder auf den eigentlichen Grund ihres Treffens: die Geburtstagsparty für Bones und Lila. Während die Frauen über Ballons, Kuchen und Spiele redeten, dachte Sarah an ihr bevorstehendes Date mit Bones. Ihr Herz zog sich schmerzhaft zusammen, wenn sie nur daran dachte, dass er sie vielleicht nicht mehr sehen wollte, nachdem sie ihm den Rest ihrer Geschichte erzählt hatte. Immer wenn sie versucht hatte, sich ihm zu offenbaren – und es hatte viele Momente gegeben – , hatte sie dem Wunsch nachgegeben, nur noch eine Stunde, noch einen Abend mit ihm zu haben. Sie hatte es lang genug vor sich hergeschoben. Das Schuldgefühl fraß sie auf.

Es war an der Zeit, reinen Tisch zu machen, auch wenn das bedeutete, ihn zu verlieren.

Vierzehn

Bones engagierte sich schon seit Jahren ehrenamtlich im Parkvale Women's Shelter, und obwohl es am Rand einer zwielichtigen Gegend lag, war er nie beunruhigt, wenn er dorthin ging. Das Backsteingebäude stand neben einer Tankstelle in einer Seitenstraße und sah eher wie ein zweigeschossiges Wohngebäude aus und nicht wie ein Frauenhaus. Eine Kameraüberwachung lief rund um die Uhr und die Polizei fuhr in der Gegend regelmäßig Streife. Es hatte in dem Haus schon sehr lange keine Zwischenfälle mehr gegeben, und es gab eigentlich keinen Grund dafür, dass ihm die Nackenhaare zu Berge standen, als er mit Sarah auf dem Beifahrersitz hinter dem Gebäude sein Auto abstellte.

Und doch war es so.

Sarah hatte die letzte halbe Stunde permanent an dem Saum ihres dicken grauen Sweatshirts herumgefummelt. Mehrere Male hatte er gefragt, ob sie es sich anders überlegt hätte, aber sie wiederholte, dass sie sich im Frauenhaus engagieren wollte, auch wenn sie sich nur mit einigen der Bewohnerinnen unterhielt.

Er half ihr aus dem Auto und zog sie in seine Arme, denn er erinnerte sich daran, wie viel Angst sie all die Jahre zuvor gehabt hatte, zu einer Notunterkunft zu gehen, als ihre Freundin sie stattdessen zu einem Busbahnhof gefahren hatte.

»Sarah, wir müssen das nicht machen. Wenn es zu viele böse Erinnerungen wachruft, können wir sofort wieder einsteigen und nach Hause fahren.«

Sie hob das Kinn und eine Haarsträhne fiel ihr ins Gesicht. Als er sie zur Seite schob, versetzte der Blick in ihren Augen ihm einen schmerzhaften Stich. Er sah Angst, ja, aber auch Traurigkeit, und hinter all dem leuchtete die Stärke, die es ihr möglich gemacht hatte, so viel in ihrem Leben zu überstehen.

»Mir geht es gut«, sagte sie. »Ich will das wirklich, auch wenn ich nervös bin. Die Frauen in dem Haus müssen wissen, dass es Hoffnung gibt, und ich kann ihnen dabei helfen, das zu sehen. Ich bin der lebende Beweis dafür, dass der Punkt, an dem sie jetzt stehen, nicht ihre Endstation sein muss.«

Sie erstaunte ihn in vielerlei Hinsicht immer wieder – nicht nur, weil sie es irgendwie gelernt hatte, eine unglaubliche, liebevolle Mutter zu sein, obwohl sie kein positives Vorbild gehabt hatte, was an sich schon eine Leistung war. Sondern auch, weil sie Verantwortung übernahm, selbst jetzt, obwohl sie gar nicht zuständig war. Ihre unerbittlichen Anstrengungen, ihre Vergangenheit zu überwinden und anderen zu helfen, ließen sie noch kraftvoller erscheinen als die stärksten Männer, die er kannte.

Er küsste sie zärtlich und sagte: »Wo bist du mein ganzes Leben lang gewesen, Sarah Beckley? Ich wünschte, wir hätten uns vor Jahren kennengelernt.«

Sie senkte den Blick, lächelte dann aber doch zu ihm auf und sagte: »Angesichts der Tatsache, dass ich erst sechsundzwanzig bin und du irgendwas in den Dreißigern …?«

»Irgendwas«, bestätigte er schmunzelnd.

»Angesichts der Tatsache, dass du irgendwas in den Zwanzigern warst, als ich von zu Hause wegging, denke ich, dass das Schicksal doch einen Plan hatte. Ansonsten hättest du mich damals als Minderjährige angesehen, und das wäre es dann gewesen. Wir wären vielleicht nie dahin gekommen, wo wir jetzt sind.« Sie sah an dem Gebäude hinauf und sagte: »Zumindest gehe ich nicht allein über diese Brücke. Ich habe dich an meiner Seite, und das ist mehr, als ich je hatte, wenn ich in der Vergangenheit in so ein Heim gegangen bin. Also, lass uns sehen, wem wir helfen können.«

Er hatte einen Arm um sie gelegt und ließ den Blick prüfend über die Umgebung schweifen, als sie zur Vorderseite des Gebäudes gingen. Es war kein geheimer Zufluchtsort, auch wenn Bones schon in vielen gewesen war. Die Dark Knights halfen dabei, Peaceful Harbor zu einer sicheren Stadt frei von Missbrauch und Einschüchterung zu machen, und sie waren bei vielen Gelegenheiten eingeschritten, um Frauen oder Kindern ein sicheres Verlassen ihres Zuhauses zu ermöglichen.

»Ich bin froh, dass du hier bist«, sagte er, als sie den Eingang erreichten. »Als ich anfing, mit Frauenhäusern zu arbeiten, ging ich davon aus, mit einer gewissen Verzweiflung, Verlegenheit, Selbsthass und anderen unverdienten Gefühlen konfrontiert zu werden. Das war auch so, aber ich habe herausgefunden, dass über allem die Hoffnung strahlte. Manche der Frauen und Kinder brauchten etwas länger, um das anzunehmen, aber ich staune immer wieder über die Macht der Hoffnung.«

Sie sah ihn nachdenklich an. »So habe ich das noch nie gesehen, aber du hast recht. Ich bin auch froh, dass ich hier bin.«

Er hielt Sarah die Tür auf und sie verharrte kurz. Dann nahm sie seine Hand, hielt sie ganz fest und nahm den unauffälligen Flur in sich auf, bevor sie die Treppe hinauf zum Eingang des Frauenhauses im ersten Stock gingen.

Er gab seinen Code ein und der Schlossmechanismus klickte. Sarah drückte seine Hand noch etwas fester.

Drinnen kam Sunny, die Tochter von Eva Yeun, um den Empfangstresen herum und begrüßte sie. »Hi, Bones, schön, dass du es geschafft hast.« Sie umarmte ihn. Sein beeindruckender Körper ließ die kaum eins sechzig kleine und zierliche Sunny wie ein winziges Vögelchen erscheinen. »Und du musst Sarah sein. Wir Frauen duzen uns hier alle, ich hoffe, das ist okay für dich? Bones hat mir erzählt, dass er eine ganz besondere Freundin mitbringt.« Sie warf sich die seidenschwarzen Haare über die Schulter, schob die runde Brille auf der Nase hoch und breitete die Arme aus. »Ich umarme immer gern alle, aber ich weiß, dass das nicht jedem recht ist. Du entscheidest.«

Sarah beugte sich vor, und obwohl sie wirkte, als sei ihr etwas unbehaglich zumute, umarmte sie sie. »Hallo. Danke, dass ich heute mitkommen durfte. Ich bin mir nicht ganz sicher, wie ich helfen kann, aber ich bin eine wirklich gute Zuhörerin.«

»Genau das brauchen die meisten unserer Bewohnerinnen«, sagte Sunny, während sie um den Tresen herumeilte und einen Stapel Akten auf den Arm nahm. »Aber lass mich erst Bones auf den Abend vorbereiten. Einige Frauen und Kinder würden dich gern sehen. Besonders Sorgen mache ich mir um einen kleinen Jungen. Er ist vier und etwas blass, aber seine Mutter wollte nicht mit ihm zum ärztlichen Notdienst. Sie hatte noch einen Kleinen bei sich, aber er sah gesünder aus. Ihre Akte liegt obenauf.«

Viele der Frauen lehnten eine Behandlung ab, aber wenn es um ihre Kinder ging, waren sie für gewöhnlich offener dafür.

»Ich rede zuerst mit ihnen. Die Mom ist ängstlich?«, erkundigte Bones sich.

»Eher eine wütende Löwin, überzeugt davon, dass ihr jeder die Kinder wegnehmen will. Geh behutsam vor. Sie verteidigt ihre Jungen mit Klauen und Fängen.«

Bones nickte und wandte sich an Sarah. »Wenn du mich brauchst, sag einfach Sunny Bescheid.«

»Ich komme klar«, versicherte Sarah ihm.

Die Art und Weise, mit der sie das sagte, verriet ihm, dass sie sich innerlich überwunden und ihre Ängste unter Kontrolle gebracht hatte. Er beugte sich zu einem Kuss hinunter und sagte: »Danke, Süße.«

»Ihr zwei seid ja echt niedlich!« Sunny schob Bones Richtung Flur, der zu dem Büro führte, in dem er die Untersuchungen vornahm. »Meine Mom wartet dahinten auf dich. Sie wird alle hineinrufen und ihnen dann Lappen in die Hand drücken, damit sie den Sabber vom Anschmachten aufwischen können.«

Bones verdrehte die Augen und ging über den Flur zum Büro.

Sunny lehnte sich ganz nah an Sarah und sprach leiser weiter: »Als wenn er nicht wüsste, dass selbst Frauen, die durch die Hölle gegangen sind, ein Auge für heiße, nette Kerle haben. Komm, ich führe dich ein bisschen herum und stelle dich einigen der Bewohnerinnen vor. Wann kommt dein Baby?«

»Mitte Februar. Hast du Kinder?«, fragte Sarah, als sie einen anderen Flur entlanggingen.

»Nein, ich bin in der Vergangenheit nicht besonders respektvoll mit mir selbst umgegangen, und ich arbeite daran, bevor ich mit dem Gedanken spiele, kleine Menschen in die Welt zu setzen. Bones hat mir sehr geholfen.« Sie musste die Neugier in Sarahs Blick gesehen haben, denn sie blieb stehen und erklärte: »Ich weiß nicht, ob er es dir erzählt hat, aber mein Vater ist ein Dark Knight, und das bedeutet, ich bin mit reichlich *Brüdern* aufgewachsen – also mit allen Dark Knights, egal ob Väter oder Söhne. Das ist tierisch nervig, aber es hat etwas Beruhigendes, zu wissen, dass ein Haufen Kerle für dich da ist. Es sei denn, du bist so wie ich und rebellierst gegen alles, was sie versuchen, dir beizubringen, und gibst dich mit Arschlöchern ab, denen permanent die Hand ausrutscht.« Sie seufzte und sagte: »Echt, von sechzehn bis zwanzig war ich ein Satansbraten. Nach der Highschool zog ich hierhin, damit ich nicht in Peaceful Harbor leben musste, und bin in so viele Schwierigkeiten geraten, dass es ein Wunder ist, dass ich noch lebe.«

Gelegentlich durchfuhr Sarah noch ein schmerzhafter Stich, wenn sie an die Kindheit dachte, die sie nicht hatte und zu der Dinge wie ein Freund oder ein Aufbegehren im Teenageralter gehört hätten. Aber dann gab es Momente wie diesen, in denen ihr vor Augen gehalten wurde, dass das Gras woanders nicht immer grüner war ...

»Wie hat Bones dir geholfen?«

»Alle anderen haben mir Vorschriften gemacht«, erklärte Sunny. »Aber Bones nie. Er hat mich eines Abends auf einer Party gefunden, und er hat mich nicht da rausgezerrt oder gesagt, ich wäre ein rebellisches Miststück, das eines Tages vergewaltigt oder umgebracht werden würde. Er hat auf der Party einfach bei mir gesessen, hat zugehört, wie ich rumgemeckert habe, und am Ende des Abends hat er mich zu meiner Wohnung gefahren. Das hat er jeden Abend mehrere Wochen lang getan, und eines Tages hat mein Nachbar mich gefragt, warum ich meinen Freund draußen schlafen ließ. Natürlich war er nicht mein Freund. Ich hatte keine Ahnung, aber Bones hat jede Nacht vor meinem Haus Wache gestanden. Erst nachher fand ich heraus, was passiert ist: Wenn die Typen, mit denen ich immer abhing, auftauchten, hat er sie weggeschickt. Soweit ich gehört habe, hat er sich mit einigen ziemliche Schlägereien geliefert.«

Sie dachte an den Halloween-Abend und daran, dass Bones draußen gewartet hatte, bis Scott nach Hause gekommen war. Er hatte es ihr gegenüber nie erwähnt, hatte nie Anerkennung oder ein Danke erwartet. Ihm reichte es, einfach zu wissen, dass sie in Sicherheit war. »Und das war der Grund, aus dem du dich verändern wolltest?«

Sarah richtete die Frage gleichzeitig an sich, und ja, seine achtsame Fürsorge hatte genügt, damit sie anfing, sich ihm gegenüber zu öffnen.

Sunny schüttelte den Kopf und in ihren dunklen Augen breitete sich Traurigkeit aus. »Es war genug, damit ich einen Gang runterschaltete und mich fragte, warum er das tat. Er war meiner Familie nichts schuldig. Er hatte außer Erschöpfung nichts davon. Als ich ihn danach fragte, meinte er nur: ›Sag du es mir.‹ Das war das erste Mal, dass mir irgendjemand so eine Frage stellte, und es brachte mich zum Nachdenken. Warum sollte mir irgendjemand helfen? Die Frage ließ mich nicht los. Und am nächsten Abend, als ich zu einer Party ging, war Bones wieder da, lehnte an seinem Motorrad und wartete auf mich. Der heißeste Junggeselle von Peaceful Harbor verbrachte seine Abende mit dem Versuch, mich dazu zu bringen, mehr für mich zu wollen. Ich habe ihn noch ein paar Tage ignoriert, und eines Abends, als er wieder lässig an sein Motorrad gelehnt wartete, sagte er: »Ich kann das das ganze Jahr lang machen.« Mein ganzes Leben lang war ich selbstsüchtig gewesen, aber plötzlich traf es mich wie ein Schlag. Da war dieser Typ, der Menschen helfen wollte, und da war ich, ein Mädchen mit mehr Unterstützung, als ich mir je wünschen könnte, und warf das alles weg. Wie viele Leute hatten das nicht? Wie viele andere Mädchen könnte Bones retten, wenn er nicht versucht hätte, zu mir durchzudringen?«

Es gab nicht viele Männer wie Bones auf der Welt, und Sarah wünschte sich nichts mehr, als dass er nach dem heutigen Abend noch immer mit ihr zusammen sein wollte. »Ich hätte alles gegeben, um so jemanden wie ihn in meinem Leben zu haben, als ich jünger war. Es hätte mich vielleicht davor bewahrt, Dinge zu tun, auf die ich nicht stolz bin.«

»Bones sagt, solange wir ehrlich zu uns selbst sind, hat Scham keinen Platz in unserem Leben. Er ist keiner, der viel moralisiert, aber das ist eine kleine feinsinnige Gabe, die er unseren Bewohnerinnen zukommen lässt. Ich glaube, es hilft, sich selbst zu vergeben. Das war Teil meines Problems. Es war mir zu unangenehm, in meine Heimatstadt zurückzugehen und all den Menschen gegenüberzutreten, die versucht hatten, mir zu helfen. Was Bones gesagt und getan hat, hat mich inspiriert, mich hier einzubringen, an der Seite meiner Mutter. So konnte ich andere unterstützen und schließlich den Menschen gegenübertreten, die so sehr versucht haben, mich auf den rechten Weg zu bringen.« Sunny deutete mit einer Kopfbewegung auf den Eingang zu einem Freizeitraum und sagte: »Bereit, etwas zu bewirken?«

»Du glaubst gar nicht, wie sehr.«

Sie folgte Sunny in den hellen, offenen Raum. Eine blonde Frau saß auf dem Boden neben dem Fernseher mit zwei Jungen, die mit Holzklötzen Türme bauten. Sarah sah ihnen einen Moment lang zu und fragte sich, ob das die Löwen-Mama war. Sie sah wie jede andere junge Mutter aus, und keiner der Jungs wirkte besonders blass. Die Tatsache, dass Sarah in genau der Situation hätte sein können, wenn sie Scott nicht wiedergefunden hätte, kam ihr in den Sinn. Wie oft hatte sie sich gewünscht, sie hätte den Versuch unternommen, in das Frauenhaus in der Nähe ihres Heimatortes zu gehen, für den Fall, dass Josie dort aufgetaucht wäre?

In dem vergeblichen Versuch, das schwarze Loch zu ignorieren, das Josie hinterlassen hatte, schaute sie sich weiter um. Eine hellhäutige korpulente junge Frau mit krausen goldbraunen Haaren saß auf dem Sofa und las in einer Zeitschrift, während auf der anderen Seite des Raumes zwei Frauen etwa in Sarahs Alter eng beieinandersaßen und sich flüsternd unterhielten. Fast hätte Sarah die junge Frau übersehen, die allein auf einem Zweiersofa saß, die Beine eng angezogen und die Kapuze von ihrem lila Hoodie über den Kopf gezogen. Sie sah aus, als wollte sie sich so klein machen, dass sie unsichtbar wurde. Sarah kannte das Gefühl nur allzu gut.

Sie hielt inne und hinterfragte plötzlich ihre Entscheidung. Warum sollten diese Frauen überhaupt mit ihr sprechen wollen? Was hatte sie ihnen zu bieten? War Hoffnung genug?

»Das ist Tracey«, sagte Sunny leise. »Sie ist neu hier und hat niemanden. Ich glaube, sie würde gern mit dir reden.« Sie berührte Sarahs Ellbogen und flüsterte: »Lass es uns versuchen.«

Jetzt konnte sie nicht mehr kneifen. Als sie näher kamen, bemerkte sie, dass Tracey ein Buch las, das in ihrem Schoß lag.

»Tracey?«, sagte Sunny. »Das hier ist Sarah. Sie ist heute zu Besuch, und ich dachte, ihr beide könntet euch kennenlernen.«

Tracey hob das Gesicht und offenbarte so einen dunklen blauen Fleck auf ihrer geschwollenen rechten Wange. Sie hatte argwöhnische dunkle Augen, die in die Welt hinausschrien, dass sie schon zu viel gesehen hatte und alles vergessen wollte. Sie betrachtete Sarah eine Weile und beäugte ihren Bauch. Geistesabwesend legte Sarah ihre Hand darauf.

Tracey wandte den Blick ab. »Von mir aus.«

Ich hätte nicht kommen sollen. Sie wollen nicht hören, wie viel Glück ich gehabt habe. Damit verletze ich sie nur noch mehr.

»Okay, ich lasse euch beide mal allein.« Sunny zwinkerte Sarah zu und ging aus dem Raum.

Einen Moment lang stand Sarah wie festgefroren da und wusste nicht, was sie tun sollte. Ihr Verstand riet ihr, auf dem Absatz kehrtzumachen und Sunny hinterherzulaufen Aber der Gedanke, dass Bones erfuhr, wie sie einen Rückzieher gemacht hatte, brachte sie zum Sprechen. »Äh … ich bin in so was nicht besonders gut«, sagte sie und war nun noch nervöser, weil Tracey sie nicht einmal ansah. »Was dagegen, wenn ich mich setze?«

Tracey schüttelte den Kopf und Sarah ließ sich aufs Sofa sinken. Plötzlich war sie in eine Zeit zurückgeworfen, in der sie selbst wieder sechzehn war, verängstigt und allein. Tracey war offensichtlich älter, als sie es damals gewesen war. Sarah schätzte sie auf drei- oder vierundzwanzig. Tracey rückte etwas auf dem Polster herum und stöhnte auf. Ob sie noch andere blaue Flecken hatte, brauchte Sarah gar nicht zu fragen. Ihr Vater war ein Profi darin gewesen, sie am Arm nahe der Schulter zu packen, wo auch kurze Ärmel die blauen Flecken verdeckten. Ebenso wenn er sie auf den Oberschenkel, den Bauch oder den

Rücken geschlagen hatte. Panik breitete sich in ihr aus wie ein nie endender Windstoß und raubte ihr den Atem, während immer mehr Erinnerungen schmerzhaft aufkamen. Sie spürte immer noch, wie sie zitterte, als sie mit dem ausgestreckten Daumen am Straßenrand stand und sich vorstellte, ihr Vater würde vorbeifahren und sie abmurksen. Sie erinnerte sich an die Kraft der Hand ihres Vaters bei jedem Schlag, die Scheußlichkeit ihrer Mutter, die sie unaufhörlich erniedrigte. Daran, wie die kalten Geräusche der Straße in ihren Ohren widerhallten, als Susan sie zu der Notunterkunft brachte, und wie sie zurück zu Susans Auto gerannt war und sie angefleht hatte, sie nicht dort zu lassen.

Sie schnappte nach Luft, ließ sich gegen die Sofalehne fallen und verschränkte die Arme über ihrem Bauch in dem Versuch, ihr ungeborenes Baby vor den brutalen Erinnerungen zu schützen, aber der Angst in ihr konnte sie nicht entkommen.

»Alles in Ordnung?«, fragte Tracey.

»Weiß nicht«, brachte Sarah hervor. »Ich bin hierhergekommen, um Frauen zu helfen, die das Gleiche durchgemacht haben wie ich, aber … das ist echt heftig.«

»Was du nicht sagst. Atme mal tief durch, damit die Wehen nicht einsetzen oder du umkippst.«

Das ließ Sarah lächeln. »Danke.«

»Heute ist ein süßer Arzt hier. Der ist auch echt nett. Vielleicht sollte ich ihn mal holen.«

Sie wollte schon aufstehen, aber Sarah legte eine Hand auf ihren Arm. »Nein, mir geht's gut.« Das Atmen fiel ihr schon etwas leichter. »Ich bin mit diesem Arzt gekommen. Er ist ein Freund. Aber wirklich, mir geht's gut. Das war nur ein kurzer Trip in vergangene Zeiten, an die ich mich lieber nicht erinnern würde.«

Tracey ließ sich zurück auf das Polster fallen und sagte: »Mein ganzes Leben ist eine Abfolge von Zeiten, an die ich mich lieber nicht erinnern würde.« Sie fasste sich an ihre geschwollene Wange.

»Hat dir das ein Kerl angetan?«

Sie nickte.

»Mir wurde auch wehgetan«, sagte Sarah und war überrascht, wie leicht ihr das über die Lippen kam, nach dem, was sie gerade erlebt hatte. »Oft. Viele Jahre lang. Aber jedes Mal, wenn ich entkommen war, sagte ich mir, dass ich stark sein muss, Tag und Nacht, bis ich es im Schlaf hörte.«

»Es war aber nicht der Arzt …?«

Sarah schüttelte den Kopf. »Ich kann mir nicht einmal vorstellen, dass er jemandem wehtut. Er ist ein guter Mann. Die Art von Mann, von der ich immer gehofft hatte, dass es sie gibt, aber es nie für möglich gehalten habe.«

»Kerle ändern sich«, sagte Tracey und richtete den Blick wieder auf ihren Schoß.

»Ja, bei einigen ist das so. Das habe ich auch erlebt, und es hat mich fast davon abgehalten, das Gute in B– … Dr. Whiskey zu sehen. Du hast das bestimmt schon oft gehört, aber nur weil du im Moment hier bist, bedeutet das nicht, dass es dein Schicksal ist.« Noch während sie die Worte aussprach, fühlte sie deren stärkende Wahrheit. »Ich weiß, wie einfach es ist, wenn man an diesem dunklen Ort ist, umgeben von Gift und Hässlichkeit, zu vergessen, dass es eine ganze Welt außerhalb der Mauern gibt, innerhalb derer du jetzt lebst. Eine Welt voller gutherziger Menschen und Möglichkeiten. Eine Welt, in der Schläge und Erniedrigung nicht akzeptiert werden. Aber ich bin der lebende Beweis dafür, dass wir ein neues Leben schaffen können, unsere eigene Zukunft, wenn wir stark genug daran glauben und es versuchen.«

Tracey umklammerte krampfhaft ihr Buch. »Fühlt sich aber echt nicht so an.«

»Ich weiß. Mein Leben verläuft jetzt angenehmer, und doch habe ich Angst, dass alles auseinanderbrechen könnte. Aber dadurch bekommen meine Eltern und mein Ex nur noch mehr Macht über mich.«

Die Frau auf dem Zweiersofa schaute herüber.

Wütende Tränen stiegen Sarah in die Augen, und sie versuchte nicht einmal, sie zu verbergen, als sie sagte: »Ich will nicht mehr in Angst leben, wenn alle um mich herum mir Gründe geben, ihnen zu vertrauen. Diese Macht werde ich diesen Unmenschen nicht geben.«

Sie redeten lange miteinander, und nach einiger Zeit kamen die anderen Frauen im Zimmer – Ebony, die auf der Couch gesessen hatte, und Camille, die Mutter der beiden Jungs – zu ihnen. Sie legten Kissen auf den Boden, setzten sich eng zusammen und unterhielten sich leise. Denn das macht man, wenn man über schreckliche Dinge redet, die man lieber nicht aussprechen würde.

Bis Bones kam, um nach Sarah zu schauen, hatten sich noch drei weitere Frauen, die von ihm untersucht worden waren, zu ihnen gesetzt, und sie hatten alle ihre grauenvollen Geschichten erzählt.

Alle Frauen schauten von ihren Plätzen am Boden auf und manche von ihnen flüsterten hinter vorgehaltener Hand. Sarah spürte, dass ihr die Röte in die Wangen stieg. Sie hatte keine intimen Einzelheiten verraten, aber sie hatte ihnen erzählt, dass sie Bones datete – eine Tatsache, die sie immer noch versuchte zu begreifen. Besonders nachdem sie Zeit mit Frauen verbracht hatte, die die gleichen Albträume wie sie erlebt hatten. Es fühlte sich gut an, es herauszulassen. So ungern Sarah es zugab, aber es war in gewisser Weise tröstlich, mit Frauen mit ähnlichen Schicksalen zu reden. Aber es machte ihr auch deutlich, dass sie schon einen weiten Weg zurückgelegt hatte.

»Dr. Whiskey?«, fragte Tracey mit einem verschmitzten Funkeln in den Augen, über das Sarah sich freute.

»Ja, Tracey?«, sagte er, während er sich neben Sarah hockte und mit seiner großen Hand über ihren Rücken strich.

»Ich wollte eine neunmalkluge Bemerkung darüber machen, dass man Sie klonen müsste, aber was ich wirklich loswerden möchte ist, dass ich hoffe, Sie werden weiterhin gut zu Sarah und ihren Kindern sein.« Tracey zog ihre Kapuze herunter und zeigte ihren niedlichen dunklen Pixie-Cut, der sie sogar noch jünger als vierundzwanzig erscheinen ließ.

Bones' teuflisch dunkle Augen versanken in Sarahs und jagten ihr einen Hitzeschauer durch den Körper, als er sagte: »Genau das habe ich vor. Brauchst du noch etwas Zeit, Süße?«, fragte er dann.

»*Süße*«, flüsterte Ebony. »Schweig still, mein Herz.« Sie hielt die Hand auf ihr Herz und brachte alle zum Lachen – und ließ Sarah erröten.

»Ich bin fertig«, sagte Sarah und ließ sich von ihm aufhelfen.

Als sie die Kissen zu den Sofas zurücktrugen, kam es Sarah vor, als ließe sie gute Freundinnen zurück. Sie hatte sehr Persönliches mit diesen Frauen gemeinsam, und auch wenn es ihr nicht die Scham für die Dinge nahm, die sie getan hatte, so hatte ihr allein das Reden mit ihnen eine etwas klarere Sicht verschafft. Sie war noch immer beunruhigt, weil sie Bones mehr über ihre Vergangenheit offenbaren wollte, aber zu wissen, dass sie mit ihrem tiefen Fall und all den Dingen, die sie zum Über-leben gemacht hatte, nicht allein war, verlieh ihr Klarheit und

Stärke. Sie war hierhergekommen, um diesen Frauen zu helfen. Ihr war nicht bewusst gewesen, wie sehr sie ihr helfen konnten.

»Kommst du noch mal wieder?«, wollte Tracey wissen.

»Ja.« Sarah ging im Geiste ihren Terminkalender durch. »Wie wäre es mit nächstem Mittwochnachmittag?« Sie einigten sich alle darauf, sich dort am nächsten Mittwoch wieder zu treffen, und Sarah schrieb ihre Handynummer auf, die sie Tracey gab. »Ihr könnt sie alle benutzen. Ich arbeite zu unterschiedlichen Zeiten, aber wir können uns auch gern Nachrichten schreiben.«

»Wenn Dr. Whiskey mein Freund wäre«, sagte Ebony, »dann hätte ich andere Dinge zu tun, als mit solchen wie uns zu reden.«

Bones deutete mit dem Daumen über seine Schulter und sagte: »Das ist dann wohl mein Stichwort: Ich warte draußen.«

Die Frauen umarmten sich, versprachen sich, stark zu bleiben und sich in der nächsten Woche wiederzusehen. Ebony fragte, ob Sarah etwas mit ihren Haaren machen könnte, und Sarah antwortete, dass sie ihre Utensilien und ein paar Frisurenzeitschriften mitnehmen würde. Dann machte sie sich auf die Suche nach Bones, den sie am Eingang fand, wo er sich mit Sunny unterhielt.

»Tut mir leid, dass ich so lange gebraucht habe«, sagte Sarah, als er sie in seine Arme zog.

»Das muss dir nicht leidtun«, widersprach Sunny. »Klingt, als hättest du ein paar Freundinnen gewonnen, und dieser Typ hier hat gerade gesagt, dass sein Abend durch ein heißes Date mit dir verschönert wird.«

Das klang herrlich in Sarahs Ohren, doch als sie zum Auto gingen, stieg die Nervosität darüber, Bones all die Dinge anzuvertrauen, über die es sich anscheinend viel leichter mit den

Frauen reden ließ.

Ein Windhauch blies durch das Laub an den Bäumen, die den Gehweg säumten. Er legte einen Arm um ihre Schulter und fragte: »Bist du froh, dass du mitgekommen bist?«

»Sehr.« Sie dachte an ihre neuen Freundinnen und die Misshandlungen, die sie erlitten hatten. Ihnen allen hätte Sarah gern ein Happy End beschert. »War Camille die Mutter, von der Sunny sagte, sie würde ihre Kinder verteidigen wie eine Löwin? Denn ihre Jungs wirkten auf mich nicht krank und sie war wirklich sympathisch.«

»Nein, die Frau war weg, bevor ich mit ihr reden konnte.« Bones drückte sie fester an sich und ging schnell zu seinem Auto.

»Was wird mit ihrem Sohn?«

Bones zuckte mit den Schultern. »Das würde ich auch gern wissen. Sunny ruft mich an, falls sie wieder auftaucht und einverstanden ist, dass er untersucht wird.«

»Gut.« Sie konnte sich nicht vorstellen, dass man keine ordentliche Untersuchung für seine Kinder wollte.

»Scott hat mir eine Liste mit deinen Lieblingsgerichten gegeben, und ich habe ein Restaurant gefunden, das mir versichert hat, dass sie sie vollkommen allergenfrei zubereiten können.«

Sie kuschelte sich enger an ihn und sagte: »Was du alles für mich tust ...«

»Süße, es gibt nichts, was ich nicht für dich tun würde.«

Als er die Beifahrertür öffnete, kämpfte sie damit, ob sie ihm die Wahrheit erzählen sollte. Wenn sie in ein romantisches Restaurant gingen, könnte sie das Spiel *Nur noch ein Abend* spielen. Mensch, allein zu wissen, dass er so einen besonderen Abend geplant hatte, ließ in ihr den Wunsch nach noch einem

Abend aufkommen, an dem ihre Vergangenheit nicht die Schönheit ihrer Gegenwart zerstörte.

Sie setzte sich ins Auto, er half ihr mit dem Gurt und küsste sie dann zärtlich. »Wie kommt es, dass ich dich nach nur wenigen Stunden getrennt so vermisse?«

Oh Gott. Nur noch ein Abend klingt wirklich gut.

Er schloss die Tür, und sie beobachtete, wie er ums Auto marschierte und einstieg. Gleich als Erstes griff er dann nach ihrer Hand und drückte sie.

Keinem von ihnen gegenüber wäre es fair, wenn sie dies auch nur noch einen Tag so weiterlaufen ließe. Er hatte die Wahrheit verdient, und wenn es bedeutete, dass er Schluss machte, dann lieber jetzt, als nachdem sie sich geliebt hatten. Es würde jetzt höllisch wehtun, aber nachdem sie sich ihm auf diese Weise geöffnet hätte? Nachdem sie sich geliebt hätten? Sie würde nicht nur dem Mann vollkommenes Vertrauen entgegenbringen, der er jetzt war, sondern auch dem, der er in Zukunft sein würde. Sie würde darauf vertrauen, dass er nicht irgendwann seine Schattenseite zeigen würde.

Das jagte ihr einen Panikschauer über den Rücken, der allerdings mit einem Blick zu ihm verschwand. Sie sah keine Schatten bei Bones. Sie sah wunderbares Licht, das sie beide bereits umgab. Sie wusste, dass die Leidenschaft seiner Küsse und Berührungen nur die Oberfläche des Mannes war, den er unter Verschluss hielt. Wenn sie sich liebten, konnte es sehr wohl eine lebensverändernde Erfahrung sein, und ihn danach zu verlieren, würde schwerer zu ertragen sein als alles, was sie je überlebt hatte.

Heute Abend, beschloss sie, als er den Motor anließ. Heute Abend würde sie den Teil von sich darlegen, der sie beide zerstören konnte.

»Ich bin stolz darauf, dass du dort hineingegangen bist«, sagte er, als er vom Parkplatz fuhr. »Es war anfangs sicher nervenzehrend.«

Nicht so nervenzehrend wie das, was mir noch bevorsteht.

»Das stimmt, aber ich bin wirklich froh, dass ich mitgekommen bin. Und ich finde es so schön, dass du so viel unternommen hast, um ein Restaurant zu finden, das mit meinen Allergien zurechtkommt … Aber glaubst du, wir könnten etwas zum Mitnehmen holen? Ich hatte gehofft, wir könnten heute Abend allein sein.«

Ein Feuer glühte in seinen Augen auf.

»Um zu reden«, sagte sie allzu schnell. Hoffnungsvoll fügte sie hinzu: »Und vielleicht noch anderes.«

Fünfzehn

Nachdem sie losgefahren waren, schrieb Sarah sofort eine Nachricht an Dixie, um nach den Kindern zu fragen, und dann nahm sie eines der Notizbücher, die Bones ihr geschenkt hatte, aus ihrer Tasche und fing an zu schreiben. Währenddessen fragte er sich, worüber sie reden wollte. War das im Frauenhaus doch zu schwierig für sie gewesen?

»Du schreibst wieder«, sagte er.

»Mhm. Die Frauen haben mich inspiriert.«

»Auf eine positive Art?«

»Mhm.«

Während der weiteren Fahrt schwieg sie und schrieb. Gelegentlich schloss sie einen Moment lang die Augen und führte dann den Stift wieder zum Papier. Bones sah immer mal wieder zu ihr hinüber, erfreute sich an ihren entschlossen zusammengezogenen Augenbrauen, die Art, mit der sie die Nase kräuselte, den Stift fester aufdrückte, dann lächelte und wieder schneller mit leichterem Schwung weiterschrieb. Was immer da drinnen auch passiert war, es hatte definitiv einen Nerv getroffen. Sie hielten an dem Restaurant an, um ihr Essen abzuholen, und erst dann kam ihm der Gedanke, dass sie vielleicht gesagt hatte, sie wollte reden, weil es einfacher war, als zu sagen, dass sie ihm näherkommen wollte.

Ja, das ist doch mal ein Gedanke!

Als er mit dem Essen zum Auto zurückkehrte, sah sie betrübt auf und sagte: »Mir ist gerade klar geworden, dass ich wahrscheinlich undankbar wegen des Essens geklungen habe, und dass es unhöflich von mir war, zu schreiben, anstatt dir mehr Aufmerksamkeit zu schenken. Ich bin so nervös. Es tut mir leid, wenn du lieber im Restaurant gegessen hättest.«

Er griff über die Mittelkonsole hinweg nach ihrer Hand und küsste sie auf den Handrücken. »Es muss dir nicht leidtun, dass du Zeit mit mir allein verbringen willst.«

Während sie schrieb, fuhr er durch den Ort, und als er in den schmalen Weg zu seinem Haus einbog, verstaute Sarah das Notizbuch wieder in ihrer Tasche und schaute sich um, als wäre sie zu sehr in ihr Schreiben vertieft gewesen, um zu erkennen, wo sie waren. Bei der Gabelung, an der er neulich rechts zum Yachthafen abgebogen war, fuhr er nach links in den Weg, der zu seinem Haus führte. Wenige Minuten später gaben die Bäume den Blick frei auf seine lange Auffahrt und das Haus, das hoch oben an einem Steilufer stand.

Sarah schaute schweigend aus dem Fenster, als er die Auffahrt entlangfuhr, und als das Steilufer näher kam, streckte sich das Meer endlos vor ihnen aus. Das Mondlicht tanzte auf dem sich kräuselnden Wasser, und Sarah sagte: »Ich wusste nicht, dass du am Wasser lebst. Es ist wunderschön hier und so abgeschieden. Wenn ich hier wohnte, würde ich die ganze Zeit in die Ferne starren und tagträumen.«

In dem Augenblick, in dem er dieses großzügig geschnittene Haus mit der breiten Panoramaterrasse und der steinernen Vorderseite gesehen hatte, war ihm klar gewesen, dass er dort leben würde.

Vor der Dreiergarage, in der er seinen Pick-up und das Motorrad stehen hatte, leuchtete der Bewegungsmelder auf und das dritte Tor öffnete sich. Bones wartete einen Moment lang auf der Auffahrt, um Sarah die Aussicht genießen zu lassen, und fuhr dann das Auto in die Garage. Als er ihr beim Aussteigen half, wurde ihm bewusst, dass er sich dreier Sachen in seinem Leben vollkommen sicher gewesen war: dass dieses Haus für ihn bestimmt gewesen war, dass es sein Schicksal war, Arzt zu sein, und dass er und Sarah zusammengehörten.

Er nahm die Tüten von dem Restaurant und dann gingen sie hinein. »Was hast du gerade für Tagträume?«, fragte er.

»Ich weiß nicht. Als ich jünger war, träumte ich von einem besseren Leben. Aber jetzt …« Sie zuckte mit den Schultern und bewunderte das dunkle Parkett, das im Erdgeschoss ausgelegt war. »Mir gefällt dein Haus. Bradley würde das hier wahrscheinlich zu einer Sockenrutschbahn machen.«

Er zuckte voller Reue zusammen, als er die Tüten auf der Arbeitsfläche in der Küche abstellte und sich an die Treppenrutsche ihres Sohnes erinnerte. »Es tut mir leid, dass ich ihn die Treppe hab herunterrutschen lassen.« Eine hohe Gewölbedecke lag über dem Wohnzimmer, Esszimmer und der Küche, die ineinander übergingen. Das wäre tatsächlich eine herrliche Sockenrutschbahn. So sehr er sein Zuhause liebte und es sich immer richtig angefühlt hatte, dort zu wohnen, so hatte es sich doch seit seiner Begegnung mit Sarah und ihren Kindern angefühlt, als würde etwas fehlen.

»Das ist schon in Ordnung. Niemand hat sich wehgetan und wahrscheinlich bin ich manchmal auch zu überfürsorglich. Ich will als Mutter so gut sein, wie es nur irgendwie geht. Ich vertraue dir zwar, dass du ihn unten an der Treppe auffängst, aber ich sollte das in meinem jetzigen Zustand nicht tun. Doch wenn er es bei dir darf, wird er es immer wieder wollen.«

»Dann ist es das Beste, wenn er es gar nicht macht«, sagte er, als er ins Esszimmer ging.

Sie fuhr mit den Fingern über den Rand des Tisches. »Bist du sicher, dass du hier allein lebst? Sieht aus, als würdest du ganz Peaceful Harbor empfangen oder eine Armee verköstigen.« Sie zählte die Stühle um den Tisch. »Aber vielleicht bist du einfach auf Thanksgiving vorbereitet?«

»Im Moment sind es zwölf Stühle und der Tisch lässt sich für zwanzig Personen ausziehen«, erklärte er. »Meine Eltern haben zu den Feiertagen immer alle zu sich eingeladen, weil sie den Platz haben. Als ich das Haus eingerichtet habe, wurde mir klar, dass zu unserer Familie mittlerweile Tru und Gemma mit ihren Kindern gehören, außerdem Quincy, Crystal und ihr Bruder Jed, dann Finlay und ihre Schwester Penny, und natürlich ist Finlays beste Freundin Izzy auch schon wie eine Schwester für uns, die wir nicht außen vor lassen können.« Er lächelte und sagte: »Zum Glück habe ich groß gedacht, denn jetzt sind die wunderbaren Beckleys zu Thanksgiving auch bei uns.«

»Du bist unglaublich. Du allein planst für alle anderen.«

»Das nennt sich *Familie*, Süße.« Sie gingen ins Wohnzimmer und er sagte: »Letztendlich dreht sich alles um die Familie.«

»Genau das möchte ich meinen Kindern mitgeben. Güte, Liebe und wie wichtig es ist, füreinander da zu sein.« Ihr Blick wanderte die Treppe hinauf zu dem Loft, das sich über das gesamte Haus erstreckte. »Dein Haus gehört in eine Zeitschrift.«

»Es ist schön, aber das Einzige, das es zeitschriftentauglich macht, ist es, *dich* darin zu sehen.«

Sie schlenderte durch das Wohnzimmer, betrachtete den Kamin und die Bücherregale. »Sehr gefällig formuliert, Dr.

Whiskey. Was ist oben?«

»Drei weitere Schlafzimmer, und ich sage nur die Wahrheit, *Miss Beckley*.«

»Bei Miss Beckley fühle ich mich alt, Dr. Whiskey dagegen klingt sexy. Also, *Dr. Whiskey*, erzählen Sie mal, gibt es hier unten auch Schlafzimmer?«

Verdammt, es gefiel ihm, wie sie sexy Anspielungen in das Gespräch brachte. Er fragte sich, ob es ihr überhaupt bewusst war. »Ein Gästezimmer und mein Büro sind da hinten noch.« Er zeigte auf den Flur neben dem Sofa.

Sie fuhr mit den Fingern über die Sofalehne und ging langsam von einem Ende zum anderen. »Du magst Leder.«

»Stimmt.« Er legte die Arme von hinten um sie und küsste ihren Hals. »Nachdem dein Baby auf die Welt gekommen ist, kaufe ich dir eine Lederjacke und eine Lederhose, damit du mit mir auf dem Motorrad mitfahren kannst.«

Sie legte den Kopf auf eine Seite und verschaffte ihm mehr Platz. »Glaubst du, dass du mich noch magst, nachdem ich dieses kleine Etwas hervorgebracht habe? Nur damit du gewarnt bist: Das bedeutet noch mehr Spuckerei, dreckige Windeln und für mich schlaflose Nächte und wahrscheinlich noch mehr Schwangerschaftsstreifen.«

Er knabberte an ihrem Ohr. »Mhmm … Klingt perfekt.«

»Du spinnst«, sagte sie mit einem süßen Lachen. »Ich habe noch nie auf einem Motorrad gesessen. Das wirst du mir beibringen müssen.«

»Das werde ich.« Er drehte sie in seinem Arm um und ließ die Hand an ihrem Rücken hinunter bis zu ihrem Hintern gleiten. Sie hatte einen großartigen Hintern, einen köstlichen Hals und einen scharfen Verstand. Die Kombination haute ihn um. »Aber vielleicht sollten wir mit etwas Einfacherem anfangen.«

»Und das wäre …?« Ihre Augen wurden dunkler, als er sie enger an sich drückte.

Er war behutsam gewesen, war es langsam angegangen, aber in letzter Zeit war sie ebenso drängend gewesen wie er, wenn sie sich küssten, sich berührten. Heute Abend würde er sich nicht zurückhalten. Er war mit keiner anderen Frau zusammen gewesen, seit sie sich kennengelernt hatten, und er war so ungeduldig wie eine Rakete kurz vor dem Start. Er hielt seinen Mund an ihr Ohr und flüsterte: »Dass du dich erst mal auf deinen Kerl setzt.«

Sie erstarrte, blickte ihm wortlos in die Augen. Ein Schweigen breitete sich so lange zwischen ihnen aus, dass er sich fragte, ob er sie vollkommen falsch verstanden hatte. Er wollte sich gerade entschuldigen, da legte sie einen Finger auf seine Lippen.

»Ich denke, wir sollten essen und reden, und dann sehen wir, ob du danach immer noch so empfindest.«

Er nahm ihren Finger in seinen Mund, ließ die Zunge darum kreisen und genoss es, wie ihre Augen dunkler wurden und sie die Lippen voneinander löste. Dann zog er ihren Finger aus seinem Mund und küsste sie in die Handinnenfläche. »Alles, was du willst, Süße. Aber nichts wird etwas daran ändern, wie sehr ich dich will.«

»Kannst du mir das schriftlich geben?«, fragte sie, als sie in die Küche gingen. »Mit Blut, bitte?«

»Ich unterschreibe nicht mit Blut. Aber auf meine Worte kannst du zählen. Und ich kann mit meinem Mund noch ganz andere Dinge tun als Versprechen geben.« Er zog sie wieder in seine Arme und bekam ein Lächeln geschenkt.

»Bleib bitte ernst.«

»Ich meine es ernst.« Dann küsste er sie, langsam und begehrend, bis sie in seinen Armen alle Anspannung verlor. »Lass uns essen und reden. Und nachdem du dann für mich einen Strip hingelegt hast, um dich dafür zu entschuldigen, dass du meine Gefühle nicht für echt hältst, kann ich dich zum Nachtisch verspeisen.«

Sie erstarrte mit aufgerissenen Augen und aufeinandergepressten Lippen.

Er fuhr mit den Lippen über ihre Wange und sagte: »Keine Sorge, mein Schatz. Du schuldest mir gar nichts.« Als die Starre in ihrem Körper nicht verschwand, sagte er ernster: »Das war ein Witz. Ich will hören, was du zu sagen hast, aber das Verlangen, jeden Zentimeter von deinem hinreißenden Körper zu lieben, dich so zu verehren, wie du es verdienst, wird immer noch da sein, nachdem wir uns unterhalten haben, auch wenn wir dem Verlangen nicht nachgeben.«

Sie legte die Hand auf ihr Herz und sagte: »Jetzt besteht überhaupt keine Chance mehr darauf, dass ich noch richtig denken kann …«

»Komm, lass uns essen. Wenn du etwas im Magen hast, nimmt vielleicht deine Vernunft überhand.« Er griff in die Tüte und merkte dann, was er gerade gesagt hatte. »Wobei – wenn deine Vernunft überhandnimmt, wird sich das nicht zu meinen Gunsten auswirken, oder?«

»Wenn du mich weiterhin so ansiehst, als wäre ich das unschuldige Rotkäppchen, nur in schwanger, und du der Große Böse Wolf, dann lassen wir das mit dem Reden, gehen direkt zu dem unanständigen Kram über und können dann bei unserem nächsten Date noch mal ganz von vorne anfangen.«

Er wackelte mit einer Augenbraue.

»Nein«, entschied sie nachdrücklich. »Wir müssen reden.«

»Das klingt nach nichts Gutem«, sagte er, als sie sich ihr Essen auffüllten: gegrilltes Gemüse, Lachs, Reis und Püree aus Süßkartoffeln.

»Lass uns … einfach essen. Es riecht himmlisch«, sagte sie anerkennend, aber es war überschattet von der Last dessen, worüber sie reden wollte.

»So wie du.« Er zwinkerte und nahm eine Flasche Eistee aus dem Kühlschrank. »Alles glutenfrei. Passt das so für dich?«

»Klingt großartig, danke.«

Er klopfte ihr auf den Hintern und küsste sie noch einmal, bevor er ihnen beiden ein Glas einschenkte. »Möchtest du am Tisch essen oder draußen auf der Veranda? Ich habe eine Feuerstelle, Decken und –«

Er streckte die Arme nach ihr aus, aber sie entwich ihm, nahm die Teller und ging rasch zur Verandatür. »Draußen. Vergiss das Feuer. Ich brauche Luft. Richtig kalte Luft.«

Bones folgte ihr hinaus. Er ließ die Bambusjalousien an den Seiten der Veranda herunter, um die Aussicht auf das Wasser nicht zu beeinträchtigen, aber den Wind fernzuhalten. Er dimmte die eingebauten Lampen und sagte: »Bist du sicher, dass du kein Feuer möchtest? Es würde nur ein paar Minuten dauern.«

»Zum einen bin ich mir sicher, denn immer wenn du mich ansiehst, wird mir so schon ganz heiß. Und zum anderen hab ich das Gefühl, verwöhnt zu werden, wenn du diesen Aufwand betreibst.«

Er legte eine Decke über den freien Stuhl und setzte sich neben sie an den Tisch. »Es fühlt sich vielleicht so an, als würdest du verwöhnt werden, denn du wurdest nie vergöttert. Es wird mir eine Freude sein, dir den Unterschied zu zeigen.«

»Man hat mich noch nie so umsorgt«, sagte sie leicht

verlegen.

Sie schob ihr Essen auf dem Teller hin und her, und daher fragte er sich erneut, ob er es vielleicht vollkommen falsch eingeschätzt hatte. Er nahm ihre Gabel und legte sie neben ihren Teller. Dann rückte er seinen Stuhl näher an ihren und nahm ihre Hände in seine, um ihre volle Aufmerksamkeit zu bekommen. »Sarah, es tut mir leid, wenn ich dich vorhin missverstanden habe. Ich dachte, reden wäre ein Codewort für rummachen.«

»Ich will rummachen«, warf sie etwas zu schnell ein.

Er hob eine Augenbraue, denn er wusste, dass da mehr war. »Vielleicht, aber ist im Frauenhaus irgendetwas passiert, über das du reden möchtest?«

»*Im* Frauenhaus eigentlich nicht.« Ihr Gesichtsausdruck wurde unerträglich gequält. »Zuerst«, sagte sie leise, »hatte ich eine kleine Panikattacke, als ich versucht habe, mit Tracey zu reden. Aber ich bin ziemlich schnell darüber hinweggekommen.« Ihre Finger wanden sich um seine.

»Du hättest Sunny bitten sollen, mich zu holen. Ich fühle mich mies, weil du das allein aushalten musstest. Was hat das ausgelöst?«

»Wahrscheinlich einfach schlimme Erinnerungen. Ich habe das gar nicht erwartet, meine Reaktion hat mich selbst überrascht. Aber dann wurde mir klar, dass ich nicht inmitten von Menschen war, die nicht verstehen würden, was ich durchgemacht habe. Ich war nicht allein meinem eigenen grauenvollen Leben ausgesetzt, wie ich es vor all den Jahren war. Das machte es mir leichter, aus der Panikattacke herauszukommen. Tracey und die anderen Frauen haben ebenso viel durchstehen müssen wie ich, und mit ihnen zu reden, hat mir geholfen, mich dir jetzt anzuvertrauen.«

Der Blick ihrer wunderschönen Augen wanderte langsam über sein Gesicht. »Vor wenigen Monaten wusste ich nicht, dass es Menschen wie dich, deine Familie und deine Freunde gibt. Ich wusste, dass gute Menschen auf der Welt existieren, wie Susan, Reagan und noch ein paar mehr, aber sie sind nicht wie du. Anderen zu vertrauen, fällt mir schwer, wie du weißt, daher hoffe ich, dass du mir vergibst, dass ich dir neulich Abend nicht alles erzählt habe.«

»Sarah, du weißt auch noch nicht alles über mich und meine Familie. Es könnte Jahre dauern, bis wir an dem Punkt sind, und das ist in Ordnung. Wir haben jede Menge Zeit.«

»Aber was ich zu sagen habe, ist vielleicht nicht in Ordnung. Und ich kann mir nicht Jahre damit Zeit lassen, denn die Heimlichtuerei frisst mich auf.«

»Du kannst mir alles erzählen«, versicherte er ihr.

»Das will ich dir glauben. Ich bin mir nur nicht sicher, womit ich anfangen soll – mit den Dingen, wegen derer ich mich am meisten schäme, oder den Dingen, die mich hierhergeführt haben, für die ich mich auch schäme.«

Er fand keine Worte, die den Schmerz in ihrer Stimme lindern konnten, so tat er das Einzige, von dem er wusste, dass er es brauchte, und hoffte, dass es ihr auch half. Er legte die Arme um sie und hielt sie fest, während er ihren Duft einatmete und sie sich an ihn klammerte.

»Kann ich einfach hierbleiben und dir nie die Wahrheit erzählen?«, flüsterte sie.

»Natürlich, Süße.« Er hielt sie noch lange so, bis er sich zurücklehnte und ihr tief in die Augen schaute. »Du musst tun, was sich für dich richtig anfühlt, denn deine Kleinen brauchen deine Aufmerksamkeit, und es gibt keinen Platz für Schuld oder Scham, wenn man Kinder großzieht.«

»›Solange wir ehrlich zu uns selbst sind, hat Scham keinen Platz in unserem Leben.‹«, sagte sie mit dem Blick auf ihren Schoß gerichtet, als hätte sie es zu sich selbst gesagt.

»Sunny hat dir meine Gedanken verraten?«

»Ja, und sie war so lieb zu mir. Es hat so gutgetan, mit ihr zu reden. Ich mag sie wirklich.« Ihr Blick wanderte zum Wasser, um sich herum, zum Tisch – überall hin, nur nicht zu ihm.

Er legte seine Hand auf ihre und sagte: »Es besteht überhaupt kein Zwang, mir irgendetwas anzuvertrauen. Ehrlich zu sich selbst zu sein, bedeutet nicht, dass man seine Geheimnisse anderen offenbart.«

»Aber …« Endlich sah sie ihn an. »Wenn du einen Mann kennenlernen würdest, der dich an all die Hoffnungen und Träume erinnert, die du als junges Mädchen hattest, und der sie möglich erscheinen lassen würde, all diese Träume, die dir geholfen haben, eine grauenhafte Zeit zu überleben … Würdest du nicht ehrlich ihm gegenüber sein wollen?«

Bones war gerührt, dass sie das alles in ihm sah, und versuchte, ihr die Sorgen zu nehmen. »Wenn ich einen Mann kennenlernen würde, der das für mich macht, dann müsste ich meine ganze Weltsicht überdenken. Aber Tatsache ist, dass ich eine Frau kennengelernt habe, die genau das täglich für mich tut. Eine Frau, deren Kinder sich wie ein Teil von mir selbst anfühlen. Also, ja, ich versuche auch, den Mut aufzubringen, vollkommen ehrlich zu dir zu sein.«

»Du warst nicht ehrlich zu mir?«, fragte sie vorsichtig.

»Ich habe nicht gelogen, aber wir alle haben Dinge, die so lange tief vergraben waren, dass es schwierig ist, die verfaulten Erinnerungen von der Wahrheit zu trennen.«

»Ich wünschte, meine Erinnerungen würden verrotten, bis sie vollkommen verschwunden sind«, sagte Sarah und versuchte, die immer größer werdende Angst zu ignorieren, die ihre Hände zum Schwitzen brachten. Es war unfair, dass sie schreckliche Eltern hatte, dass ihr Bruder gezwungen gewesen war zu gehen, und dass sie und Josie sich aus den Augen verloren hatten. So viel in ihrem Leben kam ihr unfair vor, und endlich hatte sie die Chance auf etwas Echtes und Wunderbares, aber auch das musste sie mit ihrem beschissenen Leben beschmutzen. Durch wieviel Hässlichkeit musste sie waten, um zu beweisen, dass sie es wert war, glücklich zu sein?

»Niemand sollte nur mit schlechten Erinnerungen aufwachsen«, sagte sie schließlich, verärgert über alles – die Verheimlichung ihrer Geheimnisse, die Ungerechtigkeiten des Lebens und die Realität, dass Bones vielleicht Abstand zu ihr suchen und die einzige gute Beziehung, die sie je gehabt hatte, beenden würde. »Denn es ist so ...« Ihr Tonfall war etwas zu wütend, und sie zwang sich, ihn unter Kontrolle zu behalten. »Bevor wir hierhergezogen sind, waren die meisten meiner Erinnerungen ziemlich schrecklich. Ich habe dir gesagt, dass ich in einem Friseursalon gearbeitet und irgendwann Lewis kennengelernt habe, aber ich habe dir nicht erzählt, dass es unmöglich war, vom Lohn einer Haarwäscherin zu leben, oder dass Reagan in einem Nachtclub als Tänzerin gearbeitet und mir vorgeschlagen hatte, dass ich mitkomme.« Scham ballte sich zu einem kalten Knoten in ihrem Bauch.

»Als Tänzerin ...«, wiederholte er mit angespannten Kiefermuskeln. Er setzte sich etwas auf und schaffte einen winzigen Raum zwischen ihnen.

Obwohl sie versuchte, nicht darauf zu reagieren, schwand ihr Mut, doch sie zwang sich fortzufahren. »Zuerst wehrte ich mich dagegen, aber nach fast zwei Jahren mit nur einer oder zwei Mahlzeiten pro Tag, weil ich kein Geld für Lebensmittel hatte, versuchte ich es. Es kam mir wie ein leichter Job vor, verstehst du? Ein paar Stunden am Abend, so oft wie ich wollte. An einem Abend habe ich mehr verdient als in einer Woche mit dem Haarewaschen. Obwohl ich den Job im Friseursalon auch behalten habe, denn als ich mit dem Tanzen anfing, wurde mir klar, dass ich jeden Penny sparen muss, um die Kosmetikschule zu bezahlen. Damit ich eines Tages nicht mehr tanzen muss. Und ehrlich gesagt … ich hatte nicht mehr das Gefühl, so eine Versagerin zu sein, weil ich noch etwas Normales und Akzeptables in meinem Leben hatte. Während des Tages konnte ich so tun, als würde ich nicht abends« – strippen klang zu grauenvoll, als dass sie es laut aussprechen konnte – »meine Kleidung ausziehen.«

Ihre Stimme zitterte, aber sie musste weiterreden, sonst bekäme sie nie alles heraus. »Ich schäme mich so für das, was ich getan habe, Bones. Meine Eltern haben mir alle möglichen Schimpfworte an den Kopf geworfen, als ich aufwuchs – Schlampe, Hure, nutzloses Miststück – und was habe ich gemacht?« Tränen rannen aus ihren Augen. »Ich zog los und gab ihnen recht. Für Geld habe ich mich ausgezogen, weil ich keine Ahnung hatte, was ich sonst tun sollte, um ein Dach über dem Kopf zu haben …«

Schluchzer raubten ihr die Stimme, sie wandte sich ab und sackte in sich zusammen, während Scham und Traurigkeit ihren Körper quälten. Sie hörte, dass er sich bewegte, und öffnete die Augen. Er kniete vor ihr. Durch den Tränenschleier hindurch sah sie den Kummer in seinen Augen. Er beugte sich vor und küsste ihren Bauch, bevor er ihr Gesicht mit den Händen umrahmte und seine warmen Lippen auf ihre legte.

»Es ist in Ordnung, Süße.«

»Es tut mir leid«, schluchzte sie, während ihr die Tränen über die Wangen liefen.

»Nein, Schatz. Entschuldige dich nicht für das, was zum Überleben notwendig war.« Mit den Daumen wischte er ihre Tränen fort. »Du warst so jung, du hättest zerbrechlich sein müssen, aber du bist allein in diese große Welt hinausgegangen und hast dich durchgeschlagen.«

»Aber ich schäme mich so«, stieß sie zwischen Schluchzern hervor. »Ich wusste nicht einmal, wie man tanzt, und schon gar nicht wie man strippt. Ich hatte noch nicht einmal einen Jungen geküsst, und zu versuchen, mich sexy zu geben, war alles andere als einfach für mich. Keine Ahnung, ob ich es überhaupt jemals geschafft habe. Wenn Reagan nicht gewesen wäre, hätten die mich wahrscheinlich rausgeworfen. Und nicht, dass das etwas ändert, aber auch wenn ich oben ohne getanzt habe, so hatte ich doch einen G-String an. Und diese grauenhaften High Heels! Ich hatte Blasen, die wochenlang nicht abgeheilt sind, und anfangs bin ich auf der Bühne sogar gestolpert. Bestimmt hab ich mich total lächerlich gemacht.«

Er wischte noch mehr Tränen fort. »Ich wette, diese Unschuld hat dir noch größere Trinkgelder eingebracht.«

Seine Ungezwungenheit überraschte sie und ließ sie lächeln.

»Aber im Ernst«, fragte er ruhig nach, »hat dir jemand wehgetan? Die Leute in solchen Läden können ein ziemlich unangenehmer Haufen sein.«

Sie schüttelte den Kopf. Ihr war oft wehgetan worden, aber nicht beim Striptease. »Es gab eine strenge Nicht-Anfassen-

Regel. Anfassen kann anscheinend als Prostitution angesehen werden, zumindest sagten sie das. Ich habe nie mit den Gästen geschlafen oder so, falls du dich das fragst.«

»Das frage ich mich nicht.«

Sie sah ihn ungläubig an.

»Wenn es das ist, worüber du dir Sorgen gemacht hast, dann ist das unnötig. Dadurch wird mir nur bewusst, dass du noch stärker bist, als ich dachte.«

»Ich bin nicht stark, Bones, und das war noch nicht alles.« Tränen liefen ihr weiter über die Wangen, als sie daran dachte, wie schwach sie gewesen war. Sie hasste das Gefühl, mit jedem Schritt vorwärts zwei Schritte zurück zu gehen.

»Erzähl's mir«, sagte er mit einer Spur Verärgerung in der Stimme, »denn ich denke, du irrst dich. Nichts, was du je sagen könntest, würde mich glauben lassen, du seist schwach.«

»Glaub mir, ich irre mich nicht. Wenn du von meinem Leben mit Lewis erfährst, wirst du verstehen, wie schwach ich wirklich war.« Panik überkam sie wie schon zuvor. Sie atmete ein paar Mal tief ein und langsam aus, und erinnerte sich daran, dass das Reden über Lewis ihn nicht wieder in ihre Nähe brachte.

Bones beugte sich näher zu ihr, aber sie streckte die Hand aus, um ihn aufzuhalten. »Mir geht es gut. Das sind nur die schlimmen Erinnerungen … Ich muss es herausbringen.«

Er nahm ihre Hand und sah sie eindringlich an. »Ich lasse nicht los. Im Gegenteil …« Er stand auf, holte sie ebenfalls vom Stuhl und marschierte mit ihr zum Sofa. Dann setzte er sich, zog sie auf seinen Schoß und schlang die Arme um sie. »Okay, Süße, wann immer du bereit bist … Erzähl mir von deinem Leben mit diesem Vollidioten, den ich schon jetzt fertigmachen will.«

Wieder rauschte eine Woge der Emotionen über sie hinweg. Sie war es gewohnt, steinige Wege bergauf zu erklimmen, aber Bones bewirkte einen Ansturm von positiven Gefühlen, die noch kraftvoller waren als die Grobheiten, mit denen sie so lange gelebt hatte.

»Ich habe ihn in dem Club kennengelernt«, sagte sie mit zittriger Stimme. »Er war Stammgast. Kam oft ein paar Mal in der Woche, verschwand dann für eine oder zwei Wochen und tauchte dann wieder auf. Er war höflich zu mir, hat gutes Trinkgeld gegeben und flirtete die ganze Zeit. Oft blieb er noch, wenn ich mit der Arbeit fertig war, und unterhielt sich mit mir. Ich war jung. Ich hatte keine richtige Erfahrung mit Männern, und ich beging den Fehler, ihm das zu verraten, was er – wie ich jetzt weiß – zu seinen Gunsten ausgenutzt hat.«

Sein Blick verfinsterte sich und er legte die Arme fester um sie.

»Ich bin kein Opfer, Bones. Ich war einfach nur dumm und er …«

»Hat sich auf ein junges, verängstigtes Mädchen gestürzt«, brachte er zwischen zusammengepressten Kiefern hervor.

Sie seufzte. »Okay, kann man wohl so sagen.« Zumal es wahr war, auch wenn sie nicht als Opfer dastehen wollte. Sie wusste, wie Opfer aussahen, und später in ihrer Beziehung wurde sie viel mehr zu einem Opfer. »Aber es fühlte sich damals nicht so an. Es fühlte sich so an, als schenkte er mir Aufmerksamkeit, nicht dem Strippen oder sonst etwas, sondern nur *mir*.«

Der Kloß in ihrem Hals wurde größer und er drückte ihr einen Kuss auf den Arm. »Ich betrachtete ihn durch eine rosarote Brille, sah nur, was ich sehen wollte. Er war ein hübscher Kerl, und er drehte sich nach keinem anderen

Mädchen um. Das war damals ein ungeheures Gefühl, auch wenn mir klar ist, wie armselig sich das jetzt anhört. Ich war erst zwanzig, aber in der Datingwelt war ich ein völliger Neuling. Das Flirten dauerte ein paar Wochen an. Eines Abends lud er mich zu sich ein, und er sagte auch all die richtigen Sachen, damit ich mich als etwas Besonderes fühlte. Jetzt weiß ich, dass das nur blöde Phrasen waren, aber eben nicht ganz so blöd wie die, die ich normalerweise bei der Arbeit gehört hatte, was kaum verhüllte Angebote von Geld für Sex waren. Er war schlauer. Er hat meine Gefühle angesprochen, mir eingeredet, dass er mir zeigen wollte, wie es ist, mit einem Mann zusammen zu sein, der weiß, wie man Frauen behandelt.« Sie rückte etwas auf seinem Schoß hin und her. »Du hältst mich zu fest.«

»Entschuldigung«, sagte er schroff und versuchte eindeutig, sich zu beherrschen. »Es tut mir leid, Sarah«, sagte er sanfter. »Das alles ist nur schwer anzuhören. Aber ich muss wissen, was dir angetan wurde.«

»Damit du weißt, wie heftig du ihn verprügeln sollst?« Sie hob eine Augenbraue und brauchte ganz offensichtlich eine Pause von der Anspannung.

Er fuhr mit den Fingern durch ihre Haare und zog sie zu einem zärtlichen Kuss an sich. Dann ließ er seine Lippen über ihre Wange gleiten und sagte: »Damit ich weiß, wie leidenschaftlich ich dich lieben muss, um die Erinnerung an ihn verblassen zu lassen.«

Himmel. Wie sollte sie die Güte dieses Mannes überleben?

»Und wie heftig ich auf ihn eindresche«, brummte er. »Erzähl weiter, Süße. Ich muss das hören.«

Sie lehnte sich an ihn, um seine Stärke für sich zu nutzen. »Jedenfalls war er an dem Abend nicht allzu grob, und beim nächsten Mal war es besser, und dann ging das so eine Weile. Er kam in den Club, schenkte mir seine ganze Aufmerksamkeit und manchmal gingen wir nach meiner Schicht zu ihm. Er hat mir erzählt, dass er nur bei seinem Vater aufgewachsen war und dass er das Haus geerbt hatte, als sein Vater starb. Sein Vater war ein Alkoholiker und fies, wenn er getrunken hatte. Lewis sagte, er wollte nie wie sein Vater werden, also dachte ich, hatten wir ja etwas gemeinsam. Es war egal, dass meine Eltern nicht getrunken haben. Misshandelt ist misshandelt, oder?«

Er nickte, die Zähne fest aufeinandergepresst.

»Er war Pharmareferent. Ich hatte keine Ahnung, was das war, als ich ihn kennenlernte. Es kam mir wie eine vollkommen andere glamouröse Welt vor. Er war viel unterwegs, was die Wochen erklärte, in denen er weg war. Und wie er im Club mit dem Geld um sich warf, schien es, als hätte er ein gutes Auskommen. Ich erzählte ihm, dass ich Geld für die Kosmetikschule gespart hatte, und er schlug vor, dass ich bei ihm einziehe. Er sagte, er wolle nicht, dass ich noch länger strippe, und dass ich zur Schule gehen könne. Ich hatte richtig viel Geld angespart, aber weißt du, was das Seltsame war? Egal wie viel Geld auf dem Konto war – und ich hatte mehr, als ich mir erträumt hatte –, ich hatte nie das Gefühl, festen Boden unter den Füßen zu haben. Ich verspürte immer das Bedürfnis, noch mehr zu sparen, nur für den Fall …«

»Ist doch verständlich bei deiner Familie.«

»Wahrscheinlich«, sagte sie. »Ich dachte, seine Einladung würde bedeuten, dass ich ihm wichtig war, aber nicht lange nachdem ich eingezogen war, wurde mir klar, dass das nicht der Fall war. Vielleicht zu Anfang, in gewisser Weise, aber er hat mich nie so behandelt wie du, nicht einmal wie du, bevor wir zusammenkamen. Bis zu dem Abend auf deinem Boot hatte ich noch nie ein richtiges Date.«

Er räusperte sich, und sie wusste, dass er versuchte, seine Wut zu bezwingen, denn jeder einzelne Muskel in seinem Körper war angespannt. »Wie war dein Leben mit ihm?«

Sie dachte einen Augenblick lang darüber nach, bevor sie antwortete. »Da war so vieles, dass es schwer zu beschreiben ist. Zuerst war es alles so neu, seine Aufmerksamkeit, in einem richtigen Haus zu wohnen statt in einem heruntergekommenen Zimmer. Das folgende Semester habe ich mich an der Schule eingeschrieben und das war aufregend. Ich hatte dieses neue Leben, und wir waren zwar nicht verliebt, aber er gab mir das Gefühl, ich sei es wert, dass man mit mir Zeit verbringt. Das alles hat mich so fasziniert, dass ich die Anzeichen direkt vor meinen Augen nicht gesehen habe. Vielleicht war es mir egal, weil das, was ich hatte, viel mehr war als alles, was ich je zuvor gehabt hatte. Ich hatte keine Vergleichsmöglichkeiten für unsere Beziehung, und plötzlich war da ein Mann, der nicht wollte, dass ich mich ausziehe, der unterstützte, dass ich zur Schule ging, und er hat mir sogar geholfen, einen Gebrauchtwagen zu kaufen. Ich hatte genug Geld, um es auf einen Schlag zu bezahlen, aber er hat ein paar hundert Dollar zugeschossen.«

»Wie großzügig«, meinte Bones sarkastisch.

»Wenn man es gewohnt ist, für jeden Penny zu kämpfen, kommt einem ein Fünf-Dollar-Schein wie ein Vermögen vor.«

»Ich weiß«, gestand er ein. »Entschuldige.«

»Schon gut. Ich dachte, er wollte mehr mit mir. Ein ganzes Leben. Er war viel unterwegs, also habe ich mich damit beschäftigt, ein Leben aufzubauen. Ich habe die Schule abgeschlossen und bin dann mit Bradley schwanger geworden. Ab da ging es los, dass er oft spät oder gar nicht nach Hause kam. Wir wohnten in seinem Elternhaus, was er ja von seinem Vater geerbt hatte. Zuerst fand ich es toll, so weit außerhalb der Stadt zu wohnen. Ein neuer Anfang und so. Aber dann fühlte ich mich einsam, was ich vorher noch nie empfunden hatte. Ich hatte nie erlebt, wie es war, mit einem Mann zusammenzuleben, oder einen Mann zu haben, der mich erobern will, und als ich das erlebt hatte und die Schule hinter mir hatte und nur noch gearbeitet und Hausfrau gespielt hatte, fehlte es mir. Er sagte, ich wäre einfach nur fordernd und hätte keinen Vergleich …« Sie zuckte mit den Schultern.

»Das ist nicht fordernd, Sarah«, widersprach er entschieden. »Ich hoffe, das weißt du jetzt. Wenn man mit jemandem in einer Beziehung ist, dann sollte man einige Dinge als selbstverständlich betrachten, wie zum Beispiel die Tatsache, dass man dich an allererste Stelle setzt. Dass man abends zu Hause ist. Die Familie kommt zuerst. Immer.«

Tränen brannten wieder in ihren Augen. »Ich denke, das ist die Lebensart der Whiskeys, aber in meiner Welt seid ihr einzigartig.«

»Du bist jetzt in meiner Welt und du kannst mich als selbstverständlich betrachten.« Er umarmte sie und fragte: »Was passierte, nachdem Bradley geboren war?«

»Lewis hatte etwas dagegen, dass ich arbeite, also blieb ich zu Hause, wie ich es mir auch vorgestellt hatte. Ich wollte bei meinem Baby sein. Aber dann änderte es sich. Ich war erschöpft, und Lewis hasste die dreckigen Windeln, das Chaos, das Babys anrichten, das Geschrei. Meistens schlief ich auf einer Liege in Bradleys Zimmer, weil er Koliken hatte und Lewis sich aufregte, wenn er geweckt wurde. Als Bradley anfing durchzuschlafen, schien es wieder besser zu laufen. Und dann wurde ich mit Lila schwanger und er kam noch seltener nach Hause. Nachdem Lila auf die Welt gekommen war, hatte ich mit den beiden viel um die Ohren, und ich wusste, dass unsere

Beziehung nicht gut lief, aber ich hatte ein Dach über dem Kopf und Kinder, um die ich mich kümmern musste. Ich dachte, ich wüsste, was meine Prioritäten waren: sie gesund, sicher und geliebt aufziehen. Wenn ich mit Lewis unglücklich war, dann war das egal. Ich hatte mich für meinen Platz im Leben entschieden, aber sie standen an erster Stelle.«

Bones streichelte ihr über die Hand und sagte: »Bitte zweifle nie daran, dass du eine erstaunliche Mutter bist.«

»Erstaunlich weiß ich nicht, aber ich weiß, dass ich eine gute Mutter bin. Die Kinder sind mein Ein und Alles, und es gibt nichts, absolut gar nichts, was ich nicht für sie tun würde.« Bilder von der Nacht, die dazu führten, dass sie wegging, tauchten vor ihrem inneren Auge auf, und sie versuchte krampfhaft, sie zu verdrängen.

»Und dann begann der eigentliche Albtraum. Lewis und sein Freund hatten einen Autounfall. Sie waren beide betrunken. Lewis hatte nicht am Steuer gesessen, aber es hat ihn ziemlich erwischt: gebrochene Rippen, zertrümmerter Wangenknochen und ein gebrochener Fuß. Er wurde abhängig von Schmerzmitteln und verlor seine Arbeit. Von da an wurde alles schlimmer. Ich hatte nie irgendwelche Drogen genommen und auch keinen Alkohol getrunken, also hatte ich keine Ahnung, dass er abhängig war. Ich dachte, er war die ganze Zeit wütend wegen seiner Verletzung und der Kinder, aber es ging über Monate so. Ich schlief wieder im Zimmer der Kinder, weil er sich so aufregte, wenn Lila aufwachte. Zu spät habe ich herausgefunden, dass er seine Ersparnisse bis auf den letzten Penny auf den Kopf gehauen und dann auch meine Kreditkarte genommen hatte, um auch mein Konto leer zu räumen. Eines Tages sagte er, ein Freund würde meinen Wagen holen, weil es ein komisches Geräusch machte und er es reparieren würde.

Tja, wie sich herausstellte, hat er mein Auto vertickt, um Geld für Drogen zu bekommen. So hatte ich am Ende kein Geld, kein Auto, zwei kleine Kinder und einen drogenabhängigen Freund.«

»Meine Güte, Sarah«, stieß er grimmig hervor. »Und dann bist du abgehauen?«

»Wie denn? Wir wohnten vierzig Meilen außerhalb der Stadt, ich hatte keine Freunde, die mich holen konnten, kein Geld für ein Taxi und es gab keine Busse. Aber es wurde noch schlimmer. Eines Tages stand eine Frau mit einem Koffer voller Klamotten von ihm vor der Tür. Sie hat mir alle möglichen Schimpfworte an den Kopf geworfen, und erst dann wurde mir klar, dass er andere Frauen gehabt hatte. Ziemlich dämlich, oder? Es hätte mir früher aufgehen müssen, aber ich wollte es wohl nicht sehen. Als er nach seiner Drogenbeschaffungstour nach Hause kam, wartete ich, bis die Kinder im Bett waren und stellte ihn dann wegen ihr zur Rede. Wir stritten, und er schwor, er hätte sie nicht mehr gesehen, seit Bradley auf der Welt war. Ich glaubte ihm nicht und die Situation eskalierte. Er schleuderte mich gegen die Wand und holte sich mit Gewalt, was er wollte – angeblich, um mir zu zeigen, dass er nicht log.« Sie legte die Hand auf ihren Bauch.

Bones gab einen Laut von sich, der irgendwo zwischen einem Knurren und Stöhnen lag. Er legte beide Hände auf ihren Bauch und küsste ihn dann. Als sein Blick ihrem begegnete, war es offensichtlich, wie sehr er sich zurückhalten musste. »Ich bringe ihn um.«

Sie schüttelte den Kopf, während die Tränen noch immer über ihre Wangen glitten. »Er ist es nicht wert.«

»Er wird nicht in die Nähe deiner Kinder kommen, Sarah. *Niemals.* Bitte sag, dass du dann gegangen bist.«

Sie schüttelte den Kopf und erinnerte sich an die folgenden Wochen. »Ich konnte nicht. Ich hatte keinen Penny. Erst acht Wochen später konnte ich endlich abhauen. Er hatte Leute zu einer Party eingeladen, und als alle zugedröhnt eingeschlafen waren, habe ich mir ihr Drogengeld genommen, die Schlüssel von einem der Autos und bin mit nichts Weiterem als der Kleidung, die ich anhatte, meinen Kindern und einer Handvoll Windeln abgehauen.«

Sie wischte sich die Tränen weg, aber sie liefen immer weiter. »Es war drei Uhr morgens oder so. Ich fuhr zu dem Friseursalon, in dem Reagan gearbeitet hatte, und wartete, bis sie aufmachten. Sie war nicht mehr da, also fuhr ich zu dem Club, in dem wir getanzt hatten, aber es war so viele Jahre her, sie war auch dort nicht mehr. Der Manager hatte Mitleid mit mir und telefonierte ein bisschen herum. Er fand heraus, dass sie in einem anderen Club etwa eine Stunde entfernt tanzte. Ich fand sie und sie ließ mich bei sich und ihrem Bruder wohnen. Ich wusste nicht einmal, dass sie einen Bruder hatte. Er half mir, das Auto loszuwerden, und wie ich schon erzählt habe, er stellte den Kontakt zu Reggie Steele her, dem Privatdetektiv, der Scott auftrieb und dann herausfand, wo Josie arbeitete. Dass ich schwanger war, merkte ich erst drei Wochen, nachdem ich abgehauen war.«

»Verdammt …« Mit geballten Fäusten atmete er heftig aus. »Kleines, dein Leben wird nie wieder so sein. Niemals. Das ist ein Versprechen. Ob du bei mir bleibst oder nicht, ich werde nicht zulassen, dass dir jemand wieder wehtut.«

»Dank dir möchte ich an *uns* glauben, aber du denkst das alles nicht bis zum Ende. Oder du hast den ersten Teil meiner Geschichte vergessen. Das Strippen.« Sie sah auf seine starken Hände hinunter, die ihre fest umklammerten, und es brach ihr das Herz, als sie weitersprach. »Du bist ein hoch angesehener Arzt hier in der Gegend, jemand, zu dem alle im Ort aufschauen. Was werden sie denken, wenn sie herausfinden, dass du mit einer Frau zusammen bist, die als Stripperin gearbeitet hat? Das war nicht nur ein oder zwei Monate lang. Das habe ich einige Jahre gemacht. Es war keine einmalige Sache, und ich war in Baltimore. Das ist nicht weit weg von hier, und unsere Gäste waren ziemlich vornehm, man kann also nie wissen ...«

»Und warum genau sollte ich mich bitte darum scheren, was irgendjemand denkt?«, fragte er mit leiser, vor Wut bebender Stimme.

»Weil es Auswirkungen auf deine Arbeit haben könnte, deine Bekanntschaften.«

Er atmete tief ein, als versuchte er, den Zorn zu zügeln, der durch seine zitternden Nasenflügel offensichtlich wurde. »Die Menschen kommen wegen meiner Fachkenntnisse als Arzt zu mir. Wenn sie idiotisch genug sind, den verdammt noch mal besten Onkologen in der Gegend zu meiden, weil du getan hast, was du zum Überleben tun musstest, dann zur Hölle mit ihnen. Es gibt keinen einzigen Menschen auf diesem Planeten, dem ich erlauben würde, schlecht über dich zu reden. Darüber brauchst du dir nie Sorgen machen.«

»Bones ...«

»Nein, Sarah! Es gibt nicht viele Dinge, bei denen ich keinen Spaß verstehe, aber dies ist nichts, woran du auch nur einen Gedanken verschwenden solltest. Mir ist es scheißegal, was andere denken. Du und die Kinder, ihr seid mir wichtig. In all den Jahren habe ich noch nie das empfunden, was ich für dich empfinde. Von dem Moment an, in dem wir uns kennenlernten, habe ich mich von allem, was dich ausmacht, angezogen gefühlt. Und in den Wochen danach sind diese Gefühle um ein Zehnfaches intensiver geworden. Ich habe es satt, meine Gefühle zu verbergen. Mir ist es egal, ob du nackt an einer Straßenecke gestanden hast. Der Mensch, der du bist, ist die Frau, in die ich mich immer mehr verliebe, und egal was nötig war, damit du hier ankommen konntest, wir werden das annehmen. Nicht du, nicht die Kinder. Sondern *wir*.«

Er umfasste ihr Gesicht mit seinen großen, warmen, sicheren Händen, um ihre Tränen fortzuwischen. Alles was er tat, war ebenso kompromisslos beschützend wie zärtlich. Sie wollte ihre Emotionen nicht verdrängen oder vorsichtig ihm gegenüber sein, auch wenn ihre Vergangenheit anderes vorschrieb. Sie hatte endlich den Eindruck, dass ihr Herz und ihr Kopf Hand in Hand gingen, und *Himmel ja*, sie wollte ihnen folgen.

»Meine Kinder fangen an, eine emotionale Bindung zu dir aufzubauen, und ich …« Die Angst versuchte, ihre gierigen Klauen um ihren Hals zu legen, nahm ihr die Stimme, aber sie riss sie fort und warf sie beiseite. »Ich auch, Bones. Also bist du ganz sicher, dass du das alles – mich, mein Gepäck – in deinem Leben willst?«

»Mehr als du dir je vorstellen könntest, und deine Vergangenheit ist kein Gepäck. Sie ist ein Teil von dir, und auch wenn manches davon nicht angenehm ist, ich akzeptiere es, Sarah. Also bitte frage mich das nie wieder. Aber mich zu akzeptieren bedeutet, die Dark Knights zu akzeptieren. Hast du irgendeine Vorstellung davon, was es heißt, mit einem Dark Knight zusammen zu sein? Irgendwann auf meinem Motorrad mitzufahren? Wenn du mein Mädchen bleibst, Sarah, dann wird niemand meinen Zorn oder die Macht der Bruderschaft erleben wollen. Du und die Kinder werdet mit dem größten

Respekt behandelt und beschützt werden, aber das alles hat seinen Preis. Ich muss an Clubtreffen teilnehmen. Das ist meine Familie, und das bedeutet, wenn einer von ihnen etwas braucht oder es ein Problem gibt und wir gerufen werden, dann lasse ich alles stehen und liegen und mache *alles*, was nötig ist.«

»Bones …«, brachte sie nur heraus.

Er schob ihr die Haare aus dem Gesicht und sagte: »Ich will dich, Süße. Die Frage ist, willst du mich in deinem Leben?«

»Ja«, brach es entschieden aus ihr heraus.

Sein ganzer Körper schien auszuatmen und sie gleichzeitig an sich zu ziehen, als er seinen Mund auf ihren legte. Wochen der Unsicherheit, der Träumerei, des Begehrens ergaben endlich einen Sinn und ließen eine Schockwelle von ihrem Kopf bis hin zu ihren Zehenspitzen losbrechen. Sie konnte kaum denken, aber als sein Mund ihren verschlang, wurde sie von einer Lebendigkeit durchströmt. Seine Hände schoben sich in ihre Haare und hielten sie genau dort, wo er sie haben wollte. Alles in ihr prickelte und summte. Seine Arme waren stark und sicher. Seine Hände bewegten sich besitzergreifend und drängend über ihren Körper, streichelten langsam und drückten ihren Oberschenkel, ihre Hüfte, ihre Rippen, als müsste er alles von ihr für sich beanspruchen. In der berauschenden Erwartung dessen, von dem sie beide wussten, dass es nun kommen würde, merkte sie, dass sie stöhnte und sich an seine Arme und seinen Oberkörper krallte wie eine hungrige Tigerin. Sie war nicht im Geringsten verlegen. Auf eine Art, die sie noch nie erlebt hatte, fühlte sie sich endlich frei, und sie wollte alles an ihm erforschen. Seinen Mund, seinen Körper und sogar noch mehr von seinem Herzen.

»Sarah …«

Sein raues Flüstern ergoss sich über sie, das Verlangen darin ließ sie sich noch mehr nach ihm verzehren. Wie war das möglich? Seine heißen, fordernden Lippen glitten über ihre Wange und den Kiefer zu ihrem Ohr, wo er leckte und küsste, bis jeder Zentimeter von ihr in Flammen stand.

»Ich will dich in meinem Bett, wo ich alles an dir lieben kann, aber wenn du nicht bereit bist –«

Sie konnte nicht schnell genug von seinem Schoß herunterkommen. Sie streichelten und küssten sich, stolperten durch das Haus und hinauf zu seinem Schlafzimmer, in dem es – abgesehen von dem Mondlicht, das durch die Fenster schien – dunkel war. Sein Mund loderte an ihrem Hals entlang. Als sich ihre Augen zittrig öffneten und wieder schlossen, nahm sie kurz stahlgraue Wände wahr, eine Reihe von bodentiefen Fenstern, dunkle, maskuline Möbel und ein riesiges Bett. Ihre Nervenenden tobten, als er den Saum ihres Pullovers anhob, ihn auszog und auf einen Stuhl warf.

»Ich hab mich dreimal auf Krankheiten untersuchen lassen und bin gesund«, stieß sie schnell hervor. Sie war zu nervös, um innezuhalten, und die Worte sprudelten heraus. »Der Arzt sagte, drei Monate nach Kontakt ist es zu neunundneunzig Prozent sicher. Nicht, dass ich zu irgendwas Kontakt hatte, soweit ich weiß, nur falls du dich fragst. Und Lewis ist der einzige Mann, mit dem ich ungeschützten Sex hatte.«

Er legte den Arm um ihre Taille, zog sie näher an sich und sah ihr in die Augen. »Ich bin auch gesund, Sarah. Ich weiß, wieviel dir deine Kinder bedeuten, und ich wusste, dass du dich untersuchen lassen würdest – deinem ungeborenen Kind zuliebe und um sicher zu sein, dass du für Bradley und Lila da sein kannst. Und, Sarah, er war vielleicht dein Erster, aber ich hoffe, dein Letzter zu sein.«

Was er gesagt hatte, ließ ihr Herz fast zerbersten. Wie

konnte er auch nur erahnen, dass sie voller Angst die Untersuchungen hatte machen lassen und dass ihre Kinder die treibende Kraft dafür gewesen waren, sich vielleicht den schlimmsten Ergebnissen stellen zu müssen?

Wieder eroberte er ihren Mund, küsste sie tief, langsam und so unglaublich leidenschaftlich, dass er all die kreisenden Kompassnadeln in ihr wieder ausrichtete. Als er sich von ihr löste, in ihre Augen schaute und mit den Fingern durch ihre Haare fuhr, schien die ganze Welt zu verschwinden, bis es nur noch sie beide gab.

»Ich will es nicht überstürzen.« Er küsste sie auf den Mundwinkel. »Ich möchte, dass du spürst, wie viel du mir bedeutest.«

Er ließ Küsse auf ihren Hals regnen und verharrte an den Stellen, von denen er wusste, dass sie sie verrückt machten. Dann glitt dieser sündige Mund über ihre Schulter, küsste und knabberte, und flüsterte immerzu süße Dinge. Die Erwartung in ihr wuchs, pulsierte wie Donner, während sein Mund hinabwanderte, an der Kuppe ihrer Brust entlang. Mit der Zunge fuhr er über den Rand ihres BHs. Sie schloss die Augen, ihre Beine wurden schwach. Gerade als sie so weit war, dass sie nach mehr betteln wollte, öffnete er den Verschluss des BHs und ließ ihn auf den Boden fallen.

»So verdammt schön ...«, sagte er mit heiserer Stimme, als er seinen Mund auf ihre Brust senkte.

Ihr Kopf war schon zehn Schritte weiter als sein Mund. Zu wissen, dass er sie allein dadurch zum Gipfel führen konnte, machte jedes aufreizende Saugen noch unerträglicher. Sie vergrub die Hände in seinen Haaren, packte ihn fest, während er zwickte und leckte, küsste und saugte, und sie an den Rand der Besinnungslosigkeit brachte.

»Bones, Bones, Bones …«, flehte sie.

Er kam hoch und nahm ihren Mund mit seinem gefangen, küsste sie gierig, bis sie kaum noch Luft bekam. Er führte ihre Hände an seine Schultern, und dann sank er nach unten und zog ihre Schuhe und Socken aus. Er schob seine Finger unter den weichen Bund ihrer Jeans bis hin zu ihrem Slip. Seine kräftigen Fingerknöchel drückten gegen sie, als er beides hinunterzog. Dann strich er mit den Händen an ihren Beinen hinauf, küsste und liebkoste sie dabei von den Fesseln bis hin zu ihren Oberschenkeln, und machte sie feucht und noch bedürftiger. Sein Mund wanderte innen an ihren Oberschenkeln entlang, dann an ihrem Bauch hinauf. Während er sich an ihrem Körper labte, prasselten die Empfindungen von überall auf sie ein – seine heißen Lippen, sein nasser Mund und seine starken Hände. Langsam neckte und kostete er sie an all den Stellen, die ihre Mitte anschwellen und sich zusammenziehen ließen, sodass ihr Innerstes zu einem einzigen heißen, gierigen Begehren verschmolz.

Als seine Lippen ihre fanden, konnte sie sich kaum noch auf den Beinen halten. Mit einem glühenden Kuss führte er sie zum Bett. Er warf die Decke zurück, legte Kissen am Kopfende aufeinander und beobachtete sie dabei so intensiv, nicht nur voller Lust und Verlangen, sondern auch mit etwas so Bedeutungsvollem, dass sie es bis in die Knochen spürte. Eine Sekunde lang machte sie sich Sorgen über Positionen und ihre Unbeholfenheit, aber als hätte er ihre Gedanken gelesen, führte er sie zur Matratze und half ihr, sich gegen die Kissen zu lehnen. Dann zog er sich den Pullover über den Kopf und offenbarte seinen breiten Oberkörper, die wohlgeformten Bauchmuskeln und die Piercings, die eine Flut von Hitzewellen in ihren Adern auslösten. Er warf den Pullover beiseite, und während er seinen

Gürtel öffnete, sog sie seine Muskelpracht und Schönheit in sich auf. Rechts auf seinem Brustkorb war das Emblem der Dark Knights, ein Schädel mit schwarzen Löchern als Augen, geschwungenen und spitzen Augenbrauen und Fangzähnen. Über der eindringlichen Abbildung stand das Wort *Family*. Seine Schultern waren Leinwände für Worte und Bilder, die zu erfassen sie keine Zeit hatte, als er sich Hose, Stiefel und Socken auszog und nun in dunklen Boxershorts vor ihr stand, die sich über seiner beeindruckenden Erektion spannten.

Und dann landeten auch die auf dem Boden und sie konnte Bones Whiskey und all seine nackte Pracht anschmachten. Mit einem wölfischen Grinsen robbte er auf die Matratze, dann traf sein Mund auf ihren und dieses Grinsen wurde zu einer überzeugenden Verlockung. Er stützte sich auf einer Hand ab, mit der anderen brannte er einen Pfad auf ihrem Oberschenkel, und mit jeder Bewegung auf und ab gab er ein männliches sexy Stöhnen von sich. Er verlangsamte ihre Küsse zu einer Reihe von qualvoll weichen und neckenden Berührungen, bevor sein sündhafter Mund nach unten wanderte. Mit einem solchen Mund würde er sie schon fertig machen, bevor sie zum Eigentlichen kamen. Jede Sekunde war elektrisch geladen, als er sich über ihren Bauch hinweg nach unten dorthin küsste, wo sie ihn am meisten brauchte.

Nein. Wo sie ihn am zweitmeisten brauchte.

Ihre Kinder waren in ihrem Herzen, und das bedeutete, dass ihr Herz ihn immer am meisten brauchen würde.

Sie schloss die Augen, krallte sich im Laken fest, als seine kräftigen Finger ihre Oberschenkel auseinanderschoben und sie seinen Atem zwischen ihren Beinen spürte. Er hauchte federleichte Küsse auf die Innenseiten ihrer Oberschenkel. Bei jeder Berührung hielt sie den Atem an, presste die Zähne aufeinander, um gegen den Drang anzukämpfen, nach mehr zu betteln, während er mit der Zunge so nah an ihrer ungeduldigen Mitte entlangfuhr, dass sie das Gefühl hatte, den Verstand zu verlieren. Seine Zunge leckte langsam und sinnlich an ihrer Mitte entlang und er stöhnte.

»So köstlich, Süße.«

Es war gut, dass sie lag, denn der Hunger in seiner Stimme hätte sie in die Knie gehen lassen. Er umfasste ihre Oberschenkel, schob sie weiter auseinander und jagte Hitzepfeile durch ihre Glieder, als sein Mund sich auf ihre Mitte senkte. Er drängte nicht, nahm sich nicht zu viel. Er genoss. Ihre Hüften schaukelten im Einklang mit ihm und bewegten sich mit jedem gekonnten Zungenschlag mit. Er wurde schneller, trieb sie an den Rand des Wahnsinns. Ihre Fersen gruben sich in die Matratze. Ihr Kopf fiel in den Nacken und zwischen zusammengepressten Zähnen sog sie die Luft ein, als er sich nicht mehr zurückhalten konnte. Sie schaukelte und stöhnte. Er schob die Hände unter ihren Hintern, hob sie höher und hielt sie, während er herrliche Dinge mit seiner Zunge vollbrachte. Dann schob er seine Finger in sie und ließ ihren ganzen Körper krampfen und zittern.

»Oh Gott«, keuchte sie. Sex war für sie bisher immer etwas schmerzhaft und grob gewesen. Immer hatte sie sich leer gefühlt – vorher, währenddessen und nachher. Sie hatte nie erlebt, dass sich Berührungen so sinnlich und liebevoll anfühlen konnten. *So verdammt herrlich.*

Ihre Beine fingen an zu zittern, und er wurde schneller, las jeden Atemzug von ihr, jedes Stöhnen und Erschaudern, erforschte – und spielte gekonnt – mit ihren sensibelsten Stellen. Sie atmete schneller, als seine Finger in ihre feuchte Hitze hinein- und wieder hinausglitten, und er ihre Klitoris mit der Zunge reizte. Als er den Druck verstärkte, kniff sie die Augen zu und ein millionenfaches Feuerwerk explodierte hinter ihren geschlossenen Lidern. Sie schrie seinen Namen, als Fluten der Lust in ihr wüteten. Gerade als die Erregung nachließ, wurde er wieder schneller. Mit jedem Zungenschlag spannten sich ihre Beine an und ihre Atmung wurde heftiger.

»Da ... genau da ... da«, bettelte sie.

Mit Zähnen, Zunge, Händen und Mund jagte er sie wieder in die Höhe und liebkoste sie bis zum allerletzten Schauder ihres Orgasmus. Erst dann kam er hoch und stürzte sich gierig auf ihren Mund, verschluckte ihr Gemurmel und ihr Stöhnen. Sein Mund war himmlisch, seine Haut heiß, sein Körper hart. So unglaublich hart. Sie legte die Hand um seine Erektion und wurde mit einem Knurren belohnt, das sie anspornte. Hitze kribbelte unter ihrer Haut und erweckte schlafendes Begehren, von dessen Existenz sie gar nicht gewusst hatte. Mit Bones zusammen zu sein war, als würde sie im tiefsten Winter unter eine dicke Decke krabbeln, die warm, sicher und so verlockend war, dass sie sich ihm ganz hingeben wollte.

Sie entriss ihm ihren Mund und sagte: »Ich bin dran.«

»Himmel«, flüsterte er. »Wie können drei Worte mich so schwindelig machen?«

Sie drückte seinen Oberkörper von sich, fühlte sich kühn und unersättlich. Er legte sich auf den Rücken und streckte die Arme nach ihr aus. »Du musst nicht –«

»Schscht.« Sie war von dem überwältigenden Gefühl erfüllt, dass es richtig war. »Nie in meinem Leben *wollte* ich das bisher. Ich habe in meinem Leben nie einen Mann *gewollt*, so wie Frauen in Filmen ihren Mann wollen – bis ich dich kennengelernt habe. Ich brauchte all die Zeit, um meinen Gefühlen so weit zu vertrauen, dass ich danach handeln konnte.

Also versuch bitte nicht, es mir auszureden.« Als sie sich neben ihn legte, den Kopf nah an seiner Länge, ihren Bauch an seinem Oberkörper, sagte sie: »Hör heute Abend auf, behutsam mit mir umzugehen, und sag mir, wie sehr du meinen Mund auf dir spüren willst.«

Sein Blick glühte mit einem wilden inneren Feuer. »Süße, ich will deine vollen, hinreißenden Lippen ebenso sehr um mich spüren, wie ich dir mit meiner Zunge wieder einheizen will.«

»Oh ja«, flüsterte sie. »Du bist echt gut darin. Jetzt kann ich nicht mehr denken.«

Er lächelte, als sie die Hand fest um seine Härte legte und ihm noch ein lustvolles Stöhnen entlockte. Oh, wie sie das liebte! Er drückte seine Lippen an ihren Oberschenkel, als sie den Mund auf seinen Schaft senkte und ihn herrlich nass machte. Mit jedem Streicheln ihrer Zunge küsste er sie heftiger und gab mehr von diesen sexy Lauten und diesem Knurren von sich, die ihr Inneres schaudern und brennen ließen.

Also legte sie nach.

Sie strich und saugte, vollkommen verloren in seinem frischen maskulinen Duft, dem Gefühl seiner harten Länge in ihrem Mund und in ihrer Hand, seinen nassen Lippen, die über die Unterseite ihres Bauches und ihre Oberschenkel wanderten. Als er die Finger zwischen ihre Beine schob, hielt sie inne, seinen Schaft noch tief in ihrem Mund, und genoss die Lust, die sich durch ihr Innerstes schlängelte. Er packte ihren Hintern, sie bewegte sich im Rhythmus seiner Bemühungen und saugte tief und langsam, bis er es war, der innehielt, er, der kaum atmete und ihr die Macht gab, ihn so zu lieben, wie sie es wollte.

Er strich mit der Hand über ihren Arm und sagte: »Ich brauche dich, Liebes.«

Ohne zu zögern kroch sie über ihn, hielt seinen dicken

Schaft an ihre Pforte, sank nach unten und genoss jeden köstlichen Zentimeter, als er sie vollkommen ausfüllte. Er streckte die Hände nach ihr aus, als sie sich zu einem Kuss zu ihm beugte, und mit einer Hand um ihre Taille stützte er sich an den Kissen ab, damit sie nicht so weit herunterkommen musste. Er war so ein aufmerksamer Liebhaber, dass es ihre Lust und ihre Gefühle für ihn noch steigerte. Er umfasste ihre Hüfte, stieß in sie, während sie ihm entgegenkam, küsste sie, als würde er nie genug von ihr bekommen. Jeder Zungenschlag, jeder Zentimeter von ihm in ihr, brachte sie einander näher, doch es war sein süßes Murmeln, sein zärtliches Geflüster – *Du fühlst dich so gut an. Wir sind füreinander geschaffen. Geht es dir gut? Sag es mir, wenn ich mich zu heftig bewege oder zu tief bin* –, das sie fast in Tränen ausbrechen ließ.

Behutsam legte er sie unter sich, nahm sich Zeit, um ein Kissen hinter ihren Kopf und ihre Schultern zu stecken, und dann sank er in sie. Tief. Sie schnappte nach Luft, als Blitze durch ihre Adern zuckten.

»Zu viel?«, fragte er voller Panik.

»Nein. Zu gut.« Es war das absolut intensivste und köstlichste Gefühl, das sie je erlebt hatte.

»Ich möchte dich lieben, bis ich jeden deiner Herzschläge spüre«, sagte er mit einer Stimme voller Emotionen, »und bis jeder deiner Atemzüge eins mit meinen ist.«

»Bones …« Keine Worte konnten ihre ungeheuerlichen Gefühle beschreiben.

Schmeichelnd fanden seine Lippen zu ihren und beide fingen an sich zu bewegen. Seine Hüfte schaukelte und stieß in einem vorsichtigen, betörenden Rhythmus in sie. Seine Küsse waren wild und nahmen so viel, wie sie gaben. Er war so achtsam und besorgt um ihren Bauch, passte bei jeder Position auf, dass er keinen zu großen Druck ausübte. Es gab kein eiliges Hasten dem Ende entgegen, keine Grobheiten, wie sie es bei Lewis erlebt hatte. Bones war kraftvoll, aber gleichzeitig war jede Bewegung, jede Berührung und jeder Kuss so gewandt und so genussreich. Sie liebten sich auf diese Art so lang, dass sie spürte, wie sich alles veränderte, als würden sie wirklich zu einem Wesen, einem Herz und einer Seele verschmelzen, als käme sie an einen sichereren, freieren Ort. Die Neuartigkeit dieses Erwachens verband sich mit dem herrlichen Gefühl, seine kräftige Hitze in sich zu spüren – zu spüren, wie die Liebe ihren ganzen Körper durchflutete. Feuer loderte in ihrem Bauch und knisterte in ihren Adern. Sie grub die Fingernägel in seinen Rücken, krallte sich an ihn, um mehr zu bekommen. Er musste die Veränderung gespürt haben, denn ein heiseres Knurren entwich ihm, und dann übernahm er wieder die Führung, änderte die Positionen und gab ihr genau das, was sie wollte und wo sie es brauchte. Er packte ihren Hintern und saugte an ihrem Hals, als er Wellen der Ekstase über sie hereinbrechen ließ. Sie krümmte und räkelte sich, krallte sich fest, um Halt zu haben, und ertrank in ihrem gemeinsamen Zauber. Gerade als sie wieder zu Atem kam, führte er sie erneut hinauf in die Wolken, während ihr Körper so sehr schauderte und zitterte, dass sie nach Luft schnappte. Sein Mund landete auf ihrem und gab ihr die nötige Luft und die ersehnte Liebe.

Als sie vom Gipfel herunterschwebte, ihr Körper schwach aber noch hungrig nach mehr, nahm er sie unter sich in den Arm, verschlang ihren Mund, während seine Lenden präzise vor und zurück schossen und sie zu einem weiteren intensiven Höhepunkt katapultierten. Ihr Name kam wieder und wieder hauchend über seine Lippen wie die Klänge von Geheimnissen – wichtig und voller Bedeutung.

Ihrer beider Geheimnisse.

Klänge, die sie nie vergessen würde.

Nase an Nase lagen sie sich gegenüber, als die Welt um sie herum langsam wieder Konturen annahm, und Bones war von einem Gefühl unerwarteter Vollständigkeit erfüllt. Er küsste Sarah auf die Nasenspitze, auf ihre Wange und schließlich, als er versuchte, all die Gefühle zu begreifen, die ihn erfassten, küsste er ihre wunderschönen Lippen.

Sie legte die Hand auf seine Wange und schloss die Augen mit einem süßen *Hmmm*.

Er wusste, dass er von diesem Laut nie genug bekommen würde. Ein Glückslaut seiner Frau. So viele Dinge wollte er ihr sagen, aber sie war so schläfrig und entspannt, dass er beschloss, dass sie warten konnten, und so strich er sanft über ihren Rücken, während sie in den Schlaf glitt.

Hier gehörte sie hin, an seine Seite, in Sicherheit und geliebt. Während er ihren gleichmäßigen Atemzügen lauschte, dachte er an die Dinge, die Bear zu ihm gesagt hatte. *Wenn du dich auf etwas konzentrierst, gibst du alles. Das entspricht einfach deinem Wesen. Wenn du mal stirbst, wirst du alles bis ins letzte Detail recherchiert und geplant haben.* So ging er die Dinge an, da hatte sein Bruder recht, aber bei dem hier gab es kein Recherchieren oder Planen. Kein Abwägen von Für und Wider, weil das keine Bedeutung hatte. Bedeutend war nur, dass – egal welche Hindernisse vor ihnen lägen – sein Herz Sarah und ihren Kindern gehörte und er sie mit seinem Leben beschützen würde.

Nach einer Weile musste er sie wecken. Sie konnten die Kinder nicht über Nacht allein lassen. Er küsste sie erneut und flüsterte dann: »Hallo, meine Süße.«

»Mhm.« Sie kuschelte sich enger an ihn.

Nichts in ihm wollte sie aufwecken, und sie schon gar nicht nach Hause bringen, um dann in ein Bett zurückzukehren, das nach ihr roch, und in ein Haus, das sich ohne sie leer anfühlen würde. Aber die Kinder brauchten sie mehr als er, also küsste er sie noch einmal und sagte: »Ich muss dich nach Hause bringen, mein Schatz.«

Ihre Augen öffneten sich schläfrig und sie zog ihre schönen blonden Augenbrauen hoch. »Bist du fertig mit mir?«

»Wohl kaum.« Er küsste sie zwischen die Augenbrauen.

»Ich will mehr Zeit mit dir haben.« Sie schob ihr Bein zwischen seine und klemmte ihre Ferse hinter seine Wade. »Dixie sagte, sie könnte über Nacht bleiben …«

Ihre Stimme ebbte ab, als würde ihr die Vorstellung, dass Dixie über Nacht bliebe und sie selbst am Morgen nicht bei den Kindern sein würde, erst jetzt klar werden. Er wusste nicht, dass Dixie angeboten hatte, die Nacht über zu bleiben, und er fragte sich, warum Dixie und Sarah es ihm nicht gesagt hatten.

Gerade als er fragen wollte, erinnerte er sich daran, wie nervös Sarah gewesen war, weil sie ihm von ihrer Vergangenheit erzählen wollte, und damit hatte er seine Antwort. Allein der Gedanke an diesen Idioten brachte sein Blut in Wallung. Bones schwor sich, dass der Mistkerl für alles bezahlen würde, was er ihr angetan hatte – und dass er sich so gut um ihre Kinder kümmern würde, dass selbst die DNA dieses Widerlings ihnen nichts anhaben konnte.

Aber im Moment brauchte Sarah keinen wütenden Freund. Sie musste erkennen, dass er das Gegenteil von allem war, was sie bisher kennengelernt hatte, also vergrub er diese heftigen Gefühle ganz tief in seinem Inneren und konzentrierte sich auf seine Liebste in seinen Armen.

»Ich kenne dich«, sagte er. »Du musst neben deinen Kindern aufwachen und sie müssen dich am Morgen sehen.«

»Macht es dir nichts aus?«

»Das kann man so nicht sagen.« Er legte sie auf den Rücken und kam über sie. »Wenn du meinst, dich aus meinem Bett zu lassen?« Er küsste sie auf die Schulter. »Dann lautet die Antwort eindeutig: Doch.« Er ging tiefer, reizte ihre Brustwarze und entlockte ihr ein langes, tiefes Stöhnen. »Aber ob es mir etwas ausmacht, dich gehen zu lassen, damit wir beide beruhigt sind, dass es deinen Kleinen gut geht? Dann nicht im Geringsten.«

»Du sagst immer das Richtige.« Sie rückte ihr Becken zurecht, sodass seine Härte an ihrer Pforte lag. »Du musst irgendein Buch über Aphrodisiaka für Mamas gelesen haben.«

Er schmunzelte. »Ich bin dabei, mich unsterblich in eine Mutter zu verlieben, und da kommt das ganz automatisch. Und diese ganz spezielle Mama braucht noch eine extra Portion Liebe, bevor sie mein Bett verlässt.«

Sechzehn

Sarah stand vor Sonnenaufgang auf und schrieb die Liebesgeschichte für Tracey weiter, die sie angefangen hatte, als sie das Frauenhaus verlassen hatten. Sie hoffte inständig, dass die Frauen, die sie dort kennengelernt hatte, Männer finden würden, die ebenso gutmütig waren wie Bones. Jemand, der ihnen zeigte, dass Liebe nicht wehtun musste. Sich gestern Abend von ihm zu verabschieden, war schwerer gewesen als je zuvor. Obwohl sie es eigentlich nicht wollte, war sie ihre Beziehung so angegangen, als würde sie zeitlich begrenzt sein. Doch er hatte ihr das Gegenteil bewiesen, und das hatte ihr den Abschied so schwer gemacht, dass sie gegen den Drang hatte ankämpfen müssen, ihn zum Bleiben zu bewegen. Jetzt war es fast halb acht und die Kinder waren schon seit einer halben Stunde wach. Keines von ihnen war an einem Frühstück interessiert. Sie waren zu sehr damit beschäftigt, mit ihren Bauernhoftieren zu spielen. Bradley stellte sie auf und dann schmiss Lila sie immer wieder um. Selbst nachdem sie mehrere Monate von Lewis fort war, fragte sie sich noch immer sorgenvoll, welche Verhaltensweise Bradley von ihm übernommen haben könnte. Oft hielt sie den Atem an, wenn Lila etwas tat, das Bradley dazu bringen könnte, wütend zu werden. Aber sie staunte über die Geduld ihres kleinen Jungen, und sie dankte ihren Glückssternen dafür, dass er nicht so impulsiv war wie Lewis.

Während sie einen Tee genoss, huschte ihr Stift über die Seiten des Notizbuchs und ersann ein Leben für Tracey. Eines, in dem sie in eine ruhige Wohnung zurückkehrte und keine Angst hatte, zu viel Lärm zu machen oder jemanden in seiner Konzentration zu stören. Ein Leben, in dem sie hübsche Kleider und T-Shirts mit kurzen Ärmeln tragen konnte und keine blauen Flecken verstecken musste. Ein Leben, in dem sie glücklich war und geliebt wurde. Während Sarah die Geschichte gestaltete, kam eine Sehnsucht nach ihrer Schwester in ihr auf. Sie hatte Angst, dass sie vielleicht nie mehr eine Möglichkeit bekäme, wieder Kontakt zu ihr aufzubauen, und sie fragte sich, warum Josie sie und Scott so sehr hasste, dass sie gehen konnte, ohne je zurückzublicken.

Sie vergrub diesen Schmerz so tief, dass es keine Auswirkungen auf ihre Kinder hatte.

»Mamama.« Lila zog sich tollpatschig und mit einem Grinsen am Sofa hoch.

Sarah legte das Notizbuch auf den Tisch und strich über die feinen Haare ihrer Tochter. Sie fragte sich, ob ihre Haare als Baby auch so gewesen waren. Bradley war mit vollen Haaren auf die Welt gekommen, so ganz anders als der fast kahle Kopf ihrer Tochter bei der Geburt.

»Bekommst du Hunger, Lila-Schatz?«

Das Dröhnen eines Motorrads näherte sich und Sarahs Herz machte einen Sprung. Vor vier oder fünf Stunden hatte sie sich von Bones verabschiedet, und dennoch tobte in ihr die Aufregung, als wären sie Monate getrennt gewesen.

»Bobo!« Lila drehte sich zu schnell um und plumpste auf

ihren Hintern. Geschickt drehte sie sich auf alle viere und krabbelte eilig zum Fenster. »Bobobo.«

Bradley rannte in seinem Batman-Pyjama ebenfalls zum Fenster. »Das ist Bones!«

Ihre Kinder ebenso aufgeregt vor Freude zu sehen, fühlte sich unglaublich an. Zu wissen, dass sie so für einen Mann empfanden, der es wert war, ihre süßen kleinen Herzen gewonnen zu haben! Das war ein verrücktes, schönes, *wunderbares* Gefühl.

Sarah stand auf, als Bradley zur Tür lief und eifrig versuchte, den Riegel aufzuschieben.

»Warte, Schatz. Ich mach auf.« Sie schob den Riegel auf, während Lila sich an ihr Bein klammerte und Bradley die Hand auf dem Türgriff hatte. Meine Güte! Als stünde der Osterhase persönlich vor der Tür.

Sie hob Lila auf ihre Hüfte und half Bradley, die Tür aufzumachen. Gleichzeitig war sie froh, dass sie geduscht hatte, bevor die Kinder wach geworden waren. Ihr Herz schlug Purzelbäume beim Anblick von Bones, der in weiches schwarzes Leder gehüllt war und einen grauen Pullover und eine abgetragene Jeans anhatte, die nach einer alten Lieblingshose aussah. In einer Hand trug er eine Tüte und seinen glänzenden schwarzen Helm, der sie an seinen sexy Vorschlag erinnerte. *Vielleicht sollten wir mit etwas Einfacherem anfangen. Dass du dich erst mal auf deinen Kerl setzt.* Als hätte er ihre Gedanken gelesen, schlich sich ein Grinsen in sein gut aussehendes Gesicht, das das Tiefschwarze in seinen Augen zum Funkeln brachte.

»Bones!« Bradley raste barfuß zur Tür hinaus.

Ohne zu zögern hob Bones ihn hoch, Bradley schlang die Arme um seinen Hals und umarmte ihn so herzlich und unschuldig, dass nicht nur Sarah dahinschmolz, sondern sie sah auch die gleiche Reaktion in Bones' Umarmung und darin, wie er die Lippen auf die Schläfen des Jungen drückte. Sie hörte es in seiner Stimme, als er sagte: »Guten Morgen, B-Boy. Wie geht's meinem Lieblingskumpel?«, und sie fühlte es, als diese tiefschwarzen Augen diesen sanften Ausdruck bekamen.

Das hier war gefährlich.

Das hier war schön.

Das. Hier. Ist. Real.

»Bobobo.« Lila streckte Bones die Händchen entgegen.

»Hallo, meine schönen Mädchen.« Tüte und Helm legte er an der Tür ab, und Lila klammerte sich an seinen Pullover, als er nach ihr griff. Sie kreischte aufgeregt und strampelte mit den Beinen, als er sie auf den Arm nahm. Lilas Finger landeten sofort in seinem Mund und er gab ein heiseres Lachen von sich. Er küsste diese zappelnden Finger und holte sich dann einen Kuss von Sarah ab. »Hallo, süße Mama. Wie geht es meinem Mädchen heute Morgen?«

Absolute Hochstimmung. »Jetzt noch besser. Ich hatte dich nicht erwartet. Ich dachte, du machst heute eine Tour mit deinen Brüdern.«

»Und ich dachte, ich frühstücke vorher mit euch«, sagte er, als sie die Tür hinter ihm schloss. »Ich habe ein Rezept ausgedruckt für glutenfreie, laktosefreie, nussfreie und eierfreie Bananen-Apfel-Zimt-Muffins und habe alle Zutaten eingekauft. Ich hoffe, das ist in Ordnung.«

»Lass mich mal überlegen …« Sie tippte sich ans Kinn, schaute zur Decke hinauf, schaffte es aber nicht, ihre Freude zu unterdrücken, als sie sagte: »Ein attraktiver Biker taucht unangekündigt auf und will mit mir Frühstück machen?«

»Bobobo!«, brabbelte Lila und hüpfte auf Bones' Armen.

»Finde ich auch, kleine Maus. Lasst uns schon mal anfangen, während Mama überlegt.« Er zwinkerte Sarah zu und ging in die Küche. »Hilfst du mir beim Backen, B-Boy?«

Sarah nahm die Tüte und beobachtete, wie ihr kleiner Mann energisch nickte und genauso begeistert von ihrem großen Mann war wie sie.

Fünfzehn Minuten später sahen die Arbeitsflächen aus wie in einer Bäckerei – mit Sorghum-Mehl, Backnatron, Zimt, Meersalz, Äpfeln, Bio-Rohrzucker, Olivenöl, Vanilleextrakt, Leinsamen und winzigen Stücken von Bones' Herz in jeder wohlüberlegt gekauften Zutat. Bradley saß inmitten des Chaos auf der Arbeitsplatte und zerdrückte Bananen mit einer Gabel, während Lila in ihrem Hochstuhl saß, die klebrigen Finger mit zerdrückter Banane verschmiert, weil Bones darauf bestanden hatte, dass Lila ebenso wie Bradley helfen durfte, die Bananen zu zerdrücken.

»Wunderbar«, sagte er zu Bradley. »Zerdrücke noch diese großen Stücke.«

»So?« Bradley knallte die Gabel auf einen Haufen Bananenstücke und jagte damit eines durch die Luft auf den Boden.

Sarah hielt in ihrer Bewegung inne.

»Das war perfekt … falls wir fliegende Bananen machen würden«, meinte Bones lachend. Dann nahm er Bradleys Hand und zeigte ihm mit so viel Geduld eine bessere Technik, dass nur noch ein verträumtes Seufzen aus Sarah herauskam.

Wie könnte sie anders …

»Was ist denn hier los?«, fragte Scott, als er mit freiem Oberkörper, verwuschelten Haaren und einer Jogginghose in die Küche humpelte.

»Wir machen Muffins!«, verkündete Bradley.

»Da!« Lila packte eine Handvoll Banane und bot sie Scott an.

Scott strich ihr über den Kopf und sagte: »Nee danke. Ich brauch nichts.«

»Da ist Kaffee.« Sarah gab ihm einen Becher.

»Danke.« Er schenkte sich Kaffee ein und nahm einen Schluck. »Ich wollte nicht das Glückliche-Kleine-Familie-Event stören.«

»Tut mir leid, wenn wir dich geweckt haben«, sagte Bones. »Das ist meine Schuld.«

Sie versuchte nicht einmal zu widersprechen. Er würde ohnehin gewinnen, und um ehrlich zu sein, waren sie alle so erfreut gewesen, ihn zu sehen … Also, ja, in gewisser schöner Weise war es seine Schuld.

»Willst du helfen?«, fragte Bradley Scott. »Was jetzt, Bones?«

»Onkel Scott kann Äpfel reiben.« Bones gab Scott einen Apfel. Dann wandte er sich an Bradley und sagte: »Während du, Lila und ich den Zucker und das Olivenöl abwiegen, kann Mama sich vielleicht um die Leinsamen und die Vanille kümmern.«

»Das kriege ich wohl hin.« Sie machte sich an die Arbeit und nahm all das Gute um sie herum bewusst in sich auf. »Hattest du gestern Abend eine gute Zeit mit Dixie?«

»Oh ja«, antwortete Scott mit einem verführerischen Tonfall.

Bones sah ihn wütend an.

»Also, ich meine, sie war toll mit den Kindern«, fügte Scott schnell hinzu. »Sie ist echt cool. Tough, witzig und unfassbar hei–«

Der warnende Blick war wieder da und Sarah musste ein Lachen unterdrücken.

»Unfassbar klug«, sagte Scott und wandte sich wieder den Äpfeln zu. »Was würdest du machen, wenn ich das mit dir machte?«

»Was?«, fragte Bones unschuldig.

»Wenn ich dich so ansehen würde, als ob ich …«, er schaute zu den Kindern, »unglücklich wäre, wenn du meiner Schwester zu nah kämest.«

Bones schnaubte verächtlich. »Keine zehn Pferde könnten mich von ihr fernhalten, Kleiner.«

»Hm.« Scott grinste. »Gut zu wissen.«

In der Tat.

Scott und Bones alberten herum, während sie abwogen, rührten und schütteten. Nachdem sie den Teig fertig hatten, half Bradley dabei, die Mischung mit Löffeln in die Muffinform zu geben. Als Lila kreischte, ließ Bones sie auch helfen. Dabei landete mehr Teig auf Bones als in der Form, aber er steckte das alles gelassen weg.

»Ich wusste nicht, dass du Mrs. Doubtfire datest«, sagte Scott, als Bones Lila das T-Shirt auszog.

»Für dich immer noch Dr. Doubtfire, bitte.«

Scott verließ die Küche und sagte: »Solange ich dich nicht dabei erwische, dass du Röcke trägst.«

Bones nahm Lila auf den Arm und sagte: »Beide in die Badewanne, damit sie fertig sind, wenn die Muffins fertig sind?«

»Das kann ich auch machen«, sagte Sarah.

Bones zwinkerte und sagte: »Komm mit, B-Boy. Mal sehen, wie schnell wir euch beide sauber kriegen.«

Bradley raste in den Flur, und geschwind glitt Bones' Hand um Sarahs Taille, um sie zu einem köstlichen Kuss an sich zu ziehen.

»Man muss die Gelegenheit nutzen«, sagte er und hielt ihre

Hand, als sie ebenfalls den Flur entlanggingen. Er beugte sich zu ihr und flüsterte: »Du hast mir heute Morgen in meinem Bett gefehlt.«

Hitze und Glück durchströmten sie.

Während sie die Kinder badeten, erzählte Bradley Bones von ihrer neuen Schlafeinteilung. »Ich habe jetzt ein Bett für große Jungen, Lila hat ein Babybett und Mommy hat ein Mommybett.«

»Und wie gefällt dir dein neues Bett?«, fragte Bones.

»Ganz toll!« Er nahm Lila eine Badeente aus der Hand, woraufhin sie schrie.

»Wie wäre es, wenn du Lila *fragen* würdest, ob du sie mal haben darfst?«, schlug Bones vor.

Bradley betrachtete das Spielzeug und sah dann zu seiner weinenden Schwester. Bones strich beruhigend über Lilas Rücken und beobachtete Bradley aufmerksam. Sarah musste sich zwingen, nicht einzuschreiten und Bradley nicht zu sagen, dass er es zurückgeben oder es gegen ein anderes Spielzeug eintauschen soll, aber sie war neugierig, wie Bones die Situation meistern würde.

»Es ist schwer, ein großer Bruder zu sein«, meinte er mitfühlend zu Bradley. »Wenn du gut zu deiner Schwester bist, wird sie ihr ganzes Leben zu dir aufschauen, mit dir spielen und von dir lernen. Aber wenn du ihr Spielzeug wegnimmst und sie zum Weinen bringst, wird sie all das vielleicht nicht machen wollen.«

Bradley betrachtete das Spielzeug voller Verzweiflung.

»Was meinst du?«, fragte Bones noch einmal. »Möchtest du Lila beibringen, wie man teilt, indem du ihr zeigst, dass man sich abwechseln kann?«

Bitte, bitte, bitte bekomme jetzt keinen Trotzanfall.

Bradley nickte und gab Lila zögernd das Spielzeug zurück. Lila drückte es an sich und ihre Tränen verebbten.

»Braver Junge.« Bones wuschelte ihm durch die Haare.

Endlich atmete Sarah wieder.

»Darf ich jetzt?«, sagte Bradley, so schnell er nur konnte, und riss Lila die Ente aus der Hand, woraufhin sie schrie und strampelte.

»So viel zu diplomatischem Geschick«, sagte Bones. Er nahm Bradley das Spielzeug weg, was nun auch den Jungen weinen ließ, und gab es Lila zurück. Dann, mit einem sanften aber entschiedenen Tonfall, als hätte er schon sein Leben lang mit quengeligen Kindern zu tun gehabt, sagte er: »Wenn du so weit bist, dass du *fragst* und nicht einfach *nimmst*, dann versuchen wir das noch einmal.«

Er badete Bradley weiter, während dieser jammerte, und schien sich von dessen Forderung nach Gerechtigkeit nicht beeindrucken zu lassen, während Sarah Lila badete. Bradley weinte, während sie ihn abtrocknete, und Bones rastete nicht aus. Er wiederholte nur ganz ruhig: »Wenn du so weit bist, dass du das Richtige machen willst, also fragen und nicht einfach nehmen, dann versuchen wir es noch einmal.«

Auf dem Weg ins Schlafzimmer rief Sarah nach unten zu Scott: »Das Bad ist frei.«

Lila hielt die Badeente fest umklammert und Bradley quengelte, während Sarah und Bones sie anzogen.

Als sie zurück in die Küche kamen, stellte sich Bradley vor Lila auf, die sich mit der Ente hingesetzt hatte, und sagte: »Darf ich jetzt mal?«

Lila drückte die Ente an sich und drehte sich weg.

»Bradley ist jetzt dran, kleine Maus«, sagte Bones, nahm ihr die Ente aus der Hand und gab sie Bradley.

Lila kreischte los und stürzte sich darauf.

Bones hob sie hoch und sah Sarah nun vollkommen ratlos an. »Und jetzt?«

»Der Igel!« Sie rannte los, um das Plüschtier zu holen, während er versuchte, das schreiende Mädchen zu beruhigen. Nachdem Sarah den Igel Lila in die Arme gedrückt hatte, hörte das Jammern innerhalb von Sekunden auf und ihr Mund verzog sich zu dieser kleinen wütenden Grimasse.

Mit einem lauten Seufzer und zusammengezogenen Augenbrauen setzte Bones Lila in ihren Hochstuhl. »Ich hab's versucht.«

»Du warst wunderbar. Du musst nur noch das mit dem Eintauschen und Ablenken lernen.«

»Und das funktioniert?«, wollte er wissen.

»Manchmal. Es sind Kinder. Nichts funktioniert immer. Sie haben einen Treibt-Mommy-in-den-Wahnsinn-Hebel in sich, auf den nur sie Zugriff haben, und wenn der richtig eingestellt ist, funktioniert nichts.« Sie wandte sich Bradley zu, der die Badeente gegen die Glastür laufen ließ. »Komm, Schatz. Wir probieren die Muffins, die wir gemacht haben.«

Er ließ die Ente fallen und kletterte auf seinen Stuhl.

»Hey.« Bones hob die Ente auf. »Ich dachte, du wolltest die Ente haben.«

»Er wollte sie nur haben, weil er sie nicht haben konnte«, sagte sie und versuchte, nicht zu lachen.

Scott kam geduscht und angezogen in die Küche. »Ist der Dritte Weltkrieg zu Ende?«

»Ich muss noch eine Menge lernen.« Nachdenklich betrachtete Bones die Kinder.

»Müssen wir das nicht alle?« Scott schlug ihm auf die Schulter. »Schon gut, Mann. Zumindest kannst du kochen.«

Nachdem sie sich mit leckeren Muffins und Apfelschnitzen gestärkt hatten, fuhr Scott los, um sich mit Quincy und Jed in der Stadt zu treffen und die Kinder spielten mit ihren Spielsachen im Wohnzimmer, während Sarah und Bones die Küche aufräumten.

Bones deutete über die halbhohe Mauer, als er die Arbeitsfläche abwischte. Sarah schaute vom Abwasch auf und sah, wie Bradley den Helm von Bones aufsetzte. Er war so groß, dass er auf seinen Schultern auflag. Sarah wollte ihm gerade sagen, dass er die Finger davon lassen sollte, aber Bones berührte ihren Arm, schüttelte den Kopf und gab ein lautloses *Schon gut* von sich.

Bradley hob eine frische Windel auf und klappte sie auseinander. Dann legte er sie auf Lilas Kopf und sagte: »Das ist dein Motorradhelm.«

Bones und Sarah lachten.

»Ich hoffe, es ist in Ordnung, dass ich vorbeigekommen bin«, sagte er leise. »Ich hätte anrufen sollen, aber ich war schon auf halbem Weg hier, als mir das klar wurde.«

»Es ist mehr als in Ordnung.«

Er warf die Küchentücher weg, die er benutzt hatte, und legte dann ihre Haare über eine Schulter, um ihr einen zärtlichen Kuss auf den Hals zu geben. »Unser erstes gemeinsames Thanksgiving ist schon in ein paar Tagen.«

»Das wird das erste Thanksgiving, bei dem ich keine Angst haben werde, was wohl als Nächstes passiert.«

Er legte ihr von hinten die Arme um die Taille und sagte: »Ich wünschte, ich könnte all die schlimmen Dinge, die du erlebt hast, auslöschen, aber da ich diese Macht nicht habe, werde ich alles mir Mögliche tun, um dir und den Kindern ganz viele glückliche Erinnerungen zu bescheren. So werden die anderen dir nur noch wie eine Geschichte vorkommen, die du einmal gehört hast, und nicht mehr wie Geister, die flüsternd um dich herumspuken.«

Sie schloss die Augen und lehnte sich zurück an seinen Oberkörper, während er die Hände über ihrem Bauch spreizte und ganz leise fragte: »Ging es dir gestern Abend gut? Ich habe dir nicht wehgetan, oder?«

Sie schüttelte den Kopf und war fast ein wenig verlegen, weil sie so forsch gewesen war.

Er drehte sie in seinem Arm um und sein liebevoller Blick streichelte über ihr Gesicht. »Ich meinte es ernst, Sarah. Du hast mir heute Morgen gefehlt. Diese letzten Monate haben meinem Leben einen neuen Sinn gegeben, aber die letzten Wochen und die letzte Nacht? Sie haben mich hier drinnen verändert.« Er legte die Hand auf sein Herz, dann legte er die Stirn an ihre und sagte kein Wort mehr.

Das musste er auch nicht.

Er hatte schon alles gesagt.

Siebzehn

Am Montag herrschte ein unablässiger Sturm mit kaltem, peitschendem Regen samt Blitz und Donner, und Bones hatte den ganzen Tag viel um die Ohren. Sarah musste um drei Uhr bei der Arbeit sein. Die Autositze konnten lästig sein, und wenn die Kinder einen schwierigen Morgen hatten, dann war er sicher, dass sie alle durch und durch nass sein würden, bis sie endlich alle im Auto saßen. Er hatte gehofft, dass der Sturm nachlassen würde, doch als das um zwei Uhr noch nicht der Fall gewesen war, hatte er Biggs angerufen. Den einzigen Menschen, von dem er wusste, dass er Zeit hatte und der gern helfen würde. Als er jetzt an sein klingelndes Handy ging, schaute er aus seinem Bürofenster hinaus in den grauen, wütenden Himmel und verfluchte Mutter Natur dafür, dass sie ihren Zorn über Peaceful Harbor ergoss.

»Das hast du verbockt«, sagte Biggs.

»Mist. Habe ich mich in der Uhrzeit geirrt?«, fragte Bones und ärgerte sich über sich selbst.

»Nein, mein Junge. Du willst auf eine Frau aufpassen, die ihren Kram allein auf die Reihe kriegt. Ich war um Viertel nach zwei da, so wie du es mir gesagt hast. Bradley und Lila saßen schon im Auto, und Sarah setzte sich gerade hinter das Steuer, und zwar mit einem dieser riesigen Golfschirme über der offenen Tür. Sie war knochentrocken und hat gelächelt, bis ich ihr sagte, warum ich da war.«

»Oh Mann.«

»Hast du denn gar nichts von mir gelernt? Unterschätze nie eine fähige Frau. Diese Kleinen waren zufrieden wie kleine Schneckchen in ihren Regenjacken und Gummistiefeln, perfekt angeschnallt auf ihren Autositzen.«

Bones lehnte sich mit einem breiten Grinsen an die Fensterbank. »Du hast uns beigebracht, dass wir uns um unsere Frauen kümmern sollen, auch wenn sie es nicht wollen.«

Das kräftige Lachen seines Vaters drang durch das Telefon.

»Dein Ernst? Ich stecke bis zum Hals in der Scheiße und du lachst mich aus?«

»Ich lache, weil du Amors Pfeil in den Hintern gekriegt hast, und da ist es egal, was ich sage. Du wirst doch alles falsch machen und es für das Richtige halten, du dämlicher Dickkopf.«

Er lachte weiter und brachte Bones zum Lächeln, obwohl er es vermasselt hatte, denn wenn man eines von Biggs behaupten konnte, dann dass er eine absolut ehrliche Haut war.

Als Biggs endlich aufhörte, sich über Bones lustig zu machen, sagte er: »Das geschieht dir recht, mein Junge. Und sie war nicht sauer. Die Tränen, die ich in diesen hübschen Augen gesehen habe, waren Glückstränen. Sie ist unter diesem riesigen Regenschirm ausgestiegen und hat mich umarmt.«

»Was? Und inwiefern habe ich das dann verbockt?«

»Weil ich die Umarmung bekommen habe, du Idiot.« Biggs lachte. »Sie hat sich dafür bedankt, dass ich vorbeigekommen bin und dass ich so einen fürsorglichen Sohn großgezogen habe. Dann ist sie wieder ins Auto gestiegen und mit diesem rührseligen Blick davongefahren, den Frauen immer haben, wenn sie rundum glücklich sind. Sie ist ein guter Mensch, Bones.«

»Ja«, stimmte er zu. »Das ist sie mit Sicherheit. Ich leg lieber auf und schreib ihr, bevor mein nächster Patient kommt. Danke, Pop. Hab dich lieb.«

»Ich dich auch. Wir sehen uns.«

Nachdem er das Gespräch beendet hatte, schrieb er Sarah. *Tut mir leid, dass ich Biggs geschickt hab, um mit den Kindern zu helfen. Hab doch gesagt, ich muss noch viel lernen.*

Ihre Antwort kam wenige Minuten später. *Ich auch. Wir können zusammen lernen.*

Verdammt, er hatte so ein Glück.

Später an diesem Nachmittag saß er mit seiner Patientin Wendy Stockard zusammen, die überraschenderweise nicht mit ihren Gefühlen hinter dem Berg hielt oder mit Ollies neuesten Abenteuern Zeit schindete. Stattdessen ließ sie sich vor ihm auf den Stuhl sacken und wirkte erregt und wütend. Stimmungsschwankungen waren in seiner Praxis ziemlich normal und das bereitete ihm keine großen Sorgen. Aber was sie so auf die Palme brachte, machte auch ihn nervös.

»Ich weiß, dass Stress schlecht für mich ist, aber damit komme ich nicht zurecht. Ich tue alles, um sicherzustellen, dass für Ollie gesorgt ist, wenn ich … wenn ich das hier nicht besiege. Aber mein Anwalt hat gesagt, dass Calvin das Sorgerecht für Ollie bekommen wird. Es spielt keine Rolle, dass wir geschieden sind oder dass ich das alleinige Sorgerecht bekommen habe, denn Calvin war kein schlechter Vater. Er hat ihn ja nicht misshandelt oder so. Er ist einfach nur zu beschäftigt mit seinen Freundinnen, um ein Vater zu sein.« Wendys Hände zitterten. »Aber sein Name steht auf der

Geburtsurkunde, und es gibt keinen Zweifel daran, dass er Ollies Vater ist, also …«

Wendy hatte zuvor noch nie über ihren Ex-Mann gesprochen, aber auch das überraschte Bones nicht. Wenn ein Ex nicht noch irgendeine Rolle im Leben seiner Patienten spielte, erwähnten sie ihn selten. Sie tat alles, was nötig war, damit ihr Sohn versorgt sein würde, sollte der schlimmste aller Fälle eintreten. Er hoffte, verdammt noch mal, dass es nicht dazu kommen würde, und er tat alles in seiner Macht Stehende, um das zu verhindern.

»Sie haben ihn noch nie erwähnt. Spielt er im Leben von Ollie eine Rolle? Würde er es wollen?«, fragte Bones. Es war nicht seine Aufgabe, diese Art von Dingen zu regeln, aber er konnte vielleicht versuchen, ihre Sorgen zu lindern und sie so stärker für die Behandlung zu machen.

»Er hat ihn seit einigen Jahren nicht mehr gesehen, aber anscheinend ist das egal. Wichtig ist nur, dass er Ollies Vater ist. Und ich weiß nicht, ob Ollie das wollen würde, aber ich bezweifle es.«

Sie schaute zur Decke auf, und die Finger krallten sich um die Armlehne, als ihr die Tränen in die Augen stiegen. Bones sagte nichts, um ihr den Raum zu geben, ihre Gefühle wieder unter Kontrolle zu bekommen. Während sie ein paar Mal tief durchatmete, wanderten seine Gedanken zu Sarah, und er fragte sich, ob Lewis auf den Geburtsurkunden ihrer Kinder vermerkt war. Würde er auf der Geburtsurkunde ihres jetzt noch ungeborenen Babys stehen? Bei dem Gedanken verspannten sich seine Nackenmuskeln.

Wendy setzte sich auf und zog ihre schmalen Schultern zurück, womit sie ihn an Sarah erinnerte, wenn sie ihrer Entschlossenheit Nachdruck verleihen wollte.

»Meine Schwester sagte, sie würde für das Sorgerecht kämpfen, wenn ich es nicht schaffen sollte«, sagte Wendy mit etwas zittriger Stimme. »Aber, verdammt, Dr. Whiskey, ich *muss* es schaffen. Er ist mein Kind, meine Verantwortung.«

»Er ist Ihr Ein und Alles«, sagte er geistesabwesend, ertappte sich aber selbst und räusperte sich.

»Genau. Ich weiß, dass Sie mir nichts versprechen können, aber sagen Sie mir einfach noch einmal, dass Sie alles tun werden, was Sie können. Das muss ich hören. Das muss ich oft hören.«

Bones ging um den Tisch herum und setzte sich neben sie. Er sah ihr in die flehenden Augen und sagte: »Ihr und Ollies Kampf ist mein Kampf. Ich verspreche Ihnen, dass ich jetzt und weiterhin alles in meiner Macht Stehende tun werde, um Ihnen dabei zu helfen, diesen Kampf zu gewinnen.«

Sie nickte, mit Tränen in den Augen, und brachte nur ein »Danke« hervor.

Jetzt kam der schwierige Teil. »Kann Ihre Schwester Ihnen dabei helfen, um Ihnen etwas von dem Druck zu nehmen? Kann sie sich mit dem Anwalt treffen, sich eine Strategie überlegen, damit Sie sich auf die Behandlung konzentrieren können?«

»Das ist nicht ihr Kampf«, entgegnete Wendy entschieden.

»Nein, das ist es nicht. Und ich bin mir sicher, Sie sind daran gewöhnt, alles allein zu schaffen, egal wie viel es ist. Aber ebenso wie es in Ordnung war, Freunde darum zu bitten, Ollie zu fahren und Essen zu kochen, als Sie operiert wurden, so ist es auch in Ordnung, um Hilfe zu bitten, wenn es um die emotional fordernden Bereiche in Ihrem Leben geht, die geklärt werden müssen. Ich schlage nicht vor, dass Sie sie die Entscheidungen für Sie treffen lassen sollen. Ich schlage nur vor, dass Sie in Erwägung ziehen, wem auch immer in Ihrem nahen Umfeld zu erlauben, Ihnen etwas von der Last durch äußere Einflüsse abzunehmen, damit Sie sich auf Ihre Gesundheit konzentrieren können.«

Er dachte an Sarah und wusste, dass sie sich in Wendys Lage nicht zurückziehen würde, auch wenn es ihr alle Energie rauben würde. Als Arzt würde er Wendy an die richtigen Fachärzte überweisen, um ihre psychische Verfassung im Griff zu behalten. Er würde sie durch die Behandlung begleiten und hoffen, dass sie körperlich stark genug war, um dieses Ungeheuer zu besiegen. Aber unabhängig von seiner medizinischen Rolle wollte er als Mensch ihr – und jedem anderen Patienten – den Kummer nehmen. Mit den blöden Anwälten reden, ihre und Ollies Argumente vertreten. Aber das war eine Grenze, die er nicht überschreiten konnte. Das war etwas, was einem Freund, Ehemann oder Familienmitglied zustand.

Er war vielleicht nicht in der Lage, alles für seine Patienten zu sein, aber für Sarah konnte er es mit Sicherheit.

Wenige Stunden später saß Bones neben Bullet im Clubhaus der Dark Knights und grübelte über die Vorstellung nach, dass Sarahs Ex irgendwelche Rechte auf ihre Kinder haben könnte. Crystal fühlte sich heute Abend nicht gut, daher war Bear bei ihr zu Hause geblieben, aber die Sorgen seines Bruders hatten sich den ganzen Nachmittag über in seinem Kopf laut bemerkbar gemacht. *Was wissen wir überhaupt über den Vater ihrer Kinder? Hm? Was ist, wenn er wiederkommt und die Kinder*

will? Bones sah sich als ziemlich gerechten Menschen, und er hielt nichts davon, Eltern von ihren Kindern zu trennen, aber dieser Mann war kein Vater. Ein Vater sorgte für seine Familie, hielt sie in Ehren, brachte seinen Kindern Dinge bei und vor allem anderen beschützte er sie. Zum Teufel noch mal, ein Vater würde ohne zu zögern sein Leben für das seiner Kinder opfern. Bones mahlte mit den Kiefern. Dieser Mann – Lewis – war ein Schläger, ein Tyrann und ein verdammter Vergewaltiger.

Und er war nur die Spitze des Eisberges.

Sarah verdiente auch Gerechtigkeit, wenn es um ihre schwachköpfigen Eltern ging.

Er schaute zu seinem Vater, der am Haupttisch saß und Geschäftliches besprach. Vor dem Schlaganfall hatte Biggs die Bar geführt. Wenn ein Gast zu betrunken gewesen war, um noch zu fahren, hatte Biggs ihm kein Taxi gerufen, sondern hatte Red gebeten, Bones und Bullet aus dem Bett zu holen, damit sie den Betrunkenen nach Hause fuhren. Sie mussten zu zweit sein, denn einer musste das Auto des Gastes fahren und der andere folgte im eigenen Wagen. Wenn jemand ungerecht behandelt wurde, wenn sie einkaufen waren oder im Restaurant, dann war ihnen beigebracht worden, dass man sich einmischte. Dass man das Richtige tat, oft wenn andere zu viel Angst hatten, das zu tun. Das war immer die Art der Whiskeys gewesen und würde es auch bleiben. Biggs war immer so einschüchternd gewesen, härter als jeder, den Bones je kennengelernt hatte. Er wusste, dass sein Vater in der Lage war, jemanden mit bloßen Händen umzubringen, und er wusste auch, dass er es nur tun würde, wenn die Situation es erforderte. Nicht aus Rache. Nein, Rache erforderte nur eine ordentliche Tracht Prügel und dann brachte man den Mistkerl zur Polizei, wenn er gegen das Gesetz verstoßen hatte. Als Bones jünger war, hatte er mit dieser Argumentation noch seine Probleme gehabt. Er hatte nicht verstanden, warum Rache überhaupt irgendetwas Gutes sein konnte. Es war einer seiner größten inneren Kämpfe gewesen, wenn seine Werte sich von denen der anderen unterschieden. Aber als Thomas gestorben war, hatte Bones sich nach Rache gesehnt. Er hatte jemanden umbringen wollen, weil ihm der Freund gestohlen worden war. Aber es gab niemanden, dem er die Schuld hatte geben können. Also hatte er sich die Schuld gegeben. Er wusste, dass er es nicht verdiente, aber die Schuld musste auf irgendjemanden gerichtet sein, sonst hätte sie ihn auf andere Weise zerstört. Er bündelte diese negative Energie, um die Schwierigkeiten des Medizinstudiums zu überwinden und ein so brillanter Arzt zu werden, wie er nur konnte.

Aber er war seitdem erwachsen geworden. Er hatte die schlimmsten Dinge gesehen und gelernt, dass einige Leute in ihre Schranken verwiesen werden mussten. Als er jetzt darüber nachdachte, wie Lewis Sarah und die Kinder behandelt hatte, ballten sich seine Hände zu Fäusten, seine Brust hob sich und er sah rot.

Er wollte Rache.

Er wollte es diesen Scheusalen heimzahlen, ihnen allen, Lewis und Sarahs Eltern. Weder Prügel noch Gefängnis schienen eine ausreichende Strafe zu sein, um sie für das büßen zu lassen, was sie der Frau und den Kindern angetan hatten, die schon jetzt einen Teil von ihm besaßen. Aber einem Menschen das Leben zu nehmen, war nichts, was Bones anders als im Eifer des Gefechts tun konnte. Vor Sarah war er sich nicht sicher gewesen, ob er überhaupt dazu in der Lage war. Als Arzt hatte er einen Eid geschworen, moralisch und ethisch zu handeln. Selbst der Ehrenkodex der Biker bestand darin, dass man anderen half, nicht dass man ihnen Schaden zufügte. Aber diese Grenzen verschwammen, wenn man einen Mistkerl bei einer entsetzlichen Tat erwischte. Bones hatte genügend Männer zusammengeschlagen, hatte sie ins Krankenhaus geschickt, weil sie die Hand einer Frau oder Kindern gegenüber erhoben hatten und nicht seiner Warnung gefolgt waren, von ihnen abzulassen. Hätte er Lewis oder Sarahs Eltern dabei erwischt, wie sie sie misshandelten, hätten sie wahrscheinlich schon ihren letzten Atemzug getan. Doch er musste andere Wege finden, mit dieser Sache klarzukommen. Wege, die sicherstellten, dass sie nie mehr in die Nähe von Sarah und den Kindern kämen und dass Lewis seine Rechte als Vater verlor.

Bones sah ans andere Ende des Raumes zu Charlie »Court« Sharpe, einem Anwalt für Familienrecht. Vor dem Treffen hatte Bones recherchiert, wie man elterliche Rechte aberkennen lassen konnte. Er hatte keine Ahnung, ob Lewis als Vater in die Geburtsurkunden der Kinder eingetragen war, aber auch falls nicht, so konnte er doch seine Vaterschaft nachweisen und versuchen, ein Umgangs- oder Sorgerecht zu verlangen. Bones brauchte den Rat eines Fachmannes und einen konkreten Plan, bevor er irgendwelche anderen Schritte unternahm. Er hoffte, dass Court ihm das liefern konnte.

Bullet stieß ihn an und lehnte sich zu ihm hinüber, als er leise fragte: »Was macht dir zu schaffen?« Er wirkte unbeschwerter, glücklicher, seit er aus den Flitterwochen nach Hause zurückgekehrt war, aber die Wildheit in seinen Augen blitzte unverändert auf. Bullet war immer bereit, jemandem den Kopf abzureißen. Egal ob glücklich oder nicht.

»Ich muss mit Court reden.« Bones schaute zu Biggs. Der brachte das Treffen zu Ende, bestätigte die Daten für eine Anti-Mobbing-Demo und wünschte allen ein schönes Thanksgiving-

Fest. Bones spürte Bullets eindringlichen Blick auf sich.

Bullet kniff die Augen zusammen. »Was ist das Problem?«

»Das weiß ich noch nicht.« Er brauchte Antworten von Sarah, aber sie war heute Abend mit den Mädels in Bullets Haus, um die Menüs für Thanksgiving durchzugehen, und er wollte nicht am Telefon mit ihr darüber sprechen. Es würde warten müssen, bis die Kinder im Bett waren.

»Was weißt du noch nicht?«, drängte Bullet.

Biggs stand auf und nahm seinen Stock, womit das Ende des Treffens eingeläutet war und ein Durcheinander von Gesprächen einsetzte. Die Männer gingen in die Küche, versammelten sich um Billardtische oder Dartscheiben, liefen herum, um Neuigkeiten auszutauschen, und schufen ein Meer von Dark-Knights-Abzeichen. *Bruderschaft.* Wenn Bones berichten würde, was Sarah zugestoßen war, würden vor Ende des Abends mehr als dreißig Brüder losziehen, um Lewis und ihre Eltern aufzuspüren. Das würde er nicht zulassen. Diese Versager zu verprügeln oder sie ins Gefängnis zu bringen, würde Sarah – oder ihm – nicht den Seelenfrieden geben, den sie brauchten. Hier war das erforderlich, was er am besten konnte: planen, Strategien entwerfen und dann sicherstellen, dass er an *allen* Fronten erfolgreich war.

Bones stand auf und Bullet erhob sich neben ihm mit seinem Bier in der Hand. »Ich mach das schon, Bullet.«

»Ich auch«, sagte sein Bruder. »Was es auch ist.«

»Dieses Mal nicht. Ich muss das alleine regeln. Zumindest bis ich alles unter Kontrolle habe und weiß, was passieren muss.« Er schlug Bullet auf die Schulter und sagte: »Aber danke.«

Bullet presste die Kiefer aufeinander, sodass sein Bart zuckte. »Geht's um Sarah?«

Bones nickte nur kurz. Er wusste, dass Bullet nur versuchte zu helfen, aber er war nicht in der Stimmung, sich den Weg verstellen zu lassen. Er hatte einen Plan und wollte ihn zum Teufel noch mal in Angriff nehmen.

»Wenn du es auf jemanden abgesehen hast, dann bin ich dabei. Verstanden?« Bullets Blick wurde kalt und finster.

Ohne zu antworten machte Bones einen Schritt von ihm weg, doch Bullet hielt ihn am Arm fest. Bones sah ihn eisern an. »Ich habe alles im Griff. Wenn es so weit ist, dass ich Hilfe brauche, bist du der Erste, dem ich es sage. Jetzt nimm deine Finger weg, bevor ich sie dir breche.« Er riss seinen Arm los und ging zu Court, der mit seinem Bruder Tex Billard spielte.

Court war ein Mann mit breiter Brust, der ebenso viel Zeit im Fitnessstudio verbrachte wie auf seinem Motorrad. Seine Haare waren zu einem schwarzen Schimmer rasiert und der Bart ebenso kurz gestutzt. Sein T-Shirt spannte sich über wulstige Arm- und Brustmuskeln. In seiner Lederkluft wirkte er Furcht einflößend, aber während der Bürozeiten zeigte er sich wie Bones mit Hemd, Anzughosen und Professionalität.

»Bones, wie geht's?«, fragte Court, während er zu seinem nächsten Stoß ansetzte.

»Das weiß ich erst, wenn ich mit dir geredet habe. Ich brauche einen juristischen Rat.«

»Gib ihm noch eine Minute für einen miesen Stoß«, höhnte Tex. Er hatte eine ernste Seite, aber meistens war er höllisch großspurig. Die vollen Haare frisierte er sich mit den Fingern, sein Bart war ungepflegt und er hatte bunte Tattoos, die die ganzen Arme bedeckten, war also das komplette Gegenteil von sowohl Court als auch ihrem jüngeren Bruder Ramsey »Razor« Sharpe, einem Profi-Basketballer.

»Arbeitest du noch bei Rough Riders?«, erkundigte sich

Bones. Sein Freund Sam Braden war der Inhaber von Rough Riders, einer Firma für Abenteuerevents, die direkt am Fluss lag. Als er jetzt daran dachte, malte er sich aus, wie er mit Sarah und den Kindern in ein paar Jahren dorthin gehen und Bradley und Lila zeigen könnte, wie man rudert. Bald wäre noch ein Baby mit von der Partie, aber vielleicht konnten sie im nächsten Sommer ein Picknick am Fluss machen und er könnte es den Kids schon mal zeigen. Dieser Gedanke brachte ihn zu dem Grund zurück, aus dem er mit Court reden musste.

»Ja«, antwortete Tex. »Komm doch mal vorbei. Wir haben spezielle Angebote für den Herbst.«

»Hab ziemlich viel um die Ohren, aber vielleicht im Frühjahr oder Sommer. Danke.«

»Ist es okay, wenn wir hier reden?« Court deutete in den Raum. »Oder sollte ich meinen Queue abgeben?«

Das hatte Bones nicht bedacht. Jetzt kam er sich schäbig vor, weil er das Spiel seiner Freunde unterbrochen hatte, aber hier drinnen wollte er sich mit Sicherheit nicht unterhalten. Nicht wenn Bullet jeden seiner Schritte im Blick hatte. »Spielt zu Ende. Wir unterhalten uns nachher.«

»Nee, Mann.« Court tippte Hawk an. »Ey, Kameramann. Spielst du mein Spiel zu Ende?«

Hawk zeigte Tex ein arrogantes Grinsen. »Dann werde ich deinen Bruder mal fertigmachen.«

»Viel Glück.« Tex nahm einen Schluck von seinem Bier.

»Bones, ich habe die Bilder fertig«, sagte Hawk. »Willst du nächste Woche mal vorbeikommen und sie durchsehen?«

»Ja. Passt dir Dienstagabend nach der Arbeit?«

»Perfekt.« Hawk stützte sich auf dem Queue ab, während Tex seinen nächsten Stoß vorbereitete.

Bones und Court nahmen sich auf dem Weg nach draußen

noch ein Bier mit. Bones atmete die kühle Nachtluft ein und war froh, aus Bullets Sichtweite zu sein.

»Ich nehme an, das hat mit dem Club nichts zu tun?«, fragte Court.

»Es ist etwas Persönliches, und ich wäre dir dankbar, wenn es unter uns bliebe.«

»Immer, Wayne.«

Es war selten, dass er seinen richtigen Namen im Clubhaus hörte, aber er und Court hatten sich auf beruflicher Ebene kennengelernt, bevor Bones ihn vor einigen Jahren mit in den Club genommen hatte.

Bones erklärte Sarahs Situation und berichtete, was sie mit Lewis und ihren Eltern am Hals hatte. Die Einzelheiten über ihren Strip-Job ließ er weg.

»Verdammt, Wayne, das ist eine hässliche Situation. Tut mir leid, dass ihr beide euch damit auseinandersetzen müsst. Leider gibt es bei Kindesmissbrauch eine Verjährungsfrist, die von Staat zu Staat unterschiedlich ist. In den meisten Fällen liegt sie bei sieben oder acht Jahren, nachdem die Kinder achtzehn geworden sind. Ich schau mir die Gesetzgebung in Florida mal an, aber ich denke, die Zeit wird knapp, wenn du hinsichtlich ihrer Eltern da was unternehmen willst. Obwohl sie sicherlich eine einstweilige Verfügung durchsetzen kann, um sie fernzuhalten. Aber du weißt ja, wie das läuft. Ist ein Haufen Papierkram.«

»Ihre Eltern haben in ihrem Leben keine Rolle mehr gespielt, seit sie mit sechzehn von zu Hause weggegangen ist. Ich mache mir weniger Sorgen um sie als um den Vater der Kinder, auch wenn ich die Eltern gern im Knast sehen würde.«

»Das geht mir genauso. Was den Typen angeht … Die leichteste Strategie wäre, ihn freiwillig auf seine Elternrechte verzichten zu lassen. Wenn er so gestrickt ist, wie es sich bei dir anhört, dann ist er vielleicht sogar froh darüber. Ein Verzicht bedeutet: kein Unterhalt. Auch wenn es nicht so aussieht, als könnte er überhaupt irgendetwas zahlen. Aber die Medaille hat zwei Seiten. Er könnte im Gegenzug dafür etwas verlangen und hätte mit den Kindern Sarah gegenüber etwas in der Hand, aber wenn er sie vergewaltigt hat und du ihm mit einer Anzeige drohst, dann besteht die Chance, dass er davon absieht. Aber wie du weißt ... Eine Vergewaltigung nachzuweisen, die vor Monaten passiert ist, ohne einen Polizeibericht, wird für Sarah leider ein Albtraum werden. Ich sage nicht, dass du aufgeben sollst, aber sie braucht Beweise. Irgendetwas, das eine Verurteilung sicherstellt. Ich nehme nicht an, dass ihr einen Augenzeugen habt, der aussagen würde?«

Bones' Eingeweide zogen sich zusammen. »Es waren nur sie und ihre Kinder da. Und zum Glück haben sie es nicht gesehen.«

»Das könnte hässlich werden, und auch wenn er die Kinder gar nicht will, könnten sie da hineingezogen werden. Das wird für jeden die Hölle.«

Er stieß einen Fluch aus. »Sarah ist unglaublich stark, aber ich würde sie oder die Kinder dem Ganzen niemals aussetzen.«

»Rede mit Sarah, besorge dir den Namen dieses Idioten, die Adresse und alles andere an Kontaktdaten, die sie dir geben kann. Ich setze einen Entwurf für einen Verzicht auf elterliche Rechte auf. Aber du brauchst einen Zeugen, und die Papiere müssen vom Notar beglaubigt werden. Dann werden sie vom Gericht beurteilt. Wenn er zustimmt, dann kümmere ich mich für euch um das Gericht und vertrete euch da.«

»Danke, Mann.« Bones legte im Kopf eine To-do-Liste an, auf der ganz oben stand, dass er mit Sarah reden musste.

Achtzehn

Sarahs Handy vibrierte am Montagabend, als eine Nachricht von Bones einging, und nur wenige Minuten später hörte sie sein Auto vorfahren. Sie trat vor das Haus, er rannte zu ihr und brachte den Duft von sinnlicher Regenluft und noch sinnlicherer Männlichkeit mit sich. Er zog sie an sich und drückte seine herrlichen Lippen auf ihre. Ihre Hände glitten an seinem Hals hinauf in seine feuchten Haare. Den ganzen Tag hatte sie an ihn gedacht. Ihr Verlangen nach ihm bereitete ihr keine Sorgen mehr. So viele Jahre lang war ihr Leben von Notwendigkeiten beherrscht worden, und jetzt genoss sie es, endlich selbst die Kontrolle zu haben. Und heute Abend, während sie die gemeinsame Geburtstagsparty für Bones und Lila mit den Mädels geplant hatte und gelauscht hatte, wie sie von ihren Männern schwärmten, war alles kristallklar geworden. Es gab keinen Unterschied zwischen ihr und Gemma oder Finlay oder den anderen Frauen. Ja, sie hatte eine miese Vergangenheit, und ja, sie hatte Striptease getanzt, um über die Runden zu kommen, aber im Grunde war sie eine Frau gewesen, die versucht hatte, zu überleben. Und jetzt hatte sie die Chance darauf, nicht nur zu überleben, sondern ein erfülltes Leben mit einem Mann zu führen, den sie über alles liebte, und der sich trotz allem ebenso zu ihr hingezogen fühlte.

Sie hatte es satt zu zögern.

»Hallo, meine Schöne«, sagte er verführerisch. »Komm, wir gehen schnell rein bei diesem Wetter. Schlafen die Kinder?«

»Ja«, sagte sie leise. »Und Scott ist mit Jed in der Bar, also haben wir ein paar Stunden für uns.«

Leidenschaft loderte in seinem Blick, als er seine Jacke auszog und sie neben die Tür hängte. »Ich wollte etwas mit dir besprechen.«

Sie packte ihn am Kragen und zog ihn an sich. »Nachher.«

»Himmel! Süße!« Er nahm ihre Hand und drückte die Innenfläche auf seine hart werdende Länge. »Dieser Gesichtsausdruck macht mich jedes Mal fertig.«

Seine Erregung nur zu fühlen, reichte schon, um sie feucht werden zu lassen.

Sein Mund senkte sich auf ihren, heiß und fordernd, während sie zu ihrem Schlafzimmer stolperten. Gierig glitten seine Hände über ihren Körper, und er machte diese sexy maskulinen Laute, die sie ungeduldig seufzen ließen.

In ihrem Schlafzimmer ließ er gerade lang genug von ihr ab, um die Tür leise zu schließen. »Hast du das Babyfon an?«

Sie zeigte auf den Bildschirm auf dem Nachttisch. Oh ja, sie hatte das alles schon durchgeplant, und so wie er sie ansah, als er die Stiefel und Socken auszog, gefiel ihm das.

»Du duftest himmlisch«, sagte er, als er ihr den Pullover über den Kopf zog und ihn auf die Kommode warf.

Kaum hatte sie die Nachricht von Scott erhalten, dass er noch eine Zeit lang unterwegs sein würde, hatte sie schnell geduscht, und da Bones gern jedem einzelnen Zentimeter von ihr nahekam, hatte sie überall Parfüm aufgelegt – auf ihrem Hals, in den Armbeugen, in den Kniekehlen …

Ihr BH landete auf dem Boden, gefolgt von seinem T-Shirt und ihren Hosen, bis sie beide herrlich nackt waren. Sie krabbelte auf das Bett, er folgte ihr und umfasste ihre Hüfte von hinten. Seine Lippen berührten sie zwischen ihren Schulterblättern und jagten ihr Hitzeschauer über die Haut. Er küsste sich an ihrer Wirbelsäule entlang, und sie schloss die Augen, genoss jede Berührung seiner Zunge, während er an ihrem Körper nach unten wanderte, über ihren Hintern, während er streichelte und küsste. Seine Bartstoppeln kitzelten, seine Zunge neckte, und als er die Hand zwischen ihre Beine schob, sie reizte und liebkoste, an Stellen, an denen sie noch nie zuvor berührt worden war, dauerte es nicht lang, bis der Höhepunkt über sie hereinbrach. Alles in ihr pulsierte und bebte endlos, aber er ließ nicht nach, hielt sie so lange auf ekstatischen Höhen, bis sie in Millionen von knisternden, pulsierenden Teilen zerbarst.

Als sie seine schmeichelnden Laute wieder vernehmen konnte, kam es ihr unmöglich vor, dass nicht alles um sie herum auch zerborsten war.

»Du bist so sexy, Baby«, hauchte er mit rauer Stimme an ihrem Hintern.

Er küsste sie dort, während er noch mit den Fingern in ihr war und sie mit jedem Stoß höher trieb. »Ich will, dass du auf meinem Mund kommst.«

»Oh Gott.« Ihre Arme und Beine zitterten.

»Nein?«

»Doch! Unbedingt, doch!«

Er legte sich auf den Rücken und führte ihre Hüfte, bis sie über seinem Mund war. *Grundgütiger*, der Mann wusste genau, was er mit dieser kundigen Zunge zu tun hatte. Sie bewegte sich in seinem Rhythmus und spürte, dass noch ein Orgasmus nahte. Das Blut rauschte in ihren Ohren, raste durch ihre Adern. Er liebkoste ihre Brüste, drückte ihre Nippel und jagte spitze Lustwellen durch sie hindurch. Er saugte und stieß, zwickte und neckte, bis sich ihr ganzer Körper wie ein einziger empfindlicher Nerv anfühlte. Und dann tat er etwas Köstliches mit seinem Mund, und sie biss die Zähne zusammen, um nicht laut aufzuschreien, als sie vom Höhepunkt mitgerissen wurde.

Bevor sie vom Gipfel herunterkam, führte er ihre Hüften weiter nach unten, rutschte selbst höher, um ihre Brüste zu kosten, während er sie hinunter auf seinen Schaft zog, immer wieder hart zustieß und sie höher, höher, wieder ganz nach oben trieb – und sie dort am Abgrund hielt. Er war ein Meister darin, ihre Erregung zu intensivieren, ihr Begehren und Qualen zu bereiten, bis sie das Gefühl hatte, sie würde ihre Seele verkaufen, um Erlösung zu erhalten. Aber das würde er niemals wollen. Er befahl nicht, erniedrigte nicht. Er schmeichelte ihr und wertschätzte sie, gab ihr genau das, was sie brauchte, zum richtigen Zeitpunkt.

»Halt dich am Kopfende fest«, sagte er mit einer knurrenden Stimme, als er ihre Hände dorthin führte. »Genau. Jetzt geh hoch, sodass nur noch die Spitze von meinem Schwanz in dir ist.«

Sein unanständiges Gerede trieb sie fast in den Wahnsinn. Und oh ja! Sie folgte seinen Anweisungen, und er stieß immer wieder in sie, zog sich zurück, langsam, gekonnt, und jagte sie bis zu den Sternen.

Er kam hoch, umfasste ihr Gesicht mit seinen starken Händen, als wollte er sie niemals gehen lassen, küsste sie, während sie auf den Wogen der Lust ritt. Eine Hand ging zwischen ihre Beine. Seine Finger richteten ein Chaos mit ihren sensibelsten Nerven an, machten sie mit einem schnellen, präzisen Rhythmus fertig, während sein Schaft sie ausfüllte. Er füllte sie überall aus – in ihrem Herzen, ihrem Verstand und ihrem Körper. Als sie sich ihrer Leidenschaft ergab, explodierten Lichter hinter ihren geschlossenen Augenlidern und er schluckte all ihr Flehen.

»Halt noch etwas durch, meine Schöne«, schmeichelte er ihr, als er unter ihr hervorkam und hinter sie ging.

Sie konnte das Kopfteil auf keinen Fall loslassen. Sie zitterte am ganzen Leib, all ihre Nerven standen in Flammen, ihr Herz sprang ihr fast aus der Brust und sie genoss einfach jede Sekunde. Sie versuchte noch immer, die Vorstellung zu begreifen, dass Sex heiß und liebevoll sein konnte und dass ihr schwangerer Körper in der Lage war, dieses umwerfend schöne Gefühl zu empfinden. Sie hatte fast schon geglaubt, dass sie in ihrer Fantasie ihr Liebesspiel vom Samstagabend zu mehr gemacht hatte, als es wirklich gewesen war, aber *Holla!* Bones war unglaublich!

Seine Lippen berührten wieder ihren Rücken, und seine starken Arme umfassten sie. »Ich mache langsam, falls es unbequem ist.«

Sie schloss die Augen, als er langsam, Zentimeter für Zentimeter, in sie eindrang und jedes Gefühl unerträglich intensiv werden ließ. Sie spürte seine Härte tief in sich und den warmen Druck seiner Hüfte, und dann entführte er sie beide ins Paradies.

Danach drückte er seine liebevollen Lippen auf ihren Rücken, ließ seine Wange dort ruhen und umarmte sie lange. »Du hast mir heute gefehlt. Alles von dir.« Seine Hand strich über ihren Bauch.

»Mhm. Du mir auch.«

»Lass die Kopfstütze los, Kleines. Ich halte dich.«

Er ließ sie beide auf die Seite sinken, kuschelte sich von hinten an sie, sodass seine Länge noch zwischen ihren Beinen lag. Er küsste sie auf die Wange und ihren Hals und fragte leise: »Alles in Ordnung, Süße?«

Er war so intensiv und zärtlich zugleich, dass die Gefühle ihr die Kehle zuschnürten. Sie brachte nur ein »Mhm« hervor.

Wenige Minuten später rückte er ein wenig von ihr ab und massierte ihren unteren Rücken. Woher wusste er so genau, was sie brauchte? Er küsste ihre Schulter und sie schmolz unter seiner Berührung dahin. Sie wusste, dass sie es sich nicht erlauben sollte, im Sandkasten einer hoffnungsvollen Zukunft zu spielen, aber sie konnte nicht anders. Sie wollte genau dort bleiben, von ihm umgeben, mit dem Gefühl von Glück, das allein der Gedanke an ihn ihr bescherte. Sie wollte sehen, wie die Augen ihrer Kinder leuchteten, wenn er zur Tür hereinkam, auch noch in einem Monat, einem Jahr …

Sie dachte daran, wie sie ihn durch den Regen laufen gesehen hatte und daran, dass sein Vater heute gekommen war, um ihr mit den Kindern zu helfen. Und sie erinnerte sich daran, dass er eigentlich hatte reden wollen, bevor sie ihn verführt hatte.

»Worüber wolltest du mit mir reden?«, fragte sie.

Er küsste sie in den Nacken und zog sie wieder an sich. »Das ist nicht gerade ein Nach-fantastischem-Sex-Thema.«

»Ist es ein Popcorn-und-Kuscheln-auf-der-Couch-Thema?«

Er schmunzelte. »Hunger?«

»Du hast mir ein ziemliches Fitnessprogramm abverlangt.«

Nacheinander schlichen sie sich ins Badezimmer, und Bones half ihr liebevoll beim Anziehen, während sie sich weitere Küsse und sündige Versprechen für verstohlene Liebesspiele in der Zukunft gaben. Er umarmte sie, während das Popcorn poppte, und sie konnte sich keinen perfekteren Moment vorstellen, als in dem ruhigen Haus zu sein, ihre Kleinen sicher in ihren Betten und die Arme ihres Liebsten um sie.

»Ich wusste nicht, dass es so sein kann«, sagte sie leise mit den Armen um seinen Hals geschlungen.

»Mit *es* meinst du den Sex?«

Sie hob das Kinn und schaute in seine wundervollen Augen. »Mit *es* meine ich das Leben. Sex, küssen, berühren, reden. Ich habe so lang unter Anspannung gelebt, Angst gehabt. Endlich kann ich herunterkommen und entspannen. Anstatt mich davor zu fürchten, was als Nächstes kommt, freue ich mich darauf. Ich freue mich darauf, zur Arbeit zu gehen, mit Chicki und meinen Kolleginnen zu reden. Auf Abende wie heute mit den Mädels, eine Geburtstagsparty für dich und Lila zu planen und Teil des Thanksgiving-Fests deiner Familie zu sein.« Sie stellte sich auf die Zehenspitzen und drückte ihm einen Kuss auf den Hals. »Und auf Abende wie diesen, mit dir. Ich habe Angst, so glücklich zu sein, und gleichzeitig will ich keine Sekunde davon verpassen.«

Seine lächelnden Lippen senkten sich auf ihre, und dann sagte er: »Du wirst es nie mehr verpassen und du musst auch nie wieder Angst haben. Darüber möchte ich mit dir reden.«

Sie nahmen das Popcorn mit ins Wohnzimmer und setzten sich aufs Sofa. Bones schaute zu ihrem Notizbuch auf dem Couchtisch und fragte: »Du schreibst in letzter Zeit viel. Ist das ein gutes Zeichen?«

»Ja, ich glaube schon, aber es fühlt sich seltsam an. Ich habe angefangen, eine Geschichte für Tracey zu schreiben, und wollte ihr ein Happy End geben. Aber wir sind keine zwölf Jahre mehr alt. Wir wissen, wie die Welt in Wirklichkeit ist, und ich glaube, sie braucht keine fiktionale Geschichte. Ich werde weiterschreiben, weil es mir Spaß bringt, aber ich werde es ihr nicht zeigen.«

Er legte einen Arm um ihre Schulter und zog sie näher an sich. »Du fängst an, die Dunkelheit aus deinem Leben zu verbannen. Lass dir Zeit, und ich bin sicher, dann findest du deine Muse.«

Sie knabberte an einem Popcorn und dachte darüber nach. »Das hoffe ich. Mir bringt es Spaß zu schreiben. Vielleicht schreibe ich eines Tages Geschichten für Lila und Bradley.«

»Tru schreibt Märchen für Kennedy und Lincoln. Das macht er schon, seit sie in sein Leben getreten sind. Vielleicht solltet ihr zusammenarbeiten.«

»Ach was, du kommst gleich mit einer Geschäftsidee für mich? Das Schreiben ist etwas zu Intimes für mich, als dass ich mit jemandem gemeinsam schreiben könnte. Es fühlt sich einfach gut an, wahrscheinlich so wie das Motorradfahren für dich. Übrigens, danke, dass du deinen Dad heute vorbeigeschickt hast. Ich bin es gewohnt, mich um die Kinder zu kümmern, aber es war eine unglaublich süße Geste.«

Er berührte ihre Lippen mit seinen und sein Blick wurde ernst. »Ich wäre selbst gekommen, aber mein ganzer Tag war vollgepackt mit Terminen. Darüber wollte ich mit dir reden. Ich hatte eine Patientin, eine alleinerziehende Mutter, die über die Rechte ihres Ex-Mannes in Bezug auf ihren Sohn geredet hat. Dabei musste ich an die Kinder und dieses kleine Wesen denken.«

Sie sollte wahrscheinlich nicht zu viel Hoffnung in die Tatsache stecken, dass er *die Kinder* und nicht *deine Kinder* gesagt hatte. Aber als er ihren Bauch mit einem nachdenklichen Gesichtsausdruck berührte, wirbelten alle möglichen Gefühle in ihr umher.

»Sarah, hattest du irgendeinen Kontakt zu Lewis, seit du gegangen bist?«

»Nein, und dabei soll es auch bleiben.« Sie lehnte sich zurück, ihre Träumereien waren abrupt beendet. »Ich will ihn nicht in der Nähe meiner Kinder haben. Er wird sie zerstören.«

»Das weiß ich, Süße. Deshalb frage ich ja.«

»Die Antwort lautet nein, und ich hoffe, dass ich es nie muss.«

Er zog sie wieder an sich und sagte: »Ich weiß, dass es unangenehm ist, darüber zu reden, aber er ist ihr Vater. Er könnte jederzeit zurückkommen und versuchen, sie zu sehen. Ich möchte nicht, dass ihr das erleben müsst.«

»Hör auf«, sagte sie wütend und stand vom Sofa auf. »Warum machst du das? Wir hatten so einen perfekten Abend.« Allein über ihn zu reden, jagte ihr einen ekligen Schauer über den Rücken. Sie schlang die Arme um sich.

»Weil wir die Möglichkeiten nicht ignorieren können. Wir müssen darüber reden. Er hat Rechte.«

Sie marschierte auf und ab. »Er hat diese Rechte in dem Moment verwirkt, als er Drogen genommen hat, und wenn das nicht reicht, dann hat er es besiegelt, als er sich an mir vergriffen hat.«

Bones ging zu ihr, aber sie wehrte ihn ab. »Ich will nicht, dass er Teil deines Lebens ist«, sagte er nachdrücklich. »Ich will verhindern, dass er zurückkommt und die Kinder sehen will. Wir können versuchen, dass er eine Einwilligung unterschreibt, mit der er auf seine Elternrechte verzichtet. Dann musst du nie mehr Angst haben.«

Sie schüttelte den Kopf und ihr Herz raste wie verrückt. »Ich kann darüber nicht sprechen.« Sie legte eine Hand auf ihre Brust. »Wenn ich nur daran denke, bekomme ich schon Angst.«

»Dann lass es mich für dich tun. Lass mich ihn aufspüren und ihn dazu bringen zu unterschreiben.«

»Nein«, fuhr sie ihn an. »Du verstehst das nicht.« Wie sollte er? »Uns geht es gut. Mir und meinen Kindern, dir und mir. Ich will diese Tür niemals wieder aufstoßen. Er hat nie nach mir gesucht. Warum sollte er es jetzt noch tun?«

»Was ist, wenn er clean wird und seine Fehler einsieht? Das kommt vor.«

Sie hielt die Hände in die Höhe, musste ihn einfach aufhalten. »Mach das nicht. Auch wenn er clean wird, er hat mich trotzdem vergewaltigt.«

»Glaubst du, ich will das alles?«

Die Wut in seiner Stimme überraschte sie.

»Glaubst du, ich will das Thema anschneiden? Von dem ich weiß, dass es dir wehtut? Ich will diesen Mistkerl mit meinen eigenen Händen umbringen. Aber das kann ich nicht, weil ihr dann allein wärt, du und die Kinder.«

Er fuhr sich mit der Hand durch die Haare und wandte sich ab. Sie beobachtete, wie seine Schultern sich mit jedem langen Atemzug auf- und absenkten, wie die Anspannung mit jeder Ausatmung weniger wurde. Als er sie wieder anschaute, war sein Gesichtsausdruck weicher.

Er streckte die Hände nach ihr aus, berührte ihre Finger und sagte: »Ich fange an, dich von ganzem Herzen zu lieben, Sarah.«

Er schwieg so lang, dass seine Worte in sie dringen konnten und sie mit Wärme und Glück erfüllten. »Ist das wahr?«

»Ja«, sagte er mit einem verstohlenen, ergebenen Lächeln, als hätte er keine Wahl, fände das aber vollkommen in Ordnung. »Ich denke ständig an dich und die Kinder. Ich fühle mich leer, wenn wir nicht zusammen sind. Ich will dich in meinen Armen, in meinem Bett haben. Ich will, dass die Kinder bei mir sind. Bei uns. Ich will euch alle beschützen, den Kindern beibringen, wie man teilt und wie man für sich selbst eintritt. Ich weiß, dass drei Monate nicht viel sind, und wir sind erst seit wenigen Wochen mehr als Freunde, aber es wurde vom ersten Tag an immer mehr. Du brauchst mir nicht das Gleiche zu sagen. Ich möchte nur, dass du weißt, wie ich fühle.«

Sie legte ihre Finger um seine. Ihr Herz schwoll schmerzhaft an vor Glück, und gleichzeitig vor Qual angesichts dessen, was er von ihr verlangte.

»Der Gedanke, dass er auch nur irgendwie in eure Nähe kommen könnte, macht mich rasend vor Wut«, sagte er mit monotoner Stimme. »Ich kann nicht etwas ignorieren, das dir und den Kindern schaden könnte. Ich will – muss – diese Bedrohung beseitigen, Sarah. Ich will diesen Kerl im Gefängnis sehen, aber ohne Beweise dafür, was er dir angetan hat, würde das ein Albtraum für dich und möglicherweise auch für deine Kinder werden. Ich bitte dich nur darum, darüber nachzudenken. Wenn nicht um deinetwillen, dann für die Kinder. Damit Bradley, wenn er acht oder zehn oder fünfzehn ist, sich nicht mit diesem Kerl abgeben muss. Damit Lila nie dem Mann gegenüberstehen muss, der dir grauenvolle Dinge angetan hat. Damit *du* ihm nie mehr gegenüberstehen musst.«

Mit Tränen in den Augen ließ sie sich auf das Sofa sacken. »Du verliebst dich in mich, aber du verlangst das Unmögliche von mir.«

Er ging vor ihr auf die Knie, legte die Hände um sie und küsste dann ihren Bauch. »Ich verliebe mich in euch alle, und ich bitte dich darum, dass wir versuchen, einen sicheren Weg für euch in die Zukunft zu finden. Ich werde es tun. Du brauchst dich nicht einmal damit zu befassen.«

»Das kann ich nicht.« Tränen rannen über ihre Wangen. »Was ist, wenn er ablehnt und die Kinder sehen will?«

»Was ist, wenn er zustimmt und die Papiere unterzeichnet? Wie du sagst: Bisher hat er nicht nach euch gesucht.«

Sie versuchte sich vorzustellen, dass Lewis sich einverstanden erklärte, aber das bedeutete, dass sie sich sein Gesicht vorstellen musste. Panik brannte in ihrer Brust und ließ den Rest von ihr in einen zitternden, heulenden Haufen zusammenfallen.

Bones zog sie an sich, strich ihr beruhigend über den Rücken und sagte: »Es tut mir leid. Vielleicht ist es zu früh.«

»Es wird immer zu früh sein«, brachte sie stockend heraus. »Ich kann nicht das Risiko eingehen, dass er wieder in unser Leben tritt.«

»Das werde ich niemals zulassen.«

Sie schüttelte den Kopf. »Es tut mir leid. Ich kann einfach nicht verantworten, dass du das riskierst.«

Neunzehn

Die nächsten beiden Tage hatte Sarah das Gefühl, von einem Geist verfolgt zu werden. Es war Mittwochnachmittag und sie war in dem Frauenhaus, wo sie gerade Ebony die Haare schnitt und über ihre Unterhaltung mit Bones nachdachte. Es war ihr gelungen, nicht darüber nachzudenken, dass Lewis wieder in ihr Leben treten könnte. Sie hatte ihren Gedanken den Weg in diese grauenhafte Dunkelheit einfach verboten. Aber seit Bones die Idee angesprochen hatte, ihn seine elterlichen Rechte abgeben zu lassen, musste sie immerzu daran denken. Sie hatte Scott nach seiner Meinung gefragt, und anscheinend hatte er die gleichen Sorgen in sich getragen. Ebenso wie Bones war Scott der Ansicht, dass Lewis eine tickende Zeitbombe war. Aber da sie Scott von vornherein gesagt hatte, dass sie nicht über Lewis sprechen wollte, hatte er sie nicht gedrängt.

Bones schon.

Weil er mich von ganzem Herzen liebt.

Wärme durchflutete sie. Sie hatte nie geliebt. Sie hatte nur einen Zustand von hoffnungsvoller, tiefer Zuneigung für Lewis erlebt. Und mit der Zeit – anstatt dass die Gefühle intensiver für ihn wurden, wie es bei Bones der Fall gewesen war – hatte sie sich entfernt. Von hoffnungsvoll über glücklich, dass sie ein

Dach über dem Kopf hatte, bis hin zu verängstigt.

»Du verpasst mir aber nicht so einen Jungenhaarschnitt, wie Tracey ihn hat, oder?«, fragte Ebony augenzwinkernd. Bei ihrer ersten Begegnung hatte sie sich schroff und tough gegeben. Als Sarah am Samstag gegangen war, hatte sie sich zugänglicher gezeigt und heute war sie sogar noch offener.

Sarah verdrängte ihre Gedanken und schnitt noch eine Locke von Ebonys Haaren ab.

»Nur wenn du Glück hast.« Tracey schaute von ihrem Platz auf der Sofalehne auf, wo sie ein Buch über den Neuanfang nach häuslicher Gewalt las, das Sarah ihr gegeben hatte. Ihre blauen Flecken waren zu einem Gelbgrün verblasst.

»Mir gefällt Traceys Frisur, aber keine Sorge«, beruhigte Sarah sie. »Du hast gesagt, ich kann sie bis gerade unter die Ohren abschneiden, und weiter gehe ich nicht.«

»Das hat er auch gesagt«, meinte Ebony grinsend. »Und dann *Hoppla!* kommt er durch die Hintertür!«

Es folgte eine Reihe von Witzen und Bemerkungen. Zum Glück spielten Camilles Kinder am anderen Ende des Zimmers außer Hörweite. Sarahs Gedanken wanderten wieder zum Montagabend, nur dass sie jetzt die köstlichen Momente, die sie und Bones in ihrem Schlafzimmer erlebt hatten, vor Augen hatte. Mit Eltern, die ihr das Gefühl gaben, sich dafür schämen zu müssen, allein weil sie ein Mädchen war, und einem Ex, der sie misshandelt hatte, war sie sich nicht sicher gewesen, ob sie überhaupt je ein normales Sexleben haben könnte. Jetzt fragte sie sich, was normal war, ob es so etwas überhaupt gab. Denn während die jungen Frauen darüber redeten, dass sie diese besonderen Körperteile unter Verschluss halten würden, glaubte sie, dass es keine Stelle an ihrem Körper gab, die sie Bones vorenthalten wollte.

Bedeutete das, dass ihre Wunden heilten?

Machte sie das normal?

Eine leise Sorge schlich sich durch ihren Kopf. *Oder macht mich das zu einem Flittchen?*

Die Antwort kam in Form von Bones' liebevoller Stimme, die nun in ihrem Kopf flüsterte: *Ich möchte dich lieben, bis ich jeden deiner Herzschläge spüre und bis jeder deiner Atemzüge eins mit meinen ist.* Nein, sie war kein Flittchen. Sie war eine Frau, die einen guten, vertrauenswürdigen Mann liebte.

Sie stellte Ebonys Haarschnitt fertig und fragte: »Darf ich sie föhnen?«

»Ich föhne sie nie. Die werden dadurch nur noch krauser.« Ebony fuhr mit den Fingern durch ihre frisch gestutzten Locken. »Das fühlt sich so leicht an.«

»Ich habe sie etwas ausgedünnt. Ich habe einen Diffusor dabei und auch ein Pflegeprodukt, das sie weniger kraus werden lässt und die natürlichen Locken verstärkt. Ich kann dir zeigen, wie man das anwendet.«

»Mach das«, bestärkte Camille sie. »Meine Schwester benutzt einen Diffusor und ihre Haare sehen immer toll aus.« Sie deutete auf ihre eigenen schönen, glatten blonden Haare und sagte: »In meinen Haaren halten sich keine Locken, aber ihre Haare sind wie die von Sarah, voll und wellig.«

»Okay, dann bin ich deine Barbiepuppe«, willigte Ebony ein. »Aber ihr werdet mich nicht in irgendwelche von diesen mädchenhaften Klamotten reinkriegen.« Sie zog das T-Shirt weiter über ihre Speckröllchen. »Ich muss nicht aussehen wie Meghan Trainor und mich in enge Jeans und kurze Röcke zwängen. Nee danke. Das bringt nur Schwierigkeiten mit den Männern.«

»Nur weil wir schlechte Männer hatten, heißt das nicht,

dass alle schlecht sind«, sagte Camille. »Sieht man ja bei Dr. Hottie.«

Tracey stupste Sarah an. »Damit meint sie deinen Whiskey. Wir haben ihn umbenannt und wir sind alle ein wenig neidisch.«

»Du meine Güte! Ich war noch nie die Zielscheibe von Neid. Fühlt sich seltsam an«, gestand Sarah, als sie den Föhn einsteckte und den Diffusor befestigte. »Ich hätte mir nie vorstellen können, mit einem Mann wie ihm zusammen zu sein.«

»Mit einem, der so heiß ist?«, fragte Camille.

»Ja, aber nicht nur«, sagte Sarah. »Er ist auch fürsorglich und gut. Ein Mann, der vor allem anderen an mich und die Kinder denkt. Wie wär's, wenn ihr ihn Dr. Dreamy nennt? Denn wenn ich an ihn denke, dann kommt mir nicht zuerst sein Aussehen in den Sinn. Bei ihm schmelze ich dahin, und ich schwöre, wenn er mit meinen Kindern zusammen ist … Das Gefühl kann man gar nicht beschreiben.«

Camille schaute hinüber zu ihren Kindern. »Ich würde alles für einen Mann geben, der meine Kinder an erste Stelle setzt. Mein Mann hat sie behandelt, als wären sie ihm egal. Ihm war nur wichtig, dass ich für ihn da war, damit er mich besitzen, erniedrigen und schlecht machen konnte.«

Sarah und die anderen sahen sich beunruhigt an. Camille hatte ihnen zwar erzählt, dass sie von ihrem Mann verletzt worden war, aber welche Misshandlungen sie wirklich erlitten hatte, hatte sie bisher noch nicht preisgegeben. Als sie sich nun etwas offener zeigte, konnte Sarah erkennen, dass die anderen Frauen ebenso besorgt überlegten, wie weit er wohl gegangen war.

»Hat er dich je körperlich verletzt?«, fragte Sarah behutsam, als sie das Pflegeprodukt auf Ebonys Haare auftrug.

»Manchmal ...«

»Es tut mir leid«, sagte Sarah. Als Camille nichts mehr sagte, suchte Sarah krampfhaft nach einem anderen Thema, aber Camille redete weiter, bevor sie ein Wort herausbekam.

»Aber nicht wie bei Tracey, wo er blaue Flecken hinterließ, die man nicht verstecken konnte.« Camille knetete ihre Hände im Schoß und die blonden Haare fielen ihr wie ein Vorhang ins Gesicht. »Er drückte mich zum Beispiel gegen die Wand, quetschte meine Rippen so sehr, dass sie geprellt waren, oder hat mein Handgelenk gepackt und es auf meinem Rücken so weit nach oben gedrückt, dass ich dachte, mein Arm kugelt aus. Aber am meisten hat er mich mit der Androhung von Gewalt kontrolliert.« Mit einem Ausdruck von Scham in den Augen schaute sie zu ihnen auf und sagte: »Als er drohte, David, meinem Ältesten, wehzutun, da hab ich endlich den Mut gefasst zu gehen.«

Sarah wischte sich die Hände ab und umarmte Camille. »Es tut mir so leid, dass du durch diese Hölle gehen musstest. Es ist verrückt, welche Macht Missbrauchstäter über uns haben. Aber du hast es geschafft, da herauszukommen, und deine Kinder sind in Sicherheit. Das ist ein Schritt in die richtige Richtung.«

»Welche Macht sie über uns *hatten*«, sagte Camille. »Nie wieder.«

Alle stimmten zu.

Während sie über unverfänglichere Themen sprachen – wo sie nach Jobs suchten und was sie in der Vergangenheit, also bevor sie in die Hände von ihren Peinigern gefallen waren, gearbeitet hatten –, trocknete und frisierte Sarah die Haare von Ebony: Sie trennte sie, zog ein paar Lockensträhnen gerade, legte sie über ihr linkes Auge und nutzte den Diffusor, um den Rest zu frisieren.

»Wow, Ebony!« Camille riss die blauen Augen auf. »Du siehst umwerfend aus.«

Ebony fasste sich in die Haare. Sie saß auf der Couch. »Wirklich? Seid ihr sicher, dass ich nicht wie ein Kerl aussehe?«

»Und wenn du es noch so sehr versuchen würdest, könntest du nicht wie ein Kerl aussehen«, sagte Sarah, und dann folgten alle Ebony ins Badezimmer.

Ebony betrachtete sich im Spiegel, lehnte sich vor, um besser sehen zu können, berührte die glatten Strähnen, dann die lockigen Seiten, bis ihre Augen aufleuchteten und ein Lächeln folgte. »Kannst du mir zeigen, wie man das macht?«

»Na klar, das ist nicht schwer.« Sarah holte den Föhn samt Diffusor und zeigte ihr, wie man ihn hielt, um Locken zu machen, und wie man die Bürste nutzte, um die Strähnen zu glätten.

»Kaum zu glauben. Ich habe tolle Haare«, sagte Ebony staunend und brachte alle zum Lachen.

»Alles an dir ist toll«, sagte Sarah. »Du hast das süßeste Grübchen am Kinn, und deine Augen stechen wirklich heraus, wenn du dich nicht hinter deinen Haaren versteckst.«

Ebony errötete und bewunderte sich weiter im Spiegel, aber je länger sie sich anschaute, umso weniger lächelte sie. »Ich kam mit meinem Ex-Freund zusammen, als ich zwanzig war, und ich bin immer übergewichtig gewesen. Als es zwischen uns schlimmer wurde, nannte er mich Wabbelschenkel oder Fettgesicht. Ich hab mich nicht gewehrt, weil … seht mich doch an.«

»Dein Ex war ein Arsch«, fauchte Tracey. »Er ist der Grund dafür, dass du hier bist, also geht's von nun an bergauf. Jetzt hast du uns kennengelernt, und wir werden nicht zulassen, dass du dich jemals wieder auf so miese Männer einlässt.«

»Du bist wunderschön, Ebony«, sagte Sarah mit schmerzvoller Inbrunst. Sie erinnerte sich an den Moment, als Bones gesagt hatte *Ich sehe dich, Sarah, und deine wunderschönen Kinder. Was immer dich hierhergebracht hat, was auch immer diesen Moment möglich machte, hat dich nicht zerstört.* Er hatte ihr das Gefühl gegeben, vollständig und normal zu sein, und weil es Bones war und er es geschafft hatte, sie Dinge spüren zu lassen, die sie nie für möglich gehalten hätte, hatte er auch erreicht, dass sie sich schön fühlte. Das sollten diese Freundinnen auch erleben, daher sagte sie: »Ich sehe *dich*, Ebony, und wenn die Leute dich sehen, oder Camille und Tracey, dann sehen sie keine von euch mit den Augen eines Missbrauchstäters. Sondern die schönen, gutherzigen Frauen, die ihr seid. Was wir durchgemacht haben, hat uns nicht zerstört.«

Ebony wischte sich über die feuchten Augen, Sarah legte die Arme um sie und dann kamen Camille und Tracey zu der Umarmung dazu.

»Diese Arschlöcher gehören der Vergangenheit an«, sagte Camille. »Für uns alle.«

»Ich bekomme keine Luft«, gab Ebony fiepsend von sich, sodass alle einen Schritt zurücktraten. »Ihr seid die besten Freundinnen, die ich je hatte, dabei kenne ich euch erst ganz kurz.«

Mit Bones und seiner Familie im Sinn sagte Sarah: »Manchmal ist es nicht von Bedeutung, wie lange man jemanden schon kennt, sondern das, was sie in dir sehen und mögen und was andere nie gesehen haben.«

»Sagt eine Frau mit Liebe in den Augen«, sagte Sunny, die plötzlich vor dem Badezimmer stand. Sie hatte Joshua, Camilles jüngsten Sohn, auf dem Arm. »Bones hat an der Rezeption angerufen, weil du nicht ans Telefon gegangen bist. Ich soll dir sagen, dass er dir nicht hinterhertelefoniert und dass er weiß, dass du es auch allein schaffst, die Kinder abzuholen. Aber er ist bei seiner Mutter und er kann die beiden zu dir bringen, wenn du willst.«

Babs hatte kurzfristig abgesagt, weil sie einen Termin vergessen hatte, aber sie hatte Red gebeten, sie beim Babysitten zu vertreten. Red war begeistert gewesen, sich um ihre, wie sie es nannte, *Ersatzenkel* kümmern zu dürfen. Das hatte unerklärliche Gefühle in Sarah ausgelöst. Sie hatte sich nie vorgestellt, dass ihre Kinder Großeltern haben würden, und jetzt wurden sie von Chicki, Babs und Red geliebt, und so wie Biggs auf der Hochzeit mit Lila getanzt hatte, war auch er ganz angetan von ihnen.

Ebony hob eine Augenbraue. »Er heißt Bones? *Bones* wie *Knochen*? Dr. Dreamy wurde gerade noch interessanter.«

»Tja, ihr wisst ja, was man sagt«, stimmte Tracey zu. »Nichts im Körper ist so hart wie der Knochen.«

Sarah wurde rot und Sunny sagte: »Sein Bikername ist Bones.«

»Mir gefällt es, wie er sagt, dass Sarah auch allein alles im Griff hat«, sagte Camille und nahm Sunny Joshua ab. Als Sunny wegging, sagte Camille: »Er versteht, dass Frauen wie wir unser Selbstwertgefühl steigern müssen, wo es nur geht.«

»Das ist es nicht.« Sarah erzählte ihnen, dass Bones seinen Vater gebeten hatte, ihr bei dem Unwetter mit den Kindern zu helfen. »Als hätte ich nicht das ganze letzte Jahr die Fähigkeit an den Tag gelegt, zwei Kinder, einen Regenschirm und was weiß ich noch alles zu schleppen.«

»Trotzdem finde ich es erstaunlich, dass er zugehört und verstanden hat«, sagte Camille. »Das ist wirklich wichtig.« Sie küsste ihren kleinen Jungen auf die Wange. »Ich bringe ihn mal ins Spielzimmer.«

Während Sarah ihre Friseur-Utensilien zusammenräumte, dachte sie an Bones. Er war ein guter Zuhörer, und er war geduldig und verständnisvoll. Sie wusste nicht, wie sie solch ein Glück verdiente, aber je näher sie sich kamen, umso weniger glaubte sie, dass es etwas mit Verdienst oder Belohnung zu tun hatte, sondern mit etwas weniger Greifbarem. Ihre Verbindung war so stark, so tief, dass sie immer mehr der Überzeugung war, sie hätten sich irgendwann auch unter anderen Umständen gefunden.

Sie sammelte ihre Sachen zusammen und sagte: »Ich lasse euch die Pflegeprodukte hier.«

»Sie sollten *dich* in die Willkommenstüte packen«, sagte Ebony.

»Willkommenstüte?«, fragte Sarah.

»Wenn man ins Frauenhaus kommt, erhält man eine Willkommenstüte. Darin ist alles, was man so braucht: Toilettenartikel, Socken, Wasser, Erste-Hilfe-Paket, Handschuhe, Waschlappen. Alles Mögliche«, erklärte Tracey.

»Na ja, in eine Willkommenstüte passe ich wohl nicht, aber ich kann euch umsonst die Haare machen«, bot Sarah an. Ihr gefiel die Vorstellung, den Frauen dabei zu helfen, sich anders zu sehen als zu dem Zeitpunkt, als sie ins Frauenhaus kamen. *Ein neuer Anfang.*

»Gute Idee. Kommst du nächste Woche wieder? Nicht um die Haare zu machen, sondern einfach, um mit uns abzuhängen?«, fragte Tracey.

»Ja, unser eigener Mädelsclub, das gefällt mir«, sagte Sarah. »Ebony, wenn du beim Frisieren Probleme hast, dann ruf mich an. Ich werde versuchen, dir am Telefon Stylingtipps zu geben, aber ich denke, du kriegst das hin.«

»Ich werde meine Haare nie mehr waschen«, sagte Ebony, als sie Sarah hinausbegleiteten. »Ich schlafe im Sitzen.«

»Mach das und dann sind deine Haare nach einer Woche ein einziger Fettklumpen«, scherzte Tracey. »Hey, das ist doch eine gute Art, um Männer auf Abstand zu halten.«

Sarah sah Camille auf dem Sofa im Spielzimmer, wo sie ihren Jungs zusah, und dachte daran, was Bones ihr in Bezug auf Lewis geraten hatte. »Ich bin gleich wieder da. Ich sag nur noch Camille Tschüss.« Sie ging ins Spielzimmer, setzte sich neben Camille und stellte ihre Tasche neben sich auf den Boden. »Ich wollte nicht gehen, ohne mich zu verabschieden.«

»Das ist lieb von dir. Ebonys Haare gefallen mir.«

»Danke, mir auch.« Es gab keine einfache Art, das zu fragen, was sie fragen wollte, also legte sie einfach los. »Ich wollte dich etwas in Bezug auf deinen Mann fragen. Du musst nicht antworten, wenn es zu persönlich ist.«

»Du weißt schon alles Schlimme von mir«, sagte Camille.

»Ja, aber … Ich habe mich nur gefragt, ob du irgendetwas machst, um ihn von den Jungs fernzuhalten. Rechtlich, meine ich.«

Camille wandte den Blick nicht von den Jungen ab. »Er hat ein Kontaktverbot, aber ich möchte etwas Permanentes haben. Für einen Anwalt habe ich im Moment kein Geld, aber wenn ich es habe, wird es meine oberste Priorität sein, ihn für immer von ihnen fernzuhalten. Warum? Hast du Angst, dass der Vater deiner Kinder nach euch sucht?«

»Nein.« Sie legte die Hand auf den Bauch und sagte: »Ich überlege nur, ob ich etwas tun sollte, damit er nie mehr die Möglichkeit dazu hat.«

»Das hängt davon ab, was du als das Beste für deine Kinder

ansiehst. Für mich ist es, ihn so weit weg wie möglich zu halten.«

Sarah dachte darüber nach, als sie ihre Tasche aufhob. War es zu kurzfristig gedacht, wenn sie sich weigerte, Lewis zum Unterschreiben von Papieren zu bewegen, mit denen er auf seine elterlichen Rechte verzichtete? Bones hatte nichts über die Kosten gesagt, die damit verbunden waren. Sie musste mehr darüber in Erfahrung bringen, aber sie war noch immer nicht bereit, das Risiko einzugehen, dass der Versuch nach hinten losgehen könnte.

Sie umarmte Camille, versprach, in der nächsten Woche wiederzukommen und dann gab sie beiden Jungs einen Kuss auf den Kopf. Im Flur traf sie auf Ebony und Tracey, die sich über das Thanksgiving-Menü unterhielten und Sarah daran erinnerten, dass sie sich bereiterklärt hatte, zu dem Fest der Whiskeys Nachtisch mitzubringen.

Sunny betätigte den Buzzer, um jemanden hereinzulassen, und sagte gleichzeitig: »Sehen wir uns nächste Woche, Sarah?«

Sarah schaute auf und ihr stockte der Atem. Sie kannte die Person, die gerade das Frauenhaus betrat. Es war ihre Schwester – ausgemergelt und an der Hand einen schmächtigen kleinen Jungen mit langen, vollen braunen Haaren.

»Josie«, kam es Sarah über die Lippen.

Bevor Sarah überhaupt wusste, was gerade passierte, zog Josie ihren kleinen Jungen zur Tür hinaus und rannte die Treppe hinunter.

»Josie!« Sarah ließ ihre Tasche fallen und rannte ihnen nach. Ihre Freundinnen riefen etwas hinter ihr her, aber sie würde nicht anhalten. Nicht wenn ihre Schwester aus dem Haus stürmte und über den Rasen rannte.

Sarah hielt stützend von unten ihren Bauch, als sie hinter

ihnen herjagte. »Warte! Josie! Bitte!«

Josies kleiner Junge sah über die Schulter zurück und zwang sie, langsamer zu laufen. »Mommy, wer ist das?«

»Niemand. Lauf weiter«, zischte Josie.

Der kleine Junge stolperte, und Josie hielt an, um ihm zu helfen, sodass Sarah sie einholte. Sofort stellte Josie sich vor den Jungen und schirmte ihn von Sarah ab. »Bleib da stehen, Sarah.«

Sarah hielt kurz vor ihnen an. »Warum rennst du vor mir weg?«

»Mommy!« Der kleine Junge lugte mit vollkommen verängstigtem Blick an ihren Beinen vorbei.

»Bleib da, Hail.« Josie sah Sarah warnend an.

Sarah hielt die Hand hoch, während sie sich mit der anderen auf ihrem Oberschenkel abstützte, um wieder zu Atem zu kommen. »Ich will nur reden. Ich verstehe nicht, warum du mich nicht sehen willst.«

»Und ich verstehe nicht, warum du mich nicht in Ruhe lassen kannst.« Josie schob ihren Unterkiefer vor, wie sie es schon als kleines Mädchen getan hatte, wenn sie wütend gewesen war.

Sarah versuchte, die wütende junge Frau vor ihr mit der besten Freundin in Einklang zu bringen, mit der sie aufgewachsen war. Das Mädchen, das nie durch die Hand der Eltern Gewalt erfahren hatte wie Sarah und Scott. Doch so wie passives Rauchen Krebs erzeugen konnte, so hatte Josie sicher unter dem Zorn der Eltern gelitten und Schäden davongetragen.

»Weil ich dich lieb habe«, flehte Sarah. »Du bist meine Familie. Scott und ich können dir helfen. Wir haben ein Haus in einer sicheren Gegend, mit guten Schulen in der Nähe und –«

»Hail ist alles an Familie, was ich brauche.« Ihr Kinn zitterte, und Sarah machte einen Schritt vor, weil sie diese Kluft zwischen ihnen einfach überbrücken musste. Josie ging einen Schritt zurück und zwang ihren Sohn damit, das Gleiche zu tun. »Ich kann das nicht. Nicht jetzt. Geh zurück in dein perfektes Leben und lass uns in Ruhe.«

»Josie ...?« Tränen schossen Sarah in die Augen, als Josie ihren Sohn an der Hand nahm und wegging. »Warte!«, flehte Sarah. »Geh zurück ins Frauenhaus. Da ist es sicher. Ich hole meine Sachen und dann lasse ich dich in Ruhe.«

Josie hielt inne, ihrer Schwester den Rücken zugewandt, doch Sarah wusste, dass sie zumindest zuhörte.

»Bitte geh zurück, Josie. Das sind gute Menschen. Dein Sohn ist da in Sicherheit. Ich verspreche, dass ich mich fernhalte.« Der Schmerz, der mit diesem Versprechen einherging, war unerträglich.

Josie straffte die Schultern, und Sarah betete, dass sie auf sie hören würde. Doch Josie ging nicht zum Frauenhaus. Sie marschierte in die entgegengesetzte Richtung fort.

»Josie, bitte!«, rief Sarah hinter ihr her, als sie um die Ecke verschwand.

Bones trug Lila die Stufen zum Haus hoch, während Bradley Geschichten von ihrem Nachmittag bei Red erzählte. »Sie hat gesagt, ich darf sie Oma Red nennen. Das gefällt mir.«

»Das gefällt mir auch, Kumpel.« Und wie, dachte er, als er an die Tür klopfte.

Mit bekümmertem Blick öffnete Scott ihnen die Tür.

»Hallo, Leute. Kommt rein.«

Bones sah über Scotts Schulter hinweg zu Sarah, die gerade in der Küche verschwand, doch zuvor bemerkte er noch ihre rote Nase und ihre verweinten Augen. Seine Nervenenden schlugen Alarm, als er ins Haus trat. »Was ist passiert?«

»Co!« Lila streckte die Arme nach Scott aus.

Ohne den Blick von Sarah abzuwenden, übergab Bones die Kleine an Scott. Sarah hatte ihm vor einer Stunde geschrieben und sich für sein Angebot bedankt, die Kinder abzuholen. Er war noch etwas geblieben, um mit seinen Eltern zu reden, und hatte ihr Haus später als geplant verlassen. Er hoffte, dass das nicht der Grund für ihre Verfassung war.

»Sie hat Josie gesehen«, erklärte Scott. »Lief nicht gut.«

Meine Güte. Sie kommt nie zur Ruhe. Bones fuhr Bradley durch die Haare und sagte: »Hey, B-Boy, du könntest doch kurz mit Onkel Scott spielen, während ich Mom helfe, das Essen zu machen.«

»Okay.« Er marschierte in Richtung Spielzeuge und Bones ging zu Sarah.

Sie stand an der Arbeitsfläche und gab Spiralnudeln und Hackfleischbällchen in Schüsseln. Die Haare verschleierten ihr Gesicht, aber ihre Traurigkeit erfüllte den Raum.

»Hallo, Süße.« Er legte den Arm um ihre Taille und sagte: »Du hattest einen harten Nachmittag, habe ich gehört.«

»Mir geht's gut«, sagte sie angespannt.

Er legte ihr die Haare über die Schulter, damit er ihr Gesicht sehen konnte, und die Trauer, die zu ihm aufblickte, erfüllte ihn mit Schmerz. Er umarmte sie. »Scott sagte, du hast Josie zufällig getroffen. Es tut mir so leid, dass es nicht gut lief.«

Sie nickte an seiner Brust.

»Möchtest du darüber reden?«

Sie zuckte mit den Schultern.

»Warum entspannst du dich nicht eine Minute. Ich gebe den Kindern etwas zu essen und dann können wir reden«, bot er an.

Sie löste sich von ihm. »Nein, ich kann ihnen zu essen geben. Das muss ich. Das Leben hört nicht auf, nur weil ich traurig bin.«

Bradley stürmte in die Küche. »Mommy, guck mal, was …« Seine aufgeregte Stimme verstummte und er runzelte die Stirn. »Warum bist du traurig?«

Scott tauchte hinter ihm mit Lila auf dem Arm auf und gab lautlos *Tut mir leid* von sich.

Sarah zwang sich zu einem Lächeln. »Ich bin nicht traurig. Ich hatte nur etwas im Auge. Komm, setz dich und iss etwas.«

Scott setzte Lila in ihren Hochstuhl und Bradley kletterte auf seinen Stuhl.

»Eine Wimper, so wie ich mal eine hatte?« Bradley stellte sein Spielzeugschwein neben den Teller und sagte: »Das macht Aua.«

»Ja, eine Wimper.« Sarah stellte eine Schüssel auf seinen Teller.

Bones nahm ein Lätzchen aus einer Schublade und legte es Lila um, die vor sich hin brabbelte: »Bobobo.«

»Wer ist Josie?«, wollte Bradley wissen.

Sarah sah aus, als hätte sie einen Schlag in die Magengrube bekommen. »Das ist …«

»*Josie und die Miezekatze*«, sagte Scott. »Das ist eine Sendung, die deine Mom und ich als Kinder gesehen haben.« Er wandte sich an Sarah und sagte: »Wie wäre es, wenn ihr ein bisschen spazieren geht, während ich bei meiner Nichte und meinem Neffen bleibe.« Verschwörerisch beugte er sich zu

Bradley und sagte: »Wir können heimlich irgendwas machen, während Mom weg ist.«

»Heimlichkeiten sind nicht gut«, sagte Bradley mit jeder Menge Nudeln im Mund.

»Okay, na dann bringe ich dir bei, wie man mit deinen Nudeln einen Zug macht.«

Bradley nickte mit freudig aufgerissenen Augen.

»Was meinst du, Süße?«, fragte Bones Sarah leise und hoffte inständig, dass sie das Angebot ihres Bruders annehmen würde. »Lust auf einen Spaziergang?«

Sie nickte.

Sarah mummelte sich in der kühlen Abendluft dick ein, und Bones hielt sie eng an sich gedrückt, als sie schweigend ans Ende der Straße gingen.

»Josie kam ins Frauenhaus, gerade als ich gehen wollte«, begann sie, als sie um die Ecke bogen. »Sie ist vor mir davongerannt, Bones. Sie lief mit ihrem Sohn weg, als wäre ich ihr Feind. Ich wusste nicht einmal, dass sie ein Kind hat. Aber sie hat eines. Einen hübschen Jungen, der Hail heißt. *Hail ...* wie der Hagel«, sagte sie leise lachend. »Als wir klein waren, haben wir immer gesagt, falls wir jemals Kinder haben sollten, würden wir sie nach der Natur nennen. Für uns bedeutete das Stärke und Freiheit. Hail, Rain ... Wir hatten alle möglichen Ideen. Nichts kann den Hagel davon abhalten, herunterzuprasseln, oder den Regen davon zu fallen.«

»Warum hast du dich für Bradley und Lila entschieden?«

»Weil ich nicht an meine Vergangenheit erinnert werden wollte. Ich wollte nicht, dass sie solche Namen brauchen. Ich wollte, dass sie ein normales Leben führen.« Sie erinnerte sich an den Moment, in dem sie diese Entscheidung getroffen hatte, und an die Kraft, die sie daraus geschöpft hatte. »Warum hasst sie mich und Scott so sehr? Es macht mich fertig, dass sie so wütend ist und dass sie in Schwierigkeiten steckt. Muss sie ja. Warum sonst wäre sie zum Frauenhaus gegangen?«

»Keine Ahnung, aber ich könnte mal Sunny anrufen und fragen, ob sie früher schon einmal da war. Sie weiß ja jetzt, wie Josie aussieht und erkennt sie vielleicht.«

»Würdest du das machen? Ich habe ihr versprochen, dass ich nicht mehr zum Frauenhaus komme, damit sie einen sicheren Ort hat, an den sie gehen kann. Tracey und den anderen habe ich es erklärt und sie verstehen mich. Sie sind so eine Stütze. Sie haben versprochen, Josie zu helfen, falls sie auftaucht. Ich ertrage die Vorstellung nicht, dass Josie und ihr Sohn auf der Straße …«

Tränen liefen ihr über die Wangen und Bones zog sie in seine Arme. »Das kommt sicher in Ordnung, Sarah. Sie braucht einfach nur Zeit.«

»Sie sagte, ich hätte ein *perfektes Leben*. Sie hat keine Ahnung, was ich durchgemacht habe.«

»Dann erzählen wir es ihr, sobald die Zeit dafür gekommen ist.« Sie lehnte sich zurück und er küsste ihre Tränen fort. »Wenn sie bereit ist, es zu hören.«

»Und wenn sie es nie sein wird?«

»Das werden wir nicht zulassen. Sie ist deine Familie. Wir werden alles tun, was nötig ist, damit sie weiß, dass sie nicht allein ist.«

»Könntest du Sunny jetzt anrufen? Bitte? Ich mache mir solche Sorgen. Ich will nur wissen, ob sie und ihr Sohn in Sicherheit sind.«

Bones rief im Frauenhaus an und berichtete dann, was er erfahren hatte. »Sunny sagte, dass sie nicht zurückgekommen sind, aber sie ruft an, falls sie auftauchen. Sie glaubt, dass Josie vielleicht schon einmal da war, aber nicht geblieben ist. Sie kam wohl nur herein, um sich umzuschauen, und ging dann wieder.«

Sarah ließ sich gegen ihn fallen. »Warum musste das so kommen? Warum konnte sie nicht ihr Glück finden? Als wären wir verflucht. Als sie ins Krankenhaus kam, wusste ich, dass sie in keiner guten Lage war, aber ich hatte inständig gehofft, dass ich zu schwarz sehen würde.«

»Wir wissen nicht, was sich bei ihr abspielt, aber ich verspreche dir, Sarah, dass sie nicht allein ist, und du auch nicht. Wir werden alles tun, was wir können, um sie zu finden und ihr zu helfen.«

»Ein Teil von mir möchte dir sagen, dass du dich in Josie verlieben sollst, um ihr dieses Gefühl von Sicherheit zu geben, das du mir gibst. Aber dafür bin ich zu egoistisch.«

»Die Tatsache, dass du so etwas auch nur denkst, sagt mir, wie wahrhaft uneigennützig du bist.« Er drückte seine Lippen auf ihre und sagte: »Ich werde alles tun, was ich kann, damit Josie sich sicher und geliebt fühlt, aber mein Herz ist schon vergeben.«

Ein zaghaftes Lächeln trat in ihr Gesicht. »Bleibst du heute Nacht bei mir? Hältst du mich ganz fest?«

»Ich dachte, du würdest nie fragen.« Er drückte seine Lippen auf ihre und kostete ihre salzigen Tränen. »Ich werde den Knights Bescheid geben, dass sie nach Josie Ausschau halten sollen.«

»Die werden ihr Angst einjagen, wenn sie mit ihren Motorrädern auftauchen.«

Er küsste sie noch einmal, langsam und süß, und als sie ihm entgegenschmolz, küsste er sie noch länger. Als sich ihre Lippen schließlich voneinander lösten, fragte er: »Hat dir das Angst eingejagt?«

»Ganz und gar nicht.«

»Siehst du? Nicht alle Biker sind Furcht einflößend. Vertrau mir, Süße. Ich würde nicht das Risiko eingehen, deine Schwester oder ihr Kind zu verängstigen.«

Auf ihrem Weg zurück zum Haus rief Bones Bullet an und erklärte ihm die Situation. »Du weißt, wie es läuft«, sagte er. »Sie hat ihren kleinen Sohn dabei, also sag den Jungs, sie sollen es vorsichtig angehen. Keine Angst verbreiten, Bullet. Sie ist ein scheues Reh. Ich würde ja selbst losziehen, aber ich möchte bei Sarah bleiben. Das Ganze macht ihr schwer zu schaffen.«

»Alles klar, Bruder«, sagte Bullet. »Ich rufe an, sobald wir Neuigkeiten haben. Bis dahin sag deinem Mädchen, dass wir hinter ihr stehen.«

Nach einem Abend mit Spielen, Schaumbädern und Gutenachtgeschichten gönnte sich Sarah eine heiße Dusche zum Entspannen, und Bones redete mit Scott. »Irgendeine Ahnung, was mit Josie los ist?«

Scott sah aus, als wäre er in den vergangenen Stunden um Jahre gealtert. »Nein, ich wünschte, ich wüsste es. Soweit ich weiß, haben unsere Eltern ihr nie etwas angetan. Mir fällt kein einziger Grund ein, warum sie so zu uns ist.«

»Schuldgefühle vielleicht? Weil sie keines der Kinder war, auf die eure Eltern es abgesehen hatten?«

Scott zuckte mit den Schultern.

»Wie gesagt, ich wünschte, ich wüsste es. Ich weiß nur, dass ich genug Schuldgefühle für uns alle mit mir rumschleppe. Ich hätte sie niemals zurücklassen sollen. Ich hätte unseren Erzeuger umbringen und dann einfach die Strafe absitzen sollen, die sie mir aufgebrummt hätten. Dann hätten meine beiden Schwestern ein besseres Leben gehabt.«

»Ey, Mann, das ist eine Menge Verantwortung für so einen Jungen. Du hast von Quincys und Trus Vergangenheit gehört, oder?«

Er schüttelte den Kopf. »Nur dass Tru Kennedy und Lincoln in einem Crackhaus gefunden hat, als ihre Mutter sich gerade eine Überdosis verpasst hatte.«

»Ihre Mutter war drogenabhängig, ziemlich heftig. Als Quincy dreizehn war, wurde seine Mutter von einem Dealer vergewaltigt, und er hat den Typen umgebracht. Tru tauchte auf und hat das Verbrechen auf sich genommen. Er hat Jahre im Gefängnis für eine Tat verbracht, die er nicht begangen hat. Er dachte, er würde Quincy damit retten, aber der wurde dann drogenabhängig. Jetzt ist er clean, aber es war ziemlich hart für alle.«

»Verdammt, ich hatte keine Ahnung.« Scott schüttelte den Kopf.

»Es gibt keinen perfekten Weg heraus aus solch miesen Situationen. Du hast das richtige getan. Du hast es geschafft wegzukommen, und du hast Geld geschickt, um deinen Schwestern zu helfen. Lass dich nicht von Schuldgefühlen auffressen. Wenn du deinen Vater umgebracht hättest, hätte deine Mutter dich festnehmen lassen. Und es klingt nicht so, als wäre sie besser gewesen als euer Vater. Wenn noch Wut zu dem gekommen wäre, was eure Mutter so schon dazu gebracht hatte, euch so zu behandeln, dann wäre die Situation für deine Schwestern noch schlimmer geworden. Zum Glück hast du das einzig Schlaue gemacht.«

»Danke, Mann«, sagte Scott. »Hoffen wir, dass wir Glück

haben und Josie finden, bevor sie und ihr Sohn in noch schlimmeren Umständen landen. Das ist schon seltsam, so viele Jahre von jemandem getrennt zu sein, und plötzlich sind alle erwachsen, deine kleinen Schwestern haben Kinder und du merkst, wie stark die kleinen Mädchen von damals jetzt sind.«

»Du bist ebenso stark, Scott.«

Er stand auf. »Ich kann hier nicht einfach nur herumsitzen. Ich muss nach Josie suchen. Danke, dass die Knights auch nach ihr suchen. Keine Ahnung, wie wir es verdient haben, dass ihr in unser Leben gekommen seid, aber ich bin euch für alles, was ihr getan habt, wirklich dankbar.«

»Kein Problem. Hast du etwas dagegen, wenn ich heute Abend hierbleibe?«

»Ganz und gar nicht. Bis du in Sarahs Leben getreten bist, habe ich sie höchstens mal mit den Kindern für ein paar Minuten ab und zu glücklich gesehen. Sie ist durch die Hölle gegangen. Sie verdient ein Stück vom Himmel.« Er holte sich seine Krücke aus der Ecke des Zimmers und sagte: »Sag Bescheid, wenn du was hörst.«

»Wird gemacht. Sei vorsichtig.«

Stunden später war Scott noch immer nicht zurück. Bones saß auf dem Sofa und las, Sarahs Kopf auf seinem Schoß, während er mit den Fingern durch ihre Haare strich und sie immer mal wieder einnickte. Sein Handy vibrierte, und als er danach griff, schreckte Sarah auf.

»Geht es um Josie?«

Er las die Nachricht von Bullet. *Hab sie in einem Dreckloch gefunden. Finlay hat sie überzeugt, ins Frauenhaus zu gehen. Sie ist in Sicherheit. Haben versucht, sie mit zu uns zu nehmen, aber Fin meint, ich sehe zu beängstigend aus. Geht's noch?* Während er las, meldeten sich auch Sunny und Bear. Er las Sunnys Nachricht.

Sie ist mit ihrem Sohn hier. Ich werde mich gut um sie kümmern, aber sie hat mich gebeten, Sarah nicht hereinzulassen. Tut mir leid. Schnell überflog er Bears Nachricht, in der die gleichen Informationen enthalten waren, und sagte: »Sie ist in Sicherheit. Sie ist im Frauenhaus.«

»Oh, zum Glück!« Freudentränen liefen über ihre Wange. »Tut mir leid. Durch die Schwangerschaftshormone weine ich bei allem.«

Er legte die Arme um sie und sagte: »Das sind keine Schwangerschaftshormon-Tränen, sondern Glücklich-dass-deine-Schwester-in-Sicherheit-ist-Tränen. Das sind Emotional-und-körperlich-ausgelaugt-Tränen.« Er küsste sie auf die Nasenspitze und sagte: »Finlay hat sie überzeugt, ins Frauenhaus zu gehen. Sie hat versucht, sie dazu zu bringen, dass sie mit ihr und Bullet nach Hause kommt, aber das war wohl etwas viel Vertrauen von einer alleinerziehenden Mutter verlangt.«

»Finlay und Bullet haben sie gefunden? Vielleicht ist das ein gutes Zeichen, denn Bullet ist ja auch der, der mich und meine Familie gerettet hat. Und schau dir an, wo wir jetzt sind.«

Er musste ihr nicht das Herz brechen, indem er ihr sagte, worum Josie Sunny gebeten hatte. Stattdessen sagte er: »Ich denke, sie braucht ihren Freiraum, Kleines. Lass sie sich im Frauenhaus erst einmal eingewöhnen, damit sie nicht wieder verängstigt wegläuft. Wenn ihr klar wird, dass sie dir und Scott vertrauen kann, wird sie sich hoffentlich melden.«

»So wie ich lernen musste, dir zu vertrauen«, sagte Sarah.

»So in etwa.« Er drückte seine Lippen auf ihre und half ihr dann auf. »Komm, schöne Frau, wir sollten dich von diesen Klamotten befreien und ins Bett schaffen.«

Sie lachte schläfrig, als sie zum Schlafzimmer gingen. »Dr. Whiskey, hast du etwa vor, meine labile emotionale Verfassung auszunutzen?«

Er schloss die Schlafzimmertür und kam zu ihr. »Ich würde dich nie ausnutzen.« Er zog ihr den Pullover über den Kopf und sagte: »Aber ich werde dir den Rücken massieren.« Er küsste einen Pfad über ihre Schultern und an ihrer Wirbelsäule entlang. »Und deine Beine und Füße.«

Behutsam zog er ihr den Rest der Kleidung aus und küsste dabei jedes Fleckchen Haut, das er freilegte. Dann nahm er ihre Hand und führte sie zum Bett. Er zog die Decke weg und half ihr, sich hinzulegen. Dann stellte er sich an die Bettkante und fing an, ihr die Fußsohlen zu massieren. »Und alle anderen Stellen deines Körpers, die besondere Aufmerksamkeit benötigen.«

Sie seufzte und entspannte sich, während er beide Füße knetete. Dann arbeitete er sich an ihren Beinen hinauf, massierte und küsste gleichermaßen. Er half ihr, sich auf die Seite zu legen, massierte dann ihre Schultern und nahm sich viel Zeit, um jeden Muskel von dort bis hin zu ihren hinteren Oberschenkeln und jeden Zentimeter dazwischen zu lockern.

»Weißt du, was diese vorzügliche Massage noch besser machen würde?«, fragte sie mit rauer Stimme.

»Da würde mir einiges einfallen.«

Er küsste ihre Schulter und sie wandte sich ihm mit dunklen, verführerischen Augen zu, als sie sagte: »Wenn der Masseur nackt wäre.«

»Dein Wunsch ist mir Befehl.« Er stieg aus dem Bett und zog sich aus. Ihr erregter Blick und die Art, wie sie sich über die Lippen leckte, als er seine Boxershorts auszog, ließen ihn hart wie Stahl werden. Aber es war nicht nur Lust, die ihn in dem Moment erfüllte. Er fragte sich, ob es möglich war, sie jemals mehr zu lieben als in dieser Sekunde.

»Zeig mir, wo es dir wehtut, und ich massiere dir den Schmerz weg.«

Sie streckte die Arme nach ihm aus, die wunderschönen Augen voller Emotionen, und sagte: »Meine Verspannungen haben sich schon etwas gelöst, und zu wissen, dass Josie und ihr Sohn in Sicherheit sind, erleichtert mich. Aber es gibt da noch andere Stellen, die ein bisschen Zuneigung gebrauchen könnten …«

Zwanzig

Bones' Haus war von regem Leben erfüllt gewesen und hatte nach Familie, Liebe und Glück geduftet, als er mit Sarah und den Kindern eingetroffen war und sie seine halbe Familie drinnen vorgefunden hatten. Bones hatte Sarah erzählt, dass er und seine Brüder die Schlüssel ihrer Häuser für Notfälle ausgetauscht hatten. Auch das landete auf ihrer imaginären Dinge-die-ich-an-Bones-und-seiner-Familie-liebe-Liste.

Während sie nun die letzten beiden Minuten darauf wartete, dass der Ofen-Timer klingelte, schaute sie ins Wohnzimmer. Sie hatte beunruhigt überlegt, was sie zu ihrem ersten Feiertag mit Bones' Familie anziehen sollte, und er war ihr keine große Hilfe gewesen. *Du siehst in allem hinreißend aus – und besonders, wenn du nackt bist.* Sie hatte sich für ein legeres Outfit aus roter Bluse und Jeans entschieden und lag damit völlig richtig. Die Männer trugen ihre Lederwesten und Jeans, und die Frauen hatten sich hübsch und bequem gekleidet, aber nicht schick. Der Festtag diente eigentlich nur als Vorwand, das zu feiern, was den Whiskeys am wichtigsten war: die Familie. Und das zeigte sich auch in den pinkfarbenen und blauen Ballons und Luftschlangen, die das gesamte Erdgeschoss des Hauses schmückten. Truman hatte eine Geburtstagsgirlande für Bones und Lila gebastelt und ein Bild von Bones von der Hüfte aufwärts mit Lila auf seinem Arm gezeichnet. Sie hatte eine rosa Schleife im Haar und ein Lächeln im Gesicht, das ihrem *Bo* galt.

Sie schaute zu Bones, der mit Bullet bei seinem Vater stand. Biggs saß mit Bradley auf dem Schoß auf dem Sofa. Bradley trug seine Lederweste und die Stiefel passend zu Bones' Outfit, und im Moment trug er auch ein bezauberndes, sorgloses Lächeln auf den Lippen. Lila saß von einem Sonnenstrahl beleuchtet auf dem Boden neben Tinkerbell und spielte mit Lincoln und Kennedy »Mutter-Vater-Kind«. Es war immer noch etwas seltsam, so viel Liebe für ihre Kinder zu sehen, aber sie beschwerte sich nicht. Isabel und Penny unterhielten sich in der Nähe und passten auf sie auf. Sarah fragte sich, ob Isabel und Penny merkten, dass Quincy und Jed ihre blauen Augen nicht von ihnen abwenden konnten, während sie nur wenige Meter weiter bei Scott, Bear und Truman standen. Jeds dunkelblonde Haare fielen ihm in die Augen, waren aber an den Seiten kurz, während Quincy seine braunen Haare ganz lang trug. Die beiden waren übermütige Kerle, und sie fragte sich, warum sie die Mädels nicht einfach auf ein Date einluden.

Scott hob das Kinn und sah mit einem unübersehbar sehnsuchtsvollen Blick zu ihr. Dass Josie nicht da war, schien inmitten einer so großen Familie noch schmerzhafter zu sein. Sie fragte sich, was Josie an diesem Abend wohl machte. Bones hatte Sunny angerufen, bevor sie an diesem Morgen aus dem Haus gegangen waren, und sie gebeten, ihm Bescheid zu geben, falls Josie sich aus dem Staub machte. Zu wissen, dass sie und ihr Sohn in Sicherheit waren, half ihr, aber es füllte nicht die Leere in ihr, die nur durch eine Wiedervereinigung mit ihrer Schwester gefüllt werden konnte.

Der Ofen-Timer klingelte, Sarah nahm den Auflauf mit

gebackenen Süßkartoffeln heraus und wurde mit anerkennenden Lauten von den Mädels belohnt. Gemma und Dixie deckten den Tisch, während Crystal das Maisbrot anschnitt und auf eine hübsche Platte legte und Finlay verschiedene Beilagen auf andere Teller füllte. Cranberry-Soße, Champignon-Füllung, angebratener Rosenkohl und ein Gemüse-Allerlei sahen bei ihr aus wie in einem edlen Restaurant.

»Das riecht köstlich«, sagte Gemma und nahm eine Handvoll Gabeln.

»Es ist mein Lieblingsgericht geworden«, sagte Sarah. »Viele leckere Sachen sind darin: Ananas, Apfelstücke, Zimt, Marshmallows und brauner Zucker. Bones hat es neulich im Internet gefunden. Ich habe eine große Portion gemacht und esse es jeden Tag zum Mittagessen. Wenn ich nächste Woche meinen Arzttermin habe, bekomme ich bestimmt wegen meines Gewichts Ärger. Ich kann einfach nicht die Finger davon lassen.« Dank Finlay hatte sie eine Auswahl von Gerichten, die sie sorglos essen konnte. Und da Bones ein Interesse dafür entwickelt hatte, ihr bei der Suche nach Rezepten zu helfen, hatten sie schon eine gute Sammlung.

»Du bist so ein zierliches Etwas«, sagte Red, als sie auf der Arbeitsfläche Platz für die Speise machte. »Und du siehst anscheinend nie müde aus, obwohl du die beiden Kleinen hast, hinter denen du herjagen musst.«

»Danke.« Sie sah nicht müde aus, weil Bones sie heute hatte ausschlafen lassen. Er war mit den Kindern aufgestanden, hatte ihnen Frühstück gemacht und war sogar mit ihnen ein paar Straßen weiter in den Park gegangen. Sarah war erst aufgewacht, als sie um fast zehn Uhr nach Hause gekommen waren. Sie schlief nie aus, aber nach den letzten Tagen war sie erschöpft.

Bei all den Sorgen um Lewis' elterliche Rechte und nach dem Wiedersehen mit Josie hatte sie nicht gemerkt, wie erledigt sie war.

»Bones sagte, du gehst in die Praxis von Dr. Rhys und Dr. Blair?«, sagte Red und holte sie in das Gespräch zurück. »Die sind sehr gut.«

»Ja, ich habe einen Termin bei Dr. Blair. Es ist doch bestimmt angenehm, bei jeder Untersuchung dieselbe Ärztin zu haben.«

»Ja, da hast du recht. Der Großvater von Damon Rhys hat schon all meine Babys auf die Welt geholt«, sagte Red. Wie immer war sie ganz in Schwarz gekleidet und dennoch strahlte sie hell. »Ich war mir sicher, Damon würde Profisportler werden, aber er hat mich wohl eines Besseren belehrt. Und du wirst auch Stephanie Blair mögen. Sie ist eine kluge Frau, und sie sagt, was Sache ist.«

»Ich habe nächste Woche auch einen Termin bei Dr. Rhys«, sagte Crystal, als sie Teller aus dem Schrank nahm. »Mist«, entfuhr es ihr dann.

Red und Sarah sahen sich an.

»Mist, weil vielleicht noch ein ganz anderer Braten im Ofen ist?«, fragte Red, gerade als Gemma und Dixie in die Küche kamen. »Oder Mist, weil du dir gerade die Finger angehauen hast?«

Crystal drehte sich mit einem Stapel Teller und mit einem Blick um, der *Hoppla, ich hab mich verplappert* sagte.

»Crystal!«, kreischte Gemma und schlang die Arme um sie. »Glückwunsch!«

»Psst!«, bat Crystal flehend, als sich die anderen alle um sie drängten. Sie stellte die Teller ab und spähte ins Wohnzimmer.

»Du bist schwanger?«, fragte Dixie laut flüsternd. »Weiß

Bear es schon?«

Crystal nickte. »Aber wir hatten noch keine Blutunter-suchung. Wir haben zu Hause einen Test gemacht und der wurde rasend schnell positiv, aber trotzdem. Bear möchte die Blutuntersuchung noch abwarten, bevor er es allen mitteilt, nur für den Fall, dass etwas schiefgeht.«

»Von wegen, nur für den Fall.« Red umarmte sie. »Seit wann ist mein übereifriger Sohn so vorsichtig?«

»Seit er die Liebe entdeckt hat«, antwortete Dixie. »All deine Söhne verlieren den Verstand, wenn sie die Liebe ihres Lebens finden, Bones eingeschlossen. Der Kerl hat neulich so viele Spielsachen gekauft, dass wir einen Pick-up mieten mussten, um sie nach Hause zu schaffen. Ich bin die einzige Normale in diesem Haufen.«

Sarah schaute zu Bones, der Bradley jetzt auf den Schultern trug, damit er die Schnur von einem entflogenen Ballon greifen konnte. Wusste er nicht, dass er genug für sie war? Spielsachen waren gar nicht nötig.

»Wir feiern zusammen«, sagte Red zu Crystal. »Und falls etwas schieflaufen sollte, trauern wir zusammen.«

»Jetzt bringst du mich zum Weinen.« Crystal breitete die Arme aus und winkte alle zu einer Umarmung heran.

»Schwangere sind oft etwas nah am Wasser gebaut«, sagte Red, als sie die Arme um all die jungen Frauen legte.

»Du hast es ihnen gesagt, stimmt's?« Bears Stimme schreckte sie auf, doch sein breites Lächeln verriet Sarah, dass es ihm nichts ausmachte, dass sie die Neuigkeit doch schon verraten hatte.

Crystal biss sich auf die Unterlippe und zuckte mit der Schulter. »Irgendwie schon, ja.«

Er zog sie in seine Arme und gab ihr einen lauten Kuss.

»Macht ja nichts. Ich musste mich die ganze Zeit schon zurückhalten, und als ich dich inmitten dieser Verrückten-Mädels-Umarmung sah, wusste ich, dass ich aus dem Schneider war.« Er drehte sich zum Wohnzimmer um und hob seine Bierflasche in die Höhe. »Ich glaube, wir bekommen ein Baby!«

»Ein Baby!« Kennedy hüpfte klatschend umher. »Onkel Beah bekommt ein Baby!«

Lachen und Trubel folgten, als Biggs und der Rest der Mannschaft aus dem Wohnzimmer in die Küche drängten, um Crystal und Bear mit Glückwünschen zu überhäufen.

Bones schloss Sarah in die Arme und flüsterte, damit nur sie es hörte: »Ich kann es nicht abwarten, das auch zu tun.«

»Crystal umarmen?«, fragte sie.

»Nein.« Er schaute ihr tief in die Augen und sagte: »Vielleicht sind wir das eines Tages.«

»Wir …?« Heiliger Bimbam, was sagte er da?

»Es sei denn, du hast nach diesem kleinen Wurm genug vom Kinderkriegen?« Er berührte ihren Bauch. »Das wäre auch ok.«

»Äh …« *Wo bin ich? Passiert das gerade wirklich?*

»Lasst uns essen!«, verkündete Biggs.

Bones legte eine Hand auf ihren Rücken und führte sie zum Tisch, und das war auch gut so, denn bei dem ganzen Trubel konnte sie gar nicht mehr geradeaus denken – und schon gar nicht, wenn Bones sie so ansah, als wäre sie nicht nur seine Freundin, sondern seine Zukunft.

Das Essen war köstlich und laut, mit endlosen Späßen unter Geschwistern und Crystals Schwangerschaft als Thema. Lila und Bradley waren mittendrin. Bradley meldete sich mit seinen Erfahrungen als großer Bruder zu Wort.

»Ich habe ein neues Bett für große Jungs«, verkündete er.

»Ich habe ein Bett für große Mädchen«, hielt Kennedy lauter entgegen. »Aber Linc ist noch ein Baby, er schläft in einem Gitterbett.«

»Lila auch«, sagte Bradley. »Aber Mommy schläft in einem Bett für große Mädchen und Jungs.«

Schweigen breitete sich am Tisch aus und amüsierte Blicke wanderten zu Sarah und Bones.

»Okay, mich interessiert das Thema«, sagte Bear. »Was ist ein Bett für große Mädchen und Jungs? Klingt toll.«

»Das ist ein Bett, in dem ein Mädchen und ein Junge zusammen schlafen, so wie Bones und Mommy.« Bradley sah Sarah an, die überzeugt war, dass ihre glühenden Wangen gleich Feuer fingen, und sagte: »Stimmt's, Mommy?«

»Von einem Dreijährigen verraten«, meinte Bullet leise. »Herrlich!«

Bradley richtete seine entzückenden großen Augen auf Red und sagte: »Du und Opa Biggs, schlaft ihr in einem Bett für große Mädchen und Jungs? Wenn ja, kann ich dann mal bei euch im Bett übernachten? Ich strampele auch nicht so doll.«

»Bradley, Erwachsene schlafen nicht mit Kindern in einem Bett«, sagte Sarah und fragte sich, ob sie mit den Fingern schnipsen und diese Unterhaltung aus dem Gedächtnis aller löschen konnte.

»Hast du aber gemacht«, meinte Bradley unschuldig.

»Wir auch, viele Jahre lang«, antwortete Red. »Bobby, den du als Bear kennst, kam immer in unser Bett geklettert, um mit uns zu kuscheln, bevor er sich mit seinen Brüdern Brandon und Wayne – Bullet und Bones – wie die Wilden am Boden gerauft hat. Aber meine Jungs sind jetzt alle erwachsen. Ich könnte manchmal ein paar Kleine-Jungs-Kuscheleinheiten gebrauchen. Aber nur, wenn es deiner Mama recht ist.«

»Das ist es!«, rief Bradley. »Ich bin der beste Kuschler. Das sagt sie immer.«

Während Bradley und Red Pläne schmiedeten, sah Bullet über den Tisch zu Sarah und fragte: »Und, wie ist es so, den *Guten* zu daten?«

Sarah sah zu Bones. »Was bedeutet das?«

»Die meisten Familien haben ein Kind, das immer das Richtige macht«, erklärte Bullet. »Bones war dieses Kind.«

Sie setzte sich etwas auf und war bereit, ihren Mann zu verteidigen – obwohl es etwas seltsam war, ihn zu verteidigen, indem sie verriet, dass er etwas Schlechtes getan hatte. Trotzdem war sie merkwürdig stolz darauf, über das entsprechende Wissen zu verfügen. »Nur zur Information, ich finde es wunderbar, dass er ein guter Mensch ist. Es ist nicht falsch, gut zu sein. Aber wenn du damit sagen willst, dass *gut* gleichbedeutend ist mit *nicht tough*, dann irrst du dich. Mein knallharter Freund hat einmal ein Auto g-e-k-l-a-u-t.«

»Ach was«, sagte Penny. »Das kann ich mir nicht vorstellen.«

»Ich schon. Bones kann ein richtiger Mistkerl sein«, sagte Quincy.

»Er kann knallhart sein«, korrigierte ihn Isabel, und Kennedy sagte: »Quincy hat ein böses Wort benutzt!«

Jed lachte. »Gut gemacht, Quince.«

Bullets Mundwinkel zuckten nach oben und amüsiert blickte er Sarah mit seinen dunklen Augen an. »Hat dir Bones das erzählt?«

»Ja, hat er.« Sie sah zu Bones und sagte: »Stimmt's?«

Bones schloss die Augen und schüttelte den Kopf.

»Hast du nicht?«, fragte sie. »Aber du sagtest …«

»Doch, Süße, habe ich.«

»Oh nein.« Flüsternd fragte sie: »War das ein Geheimnis?«

Er schüttelte den Kopf. »Nein, sie wissen es alle.«

Jetzt war sie verwirrt. Warum benahm er sich so seltsam.

»Bones hat ein Auto g-e-k-l-a-u-t, was nicht gut war«, sagte Dixie. »Aber der Grund, weshalb er es genommen hat, macht es ziemlich entschuldbar.«

»Was heißt das?«, fragte Sarah.

»Das war in dem Sommer, von dem ich dir erzählt habe, als Thomas krank war«, erklärte Bones. »Gegen Ende wollte er nur noch die Nacht auf dem Boot seines Vaters verbringen. Ich habe mich eine ganze Woche lang nachts rausgeschlichen und mir beigebracht, mit dem Auto meines Vaters zu fahren. Dann eines Nachts, als alle schliefen, habe ich das Auto genommen, habe Thomas heimlich aus dem Krankenhaus geschleust und ihn zum Boot seines Vaters gebracht. Ich habe ihn in Decken eingehüllt, und dann haben wir da gelegen, als hätten wir den größten Raub seit Menschengedenken abgezogen.«

»Das hast du«, sagte Bullet und klang etwas mitgenommen. »Du hast dem Jungen das gegeben, was er wollte. Du hast ihm seine letzten Tage so schön gemacht, wie es nur möglich war.«

Tränen standen Sarah in den Augen.

»Blöde Schwangerschaftshormone«, sagte Crystal und wischte sich die Tränen mit der Serviette fort.

»Was ist meine Entschuldigung?«, fragte Dixie und tupfte sich auch die Augen.

»Du bist menschlich«, antwortete Scott.

»Weißt du, was das aus ihm macht?« Sarah redete mit Bullet, sah aber ihrem großherzigen, knallharten guten Freund tief in die Augen.

»Einen verdammt guten Mann«, antwortete Bullet.

Den Blick noch immer auf Bones gerichtet, sagte Sarah:

»Du nimmst mir die Worte aus dem Mund.«

»Warum weinen denn alle?«, wollte Kennedy wissen. »Muss ich auch traurig sein?«

»Nein, mein Schatz«, sagte Gemma. »Das sind Freudentränen.«

Das führte zu einer langen Diskussion zwischen Bradley und Kennedy über Dinge, die sie glücklich machten, und das ließ Sarahs Gedanken wieder zu Josie wandern.

Bones legte unter dem Tisch die Hand auf ihren Oberschenkel und beugte sich zu ihr hinüber, um ihr zuzuflüstern: »Hältst du durch? Ist es zu viel für dich?«

Der Tumult ließ nicht nach, und das war toll, aufregend und rundherum wunderbar. Ihre Sehnsucht sollte nicht den Abend für alle anderen ruinieren. »Nein, ich liebe es hier.«

»Und ich liebe dich.« Er gab ihr einen köstlichen Kuss. »Denkst du an Josie?«

Sie nickte. »Aber ich möchte nicht darüber reden. Habe ich dir schon gesagt, dass wir Thanksgiving nie gefeiert haben, als wir Kinder waren?« Sie schaute zu Scott, der sich gerade mit Jed unterhielt. »Unsere Eltern meinten, es wäre einfach ein Tag wie jeder andere. Ich habe mich immer gefragt, wie es wäre, ihn zu feiern, und das hier ist besser, als ich es mir je erträumt habe.«

Sein Blick wurde ernst, und als hätte er ihre Gedanken gelesen, sagte er: »Ich verspreche dir: Nächstes Jahr werden Josie und ihr Sohn mit uns feiern.«

»Ich hoffe, du hast recht.« *Und ich liebe dich umso mehr dafür, dass du das sagst.*

»Wir werden auch dafür sorgen, dass die Kinder wunderbare Feiertage erleben, damit sie die Bedeutung von Feiertagen kennenlernen.«

»Ja, das machen wir«, sagte Biggs vom Kopfende her. »All

die Kinder hier werden die Bedeutung von Feiertagen kennen.«

»Und welche Bedeutung genau hat dieser Feiertag, Pop?«, fragte Bear.

Biggs strich sich über den Bart, während der Blick seiner dunklen Augen in der Runde umherwanderte und schließlich mit einem sich langsam ausbreitenden schiefen Grinsen dazu wieder auf Bear landete. »Junge, wenn du das nicht weißt, dann hast du dir noch nicht das Recht verdient, Vater zu sein. Denn genau das ist es: ein Recht.«

Bear lachte und legte eine Hand auf Crystals Bauch.

»Wollte dich nur auf den Arm nehmen, alter Herr«, sagte Bear. »Offiziell erinnern wir uns an das Erntedankfest, das die Pilgerväter gefeiert haben, aber inoffiziell ist es eine wunderbare Möglichkeit, um mit diesen Typen hier, ihren schönen Frauen und liebenswerten Kindern zusammenzukommen und sich an all die Dinge im Leben zu erinnern, für die wir dankbar sind.«

»Ich bin für Onkel Boney und Lila dankbar!«, verkündete Kennedy.

»Und warum, Prinzessin?«, erkundigte sich Truman.

»Weil sie Geburtstag haben und Tante Finlay meinen *Libbingskuchen* gemacht hat.« Kennedy drehte sich zu Finlay und sagte: »Ich bin dankbar dafür, dass es dich gibt und auch Onkel Bullet, und Tink und …« Sie ging um den Tisch herum und zählte mit ihrer zuckersüßen Art jeden auf. »Und ich mag sogar das *allerenfreie* Essen!«

»Allergenfrei, Schatz«, korrigierte Gemma sie. »Und ich mag es auch.«

Scott stimmte ebenfalls zu: »Vielen Dank für das köstliche Essen.«

»Und dafür, dass ihr mit Zutaten gekocht habt, die ich essen konnte«, fügte Sarah hinzu.

»Bist du schon immer auf so viele Dinge allergisch gewesen?«, wollte Crystal wissen.

»Ehrlich gesagt weiß ich gar nicht mehr, wann das anfing oder wie sich das entwickelt hat«, sagte Sarah. »Scott, weißt du das noch?«

Scott schüttelte den Kopf. »Als du klein warst, hast du mal Erdnussbutter gegessen, und wir sind mit dir in der Notaufnahme gelandet. Ich erinnere mich noch daran, dass Dad sich über die Kosten dafür beschwert hat, und als wir nach Hause kamen, hat er eine Menge Sachen weggeworfen, auf die du laut Arzt vielleicht auch allergisch sein könntest. Aber ich weiß nicht mehr, wann genau das war.«

»Scott, bist du auf irgendetwas allergisch?«, fragte Jed.

»Nee.«

»Die haben Sarah im Krankenhaus bestimmt getestet«, sagte Bones. »Aber viele Kinder wachsen aus Lebensmittelallergien heraus, besonders bei einigen von den Sachen, auf die du allergisch bist, zum Beispiel Milchprodukte oder Eier, während andere Lebensmittelallergien wie Nüsse eher bleiben.«

»Wurdest du als Erwachsene mal getestet?«, fragte Penny. »Stell dir mal vor, du wärst gar nicht auf Milchprodukte allergisch. Du könntest Eis essen.« Ihre Augen leuchteten und sie sagte: »Wenn du getestet wirst und du doch Milchprodukte essen kannst, dann kommst du in den Laden und ich kreiere eigens für dich einen Eisbecher, den sündhaft köstlichen Sarah-Eisbecher!«

»Ich bin mir nicht sicher, dass ich möchte, dass andere Kerle den essen«, sagte Bones und löste ein Kichern am Tisch aus.

»Bones«, flüsterte Sarah.

»Im Ernst, Kleines«, sagte Bones. »Sollen die sich ihr eigenes sündhaft köstliches Mädchen aufgabeln. Du gehörst mir.«

Was sollte sie dagegen sagen?

»Aber Penny hat nicht unrecht«, sagte er. »Wir sollten mit einem Allergologen reden. Während du schwanger bist, können sie dich nicht testen, aber es lohnt sich, das mal abchecken zu lassen, auch wenn du bis nach der Geburt warten musst. Vielleicht hast du einige deiner Allergien gar nicht mehr.«

»Ich bin so daran gewöhnt, so zu essen, ich weiß gar nicht, ob ich anders kochen kann.«

»Das können Fin und ich dir beibringen«, bot Isabel an.

»Das würde einiges leichter und billiger machen«, sagte Sarah. »Aber was ist, wenn sich gar nichts geändert hat? Dann habe ich das Geld für die Tests umsonst ausgegeben.«

»Ich denke, dein Arzt-Freund kann die hundert Dollar schon aufbringen«, meinte Bear schnippisch.

Bones warf ihm einen wütenden Blick zu und sah Sarah dann sanfter an. »Das könnte dein Leben ändern, und wenn nicht, dann haben wir zumindest Sicherheit.«

»Dies scheint das Jahr der Veränderungen für mich zu sein«, gab Sarah nach. »Warum also nicht?«

Ein Jahr der Veränderungen war es für alle geworden, und Bones hatte keinen Grund, sich zu beschweren. Er und die anderen Männer alberten herum, als alle den Tisch abdeckten und er und Bullet den Abwasch erledigten. Danach ging er mit Bullet und Bear nach oben, um die Geschenke zu holen, die er für die Kinder besorgt hatte.

»Was zum Henker hast du da alles gekauft?«, fragte Bear, als er sich mit Geschenken belud.

»Eine bessere Frage würde lauten, was hat er nicht gekauft?«, meinte Bullet. »Für wen ist dieses Reisebett?«

»Für Lila. Wir bleiben heute Nacht hier.«

Bear grinste. »Du hast diesen ganzen Mist gekauft und konntest dir kein richtiges Gitterbett leisten?«

»Natürlich kann ich das, du Idiot. Ich dachte nur einfach, dass Sarah noch nicht so weit ist und ich sie nicht drängen sollte.« Um genau zu sein, wollte er ein Gitterbett kaufen, aber Dixie hatte ihn davon abgehalten.

»Wahrscheinlich klug«, sagte Bear. »Aber ich weiß nicht, wie diese Unmengen von Geschenken ankommen werden.«

Bones sah ihn genervt an. »Was habt ihr ihnen denn gekauft?«

»Ein paar Spielsachen«, sagte Bear. »Nicht gleich den ganzen Laden.«

»Ich konnte ja nicht nur etwas für Lila kaufen. Dann würden Bradley, Kennedy und Lincoln sich ausgeschlossen fühlen.« Bones nahm das Geschenk in die Hand, das er für Sarah gekauft hatte, und begegnete Bullets verwirrtem Gesichtsausdruck. »Was?«

»Jetzt stehen wir blöd da«, brummte Bullet. »Fin sagt, die Kinder lernen das Falsche, wenn man ihnen Geschenke zu den Geburtstagen von anderen Kindern gibt.«

Bones betrachtete die Geschenke. »Mist. Echt jetzt?« Beide sahen Bear an. »Was hast du gemacht?«

»Mensch, Leute, ich habe keine Ahnung. Crystal war mit Gemma einkaufen. Ich weiß nicht, was sie gekauft hat und für wen.«

»Verdammt noch mal.« Bones ging in den Flur und schaute von der Galerie hinunter. Sarah saß auf dem Sofa, während Lila bei ihr stand und mit ihrem Plüschigel winkte. Bradley lag neben Tinkerbell auf dem Boden und kraulte ihr den Bauch. Bones nahm sein Handy heraus und machte ein Foto. Ein Bild von seinem Glück.

»Hey, Ma«, rief Bones nach unten. Red, Gemma und Sarah sahen zu ihm auf. »Tut mir leid, Red, wir brauchen dich kurz mal.«

»Das könnte interessant werden.« Red gab Gemma ihr Weinglas und ging nach oben. »Ich frage mich, was meine großen, muskelbepackten Jungs wohl nicht allein hinkriegen.«

Bones deutete zum Schlafzimmer, wo Bullet und Bear mit den Armen voller Geschenke standen.

Red musste ein Lachen unterdrücken. »Ihr seht total verschreckt aus. Was habt ihr angestellt?«

»Einer von uns hat vielleicht Mist gebaut«, sagte Bones. »Ich habe Geschenke für alle vier Kinder gekauft.«

Bullet räusperte sich und sagte: »Ich habe nur etwas für Lila gekauft.«

»Und du?«, fragte sie Bear.

»Ich habe keine Ahnung, was wir gekauft haben«, antwortete er kleinlaut.

»Wie hast du das bei uns gemacht?«, fragte Bones. »Haben wir alle Geschenke bekommen, wenn ein anderer von uns Geburtstag hatte, als wir klein waren?«

Red lächelte auf die Art, die ihnen zeigte, dass sie sie liebte, auch wenn sie alle keine Ahnung hatten. »Ihr habt eure Geschenke alle geteilt. Es war gar nicht notwendig, viermal das Gleiche zu kaufen. Wenn einer von euch etwas bekommen hat, wolltet ihr es mit den anderen teilen, und wenn ihr das nicht gemacht habt, dann hat Bullet euch böse angeschaut, bis ihr nachgegeben habt.«

Bear und Bullet sahen ebenso verwirrt aus wie Bones sich

fühlte. »Also …?«

Sie tätschelte Bones' Wange und sagte: »Dein Herz quillt über, und das sieht man in allem, was du tust. Daran ist nichts falsch. Aber in diesem Fall könnte weniger mehr sein. Kinder könnten sich überfordert fühlen, wenn sie zu viel bekommen.«

»Oder verwöhnt werden«, meinte Bear leise.

Bones sah ihn wütend an. »Sie könnten auch das Gefühl bekommen, nicht wichtig zu sein, wenn man sich nicht mal um das Einkaufen kümmern will.«

»Willst du etwa behaupten, ich habe versagt?« Bear stellte die Geschenke ab und baute sich vor ihnen auf.

»Ich behaupte, dass diese Kinder unsere Familie sind, und man überlässt es nicht der Frau, die Geschenke zu kaufen. Das macht man zusammen.«

Bullet nickte. »Er hat recht, Mann.«

»Tut mir echt leid, meine Herren. Ich war eben mit dem hier beschäftigt.« Bear zog einen Umschlag aus der Hosentasche und gab ihn Bones.

»Was ist das?« Er öffnete den Umschlag und nahm eine Computerzeichnung von etwas heraus, das er noch nie gesehen hatte. Der vordere Teil sah aus wie ein Motorrad und der hintere glich einem Sportwagen mit einem Dach über den drei Rücksitzen.

»Das ist ein familientaugliches Motor-Trike-Auto«, sagte Bear, während Bullet und Red sich ebenfalls über das Bild beugten. »Ich habe noch keinen genauen Namen dafür, aber ich dachte, es ist nur eine Frage der Zeit, bis Bradley und Lila darum betteln werden, mitfahren zu dürfen. Und ich kenne dich. Egal wie sehr du deine Maschine liebst, du wirst diese Kids nicht auf deinem Schoß mitnehmen. Das Ding wird hinten 5-Punkt-Gurte haben. Ich weiß, dass du fünf Sitze brauchst, aber das kriege ich nicht hin.«

Überwältigt, wie er war, brauchte Bones einen Moment, bevor er sagen konnte: »Das hast du für mich entworfen?«

»Ja. Es wird lange dauern, bis ich es zum Leben erwecken kann, aber deshalb habe ich keine Geschenke eingekauft. Ich habe meine freie Zeit damit verbracht, mir zu überlegen, was der Typ braucht, der schon alles hat.«

»Mensch, Bear. Tut mir leid, Mann.« Er zog ihn in eine Umarmung. »Das ist das coolste Teil, das ich je gesehen habe. Ich finanziere das aber. Das brauchst du nicht alles machen.«

»Bobby …« Red umarmte ihn. »Du bist so umsichtig.«

»Er ist verdammt noch mal genial«, brummte Bullet. »Lässt mich wie einen Geizhals dastehen. Unser Geschenk für Bones ist es, auf die Kinder aufzupassen, damit er und Sarah sich um den Verstand vö–«

»Brandon!«, ging Red dazwischen.

Die Männer schmunzelten.

»Tschuldigung«, murrte Bullet. »Aber wir haben immer noch keine Antwort darauf, was wir den vier Kindern schenken. Da unten ist schließlich kein *Bullet*, und Lila ist erst ein Jahr alt. Sie hat keine Ahnung, was Teilen heißt.«

Mit seiner Erfahrung von dem Badeentenkrieg sagte Bones: »Ich habe eine Idee. Wir müssen ihnen beibringen, wie man teilt, aber wie ich gelernt habe, muss man manchmal ablenken oder tauschen. Sie brauchen Geschenke zum Austauschen, richtig? Also geben wir jedem der vier Kinder ein Geschenk. Ich habe genug für alle. Den Rest hebe ich für Weihnachten auf.«

»Aber was ist, wenn sie so nicht lernen zu teilen? Das wird Fin vielleicht nicht gefallen«, sagte Bullet.

»Bevor wir ihnen die Geschenke geben, sagen wir ihnen, dass sie teilen müssen«, schlug Bear vor. »Und wenn sie mit dem

Spielzeug von jemand anderem spielen wollen, müssen sie einen Tausch anbieten. Und sie dürfen sich nicht streiten.«

Alle waren einverstanden und schlugen sich gegenseitig auf den Rücken.

»Scheint, als hättet ihr mich gar nicht gebraucht«, sagte Red und ging aus dem Zimmer.

Sie verstauten die überzähligen Geschenke im Schrank und marschierten nach unten, jeder mit vier Geschenken auf dem Arm – außer Bones, der auch noch eines für Sarah hatte.

Nach einer Runde »Happy Birthday« und einer Lektion in Sachen Teilen rissen die Kinder ihre Geschenke auf. Die folgende Stunde war erfüllt von einem freudigen Tumult, während sie mit ihren Spielsachen spielten.

Bradley stand plötzlich auf und rannte zu dem Rucksack, den sie von zu Hause mitgebracht hatten und der neben dem Sofa lag. Er wühlte darin herum und rannte dann zu der Couch, auf der Bones und Sarah saßen.

»Herzlichen Glückwunsch, Bones!« Bradley krabbelte auf seinen Schoß und gab Bones ein zerknittertes, aufgerolltes Blatt Papier. »Das haben wir für dich gemacht.«

»Ihr habt mir ein Geburtstagsgeschenk gemacht?« Er schaute zu Sarah und gab lautlos *Danke* von sich.

Bradley nickte, als Bones das Blatt aufrollte. Darauf zu sehen waren Bradleys und Lilas Handabdrücke mit roter Farbe und viele bunte Kritzeleien samt Strichmännchen. Jedes der Strichmännchen hatte lange Körper, kurze Arme und Beine und drei Finger an jeder Hand. Eines der Männchen hatte gelbe Striche als Haare und einen großen, fast kreisrunden Bauch.

»Das sind du, ich, Lila und Mommy.« Bradley zeigte auf den Bauch. »Und das ist das Baby.« Bones war viel größer gemalt als die anderen, und Lila ging Bradley fast bis an die

Hüfte. *Bones* war in schiefen Buchstaben und mit einem seitenverkehrten S oben auf das Blatt geschrieben.

»Ein schöneres Bild habe ich noch nie gesehen. Ich finde es toll. Danke!«, sagte er und sah Sarahs stolzen Blick. »Morgen kaufen wir einen Rahmen und hängen es auf.«

»Yippie!« Bradley kletterte von der Couch und rannte zurück zu den Spielsachen.

Sarah lehnte sich näher zu Bones und flüsterte: »Du musst es nicht aufhängen. Er wird es gar nicht merken.«

»Oh doch, wir hängen es auf, weil ich es merken werde.« Er griff neben die Couch nach dem Geschenk, das er für sie hatte, und legte es ihr in den Schoß. »Ist Lilas süße Mama bereit für ihr Geburtstagsgeschenk?«

»Ich habe nicht Geburtstag«, sagte sie überrascht.

»Du hast dieses wunderschöne Mädchen geboren. Somit ist es auch dein Geburtstag.«

»Du verwöhnst mich«, sagte sie. »Ich habe auch eines für dich, aber ich wollte es dir am nächsten Freitag geben, an deinem richtigen Geburtstag.«

»Klingt perfekt. Ich habe mir einen halben Tag freigenommen. Ich dachte, wir könnten einen Weihnachtsbaum aussuchen.«

»Das klingt wirklich perfekt«, sagte sie und machte sich daran, ihr Geschenk auszupacken.

Bradley kam herbeigerannt und half ihr, das Papier aufzureißen. »Hast du auch ein Geschenk bekommen?«

»Was ist denn da drüben los?«, fragte Penny, und alle versammelten sich um Sarah und Bradley, die das Geschenk öffneten. Quincy legte einen Arm um Pennys Schulter, aber sie schüttelte ihn ab.

»Bones verwöhnt mich.« Sarah hob den Deckel des Kartons,

und alle kamen näher, um besser sehen zu können.

Sie nahm das Fotoalbum heraus, das Hawk mit den Fotos von der Hochzeit gemacht hatte. Das Bild außen auf dem Album zeigte Sarah, die unter dem Blumenbogen mit Lila auf ihrem Schoß saß, während Bradley bei ihr kniete und ihre Hand hielt. Beide sahen zu Lila, die über Bradleys Schulter schaute. Bones wusste, dass Lila in dem Moment zu ihm geschaut hatte. Er erinnerte sich an jede einzelne dieser fünfzig Aufnahmen in dem Album.

Sarah fuhr mit den Fingern die Buchstaben über dem Bild nach: UNSER SCHÖNES LEBEN. Gerührt sah sie Bones an, sagte aber kein Wort. Ihre Unterlippe zitterte, und er wusste, dass sie eisern versuchte, nicht die Fassung zu verlieren.

Er drückte ihre Hand und sagte: »Ich weiß.«

»Das ist so ein süßes Foto«, sagte Gemma.

»Ich möchte auch so ein Album haben, wenn wir Kinder haben«, sagte Finlay und kuschelte sich an Bullets wuchtigen Körper.

Bullet legte den Arm um sie und sagte: »Alles, was du willst, Lollipop.«

Sarah nahm sich viel Zeit, um jedes einzelne Foto zu betrachten, und schaute dann zu Bones auf, während alle bewundernde Kommentare abgaben. Nachdem sie etwa die Hälfte des Albums durchgesehen hatte, fragte sie: »Wo sind die Bilder mit dir?«

»Schau weiter«, antwortete er und freute sich, dass sie ihn einbeziehen wollte.

Die Mädels gaben *Ahhs* und *Ohhs* von sich und sagten Sarah, wie schön sie und die Kinder waren, während sie eine Seite nach der nächsten umschlug und alle paar Sekunden in seine Augen blickte. Doch Bones konnte nur noch daran denken, wie sehr er sie ganz in Weiß ihm entgegen zum Altar schreiten sehen wollte.

»Hawk will die Fotos für eine Doppelseite in einer Elternzeitschrift verwenden.«

Sarah riss die Augen auf.

»Echt?«, staunte Dixie. »Das ist ja großartig.«

Alle redeten gleichzeitig, beglückwünschten Sarah, doch er bemerkte, dass Sarah unerklärlich schweigsam war. Er lehnte sich zu ihr und fragte: »Was hältst du davon?«

Sie sah auf das Album hinab, dann wieder zu ihm, und sagte: »Ich finde es schön, dass er das möchte, aber wenn es dir nichts ausmacht, würde ich lieber nicht mit den Kindern in einer Zeitschrift auftauchen. Das könnte Teile meiner Vergangenheit in unser Leben holen.«

Mist. Er hatte sich so für sie gefreut, dass er nicht darüber nachgedacht hatte, dass dieser Artikel den Kerl direkt zu ihr führen könnte. Er war stinksauer, dass Lewis in der Lage war, ihr diese Möglichkeit zu nehmen.

»Es wäre eine Schande, das nicht anzunehmen«, sagte Red. »Das ist etwas, was deine Familie für Generationen hätte.«

»Ich weiß«, sagte Sarah entschuldigend. »Es ist kompliziert, aber ich denke, es ist das Beste, wenn wir uns bedeckt halten.«

»Was immer du brauchst, Süße«, sagte Bones, und die anderen stimmten zu.

Sarah blätterte weiter die Seiten um, und als sie die letzte erreichte, ein Bild, auf dem sie zu viert unter dem Traubogen standen, ließ sie die Finger mit einem gedankenverlorenen Blick darübergleiten.

»Mann, du bist ja ein richtiger Romantiker«, sagte Truman. »Und ich dachte, du bist nur für die Wissenschaft und Fachbücher zu begeistern.«

»War ich vielleicht«, sagte Bones. »Aber jetzt nicht mehr.«

»Sieh dir das an, Biggs«, sagte Red leise. »Sind sie nicht eine süße Familie?«

Eine Träne rann aus Sarahs Auge und Crystal sagte: »Ich sag's ja, wenn man schwanger ist, heult man ständig.«

Alle außer Sarah lachten. Sie brachte nur ein zittriges Lächeln zustande, lehnte sich zu Bones und stammelte: »Das ist … Du bist …« Sie legte die Arme um seinen Hals und sagte: »Ich liebe es.« Sie verharrte dort, sodass ihr Atem seinen Hals einen langen, wortlosen Moment wärmte, bevor sie flüsterte: »Und ich liebe dich.«

Einundzwanzig

Sarah wusste, wie viel sich in einer Stunde verändern konnte, geschweige denn an einem Tag oder in einer Woche. Es sollte sie nicht überraschen, dass sich ihr Leben in den acht Tagen seit Thanksgiving nahtlos mit dem von Bones verbunden hatte. Am Freitagmorgen lag sie in seinem Bett, sein Körper an ihren geschmiegt, sein Geburtstagsgeschenk im Nachttisch und ihre Kinder schlafend am Ende des Flurs. Wie an den meisten Tagen seit ihrem Wiedersehen mit Josie versuchte sie, das Schuldgefühl zu verdrängen, weil sie so glücklich war, während Josie doch so verzweifelt war. Sie hatte Tracey, Ebony und Camille am Samstag gesehen, als sie sie zum Mittagessen eingeladen hatte. Sie hatten ihr berichtet, dass Josie im Frauenhaus eher für sich blieb. Gestern hatte Sarah dort angerufen und Sunny gebeten, sich noch mal zu erkundigen, ob Josie mit ihr reden würde, aber wie erwartet war Josie nicht umzustimmen gewesen. So sehr Sarah zum Frauenhaus gehen und es selbst noch einmal versuchen wollte, so hatte sie doch ein Versprechen abgegeben, und es war wichtiger, dass Josie und ihr Sohn in Sicherheit waren, als dass Sarah eine Möglichkeit bekam zu verstehen, warum Josie nichts mit ihr zu tun haben wollte.

»Guten Morgen, meine Schöne.« Bones gab ihr einen Kuss

auf die Schulter. Dann streichelte er, wie jeden Morgen, ihren Bauch und sagte: »Guten Morgen, kleiner Wurm.«

»Der Wurm tanzt auf meiner Blase, aber ich wollte dich nicht aufwecken.«

»Sie ist ziemlich frech, wie?«

Bones war sicher, dass dieses Baby ein Mädchen war, aber Sarah glaubte, es war ein Junge, weil sie sich genauso fühlte wie während der Schwangerschaft mit Bradley.

Er küsste ihren Bauch und sagte: »Sie wird einmal die Welt beherrschen.«

»*Er* wird Football-Spieler, und er wird zuvorkommend zu allen Mädchen sein, nicht nur zu den Cheerleadern«, sagte sie und rutschte an die Bettkante. Sie spürte die Hitze seines Blickes bis zum Badezimmer.

Als sie zurückkam, lag Bones mit hinter dem Kopf verschränkten Armen im Bett und grinste bis über beide Ohren.

Sie krabbelte unter die Decke zu ihm und sagte: »Herzlichen Glückwunsch. Du siehst aus, als hättest du schon heimlich nach deinem Geschenk gesucht.«

»Ich dachte, gestern Abend… das wäre mein Geburtstagsgeschenk gewesen.«

Ein Schauer durchfuhr sie bei dem Gedanken an ihr Liebesspiel, und wie immer trübte auch ein Anflug von Verlegenheit darüber, dass sie so verwegen gewesen war, ihre Gedanken. Aber Bones war solch ein sinnlicher, achtsamer Liebhaber, dass er ihr das Gefühl gab, sexy und verwegen zu sein, und das steigerte ihre Lust, sich gemeinsam mit ihm zu erforschen. Er ermutigte sie, ohne sie zu drängen, führte, ohne zu fordern. Sie hatte sich ein süßes Nachthemd gegönnt, und nachdem die Kinder eingeschlafen waren und Bones unter die Dusche gegangen war, hatte sie Kerzen angezündet und leise

Musik angestellt. Mit nur einem Handtuch bekleidet war er aus der Dusche gekommen, und bis er das Bett erreicht hatte, war er nackt, hart und voller Verlangen nach ihr.

Er fuhr mit den Fingern durch ihre Haarspitzen und sagte: »Ich liebe es, wie du immer etwas schüchtern wirst, wenn ich so etwas sage.«

»Schwer, das im Tageslicht nicht zu sein. Ich habe gestern Abend so unanständige Dinge gesagt.«

Seine Augen wurden pechschwarz. »Ich liebe es, wenn du unanständige Dinge sagst und wenn du mit den Zähnen an meinem Nippel-Piercing spielst.«

»Hör auf«, sagte sie schwer atmend. Allein der Gedanke von ihrem Mund auf seiner Brustwarze und wie ein kleines Ziepen an dem Stecker ihn rasend machte, ließ sie feucht werden. »Du musst dich für die Arbeit fertig machen, und mich bringst du ganz durcheinander.«

Er zog sie auf seinen Schoß und sagte: »Ich liebe es, wenn du ganz durcheinander bist.«

Er ließ seine Lippen über ihren Hals gleiten und reizte sie mit kleinen Berührungen seiner Zunge. »Bones«, flüsterte sie. Er drückte seinen Mund fester auf ihren Hals und saugte, während er die Hüften hob und seinen verlockend harten Schaft an ihr rieb.

»Bones, du kommst zu spät, und Bradley könnte uns erwischen.«

Er stöhnte. »Zu spät ist nicht schlimm. Kleine Augen schon eher.«

Sie zog die Schublade des Nachttisches auf und holte sein Geburtstagsgeschenk hervor. Sie hatten beschlossen, seinen und Lilas Geburtstag nicht noch einmal zu feiern, um die Kinder nicht zu verwirren. Sie war aber froh, dass sie damit gewartet hatte, Bones sein Geschenk zu geben. Es war schön, es ihm zu überreichen, wenn sie allein waren. Sie drückte das Geschenk an ihre Brust und sagte: »Ich bin nicht besonders gut mit Geschenken.«

»Du bist hervorragend mit Geschenken.« Er fuhr mit der Hand an ihrem Oberschenkel hinauf.

Sie verdrehte die Augen. »Ich meine richtige Geschenke.«

»Das war *richtig* gut, Süße.«

»Okay, ja, meinetwegen. Ich hoffe, es gefällt dir.«

»Ich finde es jetzt schon wunderbar.« Er küsste sie, und dann packte er das braune Ledertagebuch aus, das sie ihm gekauft hatte. Kurz sah er zu ihr auf, als er es öffnete, und dann las er die erste Seite laut vor: »Die Abenteuer von Thomas alias Edison und Wayne alias Bones.« Mit einem verwunderten Lächeln sah er sie wieder an. »Oh, Süße, was hast du gemacht?«

Am Abend von Thanksgiving, nachdem sie sich geliebt und dann ineinander verschlungen beieinander gelegen hatten, hatte er ihr erzählt, wie schuldig er sich nach dem Tod von Thomas gefühlt hatte. Thomas hatte in den Tagen, nachdem sie sich davongeschlichen hatten, eine Lungenentzündung bekommen, und Bones hatte sich das nie vergeben. Er sagte, er wusste, dass Thomas' Tage ohnehin gezählt gewesen waren, aber er hatte so traurig geklungen, dass sie diese Gedanken durch bessere ersetzen wollte – so wie er ihr auch mit ihren Erinnerungen geholfen hatte. Sie hatte vorgehabt, ihm das Ledertagebuch zu schenken, und in den folgenden Tagen hatte sie es mit dieser Geschichte gefüllt.

»Ich weiß, dass es etwas albern ist, und ich bin keine sehr gute Schriftstellerin, aber ich wollte, dass du ein Happy End mit Thomas bekommst, und das war die einzige Möglichkeit.«

Er umarmte sie und sagte: »Himmel, ich liebe dich. Ich

habe das Gefühl, mein ganzes Leben darauf gewartet zu haben, dich kennenzulernen.«

Nicht weinen. Nicht weinen. Nicht weinen.

So viele Jahre lang hatte sie versucht, nicht zu weinen – zuerst um für sich selbst stark zu bleiben und später für ihre Kinder. Sie hatte das Gefühl, die Tränen hätten sich seit Ewigkeiten in ihr angesammelt, und nun endlich fühlte sie sich entspannt und sicher genug, um sie fließen zu lassen.

Sie rutschte von seinem Schoß, und er legte den Arm um sie und drückte sie an sich, während er die Geschichte las. Sie hatte eine glückliche Erzählung über ein Abenteuer auf dem Meer geschrieben, in der Bones und Thomas in ferne Länder segelten und die Welt erkundeten. Sie sammelten Steine, fingen Eidechsen (gaben ihnen Namen und ließen sie wieder frei), schliefen unter freiem Himmel und unterhielten sich mit all den Fremden, denen sie an Land begegneten und denen sie von ihren Abenteuern berichteten. Sie nannten sich bei ihrem Spitznamen, und als sie nach Peaceful Harbor zurücksegelten, hatten sie das Leben von Tausenden Menschen verändert. Sie wussten, dass die Legende von Edison und Bones ewig weiterleben würde. Als sie in den Hafen zurückkehrten, zündeten sie ein Lagerfeuer am Strand an, gaben sich verstohlen die Hand und verabschiedeten sich. Thomas schwebte hinauf zu einem großen Boot im Himmel, und jeden Tag verteilte er etwas Wunderstaub über Bones, sodass jedes Wunder, das er vollbrachte, einen kleinen Teil von Thomas in sich trug.

Als er die Geschichte zu Ende gelesen hatte, zog er sie wieder auf seinen Schoß, umarmte sie und ließ seinen Kopf auf ihrer Brust ruhen. Er sagte kein Wort, aber so wie es in ihren innigsten Momenten immer gewesen war, so brauchte er auch jetzt nichts zu sagen. Seine liebevolle Umarmung und das Gute in Bones Whiskey waren lauter, als Worte es jemals sein konnten.

Später, am Nachmittag, wappneten sie sich gegen die kalte Novemberluft und fuhren zu einer Baumschule in der Nähe, um sich einen Weihnachtsbaum zu schlagen. Bradley sauste um die Bäume herum und gab vor, König der Wälder zu sein, während Lila im Schneckentempo hinter ihm hertapste. Wenn sie zu weit zurückblieb, ließ sie sich auf ihren Hintern plumpsen und jagte ihm entweder auf allen vieren hinterher, oder gab auf, weil sie im Gras etwas zum Spielen gefunden hatte. Bones hatte bestimmt Hundert Fotos gemacht und sich noch mehr Küsse gestohlen.

»Hattet ihr einen Weihnachtsbaum im Haus, als du klein warst?«, fragte Bones, als er einen Baum fällte.

»Ja, aber die hat mein Vater normalerweise aus dem Wald geholt, damit er sie nicht bezahlen musste.« Sie hatte Wert darauf gelegt, jedes Jahr in der Weihnachtszeit einen Baum für ihre Kinder zu dekorieren, aber weil ihre Beziehung zu Lewis immer schlechter geworden war, war es keine schöne Zeit gewesen. Und wie alles mit Bones, so war das hier auch anders. Dies war ein weiteres Fest der Familie. Ihrer Familie.

Unserer Familie?

»Geschenke?«, fragte er.

»Mhm«, sagte sie und dachte darüber nach, wie sehr sie sich schon wie eine richtige Familie anfühlten. »Ein paar. Es war die einzige Zeit im Jahr, in der meine Eltern versuchten, so zu tun, als ginge es uns nicht schlecht. Ich erinnere mich daran, dass ich das Gefühl hatte, das ganze Jahr über den Atem anzuhalten, und das war der einzige Tag, an dem ich atmen konnte.«

Als der Baum zu Boden fiel, sagte er: »Ich bin froh, dass sie sich zumindest da angestrengt haben.«

»Ich auch. Aber ich habe immer darauf gewartet, dass das dicke Ende noch kommt.«

Bones legte die Säge beiseite und schlang die Arme um sie. »Es wird kein dickes Ende mehr geben.« Er kam mit dem Mund ganz dicht an ihr Ohr und sagte mit dieser vollen, verführerischen Stimme, die ihr Innerstes in Lava verwandelte: »Jetzt gibt es nur noch Happy Ends. Manchmal vielleicht auch mehrere hintereinander …«

Er verstand es immer hervorragend, sie abzulenken.

Sie schlugen Bäume für jedes ihrer Häuser, da sie Zeit in beiden verbringen würden, und zum Schluss hatten die Kinder rote Wangen und waren völlig erschöpft. Sie schliefen auf dem Weg nach Hause ein und wachten auch nicht mehr auf, als Bones den Baum aufstellte. Scott war bei der Arbeit, und so beschlossen sie, mit dem Dekorieren bis zum nächsten Tag zu warten.

Als die Kinder wieder wach waren, fuhren sie zu Bones' Haus und stellten den anderen Baum dort auf. Bones hatte zwei Kartons mit Weihnachtsschmuck. Ein Karton schien eine Ansammlung von Dingen zu sein, die er jedes Jahr zum Schmücken verwendete, einschließlich eines Stücks, das Kennedy für ihn gemacht hatte. Es war ein Foto von Kennedy, die den Arm um Tinkerbell gelegt hatte. Sie hatte eine Stoffbordüre auf den Kartonrahmen geklebt und auf die Rückseite *Für Onkel Boney, Deine Kennedy* geschrieben.

»Wir sollten so etwas mit den Kindern für unsere Bäume machen«, sagte Bones, während er eine bunte Lichterkette in den Baum hängte.

Er öffnete den zweiten Karton, in dem lauter kindersicherer Baumschmuck aus Plastik und Gummi enthalten war, samt übergroßen Kunststoffhaken, die perfekt für ungeübte kleine Finger waren. Sarah und Bones hängten die zerbrechlichen Kugeln nach oben und erlaubten den Kindern, ihre Sachen – mit Hilfe natürlich – dorthin zu hängen, wo sie es wollten. Die Kinder platzierten ihren Baumschmuck im unteren Bereich und nur weniges etwas höher, sodass ihre Dekoration am Ende einige größere Löcher aufwies.

Sarah hatte noch nie einen schöneren Baum gesehen.

Sie machten die Deckenlampe aus und schalteten die Beleuchtung des Baums ein. Bradley und Lila klatschten.

»Das haben wir gemacht!«, rief Bradley mit Stolz in den Augen.

»Und ob wir das haben, Kumpel«, sagte Bones und nahm Lila auf den Arm. »Kommt, wir machen ein Foto.«

Er kniete sich vor den Baum. Mit Lila auf seinem Schoß, Sarah, die neben ihm kniete, und Bradley vor ihnen hielt Bones die Kamera in die Höhe und sagte: »Und alle sagen ›Spaghettiii‹.«

Bradley sah weg, als Bones das Foto machte, also versuchte er es noch einmal. Lila nieste und vermasselte es dieses Mal. Nach mehreren Versuchen lachten alle nur noch und schnitten Grimassen, während sie die Fotos machten. Sogar Lila kräuselte die Nase, aber die meiste Zeit kicherte sie nur. Es war eine perfekte Abbildung ihres Tages – eines Tages, den Sarah nie vergessen würde.

Nach dem Abendessen badeten sie die Kinder, und Bones entfachte ein Feuer im Kamin, während Sarah Popcorn machte. Sie zogen die Schlafcouch im Wohnzimmer aus und kuschelten sich unter Decken, um *Cars* zu schauen. Die Kinder waren so erledigt, dass sie schon nach wenigen Minuten einschliefen. Mit ihren schlafenden Kindern zwischen sich, den funkelnden Lichtern des Baumes und dem wärmenden Kaminfeuer, das die Schatten über den Boden tanzen ließ, dachte Sarah, dass sie die glücklichste Frau auf Erden sein müsste. Aber ihre Gedanken wanderten zurück zu Josie, und sie hatte das Gefühl, zwischen zwei Welten zu stehen. Sie wollte Teil von beiden sein und wusste doch, dass sie vielleicht nie richtig zu einer gehören konnte.

»Hey«, flüsterte Bones. »Hawk hat angerufen, während du Popcorn gemacht hast. Ich weiß, dass du dich deswegen sorgst, aber bevor ich ihm absage, wollte ich dich lieber noch einmal fragen. Bist du sicher, dass die Bilder nicht auf der Doppelseite in der Zeitschrift abgedruckt werden sollen?«

»Ich möchte es wirklich, den Kindern zuliebe, aber ich kann es nicht. Was ist, wenn meine Vergangenheit ans Licht kommt? Das Tanzen? Lewis?« Sie sah Enttäuschung und Verständnis in seinem Blick, und beides tat weh, denn sie wusste, er war nicht von ihr enttäuscht. Er war für sie enttäuscht. »Und es könnte bei Josie einen falschen Eindruck hinterlassen. Sie denkt ohnehin schon, ich hätte ein perfektes Leben.«

»Das mit Lewis könntest du aus der Welt schaffen, indem du ihn diese Papiere unterschreiben lässt, und für Josie könnte es vielleicht auch motivierend sein, wenn sie erst einmal erfährt, wie du wirklich bist und lebst. Was du getan hast, musstest du tun, um zu überleben, und es hat dich dahin gebracht, wo du jetzt bist. Wo *wir* jetzt sind.«

»Ich weiß, aber das alles ist mir unangenehm.«

»Das verstehe ich.« Er schaute auf die Kinder hinab, die tief schliefen, und sagte: »Wenn du Bedenken hast, dass dich jemand erkennen könnte, wäre es dir denn dann nicht lieber, die Kinder würden es von dir erfahren als von einem Fremden? Du könntest das Thema mit ihnen ansprechen, wenn sie alt genug sind. Sie wären stolz darauf, wie stark du warst.«

»Daran habe ich nicht gedacht. Ich halte mich irgendwie mehr an die Hoffnung, dass es nie zur Sprache kommt.«

»Wird es vielleicht auch nie«, tröstete er sie. »Aber willst du wirklich einen Teil von dir vor den Kindern verbergen? Ich meine nicht, dass du ihnen sagen sollst, dass du dich ausgezogen hast, aber wenn sie älter sind, werden sie ihre eigenen Krisen durchleben. Das geht allen Jugendlichen so. Es wäre vielleicht besser, wenn sie wüssten, dass es dir genauso ging, wie du damit umgegangen bist und was du daraus gelernt hast. Sie werden nie so allein sein, wie du es warst. Selbst wenn mir etwas zustößt, die Freunde, die du gewonnen hast, sind Freunde fürs Leben. Ich hoffe, du weißt das. Und es gibt Dinge, die die Kinder von deiner Vergangenheit lernen können: wie man liebt, wie man widerstandsfähig sein und an sich selber glauben kann.«

Alles, was er sagte, schien wahr zu sein, aber zuzustimmen und tatsächlich diese Schritte zu gehen, waren zweierlei. »Es ist so schwer herauszufinden, was richtig ist.«

»Hast du mal mit einem Therapeuten gesprochen? Ich kenne ein paar gute, die dir vielleicht dabei helfen können, über ein paar Dinge nachzudenken.«

»Vielleicht mache ich das irgendwann.«

»Jemand, der dir nicht so nahesteht wie ich, sieht manches eventuell anders, und das könnte hilfreich sein. Vielleicht kannst du auch über Josie reden. Ich weiß, dass du mit ihr ins Reine kommen musst, um glücklich zu sein. Da ist dieser abwesende Blick in deinen Augen, wenn alles wirklich schön ist. Möglicherweise deute ich dich falsch, aber es ist öfter vorgekommen, seitdem du sie wiedergesehen hast. Wir geben nicht auf, aber wir müssen akzeptieren, dass es Monate oder auch länger dauern kann, bis Josie bereit ist zu reden. Wie schwer es auch ist, wir müssen einen Weg finden hinzunehmen, dass alles, was passiert, nach ihren Bedingungen stattfinden muss.«

»Ich weiß. Ich versuche es ja auch, und es ist schon etwas leichter als vor einer Woche, aber es fühlt sich trotzdem noch wie ein großes schwarzes Loch in mir an, das durch nichts je völlig ausgefüllt werden wird.«

»Das weiß ich, Süße. Ich wünschte, ich könnte das Problem für dich lösen.«

»Es ist dir und den Kindern gegenüber nicht gerecht, dass die Gedanken an Lewis oder Josie mich so aus dem Hier und Jetzt entreißen.«

»Damit kommen wir zurecht«, sagte Bones. »Es gibt nichts, was wir nicht zusammen durchstehen können.«

Das glaubte sie von ganzem Herzen. Aber wie konnte er das wissen, wenn sie doch diejenige war, die sich weiter in diesem Netz aus Angst verfing, während er ihr einen Ausweg anbot, zumindest was Lewis betraf?

Lewis. Dieser elende Mistkerl, der jederzeit auftauchen und verlangen könnte, im Leben der Kinder eine Rolle zu spielen. Der drogenabhängige Schweinehund, der ihr grauenvolle Dinge angetan hatte. Warum hatte er immer noch diese Macht über sie?

Sie schaute auf ihre Kinder hinab und war sich so eindeutig darüber im Klaren, was sie zu tun hatte, wie sie damals gewusst hatte, dass sie das Haus ihrer Eltern verlassen musste und nie wieder zurückkehren durfte. »Wenn ich einverstanden bin, dass wir versuchen, Lewis zum Unterzeichnen dieser Papiere zu bringen, wie würden wir das anstellen?«

»Ich gehe zu ihm, rede mit ihm, *zeige ihm*, was das Richtige ist.«

Die Entschlossenheit in seiner Stimme verriet ihr, dass er alles tun würde, was nötig war, aber sie kannte Lewis. Oder zumindest den Mann, der er damals war. Er war unberechenbar und widerborstig.

»Er wird nicht mit dir reden«, sagte sie mit zittriger Stimme. »Da bin ich mir sicher.«

»Ich gehe erst, wenn er mit mir geredet hat.«

»Nein, Bones. Das würde es nur noch schlimmer machen. Er kann keine Papiere unter Zwang unterschreiben, das hätte vor Gericht keinen Bestand. Das weiß sogar ich.« Sie hatte sich im Internet über den Verlust von elterlichen Rechten informiert, und sie wusste, dass die Papiere vom Notar beglaubigt werden mussten, und wenn das nicht freiwillig geschah, würden die Gerichte dem eventuell gar nicht zustimmen. Auch wenn es freiwillig geschah, bestand die Möglichkeit, dass Gerichte es ablehnten. Doch sie hatte das Gefühl, dass sie mit der Vergewaltigung und den Drogen genug Argumente hatten, um ihre Kinder zu beschützen. »Ich muss es tun.«

»Auf keinen Fall. Du kommst nicht in seine Nähe.« Sein Kiefer verkrampfte sich so sehr, dass sie befürchtete, Bones könnte sich wehtun.

»Er wird es niemals für dich tun, und vielleicht auch nicht für mich, aber es ist die beste Möglichkeit, die ich habe.«

»Nein, Sarah«, flüsterte er entschlossen.

»Bones, du hattest recht«, sagte sie ebenso entschieden. »Er kann jederzeit zurückkommen, und ich bin es leid, mir immer wieder über die schlimmsten Szenarien Sorgen machen zu müssen. Ich will nicht für immer durch sie gefesselt sein. Es ist schon schlimm genug, dass ich die Möglichkeit akzeptieren muss, meine Schwester vielleicht schon verloren zu haben. Ich werde nicht meine Kinder an ihn verlieren.« Während sie die Worte aussprach, wurden sie noch bedeutender. Sie musste das hier tun, für sich selbst ebenso wie für ihre Kinder.

Sie musste sich Lewis entgegenstellen.

»Ich werde es tun, Bones. Zum ersten Mal in meinem Leben weigere ich mich wegzulaufen. Also lass uns angehen, was auch immer notwendig ist, um die Unterlagen vorzubereiten, und dann gehen wir zusammen. Du kannst sogar deine Brüder mitnehmen, wenn du willst.«

Sein Blick verfinsterte sich. »Ich brauche *niemanden*, um für deine Sicherheit zu sorgen. Wenn er dir zu nahe kommt, ist er ein toter Mann.«

Zweiundzwanzig

Im Laufe der folgenden Woche hatten Bones und Sarah die Papiere aufsetzen lassen, die Lewis unterzeichnen sollte, und Sarah hatte versucht, sich mit der Tatsache auseinanderzusetzen, dass sie Lewis wirklich gegenübertreten würden. Sie hatte mit Tracey darüber geredet, und Tracey hatte sie mutig und gleichzeitig dumm genannt. Sarah konnte dem nur zustimmen, entschied sich aber, an dem mutigen Teil festzuhalten. Scott wollte sie begleiten, doch auf eine undefinierbare Art und Weise erinnerte er Sarah daran, wie sie Josie enttäuscht hatte. Vielleicht war es die Tatsache, dass es immer sie drei zusammen gegeben hatte, als sie aufwuchsen. Sie konnte es nicht genau benennen, und es nahm nichts von der Bedeutung ihrer Beziehung zu Scott, aber wenn sie an ihre Kindheit dachte, fühlte sie sich schwächer, und heute musste sie stark sein. Heute musste sie unerschütterlich sein.

Während sie über die Landstraßen im Umland von Baltimore fuhren, schaute sie auf die Akte mit den Erklärungen auf dem Sitz. Der Plan war, ihn die Papiere auf der Bank, die etwa zehn Minuten entfernt war, unterzeichnen zu lassen. Sie hatten schon mit einem leitenden Angestellten gesprochen und ein Notar wartete dort auch auf sie. Mit jedem vertrauten

Orientierungspunkt, der an ihnen vorbeizog, schlug ihr Herz heftiger – der rote Briefkasten am Ende der Straße, der Weg, der zu einer verlassenen Farm führte, und der Wald, der die lange Straße säumte, die zu Lewis' Haus führte –, und sie wusste, dass sie die richtige Entscheidung getroffen hatte. Bones gab ihr das Gefühl von Stärke, und in seinem imposanten schwarzen Pick-up, das Emblem der Dark Knights auf der Heckklappe, fühlte sie sich sogar noch entschlossener.

Sie schaute zu Bones. Er war immer tough, aber dieser beeindruckende Mann neben ihr erstaunte sie heute erneut. Eine finstere Aura umgab ihn, als tobte ein Orkan der Wut unter all dem Leder und Jeansstoff. Seine dunklen Augen waren zusammengekniffen und vollkommen auf die Straße vor ihnen konzentriert, aber sie kannte ihn gut genug, um zu wissen, dass er Strategien entwarf und in seinem brillanten Hirn alle möglichen Abläufe durchging. Seine großen Hände umklammerten das Lenkrad so fest, dass sein Bizeps unter den schwarzen Lederärmeln zuckte. Er schien kraftvoller als das Leben selbst zu sein. *Eine unaufhaltsame Gewalt.* Sogar noch autoritärer als am Abend zuvor, als er wie ein eingesperrtes Tier hin und her gelaufen war, sich den Grundriss von Lewis' Haus eingeprägt hatte, sie nach Waffen gefragt hatte, die er besaß, wie er sich verhielt, wenn er nicht zugedröhnt war und wenn er total besoffen war. Er fragte nach seinen Freunden und Gewohnheiten und stellte eine unendliche Reihe von anderen Fragen, die er sie schon gefragt hatte. Aber sie wusste, dass all das zu seinem Plan gehörte, sich in alle Richtungen abzusichern – und sie, indem er sie zum tausendsten Mal fragte, ob sie sicher war, dass sie das wirklich wollte.

Sie machte keinen Rückzieher.

Auch wenn sie das Gefühl hatte, ihr Herz würde so heftig

schlagen, dass es ihr aus der Brust springen würde.

Während sie durch den dichten Wald fuhren, der zu seinem Grundstück führte, sagte sie: »Nach diesem ganzen Gestrüpp und genau vor dem großen Baum, da ist es.«

Bones drückte ihre Hand und sagte: »Falls du deine Meinung änderst –«

»Werde ich nicht. Ich muss das tun.«

Er bog auf die Auffahrt ab, hielt noch immer ihre Hand, und fuhr langsam weiter, während er die Umgebung in sich aufnahm. Der Rasen wucherte und war von trockenem Laub übersät. Die Bäume sahen aus wie wütende Skelette, dunkel und vertrocknet, mit spitzen Ästen und Moos an den Stämmen. Sarah legte die Arme um ihren Bauch, als das schmuddelige gelbe Haus auftauchte und schlimme Erinnerungen auf sie einschlugen. Panik durchdrang ihre Brust, und sie zwang sich, dagegen anzuatmen.

Er konnte ihr nicht wehtun. Nicht mehr.

Instinktiv wollte sie den Blick von dem Haus abwenden, das sie mit Hoffnung angelockt und schmerzvoll auf sie eingeprügelt hatte, doch sie zwang sich, hinzuschauen, sich zu erinnern. Als sie dieses Haus das erste Mal gesehen hatte, war sie von Lewis' Aufmerksamkeit so beschwingt gewesen, dass sie die offensichtlichsten Dinge nicht bemerkt hatte, wie zum Beispiel die abgestorbenen Sträucher unter den vorderen Fenstern und die dunkel angelaufenen Stellen, an denen wohl einmal Fensterläden angebracht gewesen waren. Sie hatte Lewis gefragt, ob sie wieder welche anbringen könnten, aber wie bei allem anderen blieb es bei leeren Versprechungen.

Das Haus sah aus, als läge es im Sterben, so wie sie es gewesen war. Sie blickte starr darauf, mit dem festen Vorsatz, endlich alles zu sehen – ihre Naivität als junge Frau und ihren

Mut an dem Tag, als sie gegangen war. Sie erinnerte sich an den Geruch von Drogen, Schweiß und Trostlosigkeit an dem letzten Abend, nach der Party. An die Angst, die sie überschwemmt hatte, als Lewis die Schlafzimmertür geöffnet hatte, wo sie sich mit den Babys versteckte. An die Wut, die siedend heiß in ihr gekocht hatte, als sie in jener Nacht die Kinder, Geld und Autoschlüssel an sich genommen und vor dem Haus gestanden hatte, als sie versucht gewesen war, das Haus samt ihm und seinen Ungeheuern da drin in Brand zu stecken. Wären sie aufgewacht, hinter ihr hergerannt, oder hätte es ihren Albtraum für immer beendet?

Es spielte keine Rolle, denn zu solch bösartigem Handeln war sie nicht fähig.

»Drei Autos. Sind das seine?«

Bones' Stimme riss Sarah aus ihren Gedanken. Drei alte Autos standen vor dem Haus. Die Heckscheibe von einem war mit Karton und Klebeband abgedeckt. Die beiden anderen waren unauffällig.

»Ich kenne sie nicht«, sagte sie. Ihre Stimme klang zittrig und anders.

Bones blieb hinter den anderen Autos stehen und sah Sarah mit diesem ernsten Blick an. Er wurde etwas sanfter, als er ihre Wange streichelte. Eine Sekunde lang schloss sie die Augen und saugte seine Liebe in sich auf. Als sie sie wieder öffnete, legte Bones seine Hand auf ihren Bauch und sein Gesichtsausdruck wurde ernst.

»Du sagtest, er hat keine Waffen im Haus, richtig?«

»Nein«, bestätigte sie, doch dann wurde ihr klar, dass es Monate her war, seit sie gegangen war. »Zumindest nicht, als ich dort gewohnt habe. Er brauchte sie nie. Er hatte mich vollkommen unter Kontrolle.«

Seine Gesichtszüge waren wie versteinert. »Ich werde ihn niemals in deine Nähe lassen. Hast du mich verstanden, Sarah? Egal, was er tut, ich bin dein Schutzschild, deine Schlagkraft. Es ist egal, wer oder wie viele Typen in dem Haus sind. Ich werde sie alle erledigen, um dich zu beschützen. Aber du musst mir eines versprechen.«

Sie musste schlucken, konnte nicht einmal nicken angesichts der Angst, die sie packte.

»Ich lasse die Schlüssel stecken. Wenn du Angst bekommst oder die Sache aus dem Ruder läuft, möchte ich, dass du ins Auto steigst und wegfährst. Hast du mich verstanden?«

»Ich lasse dich nicht zurück.«

»Ich komme zurecht. Diese Geheimnisse, von denen ich dir erzählt habe, weißt du noch? Dabei geht es um solche Dinge. Miese Typen dazu zu bringen, das Richtige zu tun, Frauen und Kinder zu beschützen. Ich bin ein Dark Knight. Für diesen Kram wurde ich ausgebildet, seit ich ein Kind war, und ich habe es öfter angewendet, als ich zugeben möchte.«

Er drückte seine Lippen zu einem so zärtlichen Kuss auf ihre, dass sie sich fragte, ob sie ihn nur geträumt hatte.

»Ich habe noch nie eine Schlacht verloren, Süße. Den Krieg werde ich auf keinen Fall verlieren.«

Oh Gott.

Bones stieg aus dem Pick-up aus, und die Stimme in ihrem Kopf schrie: *Vergiss es! Fahr nach Hause und hoffe, dass du diese hässliche Fratze nie wieder sehen musst.* Sie überlegte, wie sie einen Rückzieher machen konnte, und wusste, dass Bones ihre Entscheidung mittragen würde.

Mit einem warnenden Blick öffnete er die Tür. »Du solltest wegfahren. Lass mich das regeln und hole mich, wenn es vorbei ist. Ich schreibe dir.«

»Vergiss es!« Sie stieg aus, hatte keine Ahnung, woher ihre Stärke gerade kam, und sagte: »Dieses Schwein hat mich vergewaltigt. Er hat meine Kinder bedroht. Ich werde ihm sagen, was genau ich von ihm halte, und dass ich ihm rate, diese Papiere gefälligst zu unterschreiben.«

Verdammt, mein Mädchen hat Feuer im Hintern! Bones war so unendlich stolz auf Sarah, aber ihr Vergewaltiger befand sich hinter dieser Tür, und keiner von ihnen wusste, was passieren würde, wenn sie sich gegenüberstanden.

Er schob diesen Stolz beiseite, um sie später damit zu überschütten, wenn sie in Sicherheit und fern von diesem Drecksloch war, und sagte: »Bleib hinter mir. Ich liebe dich und glaube an dich, aber ich möchte dich in sicherer Entfernung von ihm wissen, verstanden?«

Sarah nickte, die Augen weit aufgerissen, und etwas von dem Mut schwand aus ihrem Gesicht.

Er hasste es, wenn er so eine Aktion für Fremde durchziehen musste. Es für Sarah zu tun, weckte in ihm das Verlangen, diese verdammte Tür einzuschlagen und den Scheißkerl zu malträtieren. Aber so bekäme er keine Unterschrift auf die Papiere.

Als er sich der wackeligen Treppe näherte, die zur Haustür führte, dröhnte Rockmusik aus dem Haus. Sarah hatte die Arme um ihren Bauch geschlungen, eine Mischung aus Wut und Angst stand ihr ins Gesicht geschrieben. Der Drang, diese wunderschöne Frau ins Auto zu zerren und zu verlangen, dass sie wegfuhr, war so stark, dass Bones sich abwenden musste, als er sagte: »Bleib hier.«

Er hatte mit einem befreundeten Therapeuten darüber gesprochen, dass er Sarah am liebsten sagen würde, sie könnte nicht mitkommen, aber er hatte davor gewarnt. Sein Freund sagte, *wenn* Bones ihre Sicherheit garantieren könnte, dann brauchte sie diese Gelegenheit, um sich selbst – nicht Bones und auch nicht Lewis – zu beweisen, dass sie für sich eintreten konnte. Dies war hauptsächlich Sarahs Schlacht, noch mehr als es ihre gemeinsame war.

Das leuchtete ihm ein.

Und er fand es verdammt scheiße.

Er atmete tief ein, zog die Schultern zurück, dehnte den Hals in beide Richtungen und war bereit, für alles, was da kommen mochte. Mit einem letzten Blick zu seiner Sarah, die nickte und plötzlich das Selbstvertrauen von Al Capone bei der Arbeit ausstrahlte, klopfte er zweimal an die Tür – und zwar heftig. Wenige Sekunden später noch einmal.

Die Tür wurde aufgerissen, und ein Schatten des Mannes, den Bones im Internet gesehen hatte, als er ihn gegoogelt hatte, stand vor ihm: keine eins achtzig, eingefallene Wangen und fahle Haut. Strähnige dunkle Haare hingen ihm in die kalten, toten Augen, und das eindeutige Zeichen, nach dem Bones Ausschau hielt – ein Muttermal links auf seinem Kiefer –, gab ihm die Bestätigung, die er brauchte. Bones sah an ihm vorbei zu zwei Frauen – halb bekleidet und stoned – auf dem Sofa. Bei dem Gedanken an Sarah und die Kinder in diesem Haus, gemeinsam mit diesem heruntergekommenen Taugenichts, türmte er sich vor ihm auf.

»Wer bist du denn, Mann?«, fragte Lewis.

»Jemand, den du nicht kennenlernen willst«, zischte Bones.

Lewis' Blick wanderte über die Schulter von Bones zu Sarah.

Ein teuflisches Grinsen machte sich breit. »Sieh mal an, wer da nach mehr betteln will. Was hast du gemacht? Hast du dich schwängern lassen, gleich nachdem du abgehauen bist?«

Bones packte ihn am Kragen, hob ihn in die Höhe und knallte ihn mit dem Rücken gegen die Tür. »Du siehst sie nicht einmal an. Du siehst mich an, du Arsch, und dann bekommen wir auch keinen Ärger. Wenn du sie nur einmal ansiehst, dann prügel ich deinen dämlichen Schädel direkt durch die Wand.«

Aus dem Augenwinkel sah Bones eine Bewegung. Eine der Frauen griff nach etwas auf dem Tisch. »Ihr bewegt euch keinen Zentimeter, sonst ist er tot«, drohte er.

Sie sank zurück in die Polster.

Er spürte, dass Sarah näher kam, und sagte: »Sarah, bleib da.«

Lewis wehrte sich. »Was soll das, Mann? Du hast ihr ein Kind angehängt und jetzt willst du sie nicht mehr?«

Bones lockerte seinen Griff so weit, dass Lewis wenige Zentimeter nach vorne fiel. Dann knallte er ihn mit dem Hinterkopf gegen die Tür. Während Lewis versuchte, wieder einen klaren Blick zu bekommen, presste Bones hervor: »Du redest nicht. Du hörst zu.« Er wartete kurz, um Sarah Gelegenheit zu geben, zu sagen, was sie zu sagen hatte. Als sie das nicht tat, übernahm er: »Wir sind nur aus einem Grund hier: Du wirst Papiere unterschreiben und damit deine elterlichen Rechte abgeben. Anschließend wirst du nie mehr an Sarah oder ihre Kinder denken.«

Lewis lachte höhnisch. »Das wollt ihr also? So wie ich es sehe, sind diese kleinen Scheißer mindestens zehntausend pro Stück wert.«

»Du Wichser.« Bones holte zu einem Schlag aus.

»Warte!«

Bones erstarrte bei Sarahs Bitte und bohrte seine Fingerknöchel in den Brustkorb von Lewis. Er musste seine ganze Kraft aufbringen, um diesem Dreckskerl nicht den Kiefer zu brechen. Obwohl er sich vorlaut gab, zitterte Lewis. Sein Blick ging zur Seite, und Bones machte einen Schritt, der ihm die Sicht auf Sarah versperrte.

»Guck mich an, du Arsch.«

»Du willst *Geld?*«, schrie Sarah. »Du hast meine Ersparnisse ausgegeben. Du hast mein Auto verkauft. Du hast mir meine Würde gestohlen. Du hattest Hunderte Gelegenheiten, das Richtige zu tun, jemand anderes zu werden als dein Vater, und du hast es vermasselt. Und jetzt willst du deine Kinder *verkaufen?* Ihre einzige Chance auf ein glückliches Leben haben sie, wenn du darin nicht vorkommst.«

»Zehntausend für jedes«, sagte Lewis, den Blick auf Bones gerichtet.

»Du bekommst keinen einzigen Penny, du Scheißkerl«, brüllte Sarah und Bones hörte die Tränen in ihrer Stimme. »Ich dachte, du würdest einmal in deinem armseligen Leben etwas Anständiges tun, aber anscheinend nicht.«

»Ich habe etwas Anständiges getan. Ich habe dich kleine Schlampe bei mir aufgenommen.«

Das Krachen, das ertönte, als Bones' Faust auf Lewis' Kiefer landete, wurde von dem Knall, mit dem sein Kopf gegen die Tür prallte, und von den schreienden Frauen übertönt.

Blut rann aus dem Mund von Lewis, als er den Kopf hob, die Augen verdrehte und sagte: »Ach, du wusstest gar nicht, dass sie die Beine für jeden Typen für ein paar Kröten breitgemacht hat? Das ist wahr. Sie hat sich verkauf–«

Seine Worte gingen in einem Hagel von Schlägen unter. Blind vor Wut dachte und fühlte Bones nichts mehr, als er einen Hieb nach dem anderen landete, bis Lewis regungslos und blutüberströmt auf dem Wohnzimmerboden lag und die Schreie der Frauen seine Rage durchbrach. Als er seine Faust für den nächsten Schlag ballte, wurde ihm bewusst, dass er Sarah nicht hörte, und so richtete er sich auf und marschierte zur Tür.

Er entdeckte sie mit Bullet an ihrer Seite weiter unten auf der Auffahrt. *Verdammt.* Er sprang in den Pick-up und raste ihnen entgegen. Mit zusammengepressten Kiefern fragte er sich, wie zum Teufel Bullet herausgefunden hatte, was hier los war.

Mit quietschenden Reifen blieb er bei ihnen stehen und sprang aus dem Auto.

»Ich kümmere mich um ihn«, brummte Bullet. »Bring dein Mädchen nach Hause, aber … Mann, ich glaube, sie braucht etwas frische Luft.«

Bullet marschierte zum Haus, und Bones legte einen Arm um Sarah, doch sie schüttelte ihn ab. »Sarah, Schatz, steig ein.«

Sie schüttelte weinend den Kopf.

»Sarah, bitte steig ein. Was er gesagt hat, spielt keine Rolle.«

Sie machte den Mund auf, wollte etwas sagen, doch nur Schluchzer kamen heraus. Er nahm sie in den Arm und dieses Mal entzog sie sich ihm nicht. Er führte sie zum Beifahrersitz und schnallte sie an. Dann wollte er mit ihr einfach nur noch weg von dort.

Als sie auf die Hauptstraße kamen, griff er nach Sarahs Hand, doch sie zuckte vor ihm zurück und kauerte sich an die Tür. Im Gebüsch entdeckte er das abgestellte Motorrad von Bullet. *Bullet. Wie konnte ich auf dem Hinweg nur seine Maschine übersehen?*

Er hatte keine Zeit, darüber nachzudenken. Er musste zu Sarah durchdringen. Er dachte, die Entfernung würde ihr helfen, sich zu beruhigen, aber als sie nach zwanzig Minuten den Highway erreichten, schluchzte sie immer noch.

»Sarah, Süße, bitte lass nicht zu, dass die Worte von diesem Stück Dreck zwischen uns stehen. *Nichts* wird etwas daran ändern, was ich für dich empfinde.«

Sie sah ihn nicht an, als sie den Kopf schüttelte.

»Sarah.«

»Nicht. *Bitte*«, brachte sie heraus. »Ich kann das jetzt nicht. Es tut mir leid, aber ich *kann* es einfach nicht. Ich muss mit meinen Kindern allein sein. Bitte bring mich einfach nur nach Hause.«

Er wusste nicht, ob Sarah wütend auf ihn war, weil er diese verdammte Katastrophe heraufbeschworen hatte, verletzt angesichts dessen, was dieses Ekel über sie gesagt hatte, oder angewidert davon, wie er bei Lewis die Beherrschung verloren hatte. Er war so von Hass und dem Hunger nach Blut erfüllt gewesen, dass er nicht sicher war, ob er von ihm abgelassen hätte, wenn die zugedröhnten Frauen auf dem Sofa nicht so verängstigt geschrien hätten.

Er hatte den Verstand verloren.

Er hoffte nur, dass er nicht auch Sarah verloren hatte.

Dreiundzwanzig

Sarah stürmte zur Haustür herein, erinnerte sich dann daran, dass die Kinder schliefen, und schloss die Tür so leise wie möglich – eine Barriere zwischen ihr und all dem, was passiert war, eine Barriere zwischen ihr und Bones. Sie drückte die Hände flach gegen die Tür. Mit der Stirn berührte sie das kühle Holz, während ihr die Tränen über die Wangen liefen. Sie schloss die Augen, aber der Schmerz durch Lewis' Anschuldigungen ging zu tief.

»Sarah?«, sagte Scott hinter ihr und löste noch mehr Tränen aus.

Sie versuchte, Luft zu holen, um sich von dem qualvollen Leid zu befreien, aber sie musste dadurch nur noch heftiger weinen. Scott streckte die Arme aus, aber sie zuckte zurück und duckte den Kopf in dem vergeblichen Versuch, ihre Schluchzer zu verbergen.

»Nicht. Es tut mir leid, aber ich kann jetzt nicht reden.« *Ich brauche meine Kleinen.* Zitternd schleppte sie sich über den Flur, während das Wort *Warum* immer wieder wie ein Flehen durch ihren Kopf hallte.

»Was ist passiert?«

Immer noch unfähig, ihm ins Gesicht zu schauen, sagte sie:

»Das, was ich immer befürchtet hatte.«

»Ich rufe Bones an«, sagte Scott.

Sarah wirbelte herum und sagte: »Nein. Das ist mein Chaos, nicht seins. Gib … gib mir einfach nur etwas Zeit. Bitte, Scott.«

Sie ging in das Kinderzimmer und schloss die Tür, denn sie hatte einfach nur das Bedürfnis, bei ihnen zu sein, auch wenn sie schliefen. Sie lehnte sich mit dem Rücken gegen die Tür und schloss die Augen. Wenn sie Bones doch nur die Wahrheit gesagt hätte, dann wäre sie jetzt nicht in dieser elenden Situation. Aber wie hätte sie ihm das sagen können? Sie hatte es nicht einmal Reagan oder Scott erzählt.

Wieviel Schmerz und Demütigung konnte ein Mensch überleben?

Sie versuchte, in ihren Mommy-Modus zu wechseln, ihren Kraftspender, aber verdammt …

Sie war sich nicht sicher, ob sie das schaffte.

Sie presste die Kiefer aufeinander und ließ den Kopf in den Nacken fallen. *Bitte gib mir Kraft. Bitte.* Sie wusste nicht einmal, was oder wen sie darum bat. Wie konnte es eine höhere Macht geben, wenn so etwas geschah?

Es gab niemanden sonst, auf den sie sich verlassen konnte. Das war ihr schon immer klar gewesen. Wenn sie überleben wollte, dann musste es aus ihrem Inneren kommen. Sie wischte sich über die Augen, sagte sich, dass sie das hier durchstehen konnte, auch wenn sie nicht wusste wie.

Sie ging zu dem Gitterbett, in dem Lila tief und fest schlief, während der Igel neben ihren Beinen lag. Sarahs Herz zog sich schmerzhaft zusammen, als sie ihrem Baby über die Wange strich. *Ich werde nie zulassen, dass du in eine solche Situation kommst und mit so etwas fertig werden musst. Ich werde nicht zulassen, dass dir jemals jemand wehtut.*

Bones' Stimme hallte entschlossen in ihrem Kopf wider – *Ich werde ihn niemals in deine Nähe lassen. Hast du mich verstanden, Sarah? Egal, was er tut, ich bin dein Schutzschild, deine Schlagkraft* – und ließ noch mehr Tränen fließen.

Er hatte sein Versprechen gehalten. Er hielt seine Versprechen immer.

Wie konnte er sie jemals wieder so ansehen wie vorher? Sie wusste, dass sie *ihn* niemals wieder so ansehen konnte wie vorher. Sie hatte keine Ahnung gehabt, dass er zu einem solchen Zorn fähig war, wie er ihn heute zugelassen hatte.

Für mich.

Doch als Bones zu ihr gekommen war, nachdem sie versucht hatte, der Erniedrigung und dem Schmerz durch Lewis' verbalen Angriff zu entkommen, war er ruhig und beschützend gewesen, nicht wütend oder unbeherrscht, trotz des Bluts an seiner Kleidung und seinen Händen und trotz seiner angespannten Muskeln. Er hatte sie *beschützt*, sich selbst für sie in Gefahr gebracht, ohne auch nur im Geringsten zu zögern oder Furcht zu zeigen. Das Wissen, zu was er fähig war, sollte Sarah Angst machen, doch das tat es nicht. Sie wusste, wie gut Bones in seinem tiefsten Inneren war. Um ehrlich zu sein, fühlte sie sich nicht nur mutig, weil er an sie glaubte, sondern weil er diesen Willen und das Verlangen verspürte, sie zu beschützen. Und weil er diese pure Kraft besaß, die er so gekonnt zügelte und die sie in den letzten Wochen jedes Mal erahnt hatte, wenn sie über Lewis und über ihre Eltern gesprochen hatten.

Sie deckte Lila zu und ging zu dem Bett, in dem ihr kleiner Mann mit dem Stethoskop im Arm schlief, das Bones ihm zusammen mit einem Arztkoffer auf Lilas Geburtstagsfeier gegeben hatte. Sie ließ sich auf der Bettkante nieder, betete, dass Bradley so unschuldig und gutmütig blieb, wie er es jetzt war, und hoffte, dass sein Vater ihm nicht zu viel vererbt hatte. Sie legte sich neben ihn und erinnerte sich daran, dass Scott ein wundervoller Mann geworden war, also konnte Bradley das auch. Sie dachte an Josie, und fragte sich, wie sie als Mutter und als Mensch war. Ließ sie ihrer Wut freien Lauf, so wie ihre Eltern es getan hatten? Machte sie ihren Sohn schlecht? Sie schien ihn zu beschützen, aber was war, wenn sie die Gemeinheit und Launen ihrer Eltern geerbt hatte und nichts mit Sarah und Scott zu tun haben wollte, weil sie sie nicht kennenlernen wollte?

Sie schloss die Augen, um weitere Tränen zurückzuhalten. Bones' mitfühlender Blick richtete sich in der Dunkelheit auf sie. *Bitte lass nicht zu, dass die Worte von diesem Stück Dreck zwischen uns stehen. Nichts wird etwas daran ändern, was ich für dich empfinde.*

Ja, Lewis war ein Stück Dreck. Ein lügender, vergewaltigender Zuhälter.

Aber Bones war es nicht, und er hatte es verdient, die Wahrheit zu erfahren.

Sie öffnete die Augen und betrachtete ihren kleinen Jungen. Hatte Bones recht? Sollte sie ihnen von ihrer hässlichen Vergangenheit erzählen, wenn sie älter waren? Wie konnte sie ihnen in die Augen schauen und die Blase zerplatzen lassen, indem sie das Bild zerstörte, das die Kinder von ihr hatten?

Wie kann ich mit einer Lüge ihnen gegenüber leben?

Das Leben ist nicht gerecht.

Da war es wieder, diese Sache, der sie schon seit Ewigkeiten entkommen wollte. Dem *Selbstmitleid.* Hatte sie nicht ein Quäntchen davon verdient? Wann, wenn überhaupt, würde dieser Albtraum enden?

In ihrer Tasche vibrierte das Handy. Sie wusste, dass es eine

Nachricht von Bones sein würde, daher holte sie es hervor. *Es tut mir leid, wenn ich dich verängstigt habe. Bitte rede mit mir.*

Schuld und Schmerz schnitten wie eine Rasierklinge durch sie hindurch.

Noch eine Nachricht poppte auf. *Ich meinte, was ich gesagt habe. Nichts wird an meiner Liebe zu dir etwas ändern.*

Sie setzte sich auf, starrte auf das Display und wollte ihm so gern eine Nachricht schicken, aber was sollte sie sagen? *Du wirst mich nie wieder so ansehen wie zuvor, bis du die Wahrheit kennst?* Es war zu viel, um es zu tippen, aber sie wusste, was sie zu tun hatte. Mit einem weiteren tiefen Atemzug – und noch einem, denn ihre Lungen waren einfach nicht imstande, genug Luft aufzunehmen – gab sie ihren Kindern noch einen letzten Kuss und ging dann über den Flur zu ihrem Schlafzimmer.

Sie schnappte sich einen Stift und das Notizbuch mit der Aufschrift *Lass deine Träume größer sein als deine Ängste*, legte mehrere Kissen am Kopfende aufeinander und richtete sich ein, um loszuschreiben.

Der Anfang war leicht.

Ich kam als Sarah Marie Beckley auf diese Welt. Meine Mutter sagte einmal, ich wäre ein 3200 Gramm schweres Ärgernis gewesen. Ich nehme an, aus ihrer Perspektive entsprach das der Wahrheit, denn Babys machen Ärger. Sie machen Dreck, sind laut und hören natürlich nicht. Aber was sagt man doch noch gleich? Der Albtraum des einen Menschen ist der Traum eines anderen. Was meine Eltern als ein Ärgernis ansahen, sehe ich als den wunderbarsten Aspekt des Baby-Daseins an: Dinge zum ersten Mal sehen und tun, auf andere vertrauen, darauf, dass sie für Wohlergehen, Sicherheit und Glück sorgen, dass sie einem alles über das Leben und die Liebe beibringen, über Verlust und Trauer. Ich glaube nicht, dass meine Eltern dazu bestimmt waren, Kinder zu bekommen. Leider haben sie doch welche in diese Welt gesetzt, und sie haben mir beigebracht, wie man Kinder nicht behandelt und dass die menschliche Seele alles überwinden kann — auch wenn andere alles tun, um sie niederzumachen.

Sie schrieb stundenlang, ließ alle Einzelheiten ihres Lebens auf die Seiten fließen. Die Widerlichkeit des Striptease und die Freude, die sie empfand, wenn sie zwischen den Tänzen im Hinterzimmer mit den anderen Mädels reden konnte. Die Mädels, die wussten, wie es war, wenn man sich über einen Typen aufregte, der einen begrapschte, wenn man seinen Körper zur Schau stellte. Denn das Strippen war eine Entscheidung, die man getroffen hatte, mies behandelt zu werden aber nicht.

Sie schrieb über die Angst, die sie jeden Tag so sehr zu verstecken versucht hatte, wenn sie in der Öffentlichkeit war, und darüber, wie sie ihr Gesicht im Haus ihrer Eltern nachts im Kissen vergrub, damit sie sie nicht weinen hörten. Wie sie als Kind jeden Abend ins Bett ging und betete, dass ihre Eltern beim Aufwachen bessere Menschen sein und Scott auf dem Weg dorthin nicht umbringen würden. Ausführlich beschrieb sie ihre Suche nach Josie und wie leer sie sich nach jedem vergeblichen Versuch fühlte, ebenso wie ihre kindliche Freude über ihre Verbindung zu Lewis und wie diese Verbindung verkümmerte und zerbrach. Sie beschrieb ihre unübertreffliche Freude über die Geburt ihrer Kinder. Niemals hätte sie gedacht, dass es möglich war, jemanden so intensiv und vom ersten Moment an zu lieben. Sie ließ nichts aus, schrieb darüber, wie mit Lewis alles schlimmer wurde und wie sie Stunden damit verbracht hatte, eine Flucht mit den Kindern zu planen. Sie hatte sich nie so hilflos gefühlt wie in diesen qualvollen Monaten.

Sie schrieb, dass sie zu spät erkannt hatte, dass sie erst an der Oberfläche der Hilflosigkeit gekratzt hatte.

Eine elende Seite nach der anderen wurde gefüllt, als sie von der grauenhaften Nacht berichtete, in der sie Lewis endlich verließ und offenbarte, wie die schmutzigen Tiefen der Hilflosigkeit wirklich aussahen. Ihr Handy vibrierte einige Male, aber sie ignorierte es, denn sie musste dies ein für alle Mal herausbekommen.

Ich erinnere mich an den Lärm der Party, den Gestank von Drogen und Schweiß, und wie sehr ich darum gebetet habe, dass der Abend zu Ende ging, denn ich hielt es nicht mehr aus. Ich war erledigt. Selbst wenn ich in die Stadt laufen müsste, wollte ich in der Sekunde abhauen, in der sie einschliefen oder das Haus verließen. Als der Lärm nachließ, kam Hoffnung in mir auf, dass sie vielleicht gegangen waren oder sich zum Aufbruch vorbereiteten. Die Kinder schliefen und ich ging in ihrem Zimmer auf und ab, überlegte, welche Sachen ich aus unserem Schlafzimmer holen wollte, und plante unsere endgültige Flucht. Dann öffnete Lewis die Schlafzimmertür, und ich dachte, er würde mir erzählen, dass er ging, weil er dieses teuflische Grinsen im Gesicht hatte. Und ich war erleichtert, so unglaublich erleichtert, dass ich vielleicht auch gelächelt habe. Und dann sagte er, er bräuchte mich, und ich dachte, er meinte sexuell, also habe ich abgelehnt. Ich sagte, ich sei krank und müsse bei den Kindern bleiben. Da tauchten drei Typen hinter ihm auf. Sie waren ekelhaft, verschwitzt, unrasiert und dreckig. Innerhalb von einem Augenblick änderte sich alles. Er packte mich am Arm und zerrte mich aus dem Zimmer. Ich wehrte mich, und er sagte, wenn ich meine Kinder wiedersehen wollte, sollte ich tun, was er sagte. Für mich gab es keine Wahl.

Tränen fielen auf die Seite, und sie lehnte sich zurück, damit sie nicht auf die Tinte fielen, aber sie konnte einfach nicht aufhören zu schreiben.

Er schleuderte mich ins Schlafzimmer und sagte, ich sollte die Hose ausziehen. Ich war wie betäubt, voller Angst, stand unter Schock. Und ich war wütend. So wütend, dass ich schrie und mich wehrte, obwohl er gedroht hatte, den Kindern etwas anzutun. Danach ging alles so schnell. Er riss mir die Hose runter, während mich ein anderer Typ festhielt, und dann lag ich auf dem Bett und er verlangte Geld von jedem von ihnen. Er warf es auf die Kommode und sagte ihnen, dass sie mich nur haben dürften, wenn sie Kondome benutzten, denn er wollte nicht noch ein hungriges Maul stopfen. Ich flehte, fluchte, versuchte wegzukommen, aber sie waren stark und es war grauenvoll, und schließlich machte ich die Augen zu und sagte mir, dass ich es hinnehmen musste, damit es bald vorbei war und ich die Kinder in Sicherheit bringen konnte. Das Ganze dauerte nicht lang. Oder vielleicht doch. Ich weiß es nicht. Es kam mir wie Stunden und gleichzeitig wie ein kurzer Moment vor. Ich denke, ich bin ohnmächtig geworden oder habe mich aus dem Geschehen ausgeklinkt. Nachher tat mir alles weh und ich hatte Angst, mich zu bewegen. Ich wusste nicht, ob es vorbei war. Ob dies der Moment war, in dem mein Leben zu Ende sein würde, oder wer sonst noch zu dieser Tür hereinkäme und mir schreckliche Dinge antun würde. Dann machte in mir plötzlich etwas klick. Ich konnte es spüren, wie einer von diesen Leuchtstäben, die leblos sind, bis man in ihnen etwas zerbricht. Ich wollte nicht durch seine Hand sterben und ich wollte ihn auf keinen Fall jemals wieder in die Nähe meiner Kleinen lassen. Ich rannte zu den Kindern. Noch immer erinnere ich mich an diese Schweine, wie sie im Wohnzimmer lachten und tranken, während ich eine Kommode vor die Kinderzimmertür schob. Dann wartete ich, bis es still war, nur dass ich jetzt nicht mehr wie betäubt oder verängstigt war. Ich war bereit. Als längere Zeit nichts mehr zu hören war, öffnete ich die Kinderzimmertür einen Spalt und hörte das Schnarchen. Auf Zehenspitzen ging ich hinaus und sah, dass alle schliefen. Ich rannte ins Schlafzimmer, wo sie mich vergewaltigt hatten, und nahm das Geld von der Kommode. Ich schnappte mir den erstbesten Schlüsselbund und nahm dann noch mehr Geld vom Couchtisch. Dann habe ich die Haustür aufgemacht und mit einem Keil offen gehalten, hab mir die Kinder geschnappt und bin gegangen.

Sie atmete so heftig, dass ihre Schrift fast unleserlich wurde, aber das war ihr egal. Die Wahrheit kam aus ihr heraus, und sie spürte, wie die Last ihres Geheimnisses langsam von ihrer Seele abfiel. Es fühlte sich so gut an, dass sie weiterschrieb, wie sie darüber nachgedacht hatte, ob sie das Haus niederbrennen sollte, aber sie war weder eine Hure noch eine Mörderin. Sie schrieb von ihrer Fahrt mit den Kindern, die auf dem Rücksitz angeschnallt waren, weil sie das Auto von irgendeinem Typen genommen hatte – nicht Lewis' Wagen – und keine Kindersitze darin gewesen waren.

Über die schwere Zeit danach zu schreiben, war ebenso erhebend wie Furcht einflößend. Das Wiedersehen mit Scott – und wie sie ihn und die Kinder fast verloren hätte – nahm viele tränenreiche Seiten ein. Die Worte auf dem Blatt verschwammen, als sie über Josie schrieb, die im Krankenhaus aufgetaucht war und wie sie sich eine oder auch zwei Minuten lang wortlos angesehen hatten, bevor sie ein Wort herausgebracht hatten. Wie weit weg sie sich von dem Mädchen fühlte, mit dem sie einst alles geteilt hatte, und wie – als Josie das Krankenhaus verließ – Sarah sich direkt Jahre zurück in die Vergangenheit zu dem Tag geworfen gefühlt hatte, an dem ihr klar geworden war, dass Josie wirklich fort war.

Bei Tagesanbruch berichtete sie von ihren Gefühlen, als sie Bones das erste Mal gesehen hatte, mit seinem weißen Arztkittel, den umwerfend mitfühlenden Augen und einem Lächeln, das ihr ein Gefühl der unerklärlichen Sicherheit gab. Wie er ihre Hand gehalten hatte, zugehört hatte, ohne über sie zu urteilen, und sie getröstet hatte, als sie weinte. Und wie er sie weiterhin besucht hatte, diese grauenvollen, beängstigenden Tage erhellt und mit Hoffnung erfüllt hatte, als ihre Familie in Krankenhausbetten lag, und danach, wenn er mit Geschenken für die Kinder bei ihr Zuhause vorbeikam. Dann schrieb sie, wie es war, ihn an ihrer Seite zu haben, wenn sie mit allen unterwegs waren, bevor sie ihr erstes Date hatten. Er war immer bei ihnen, half ihnen, kümmerte sich um die Kleinen und um sie, wie es noch nie jemand getan hatte.

Und sie schrieb über das, was Bones miterlebt hatte, denn manche Dinge waren leichter zu schreiben als laut auszusprechen.

Als Lewis diese grauenhaften Sachen sagte, war mein

erster Gedanke nicht, dass es hässliche Lügen waren. Sondern dass er es vor dir gesagt hatte. Ich weiß, dass das, was er sagte, nie vergessen werden wird. Hässliches und Lügen vermögen es, in unseren Köpfen zu bleiben, wie Wahrheiten es nicht nötig haben. Als ich mit den Kindern wegging, wollte ich alles, was mit dieser grauenhaften Nacht zu tun hatte, hinter mir lassen. Deshalb habe ich dir nicht erzählt, was er mir angetan hatte. Ich rede über Leute, die irgendwann ihren verhüllenden Schleier abwerfen und ihr wahres Gesicht zeigen, und normalerweise spreche ich dann davon, dass sie ihre verborgenen Monster offenbaren. Als ich Lewis verließ, habe ich meinen Schleier abgeworfen, aber in meinem Fall habe ich die Grausamkeit dieser Monster abgeworfen.

Ich habe viele Dinge in meinem Leben getan, auf die ich nicht stolz bin, aber ich habe nie meinen Körper verkauft. Und ich habe nie einen Mann so geliebt, wie ich dich liebe. Ich hoffe, du kannst mir vergeben.

Sie lehnte sich zurück und schaute auf die Uhr. 5:58 Uhr.

Sie schloss die Augen lang genug, um ein paar Mal tief durchzuatmen. Kaum zu glauben, dass sie alles herausgebracht hatte, jede Grausamkeit ihres Lebens. Jetzt war es an der Zeit herauszufinden, ob sie die schönen Dinge retten konnte.

Auf ihrem Handy sah sie Nachrichten von Bones, doch sie nahm sich nicht die Zeit, sie zu lesen. Stattdessen rief sie ihn an, und er hob nach dem ersten Klingeln ab.

»Sarah«, sagte er sorgenvoll.

»Es tut mir leid –«

»Sag mir einfach nur, dass es dir gut geht.«

Sie schloss die Augen, um die brennenden Tränen

zurückzuhalten. »Noch geht es mir nicht gut, aber ich bemühe mich, es zu schaffen. Wenn du magst … Ich würde dich wirklich gern sehen.«

»Mach deine Haustür auf, Süße.«

Die Tür ging auf, und Sarah stand in derselben Kleidung, die sie gestern Abend getragen hatte, vor ihm. In der Hand hielt sie eines der Notizbücher, die er ihr geschenkt hatte. Ihre Nase war rosa, die Wangen aufgedunsen. Dunkle Ringe lagen um die blutunterlaufenen, feuchten Augen. Als sie den Mund öffnete, um etwas zu sagen, liefen Tränen über ihre Wangen. Bones' ganzer Brustkorb zog sich zusammen, als er ins Haus trat und die Arme um sie legte.

»Es tut mir leid«, stieß sie aus.

»Nein, Süße. Mir tut es leid, weil ich vorgeschlagen habe, dass wir da hinfahren, weil ich die Beherrschung verloren habe und weil ich dir Kummer bereitet habe.«

Bullet umarmte sie beide unvermittelt und Bones zuckte zusammen. Bullet war gestern Abend vierzig Minuten, nachdem Sarah ins Haus gegangen war, aufgetaucht und hatte mit Bones die ganze Nacht über Wache gesessen.

Bullet ließ sie los und wandte sich zum Gehen.

»Hey, Bullet?«, rief Bones ihm hinterher.

Bullet schaute über die Schulter zurück und seine pechschwarzen Augen waren von Sorge erfüllt.

»Danke«, sagte Bones.

Bullet nickte, und Bones sah zu, wie er ging, wobei er Sarah noch immer fest an sich drückte. Er wollte sie nicht loslassen.

»Ich habe ihm nichts erzählt«, versicherte er ihr. »Er wusste, dass ich bei einem Clubtreffen mit Court – Charlie – gesprochen hatte, und hat mich seitdem die ganze Zeit im Auge gehabt. Er hat sich etwas umgehört, dachte sich seinen Teil und war Stunden vor uns dort, um zu sehen, was wir vorhatten. Tut mir leid. Man kann den Soldaten aus der Armee entlassen, aber richtig loslassen wird sie ihn wohl nie.«

Sie sah mit feuchten Augen zu ihm auf und sagte: »Entschuldige dich nicht für diesen starken Rückhalt. Ich hatte gestern so eine Angst. Ich wusste nicht, wer in dem Haus war oder was mit dir passieren würde, und als er auftauchte, war ich einfach nur froh, dass er da war, auch wenn ich zu fertig war, um es zu zeigen.«

»Rede mit mir, Kleines. Bitte.«

»Ich kann nicht.« Sie schüttelte den Kopf und ihm wurde schwer ums Herz. Sie gab ihm das Notizbuch und sagte: »Es ist zu schwer, es auszusprechen, aber es steht alles da drin. Dank dir sind meine Träume größer als meine Ängste.«

»Ich will nicht gehen, Sarah. Nicht so.«

»Das ist gut, denn ich brauche deine Umarmung. Glaubst du, dass du lesen und mich gleichzeitig festhalten kannst?«

Bones zog die Stiefel und die Jacke aus, und dann gingen sie ins Schlafzimmer. Der Anblick von Sarahs Bett, das noch vom Morgen davor gemacht war und auf dem nur die Kissen am Kopfende aufgetürmt waren, versetzte ihm noch einen schmerzhaften Stich. Er machte es sich bequem und dann kletterte sie auf das Bett. Sie legte sich quer zu seinem Körper, den Kopf auf seinen Bauch, und schlang die Arme um ihn.

»Kannst du so lesen?«, fragte sie besorgt.

»Natürlich.«

Er fuhr mit den Fingern durch ihre Haare und sie seufzte

verschlafen, bevor sie nur Minuten später einschlief. Bones wappnete sich innerlich für das, was ihn in dem Notizbuch erwartete. Er beugte sich vor, küsste sie auf die Stirn und flüsterte: »Es spielt keine Rolle, was hier steht. Nichts wird meine Gefühle für dich verändern.«

Mehr als eine Stunde später hörte Bones, dass Bradley etwas sagte und Lila eine Antwort brabbelte. Er riss die Augen von dem Notizbuch los und schämte sich seiner Tränen nicht, als Scott in Sarahs Schlafzimmer spähte. Seine Schwester schlief immer noch mit den Armen um Bones gelegt.

»Geht es euch gut?«, fragte Scott.

»Bald wieder«, sagte Bones.

»Ich kümmere mich um die Kinder. Bleib du bei Sarah.« Scott schloss die Tür.

Bones hatte Scott gestern Abend geschrieben, dass er vor dem Haus war und nicht weggehen würde. Scott hatte ihm berichtet, dass Sarah vollkommen durcheinander war, woraufhin Bones geantwortet hatte, dass das zu erwarten gewesen war. Er verriet Scott nicht den Grund, sondern sagte nur, dass sie sich damit später auseinandersetzen würden und sie ihr den Freiraum geben sollten, wenn sie es brauchte.

Bones las weiter. Je mehr er las, umso schwerer war es, zu akzeptieren, dass seine kostbare Sarah solche Gewalt erfahren hatte.

Ich habe viele Dinge in meinem Leben getan, auf die ich nicht stolz bin, aber ich habe nie meinen Körper verkauft. Und ich habe nie einen Mann so geliebt, wie ich dich liebe. Ich hoffe, du kannst mir vergeben.

Er gab ihr noch einen Kuss auf die Stirn, während ihm Tränen über die Wangen liefen. Er hatte das Bedürfnis, ihr näher zu sein, sie seine Liebe fühlen zu lassen, und so legte er sich hinter sie. Sie rückte nah an ihn und kuschelte sich an seinen sie umgebenden Körper.

Zum zweiten Mal in seinem Leben kämpfte er damit, das Richtige zu tun. Jede Faser seines Ichs wollte Lewis langsam und schmerzvoll umbringen, dann jeden anderen der Arschlöcher aufspüren, die Sarah wehgetan hatten, und sie quälen, bis sie ihren letzten Atemzug getan hatten.

Sarah wimmerte im Schlaf und er drückte sie enger an sich.

Er hätte diesen Mistkerl dazu bringen müssen, die Papiere zu unterschreiben. Doch er hatte sich so in seine Wut hineingesteigert, dass er überhaupt nicht mehr daran gedacht hatte. Aber darum kümmerten sie sich später.

Wichtig war nur, dass Sarah hier bei ihm war. In Sicherheit. Und niemand würde ihr jemals wieder wehtun.

Epilog

»Ich glaube, ich sehe einen Penis.« Dixie beäugte Sarahs eingerahmtes Ultraschallbild. »Jap, ich bin mir ziemlich sicher, dass sich die Radiologin geirrt hat. Dieser Whiskey hat ein Gehänge.«

»Gib mal her.« Crystal nahm es ihr aus der Hand und betrachtete das körnige Bild. »Hat sie nicht.« Penny und Gemma lehnten sich vor, um sich auch eine Meinung zu bilden.

»Meine Tochter hat kein Gehänge«, stellte Sarah entschieden fest. Sie nahm Crystal den Rahmen aus der Hand und erinnerte sich daran, wie Bones und sie beide weinen mussten, als die Radiologin ihnen gezeigt hatte, dass sie ein Mädchen bekämen. Bones hatte während des Ultraschalls gebannt auf den Bildschirm geschaut und so oft *Ist sie nicht schön?* gesagt, dass die Radiologin meinte, sie hätte noch nie einen Vater gesehen, der so emotional wurde. Sarah hatte sie nicht verbessert, was Bones' Verhältnis zu dem Baby anging, denn er fühlte sich bereits wie der Vater ihrer Kinder.

Sie stellte ein paar Weihnachtsdekorationen auf dem Kaminsims um und platzierte den Rahmen dort – unter dem Bild, das die Kinder Bones zu seinem Geburtstag geschenkt hatten und das er wie versprochen stolz gerahmt und aufgehängt hatte. Das Baby trat sie, und sie strich mit der Hand über den Bauch, während sie daran dachte, wie sehr Bones sie unterstützt hatte, seit sie Lewis vor fast drei Wochen gegenübergestanden hatten. Bones hatte sie gleich am nächsten Tag mit einem Therapeuten in Kontakt gebracht. Sie war schon fünfmal bei ihm gewesen und hatte vor, zweimal in der Woche eine Sitzung zu machen, denn es half ihr ungemein. Bones hatte sie auch dabei ermutigt, Scott die Wahrheit über das zu erzählen, was Lewis getan hatte, und dann hatte er Scott beruhigt, als dieser ausgerastet war. Später hatte Bones Sarah gestanden, dass er sich gewünscht hatte, er hätte Lewis umgebracht. Sie hatte deswegen sehr geweint, und auch Bones trieb es die Tränen in die Augen, denn wie konnte ein einziger grauenhafter Mann zwei gute Menschen dazu bringen, dass sie wünschten, sie hätten etwas so Abscheuliches getan?

Es fühlte sich an, als läge dieser Albtraum eine Ewigkeit zurück, besonders da nun Weihnachten war und sie umgeben waren von den köstlichen Düften ihres Feiertagsessens und von Freunden und Familie, die so viel Glück in ihr Leben brachten.

»Glaubt ihr, es wird sich seltsam anfühlen, im Whiskey Bro's zu sein, wenn ich schwanger bin?«, fragte Finlay und holte Sarah zurück in ihre Unterhaltung.

»Nein«, meinten Crystal und Sarah einstimmig.

»Warum sollte es sich seltsam anfühlen?«, fragte Crystal. »Du kannst ja durch passives Bierdufteinatmen nicht betrunken werden. Sonst wäre Dixie die ganze Zeit betrunken.«

Sie schauten zur anderen Seite des Zimmers zu Dixie, die bei Isabel, Quincy, Jed und Penny stand und zum Fenster hinaus auf etwas zeigte. Scott trat von hinten an sie heran, legte einen Arm um sie und sagte etwas, das sie mit »Ha! Träum weiter!« beantwortete.

Red kam aus der Küche und verkündete: »Die Whiskey-Jungs und unser Ziehsohn Tru sind in der Werkstatt, falls ihr nach ihnen sucht.« In ihrer schwarzen Hose, dem schwarzen Pullover und der auffälligen grün-rot-goldenen Kette sah sie wunderschön aus. Sie nahm Lincoln auf den Arm, als er in die Küche tapste, und küsste ihn auf die Wange. »Du bist noch nicht groß genug, um mit Motorrädern zu spielen.« Sie stellte ihn wieder auf den Boden und er watschelte zurück zu den anderen Kindern beim Weihnachtsbaum.

»Komm, Linc. Bradley zeigt uns, wie man Motorradhelme macht.« Kennedy klopfte auf den Boden neben sich. Mit ihren Zöpfen und einem Weihnachtsprinzessinnenkleid, das Crystal für sie gemacht hatte, sah sie unglaublich süß aus.

»Schaut mal«, sagte Finlay hinter vorgehaltener Hand.

Bradley zog ein Windelpaket hinter sich die Treppe hinunter. Sarah und die Kinder waren noch nicht offiziell bei Bones eingezogen, aber sie hatten dort seit dem Tag nach dem schrecklichen Zusammentreffen mit Lewis übernachtet. Sie war sich ziemlich sicher, dass Scott froh war, seine Junggesellenbude zum großen Teil für sich zu haben. Er verbrachte neuerdings viel Zeit mit Dixie, weshalb Sarah sich fragte, ob da etwas zwischen ihnen entstand. Aber er hatte ihren Kindern in der letzten Woche zweimal etwas von Cassies Bäckerei mitgebracht, was bei ihr auch eine Neugier in Bezug auf die beiden aufkommen ließ. Sie war einfach nur glücklich, dass er Zeit mit Frauen verbrachte. Er war ein zu guter Kerl, um allein zu bleiben.

»Guck mal.« Finlay stieß sie an und deutete wieder auf Bradley, der das Windelpaket bei dem Baum abstellte und sich danebenhockte. »Er ist so entschlossen.«

Bradley nahm mehrere Windeln heraus und sagte: »Jeder braucht eine.« Er faltete eine Windel auseinander, setzte sie auf

Lilas Kopf, was die anderen mit Gekicher quittierten, und sagte: »Eins.« Dann faltete er eine andere auseinander und setze sie Lincoln auf den Kopf: »Zwei.«

Red berührte Sarah am Arm. »Du meine Güte, Sarah, sieh dir diesen kleinen Schatz an!«

Lincoln nahm die Windel wieder von seinem Kopf.

»Linc, du brauchst einen Helm, sonst darfst du nicht Motorrad fahren.« Kennedy setzte ihm die Windel wieder auf, und Lincoln sah zu Lila, als könnte sie etwas gegen seine herrschsüchtige Schwester unternehmen.

Bradley stülpte eine Windel auf Kennedys Kopf und sagte: »Drei.« Dann schob er Lila hinter Lincoln und sagte: »Kennedy, du setzt dich hinter Lila.«

»Gute Idee, dann kann sie nicht runterfallen«, stimmte Kennedy ihm zu.

Gebannt schauten die Erwachsenen den Kindern zu und staunten flüsternd, wie süß die Kleinen miteinander spielten.

Bradley plumpste vor Lincoln auf den Boden, setzte sich selbst eine Windel auf und sagte: »Vier.« Dann hob er die Hände, als hielte er einen Lenker, und fing an, Motorradgeräusche von sich zu geben.

Sarah nahm ihr Handy und machte Bilder, während die Kinder alle gemeinsam Motorgeräusche machten und sich in die Richtung lehnten, die Bradley vorgab. Sie schickte ein Bild an Bones mit dem Text *Ich glaube, das ist eine Mini-Ausgabe von dir.*

»Ich fange gleich an zu heulen«, sagte Finlay. »So etwas Süßes habe ich noch nie gesehen.«

Gemma legte einen Arm um Finlay und sagte: »Ich vermute mal, dich hat das Baby-Fieber gepackt. Du solltest dir mal Lincoln ausleihen, wenn er übermüdet ist. Das heilt dich vielleicht.«

»Glaub ihr das nicht«, sagte Red kopfschüttelnd. »Wenn man erst einmal infiziert ist, entkommt man dem nicht, bis man sein eigenes kleines Baby im Arm hat.«

Sarahs Handy vibrierte, als eine Antwort von Bones einging. *Braver Junge, kümmert sich um den Haufen. Glaubst du, es würde auffallen, wenn ich dich zu einem Liebesfest nach oben entführe?* Noch bevor sie antworten konnte, hörte sie die Männer durch die Tür zur Garage hereinkommen. Sie marschierten direkt zum Kühlschrank, mit Tinkerbell immer an der Seite von Bullet. Sarah war von dem Weihnachtsessen noch immer gesättigt, aber sie hatte viel über Bones gelernt, indem sie jeden Abend in seinem Haus übernachtete. Er aß viel. Musste er auch. Der Mann trainierte an sechs Tagen in der Woche. Er hatte einen Fitnessraum in seinem Keller und einen bei seinem Büro. Wenn er nicht vor der Arbeit trainierte, dann in der Mittagspause. Kein Wunder, dass er so fit war. Und sie liebte es, ihm beim Training zuzusehen. Ihre ganz persönliche Augenweide.

»Ich glaube, Dixie hatte recht mit dem, was sie zu Halloween über dich gesagt hat«, meinte Gemma. »So wie du Bones ansiehst, hat dich eindeutig das Whiskey-Fieber gepackt.«

»Absolut«, gestand sie glücklich. Es war herrlich, so zu lieben, und sie hatte nicht vor, es zu verbergen.

Crystal schaute zu den Männern, die mit Bier und einem Teller Truthahn-Resten wieder Richtung Garage gingen. »Sarah, es scheint dir wirklich gut zu gehen. Ist das so? Ich meine, ist es wahr? Denn wir sind für dich da, wenn du reden möchtest.«

»Das weiß ich, aber es ist wahr. Ich bin glücklich.« Ihr Therapeut hatte vorgeschlagen, dass sie ihren engsten Freunden die Wahrheit über das erzählte, was sie durchgemacht hatte, um sich ein unterstützendes Netzwerk aufzubauen. Um die Scham zu überwinden, die sie gequält hatte, und sich darauf zu konzentrieren, wie sie gewachsen und stärker geworden war, durch alles, was sie überstanden hatte. Obwohl sie noch nicht zum Frauenhaus gehen konnte und Camille und Ebony jetzt bei Verwandten wohnten, hatte sie den Kontakt zu den jungen Frauen aufrechterhalten, und sie hatte es ihnen auch zuerst erzählt, weil sie alle etwas Ähnliches erlebt hatten. Und dann hatten sie und Bones es seiner Familie anvertraut. Jedem Paar einzeln, und mit jedem Mal, dass sie ihre Geschichte aussprach, wurde es etwas einfacher. Als sie Bear und Crystal von ihrer Vergangenheit berichteten, erzählte Crystal ihr, dass sie auf dem College vergewaltigt worden war. Sie hatten stundenlang geredet, und es hatte sie einander noch näher gebracht.

»Mein Therapeut hat vorgeschlagen, dass ich meine Geschichte in die Willkommenstüte im Frauenhaus lege. Bones hat es mit Sunny organisiert, und wir haben eines der Bilder, die Hawk von mir und den Kindern gemacht hat, vorne auf dem Büchlein, und auf der letzten Seite ist dann ein Foto von uns allen, einschließlich Bones. Bones hat einen Haufen von diesen kleinen Büchern letzte Woche zum Frauenhaus gebracht.« Insgeheim hoffte sie, dass Josie es sehen würde.

»Das ist wundervoll«, sagte Crystal. »Du hilfst wahrscheinlich vielen Frauen zu erkennen, dass man schlimme Erlebnisse überwinden kann.«

»Wie fühlt es sich an?«, fragte Gemma.

»Zuerst war es komisch, mich und die Kinder auf dem Cover zu sehen. Aber auch wenn *Von obdachlos zu glücklich* als meine Geschichte anfing, so ist es doch auch ihre Geschichte geworden. Und obwohl es mir irgendwie anmaßend vorkam, Bones mit auf dem Foto zu haben, weil wir ja nicht verheiratet sind oder so, so ist er doch ein großer, wichtiger Teil unseres Lebens, den keiner von uns außen vor lassen wollte.«

»Wayne hat mir eines von den Büchlein gegeben, und ich habe meinen Sohn noch nie so stolz gesehen, weil er zu etwas dazugehörte.« Red umarmte sie und sagte: »Er schien mit seinem Leben nie so richtig zufrieden zu sein, bis er dich und die Kinder traf. Es ist ein Wunder.«

Die Männer kamen in die Küche und Sarah schaute zu ihnen hinüber. Bones beobachtete sie. Er zwinkerte und gab lautlos *Ich liebe dich* von sich.

»Nein, Red«, sagte Sarah verträumt. »Er ist *unser* Wunder.«

»Was glaubt ihr, worüber unsere Liebsten gerade reden?« Bullet lehnte sich auf den Küchentresen und beobachtete die Frauen im Wohnzimmer.

»Kinder«, sagte Truman.

Bear schnaubte. »Sex.«

»Eindeutig, so heiß, wie wir sind«, scherzte Bones.

Bullet schmunzelte und nahm einen Schluck Bier. »Wie hält sich deine Kleine, Bones?«

»Sie ist großartig.« Je mehr Bones und Sarah über das redeten, was sie hinter sich hatte, umso leichter schien es für sie zu werden. »Der Therapeut ist sehr hilfreich. Ich überlege, ob ich auch zu ihm gehe.«

»Was ist los?«, wollte Bear wissen.

»Ich hab Probleme, Mann.« Bones sah, wie Sarah mit den Mädels lachte, und sagte: »Ich muss immer daran denken, mich an diesem Mistkerl zu rächen und diese Arschlöcher aufzuspüren, die ihr so wehgetan haben.« Er erwiderte Bullets beunruhigten Blick. »Ich will sie zerstören, so wie die versucht haben, sie zu zerstören. Ich will sie erniedrigen, quälen und sie – «

»Stopp«, sagte Truman. »Ich war im Gefängnis. Da willst du nicht hin, Mann.«

»Er geht nicht ins Gefängnis«, sagte Bullet und sah Bones mit einem eisernen Blick an. »Du machst keinen Quatsch, hast du verstanden?«

»Es frisst mich auf, Bullet. Ich versuche, es mit anderen Sachen zu kompensieren, aber ich habe es vermasselt. Ich hätte ihn dazu bringen müssen, die Papiere zu unterschreiben.«

»Geh zu dem Therapeuten«, drängte Truman ihn. »Rede darüber. Sieh zu, dass du lernst, damit umzugehen. Wir finden einen anderen Weg, um ihn unterschreiben zu lassen.«

Bullet presste die Kiefer aufeinander und stellte sich in voller Größe vor Bones, als wollte er ihn einschüchtern.

»Ich will nicht, dass das Baby auf die Welt kommt, ohne dass die Papiere unterschrieben sind«, sagte Bones. »Sarah und die Kinder brauchen den Schutz.«

»Den haben sie«, erinnerte Bear ihn. »Es gibt keinen Knight in der Gegend, der noch nicht eine Schicht übernommen hat und in der Stadt herumgefahren ist, um nach diesem Abschaum Ausschau zu halten. Eine falsche Bewegung, und wir erledigen ihn. Aber so wie du es getan hast, geht es nicht. Du kannst von Glück sagen, dass er nicht Anzeige erstattet hat.«

»Auch wenn er damit nicht durchkäme, denn ich habe gesehen, wie der Typ mit einem Messer auf dich losging.« Bullet nickte mit einem Augenzwinkern und einem schiefen Grinsen. »Wir halten dir den Rücken frei.«

»Nur schade, dass ein freier Rücken mir noch keinen klaren

Kopf verschafft.« Bones machte sich auf den Weg ins Wohnzimmer.

»Bones.« Die tiefe Stimme seines Vaters ließ ihn innehalten. Biggs stellte sich neben ihn und legte ihm die Hand auf die Schulter, während er in das Wohnzimmer schaute. »Siehst du die Kinder da? Und die hübsche Blondine mit dem Baby im Bauch?«

»Ja, die sehe ich. Mann, ich *fühle* sie sogar, wenn sie nicht in der Nähe sind.« Sarah und die Kinder waren nicht nur Teil seines Lebens geworden, sie waren ein Teil von *ihm*. Sie waren seine Welt geworden.

Die anderen Männer gingen an ihnen vorbei ins Wohnzimmer. Bullet flüsterte: »Alles okay?«, und Bones nickte.

»Du hattest deine Rache«, erinnerte Biggs ihn. »Du bist ungestraft davongekommen und du hast die Frau und die Kinder, die du liebst, beschützt. Wenn du ins Gefängnis gehst, was passiert dann mit deiner Sarah, die deinem Herz dieses berauschende Gefühl gibt? Die stark genug war, immer wieder durch die Hölle zu gehen.« Er schüttelte den Kopf, nahm einen Schluck und sagte dann: »Es gibt verschiedene Arten der Hölle, mein Junge. Den Menschen, den du liebst, hinter Gittern zu sehen? Mit deinen Kindern ins Gefängnis zu gehen, um den Mann zu besuchen, der alle möglichen Versprechen gegeben hat, die er nicht erfüllen kann? Das ist die schlimmste Hölle von allen, und es gibt keine Garantie, dass sie auf dich warten wird, bis du herauskommst. Denk daran, wenn du dieses Nichts das nächste Mal umbringen willst.«

Bones hatte mit genau diesem Punkt sein ganzes Leben lang gekämpft, und er war nicht mehr in der Lage, seinen Frust auch nur eine Sekunde länger für sich zu behalten. »Wie kannst du das sagen, wenn du doch derjenige bist, der uns beigebracht hat, alles zu tun, um das zu erreichen, was richtig ist? Du verwirrst mich total.«

Der Bart seines Vaters zuckte, als versuchte er zu lächeln, brachte es aber nicht zu Ende. »Du bist verwirrt, weil dir bewusst wird, dass du bereits das Richtige getan hast, mein Junge. Ich habe keine Mörder großgezogen. Du erwischst einen Mann bei der Tat, dann tust du, was nötig ist, damit es ein Ende hat und nie wieder passieren kann. Das kann zu weiß ich was führen. Aber im Nachhinein … das ist eine ganz andere Situation.«

»Und was ist mit dieser Wut? Wie kriege ich das in den Griff, damit es mich nicht bei lebendigem Leib auffrisst?«

Biggs schaute zu Bullet, der die Arme um Finlay gelegt hatte und ein verträumtes Grinsen im Gesicht trug. »Scheint so, als hättest du genau gewusst, was du zu tun hattest, als Bullet mit einer posttraumatischen Belastungsstörung aus dem Ausland zurückkam.«

Vor über sechs Jahren war Bullet in die USA zurückgekehrt und es war ungewiss gewesen, ob er überleben würde. Als er im Militärkrankenhaus gelegen hatte, hatte er sich Bones anvertraut, ihn aber gebeten, niemandem zu erzählen, dass er dort war. Er hatte nicht gewollt, dass seine Familie sich um ihn Sorgen machte. Bones hatte das Geheimnis bewahrt und Bullet mit einem Therapeuten bekannt gemacht, der nach einer gewissen Zeit eine erstaunliche Besserung seiner PTBS erreicht hatte. Doch Bullet war noch immer von Wut erfüllt gewesen, und Bones hatte sich um ihn gesorgt, bis sein Bruder sich in Finlay verliebt hatte. Danach schien er alle seine Dämonen besiegt zu haben. Erst kürzlich hatten sie herausgefunden, dass Biggs die ganze Zeit von Bullets Begegnung mit dem Tod gewusst hatte. Bones war noch immer geschockt, dass ihr Vater nicht sauer auf ihn war, weil er Bullets Geheimnis für sich behalten hatte.

»Ich weiß, dass dein Herz dich bei jedem Schritt mit Sarah geführt hat, und ich weiß, dass das für dich seltsam und neu ist. Und sicher verdammt aufregend«, sagte Biggs augenzwinkernd. »Aber in dieser Sache musst du deinem Kopf die Führung überlassen. Geh zu diesem Therapeuten, damit du der Vater sein kannst, den diese Kleinen verdienen, und der Mann, den Sarah und ich so gut kennen.«

Biggs humpelte zu Red, als hätte er gerade nicht Bones das Gefühl gegeben, seinen Vater endlich etwas besser zu verstehen – und ihm bewiesen, dass er doch zu ihnen passte.

Sarah schaute zu ihm und zeigte ihm das süße Lächeln, das er in seinen Träumen sah. Sie sah immer bezaubernd aus, aber mit dem Weihnachtsbaum als Hintergrund und den blonden Haaren, die ihr ums Gesicht fielen, sah sie engelsgleich aus. Dixie sagte etwas, und Sarah wandte sich mit dem Lächeln ihr zu. Das lebhafte Geplauder seiner Familie und Freunde vermischte sich mit der Weihnachtsmusik, die jemand wohl gerade angestellt hatte. Er betrat das Wohnzimmer und beschloss, dass sein Vater recht hatte. Er würde einen Termin bei dem Therapeuten machen, denn auf keinen Fall wollte er, dass Sarah und die Kinder irgendetwas anderes als Glück erlebten.

»Dadada«, brabbelte Lila, während sie durch das Zimmer tapste, mit einer Hand nach Bones griff und in der anderen das letzte ungeöffnete Weihnachtsgeschenk hielt – welches er für später unten an den Baum gehängt hatte. »Dadada.«

Es wurde still im Raum und alle Blicke ruhten auf Lila und Bones. Sein Herz zerbarst fast vor Emotionen.

»Dadadada«, wiederholte Lila, als Bones sie auf den Arm

nahm und zu Sarah schaute, die sie wortlos und mit offenem Mund anstarrte.

Dixie machte ein Foto. Red hatte Tränen in den Augen.

»Dada!« Lila patschte ihm auf die Wange.

Er sah Sarah an und sagte: »Deine Entscheidung, Süße. Ist das in Ordnung für dich, oder sollte ich sie verbessern?«

»Es ist perfekt«, sagte Sarah etwas außer Atem.

»Gott sei Dank, denn wenn es nicht so wäre, hätte ich bei dem hier jetzt etwas Bammel.« Er ging auf die Knie und Bradley kam zu ihm gerannt: »Yippie!«

Bones nahm Sarahs zitternde Hand. Das Bettelarmband, das er ihr zu Weihnachten geschenkt hatte, glitt an ihrem Handgelenk herunter, und die kleinen pinken und blauen Anhänger, je einer für jedes Kind, glänzten im Licht.

»Schnell! Gib ihr den Ring!« Bradley nahm Lila die Schachtel aus der Hand, woraufhin sie schrie. Sofort steckte er sie ihr wieder zu, sauste weg, holte Lilas neue Puppe und hielt sie ihr vor die Nase. »Tauschen?«

Zugunsten der Puppe ließ Lila die Schachtel fallen, die Bones gerade noch auffangen konnte, sodass alle lachten – und Sarah weinte. Bones gab Bradley die Schachtel, zwang sich, ihren Plan nicht einfach umzuwerfen und gleich das zu sagen, was er ihr seit Wochen unbedingt sagen wollte.

Bradley öffnete die Schachtel und Bones sagte: »Sarah, vom ersten Moment –«

»Ist der nicht hübsch, Mommy? Ich habe den mit ausgesucht, als du bei der Arbeit warst!« Bradley hielt ihr die Schachtel mit dem eleganten Zwei-Karat-Diamantring entgegen.

Sie lachte und noch mehr Tränen flossen. »Er ist wunderschön.«

»Das läuft nicht gerade wie geplant«, meinte Bones lächelnd.

»Ist es nicht immer so mit Kindern?«, fragte Gemma leise.

Bear zog Crystal an seine Seite und sagte: »Ich freue mich schon darauf, das herauszufinden.«

Bones stand mit Lila auf dem Arm auf, schaute Sarah tief in die Augen und sagte: »Ich hatte mir eine ganze Rede ausgedacht, aber, Süße, jetzt kann ich mich an fast nichts mehr erinnern. Sarah, ich möchte schlaflose Nächte – weil wir uns lieben *und* weil die Kinder da sind. Ich will Babybrei auf meinen T-Shirts und tolle Pläne, die zunichte gemacht werden, weil die Kinder zu aufgeregt sind, um zu warten.«

»Zieh den Ring an, Mommy!«, rief Bradley.

»Dadadada!« Lila legte die Wange auf Bones' Schulter.

Dies war ... *himmlisch*. »Süße, du bist es. Du bist es, seit ich dich das erste Mal erblickt habe.«

Sarah stockte der Atem. »Das ist es! Der Name für unser Baby! Maggie Rose, nach unserem ersten Tanz auf der Hochzeit von Bullet und Fin.«

Er schmunzelte und hatte das Gefühl, dass er seinen Antrag wohl nie herausbringen würde, doch dann wurde ihm klar, dass sie unser Baby gesagt hatte. »Das ist perfekt«, brachte er noch heraus.

»Tut mir leid! Ich bin einfach nur so glücklich!« Sie presste die Lippen aufeinander, doch ihr Lächeln breitete sich aus.

»Ich auch, Mommy!«, rief Bradley. »Wir heiraten!«

»Onkel Boney *heidadet*?«, kreischte Kennedy und klatschte begeistert in die Hände.

Bear stieß Bones an. »Beeil dich, Mann.«

»Sarah, du bist und wirst immer meine große Liebe sein«, sagte er so schnell, wie er konnte. »Willst du mich heiraten?«

»Ja«, sagte sie lachend und weinend zugleich. Sie schlang einen Arm um seinen Hals, den anderen um Lila, stellte sich auf Zehenspitzen und sie besiegelten ihr Versprechen mit einem Kuss, während Bradley an ihrem T-Shirt zupfte und alle anderen johlten und klatschten.

Als ihre Lippen sich voneinander lösten, nahm seine Mutter ihm Lila ab. Er steckte Sarah den Ring an, und dann umfasste er ihr Gesicht mit beiden Händen und wischte ihr die Tränen fort. »Ich liebe dich, Sarah. Ich habe dich vom ersten Moment an geliebt, als ich dir begegnet bin. Und das hätte wirklich übel enden können, wenn du verheiratet gewesen wärst.« Sie musste lächeln. »Ich werde allergenfrei für dich kochen, und wenn wir herausfinden, dass du nicht mehr allergisch bist, dann gehen wir mit den Kindern in die besten Restaurants und finden alle möglichen neuen Lieblingsgerichte für dich. Süße, ich möchte dir die Welt zu Füßen legen. Mit jeder Sekunde liebe ich dich mehr, und ich werde dich noch weit über unser irdisches Leben hinaus lieben.«

Ihr Lächeln ließ den ganzen Raum erstrahlen, als sie sagte: »Ich liebe dich auch. So, so sehr!«

Alle kamen herbei, umarmten sie und gratulierten ihnen gleichzeitig.

Dixie umarmte Bones und sagte: »Darf ich jetzt auch?«

»Dix, es gibt nichts, was ich dir mehr wünsche als Glück. Um mich musst du dir keine Sorgen machen.« Er schaute zu Bullet, der gerade Sarah umarmte, und sagte: »Viel Glück dabei.«

Irgendwann widmeten die Kinder sich wieder ihren Spielsachen und Sarah landete endlich wieder in den Armen von Bones. »Hallo, meine schöne Zukünftige. Du hast mir gefehlt.«

»Nicht halb so sehr wie du mir.« Sie stellte sich auf die

Zehenspitzen und drückte ihre Lippen auf seine. »Ich habe auch noch ein letztes Geschenk für dich.« Sie gab ihm einen Umschlag.

»Was ist das?« Er öffnete den Umschlag und überflog die Erklärung des freiwilligen Verzichts auf elterliche Rechte, die von Lewis unterschrieben, von Bullet bezeugt und notariell beglaubigt war. Grundgütiger. »Du bist noch einmal *dahin* gegangen?«

»Nein, ehrlich nicht«, sagte sie schnell. »Ich hatte Angst, dich darum zu bitten, es noch einmal zu versuchen, weil ich befürchtete, dass ein Schalter bei dir umgelegt werden könnte, wenn du ihn siehst. Also habe ich das Nächstbeste getan. Ich habe Bullet angerufen.«

»Ich bin nicht sicher, ob ich glücklich sein sollte oder bestürzt darüber, dass ich dir Angst eingejagt habe«, sagte er aufrichtig.

»Das hast du nicht«, sagte sie. »Du liebst mich, und mit dieser Liebe geht ein Grad von Beschützerinstinkt einher, der nur schwer zu zügeln ist, wenn man mit … *so etwas* konfrontiert wird.«

Bones schaute zu Bullet. Er wusste nicht, was er sagen sollte. *Danke* schien nicht zu reichen, und *Du Idiot, du hättest es mir sagen müssen* schien unangebracht zu sein. Er war einfach nur froh, dass die Papiere unterschrieben waren.

Bullet zuckte nur mit den Schultern und sagte: »Hab dir doch gesagt, dass ich dir den Rücken freihalte. Du hast ihm eine Ahnung davon vermittelt, was es ihm einbringen würde, wenn er sich weigert. Das, die Androhung von Gefängnis für das, was er Sarah angetan hatte, und dann noch ein kleiner Schubser in die richtige Richtung … Mehr war nicht nötig, um ihn unterschreiben *und* die Namen von den drei anderen Idioten herausrücken zu lassen. Um die habe ich mich auch gekümmert. Du musst dir um keinen von denen jemals wieder Gedanken machen.«

Bones machte den Mund auf, um zu fragen, was genau passiert war, aber Bullet sah ihn nur finster an und sagte: »Frag nichts, was du nicht wissen willst.«

Es klopfte an der Tür und alle sahen sich erstaunt an.

»Wer fehlt denn noch?«, fragte Red.

»Das könnte meine Freundin Tracey sein«, sagte Sarah auf dem Weg zur Tür. »Ich habe sie eingeladen. Ich hoffe, es macht euch nichts aus.«

Bones folgte ihr zur Tür.

Bullet ging mit ihm und sagte: »Er ist nicht tot. Aber du hast ihn gut vorbereitet, Kumpel. Er zitterte am ganzen Körper, als er mich sah.«

»Gut zu wissen. Danke, Mann. Du hast was gut bei mir.«

»Nein, Mann. Du hattest wirklich was gut bei mir. Wir sind quitt.«

Sarah öffnete die Tür und wurde kreidebleich, als sie Josie erblickte, die wie verloren auf der weitläufigen Veranda stand, bekleidet mit einem dicken grünen Mantel und die Kapuze über den Kopf gezogen.

»Josie.«

Bones legte schnell einen Arm um Sarahs Taille und merkte, wie ihre Beine wackelig wurden. Er führte sie hinaus auf die Veranda.

»Junge, glotz nicht so«, fuhr Bullet Jed an, dessen Blick auf Josie verharrte, bis Bones ihn und die anderen wegscheuchte und die Tür schloss.

Josie hielt ein Exemplar von *Von obdachlos zu glücklich* in der Hand und ihr Blick wanderte nervös zwischen Bones und

Sarah hin und her. »Er hat mir das zusammen mit der Adresse gegeben und gesagt, ich könnte jederzeit vorbeikommen. Ich wusste nicht, dass ihr eine Party feiert.«

»Tun wir nicht«, sagte Sarah. »Bitte, bleib. Scott ist auch drinnen, und ich weiß, dass er unbedingt mit dir reden möchte.«

Josie sah über die Schulter zu einem Auto, das auf der Auffahrt stand. »Ich kann nicht. Ein Freund wartet mit Hail im Auto.«

»Bitte sie herein«, schlug Sarah vor. »Ich würde sie gern kennenlernen.«

Die Hoffnung in Sarahs Stimme ließ Bones inständig flehen, dass Josie darauf eingehen würde.

»Nein«, sagte Josie schnell. »Ich wollte nur kurz reden. Ich bin noch nicht bereit zu …« Sie zog die Augenbrauen zusammen. »Ich wollte nur sagen, dass ich deine Geschichte gelesen habe. Ich hatte ja keine Ahnung … Es tut mir leid.« Sie eilte die Stufen hinunter und blieb dann abrupt stehen. Sie zog die Schultern nach vorn, vergrub die Hände tief in den Manteltaschen, als sie sich wieder zu ihnen umdrehte und sagte: »Frohe Weihnachten. Vielleicht können wir nach den Feiertagen reden.«

»Das fände ich sehr schön«, sagte Sarah.

Sie war völlig aufgelöst, als Josie ins Auto stieg, und Bones schloss sie in seine Arme, als ihre Schwester davonfuhr.

»Sie war hier«, sagte Sarah voller Staunen. »Du hast Josie zu mir gebracht.«

»Nein, Süße. Das hast du geschafft, indem du mutig genug warst, deine Geschichte aufzuschreiben. Ich habe nur die Nachricht überbracht.«

»Ich bin gerade so glücklich, dass ich weinen möchte«,

flüsterte sie. »Ich habe Angst zu hoffen, und fürchte mich davor, es nicht zu tun.«

»Du sollst hoffen, Kleines. Hoffnung ist gut. Dies ist ein Anfang. Sie hat das Schwierigste hinter sich gebracht: Sie ist zu dir gekommen und sie hat sich entschuldigt. Der Rest ergibt sich.«

»Sie hat meine Geschichte gelesen. Sie weiß, dass ich kein perfektes Leben hatte.« Sarah schaute zum Himmel auf, als die ersten Schneeflocken herabfielen, und sagte: »Vielleicht hat Thomas heute Abend etwas von dem Wunderstaub auf uns herabfallen lassen.«

»Süße«, sagte er, als sie ihm wieder in die Augen blickte, »er hat anscheinend Wunderstaub auf mich herabfallen lassen, seit er gestorben ist, denn mein ganzes Leben hat mich zu dir geführt. Lass uns unsere Kinder holen und sie warm anziehen, damit sie Schneeflocken mit den Zungen auffangen können.«

»Wunder auffangen«, sagte sie. »Denn davon können wir nie genug haben.«

Josie spielte mit der Broschüre herum, die vom häufigen Lesen schon ganz zerfleddert und zerknittert war. Sie würde niemals den Augenblick vergessen, in dem der Freund ihrer Schwester Sarah, mit der sie keinen Kontakt mehr hatte, sie ihr vor ein paar Wochen in die Hand gedrückt und gesagt hatte: *Das ist Sarahs Geschichte. Wenn du sie liest, wirst du sicher merken, dass ihr Leben nicht so verlaufen ist, wie du dir das vorgestellt hast. Sie liebt dich, Josie, und ich liebe sie sehr. Wenn du dazu bereit bist, und wir hoffen beide, dass das eines Tages der Fall sein wird, würden wir dich und deinen Sohn gerne besser kennenlernen.*

Sie sah zu Hail hinüber, ihrem fast sechsjährigen Sohn, der

mit seinen Spielzeugautos unter dem Weihnachtsbaum im Frauenhaus in Parkvale spielte. Seine struppigen hellbraunen Ponyfransen reichten ihm bis zur Nasenspitze, während sich seine Haare an den Seiten und hinten knapp über dem Kragen kräuselten. Es war der erste Weihnachtstag. Vor zwei Jahren und zwei Monaten hatte Josie Hails Vater Brian beerdigt, den Mann, den sie schon mit dreizehn geliebt und mit achtzehn geheiratet hatte. Er war an einem angeborenen Herzfehler gestorben, von dem sie nichts gewusst hatten. Als er gerade einen Hund von ihrem Grundstück verjagte, hatte sein Herz einfach aufgehört zu schlagen. Er war sofort tot gewesen, ohne Vorwarnung, und damit hatte sich das Leben, wie sie es kannte, schlagartig verändert.

Damals war sie derart von ihrer Trauer übermannt worden, dass sie glaubte, nie wieder atmen zu können. Aber sie war auch Mutter, und nicht zu atmen kam schlichtweg nicht infrage. Der Schmerz über Brians Verlust hatte sich im Laufe der Zeit abgeschwächt, aber sie fühlte sich innerlich weiterhin entsetzlich leer und bezweifelte, dass sich daran je etwas ändern würde. Sie hatte immer gehofft, dass ihre älteren Geschwister ihr Glück gefunden hatten, nachdem sie dem qualvollen Leben bei ihren gewalttätigen Eltern entkommen waren. Obwohl sie geglaubt hatte, es gäbe keinen schlimmeren Schmerz als den, dabei zusehen zu müssen, wie ihre Geschwister von ihren Eltern misshandelt wurden, war der Kummer nach dem Tod ihres Mannes derart tief gewesen, dass es fast ein Jahr gedauert hatte, bis es leichter wurde. Zu der Zeit hätte sie sich nichts Schlimmeres vorstellen können. Aber nachdem sie Sarahs Geschichte mit dem passenden Titel *Von Obdachlos zu Glücklich* gelesen hatte, war ihr klargeworden, dass es eine andere Art von Schmerz gab, der genauso einschneidend sein konnte.

»Guck mal, Mama! Ich bin wie Daddy, wenn er die Maschine fährt. *Brumm!*« Hail rutschte auf den Knien herum und schob den Spielzeugbulldozer und den Bagger, die sie ihm zu Weihnachten geschenkt hatte, durch den Steinhaufen vom Weihnachtsmann. Ihr Sohn war ein Buddler, ein Entdecker. Er besaß bereits etliche Spielzeuglaster und Steine, aber das war auch das Einzige, womit sie ihm jederzeit eine reine, hemmungslose Freude bereiten konnte.

»Daddy wäre stolz auf dich, Schatz.« Von ihrem letzten Job war nicht mehr viel Geld übriggeblieben, und sie war dankbar dafür, dass einige Menschen dem Frauenhaus Geschenke gespendet hatten, auch wenn es sich komisch anfühlte, diese anzunehmen. Aber als Hail die Malbücher, Buntstifte und Action-Figuren voller Begeisterung ausgepackt hatte, war ihre Verlegenheit ein wenig besänftigt worden, auch wenn er sich sofort wieder seiner Minibaustelle zugewandt hatte.

Hail war ihr kleines Wunder. Sie war überaus panisch gewesen, als sie ein paar Wochen nach ihrem achtzehnten Geburtstag feststellte, dass sie schwanger war, hatte es jedoch nie bereut, Hail bekommen zu haben.

Er war ihre und Brians ganze Welt gewesen, und seinetwegen hatte sie auch einen Grund gehabt, nach Brians Tod nicht aufzugeben. Ihr kleiner Sohn hatte ihr unwissentlich dabei geholfen, den Schock zu überwinden. Allerdings hatte sie in letzter Zeit manchmal das Gefühl, versagt zu haben, weil sie das einzige Zuhause, das er je gekannt hatte, verlassen mussten und an ganz und gar nicht angemessenen Orten und jetzt sogar in einer Notunterkunft lebten, ohne zu wissen, wie es weitergehen sollte. Aber sie sagte sich, dass das alles nur vorübergehend war und Hail sein ganzes Leben lang geliebt worden war – und dieses Wissen war die beste Wundsalbe überhaupt.

Ihre Freundin Tracey blickte von dem Buch auf, das sie gerade las. »Willst du mitkommen, Sarah besuchen?«

Tracey war nach der Flucht aus einer missbräuchlichen Beziehung im Frauenhaus gelandet. Dort hatte sie Sarah und ihren Freund Wayne »Bones« Whiskey kennengelernt, einen Arzt, der ehrenamtlich im Frauenhaus arbeitete. Eines Abends war Sarah mit Bones hierhergekommen, um den Frauen zu helfen, die ähnlich wie sie Opfer von Gewalt geworden waren. Sarah hatte Tracey für heute Abend in ihr Haus eingeladen, um gemeinsam Weihnachten zu feiern. Wahrscheinlich hätte sie auch Josie hinzugebeten, wenn die ihr die Gelegenheit dazu gegeben hätte. Aber nachdem sie ihren geliebten Mann und ihr Haus verloren hatte und in einer beängstigenden Welt gelandet war, vor der Brian sie immer beschützt hatte, war Josie Sarah gegenüber nicht gerade aufgeschlossen gewesen, als diese sie vor ein paar Monaten aufgespürt und kontaktiert hatte.

Wem wollte sie denn etwas vormachen? Nachdem sie sich ein Jahrzehnt lang von Sarah und ihrem älteren Bruder Scott – *Scotty* – schlichtweg vergessen gefühlt hatte, war sie einfach nur zickig gewesen.

Aber da hatte sie auch noch nicht gewusst, was Sarah durchgemacht hatte. Erst später hatte Bones ihr das Büchlein samt einer Adresse gegeben und gesagt, dass sie jederzeit vorbeikommen könne.

»Gehst du hin?«, fragte Josie. »Du kannst es ruhig tun, wenn du möchtest. Es macht mir nichts aus. Aber ich sollte vielleicht noch warten. Ich bin mir nicht sicher, ob Weihnachten der beste Zeitpunkt ist, um unangekündigt aufzutauchen.«

»Weihnachten ist der *perfekte* Zeitpunkt, um sich auszusöhnen. Die Einladung war zwanglos. ›Komm Weihnachten vorbei und lern die Kinder kennen.‹ Ich glaube nicht, dass sie großartig was geplant haben, aber ich bin nicht wirklich in der Stimmung, so zu tun, als wäre ich glücklich«, gab Tracey zu. »Aber du solltest auf jeden Fall hingehen und versuchen, das Eis zu brechen. Wenn ich Verwandte hätte, würde ich nicht zögern.«

Josie warf einen verstohlenen Blick zu Hail hinüber und dachte an den vergangenen Sommer zurück, als Scotty, Sarah und Sarahs Kinder in einen furchtbaren Autounfall verwickelt gewesen waren. Sie würde niemals vergessen, wie panisch Sarah geklungen hatte, als sie in der Bar anrief, in der Josie arbeitete, und ihr sagte, dass sie im Krankenhaus waren. Hail und Josie waren da gerade erst aus dem Haus geworfen worden, in dem sie gelebt hatte, seit sie aus Florida weggelaufen und mit Brian nach Maryland gezogen war. Ihre geistige Gesundheit hing damals am seidenen Faden. Sie schlugen sich gerade so durch und wohnten über der schäbigen Bar in einer schrecklichen Einzimmerwohnung. Obendrein war Hail krank gewesen, und die Teenagertochter eines Nachbarn hatte auf ihn aufgepasst. Das Mädchen hatte sich bereits darüber beklagt, dass Hail sich übergab, aber Josie hatte zuerst ihre Schicht beenden müssen, um genug Geld für die Miete zu haben. Wegen all dem war sie nicht einmal ansatzweise bereit gewesen, ihre Familie wiederzusehen, nicht, wenn gerade ihr ganzes Leben aus den Fugen geriet. Trotzdem war sie nach Sarahs Anruf ins Krankenhaus gefahren und davon überzeugt gewesen, sie könne den Mut aufbringen, ihren Geschwistern gegenüberzutreten.

Doch da hatte sie sich geirrt.

Der Anblick von Sarahs Verletzungen, die Angst in ihren Augen und die schrecklichen Nachrichten über die

Verletzungen von Scott und den Kindern hatten Josie schlagartig in die furchtbaren Jahre bei ihren Eltern zurückversetzt – und ihr sogleich einen Panikanfall beschert. Sie war praktisch aus dem Krankenhaus geflohen und hatte keine Luft mehr bekommen …

Allein bei der Erinnerung daran zog sich ihr Brustkorb schon zusammen. »Ich habe mich Sarah gegenüber schrecklich verhalten«, flüsterte sie.

»Weil dein Leben in Trümmern lag.« Tracey ließ das Buch sinken und setzte sich zu Josie auf die Couch. »Nach allem, was sie durchgemacht hat, wird sie es garantiert verstehen. Abgesehen davon streiten sich Geschwister doch ständig und sagen Sachen, die sie gar nicht so meinen, oder?«

»So sind wir nie gewesen. Das konnten wir gar nicht tun. Es hieß immer, sie und ich gegen den Rest der Welt.« Josie hatte keine Ahnung, warum ihr Vater sie nicht so misshandelt hatte wie Sarah und Scott, aber Scott war so unbarmherzig geschlagen worden, dass er mit siebzehn Jahren davongelaufen war, und Josie hatte ihn seitdem nicht mehr gesehen. Sarah war kurze Zeit später abgehauen, und Josie hätte nie gedacht, dass sie einen der beiden je wiedersehen würde. Sie hatte ihren Ohren kaum getraut, als sie erfuhr, dass Scott und Sarah seit einigen Monaten zusammen in Peaceful Harbor, Maryland, wohnten, nicht einmal eine Stunde entfernt.

Tracey zog die Füße hoch und schlang die Arme um die Knie. Sie hatte einen hinreißenden Pixie-Cut. Dank ihrer braunen Haare sah ihre Haut noch blasser aus und ihre blaugrünen Augen wirkten noch größer. Auch wenn sie knapp vierundzwanzig war und damit genauso alt wie Josie, hätte sie in ihrem roten Flanellhemd, den Jeans und den Turnschuhen als Teenager durchgehen können.

»Sarah ist in der gleichen Situation gewesen wie du jetzt«, rief Tracey ihr in Erinnerung. »Sie musste auch neu anfangen, wieder Boden unter den Füßen finden.«

»Aber ihr Leben war so viel schlimmer als meins«, sagte Josie leise. Zwar hatten Scott und Sarah sie mehrfach in der Bar angerufen, doch sie hatte Scott nicht persönlich getroffen und Sarah auch nur zwei Mal gesehen – einmal im Krankenhaus und das zweite Mal draußen vor dem Frauenhaus in der Nacht, in der Josie keine andere Wahl gehabt hatte, als mit Hail dorthin zu gehen. »Als sie mich draußen sah, habe ich ihr gesagt, dass sie *in ihr perfektes Leben zurückkehren* soll, und bin davongestürmt. Ich fühle mich so schuldig. Ich hatte doch keine Ahnung ...« Sie fingerte an der Broschüre herum.

Tracey legte eine Hand auf Josies. »Ich kenne Sarah. Wenn jemand weiß, wie leicht man einen anderen Menschen falsch einschätzen kann, dann sie. Sie liebt dich, Josie. Sie wird es verstehen.«

Sie beobachtete, wie Hail mit seinen Lastern um seine improvisierte Baustelle herumfuhr. Seit Brians Tod hatte er so viel durchmachen müssen. Er konnte etwas mehr Familie gebrauchen, aber sie wusste, dass eine Wiedervereinigung mit ihren Geschwistern nicht leicht werden würde. »Und was mache ich, wenn ich dort hinfahre und die Fassung verliere? Ich möchte nicht, dass Hail mich so sieht.«

»Soll ich mit ihm hierbleiben?«

»Nein. Ich lasse ihn ungern zurück, erst recht nicht, nachdem unser Leben in letzter Zeit derart auf den Kopf gestellt wurde.«

»Dann komme ich mit«, schlug Tracey vor. »Ich kann ihn ablenken, falls es unangenehm wird. Es wird schon gutgehen.«

Josies Herz raste, und sie war sich nicht sicher, ob sie Sarah und Scott wirklich gegenübertreten konnte, aber sie wünschte es sich so sehr. Sie schob sich das rotblonde Haar hinter die Ohren, eine nervöse Angewohnheit, die sie als Kind entwickelt hatte. »Es macht dir wirklich nichts aus?«

»Na ja, mein Ballkleid habe ich ja schon an ...« Tracey grinste schelmisch. »Komm schon. Ich freue mich für dich. Brauchst du eine Wegbeschreibung?«

Josie stand auf und hoffte, dass sie es diesmal wirklich durchziehen konnte. »Danke, und nein. Ich habe mir den Weg online angesehen und ihn mir eingeprägt, nachdem Dr. Whisk... ich meine, *Bones* mir Sarahs Adresse gegeben hat.« Sie verschwieg Tracey, dass sie auch schon mehrfach zum Haus ihrer Schwester gefahren war und jedes Mal kalte Füße bekommen hatte.

Sie hockte sich neben Hail hin und beschloss, ihm nicht zu verraten, wohin sie fuhren, für den Fall, dass sie doch wieder einen Rückzieher machte. »Komm, Schätzchen.« Sie strich ihm über das struppige Haar. »Mama muss für ein paar Minuten bei einer Freundin vorbeischauen. Du kannst deine Spielsachen mitnehmen.«

Nachdem sie einiges zusammengesammelt hatten, zogen sie die Mäntel an und gingen nach draußen zu Josies Auto. Vor Angst und Anspannung zog sich ihr Magen während der Fahrt zusammen, und es wurde immer schlimmer, je weiter sie sich von Parkvale entfernten und je näher sie Peaceful Harbor kamen.

»Ist es immer noch Weihnachten, wenn wir wieder zurück sind?«, fragte Hail, der mit seinen Spielzeuglastern spielte.

»Ja, natürlich.« Josie hörte selbst, wie unsicher ihre Stimme klang.

Tracey musste es auch bemerkt haben, denn sie machte ein

besorgtes Gesicht und legte eine Hand auf Josies Handgelenk. »Alles in Ordnung?«

Ein Schauder lief über Josies Arm. Sarah hatte das Gleiche gemacht, wenn ihr Vater auf Scott losging, nur dass auf diese Berührung sofort folgte, dass Sarah Josie hinter sich schob, um sie zu schützen, wenn ihr Vater sich ihnen zuwandte. Sarah und Scotty hatten sie immer beschützt, aber am Ende hatten sie sie sich selbst überlassen. Der Gedanke lag ihr wie Blei im Magen.

Und jetzt musste Sarah ihre beiden kleinen Kinder beschützen, und Josie hatte Sarahs Babybauch mit eigenen Augen gesehen. *Ich bin Tante.* Der Gedanke ließ Hoffnung in ihr aufkeimen. Vielleicht bekam Hail die Chance, seine Tante und seinen Onkel kennenzulernen und auch seine Cousins. Würde es ihr, Scott und Sarah gelingen, ein Jahrzehnt der verletzten Gefühle zu überbrücken, oder hatten sie sich alle zu sehr verändert, um ihre Beziehung jemals wieder zu kitten?

Eine Million anderer Gedanken und Fragen, Ängste und Hoffnungen wirbelten in ihrem Kopf herum, bis alles zu viel wurde, um darüber nachzudenken. Sie umfasste das Lenkrad mit beiden Händen und wurde sich bewusst, dass Tracey immer noch auf eine Antwort wartete. Da sie ihrer Stimme nicht traute, warf sie Tracey einen Blick zu, versuchte zu lächeln und nickte, während sie über die Brücke fuhr, die nach Peaceful Harbor führte.

Sie steuerte durch die dunklen Straßen auf Sarahs Haus zu. Je näher sie kamen, desto langsamer fuhr sie, während sie mit sich rang, ob sie nicht doch umdrehen sollte. Als sie in einen schmalen Weg einbog, schlug ihr Herz schneller. So weit war sie noch nie gekommen. Sie warf im Rückspiegel einen Blick auf ihren kleinen Sohn. Sein ganzes Leben war auf den Kopf gestellt worden, und jetzt ging es ihm endlich besser. Machte sie gerade das Richtige? Oder brachte sie nur noch mehr Stress in ihr Leben? Woher sollte sie das wissen?

Als sie an die letzte Abzweigung kam, legte sie die Hände fester um das Lenkrad und fuhr links ab. Einige Minuten später verwandelte sich die Straße in eine lange Auffahrt, und ein Haus hoch oben auf einem Hügel kam in Sicht. Sie bekam keine Luft mehr und trat auf die Bremse.

»Wohnt deine Freundin hier, Mama?«, fragte Hail.

»Äh, ich glaube schon«, antwortete sie, während Tracey aufmunternd nickte. »Glaubst du, dass das das richtige Haus ist? Es ist so groß. Wie können Scott und Sarah sich das leisten?«

»Das Haus gehört Bones und Sarah. Er ist Arzt. Natürlich haben sie ein schönes Haus«, sagte Tracey.

»Sie wohnen zusammen? Ich dachte, sie würde mit Scott zusammenwohnen.«

»Bones und Sarah sind vor ein paar Wochen zusammengezogen. Er vergöttert Sarah und ihre Kinder. Sie sind wirklich glücklich.«

Josie kamen vor Freude die Tränen. »Das ist so schön.«

Im Stillen betete sie um Kraft und fuhr die Auffahrt hoch. Nach und nach sahen sie mehrere Fahrzeuge sowie den Rest des traumhaften Grundstücks. Es gab eine Garage für mehrere Autos, und das Haus war nicht riesig, aber groß und schön, mit einer breiten Veranda, einer Steinfassade und einer riesigen Sonnenterrasse, die auf den Hafen hinausging. *Heiliger Strohsack …*

Josie parkte hinter den anderen Autos. In allen Fenstern schimmerten helle Lichter, und sie wusste, dass sie einen Fehler gemacht hatte. »Wir platzen hier in eine Party oder so etwas hinein. Ich glaube nicht, dass ich …«

»Du kannst das«, versicherte Tracey ihr. »Du bist schon so weit gekommen …«

»Was kannst du, Mama? Mit deiner Freundin reden?«, erkundigte sich Hail.

Josies Magen krampfte sich noch mehr zusammen. Sie hatte ihm unabsichtlich Angst eingejagt, als sie vor dem Frauenhaus vor Sarah davongelaufen war, und sie wollte ihn nie wieder so verängstigen. Diese Nacht war schrecklich gewesen. Bones hatte seinen Bruder Bullet – den furchterregendsten Riesen mit Lederkluft, Tätowierungen und Bart, den sie je gesehen hatte – auf die Suche nach ihr und Hail geschickt, damit sie sicher zum Frauenhaus zurückkehrten. Ihr Sohn verließ sich darauf, dass sie stark war und das Richtige tat. Was auch immer das sein mochte.

»Nein, Liebling.« Sie überlegte rasch. »Ich war mir nicht sicher, ob ich den Motor ausschalten soll, weil es draußen so kalt ist. Ich werde ihn einfach für dich und Tracey laufen lassen. Ich bin in einer Minute wieder zurück, okay?«

»Willst du nicht, dass wir mitkommen?«, raunte Tracey ihr zu.

Josie schüttelte den Kopf. »Noch nicht. Lass mich erst die Lage sondieren.«

»Okay, dann los. Du schaffst das.« Tracey tätschelte Josies Hand, um ihr Mut zu machen. Dann kletterte sie über den Sitz und setzte sich neben Hail. »Ich wollte schon immer mal mit dem Bagger spielen!«

Hail reichte ihr den Spielzeuglaster und fing sofort an, sich lang und breit darüber auszulassen, was man damit alles machen konnte und was nicht. Brian hatte in der Baubranche gearbeitet und war ein großes Vorbild für Hail gewesen. Um die Lücke zu füllen, die sein Daddy hinterlassen hatte, stöberte Josie bei jeder sich bietenden Gelegenheit im Internet nach Fakten über Baumaschinen, die ihr kleiner Sohn noch nicht kannte.

Sie stieg auf wackeligen Beinen aus, zog die Kapuze ihres Parkas hoch, um die Kälte abzuwehren, und steckte die Hände tief in die Taschen. Dabei berührten ihre Finger die Broschüre. Sie wusste nicht einmal, warum sie sie mitgenommen hatte, aber es schien wichtig zu sein, wie eine Entschuldigung dafür, dass sie unangemeldet auftauchte.

Während sie zur Tür hochging, warf sie einen Blick zurück zum Wagen, doch das Scheinwerferlicht blendete sie, sodass sie das Innere nicht erkennen konnte. Sie drehte sich um, konzentrierte sich auf die Haustür und zwang sich dazu, Hail zuliebe stark zu sein. Verdammt, auch sich selbst zuliebe. Das Rauschen in ihren Ohren löschte sämtliche anderen Geräusche aus, als sie die Stufen erklomm. Sie hob eine zitternde Hand und klopfte an, bevor sie die Nerven verlieren konnte.

Die Tür ging auf – und Sarah erbleichte bei ihrem Anblick. »Josie …« Musik und Stimmen ertönten hinter Sarah, und Bones trat neben sie und legte einen Arm um sie.

Sarah war so wunderschön und schwanger und stand *direkt vor ihr*. Josie kamen die Tränen, und sie konnte nur hoffen, dass sie nicht ohnmächtig wurde.

»Hör auf, sie anzustarren.« Bullets schroffe Stimme lenkte Josies Aufmerksamkeit auf einen anderen Mann, der links neben Sarah stand und sie beobachtete. Er war groß gewachsen und hatte eine breite Brust und dunkelblonde Haare – nicht gerade außergewöhnliche Eigenschaften, die auf jeden zutreffen konnten. Was allerdings nicht der Fall war. Denn Josie kannte diese blaugrauen Augen. Sie hatte den stechenden Blick, bei dem sie das Gefühl hatte, er könnte all ihre Gedanken lesen, niemals vergessen, auch nicht die Narbe an seinem Wangenknochen, die sie mit den Fingern entlanggefahren war und geküsst hatte. Binnen einer Sekunde stürzte ihre

Vergangenheit auf sie ein.

Moon?

Die Tür fiel zu und das Geräusch holte sie aus ihrem Schockzustand zurück in die Gegenwart. Sarah und Bones standen vor ihr auf der Veranda und starrten sie erwartungsvoll an. Vielleicht sogar *hoffnungsvoll*.

Josies Gedanken rasten. Sie wusste nicht, was sie tun oder sagen sollte, also nahm sie das Büchlein aus der Tasche, hielt sie hoch und zwang sich zum Weiterreden. »Bones hat mir die Broschüre und diese Adresse gegeben, und sagte, dass ich jederzeit vorbeikommen könne. Ich wusste nicht, dass ihr eine Party feiert.«

»Das ist keine Party«, erwiderte Sarah schnell und rang die Hände. Ein riesiger Diamant funkelte an ihrem linken Ringfinger. »Bitte bleib. Scott ist da, und ich weiß, dass er unglaublich gern mit dir reden möchte.«

Josie war wie betäubt. Scott war im Haus, und Sarah sah sehr glücklich aus. *Sie ist verlobt.* Aber war das wirklich Moon gewesen? Ihre Welten kollidierten, überwältigten sie. Sie warf einen Blick zurück zum Wagen. »Ich kann nicht. Meine Freundin wartet mit Hail im Auto.«

»Sie kann gern reinkommen«, sagte Sarah schnell. »Ich möchte sie kennenlernen.«

Die Hoffnung in ihrer Stimme und das Flehen in Bones' Augen hätten sie beinahe überzeugt, aber es bestand die hohe Wahrscheinlichkeit, dass sich der einzige Mann, mit dem sie außer Brian je geschlafen hatte, genau hinter dieser Tür befand, und sie konnte neben der Wiedervereinigung mit ihren Geschwistern nach einem Jahrzehnt unmöglich auch noch damit umgehen.

»Nein«, sagte Josie schnell. »Ich bin noch nicht bereit …«

Mit all dem umzugehen. »Ich wollte dir nur sagen, dass ich deine Geschichte gelesen habe. Ich wusste nicht, dass dein Leben so hart gewesen ist. Es tut mir leid.« Sie eilte die Stufen hinunter, hielt auf dem Weg abrupt inne und kniff die Augen zu, um die Tränen zurückzuhalten. Erneut steckte sie die Hände in die Taschen und drehte sich um. Sie wollte nicht wieder weglaufen, war jedoch momentan einfach zu nichts anderem in der Lage. »Frohe Weihnachten«, stieß sie daher hervor. «Vielleicht können wir nach den Feiertagen mal miteinander reden?«

»Das wäre schön«, erwiderte Sarah, der die Tränen über die Wangen liefen.

Gut. Perfekt. Josie war sich nicht sicher, ob sie diese Worte tatsächlich ausgesprochen hatte. Sie zitterte am ganzen Körper, als sie wieder in den Wagen stieg und einen letzten Blick auf Sarah und ihren Verlobten warf, die Arm in Arm dastanden. Hail kicherte auf der Rückbank, und sie presste hervor: »Bist du immer noch angeschnallt, Spatz?«

»Ja, ist er. Bei uns ist alles in Ordnung. Und du hast dich gut geschlagen, Josie.« Tracey legte ihr eine Hand auf die Schulter, während sie den Motor anließ und zurücksetzte. »Soll ich fahren?«

Josie schüttelte den Kopf und konnte den Tränen nicht länger Einhalt gebieten. Sarah hatte sie nicht abgewiesen. Sie hatte sie hineingebeten. *Sie hasst mich nicht.* Und sie war verlobt!

Erleichterung und Glück durchströmten sie, und sie spürte, wie sich ein Lächeln auf ihre Lippen stahl. Dann musste sie sogar lachen und spürte zum ersten Mal seit langer Zeit wieder Hoffnung.

»Sieh mal, Mama!« rief Hail. »Ich kann den Mond durch die Bäume sehen.«

Vor Josies geistigem Auge tauchte Moons Gesicht auf. Mit starken Schuldgefühlen dachte sie an das einzige Mal zurück, dass sie sich zu jemand anderem als Brian hingezogen gefühlt hatte.

»Der Mond ist wirklich weit weg, auch wenn es so aussieht, als müsstest du nur die Hand ausstrecken, um ihn zu berühren«, meinte Tracey.

Josie schluckte schwer. *Er ist gar nicht so weit weg, wie man vielleicht denkt …*

Ende des Auszugs

Wenn Ihnen die Vorschau gefallen hat, können Sie *Mad About Moon – Verrückt nach dir* direkt bei Ihrem Online-Buchhändler bestellen!

Kennen Sie die Bradens schon?

Verlieben Sie sich mit Treat und Max in *Im Herzen eins – neu erzählt*, dem ersten Band der Serie *Die Bradens in Weston, Colorado*

Treat Braden ist eigentlich gar nicht auf der Suche nach Liebe, als Max Armstrong in seine Hotelanlage in Nassau spaziert, aber er erkennt hinter dem Schutzschild ihrer effizienten Fassade schnell die liebenswerte, sinnliche Frau. Ein geradezu magischer gemeinsamer Abend lässt ein enges Band zwischen ihnen entstehen, und zum ersten Mal in seinem Leben verspürt Treat den Wunsch nach viel mehr als einem kurzen Abenteuer. Doch dann macht er einen Fehler und sie zieht sich zurück. Nachdem er sich wochenlang nach der einen Frau, die er nicht haben kann, verzehrt hat, fliegt er nach Hause auf die Ranch seiner Familie, um sie endlich zu vergessen.

Eine zufällige Begegnung bringt die beiden wieder zusammen und führt zu einer Nacht voller Leidenschaft und

Aufrichtigkeit. Als Max ihre schmerzhafte Vergangenheit offenbart, ist Treat bereit, alles zu geben, um ihr Herz für immer zu erobern – und ihr zu helfen, sich von ihren Dämonen zu befreien.

Bestellen Sie *Im Herzen eins – neu erzählt* bei Ihrem Online-Buchhändler.

Kommen Sie mit nach Seaside!

Die Serie *Seaside Summers* erzählt die unterhaltsamen, prickelnden Geschichten einer Gruppe von Freunden, die jedes Jahr den Sommer gemeinsam in ihren Ferienhäusern am Cape Cod verbringen. Sie sind witzig, sexy und so sympathisch unvollkommen, dass man am liebsten gleich dazugehören würde.

Verlieben Sie sich mit Bella und Caden in *Träume in Seaside* dem ersten Band der Serie *Seaside Summers*

Bella Abbascia ist wie jeden Sommer in die Ferienhaussiedlung Seaside in Wellfleet, Cape Cod zurückgekehrt. Doch in diesem Jahr hat Bella mehr vor, als mit ihren Freundinnen in der Sonne zu liegen und sich beim Nacktbaden zu vergnügen. Sie hat ihren Job gekündigt, ihr Haus in Connecticut verkauft und jeglichen Männergeschichten abgeschworen, um sich an ihrem Lieblingsort auf Erden ein neues Leben aufzubauen. Der Plan steht – zumindest bis ein Streich der stets zu Scherzen aufgelegten Bella eine böse Wendung nimmt und ein sündhaft attraktiver Police Officer vor ihr steht.

Der alleinerziehende Vater und Polizist Caden Grant hat Boston den Rücken gekehrt, nachdem sein Partner im Dienst getötet wurde. In dem kleinen Ferienort Wellfleet hofft er auf ein sichereres Leben mit seinem vierzehnjährigen Sohn Evan. Als er während einer nächtlichen Streife Bella kennenlernt, wird ihm bewusst, dass er plötzlich gefunden hat, was er sich nie zu erträumen erlaubte – und von dem er nie wusste, dass es ihm fehlt.

Nachdem er sich vierzehn Jahre lang nur auf seinen Sohn konzentriert hat, kann Caden der starken Anziehungskraft der schönen Bella nicht widerstehen, und Bella ist der Intensität ihrer aufkeimenden Liebe ebenso machtlos ausgeliefert. Aber der Neuanfang gestaltet sich schwieriger, als sie beide es sich ausgemalt haben, und dann gerät Evan an die falschen Freunde. Cadens Loyalität wird auf eine harte Probe gestellt. Wird er alles aufgeben, um seinen Sohn zu beschützen – sogar Bella?

Bestellen Sie *Träume in Seaside* bei Ihrem Online-Buchhändler.

Neu bei »Love in Bloom – Herzen im Aufbruch«?

Ich hoffe, Ihnen hat es genauso viel Vergnügen bereitet, die Whiskeys kennenzulernen, wie mir, über sie zu schreiben. Falls dieser Band Ihr erstes Buch aus der Reihe »Love in Bloom – Herzen im Aufbruch« ist, warten noch jede Menge Geschichten über unsere sexy, selbstbewussten und loyalen Heldinnen und Helden auf Sie.

Die Whiskeys: Dark Knights aus Peaceful Harbor ist nur eine der Serien aus meiner großen Sammlung von Liebesromanen mit Tiefgang, Humor und Happy-End-Garantie. In allen Büchern finden Sie eine abgeschlossene Geschichte, die auch für sich allein gelesen werden kann. Figuren aus den einzelnen Serien und Büchern der weitverzweigten »Love in Bloom – Herzen im Aufbruch«-Familien tauchen immer wieder auch in den anderen Bänden auf. So verpassen Sie nie eine Verlobung, eine Hochzeit oder eine Geburt. Wenn Sie mögen, lernen Sie doch auch die anderen Serien der Reihe kennen! Eine vollständige Liste aller auf Deutsch erschienenen und geplanten Bücher gibt es am Ende des Buches und unter dem folgenden Link finden Sie weitere Informationen:

www.MelissaFoster.com/Herzen-im-Aufbruch

Danksagung

Danke, dass Sie die Geschichte von Bones und Sarah gelesen haben. Diese Geschichte war angesichts von Sarahs Vergangenheit sehr schwer zu schreiben. Doch Bones hat es etwas leichter gemacht, indem er mit seinem mitfühlenden Herz und seinem beschützenden Wesen den Weg vorgab. Ich hoffe, Sie haben die beiden ebenso geliebt wie ich. Ich freue mich schon darauf, die Happy Ends für Josie, Dixie, Penny und unsere anderen Freunde aus der Whiskey-Welt zu ersinnen.

Ein besonderer Dank geht an Rosalie Perez, die mir von ihrem Kampf gegen den Krebs erzählt hat. Ich habe mir große Freiheiten herausgenommen, und ich bin wirklich dankbar, dass du mir deine Geschichte anvertraut hast. Danke, Terren Hoeksema, für die Hilfe bei den Details zum Leben in bestimmten Teilen von Florida. Lisa Bardonski und Lisa Filipe, ihr wart die Lebensretter bei diesem Buch. Danke, dass ihr mir geholfen habt, die Nerven zu bewahren.

Wenn dies Ihr erstes Buch aus meiner großen Reihe »Love in Bloom – Herzen im Aufbruch« war, dann sollten Sie wissen, dass jedes meiner Bücher auch für sich allein gelesen werden kann. Die Figuren tauchen in den anderen Familienserien immer wieder auf, sodass Sie keine Verlobung, Hochzeit oder Geburt verpassen. Informationen über die verschiedenen Serien finden Sie unter:

www.MelissaFoster.com/Herzen-im-Aufbruch

Mit Lesern chatte ich oft auf Facebook. Wenn Sie mir dort noch nicht folgen, nur zu!
www.Facebook.com/groups/MelissaFosterFans

Folgen Sie meiner Facebook-Autorenseite, um immer auf dem Laufenden zu bleiben über Neuerscheinungen, besondere Angebote und alle Neuigkeiten in der Welt unserer fiktionalen »Book Boyfriends«.
www.Facebook.com/MelissaFosterAuthor

Mein herzlicher Dank gilt meinem wunderbaren Lektoratsteam Kristen Weber und Penina Lopez und meinen akribischen Korrekturleserinnen Elaini Caruso, Juliette Hill, Marlene Engel, Lynn Mullan und Justinn Harrison, genauso wie meinem deutschen Team Janet König, Cathérine Fischer, Stephanie Schottenhamel und Judith Zimmer. Und zu guter Letzt ein riesiges Danke an meine Familie für ihre Geduld, Unterstützung und Inspiration.

Love in Bloom – Herzen im Aufbruch

Für noch mehr Vergnügen lesen Sie die Bücher der Reihe nach.
Sie werden in jedem Band bekannte Figuren wiederfinden!

Die Snow-Schwestern

Schwestern im Aufbruch
Schwestern im Glück
Schwestern in Weiß

Die Bradens (Weston, Colorado)

Im Herzen eins – neu erzählt
Für die Liebe bestimmt
Freundschaft in Flammen
Wogen der Liebe
Liebe voller Abenteuer
Verspielte Herzen
Ein Fest für die Liebe (Hochzeits-Geschichte)
Nachwuchs für die Liebe (Savannahs & Jacks Baby)
Happy End für die Liebe (Hochzeits-Geschichte)
Weihnachten mit den Bradens (Kurzgeschichte)

Die Bradens (Trusty, Colorado)

Bei Heimkehr Liebe
Bei Ankunft Liebe
Im Zweifel Liebe
Bei Rückkehr Liebe
Trotz allem Liebe
Bei Aufprall Liebe

Die Bradens (Peaceful Harbor)

Geheilte Herzen
Voller Einsatz für die Liebe
Liebe gegen den Strom
Vereinte Herzen
Melodie der Liebe
Sieg für die Liebe
Endlich Liebe – ein Braden-Flirt

Die Remingtons

Spiel der Herzen
Im Dschungel der Liebe
Herzen in Flammen
Herzen im Schnee
Liebe zwischen den Zeilen
Von der Liebe berührt

Die Bradens & Montgomerys (Pleasant Hill – Oak Falls)

Von der Liebe umarmt
Alles für die Liebe
Pfade der Liebe
Wilde Herzen
Schenk mir dein Herz
Der Liebe auf der Spur
Verrückt nach Liebe
Ein Sommer voller Liebe
Unzähmbare Herzen
Ein Winter voller Liebe

...

Die Whiskeys: Dark Knights aus Peaceful Harbor

Tru Blue – Im Herzen stark

Truly, Madly, Whiskey – Für immer und ganz

Driving Whiskey Wild – Herz über Kopf

Wicked Whiskey Love – Ganz und gar Liebe

Mad About Moon – Verrückt nach dir

Taming My Whiskey – Im Herzen wild

The Gritty Truth – Kein Blick zurück

In For A Penny – Süßes Glück

...

Seaside Summers

Träume in Seaside

Herzen in Seaside

Hoffnung in Seaside

Geheimnisse in Seaside

...

Entdecken Sie Melissa Fosters Bücher auch auf:

www.MelissaFoster.com/Herzen-im-Aufbruch